제국의 전시가요 연구

-군가 · 엔카를 중심으로-

저자약력

김순전 ▌ 전남대 일어일문학과 교수
박경수 ▌ 전남대 일어일문학과 강사
사희영 ▌ 전남대 일어일문학과 강사
박제홍 ▌ 전남대 일어일문학과 강사
장미경 ▌ 전남대 일어일문학과 강사
김서은 ▌ 전남대 일어일문학과 강사
유 철 ▌ 전남대 일어일문학과 박사

제국의 전시가요 연구
-군가 · 엔카를 중심으로-

초판인쇄 2015년 12월 10일
초판발행 2015년 12월 15일

저 자 김순전 · 박경수 · 사희영 · 박제홍 · 장미경 · 김서은 · 유 철
발 행 인 윤석현
발 행 처 제이앤씨
책임편집 최인노 · 김선은
등록번호 제7-220호

우편주소 서울시 도봉구 우이천로 353 성주빌딩 3층
대표전화 02) 992 / 3253
전 송 02) 991 / 1285
홈페이지 http://www.jncbms.co.kr
전자우편 jncbook@hanmail.net

ISBN 979-11-5917-000-3 93830 정가 35,000원

제국의 전시가요 연구

-군가 · 엔카를 중심으로-

김순전
박경수 사희영 박제홍
장미경 김서은 유 철
共著

▌서문▌

1. 『제국의 전시가요 연구』 발간의 의의

본서의 발간은 근대 일본의 제국시대(明治, 大正, 昭和初期)에 만들어지고 대중화되었던 軍歌(군가, 이하 '軍歌')・演歌(엔카, 이하 '演歌')의 전시적 기능을 면밀히 연구 분석하여 근대 일본 대중음악의 변화 및 변용과 더불어 이의 한일간 교류실태를 재조명함에 있다.

주지하듯 일본의 근대는 메이지 근대국가 탄생과 정착과정에서의 내전內戰으로부터 부국강병 차원에서 진행된 〈청일전쟁〉과 〈러일전쟁〉, 그리고 쇼와기 〈만주사변〉을 거쳐 〈중일전쟁〉과 〈태평양전쟁〉에 이르기까지, 실로 전쟁으로 시작하여 전쟁으로 종결된 시대였다. 이러한 시기 크고 작은 전쟁과 연동하여 제작 보급되었던 가요歌謠는 국가 차원에서 보급된 唱歌와 軍歌, 그리고 민간적 차원에서 자생 보급된 演歌가 주류를 이루었다. 이들 가요는 시대에 적확하게 대응하기 보다는 어느 시기에는 수요층에 따라 둘 이상의 장르가 공존하기도 하였고, 또 어느 시기가 되면 한 장르가 우세해진 반면 다른 장르는 쇠퇴해 가거나 혹은 약간 변형된 장르로 전환하면서 나름의 발전을 거듭하였다.

가장 먼저 대중화되었던 장르는 근대 국민교육의 장場이었던 초등교육기관을 통해 보급된 唱歌였다. 그런데 당시의 唱歌라 함은 그 대다수가 "부국강병이라는 국책에 바탕을 둔 국가주의 교육사조에 따른 군국창가軍國唱歌였다."[1]는 점에서 동시기 보급된 軍歌와 여러 면에서 맥을 같이 한다.

당초 국가적 차원에서 제작 보급된 軍歌는 동북아 신질서 개편을 위한 〈청일전쟁〉을 준비하면서 전쟁에 대한 당위성 홍보와 함께 온 국민의 淸國에 대한 적개심을 유발하기 위한 목적으로 제작되었다. 그러니까 '군인들의 단결이나 사기진작' 혹은 '전쟁 중 적개심 고취'라는 軍歌 본연의 목적보다는 '전쟁참여형 國民만들기'에 더 큰 목적을 두고 있었던 것이다. 라디오나 음반이 전무했던 시절이었기에 이러한 목적하에 제작된 軍歌는 폐쇄된 군대보다는 오히려 이의 메신저인 아동이 드나드는 학교를 통한 보급이 더 활성화되어 있었다. 초창기의 軍歌가 "음악형식면에서 唱歌와, 내용면에서는 新體詩의 흐름에 연접하고 있었던 것"[2]도 이같은 맥락으로 보인다.

그러나 호리우치 게이조堀內敬三가 언급하였듯이 '日本軍歌'에는 서양의 軍歌에서는 찾아볼 수 없는 가장 일본인적인 색채가 담겨져 있다[3]는 특징이 있다. 와카의 7・5조 12음절이 한 행을 이루며, 그 네 행이 한 연을 이루는 엄격한 음수율과 완벽하게 조우하는 두 도막 형식

1 供田武嘉津(1996)『日本音樂教育史』音樂之友社, p.307 (小村公次(2011)『徹底檢證 日本の軍歌』學習の友社, p.61 참조)

2 堀內敬三(1977)『定本日本の軍歌』實業之日本社, p.15 참조

3 일본군가 연구자 호리우치 게이조(堀內敬三)는 "日本軍歌는…… 음악형식에서 보면 창가의 一種이며 가사내용의 양식에서 보면 新體詩의 흐름에 연접한다. 그러나 唱歌와는 다른 軍歌의 선율에는 일본인적인 색채가 농후하여 新體詩의 常例보다도 내용에 과격함과 절실함이 있다.(日本軍歌は音樂上の形式からいえば唱歌の一種で、歌詞の樣式から見れば新體詩の流れに沿う。しかし唱歌と違って軍歌の旋律にはずっと日本人的な色彩が濃く、新體詩の常例よりも內容に激しさと切實さがある。)"고 하였다. (堀內敬三(1977)『定本日本の軍歌』實業之日本社, p.15 참조)

의 악절에, 적개심을 환기시키는 가사내용이 과격함과 절실함을 내포한 절호의 선율과 어우러지면서 가창자의 의지를 이끌어냄으로써 "동원된 전투능력과 잠재력에 더하여 국민의 의지를 중요한 요소"[4]로 여기는 동양의 전쟁론, 즉 일본의 전쟁론과 부합되는 까닭이다.

반면 演歌는 메이지기 '국민만들기' 일환으로 보급되었던 '唱歌'나 제국으로의 확장을 위하여 보급하였던 '軍歌'에서는 찾아볼 수 없는 재야 정치인들의 주장과 일반 민중들의 외침이 담겨있어 또 다른 의미를 부여한다.

초창기 演歌演說歌는 근대 일본의 정치권과 밀접하게 관련하고 있었다. 메이지 신정부 출범 이래 조슈번長州藩의 파벌정치에 대한 비판을 담은 プロテストソングProtest Song이었는가 하면, '국민국가國民國家'라는 이름이 무색할 정도로 국민의 안위보다는 전쟁수행에 총력을 기울인 정부가 쏟아낸 갖가지 정책으로 인한 사회적 불안과 주장을 담아낸 일종의 '운동가'이기도 하였다. 천황의 통치권이 근간이 되어 국민의 권리보장이 불충분하던 이시기의 演歌는 실로 "정치나 사회구조의 모순을 들추어내는 눈이 있어… 피지배자 계급이 처한 역사적 현실의 자각"[5]으로 이끌어내는 일종의 장치가 되었던 것이다.

이러한 성향의 演歌는 〈러일전쟁〉이 종결되면서부터 '大正デモクラシー'와 상호 상승작용하면서 발전을 거듭하였다. 그 가운데 다이쇼 취향의 신곡 발흥과, 또 서양의 오페라 유입에 따른 색다른 演歌가 확산되면서 사회적 양면성을 보여주었다.

쇼와기 들어 演歌는 그 소재와 보급 면에서 새로운 국면을 맞게 된다. 라디오방송과 레코드 보급이 활성화됨에 따라 소시壯士에 의한 전

4 문정인 김명섭 외(2007) 『동아시아의 전쟁과 평화』 도서출판 오름, p.28
5 橋本治(1981) 「明治・大正歌謠」 「國文學-解釋と鑑賞」 三月號 至文堂, p.26

파는 사양길로 접어들게 되었으며, 민중들의 애환을 담은 演歌의 소재도 술, 의리, 인정 등에서 찾게 되었고, 남녀 간의 농염한 사랑을 담아내면서 그 명칭도 '艶歌'로 변용되기에 이른다.

주지하고 있듯이 일본의 근대는 한국의 근대와 분리하여 볼 수 없을 만큼 밀접한 관련성을 지니고 있다. 〈강화도조약〉(1876) 체결로 한반도 침탈이 노골화 된 이래 〈갑오개혁〉(1894)이후 본격적인 내정간섭이 시행되었으며, 〈을사늑약〉(1905) 이후에는 통감부를 설치하여 정치, 경제, 사회, 문화 및 교육 등 모든 부분에서 식민지시스템으로의 전환을 시행하였다. 그리고 1910년 8월 마침내 한국을 병합한 이후에는 문예부문에 이르기까지도 지배국 일본의 체제하에서 강제되거나 유입 혹은 전파되어 공유하는 상황에 이른다.

이러한 관계성을 고려한다면 메이지기 제국의 확장을 위한 〈청일전쟁〉 〈러일전쟁〉으로부터 쇼와기 〈중일전쟁〉과 대동아공영권 구축을 위한 〈태평양전쟁〉으로 이어지는 역사 속에서 전쟁과 연동하여 불렸던 전시가요戰時歌謠에 대한 연구는 필연적이라 할 것이다. 이에 본 집필진은 3~4년 전부터 거국적인 전쟁 분위기 조성을 위한 장치로서의 軍歌와, 민중의 주장이나 애환을 토로하는 장치로서의 演歌의 전시적 기능에 착안한 연구를 시도하여 얻은 결과물 18편을 모아 한 권의 연구서로 발간하기에 이른 것이다.

본 연구서는 메이지정부가 서양제국을 모델삼아 야심차게 근대국민국가를 건설해 나아가던 시기, 상반적 관계성 하에서 출발한 軍歌·演歌가 전쟁으로 점철된 근대 일본사회에 어떻게 작용하였으며, 또 그것이 근대 한국사회에 어떠한 영향을 끼쳤는지, 아울러 근대 한일 대중음악의 변화 및 변용 양상과 함께 이의 한일간 교류실태까지도 파악할 수 있는 실증적 자료가 될 수 있으리라고 본다.

2. 근대 '日本軍歌'와 '演歌'의 전개 양상

2.1 '日本軍歌'의 기원과 전개

현재 일본에서 軍歌의 기원에 대한 공식적인 견해는 두 가지이다. 1868(M1)년 유신전쟁維新戰爭 때 관군東征軍이 에도로 진군하던 중에 불렀던 행진가 「トンヤレ節(일명 宮さん宮さん)」[6]로 보는 견해와, 明治기 군사제도가 확립된 이후 도야마 마사카즈外山正一가 만든 「拔刀隊」[7]를 일본 최초의 軍歌로 보는 견해가 그것이다.[8]

그러나 근대 日本軍歌의 선구로 여겨지는 軍歌는 '부국강병'을 기조로 메이지정부를 수립한 일본이 외부와의 전쟁, 즉 〈청일전쟁〉(1894-95)을 도모하면서 당시 톱클래스 국문학자와 음악가[9]를 동원하여 제작하였던 「올테면 오너라来れや来れ」(1888), 「적은 몇만敵は幾萬」(1891), 「길은 육천팔백리道は六百八十里」로 보는 것이 보편적이다.

〈청일전쟁〉 중에는 「용감한 수병勇敢なる水兵」 「황해대첩黄海の大捷」 「눈의 진군雪の進軍」 「군함행진곡軍艦行進曲」 「부인종군가婦人従軍歌」 「풍도전투

6 「トンヤレ節」는 당시 長州 藩士였던 시나가와 야지로(品川彌二郎)가 작사하고, 일본육군 창설자였던 오무라 마스지로(大村益二郎)가 작곡하여 군대 내에서 부르게 하였던 관제軍歌로,「宮さん宮さんお馬の前でヒラヒラするのはなんぢやいな あれは朝敵征伐せよとの錦のみ旗だ知らないか トコトンヤレナー」를 가사내용으로 하고 있어, 일명 「宮さん宮さん」이라 하기도 한다.(倉田喜弘(2001) 앞의 책, p.103 참조

7 교육가이자 시인이었던 도야마 마사카즈(外山正一)가 東京大學 文學部長 시절인 1882년(M15) 「東洋學藝雜誌」 第8號(5月25日發行)에 발표했던 것으로, 漢詩나 和歌, 俳諧와는 다른 새로운 新體詩의 형식을 띠고 있다.

8 明治기 군사제도가 확립된 시점(1882.1)과 제도상 軍歌가 처음으로 확립된 시점(1885.12. 해군성의 「陸海軍喇叭吹奏歌」)으로 본다면 후자의 견해가 설득력이 있으나, 『日本大百科全書』에서 日本軍歌의 범위를 明治이후로 정의하였고, 「トンヤレ節의 작곡자가 일본육군의 창설자 오무라 마스지로(大村益二郎)였다는 점에서 전자도 배재할 수는 없을 듯하다.

9 당시 톱클래스의 국문학자와 음악가는 도야마 마사카즈(外山正一), 야마다 비묘(山田美妙), 이자와 슈지(伊沢修二), 나가이 겐시(永井建子) 등이다.

豊島の戦」「평양전투平壌の戦」「일본육군日本陸軍」「일본해군日本海軍」 등의 군가가 보급되었는데, 이들 軍歌는 軍歌 본연의 목적 이외에도 전황보도의 성격을 띠고 있어 온 국민의 일치된 적개심 유발이나 전쟁분위기 고조에 큰 역할을 하였다. 〈청일전쟁〉 종전 이후 이들 軍歌는 "용감무쌍한 국민의 상속자다운 제2국민의 양성"[10]을 위하여 軍歌集으로 제작되어 초등교육과정에 투입되게 된다.

〈러일전쟁〉(1904-05)을 전후한 시기의 軍歌는 섬세한 묘사를 추구하는 장편 서사시 성격을 띤 長大優美한 문어체 軍歌가 다수 등장하는 가운데 장병에 대한 훈계성 성격의 軍歌도 증가하였다. 「전우戦友」「결사대決死隊」「히로세중령広瀬中佐」「수사영의 회견水師営の会見」「다치바나중령橘中佐」「일본해해전日本海海戦」 등이 대표적인데, 이들 군가의 대다수는 초등교육에 반영되어 보급되었다. 그리고 종전 직후 승전을 기념하여 제작된 軍歌集은 차후 식민지경영을 염두에 둔 '2세 국민' 양성을 목적으로 소학교 「唱歌」과의 교재로 사용되기도 하였다.

다이쇼기는 일본에서 대체로 평화로운 시기였던 까닭에 전쟁을 위한 軍歌는 거의 제작되지 않았다. 군대 자체의 軍歌, 즉 軍學教의 校歌나 兵科를 소재로 한 軍歌가 정도가 만들어졌을 뿐이다.

본격적인 軍歌는 昭和기 들어 또다시 외부와의 전쟁, 즉 〈중일전쟁〉(1937)을 획책하면서 양산되게 된다. 이 시기는 국가정책 차원에서 보급된 官製軍歌보다는 민간인에 의해 만들어진 私製軍歌가 대세였다. 전쟁 전에는 「청년 일본의 노래青年日本の歌」「육탄삼용사의 노래爆弾三勇士の歌」「비상시 일본의 노래非常時日本の歌」 등이 라디오나 레코드 등 매스미디어를 통하여 널리 애창되었고, 전쟁 중에는 「로영의 노래露営の歌」

10 山田源一郎(1894)『大捷軍歌』第一編, 序言 참조

「애국행진곡愛国行進曲」「바다에 가니海ゆかば」「애마진군가愛馬進軍歌」「새벽에 기도하다暁に祈る」「출정병사를 보내는 노래出征兵士を送る歌」「보리와 병사麦と兵隊」「불타는 창공燃ゆる大空」「진군의 노래進軍の歌」「하늘의 용사空の勇士」「흥아행진곡興亞行進曲」「그렇다 그 의기さうだその意気」등이 유행되었다. 이들 軍歌의 추이를 보면 구어체의 가사와 일반가요풍에 근접한 곡이 주류를 이룬 가운데 전쟁과 연동하여 제목에서부터 비장함이 엿보이는 軍歌가 상당수임을 알 수 있다. 라디오와 레코드 보급의 증가로 전파 속도가 빨라짐에 따라 軍歌가 시대를 대표하는 유행가로서 불리던 때이다.

그러나 〈태평양전쟁〉기에 접어들면서 국책이 강화됨에 따라 시국과 무관한 군가는 제한 당하게 되고, '황실찬양'이나 '출전용사의 각오' 혹은 '전쟁의기 고취'와 관련된 軍歌만이 허용되게 된다. 이 시기의 軍歌는 밝고 경쾌하고 용장한 곡조에 시국과 연관성 있는 가사로 일관하고 있다.「나가자 일억 불덩이다進め一億火の玉だ」「월월화수목금금月月火水木金金」「하늘의 신병空の神兵」「젊은 독수리의 노래若鷲の歌」「동기의 벚꽃同期の桜」「라바울 해군항공대ラバウル海軍航空隊」「타이완 앞바다의 개가台湾沖の凱歌」「보병의 본령歩兵の本領」「태평양행진곡太平洋行進曲」등이 대표적인데, 이 외에도 기존의 軍歌를 시국에 맞게 내용을 개사하여 보급하는 경우도 허다하였다.

1945년 8월 〈태평양전쟁〉이 종전됨에 따라 헌법상 군대보유가 금지되게 되고, 따라서 공식적인 軍歌의 제작도 중단되게 된다. 그러나 자체 방위만을 위하여 재편성 조직된 자위대의 공식적인 의전행사에서「군함행진곡軍艦行進曲」「애마진군가愛馬進軍歌」「월월화수목금금月月火水木金金」등등 기존의 軍歌와 軍楽이 그대로 사용되거나, 혹은 가사만 자위대 사양으로 바뀌어 가창되는 등 여전히 전시적 기능을 유지하고 있었다.

그리고 현재 일본에서는 세계적 입지를 구가하던 제국시절에 불렸던 '日本軍歌'에 "오늘날 평화의 초석을 구축하신 영령에 대한 진혼가"[11]라는 막중한 의미를 부여하는 것으로 이의 정신적 계승을 도모하고 있다.

2.2 演歌의 기원과 흐름

앞서 살핀 대로 '국가주의적 교육사조'를 담은 唱歌와 비슷한 시기에 출발한 演歌는 근대 일본의 정치권과 밀접한 상관성을 지니고 생성되고 발전해 나아갔다.

초창기의 演歌는 현실정치를 풍자하는 노래, 다시 말하면 조슈번의 파벌정치에 대한 비판을 반영한 プロテストソングProtest Song으로, 이른바 '자유민권운동'의 산물이었다. 당시 정치인들의 가두연설에 대한 단속이 강화되면서 정치인들은 자신의 연설내용을 패러디한 노래를 만들어 소시壯士의 입을 빌려 전파하였는데, 이들 노래는 연설과 함께 불린데다 강한 主義・主張을 담았다는 점에서 '연설가演說歌'라는 의미의 '엔카演歌'로 정착되기 시작하였다. 그러니까 초창기 演歌는 내용만 있을 뿐 음악적 요소는 없었다. 가두연설에서 못다한 내용이나 사건보도를 잘 알려진 唱歌나 軍歌의 선율에 붙여 길거리에서 노래로 설명함으로써 청중들에게 자유민권사상을 각인시켜나갔다.

그러다가 일본정부가 한반도 탈취를 염두에 두고 淸國과의 일전을 도모하면서 사회적 부위기가 점차 전쟁준비로 경도되게 되자 演歌의 제재는 사회문제나 실생활 쪽에서 찾게 되었다. 〈청일전쟁〉을 전후하여 메이지정부가 국가적 목적을 위해 자본주의를 촉진시킴에 따라 봉건사회에서는 없었던 새로운 사회문제가 생겨났다. 소작인이 급격히

11 軍歌は、現代日本での存在意義を問へば、今日の平和の礎を築かれた英靈への鎮魂歌である。(『大日本軍歌集』 홈페이지(http://gunka.xii.jp/gunka/, 검색일 : 2015.3.11)

양산된 상황에서 기생지주들은 다액납세의원 자격으로 의회에 진출하여 정치력을 행사하는가 하면, 자본가는 금융, 무역, 운수, 광산 등의 다각경영多角經營을 시도하여 막대한 부를 축적한 이면에 노동자의 저임금과 장시간 노동이라는 심각한 사회문제를 야기하였다. 이러한 사회적 문제가 당시 演歌의 주요 소재가 되었음은 물론이다.

〈러일전쟁〉 직후부터 演歌의 추이는 민중들의 사회적 이슈나 민중운동 성향의 演歌가 주류를 이루었다. 러시아와의 강화조약 체결을 반대하는 시민운동, 군비확장반대운동, 악세폐지운동, 군비축소운동, 보통선거 요구, 쌀 파동, 노동문제 등이 演歌의 소재로 부상하여 '大正デモクラシー'와 상호 발전 양상을 보여준 반면, 새로이 신형유행가가 등장함으로써 演歌 발전의 새로운 국면이 나타나게 되었다. 특히 「카츄사의 노래」(1914)는 그동안 唱歌와 演歌밖에 몰랐던 대중을 완전히 매료시키며 폭발적인 호응을 얻었는가 하면, 아사쿠사 오페라가 대중의 인기를 모으면서 오페라 삽입이 새로이 유행가의 대열에 합류하게 되었다. 다이쇼기는 기존스타일의 演歌와 이러한 신형유행가가 혼재한 시대였다.

昭和기에 접어들면서 소시들이 직접 불러 전파하는 '演歌'는 사양길로 접어들었다. 라디오 방송과 레코드 보급이 확산되면서 음악적 성분(작곡)과 문학적 성분(작사)의 분업화가 현저해진데다가, 노래 또한 그 곡을 가장 잘 소화할 수 있는 특정가수에 의해 불려 보급되었다. 내용면에서도 주로 남녀간의 사랑이나 이별을 주제로 하였기에 그 의미도 점차 동음의 '戀歌'나 '艶歌'로 변용되어갔다.

그러나 〈태평양전쟁〉 종전 직후 미군정이 실시되면서 미군에 의해 팝송이 유입되자, 인상적인 팝의 선율에 일본인의 정서가 융합된 새로운 타입의 演歌가 보급 확산되면서 일본인 고유의 정서를 演歌에서 찾고자 하는 사람들에 의해 명칭에 대한 문제가 제기되었다. 그리고 그들의 의지에 따라 '남녀간의 농염한 사랑 노래'라는 의미의 '艶歌'라는 명칭은 다시 일본인 고유의 정서를 담은 의미의 '演歌'로 환원되어 오늘에 이르게 된 것이다.

근대 국민국가가 성립되고 거의 같은 시기에 제작 보급된 軍歌와 演歌는 상호 상반된 관계성을 지니고 전시가요로서 애창되었다. 그러나 〈태평양전쟁〉 종전 이후 사회에서 부르는 일이 그리 많지 않았던 軍歌에 비해 演歌는 종전 직후 일본 대중가요의 대표적 장르로 군림하였으며, 이후 수많은 대중들의 지속적인 관심과 사랑을 받으면서 나름의 성장과 발전을 보여주고 있다.

3. 본서의 특징 및 성과

본 연구진이 심혈을 기울여 출간한 『제국의 전시가요 연구』는 전쟁으로 점철된 일본근대라는 특수성을 지닌 시기 거국적 차원에서 불렸던 국민가요라 할 수 있는 軍歌와 演歌를 대상으로 이의 전시적 기능을 면밀히 연구 분석한 논문 18편을 모은 연구서로, 다음과 같은 주제성을 가지고 접근하였다.

(1) 초등교과과정에 투입된 아동용 軍歌集에 천착하여 청일 · 러일 전쟁 시기 국가적 목적에 의한 국민교화사조를 심층적으로 고찰하였다.
(2) 일제의 전략적 쇼비니즘에 착안하여 제국의 군국화 과정에서 새로 제작되거나 개사되어 보급된 군가의 실상을 파악하고, 이를

통하여 '國民 만들기'의 실체에 구체적으로 접근하였다.

(3) 일제강점기 조선에 수용된 군국가요와 그 변용 양상을 통하여 일제의 군국이데올로기 강화 측면 및 전시기능을 다각적으로 살펴보았다.

(4) 만주 및 중국을 배경으로 한 다수의 전시가요의 가사내용에 서사된 제국의 욕망과 확장을 위한 정치적 목적 및 현지인의 애환, 일상, 사랑, 이별, 지향점 등 다각적 측면으로의 접근을 시도하였다.

(5) 일제강점 이전부터 식민지기 내내 독립운동가로 불렸던 〈學徒歌〉의 본질과 그 계몽의 양면성을 철저히 해부하였다.

(6) 전시가요를 단순히 대중음악 연구에만 그치지 않고 타분야 문예물과 연계한 연구로 확장하였다. 연극이나 영화의 주제가 및 배경음악으로의 전이과정은 물론 거기서 도출한 효과에 이르기까지 단계적으로 확장 고찰하였다.

(7) 메이지, 다이쇼기 민중에서 자생한 엔카의 사회학적 측면을 살펴보았다. 演歌의 시작점인 '자유민권운동'이 演歌의 발전에 어떻게 영향을 끼쳤는지, 또 '다이쇼데모크라시'와 엔카의 상호 영향관계에 이르기까지 면밀히 고찰하였다.

(8) 메이지기 문학작품의 여타 예술장르로의 변용에 이어 산문문학의 운문화과정도 살펴보았다. 대표적 케이스라 할 수 있는 「金色夜叉の歌」와 이의 번안곡 「長恨夢歌」에서 당시의 사회와 이를 향유하는 민중들의 심성에 접근하였다.

(9) 쇼와 전반기의 演歌에 비해 쇼와 중・후반기의 演歌는 일본경제의 고도성장에 따라 파생된 현대인의 세계적 취향이 내재되어 있다. 특히 외래어 및 미학적 서사에 접근하여 현대인의 취향을

살피는 한편, '사랑'과 '이별'을 주제로 한 演歌에서는 이에 대한 다각적인 표현방법과 그 심경에까지 다가갔다.

(10) 민중에서 자생한 演歌는 특히 공간을 서사한 내용이 많았다. 그 공간적 서사에 천착하여 이들의 생활공간 안에서 표출하고자 하는 메시지에 접근하였다.

본서의 집필진은 위와 같은 견지에서 다각적인 연구를 시도하여 다음과 같은 성과를 도출해 내었다. 이 연구의 결과물을 집대성한 본 연구서의 특징 및 성과는 다음 각 항으로 정리하였다.

(1) 본 연구서는 근대 일본의 군가와 엔카의 제작 보급 실태와 이의 전개 및 변용 과정을 파악하고, 각각의 주제성을 가지고 접근함으로써 한일 근대 전시가요戰時歌謠에 대한 연구의 이정표를 제시하였다.

(2) 본 연구서는 일본군가를 학교 교과과정에 투입한 목적과 대중화 과정을 통하여 한일 양국 음악교육의 실상은 물론이려니와, 그것이 일제강점기 식민지인에게는 어떻게 왜곡되어 교육되었는지를 체계적으로 정리하고, 이의 지배국 중심적 논리에 대한 실증적인 자료로 마련하였다.

(3) 본 연구서는 그동안 단발적으로 시도되었던 근대의 전시가요, 즉 日本軍歌와 한일 대중가요의 발전상황을 상반된 양 축으로 하여, '근대'라는 시대적 특수성을 지닌 시기 '국가와 국민의 입장', '식민자와 피지배자의 입장', '남성과 여성의 입장' 등 양면성에 대한 논리를 확장하였다.

(4) 본 연구서는 근대 한일간 음악적 교류를 통하여 대중음악의 실체는 물론, 근대민중사의 일부를 재정립할 수 있는 계기를 마련

함으로써 대중문화에 대한 학제적 접근을 용이하게 하였다.

(5) 본 연구서는 한일 근대의 대중문예에 학제적으로 접근함으로써 단절과 왜곡을 거듭하였던 한국 근대가요사의 일부를 복원하고 재정립할 수 있는 계기를 마련하는 한편, 근대 대중문화에 대한 다각적인 연구방법론을 구축하였다.

(6) 본 연구서는 근대 일본제국의 시선을 단지 한일관계에 고착화하지 않고 이를 만주, 대만, 동남아, 남양군도 등 여타 식민지나 위임통치지와 대비함으로써 중층적 입체적 관점을 제시하였다.

(7) 본 연구서는 일본 근대국가의 설립에서부터 제국의 확장 과정에서 파생된 제반 사항을 다층적이고 종합적으로 파악함으로써 그간 한국사회가 지녀왔던 문화적 한계의 극복은 물론, 한국학 연구의 지평을 넓히는데 일조하였다고 자부한다.

『제국의 식민지 창가』에 이은 본 연구서의 출간은 개화기 통감부기 일제강점기로 이어지는 역사의 흐름 속에서 대중화되어 불려진 전시가요 연구를 집대성 한 것이다. 본 연구서로서 근대 한일 양국에서 불렸던 전시가요의 실상을 다각적으로 파악할 수 있음은 물론, 대중문예 연구에 대한 외연을 확장하는데 일조할 수 있는 典範을 제시하였다고 자부한다. 본 연구서의 출간은 '근대'라는 시대적 특수성을 지닌 시기의 한일 양국 대중문예 연구에 대한 지평을 확장하는데 크게 기여할 수 있으리라고 본다.

2015년 12월

전남대학교 일어일문학과

교수 김순전

▍차 례▍

서 문_5

제1장 演歌의 시공간 21

Ⅰ. 『金色夜叉の歌』와 '熱海'의 파장 23

Ⅱ. 昭和期 演歌의 地名 表象 47

Ⅲ. 이미자와 미소라 히바리의 노래에 나타난 空間 71

Ⅳ. 昭和期 演歌에 표출된 外來語 樣相 93

제2장 근대 취향과 演歌 121

Ⅰ. 演歌와 大正デモクラシー의 영향관계 123

Ⅱ. 昭和期 演歌를 통해 본 근대의 사랑과 이별 147

Ⅲ. 演歌, 明治文學 대중화의 기폭제 189

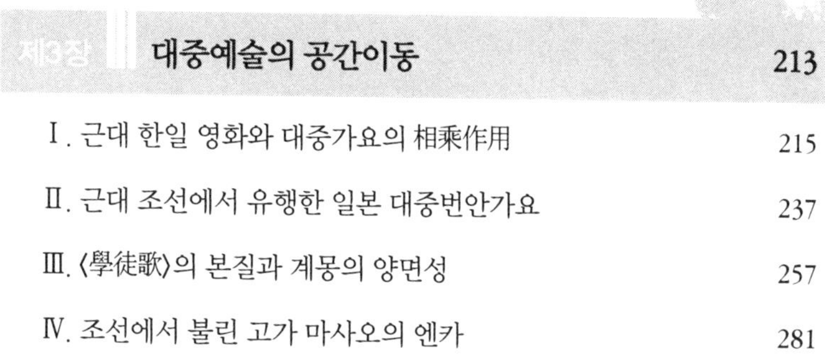

제3장 대중예술의 공간이동 213

Ⅰ. 근대 한일 영화와 대중가요의 相乘作用 215

Ⅱ. 근대 조선에서 유행한 일본 대중번안가요 237

Ⅲ. 〈學徒歌〉의 본질과 계몽의 양면성 257

Ⅳ. 조선에서 불린 고가 마사오의 엔카 281

제4장 軍歌의 국민교화 299

Ⅰ. 兒童用 '軍歌'에 담긴 明治 國民教化思潮 301

Ⅱ. 일제강점기 군국가요의 수용과 변용 양상 325

Ⅲ. 일제말기 〈소국민〉 양성을 위한 교화장치 351

Ⅳ. 국민교화를 위한 영화와 주제가 375

제5장 제국의 욕망과 확장 401

Ⅰ. 만주를 향한 일제의 대륙 진출 노래 403

Ⅱ. 근대 韓日 歌謠에 서사된 中國 429

Ⅲ. 1930~1940년대 流行歌의 戰時機能 451

참고문헌 _ 475

찾아보기 _ 483

제 1 장

演歌의 시공간

Ⅰ. 『金色夜叉の歌』와 '熱海'의 파장

Ⅱ. 昭和期 演歌의 地名 表象

Ⅲ. 이미자와 미소라 히바리의 노래에 나타난 空間

Ⅳ. 昭和期 演歌에 표출된 外來語 양상

제국의 전시가요 연구

Ⅰ. 『金色夜叉の歌』와 '熱海'의 파장*

▮ 박경수 · 김순전

1. 머리말

예로부터 남녀간 애정문제로 얽힌 삼각관계는 문학예술의 주요 소재素材가 되었으며, 지금도 모든 장르의 문학과 예술에서 다양한 형태로 끊임없이 재생산되고 있다. 여기에 금전이 개입된다면 더욱 심화된 갈등구조로 승화된 문학예술로서 대중을 끌어들이는데 부족함이 없을 것이다.

* 이 글은 2015년 3월 한국일본어문학회 「日本語文學」(ISSN : 1226-0576) 第64집, pp.149-171에 실렸던 논문 「演歌, 일본 근대문학의 공간적 파장 - 『金色夜叉』의 공간 '熱海'를 중심으로 -」를 수정 보완한 것임.

서양의 충격이 서서히 흡수되어가던 일본사회에 급격히 성장한 자본주의가 사회적 파장을 일으키던 시기, 돈에 얽힌 남녀간 사랑의 갈등구조를 리얼하게 담아낸 『金色夜叉』는 신문소설続き物로 소개되자마자 삽시간에 독자들을 유인하였고, 그 인기에 힘입어 연재 도중에 단행본으로 출간되었다. 그런가 하면 연극新派劇 및 영상물(영화, TV)로 제작되어 흥행을 주도하였고, 번안이라는 독특한 방법으로 재탄생되어 조선의 문학예술 분야에까지 파급되었다.

소설 『金色夜叉』에서 파생된 이 모든 문예장르가 대중의 마음을 이끌며 흥행을 주도하였던 까닭은 남녀주인공의 애틋한 사랑과 배신감에 울부짖던 처절한 이별의 장소로서의 '아타미熱海'라는 공간이 주는 파장일 것이며, 『金色夜叉』의 효과를 극대화한 주제가 「金色夜叉の歌」라는 '엔카演歌'일 것이다. 원작의 가장 클라이맥스 장면, 즉 '아타미'의 이별장면을 함축하여 노래한 「金色夜叉の歌」는 '엔카'라는 단독장르로서는 물론, 다른 문예장르의 주제가 혹은 효과음악으로 삽입되면서 원작의 대중화에 막강한 영향력을 발휘하였다. 더욱이 '번안'이라는 독특한 방식으로 식민지 조선에까지 수용됨으로써 이렇다 할 문화적 공간이 없었던 식민지사회의 문예부문에까지 큰 파장을 불러일으키며 공간적 파장을 일층 더하였다.

이에 본고는 『金色夜叉』의 가장 극적인 배경 '아타미'를 중점적으로 노래한 '歌'(「金色夜叉の歌」, 엔카, 대중가요)와 이의 번안곡 「長恨夢歌」에 천착하여 일본근대문학의 공간적 파장과 그 여파를 심층적으로 고찰해 보려고 하는 것이다.

2. '熱海'의 공간적 파장

2.1 『金色夜叉』의 아이콘 '熱海'

〈図 1〉『金色夜叉』의 삽화 (1898, 春陽堂)

소설 『金色夜叉』가 신문에 연재되면서 독자들을 삽시간에 소설 속으로 끌어들였던 것은 사랑의 갈등구조에 대한 전형을 보여주었던 장소 '아타미'의 여파라고 해도 과언이 아닐 것이다. 그 장소의 시공간적 파장은 신문연재 도중 슌요토春陽堂에서 출간된 단행본 『金色夜叉』(1898)의 속표지 삽화로서 독자들에게 선명하게 각인되기 시작하였다. 다케우치 게이슈武內桂舟(1861~1942)가 그린 속표지 삽화는 〈図 1〉에서 보듯 소설의 하이라이트인 '아타미'에서의 이별장면 배경으로 하고 있어, '아타미'가 『金色夜叉』의 공간적 키워드임을 부각시키고 있다. 이후에 발행된 단행본 표지그림의 대다수도 마찬가지이다.

이처럼 『金色夜叉』의 공간적 키워드로 부상한 '아타미'는 이를 향유하는 층의 회로에 따라 신파극을 비롯한 각종 문예물의 주요배경 및 장치가 되었으며, 또 그 장면은 유성기 음반에 취입되는 '극'이나 '만담漫談', 혹은 '만극漫劇'이나 '넌센스', 심지어는 각종 공연의 막간극에 이르기까지 다양한 명칭의 오락물로 재생될 때마다 주요 레퍼토리가 되었다. 이러한 문예물 및 오락물의 공통분모는 단연 '아타미' 부분의 스토리를 함축하여 노래한 '엔카'라 할 것이다.

그 주요장르로 먼저 신파극을 들 수 있다. 신파극 〈金色夜叉〉는 소설 연재도중인 1898년 3월 가와카미 오토지로川上音二郎에 의해 처음 상연된 이후 수많은 신파극단에 의해 상연되었다. 음향시설이 제대로 갖추어지지 않았던 신파극 초기에는 상황에 따른 대사나 해설로서 효과를 내었지만, 원작의 내용을 가미한 「金色夜叉の歌」가 보급되면서부터는 '아타미'의 이별장면의 배경음악으로 엔카가 흘러나와 극적인 효과를 더하였다.

영화와 TV드라마 등 영상물도 마찬가지다. 『金色夜叉』 관련 영상물의 제작 현황을 〈표 1〉과 〈표 2〉[1]로 정리하였다.

〈표 1〉 『**金色夜叉**』의 영화제작 현황

시기/년도		영화제목	제작사	배역
大正期	1912	金色夜叉	横田商会	
		金色夜叉	吉沢商会	
	1918	金色夜叉	日活向島撮影所	貫一:藤野秀夫, お宮:衣笠貞之助
		続金色夜叉		貫一:藤野秀夫, お宮:衣笠貞之助
	1921	金色夜叉	日活向島撮影所	貫一:横山運平, お宮:中山歌子
		続金色夜叉	小松商会	貫一:伊藤芳夫, お宮:三浦清
	1922	金色夜叉	松竹キネマ蒲田撮影所	貫一:諸口十九, お宮:川田芳子
		傑作集枠 金色夜叉(明治文壇海岸の悲劇)		貫一:岩田祐吉, お宮:栗島すみ子
	1923	金色夜叉 宮の巻	マキノ映画製作所等持院撮影所	貫一:宮島健一, お宮:田中嘉子
	1923	金色夜叉 貫一の巻		寛一:宮島健一, お宮:田中嘉子
	1924	金色夜叉	日活京都撮影所第二部	寛一:鈴木伝明, お宮:浦辺粂子
		金色夜叉	帝国キネマ	寛一:松本泰輔, お宮:歌川八重子
	1925	絵巻金色夜叉	アシヤ映画	寛一:松本泰輔, お宮:歌川八重子

1 〈표 1〉과 〈표 2〉는 인터넷사이트 http://ja.wikipedia.org/wiki/(2014.8.2)를 참고하여 필자가 정리한 것임.

昭和期	1930	剣戟から生れた金色夜叉	市川百々之助プロダクション	寛一：市川百々之助, お宮：久野あかね
		続金色夜叉 前後篇		寛一：広瀬恒美, お宮：不明
	1932	金色夜叉	松竹キネマ蒲田撮影所	寛一：林長二郎, お宮：田中絹代
		金色夜叉	不二映画社	寛一：高田稔, お宮：佐久間妙子
	1933	金色夜叉	日活太秦撮影所	寛一：鈴木伝明, お宮：山田五十鈴
		間貫一	新興キネマ	寛一：中野英治, お宮：中野かほる
	1934	金色夜叉		寛一：片桐敏郎, お宮：西条麗子
	1937	金色夜叉	松竹大船撮影所	寛一：夏川大二郎, お宮：川崎弘子
	1948	金色夜叉 前後篇	東横映画	寛一：上原謙, お宮：轟夕起子
	1954	金色夜叉	大映東京撮影所	寛一：根上淳, お宮：山本富士子

〈표 2〉『**金色夜叉**』의 드라마 제작 현황

년도	드라마 제목	방송사	배 역
1955	金色夜叉	日本テレビ系列	寛一：伊志井篤、お宮：水谷八重子
1962	近鉄金曜劇場 金色夜叉	TBS系列	寛一：和田孝、お宮：朝丘雪路
1963	コメディフランキーズ 笑説金色夜叉	TBS系列	寛一：菅原謙二、お宮：朝丘雪路
1965	金色夜叉	NHK	寛一：川崎敬三、お宮：冨士真奈美
1966	金色夜叉	フジテレビ系列	寛一：勝呂誉、お宮：高須賀夫至子
1973	水曜ドラマ 金色夜叉	NHK	寛一：山本亘、お宮：佐久間良子
1982	土曜劇場 金色夜叉	テレビ東京系列	
1990	新金色夜叉 百年の恋	フジテレビ系列	寛一：石橋保、お宮：横山めぐみ、

위에서 보듯 '아타미'를 사랑과 이별의 공간으로 시각화 한『金色夜叉』의 영상물은 초기에는 영화가 주류를 이루었으며, 1955년 이후부터는 TV드라마의 형태로 대중의 안방까지 파고들었다. 1912년 처음 영화화 한 이래 꾸준히 제작된 수십 편의 영상물에서도 '아타미'의 이별장면은 단연 압권이었다. 그 장면에서 어김없이 흘러나오는 애절한 선율의「金色夜叉の歌」가 이의 파장을 극대화 하였으리라는 것은 쉽게 짐작할 수 있을 것이다.

가와무라 미나토川村湊가 일본근대 온천문학의 기원을 『金色夜叉』로 보고, "온천이라고 하면 아타미, 아타미라고 하면 간이치와 오미야, 오미야와 간이치라고 하면 아타미 해변"[2]이라는 도식을 내세웠던 것처럼 '아타미'라는 공간은 이처럼 『金色夜叉』에서 파생된 모든 문예작품의 아이콘으로 부상하였다.

2.2 「金色夜叉の歌」의 이력과 '熱海'

메이지전기 서양음악이 유입되면서 일본사회는 국가적 차원에서 보급된 '唱歌', '軍歌' 그리고 민간적 차원에서 자생한 '엔카'가, 물신物神주의로 빚어진 인간성 상실에 대한 개혁의 급물살을 타고 점차 확산되어 갔다. 이러한 움직임 속에서 소설 『金色夜叉』는 1909년 당대의 독보적인 엔카시演歌師 소에다 아젠보添田唖蟬坊[3]에 의해 처음 운문화 되었다. 1902년 보급되어 이미 귀에 익숙해진 창가 「美しき天然」[4]의 곡조를 차용한 아젠보의 「金色夜叉の歌」는 '아타미熱海 場'에서 '시오바라塩原場'에 이르기까지 총 분량이 5장 110여절이나 되는 장편 가타리우타語り唄였다. 그런 까닭에 그 서두는 "봄안개 드리운 하늘인양 / 달빛도 아

2 川村湊(2007) 『温泉文學論』 新潮社, p.16 (허석 외(2012) 『문학으로 보는 일본의 온천문화』 민속원, p.177에서 재인용)

3 添田唖蟬坊(1872-1944) : 본명 平吉, 가나가와(神奈川)縣의 한 농가에서 차남으로 태어난 소에다 아젠보는 14세 되던 해 아버지를 따라 숙부집이 있는 도쿄로 상경하여 요코스카(横須賀)에서 노무자 생활을 하면서 살아가고 있던 중, 당시 청춘의 비분강개를 노래하던 演歌師에 감격한 이후, 演歌壯士 단체로부터 인쇄물을 입수하여 스스로 演歌의 세계에 빠져들었다. 이후 「ストライキ節」를 비롯하여 180여곡에 가까운 수많은 演歌를 만들어 보급하였다. 「社會黨ラッパ節」를 계기로 사회주의에 일시적으로 관계하였으나, 정치에 염증을 느끼고 '노래하는 언론인'으로서 독자적인 길을 가게 된 대표적 演歌師이다.(박경수(2014) 「演歌, 明治文學 대중화의 기폭제 - 『金色夜叉の歌』를 중심으로 -」 「日本語文學」 日本語文學會, p.342)

4 1902년 요나누키 단음계 3/4박자 왈츠풍으로 만들어져 보급된 「美しき天然」은 당시 모르는 사람이 없을 정도로 애창되던 唱歌였기에 민중들에게는 이미 익숙해진 선율이었다.

름다운 너른바다는 / 등잔처럼 잔잔히 건너가는 / 어부가 젓는 노櫓소리 나른하네 / 波路끝의 고기잡이 불은 / 안개를 엷게 물들이기 시작하고 / 꿈을 펼쳐놓은 듯한 / 아타미해변의 봄날 저녁……"[5]이라는 내용의 정경묘사로 시작되어, 서서히 미야お宮에게 배신당한 간이치貫一의 참담한 심경묘사로 이어진다. 3박자 느린 템포의 「美しき天然」의 선율을 타고 조곤조곤 이야기하는 형식으로 이어지는 아젠보의 「金色夜叉の歌」는 이를 전파하는 엔카시에 의해 일본전역으로 확산되어갔다. 그러나 그다지 붐을 일으키지는 못했던 것은 국내외적으로 급변하던 다이쇼 초기 젊은 층이 서양오페라에 경도되어가고 있었던 까닭일 것이다.

반면 1918년 미야지마 이쿠호宮島郁芳[6]가 새롭게 만든 동명의 「金色夜叉の歌」는 삽시간에 폭발적인 붐을 일으켰다. 전주前奏 후 바로 1절에서 두 히로인의 이별장면을 부각하였던 점(아젠보의 「金色夜叉の歌」에서는 17절에 해당함)과 박진감 있는 오페라식 표현방식으로 강한 임팩트를 부여하였던 것이 다이쇼인의 취향에 부합하였던 것으로 보인다.

5 霞を布ける空ながら/ 月美しく海原は/ 油鉢の様に凪ぎ渡り/ 海人が漕ぐ櫓の声たゆく/ 波路の末の漁り火は/ 霞を淡く染め出だし/ 夢を敷けるが如くなる/ 熱海の浜の春の宵(添田知道(1982)『演歌の明治大正史』刀水書房, p.162)

6 宮島郁芳(1894-1972) : 본명 敬二, 가난한 농가에서 태어난 미야지마 이쿠호는 소학교를 졸업하고(1910) 가족과 함께 상경하여 신문배달, 인쇄공 등을 하면서 중학(順天中学校)을 마치고 문학에의 꿈을 이루기 위해 와세다대학 문과 예과과정에 입학하였으나 다이쇼데모크라시와 더불어 확산된 사회주의사상에 공명하여 사회주의운동에 참가하였다가 特高警察에 검거된바 있으며, 결국 대학수업료를 내지 못해 중퇴하였다. 이후 생활을 영위하기 위해 演歌師가 되었다. 24세(1918) 때 아사쿠사에서 상연된 연극 〈金色夜叉〉가 대호평을 받았던 데서 구상을 얻어 만든 「金色夜叉の歌」가 폭발적인 인기를 끌면서 뒤이어 演歌師로서 입지를 굳히게 되었다.(박경수(2014) 앞의 논문, pp.342)

1. 아타미 해변을 산책하는 / 간이치 오미야 둘이서 나란히
함께 걷는 것도 오늘 뿐이요 / 이야기하는 것도 오늘 뿐이리
2. 내가 학교를 마칠 때까지 / 어째서 미야는 기다리지 않았소?
내가 지아비로 부족하단 말이오? / 아니라면 돈이 욕심이 났소?
3. 지아비로 부족함은 없겠지만 / 당신의 유학길을 열어주려고
부모님의 말씀을 따라서 / 도미야마 집안으로 시집갔다오
4. 그렇다 해도 미야여 간이치는 / 이래뵈도 일개 남자로서
이상의 아내를 돈으로 바꾸어 / 유학 갈 놈은 아니잖소?
5. 미야여 반드시 내년의 / 이 달 오늘 밤 이 달빛은
내 눈물로 흐리게 하여 / 보여주겠소. 남자의 기개로서 〈중략〉
17. 미야는 눈물을 뚝뚝 흘리며 / 나는 도미야마에게 시집간 날부터
여기서 6년의 하루라도 / 당신을 생각하지 않는 날은 없었다오
18. 그저 조석으로 당신모습만 / 공허하게 가슴에 그리면서
이 세월이 지나갔다오. / 그 마음을 불쌍히 여겨주세요
19. 용서해달라며 내 죄라며 / 울며불며 깎듯이 비는 것을
때마침 저기서 석양의 / 종소리 멀리 울려퍼지네[7]

(번역 필자, 이하 동)

7 一、熱海の海岸散歩する/ 貫一お宮の二人連れ/ 共に歩むも今日限り/ 共に語るも今日限り
二、僕が学校終えるまで/ 何故に宮さん待たなんだ/ 夫に不足が出来たのか/ さもなきゃお金が欲しいのか
三、夫に不足はないけれど/ あなたを洋行さすが為 / 父母の教えに従いて/ 富山一家に嫁しずか
四、如何に宮さん貫一は/ これでも吾れも一個の男子なり/ 理想の妻を金に替え/ 洋行するよな僕(者)じゃない (永岡書店編輯部 편(1980)『日本演歌大全集』永岡書店, p.355)
五、宮さん必ず来年の/ 今月今夜のこの月は/ 僕の涙でくもらして/ 見せるよ男子の意気地から
十七、宮子は涙払いつつ/ 我富山に嫁(ゆ)きてより/ 茲に六年の一日とて/ 御身を思わぬ日はあらじ
十八、只明け暮れに御姿を/ 空しく胸に描きつつ/ この年月は過ぎたりし/ 其の心根を憐(あわ)れみて
十九、許させ給え我罪と/ 泣きつ叫びつ詫び入るを/ 折りしもあれや夕暮れの/ 鐘の音遠くひびくなり

이러한 가사내용에 어울리는 리드미컬한 악곡 또한 그렇다. 미야지마 이쿠호의 「金色夜叉の歌」는 고토 시운後藤紫雲이 작곡한 악곡과 '旧制一高(현 도쿄대 교양학부)'의 〈기숙사가寮歌〉 「도쿄하늘에 동풍이 불어都の空に東風吹きて」의 악곡에 붙여 부르기도 하였다. 어쨌든 이쿠호의 「金色夜叉の歌」는 때로는 러일전쟁 직전 전의앙양을 촉진하였던 「도쿄하늘에 동풍이 불어」의 선율로, 때로는 끊어질듯 이어지는 고토 시운의 구슬픈 단음계의 선율을 타고 삽시간에 전국적으로 유행[8]함으로써 엔카의 공간 '아타미'를 급부상시켰다.

이후의 「金色夜叉の歌」는 대부분 이쿠호의 엔카後藤紫雲 曲로 고착되었고 그 대부분이 7절로 축약 종결되는 가운데 시대의 흐름에 따라, 또 음반제작사와 부르는 가수에 따라 또다른 악곡으로 편곡되어 불리기도 하였다. 그 중 1965년 킹레코드사가 유명가수 쇼지 타로東海林太郎와 마쓰시마 우타코松島詩子의 듀엣으로 제작 발표한 「金色夜叉の歌」가 유례없는 대히트를 기록하면서 다시금 사랑과 이별의 공간 '아타미'를 조명하였다.

1. (男女) 아타미 해변을 산책하는/ 간이치 오미야 둘이서 나란히
   함께 걷는 것도 오늘 뿐이요/ 이야기하는 것도 오늘 뿐이리
2. (男) 내가 학교를 마칠 때까지/ 어째서 미야는 기다리지 않았소?
   내가 지아비로 부족하단 말이오?/ 아니라면 돈이 욕심이 났소?
3. (女) 지아비로 부족함은 없겠지만 / 당신의 유학길을 열어주려고
   부모님의 말씀을 따라서 / 도미야마 집안으로 시집갔다오
4. (男) 그렇다해도 미야여 간이치는 / 이래뵈도 일개 남자로서

8 박경수(2014) 앞의 논문, pp.347-348 참조

이상의 아내를 돈으로 바꾸어 / 유학 갈 놈은 아니잖소?

5. (男) 미야여 반드시 내년의 / 이 달 오늘 밤 이 달빛은
내 눈물로 흐리게 하여 / 보여주겠소. 남자의 기개로서

6. (女) 다이아몬드에 눈이 어두워져 / 타서는 안되는 황금가마를
사람은 몸가짐이 으뜸이지요 / 돈이란 이세상에 돌고 도는 것

7. (男女) 사랑에 실패한 간이치는 / 매달리는 미야를 뿌리치고
통한의 눈물 뚝뚝 흘리니 / 홀로남은 물가 달빛 서러워[9]

전후 안정기에 접어들면서 이전의 치열함보다는 무료함과 공허함에 휩싸인 일본 젊은이들에게 유명 남녀가수의 대화형식의 창법은 리얼함과 함께 이전과는 색다른 묘미를 더하였을 것으로 보인다.

주인공 간이치와 오미야의 사랑과 이별 장소인 '아타미'의 정경을 수채화처럼 그려나간 아젠보의 연역적 방식이나, 1절 서두에 "아타미 해안을 산책하는/ 간이치 오미야…熱海の海岸散歩する/ 貫一お宮の…" 두 주인공을 바로 등장시키는 이쿠호의 귀납적 방식에서도 동일하게 부각되는 것도 '아타미'이다. 이후 쇼지 타로와 마쓰시마 우타코의 듀엣으로 불려진「金色夜叉の歌」 역시 '아타미'를 전면 부각하고 있음은 말할 것도 없다. 그 옛날 청춘남녀의 사랑과 애증으로 점철된 공간 '아타미'는 이처럼 이를 노래한 엔카로서 대중을 흡인하며 점차 그 공간적 인식을 확장해 나아가고 있었다.

9 一절~五절까지의 원문은 각주8)과 동일하므로 생략하기로 한다.
六、(女) ダイヤモンドに目がくれて/ 乗ってはならぬ玉の輿/ 人は身持ちが第一よ/ お金はこの世のまわりもの
七、(男女) 戀に破れし貫一は/ すがるお宮をつきはなし/ 無念の涙はらはらと/ 殘る渚に月淋し

2.3 대중가요에 서사된 '熱海'

이쿠호에 의해 새로운 모습으로 탄생된 「金色夜叉の歌」가 모든 예술장르의 대표적인 주제가로 정착되어 100여 년의 세월이 지나도록 변함없이 애창되고 있는 것은 '아타미熱海'가 주는 마력이라 해도 과언이 아닐 것이다. 그 옛날 닌켄仁賢천황 시절에 발견된 이래,[10] 메이지기 소설 『金色夜叉』의 극적 배경이 되어 더욱 부각된 공간 '아타미'의 파장은 쇼와기昭和期 대중가요로 이어졌다.

한 때 연인들의 사랑과 이별의 장소로서의 아픔을 간직한 '아타미'라는 공간이 내뿜는 열기는 이후로도 계속되어 대중가요의 주요 소재가 되었다. 이에 따라 근처의 아타미온천熱海温泉은 만남과 이별의 장소로서 부동의 명소가 되었으며, 유행가에 그대로 서사되어 더욱 애틋함을 자아내는 공간 '아타미'의 설화를 창조해갔다. 1935년 사에키 다카오佐伯孝夫가 작사하여 사가와 미쓰오佐川滿男가 발표한 「아타미 블루스熱海ブルース」[11]는 그 좋은 예라 하겠다. 1절과 3절만 인용해보겠다.

1. 어제 왔던 거리 어제 거닐던 거리 / 오늘 또 저무네.
   못다한 추억의 온천연기여 / 비 내음도 부드럽고 달콤하구나
   그대는 온천을 마친 화사한 얼굴이어라

10 아타미 온천의 발견은 약 1500년 전 닌켄(仁賢)천황 시대로 거슬러 올라간다. 바다 속에서 끓는 물이 솟아나고 물고기가 짓무르다죽는 것을 도시의 사람이 발견, 이후 "뜨거운 바다"라는 의미의 아타미로 이름 붙여진 것으로 전해진다. 에도시대에는 도쿠가와 이에야스(徳川家康)가 찾은 이래 아타미 온천수가 에도성에 헌상되기도 하였으며', 오자키 고요의 『金色夜叉』로 더욱 유명해진 메이지기에는 문인묵객이 많이 찾아와 문학의 소재를 얻어가는 곳이기도 하였다.

11 永岡書店 編(1980) 『日本演歌大全集』 永岡書店, p.90

3. 미야를 울렸던 미야를 울게 했던 / 해변 모래밭 언저리
   으스름 흐린 달 마음이 쓰이네 / 여자의 마음과 온천의 추억
   말로 다 할 수 없는 추억뿐이리[12]

「아타미 블루스」는 간이치와 미야의 흔적이 고스란히 남아있는 해변의 모래밭과 간이치가 배신감에 울부짖던 1월 17일 밤을 떠올리게 하는 "으스름 흐린 달 마음이 쓰이네"를 읊조리며 또다시 대중을 '아타미'로 유인하였다. 그러나 1930년대의 '아타미'는 변심한 연인과 재회할 기약 없는 이별의 장소로서의 '아타미'였다.

이에 반해 1964년 유명 여가수 사쓰키 미도리五月みどり가 불러 공전의 히트를 기록한 「아타미에서 만나요熱海で逢ってね」[13]는 청춘남녀의 이별과 애증으로 점철된 공간 '아타미'를 다시 만나는 재회再會의 공간으로 재창조해 놓았다.

1. 아타미에서 만나요 그때까지 기다려요
   내키지 않는 자리도 불러준다면
   가야만 하는 오늘밤의 나
   당신만은 알아주세요
   (후렴 : 아타미에서 만나요 / 그때까지 기다려요 기다릴게요)
2. 아타미에서 드릴게요 나의 진심을
   손님과 게이샤의 벽을 넘어

12 一、昨日來た街　昨日來た街/ 今日また暮れて/ つきぬ情(おも)いの 湯げむりよ/ 雨の匂いも　やさしく甘く/ 君は湯上り 春の顔
三、宮を泣かした　宮を泣かした/ 横磯あたり/ おぼろ薄月 気にかかる/ おんなごころと 溫泉(いでゆ)のなさけ/ 口にいえない ことばかり

13 永岡書店 編(1980) 앞의 책, p.89

오직 여자와 남자 되어서

함께 걸어요, 온천 마을을[14]

휴양온천으로 유명한 '아타미'였기에 청춘남녀의 만남도 빈번했겠지만, 여러 손님을 상대하는 기생芸者의 입장에서 만난 남자였음에도 진정한 사랑을 나누었기에 다시 재회하고픈 미래의 장소로서 '아타미'를 노래하고 있음을 알 수 있다.

그런가 하면 하코자키 신이치로箱崎伸一郎가 부른 「아타미의 밤熱海の夜」[15]은 단 하룻밤의 행복으로 그친 일회성 풋사랑의 장소로 일관하고 있어, 이와는 다른 면을 보여주기도 한다.

1. 단 한 번의 행복이 / 허무하게 사라진 네온거리

   잊을 수 없는 그 모습 / 달빛에 비친 온천의 여관

   아타미의 밤

3. 사랑도 온천연기도 사그러든다는 것을

   알고는 있었지만 불태웠습니다. 〈중략〉

   아타미의 밤[16]

시대상을 음미吟味한 유행가에 대중들이 빠져드는 가장 큰 이유는 무

14 一、熱海で逢ってね それまで待ってね/ 染まぬ座敷も お名差しならば/ 行かにゃならない今夜の私/ あなたわかって くれるわね (후렴; 熱海で逢ってね それまで待ってね 待ってね

二、熱海であげるわ わたしのまごころ/ 客と芸者の 垣根をこえて/ ただの女と 男になって/ 歩きましょうね 湯の町を

15 永岡書店 編(1980) 앞의 책, p.90

16 一、たった一度の 幸が/ はかなく消えた ネオン / 忘れられない 面影を/ 月にうつした湯の宿を/ 熱海の夜

三、恋も湯げむり 消えるもの/ 知っていたけど 燃えました/ 〈略〉 /熱海の夜

엇보다도 그 가사내용에 전적으로 공감하기 때문일 것이다. 누구에게나 있음직한 사건들, 특히 사랑에 대한 애틋한 추억이나 상처에 관련된 내용이라면 더더욱 그럴 것이다. 노랫말이 부르는 자나 듣는 자의 고백이거나 회상일수도 있기에, 동시다발적으로 떠오르는 그 공간이야말로 각자의 상상 속에서 오히려 주인공으로 변용變容되기도 한다. 「정사情死, 心中는 '소네자키曾根崎', 사랑과 이별은 '아타미'」라는 공간적 도식이 성립할 수 있는 것도 이러한 까닭이라 할 것이다.

그러나 에도시대 숱한 정사사건이 일어난 비관적인 공간 '소네자키'에 비해, '아타미'는 사랑과 이별의 공간, 그러나 재회를 꿈꾸는 희망의 공간, 또 새로운 만남을 위한 미래의 공간으로서 낙관적 전망도 드러내고 있다. '아타미' 해변에 간이치와 미야의 동상에 이어 「金色夜叉の歌」의 노래비까지 설치하여 테마여행으로까지 확장을 도모함이 그것이며, 아타미市에서 매년 간이치와 오미야가 이별한 날(1월 17일)을 기념하여 고요마쓰리紅葉祭를 개최함으로써 대중을 문예적 공간 '아타미'로 유인하고 있음이 그것이라 하겠다.

3. 熱海의 변용 '대동강변'

3.1 『長恨夢』의 문예적 파장과 '대동강변'

오자키 고요의 『金色夜叉』가 일제一齊 조중환에 의해 『長恨夢』으로 번안되어 〈매일신보〉의 신문소설로 식민지 조선에 소개되었다는 것은 주지의 사실이다. 조중환은 "조선 靑年이 한 쏘각의 小說, 한편의 詩歌를 어더보기가 참으로 어려웟"[17]던 1910년대 일본작가의 유명소설을 조선청년들에게 읽히고자 함에 있어 다음 세 가지 사항을 염두에 두고 번안에 착수하였다.

「長恨夢」을 번안함에 잇서 가장 重要한 내 意見은 1.事件에 나오는 背景등을 純朝鮮 냄새나게 할 것, 2.人物의 일흠도 조선사람 일흠으로 改作할 것, 3.푸룻을 過히 傷하지 안을 程道로 文彩와 會話를 自由롭게 할 것. 이 세가지엿다.[18]

원작부터가 번안이라는 독특한 방법으로 수용되었던 만큼 전체 구조를 유지하는 선에서 소설의 배경은 "純朝鮮 냄새"가 날 것, 등장인물의 이름도 "조선사람 일흠으로 改作"하였다. 따라서 남자주인공 간이치間貫一는 이수일李守一로, 여주인공 오미야お宮는 심순애沈順愛로 명명되었다. 또한 남녀주인공이 처음 만났던 장소인 '가루타かるた모임'은 '윷놀이판'으로, 가장 극적인 장면이자 「金色夜叉の歌」의 전적인 배경이 되었던 '아타미해변'은 평양의 '대동강변'으로 공간 이동하여 설정하였다.

일본을 왕래하거나 일본문예와의 접촉이 가능했던 계층에서는 이미 『金色夜叉』 관련 문예물의 키워드인 '아타미' 파장을 경험하였겠지만, 그것이 식민지 조선에 『長恨夢』으로 번안 소개되고 또 다양한 문예장르로 재생산됨에 따라 '대동강변'의 이별장면 역시 신파극 을 비롯, 단행본의 표지, 영화의 포스터 등등 일본과 거의 비슷한 양상의 시공간적 이미지의 확산으로 나타났다.

『長恨夢』 역시 신문연재 도중 단행본으로 간행되었는데,[19] 1930년

17 趙一齊(1934) 「「長恨夢」「雙玉淚」飜案回顧」『三千里』 1934.9, p.234
18 趙一齊(1934) 위의 잡지, p.234
19 본편의 上卷은 1913년 회동서관(匯東書館)에서, 中卷과 下卷은 1916년 유일서관(唯一書館)과 한성서관(漢城書館)에서 간행되었다.

까지 상권은 6판, 中下卷은 7판까지 나왔을 정도로 크게 성공을 거두었다. 해방 후에도 그 인기는 지속되어 1956년에는 영화출판사와 세창서관에서 간행하였고, 또 향민사에서도 1964년과 1978년에 재차 단행본을 간행하였다.[20] 이들 단행본 표지는 말할 것도 없이 '대동강변'의 이별장면이다.

〈図 2〉 단행본 『**長恨夢**』(1930)

〈図 3〉 단행본 『**長恨夢**』(1956)

〈図 2〉는 1930년 회동서관의 6판 인쇄본 『長恨夢』上卷의 표지이며, 〈図 3〉은 1956년 세창서관世昌書館에서 딱지본으로 출간된 『長恨夢』의 표지이다. 26년의 시간차를 두고도 표지그림은 역시 '대동강변'의 이별장면을 배경을 하고 있다.

전자가 달밤에 교복차림의 돌아선 수일과 주저앉아 눈물을 훔치는 순애의 모습을 그려 인물을 부각시킨데 비해, 후자는 순애를 발로 걷

20 김지혜(2010) 「일제강점초기 식민지 문화의 재편, 신문소설 삽화 〈長恨夢〉」 「미술사논단」, 한국미술연구소, p.116 참조

어차는 격정적인 수일의 모습 뒤로 유유히 흐르는 대동강이 극적 이미지를 더하고 있다.

신파극에 있어서도 '대동강변'의 격정적인 장면은 단연 압권이다. 1913년 7월 처음 상연된 신파극 〈長恨夢〉에서부터 '대동강변'의 장면과 스토리는 홍보 및 무대장치의 주된 레퍼토리였다. 그 대표작을 〈표 3〉으로 정리해 보았다.

〈표 3〉 신파극 〈長恨夢〉의 상연극단과 극장

순	상연시기	극 단	상연극장	비 고
①	1913년 7월~8월	유일단	연흥사	본편
②	1913년 11월	혁신단	연흥사	“
③	1914년 2월	혁신단	연흥사	“
④	1914년 3월	혁신단	사쿠라좌(桜座)	“
⑤	1914년 10월	혁신단	단성사	“
⑥	1916년 3월	혁신단	단성사	속편
⑦	1923년	예술좌	조선극장	본편
⑧	1924년 6월	토월회	조선극장	“
⑨	1925년 8월	토월회	광무대	속편
⑩	1932년 2월	신무대	단성사	“
⑪	1933년 11월	협동신무대	도화극장	본편
⑫	1935년 3월	예원좌	조선극장	“
⑬	1936년 3월	청춘좌	동양극장	“
⑭	1937년 12월	인간좌	광무극장	속편
⑮	1940년 3월	청춘좌	동양극장	본편

신파극 공연기간이 보편적으로 3일~5일이었던 점이나, 관객의 호응도에 따라 즉흥적인 공연을 진행하였던 점을 고려한다면, 상연횟수에 따른 극적 장면의 시각적 여파도 지속되었을 것이다. 이는 영화로 상영된 〈長恨夢〉에서도 동일한 현상으로 나타난다.

〈표 4〉『長恨夢』의 영화제작과 상영관

순	제작일	제 작 자	감독	배 우	상영관
①	1920.4.24-28	이기세 (조선문예단)	이기세	이기세, 마호정, 이응수 등	우미관
②	1926.3.18-22	조중환 (계림영화협회)	이경손	강홍식, 朱三孫 / 심훈, 김정숙, 나운규, 남궁운	단성사
③	1928.11.29-30	나운규 (나운규프로덕션)	나운규	주삼손, 전옥, 이규웅, 윤봉춘 등	단성사
④	1931.3.1-1	島田 (대경영화양행)	이구영	이경선, 김연실, 심영, 윤봉춘 등	단성사(제목:수 일과 순애)
⑤	1965.10.1	홍의선 (연합영화사)	김달웅	신성일, 김지미, 김승호 등	
⑥	1969.8.1	신상옥 (신필림)	신상옥	신성일, 윤정희, 남궁원, 한은진, 도금봉, 사미자 등	명보극장

여기서 ①은 실상 무대극과 영사의 복합적 성격[21]을 지닌 것으로 영화라기보다는 연극 성향이 더 강하다. 본격적인 영화라고 할 수 있는 것은 조중환의 계림영화협회 창립작인 흑백무성영화 ②부터라 할 수 있다. 작품 후반부에서 이수일역이 소설가이자 배우인 심훈으로 교체되어 화제가 되기도 하였던 ②는 특히 「長恨夢歌」[22]가 주제곡으로 삽입되어 주목되는 영화이기도 하다. 그리고 ③은 파산위기에 몰려있던 '나운규프로덕션'이 재정난 탈출을 위해 기획한 이른바 '모의촬영'[23]

21 무대에서 표현하기 어려운 야외장면이나 활극장면 등을 영화로 찍어 연극 중 무대 위의 스크린에 영사하는 기법을 사용함으로써 당시 키노드라마(kinodrama)로도 불리기도 하였다. 이는 1918년 「불여귀」의 공연에서 사용된 기법이었는데, 1919년 단성사에서 시도되었다. (박진영(2004) 앞의 논문, p.254 참조)

22 「長恨夢歌」는 1929년 이상준이 펴낸 『신유행창가』의 증보판(초판과 재판은 각각 1922년 2월, 1923년 11월)과 1925년 11월 일본축음기상회 '닙보노홍'에서 나온 음반 〈조선소리판〉에 수록된 김산월의 번안곡에서 찾아 볼 수 있다.

23 모의촬영이란, 무대위에서 영화촬영작업을 실연하여 관객에게 보여주는, 그러니까 연극의 변형된 복합무대라고 볼 수 있는 형식이었는데, 꽤 성공을 거둔 케이스다. 본편 전반부인 대동강 이별장면까지를 2막으로 구성한 이 무대는 최초의 모의촬영으로 기록된 바 있다.

이며, 이동촬영기법을 도입한 ④는 영화제목을 『수일과 순애』로 하였음이 특이하다 하겠다. 한편 해방이후 상영된 ⑤는 신성일·김지미가 주인공을 맡아 열연하였으며, 1969년에는 새로이 메가폰을 잡은 신상옥감독이 남녀 주인공을 신성일과 윤정희로 교체하여 현대적 감각으로 재조명하였는데, 이들 영화의 홍보용 포스터 역시 '대동강변'의 이별장면, 즉 「長恨夢歌」의 정점이라 할 수 있다.

〈図 4〉 영화 『長恨夢』 포스터
(신성일 · 윤정희 주연, 1969)

3.2 「長恨夢歌」의 정점 '대동강변'

앞서 살폈듯이 『長恨夢』에서 파생된 모든 문예물의 전적인 배경 이 '제2의 아타미'라 할 수 있는 '대동강변'이었으며, 그 격정적인 장면에서 배경음악으로 흘러나오는 「長恨夢歌」가 극적 효과를 극대화하였음은 말할 나위도 없다.

우측의 〈악보 3〉은 1929년 이상준이 펴낸 『신유행창가』의 증보판에 수록된 「長恨夢歌」의 악곡이다. 2/4 박자 C장조, 요나누키 장음계의 전형

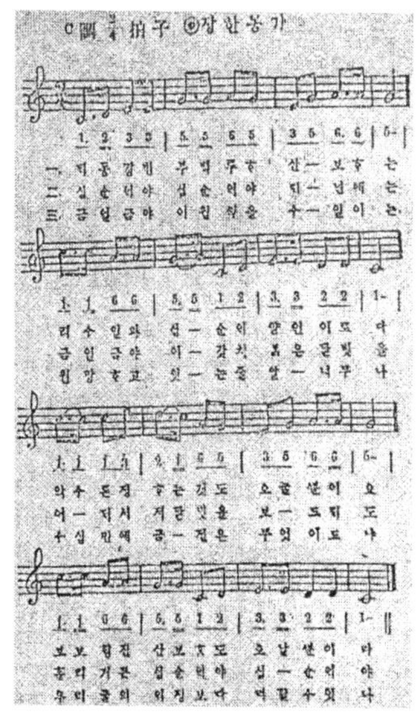

〈악보 3〉 「長恨夢歌」(1922)

적인 唱歌형태의 악곡을 취하고 있는 이 악곡은 고토 시운이 차용하였다고 보이는 旧制一高의 〈寮歌〉「도쿄 하늘에 동풍이 불어」와 흡사하며, 내용면에서도 미야지마 이쿠호의「金色夜叉の歌」에 가깝다. 가사 내용을 살펴보자.

1. 대동강변 부벽루ᄒᆞᆫ 산보ᄒᆞᄂᆞᆫ　　이수일과 심순ᄋᆡ 양인이로다
   악수론정 ᄒᆞ는것도 오늘ᄲᅮᆫ이요 보보행진 산보ᄒᆞᆷ도 오늘ᄲᅮᆫ이라
2. 심순ᄋᆡ야 심순ᄋᆡ야 ᄂᆡ년에는　　금일금야 이갓치 븕은 달빗을
   어ᄃᆡ서 저달빗을 보드ᄅᆡ도　　흘리거든 심순ᄋᆡ야 심순ᄋᆡ야
3. 금일금야 이 월ᄉᆡᆨ을 수일이는　　원망ᄒᆞ고 잇는줄 알-너무나
   수십만에 금-전은 무엇이더냐　　우리둘의 애정보다 더할수잇냐
4. 심순ᄋᆡ야 ᄆᆞ음은 변했지요　　용서하여 주셔요 수일씨는
   대동강변 월ᄉᆡᆨ은 변할지라도　　우리둘의 애정은 변치안어요
5. ᄂᆞ의몸이 학교를 마칠때까지　　순ᄋᆡ는 엇지ᄒᆞ야 못기다렷나
   ᄂᆞᆷ편의 부족ᄒᆞᆷ이 생기었는가　　불연이면 금전에 욕심이낫나
6. ᄂᆞᆷ편의 부족ᄒᆞᆷ은 아니지마는　　당신을 구미로 유학시키러
   부모의 명령을 복종하야서　　김중배의 가정으로 가게됫서요
7. 심순ᄋᆡ야 반병신된 수일이도　　이세상에 ᄃᆞᆼᄃᆞᆼ한 일개 남아라
   사랑하고 귀ᄒᆞᆫ妻를 돈과바꾸어　　구미로 유학가랸 내가 아니다
8. 심순ᄋᆡ야 반드시 오ᄂᆞᆫ명년에　　금일금야 저 월색을 저 월색을
   이내의 피눈물로 흐리어서　　보이리라 남자의 당당한 意氣
9. 여자는 정조가 제일이구요　　금전은 이세ᄉᆞᆼ에 순환물이라
   다이ᄋᆞ몬드에 맘이 변하여　　ᄇᆞᆫ기어 타지마라 신식자동차
10. 연애에 실패한 이수일이는　　달려우는 심순ᄋᆡ를 떨쳐버리고
    장한은 눈물을 뚝뚝 흘리며　　돌아서니 막막ᄒᆞᆫ 물소리ᄲᅮᆫ이라

이수일과 심순애가 "보보행진 산보"하는 공간도, "금일금야 이갓치 밝은 달빗"이 비치는 공간도, 그 달빛을 원망하는 공간도, 그리고 수일이 배신감에 치를 떨며 울부짖는 공간도 모두 '대동강변'을 배경으로 하고 있다. 원작에 벗어나지 않는 내용이면서도 수일의 입장에서 '대동강변'이 이렇듯 처절한 슬픔과 회한의 공간으로 묘사되고 있는 것은 '대동강 유역'이 주는 민족적인 것에 대한 식민지인의 심리가 중첩된 것으로도 볼 수 있겠다.

한편 '이수일과 심순애'의 사랑이야기는 긴 길이의 사설辭說을 중심에 두고 있는데다, 수심가조가 강했기 때문에 서도소리에도 쉽게 접합되어 1930-40년대 「서도소리 長恨夢」으로도 널리 유행하였다. 이 역시 '대동강변'의 장면을 부각하고 있었는데, 「長恨夢歌」가 이별장면만을 집중적으로 서사하고 있는데 반해, 「서도소리 長恨夢」은 소설 본편의 줄거리를 요약해 놓은 듯, 그 사설이 짧게는 4분에서 길게는 18분까지 이어지고 있다. 이러한 점이 아젠보의 「金色夜叉の歌」에 연접한 듯한 인상을 주고 있어 흥미로운 부분이다.

이처럼 식민지기 「長恨夢歌」는 두 가지 형태로 제작되어 불렸다. 그 하나는 위에서 살폈듯이 식민지기 유행창가로 이어지는 계보이며, 다른 하나는 서도소리의 계보였다. 전자가 일본을 통해 유입된 근대 대중가요의 초창기 형태를 보여주고 있는데 반해, 후자는 소리꾼에 의해 계승된 잡가의 형태[24]로 볼 수 있겠다.

대중가요로서의 「長恨夢歌」는 엔카화 된 번안가요 「長恨夢歌」의 선율에 따라 1931년에 고복수・황금심에 의해 불리기 시작했다. 처음엔 음반『荒城의 迹』에 수록 취입되었던 「長恨夢歌」였지만, 그것이 해방

24 박진영(2004) 「"이수일과 심순애 이야기"의 대중문예적 성격과 계보」『현대문학의 연구』 제23집 한국문학연구학회, p.244

〈図 5〉 음반 「李守一과 沈順愛」(1959)

이후에 지속적으로 인기를 끌게 되자, 1959년에는 「李守一과 沈順愛」를 표제곡으로 하는 단독음반으로 발행되게 되었다. 여기에서도 '대동강변'의 이별장면이 표제가 되었음은 물론이다.

이로 인한 「長恨夢歌」의 인기는 이후로도 이어져 1970년대에 은방울자매에 의해 리메이크되기도 하였다. 그런가 하면, 남인수가 노래한 「이수일의 노래」(반야월 작사, 김부해 작곡)도 초창기 번안가요의 모습을 그대로 계승하여 부르다가 점차 뽕짝스타일이나 메들리형식으로 변용되어 오랫동안 폭넓게 향유되었다. '대동강변'의 파장은 이후의 대중가요에서도 나타나 박재홍이 부른 「꿈에 본 대동강」이나 나훈아의 「대동강편지」 등에서도 사랑과 이별의 공간적 상상을 유도해 내었다.

실로 『長恨夢』은 '왜색이 짙은 신파'라는 점이 지적되는 가운데서도 식민지기는 물론 해방이후 1970년대에 이르기까지도 민중 전체에 다양한 장르로서 폭넓게 수용되었고 강렬하게 각인되었다. 이는 가장 극적인 장면을 노래한 「長恨夢歌」로서 이수일과 심순애의 파란만장한 러브스토리가 불러일으키는 대중적 공감과 정서적 흡인력에 더하여, 유서 깊은 대동강에 대한 공간적 상상의 세계가 근저에 자리하고 있기 때문이 아닐까 싶은 것이다.

4. 새로운 공간창출의 전망

사회의 전 계층을 아우르며 폭넓은 독자층을 형성하였던 소설 『金色夜叉』는 원작에서 파생된 각 장르의 적극적인 상호간섭과 영향관계 속에서 발전을 거듭하였다. 이는 특히 원작의 클라이맥스 장면을 운문화 한 「金色夜叉の歌」에 의해 더욱 부각되었다고 할 수 있을 것이다.

가장 현실성 있는 테마와 시대에 적확하게 조응하는 선율로 남녀노소 모두의 공감을 이끌어낸 엔카 「金色夜叉の歌」에서 동시다발적으로 떠오르는 사랑과 이별의 공간 '아타미'는 원작의 가장 극적인 장면의 배경이었기에 더욱 압권으로 작용하였다. 배신감과 미안함으로 점철된 남녀주인공의 직접적인 행위에 비해 이 모든 사건을 묵묵히 보듬어 안은 '아타미'라는 공간은 그 존재 자체만으로도 큰 파장을 일으키며 원작의 확산에 기여하였다.

이후 일본에서 '아타미'라는 공간은 때로는 사무친 그리움의 공간으로, 때로는 재회를 꿈꾸는 희망의 공간으로, 때로는 현실에서 이루어질 수 없는 절망의 공간으로 인식되어갔다. '아타미'를 주제로 대중화 된 가요가 그것이며, '아타미' 해변에 설치된 간이치와 오미야의 동상이며, 「金色夜叉の歌」의 노래비이며, 매년 아타미市에서 간이치와 오미야가 이별한 '1월 17일'을 기념하여 '고요마쓰리紅葉祭'를 개최하고 있음도, 한국에서 매년 10월 31일에 이용의 '잊혀진 계절'을 노래하면서 밤을 지새우는 것과 같은 양상이라고 할 수 있을 것이다. 이러한 시공간의 인식에 의한 확산은 현대적인 문화공간으로의 끊임없는 재생산을 유도함으로써 근대와 현대를 연결하는 상상의 가교로서의 공간을 창출하기도 하였다.

또 하나 '아타미'라는 공간이 원작의 번안이라는 독특한 방법으로 인근국가에 수용되면서 그 파장이 일층 더해졌음은 번안과 동시에 '조선의 아타미'로 변용된 '대동강변'이라는 공간에서 서사되었다. 이렇다 할 문화적 공간이 없었던 식민지 조선에 역사적으로 유서 깊은 대동강과 그 주변이 『長恨夢』의 문예적 공간으로서 큰 파장을 불러일으켰던 것은 이수일과 심순애의 극적인 러브스토리가 불러일으키는 대중적 공감에 한민족의 정서적 흡인력이 가미된 공간적 상상의 세계가 밑바탕에 깔려있기 때문이 아니었을까? 때문에 『長恨夢』은 실로 '왜색이 짙은 신파'라는 점이 지적되는 가운데서도 식민지기는 물론 해방이후 남북으로 분단된 지 수십 년의 세월이 지난 1970년대까지도 폭넓게 수용되지 않았나 싶다. 『金色夜叉』의 아이콘이라 할 수 있는 '아타미'의 이같은 파장이 시간을 초월한 제3의 문예적 공간 창출로 이어질 가능성이 엿보이는 것도 이러한 까닭이라 하겠다.

Ⅱ. 昭和期 演歌의 地名 表象*

사희영

1. 序論

문화적인 관점에서 대중음악은 당대의 사회적, 정치적, 개인적 모습이 가장 가시적이고 직접적으로 드러나는 분야라고 할 수 있다. 그것은 대중과 밀착되어 대중의 삶의 모습을 필사한 것이고, 또 대중사이에서 즐겨 불리는 세속적인 일상의 노래이며 그것들이 다시 반향 되어 대중들의 삶에 영향을 끼치기 때문이다.

* 이 글은 2014년 12월 한국일본어문학회 「日本語文學」(ISSN : 1226-0576) 第53집, pp.263-282에 실렸던 논문 「昭和期 演歌에 나타난 地名 考察」를 수정 보완한 것임.

그중 일본의 대중음악의 한 형태로 엔카演歌를 들 수 있다. 근대에 나타난 엔제쓰카演說歌는 처음에 자유민권운동의 도구로 사용되었으나, 이후 소시엔카壮士演歌로 발전하게 되었고, 엔카시演歌師에 의해 음악적요소가 덧붙여져 노래로 불리면서 엔카라는 이름으로 정착되게 되었다. 서양 음악 도입과 대중 매체가 발전하면서 창가唱歌를 비롯해 다양한 음악들이 나타나게 되는데, 그중 레코드가 발매되면서 상업적으로 유행하는 노래가 만들어지기 시작한 것이 엔카로 자리 잡게 된 것이다.

이러한 배경 때문에 엔카演歌란 엔제쓰카演說歌를 생략한 것을 의미하기도 하고, 일본의 가요곡에서 파생한 장르의 하나로 일본인 특유의 감각과 정서적 감정을 담은 오락적인 가곡이라고 칭하기도 한다. 엔카의 가사에는 대중의 사랑, 절망과 같은 개인감정을 표출함은 물론, 당대 현실을 표현하고 있다. 특히 가사에 등장하는 지명은 대중이 모여 사회를 구성하고 살아가는 공간으로, 또 대중문화를 창출하는 공간으로서 큰 의미가 있다고 하겠다. 때문에 지명이 등장하는 엔카를 살펴보는 것은 엔카에 존재하는 다양성과 복잡성의 단면을 포착해 볼 수 있는 연구라 할 것이다.

그동안 일본 엔카에 관한 연구는 찾아보기 어려웠다.[1] 그것은 엔카에 대한 자료들이 여기 저기 산재해 있고, 곡에 대한 배경 등 구체적인 사항을 확인하기가 어려우며, 방대한 엔카 곡들의 범위를 한정 짓기 어려웠기 때문이다. 그러나 대중문화연구의 시작으로 국민적 문화정체성과도 밀접한 관계가 있는 엔카를 살펴보는 것은 중요한 작업이라

1 일본의 엔카를 한국 유행가와 비교한 김희정(2005) 「한 · 일 양국 유행가 어휘의 비교 연구 : 1925년부터 1960년까지를 중심으로」가 있으나 유행가의 어휘 연구 등 극히 소수이다.

할 것이다.

엔카를 가사 중심으로[2] 살펴보는 것은 "가사를 통해 그것을 생산해 낸 사회적 힘을 거꾸로 읽어낼 수 있다"[3]고 여기기 때문이다. 먼저 엔카 지명에 담긴 소재와 주제를 분석함으로써 쇼와기에 형성된 지역인식과 일본인 정서 및 또 다른 문화 매체와의 연관성을 고찰해보고자 한다.

엔카 분석에 관한 연구 텍스트로는 메이지시대부터 발매한 엔카 중 히트곡들을 총망라하여 집성한 『日本演歌大全集』[4]을 사용할 것이며, 그 시기는 쇼와기 히트곡으로 한정하고자 한다.

2. 演歌의 시대적 흐름 및 地名 분포

쇼와기 엔카 창작의 기술적 배경을 살펴보면, 처음에는 축음기에 의해 음성을 나팔로 흡수한 음파를 직접에너지로 바꾸어 레코드의 굴곡을 만드는 녹음방법이 사용되었다. 그러나 1920년대 후반부터 마이크와 앰프를 사용하는 새로운 녹음시스템이 도입되면서 더욱 질 좋은 음반을 만들게 되었고, 이후 라디오 방송이 시행됨에 따라 대중음악으로 발전하게 된다. 길거리의 쇼세이부시書生節가 전부였던 때, 양악계의 가

2 대중가요 연구에서 양식을 변별하는 요건들로 가사에서 소재, 주제, 즐겨쓰는 수사법과 어조, 즐겨 쓰는 표현법이나 시어, 시상을 전개하는 방법 등으로 나누고 있다. (이영미(2006) 『한국대중가요사』 민속원, p.39 참조)

3 Frith(1988) 「Why Do Songs Have Words?」 로이셔커 著 · 이정엽, 장호연 譯(1999) 『대중음악사전』 한나래출판사, p.31 재인용

4 본고의 텍스트를 '永岡書店 編(1980) 『日本演歌大全集』, 永岡書店'으로 함에 있어 텍스트를 인용할 경우, 번역문을 인용문에, 원문은 각주에 명기한다. 인용문의 서지사항은 인용문 말미에 〈「곡명」, 항수〉로 표기하기로 한다.

수 후타무라 데이치二村定一와 사토 지야코佐藤千夜子의 등장으로 엔카는 유행가로서 대중에게 더욱 사랑을 받게 된다. 아사쿠사오페라浅草オペラ 출신의 후타무라 데이치는 재즈싱어로 활동하는 한편 오페라에 테너 가수로 출연해 음반을 발매했는데, 이곡들이 크게 히트하여 유행가의 선구자로 불리게 되었다.

빅터ビクター레코드사는 작곡가로 나카야마 신페이中山晋平와 삿사 고카佐々紅華를, 작사가로 시구레 오토와時雨音羽와 호리우치 게이조堀内敬三를 영입하여 음반회사로 더욱 발전하였다. 이후 작곡가이자 클래식 성악가인 후지야마 이치로藤山一郎는 이론과 음악지식에 충실한 창법으로 다수의 히트곡을 내어 이를 모방한 가수들도 등장하였으며, 음반계도 콜롬비아コロムビア[5]와 데치쿠テイチク[6] 그리고 포리돌ポリドール[7]이 장악하게 되었다. 이 음반사들 중 콜롬비아와 포리돌의 경우는 당시 식민지였던 한국에도 진출하여 한국 가수들의 음반도 발매하고 있었다.[8] 더불어 엔카곡의 주제 또한 서민의 생활을 노래한 곡들로 점점 늘어나게 되었고, 오락이었던 영화와도 연결되어 대중들의 음악으로서 정착하게 되

5 콜롬비아(コロムビア) : 1910년 가나가와현에서 음악축음기 상회로 설립되어 일본 최초의 레코드 회사이다. 창업 시 미국 콜러비아 레코드사와 제휴를 맺었다. 일본가요를 LP판으로 먼저 제작해 판매하였다. 전후에는 엔카, 전통예능 학교음악에 이르기까지 다양한 장르의 음악을 레코드로 제작하였으며, 1990년대에는 J-POP의 제작판매에 치중하였다.

6 데치쿠(テイチク) : 현재의 데치쿠엔터테이먼트(テイチクエンタテインメント)로 제국축음기상회(帝國蓄音機商會)의 약자이다. 특히 엔카에 강해 NHK紅白가요전에 출연하는 가수들이 다수 소속되어 있으며, 가라오케나 라쿠고(落語) 및 철도관련 상품을 다수 발매하였다. 오키나와 음악을 하는 가수들이 다수 포함되어 있는 것도 특징이라고 하겠다.

7 포리돌(ポリドール) : 일본포리돌축음기(日本ポリドール蓄音機)주식회사의 약칭으로 현재의 유니버셜뮤직합동회사(ユニバーサル ミュージック合同会社)로 쇼와시대에 도쿄의 아난(阿南)商会가 독일 수입 음반을 판매한 것이 시초.

8 최상인 편(2003)『한국대중가요사(Ⅰ)』한국대중예술문화원, pp.47-65 ; 장유정(2006)『오빠는 풍각쟁이야』황금가지, pp.27-31 참조

었다. 1935년에는 외국 포플러 음악, 영화주제가, 군국가요 등 다양한 형태로 나타났으며, 가수가 스타로서 대우받게 되는 한편 음악학교 출신이 아닌 가수들도 등장하였다. 그러나 전시기에는 서정성이 담긴 곡들이 금지되었으며, 신문사나 레코드 회사들이 군국가요를 기획하여 전의를 위한 국민의식 고양에 앞장서면서 가수들도 전시 위문공연단으로 파견되게 되었다.

전시기의 암울한 가요계를 지나 종전 후에는 미소라 히바리美空ひばり를 비롯한 여러 가수들이 등장하면서 현재의 엔카에 가까운 작풍의 노래들이 나오게 되었다. 이후 1960년대에는 엔카 전문 레코드사 닛폰크라운日本クラウン[9]이 세워지면서 요나누키ヨナ抜き 음계나 마디사이에 비브라토를 넣는 창법으로 부르는 노래를 엔카로 칭하게 되었다.

이러한 변화를 거치면서 엔카는 대중들과 친숙한 주제들을 담아 각 지역을 배경으로 하여 만들어졌다. 지명이 노래의 배경 혹은 소재로 들어가 있는 것은 좁게는 개인생활의 장소이지만, 넓게는 대중들이 모여 사는 공간이자 그곳에서 생활하는 사람들의 공통된 소유 공간으로서, 지역을 중심으로 문화가 형성된 곳이기 때문이다. 따라서 지명을 통한 엔카의 가사분석을 위해 먼저 엔카에 지명이 담긴 노래를 분류하여 보았다.

쇼와기 히트곡 중 지명 중심의 곡은 약 400/1969여곡이다. 이를 시기별로 지역분포에 따라 도표화해보면 아래의 〈표 1〉, 〈표 2〉와 같다.

9 1963년 닛폰콜롬비아(日本コロムビア)의 이토 마사노리(伊藤正憲)가 아리타 가즈히사(有田一壽)와 미쓰비시전기(三菱電機)의 지원을 얻어 독립한 종합 음악기업.

〈표 1〉 쇼와기 엔카에 등장하는 지명의 국내지역 분포도[10]

지역	1930-	1940-	1950-	1960-	1970-	기타	총계
東京	11	6	35	46	14	11	123
北海道	1	-	10	13	7	2	33
大阪	-	-	1	11	9	1	22
京都	2	-	1	4	8	-	15
東北		宮城(1)	岩手(1) 山形(1)	青森(6)	青森(1)	福島(1)	11
関東	茨城(3) 群馬(4)		茨城(3) 群馬(1) 千葉(3) 神奈川(3)	茨城(2) 群馬(2) 埼玉(1) 千葉(3) 神奈川(3)	茨城(1) 神奈川(3)	茨城(1)	33
中部	新潟(2) 静岡(3)	長野(3)	新潟(5) 長野(3) 静岡(4) 愛知(1)	石川(1) 新潟(7) 長野(2) 静岡(5) 岐阜(1) 愛知(1)	石川(2) 新潟(1) 静岡(1)	岐阜(1) 愛知(2)	45
近畿		兵庫(1)	兵庫(1)	滋賀(1)	兵庫(1)	滋賀(1)	5
中国				広島(2)	鳥取(1)		3
四国			高知(2)	香川(1) 愛媛(1) 高知(2)	高知(1)	高知(1)	8
九州	熊本(1)	長崎(4) 熊本(1)	長崎(3) 熊本(2) 福岡(3) 大分(1)	長崎(5) 鹿児島(5)	福岡(3)	長崎(1)	29
沖縄	1	1	1	-	1		4
공통	-	1	-	6	9	-	16
기타 江戸	1	1	8				10

10 이 도표는 永岡書店 編(1980)『日本演歌大全集』을 기준으로 논자가 작성한 것으로, 엔카가 유행곡들이 나타나기 시작한 것이 30년대였고 점차 증가하다가 J-pop에 의해 서서히 감소된 시기가 1979년까지지였기에 이를 10년 단위로 구분한 것임.

〈표 2〉 쇼와기 엔카에 등장하는 지명의 국외지역 분포

시기	1930-	1940-	1950-	1960-	1970-	기타	합계
지역	중국(5) 미국(1) 만주(2) 남양군도(1)	중국(5) 미국(3) 러시아(2) 만주(1) 알류산열도(1) 인도(1) 파푸아뉴기니(1)	중국(3) 미국(5) 알프스(3) 알류산열도(1) 필리핀(1) 브라질(1) 피레네(1)	인도(1) 대만(1)	그리스(1)	중국(1) 미국(1)	43

위의 도표에서 볼 수 있듯이 국내지명 357곡 중에서 가장 많은 비중을 차지하고 있는 곳은 도쿄로 123곡(34.5%)이 노래 배경으로 등장하고 있다. 이는 대도시인 도쿄에 많은 소비인구가 밀집해있고, 미디어의 소비도시이자 유행이 가장 먼저 생산되는 영향력이 큰 도시이기 때문일 것이다. 도쿄를 노래한 곡에는 긴자銀座, 아사쿠사浅草와 같이 번화가를 노래한 곡들이 다수 포함된다. 이외에도 두 번째를 차지한 홋카이도는 33곡으로, 특히 1950년대와 60년대는 본토에서 삿포로로 발령받아 단신으로 부임한 직장인들이 많이 있어 고향을 그리워하거나, 고향에 두고 온 연인을 노래한 곡들이 많이 있다. 이는 당시 일본정부의 홋카이도에 대한 공공투자가 활발히 이루어진 시기적요건과 상관이 있을 거라고 유추된다.

교토의 경우는 지역적 특색을 살린 게이샤의 사랑 노래가 많으며, 오사카는 번화한 도시의 시가지 도톤보리를 배경으로 사랑과 이별을 노래한 곡이 상당수 차지하고 있다. 한편 니가타는 사도佐渡에 관한 노래들이 많은데, 이곳은 에도시대부터 금광이 있었던 곳으로 광부들이 불렀던 민요 '사도오케사佐渡おけさ'가 전국민요대회에서 발표되면서 히트 된 것이다. 또 나가사키는 푸치니의 오페라 '나비부인'에서 연상할 수 있듯이 떠나간 외국연인을 그리워하며 기다리는 나가사키 여인들

의 모습을 그리고 있는 노래들이 많다. 이외에도 특정된 한 곳이 아닌 여러 지방의 공통된 지명이나, 지역 특색을 묶어 노래한 곡들도 16곡이 있으며, 에도시대의 협객이나 무사들을 노래한 노래들도 10곡을 차지하고 있다.

국내지명은 도쿄나 오사카를 배경으로 한 곡들이 많고, 그 외 지명으로는 하코다테函館, 삿포로札幌, 하카타博多, 나가사키長崎, 아타미熱海, 아마미奄美, 이즈伊豆, 에노시마江ノ島 등을 들 수 있는데, 주로 섬이나 바다에 인근한 도시들을 배경으로 만남과 헤어짐을 노래한 곡들이 많이 차지하고 있는 것을 확인할 수 있었다.

한편 국외지명의 곡은 43곡으로 중국, 미국, 만주, 알프스 순이다. 중국의 경우는 전시하의 일본의 대륙진출에 맞춰 30~40년대에 많이 불린 노래들이며, 만주의 경우도 전시하 만주 이민정책과 연관되어 있다. 미국의 경우는 하와이를 비롯해 각지에 전쟁 전부터 이루어져 온 이민이 1900년대에 약 9만에서 1940년대에는 28만 명에 이르게 되었고, 종전 이후에는 정부가 이주협정을 체결함으로써 이주민이 더욱 증가한 것을 배경으로, 미국에 대한 동경과 헤어짐을 주제로 한 노래가 만들어진 것으로 추정할 수 있다.

3. 演歌의 地名에 표출된 樣相

3.1 지역 홍보를 위한 演歌

대중음악 연구에서 지역성의 개념은 상당히 중요하게 간주되곤 한다. 그것은 지역요인이 음악의 생산과 소비를 어떻게 결정짓는가 혹은 지역성은 음악의 의미에 어떤 영향을 미치는가를 분석할 수 있기 때문

일 것이다.[11]

이를 파악하기 위해 엔카에 나타난 지명들을 살펴보니, 지역을 알리기 위해 제작된 노래가 지역SONG으로서 미디어를 통해 알려져 히트하게 된 곡이었으며, 정책적으로 공모 혹은 특정된 목적아래 만들어진 노래도 있었다. 이를 시기별로 정리한 것이 〈표 3〉이다.

〈표 3〉 쇼와기 엔카에 등장하는 지역홍보노래

시 기	곡 명	계
1930~1939	祇園小唄, 東京音頭, 銀座の柳	3
1940~1949	北上夜曲, アッツ島決戦勇士顕彰国民歌	2
1950~1959	越後獅子の歌, 有楽町で逢いましょう, 東京だよおっ母さん	3
1960~1969	潮来笠, 永良部百合の花, ああ上野駅, 東京五輪音頭, 博多ブルース, 函館の女, ラブユー東京, 女ひとり, 新宿そだち, 小樽のひとよ, いい湯だな, 港町ブルース, ブルーライト・ヨコハマ, 熱海の夜, 長崎は今日も雨だった, 新宿の女	16
1970~1980	よこはま·たそがれ, 長崎から舟に乗って, 襟裳岬, 東京砂漠, 北国の春, 大阪しぐれ	6

위의 표 가운데 1932년 발표된 「도쿄선창東京音頭」의 경우는 「마루노우치선창丸の内音頭」이라는 곡명으로 1932년에 제작되어 히비야日比谷 공원의 본오도리盆踊り 대회에서 발표되었다. 히비야백화점의 광고를 위한 노래였지만, 이후 1933년 도쿄시민 모두가 부를 수 있도록 개제하고 개사하여 폭발적으로 인기를 끌게 되었다. 또 「유라쿠초에서 만나

11 대중문학에서 지역성을 연구방법으로 취할 경우 다음의 네 가지를 토대로 한다. 1.문화제국주의와 연결하여 지역음악을 이데올로기적으로 가치화하는 것으로 탐구 2. 음악이 고국 혹은 국민적 정체성, 지방적 혹은 공동체적 정체성 개념을 표현하는데 사용되어 온 방식. 3.사회적 경험으로 지역성은 주제 혹은 음악을 진정화하는 수단으로 송라이터와 연관된다. 4. 특정된 지리적 장소는 특정된 사운드와 동일시된다. (로이셔커 著 · 이정엽, 장호연 譯(1999) 『대중음악사전』 한나래출판사, pp.279-281)

요有楽町で逢いましょう」의 경우도 유라쿠초의 소고백화점이 도쿄에 지점을 내면서 홍보를 위한 캠페인송으로 이용한 곡이다.

1. 당신을 기다리니 비가오네요 / 젖어서 오진 않는지 걱정되네요
   아! 빌딩근처 다방 / 비도 사랑스럽게 노래해요
   달콤한 블루스 당신과 나의 암호 / "유라쿠초에서 만나요"[12]

〈「有楽町で逢いましょう」, p.648〉

전후 물가통제 체제하에 있던 당시 암시장이 형성되었던 유라쿠초를 더욱 활성화시킬 목적으로 개점이 결정되었고, 당시 소고백화점의 선전부장이었던 도요하라 히데요리豊原英典는 "라스베가스에서 만나요"라는 미국영화 제목을 차용하여 기획하였다. 만들어진 노래는 닛폰텔레비日本テレビ의 노래방송의 타이틀로 사용되었고, 이 곡을 시그널 음악으로 들려줌으로써 대중들에게 큰 인기를 얻어 "유라쿠초에서 만납시다"라는 말이 유행어가 되기도 하였다.

위 곡의 가사를 살펴보면 '소고백화점'이라는 직접적인 가사는 포함되어 있지 않다. 그러나 비가 오는 애수 젖은 날, 사랑하는 연인을 만나는 곳은 유라쿠초이고, 설렘이 있는 장소는 백화점이 있는 곳이다. 그리고 그곳이 '유라쿠초'라는 것을 강조하여 후렴에 공통되게 넣음으로써 사랑의 장소로서 대중들에게 더욱 각인시키고 있다. 이는 일본의 고도경제 성장기를 배경으로 한 일본도시의 분위기를 잘 나타내고 있는 곡이다. 이 곡처럼 특정지역의 특정회사의 광고를 위해 만들어진

12 あなたを待てば　雨が降る / 濡れて来ぬかと　気にかかる
ああビルのほとりのティールム / 雨もいとしや　唄ってる
甘いブルース　あなたと私の合言葉 / 「有楽町で逢いましょう」

곡들이 대중에게 사랑을 받으면서 그 지역을 대표하는 노래로 또 유행어로 자리 잡았음을 확인할 수 있다.

또 같은 지역인 도쿄를 노래하고 있는 「도쿄올림픽선창東京五輪音頭」은 1964년 10월에 개최된 도쿄올림픽의 테마송이다. 작곡자인 고가 마사오古賀政男는 녹음권을 각 레코드회사에 개방하였고, 그 중 미나미 하루오三波春夫가 부른 음반이 그해말까지 130만장에 이르렀다고 하니 올림픽을 통해 얼마나 많은 대중의 사랑을 받았는지 짐작할 수 있다.

이외에도 잘 알려져 있지 않은 지역의 민요가 엔카로 제작되어 지역에 대한 인지도를 높이기도 하였는데, 그 대표적인 곡이 「에라부 백합꽃永良部百合の花」이다.

> 1. 에라부 백합꽃 산호섬에 / 피었네 야레코노 피었네 야레코노
> 파란 바다에 물보라가 이네 / 안가요-사토 나이차
> 슝가 슝가 / 안가요-사토 나이차 / 슝가 슝가[13]
>
> 〈「永良部百合の花」, p.176〉

이곡에서 보듯이 아마미의 민요에 나타나는 추임새인 'ヤレコノ' 'アンガヨーサト　ナイチャ　シュンガ　シュンガ' 등이 노래가사에 포함되어 있다. 다이쇼 말기부터 쇼와초기에 전국적으로 新민요붐이 일어남에 따라 아마미奄美민요풍의 노래도 많이 만들어졌다. 「에라부 백합꽃」도 아마미섬의 민요풍 노래로, 쇼와초기 에라부섬에서 생산하여 미국에 판매하던 백합꽃이 과잉 생산됨에 따라 가격조정을 위해 백합뿌리를

13 永良部百合の花珊瑚島に / 咲けばヤレコノ　咲けばヤレコノ
海の青さに波の花咲ちゅり / アンガヨーサト　ナイチャ
シュンガ　シュンガ　/ アンガヨーサト　ナイチャ / シュンガ　シュンガ

바다에 대량 버렸던 것을 소재로 하고 있다. 1945년부터 미국 군정부 지배에 들어갔던 큐슈 남단의 섬 아마미가 1953년 반환되고, 반환 10주년인 1963년에 「섬출신島育ち」이라는 곡이 히트하면서 「에라부 백합꽃」을 비롯해 아마미 민요풍 노래가 다시 붐을 일으키며 전국적으로 퍼져갔다.

타 지역과 함께 지역을 홍보하는 노래로는 「좋은 온천일세いい湯だな」라는 노래를 들 수 있다. 이 곡은 '일본의 노래にほんのうた' 시리즈물 중 하나로 1966년 발매된 군마현群馬県의 지역송이다. 홋카이도의 노보리베쓰온천登別温泉, 군마현의 구사쓰온천草津温泉, 와카야마현의 시라하마온천白浜温泉, 오이타현에 있는 벳푸온천別府温泉 등을 소재로 하고 있다. 군마현의 지역송으로 만들어진 곡이지만 군마현의 구사쓰온천 뿐만 아니라 다른 곳의 온천을 함께 소개하고 있는 것이 독특하다. 이는 유명한 다른 온천들과 견줄만한 온천이 구사쓰온천임을 강조한 것으로 여겨진다.

또 이처럼 다른 지역을 곁들여 노래한 곡으로는 「나가사키에서 배를 타고長崎から舟に乗って」가 있다. 나가사키를 시작으로 코베, 요코하마, 벳푸, 하코다테 등 타 지역을 함께 노래한 곡이다. 특히 1절 가사에는 나가사키에서 고베까지의 항로를 서술하고 있다. 그러나 나가사키를 출발해 고베에 도착하는 항로는 실재 존재하지 않는 항로로 엔카에서 만들어진 상상의 항로라고 할 수 있다. 또 각 절의 두 번째 소절에는 도시의 특색을 설명하면서 "여인이 울고 있네"라며, 각 도시에 거주하는 여인의 특징을 함께 묘사하고 있다. 고베의 여인은 선량하여 잘 속아 넘어가는 순진한 '피안화', 벳푸의 여인은 외곬으로 사랑에 목숨을 거는 '붉은 동백꽃', 도쿄의 여인은 박정하지만 화려한 '양귀비 꽃'에 비유하고 있는 모습이 흥미롭다. 이는 각 지역의 이미지를 여인을 통해 재현해 내고 있다고 볼 수 있다.

한편 「앗쓰섬 결전용사 현창국민가アッツ島決戦勇士顕彰国民歌」의 경우는 전쟁을 장려하기 위해 각 신문사가 공모한 노래 중에 아사히朝日 신문사가 공모한 노래이다.[14] 당시 앗쓰섬의 수비대는 탄환과 식량부족으로 견디기 힘들어 지원을 요청했으나 지도부는 황국군인 정신을 발휘해 버틸 것을 명령하였다고 한다. 그러나 일본정부는 이러한 사실을 숨기고 "살아 수치스런 포로가 되기보다 죽음을 택한 전쟁영웅"이라고 치켜세우며 노래까지 만들어 국민들의 전투의지를 고취시키는데 이용하였다. 이는 군사정권하에 음악이 정치적으로 악용된 예라고 할 수 있을 것이다.

엔카의 창작은 특정 지역을 거론하며 그 지역의 특색을 노래하기도 하고 특정회사의 홍보를 위해 불리기도 하였으나, 지역 애환을 소재로 지역민의 고충을 알리고 지역 문화를 일본전역에 전파시키는 매개체 역할도 담당했음을 확인할 수 있었다.

3.2 영화의 架橋로서의 演歌

최근의 영화마케팅은 제작감독과 주조연급 캐스팅에 관한 정보를 언론에 노출시키는 것에서부터 시작한다. 또 영화가 완성된 후에도 극장 개봉 전 감독과 주연 등의 인터뷰를 통한 촬영현장의 에피소드 소개나 또 다른 각종 이벤트를 통해 영화홍보에 주력하게 된다. 그중 영화마케팅에 과거부터 사용되어 오던 것 중 하나가 영화 OST로, 보이지 않게 영화 흥행에 영향을 주어온 것도 주지의 사실이다. 특히 일본

14 전쟁을 독려하기위해 각 신문사에서 공모한 노래로는 肉弾三勇士の歌(朝日新聞), みんな兵士だ弾丸だ(毎日新聞), 爆弾三勇士の歌(毎日新聞), 大東亜決戦の歌(毎日新聞), 空襲なんぞ恐るべき(毎日新聞) 등이 있다.

의 경우는 타이업Tie-up[15]이라는 전략적 업무제휴의 한 방편으로 음악과 연결하고 있다. 이러한 예는 현재에 국한되지 않고 과거에도 찾아볼 수 있었다.

지명이 담긴 엔카곡에서 영화와 음악을 연결한 형태인 영화주제가로서 제작되어진 노래들이 40여곡 있다. 이를 정리한 것이 〈표 4〉이다.

〈표 4〉 쇼와기 엔카에 등장하는 영화 OST

시 기	곡 명	계
1930~1939	祇園小唄, 赤城の子守唄, 大江戸出世小唄, 東京ラプソディ, 下田夜曲, 祇園姉妹,	6
1940~1949	支那の夜, 浅草の唄, 三百六十五夜, 大島情話, 銀座かんかん娘, 長崎の鐘, 大江戸七変化	7
1950~1959	君と行くアメリカ航路, 伊豆の佐太郎, 江戸いろは祭, 真白き富士の嶺, おしどり花笠, お江戸手まり唄, 湯島の白梅, おもいでの花, 流転, 東京の人, 江戸の三四郎さん, 大江戸飴売り唄, 東京午前三時, 雪の渡り鳥, 浅草姉妹	15
1960~1969	伊太郎旅唄, 潮来笠, アキラのブンガワンソロ, 銀座の恋の物語, あすの花嫁, おけさ渡り鳥, 雨の九段坂, 舞妓はん, 若い東京の屋根の下, 伊豆の踊子, 赤いハンカチ, 愛と死をみつめて	12
1970~1980	夜の瀬戸内,	1

영화주제가가 등장하기 전에 오히려 유행한 노래를 제재로 하여 영화가 만들어지기도 하였는데 이를 「고우타 영화小唄映画」[16]라고 한다. 고우타영화는 아름다운 풍경을 배경으로 남녀간의 사랑을 다룬 자유연

15 타이업프로모션(Tie-up Promotion)은 리스크 매니지먼트 차원에 입각한 기업간 합작형태의 전략적인 업무제휴로 다른 매체와 묶어 미디어믹스 선전홍보효과를 높이는 방법이다. (베니김(2005)『흥행영화엔 뭔가 특별한 코드가 있다』 MJ 미디어, pp.182-187)

16 고우타란 연주시간이 3~5분정도의 속요 소곡(俗謠小曲)으로 芸妓나 女将 등 화류계를 중심으로 메이지 말기부터 왕성하게 불린 노래로 이성간의 연애감정을 노래한 것이 많다. 고우타 영화로 만들어진 최초의 노래는 「뱃사공 고우타(船頭小唄)」로, 1921년에 만들어져 1923년 녹음되어 발매되었고 그해 쇼치쿠(松竹)에서 영화화되었다.

애로맨스를 주제로 하고 있다. 먼저 발매된 곡들이 영화화됨에 따라 영화주제가로서 영화를 선전하는데 자연스레 연결되었던 것이다.

한편 일본에서 최초로 영화와 음악을 타이업 방식으로 적용하여 주제가로 등장한 곡이 있는데 그것이 「도쿄행진곡東京行進曲」[17]이다. 이외에도 영화주제가로 등장한 곡은 1930년 「기온 고우타祇園小唄」이다. 이 곡은 소설 『에히가사絵日傘』를 영화화한 『기온코우타에히가사祇園小唄絵日傘』 3부작의 1부 「무희의 소매舞の袖」의 주제가로, 소설 원작자인 나가타 미키히토長田幹彦가 작사, 삿사 고우카佐々紅華 작곡, 후지모토 후미키치藤本二三吉가 노래한 곡이다. 당시 한 장의 레코드에 노래 두곡을 녹음했던 것과 달리 이 레코드는 앞면은 샤미센반주로 춤을 추는 음악으로, 뒷면은 오케스트라 반주에 맞춘 유행가풍으로 각각 편곡하여 녹음한 것이 특징이다. 이곡은 그 당시 교토를 대표하는 노래가 없었는데, 이곡이 교토를 대표하는 노래로 정착되었다. 가사를 살펴보면 다음과 같다.

> 1. 달은 몽롱하게 히가시야마 / 흐릿하고 밤마다 모닥불에
> 꿈도 흔들거리는 붉은 벚꽃 / 사모하는 마음을 긴 소맷자락에
> 기온 그립구나 늘어뜨린 오비여[18] 〈「祇園小唄」, p.276〉

이 곡은 가모가와鴨川에서 야사카신사八坂神社에 이르는 하나마치花街

17 『東京行進曲』은 日活太秦作品/監督:溝口健二/出演:夏川静江, 入江たか子, 小杉勇, 島耕二, 1929년 발표된 영화. 잡지 『킹(キング)』에 연재한 기쿠치 칸(菊池寛)의 장편소설 『진주부인(真珠夫人)』을 영화화하기 위해 닛카츠(日活) 선전부장이었던 히구치 마사미(樋口正美)가 사이죠 야소(西條八十)에게 영화를 위한 주제가로서 작사를 의뢰한 것으로, 소설과 영화 및 영화음악까지 대중에게 사랑을 받았다.

18 月はおぼろに　東山 / 霞む夜毎の　かがり火に
夢もいざよう　紅ざくら / しのぶ思いを　振袖に / 祇園恋しや　だらりの帯よ

를 배경으로 무희舞妓의 모습과 기온 사계를 노래한 것으로, 춤추는 게이샤의 모습을 몽환적이고 아름답게 그려내고 있다. 이 곡을 홍보하기 위해 레코드 회사는 영화 제목과 주제가의 나레이션을 담은 선전용 레코드판을 제작하여 전국 영화관에 배포하여 영화가 상영되는 중간에 틀도록 하였고, 영화를 홍보하기 위해 영화회사는 아름다운 게이샤 모습을 담은 포스터를 레코드 회사에 배포하여 레코드가게에 붙여놓게 하였다.[19] 이러한 전략은 영화는 물론 노래까지 대 히트하는 결과를 낼 수 있었고, 음반계에서는 뒤이어 이 노래와 유사한 곡들이 녹음되어 발매되기도 하였다. 이후 이 노래는 교토를 대표하는 노래로 자리잡아 매년 개최되는 〈교토의 다섯 하나마치 합동 전통예능 특별공연京都五花街合同伝統芸能特別公演〉에서 피날레를 장식하는 곡으로 사용되고 있기도 하다.

이외에도 「오사카 녀석大阪野郎」은 영화가 아닌 드라마 주제가로 사용된 곡이다. 도야ドヤ를 무대로 생활력 넘치는 나니와浪花 남자가 기상을 펼쳐나가는 내용으로 1960년 요미우리讀賣 텔레비전에서 방영되었고, 이후 1961년 영화화 되었다.

또 영화화된 기존 엔카와는 달리 이색적 주제를 담고 있는 곡이 나타나는데 「나가사키의 종長崎の鐘」이다. 이 곡은 나가이 다카시永井隆의 수필(1949년 1월 출판)을 토대로 한 작품으로 동년 7월에 콜롬비아 레코드에서 발매되었다.

1. 더없이 맑게개인 파란하늘을 / 슬프다고 느끼는 애절함이여
   파도치는 세상에 / 덧없이 살아가는 들꽃이여

19 大西秀紀(2003)「映画主題歌「祇園小唄」考」『アート·リサーチ』立命館大学, p.158

위안과 격려의 나가사키 / 아아 나가사키의 종이 울리네[20]

〈「長崎の鐘」, p.483〉

위 곡은 나가사키에 투하된 원자폭탄의 피해를 소재로 하고 있는 곡으로 기독교적 색채가 강한 노래이다. 이곡은 나가사키의 피해자뿐만 아니라 전쟁으로 말미암아 재난을 입은 모든 이들에 대한 진혼가이며 상처 입은 사람들의 재기를 기원한 가사라고 한다.[21] 1950년에 쇼치쿠에서 영화화되어 대중에게 많은 사랑을 받은 곡이 되었다. 이 노래는 나가사키 시민은 물론 전시이후 공황상태에 있던 일본인들의 마음을 담은 곡이라 할 수 있다.

그런데 엔카와 영화의 접목은 1930년도에 6곡이 점차 증가하여 50년대에는 15곡까지 증가하였으나 이후 감소되는 추세를 보이고 있다. 이는 1960년대에 엔카 전문 레코드사가 생기면서 엔카가 독립 장르를 형성하게 되었고, 대중가요 한쪽에 J-pop이라는 장르가 자리하면서 영화음악 분야까지 진출하였기 때문이다. 영화배우에 의한 녹음취입이나 인기가수 영화출현 등 엔카는 당시의 큰 오락 중 하나였었던 영화와의 가교역할을 하면서 대중들에게 더욱 사랑을 받으며 확대해 나갔음을 확인할 수 있었다.

3.3 시대유행 표출의 演歌

서민들에게 사랑받은 대중음악은 기본적으로 통속성을 가지고 있다. 엔카가 하야리우타流行歌라고도 불렸듯 당시 엔카를 소비하고 수용

20 こよなく晴れた　青空を / 悲しと思う　せつなさよ
うねりの波の　人の世に / はかなく生きる　野の花よ
なぐさめ　はげまし　長崎の / あゝ　長崎の鐘が鳴る

21 http://ja.wikipedia.org/wiki/ (검색일 ; 2013. 8. 30.)

했던 대중들의 사고나 언어 혹은 습관 등 다양한 시대흐름에 따른 문화들을 담고 있기 때문이다. 만들어진 엔카에 의해 새로운 유행어들이 만들어지기도 하고 반대로 당대의 시대적 유행이나 유행어들을 엔카에 수용하기도 하였다. 쇼와기 지명이 담긴 엔카 중 유행과 연관된 곡을 모은 것이 〈표 5〉이다.

〈표 5〉 쇼와기 엔카에 등장하는 유행 관련 노래

유행어	곡 명	계
ブルース	長崎ブルース, 新宿ブルース, 上海ブルース, 熱海ブルース, 広東ブルース, 東京ブルース, 東京ブルース, 博多ブルース, 東京ブルース, 柳ケ瀬ブルース, 銀蝶ブルース, 盛り場ブルース, 新宿ブルース, 函館ブルース, 渋谷ブルース, 伊勢佐木町ブルース, 思案橋ブルース, 新潟ブルース, 長崎ブルース, 札幌ブルース, 加茂川ブルース, 港町ブルース, 女のブル-ス, 宗右衛門町ブルース, 中の島ブルース, 京都ブルース	26
~女	明治一代女, 三等車の女, 長崎の女, 函館の女, 尾道の女, 博多の女, 伊予の女, 薩摩の女, 新宿の女, 加賀の女, 銀座の女, 大阪の女, なごやの女, 歌舞伎町の女, 木屋町の女, 沖縄の女, ナナと云う女	17
娘	ハワイのレイ売り娘, 酋長の娘, 満州娘, 伊那むすめ, 上海の花売り娘, 広東の花売娘, 南京の花売り娘, 東京の花売娘, 銀座かんかん娘, 長崎のランタン娘, アルプスの娘, 東京ドドンパ娘, あの娘たずねて,	13
大陸지명	満州娘, 酋長の娘, ハルピンの花馬車, 満州おもえば, 麦と兵隊, 上海の街角で, 上海の花売り娘, 広東ブルース, 広東の花売娘, 南京の花売り娘, 蘇州の夜曲, 花の広東航路, 北帰行, 上海帰りのリル, ああモンテンルパの夜は更けて, 蘇州の夜, 上海エレジ,	16

엔카곡을 살펴보면 '블루스ブルース'는 1930년대부터 많은 곡들의 타이틀로서 사용되고 있는데, 1960년대에 미국 대중음악에 큰 영향을 끼쳐서 널리 알려진 블루스가 더 빠른 시기에 엔카 제목으로 등장한 것은 상당히 흥미롭다. 음악장르로서는 아니었지만 블루스라는 명칭이 붙은 노래로 1937년 히트했던 『이별의 블루스別れのブルース』가 있다. 이 곡을 작곡한 핫토리 료이치服部良一는 "블루스는 흑인의 전매는 아니라

고 생각한다. 일본에는 일본의 블루스, 동양적 블루스가 크게 존재할 것이라고 생각하지 않는가?"[22]라고 음악적 장르의 블루스를 염두에 둔 발언을 하고 있다. 실질적 음악장르로서 블루스 붐이 일어난 것은 1970년대이다. 특히 지명이 등장하는 엔카에서 '블루스'라는 타이틀이 많이 붙여진 것은 블루스 아버지라 불리는 미국의 핸디Handy, W. C.가 1914년에 작사, 작곡한 블루스 음악「세인트루이스 블루스」의 영향으로 추정된다. 재즈의 대표 연주곡의 영향을 받아 지명과 함께 블루스라는 타이틀이 붙어있으며, 그 내용 또한 사랑에 실패하고 이별의 쓰라림을 노래한 엔카가 많기 때문이다.

「도쿄 블루스」라는 같은 타이틀로 시기를 달리해 도쿄를 노래한 곡을 살펴보면, 1930년대의「도쿄 블루스」는 곡 제목 이외에는 '블루스'라는 단어가 들어가 있지 않으며, 비 내리는 긴자의 아파트에서 떠나가는 연인을 바라보는 쓸쓸한 정경을 노래하고 있다. 반면 1950년대 곡은 불빛만이 빛나는 긴자 뒷골목의 쓸쓸한 여인의 모습을, 1960년대 곡은 밤안개 깔린 거리를 배경으로 연인에게 배신당한 여인의 모습을 노래하고 있으며, 두 시기 모두 후렴구 가사에 '도쿄 블루스'를 덧붙이고 있다. 즉, 50년대 후반부터 장르로서 유행하기 시작한 '블루스'를 의식해 반복해서 사용한 곡이라 할 수 있다. 세 곡의「도쿄 블루스」를 통해 시기에 따라 쓸쓸한 도시가 점차 화려한 불빛의 도시로 그리고 화려한 도시 뒷거리의 모습 등 변화해 가는 도쿄를 표상하고 있다. '블루스'는 초기에 상해나 광동과 같이 외국 항구의 쓸쓸한 이별 풍경을 노래한 것이었으나, 점차 국내로 이동하여 쓸쓸한 대도시 뒷골목 풍경 혹은 항구도시의 애수 띤 풍경을 노래한 것으로 변모해 갔다. 즉, 국외

22 http://www.nikkanberita.com/print.cgi?id=201112301440055. (검색일 : 2012. 9. 6)

에서 국내로, 국내 대도시에서 도시 시가지로 범위가 좁혀져 삭막한 도시의 삶을 풍경으로 담아내고 있다.

두번째로 엔카곡은 여성을 소재로 한 노래들도 많이 있는데, 특히 위의 표에서처럼 '~의 여인~女'이라거나 '~처녀~娘' 등의 제목을 붙인 노래들이 많이 등장한다. 이러한 것은 근대 초반에 문화, 예술, 문학의 유행을 자극한 자유연애 즉 사랑에 대한 묘사[23]에 주로 여성을 소재로 사용하고 있었음을 의미한다. 1935년「메이지 1대 여인明治一代女」를 시작으로 후반기로 갈수록 도시의 술집에서 일하는 여성들의 사랑과 사랑에 얽힌 갈등과 슬픔 등을 노래한 곡들이 증가하였다.

2. 몇 번이나 당신땜에 울었어요 / 그래도 매달렸다 매달리고 있었어요
   진심을 다하면 언젠가는 / 알아줄거라고 믿었어요
   바보예요 바보였어요 / 속아서 / 밤이 추운 신주쿠의 여인[24]

〈「新宿の女」, p.406〉

위의 인용문에서 알 수 있듯이 버림받은 신주쿠 밤거리 여인을 주인공으로 하여 자신을 속이고 버린 남자보다 속은 자신을 더 원망하는 여성의 모습을 그려내고 있다. "매달리고 매달려야"하는 수동적이고 나약한 존재이며 또한 사랑을 하는 주체가 아닌 객체로서 남자의 선택에만 의지하여 살아가는 여성상을 나타내고 있다. 이러한 부분을 좀 더 이해하기 위해 매스미디어에서 보이는 여성에 대해 언급한 글을 소개하자면 아래와 같다.

23 권보드래(2003)『연애의 시대』현실문화연구, pp.12-18 참조

24 何度もあなたに泣かされた / それでもすがったすがってた
まことつくせばいつの日か / わかってくれると信じてた
バカだなバカだな / だまされちゃって / 夜が冷たい新宿の女

> 여성이란 남성에 비하여 덜 성숙하고 어리석고 심약한 성격의 소유자로서 전체적으로 볼 때 사회화가 덜 된 존재이다. 그래서 그런 여성들은 오직 사회화된 남성에게 의존할 뿐이다. (중략) 왜곡된 여성의 이미지를 당연한 사회적 이미지로 수용할 지도 모른다. 그렇게 되면 사회문화 전반에 걸쳐서 여성은 매스미디어의 사회화 과정을 통하여 열등하고 비사회적인 존재로 영속하게 된다.[25]

발달되지 못한 방송을 대신해 엔카가 매스미디어의 기능을 가지고 있었다는 것을 생각한다면, 엔카에 담겨진 여성의 모습 또한 남성작사가들에 의해 재현된 모습이라는 것 그리고 그것이 당대의 여성의 이미지로 반복해서 만들어 지고 있었다는 것은 부인할 수 없다. 한편 여성을 나타내는 또 다른 명칭이 등장하는데 그것은 '처녀娘'이다. 엔카에 등장하는 '처녀'는 「상하이의 꽃 파는 처녀上海の花売り娘」처럼 물건을 파는 여성으로 등장하며, 그중 꽃을 파는 여성으로 가장 많이 묘사되어 있다. 이러한 곡들은 남성이 화자이며, 그 대상은 꽃목걸이를 파는 사랑스런 처녀이다.

'여인'이 등장하는 노래는 주로 유곽이나 밤거리의 여성을 주인공으로 하여 자신을 버린 남성을 그리워하거나 그 사랑을 회상하는 내용을 노래하고 있다면, 반대로 '처녀'가 등장하는 노래는 남성의 시선에서 사랑스러운 '처녀'의 모습을 묘사하거나 그리워하는 내용을 담고 있다.

한편 1930년대에는 만주사변을 시작으로 군국주의가 진행되면서 그에 맞추어 '신천지'로서 만주나 중국대륙에 대한 동경을 담은 노래

25 김선남(1998)『매스미디어와 여성』범우사, p.84

들도 등장하게 되고, 중국 강서성 전투 등 전쟁에 참가한 군인의 모습 등을 담고 있다. 그러나 대륙지명을 담긴 노래 중 전쟁이 종료되고 난 후에 발표된 「아아-몬텐루파의 밤은 깊어져ああモンテンルパの夜は更けて」는 전후 전범들과 깊은 관련을 갖고 있는 곡이다. 이 노래는 당시 몬텐루파 형무소에 전범으로 감금되어 있던 헌병대 소위 시로타 긴타로代田銀太郎가 작사하고 육군 장교였던 이토 마사야스伊藤正康가 작곡하여 와타나베 하마코渡辺はま子에게 편지로 전달해 녹음한 곡이다. 형무소에 수용된 일본병사들이 고국에서 기다릴 어머니를 생각하며 고향을 그리워하는 마음을 담은 곡이다. 이 곡을 발표한 와타나베 하마코는 이후 위문공연과 석방을 위한 활동을 펼침으로써 필리핀 대통령 특사로 108명의 전범이 석방되어 귀국할 수 있게 되었다고 하니 이러한 것이 숨겨진 음악의 영향력이라고 생각된다.

또 1960년대 초기 일본에서 만들어 유행하기 시작한 라틴 리듬의 댄스 도돈파ドドンパ[26]를 접목시킨 곡으로 「도쿄 도돈파 처녀東京ドドンパ娘」가 있다. 이곡이 크게 히트한 후 미소라 히바리 등 다른 가수들도 이러한 곡을 녹음해 발매함으로써 리듬은 물론 이에 맞춘 춤까지 크게 유행하였다고 한다. 이곡의 경우는 유행의 엔카 도입이라기보다 유행을 전파하는 주체자로서의 엔카의 역할이었던 것을 확인할 수 있다.

이외에 도쿄올림픽을 맞아 타이틀에 '도쿄'를 사용한 것을 비롯해, 지진피해에서 백화점과 카페 등이 즐비한 거리로 바뀐 '긴자'를 노래하는 등 여러 가지 소재들로 확대해 대중과 연관된 사회배경을 담아내고 있다. 또 사랑을 파는 여성, 사랑에 배신당하고 좌절하고 슬퍼하는

26 도돈파는 일본의 옛날 음악인 도도이츠(都々逸)와 룸바를 더한 것이라는 설과, 교토에서 필리핀밴드가 연주하였던 독특한 맘보가 도돈파가 되었다는 설이 있다.

여성, 이국의 꽃 파는 처녀 등 당대의 유행하는 단어나 문화를 수용하여 그 시기의 대중들의 삶을 표출하는 엔카였다고 할 수 있을 것이다.

4. 結論

지금까지 1930년부터 1980년까지 히트된 엔카 중 지명이 나타난 곡은 약 400/1969여곡이었으며, 이를 시기별로 구분해보면 1930년대에 발표된 노래가 38곡, 1940년대 33곡, 1950년대 108곡, 1960년대 133곡, 1970년대 64곡 등이다. 또 가사에 등장하는 지명을 보면 국내지명 357곡을 비롯해 국외지명 43곡이 있었다.

지명이 등장하는 엔카는 특정된 지역을 배경으로 남녀 간의 애절한 사랑, 남자로부터 버림받은 여인의 마음 등을 노래한 것이 많았다. 그러나 엔카는 이러한 주제에 국한되지 않고 다양한 주제들을 도입하는 것과 더불어 해외음악 장르 접목을 시도하며 사회적 공감대를 형성하며 확대되어 갔다.

국내지명 중 가장 많은 지역은 도쿄였는데, 이는 대도시를 중심으로 한 인구 밀집과 문화 창출의 발신지가 도쿄였기 때문이었다. 또한 1940년대에는 전시하 상황과 맞물려 대륙에 대한 관심과 정책에 의해 중국이 차지하는 비율이 높은 것도 당시의 특징이라고 할 수 있다.

지명이름이 담긴 엔카의 경우 상당수가 지역의 특성을 나타내는 향토의 노래였고 그 지역을 홍보하는데 이용되었으며, 가사는 사랑에 대한 미련과 괴로움으로 한숨짓는 수동적인 여성들을 각각의 지역을 배경으로 하여 담아내고 있었다. 그러나 한편으로는 당대의 시사문제들을 소재로 가져와 대중들의 애환을 노래하기도 하였고, 또 당대의 유행어들을 담아내거나 창출해나가는 문화 매개체 역할도 충실히 수행하고 있음을 알 수 있었다.

일본의 엔카의 시작은 지금 현재 우리가 상상하고 정의하는 음악과는 달리 가수들도 정식으로 음악에 대해 공부하고 클래식에서 활동하던 테너나 바리톤가수 들이 음반을 녹음하였으며, 그 향유계급 또한 엘리트들이었다. 그러한 엔카는 가수들의 개성적인 창법에 비브라토적인 요소가 더해진 일반 가수들의 등장에 의해 더욱 다양화 되어졌고, 지방의 민요들이 엔카에 수용되면서 대중성을 확보하며 정착되어, 대중의 사랑을 받고 지금의 엔카로 자리하게 되었음을 확인할 수 있었다.

Ⅲ. 이미자와 미소라 히바리의 노래에 나타난 空間*

장미경

1. 머리말

본 연구는 한국과 일본의 동시대 대표적 여자 대중가수인 이미자李美子(1941~)와 미소라 히바리美空ひばり(1937~1989, 이하 히바리)의 노래에 등장하는 空間적 표현 양상을 고찰함에 있다.

여러 음악 장르 중에서 대중가요는 다양한 계층의 사람들에게 전파되는 강한 영향력을 가지고 있다. 대중가요에는 시대의 역사나 사회상

* 이글은 2015년 3월 한국일본어문학회『日本語文學』(ISSN : 1226-0576) 제64집, pp. 195-215에 실렸던 논문『이미자와 미소라 히바리의 노래에 나타난 空間』을 수정 보완한 것임.

이 반영되고, 이상과 현실의 갈등에 대한 트라우마를 歌詞와 曲調로 사람들의 시름을 설득력 있게 달래 주기도 한다.

이미자와 히바리는 우리와 같은 동시대의 가수로 현재 우리의 삶이 그대로 가사에 담겨 있다. 한국과 일본 사회에서 많은 사랑을 받고 있는 이미자와 히바리가 끼친 영향은 대중문화의 의식 측면이라고도 볼 수 있을 것이다.

트로트나 엔카는 서민들의 희노애락喜怒哀樂이 주요 소재로 나오지만 본 논문에서 노래 속의 공간을 분석한 것은, 대중가요로 한국과 일본인의 삶과 공간인식을 살피고자 함이다. 노래 가사의 비교로 양국문화의 차이를 설명할 수 있으며 시대적 상황에 따른 한일 정서도 반영될 것이다.

2. 大衆歌手로서의 李美子와 미소라 히바리

이미자는 560여 장의 음반을 내고, 2700여 곡을 불러 한국 대중가요의 산역사라고도 할 수 있다. 이미자의 노래는 사람들로 하여금 고달픈 현실의 연상작용과 더불어 그 시련을 딛고 일어서서 묵묵히 다음 시간으로 이동해 가도록 하는 유목민적인 잠재력을 가졌다.[1]

일본 최고의 엔카 가수 히바리의 본명은, 가토 히바리加藤和枝이며 9세 때 데뷔하였다. 패전으로 상실감에 젖어 있는 일본인에게 「저 언덕을 넘어あの丘越えて」 「구단의 어머니九段の母」 등을 불러 일본 국민들 마음에 희망을 주었다.[2] 일본에서는 대동아전쟁에 패배하고 국가의 파탄과 절망 속에서 히바리의 구슬픈 노래가 있었기에 극복할 수 있었다 한다.

1 이동순(2007) 『번지없는 주막』 선, p.276
2 홍성후(2003) 「대중가요를 통해 본 한일 문화의식의 비교」 충북대 사회과학연구소, p.321

두 사람의 노래는 마이너 코드 계통이 대부분이었고, 이들에게 영향을 준 사람은 일본의 고가 마사오古賀正男와 한국의 박춘석朴椿石[3]이다. 고가 마사오는 한국에 엔카붐을 일으켰으며, 박춘석은 1978년에는 일본 콜롬비아 레코드사의 요청으로 히바리에게 「바람주점風酒場」을 취입시켜, 외국인 최초로 그에게 신곡을 써준 인물로 자리매김 되었다.[4] 현재 히바리 전집 CD에 수록되어 있는 이 노래를 기점으로 박춘석의 음악성은 더욱 인정받아 그녀가 타계했을 때에는 '초청하객 인사 1백인 명단'에 포함되었을 정도였다.

1988년 올림픽을 맞이하여 고가 마사오의 노래 「슬픈 술悲しい酒」을 이미자와 히바리가 동시에 부르게 되었다.

悲しい酒 -미소라 히바리	슬픈 술 - 이미자
一、一人酒場でのむ酒は 別れなみだの味がする のんで棄てたい面影が のめばGLASSにまた浮かぶ ああ別れたあとの心のこりよ	1. 외로이 술집에서 마시는 술은 이별의 눈물의 맛이 나네 마셔서 버리고픈 그대의 모습 마시면 술잔에 또 떠오르네 아아! 이별 뒤 아쉬운 마음이여

위의 노래가 양국에서 상당한 호응을 받았는데, 대중음악으로도 한국인이나 일본인의 무의식적인 감정이 소통되고 있다는 것을 알 수 있

3 박춘석(朴椿石) : 본명은 의병(義秉)이며 춘석은 아명이다. 처음에는 연주활동의 영향으로 샹송이나 팝송 스타일의 노래와 외국가요의 번안편곡이 주류를 이루었다. 작곡을 시작한 것은 6 · 25전쟁 후로 1960년대 이후 이미자를 만나면서 완전히 트로트가요의 대가로 자리를 굳히게 되었다. 200편이 넘는 영화주제가 등을 포함해 총 2,700여 곡을 발표했다.

4 「風酒場」의 가사는 다음과 같다.
一、噫... / 酒のやさしさ　苦っぽさ / いやというほど　滲みた夜は /背でしくしく　古賀メロディが /泣くな泣くなと　泣いてたなあ
二、噫.../暗いとまり木　折り鶴を /たたむ女の　よこ顔に /別れたあいつの　行方が何故か /ふっと気になる　夜更け頃

다. 다음은 이미자와 히바리의 대표곡 80여 곡을 주제별로 분류한 것이다.

〈표 1〉 이미자와 히바리의 대표곡[5] 중 주제별 분류

주제	이미자의 노래	히바리의 노래
이별	「가슴 아프게」「기러기 아빠」「들국화」「엘레지의 여왕」「옥이 엄마」「울어라 열풍아」「정동대감」「지평선은 말이 없다」「안 오실까봐」「비내리는 호남선」「공항의 이별」「물레방아 도는데」「잊을 수 없는 여인」「갯마을」「눈물의 연평도」「모정」「들국화」「외동딸」「섹스폰 부는 처녀」「공항의 이별」(20)	「悲しき口笛」「りんご追分」「ひばりのマドロスさん」「哀愁サンバ」「波市場だよ」「お父つぁさん」「浜っ子マドロス」「坊やの終列車道」「さくらの唄」「月の夜氣」「おふくろさん」「悲しい酒」「裏町酒場」「時雨の宿」「風が泣いている」「哀愁出帆」「初戀マドロス」「夢追い酒」「伊豆の踊り子」「哀愁出船」(20)
인생	「여자의 일생」「모녀가 가는길」「서산 갯마을」「그리워」「석양」「아씨」「여로」「저 강은 알고 있다」「첫눈 내린 거리」「노래는 나의 인생」(10)	「巷町十三番地」「おんな道」「船頭小唄」「裏町人生」「ひばりの仁義」「雑草の歌」「柔」「龍馬殘影」「關東春雨傘」「藝道一代」「むらさきの夜明け」「劍ひとすじ」「人生一路」「愛燦燦」「川の流れのように」「べらんめえ藝子」「花笠道中」「花の龍」「追い酒」「希望」(21)
사랑	「당신은 모르리」「댄서의 순정」「박달재 사연」「벽오동 심은 뜻은」「비에 젖은 여인」「빙점」「삼백리 한려수도」「서울이여 안녕」「열아홉 순정」「자주댕기」「사랑했는데」「젊은날의 순정」「한 많은 대동강」「오솔길 아가씨」「사랑했는데」「임금님의 첫사랑」(16)	「おまえに惚れた」「ひばりの佐渡情話」「夾竹挑の咲く頃」「いのり」「笑ってよムーンライト」「みだれ髮」「暗夜行路」「大川ながし」「初戀」(9)
그리움	「연포 아가씨」「눈물이 진주라면」「동백아가씨」「춘천댁 사공」「진도 아리랑」「수원처녀」「그리움은 가슴마다」「물새 한 마리」「압록강 칠백리」「재일교포」「흑산도 아가씨」「타국에서」「섬처녀」「홍콩의 왼손잡이」「두견새 우는 사연」「평양기생」(17)	「越後獅子の唄」「あの丘越えて」「津軽のふるさと」「船頭さん」「ある女の詩」「お島千太郎」「浪曲渡り鳥」「函館山から」「塩屋崎」「裏窓」「冬のくちびる」「さんさ戀時雨」「三味線マドロス」「ふるさとはいつも(14)

5 이미자의 노래 출처는 blog.daum.net/eeecc/18046532 / 히바리의 노래 출처는 일본의 각종 검색 사이트의 히트곡 모음집의 리스트를 참고한 최한정의 「미소라 히바리 노래가사 특성을 활용한 일본어학습 지도 방안 연구」 계명대학 석사논문 (2007)을 참조하였음.

기타	「강촌에 살고 싶네」「그때가 옛날」「꽃한 송이」「대답해 주세요」「동백꽃 피는 항구」「마포종점」「목화아가씨」「밤의 정거장」「살아있는 가로수」「수심」「아네모네」「여자하숙생」「잊을수 없는 여인」「한 번 준 마음인데」「황혼의 부르스」(15)	「河童ブギウギ」「東京ッド」「ひばりの花賣娘」「街の子」「お祭りマボン」「日和下駄」「おふくろさん」「希望」「おまえに惚れた」「マドロス」「人戀酒」「車屋さん」「哀愁出船」「一本の鉛筆」「ひとりぼっち」「戀港」「好きなのさ」「太鼓」(18)

이미자와 히바리의 대표곡 중에서 주제를 분석한 결과 이미자는 이별, 그리움, 사랑의 내용이 많았으며 인생을 다룬 노래 부분은 적었다. 히바리는 사랑에 대한 주제가 적은 반면에 인생 부분에서 많은 비중을 차지하였음을 알 수 있다. 이미자는 여성의 삶 쪽만을 노래로 부른 반면에 히바리는 여성과 남성의 삶의 모습을 그렸기에 서로 차이가 나는 것이었다.

〈표 2〉 이미자와 히바리의 노래 중 공간이 언급된 노래

시 기	이미자의 노래	히바리의 노래
1950~1959	「압록강 7백리」	「りんご追分」「お祭りマボン」「津軽のふるさと」「巷町十三番地」「哀愁平野」「長崎は今日も雨だった」「函館山から」「みだれ髪」「龍馬殘影」「長崎の蝶々さん」「東京キッド」
1960~1969	「저 강은 알고 있다」「한많은 대동강」「눈물의 연평도」「서산 갯마을」「목포의 달밤」「흑산도 아가씨」「춘천댁 사공」「벽오동 심은 뜻은」「섬마을 선생님」「서울이여 안녕」「진도 아리랑」「서귀포 바닷가」	「越後獅子の唄」「伊豆の踊り子」「佐渡情話」「關東春雨傘」「東京の春雨」「江戸の紳士」「東京ブルース」「新宿の女」
1970~1979	「영산강뱃노래」「낭주골처녀」「수원처녀」「연포아가씨」「삼백리 한려수도」「남산마님」	

이처럼 두 가수의 노래에서 공간을 나타내는 곡들이 상당히 있었는데, 이미자는 1960~1970년대에, 히바리는 1950~1960년대 각국의 도

시 경제화에 중점을 둔 시대에 주로 불려졌음을 알 수 있다. 〈표 2〉에서도 볼 수 있듯이 이미자는 서울과 전라도와 충청도 지방 위주의, 당시 地域의 上京 분포와도 관계가 있다. 히바리는 도쿄를 중심으로 지방의 지명을 부르고 있었음이 파악되었다.

3. 이미자 노래에 나타난 공간 –出鄕코드로–

1959년 「열아홉 순정」으로 데뷔한 이미자는 한국 가요계의 살아 있는 전설로 평가받고 있다. 트로트 부흥의 기폭제가 된 노래는 1964년에 발표한 「동백아가씨」로 혼이 배어나오는 듯한 호소력이 대중들의 정서에 딱 맞게 떨어진 것이다. 이 노래는 왜색가요 시비가 일어나기도 했다.[6]

이미자는 특히 강과 바다를 다룬 노래들을 많이 불렀는데 눈에 띄게 시골과 지방의 지명이나 풍경이 등장한다는 점이다. 「수원처녀」, 「낭주골처녀」는 고향을 떠난 님이 돌아오기만을 기다리는 수동적인 주체로서 존재한다.

> 1. 철쭉꽃 딸기꽃이 초원에 피면은 / 타네요 수원 처녀 가슴이 타네요 / 달뜨는 호반길 님과 놀던 길 / 첫사랑을 맺어놓고 멀리 떠난 사람아 / 서장대의 푸른꿈을 잊으셨나요 / 기다리고 있습니다. 〈「수원처녀」〉

6 「동백아가씨」는 일본에서 1966년에 「사랑의 붉은 등불」로 이름이 바뀌어 발표되었는데, 한일국교정상화 반대 물결 속에서 반일감정을 자극하는 계기가 되기도 했다.

한편 「수원처녀」에는 서장대에서 수원처녀가 시가지를 바라보며 솟아오르는 달과 함께, 첫사랑의 님을 그리워하는 애달픈 마음을 담고 있다.

> 2. 초수동 범바위에 이름 새겼네 / 영원히 변치말자 맹세를 했네 / 용당리 나룻배로 / 오실 그 님을 / 단장하고 기다리는 / 낭주골처녀 …
>
> 〈「낭주골처녀」〉

낭주는 전남 영암에 있으며, 여기에서는 다른 노래와 달리 '범바위' '월출산' '천왕봉' '초수동' '용왕리' 등의 지명이나 사물의 이름이 자세히 나와 있다. "때가 되면 오시겠지"라는 표현을 통해 님만을 기다리고 있을 뿐 적극적인 모습도 보이지 않는다.

이미자의 상당수 대표곡들은 바다와 관련된 이미지를 표현한 것들이 많다.

> 1. 오늘도 임 기다리는 연포바다에 / 쌍돛대 외돛대 배도 많은데
> 한 번 가신 그 임은 소식도 없고 / 물새만 울어울어 세월 흐르니
> 야속한 생각 눈물에 젖는 / 눈물에 젖는 연포 아가씨
>
> 〈「연포아가씨」〉

「연포아가씨」의 "쌍돛대 외돛대 배도 많은데" 라는 가사에서 알 수 있듯이 배는 임을 화자에게 데려올 수 있는 만남의 매개체로서의 역할을 기대하고 있다. 세월이 흘러도 돌아오지 않은 님을 그리며 눈물에 젖은 연포아가씨의 앞에는 바다라는 공간이 있다. 이외의 「춘천댁 사공」도 이와 비슷하다.

「눈물의 연평도」에서 바다라는 공간은 남편을 앗아간 이별의 슬픈 장소이며, 생계유지의 바탕이 되는 곳이다. 수평선을 바라보며 울어대는 갈매기는 화자의 모습을 반영하고도 있다. 바다에 접한 연포나 연평도는 삶의 현장이면서 눈물을 젖게 만드는 고달픈 현실의 반영이기도 한 것이다.

1. 남몰래 서러운 세월은 가고 / 물결은 천번 만번 밀려오는데
못 견디게 그리운 아득한 저 육지를 / 바라보다 검게 타버린
검게 타버린 흑산도아가씨 〈「흑산도아가씨」〉

'검은 산, 검은 바다'를 연상케 하는 흑산도는 예전에는 귀양살이를 보낸 곳이기도 하다.[7] 거친 섬 환경과 이미자의 애절한 목소리가 대비돼 더욱 구슬프게 들리는 노래이다. '흘러온 나그넨가, 귀양살인가' 하는 노랫말은 육지에서 시집온 흑산도 여성의 모습일 것이다. 그녀들이 살고 싶은 공간은 육지이거나 "애타도록 보고픈 머나먼 그 서울"이다. 격리되어 있는 흑산도에 사는 여성들에게 육지는 못 견디게 그리운 공간이었고, 흑산도는 마음속을 타버리게 만든 떠나고 싶은 공간이다.

2012년에는 흑산도에서 이미자의 공연이 열렸는데, 노랫말이 있는 곳에 와서 그 노래를 부른다는 것은 그만큼 트로트가 대중들에게 가슴 깊이 와 닿았다는 증명일 것이다.

이미자의 노래 중에서 특이하게도 「~아가씨」 「~처녀」라는 제목으로 「지방 + 아가씨」의 형태로 된 노래가 많다. 소극적이면서도 무조

7 1965년 흑산도 고교생이 서울을 가려고 했지만 풍랑 때문에 가지 못했던 사연을 전해들은 육영수 여사가 이들을 청와대로 초대하였다. 이 이야기를 당시 신문기자를 통해 접한 박춘석은 노래로 만들어 이미자에게 주었다.

건 기다려야 하는 지방아가씨의 애달픈 이야기가 청순하고 애처로운 이미자의 노래로 불려진 것이다. 기다림에 익숙한 여성들은 많은 세월을 눈물로 삼키고 설움을 달래야 했는데, 그건 소외된 지방에 있기 때문이다. 그곳은 여전히 극복될 수 없는 이별과 좌절, 기약 없는 기다림의 무력함, 그리고 이에 대한 탄식과 과잉눈물이 넘쳐나는 공간일 뿐이다.

1. 굴을 따랴 전복을 따랴 서산 갯마을 / 처녀들 부푼 가슴 꿈도 많은데 요놈의 풍랑은 왜 이다지도 사나운고 / 사공들의 눈물이 마를날이 없구나. 〈「서산 갯마을」〉

서산 갯마을을 배경으로 한 이 노래에서는 어촌 사람의 고단함이 엿보인다. 서산아가씨들이 꿈은 많이 갖고 있으나 생존의 현장에 내몰려 있다. 여기서 갯마을은 가난을 벗어나기 위한 삶의 터전이지만 쉽사리 떠나거나 벗어날 생각도 하지 못하는 곳일 뿐이다. 이 노래에 「~아가씨」라는 것은 없지만 역시 여기서도 화자가 처녀들로 되어 있다. 갯마을이야말로 처녀들에게 자신의 꿈을 이루는, 아낙네들에게는 가난을 벗어나기 위한 공간이기도 하다.

우리나라의 60년대 농어촌은 경제적으로 어려울 생활을 할 수밖에 없었다. 이처럼 이미자 노래에는 그 지역적인 환경에 젖어 있는 여인들의 모습이 노래로 만들어졌다. 이 외에도 바다를 배경으로 한 「삼백리 한려수도」가 있다.

1. 노을진 한산섬에 갈매기 날으니 / 삼백리 한려수도 그림 같구나 굽이굽이 바닷가에 배가 오는데 / 임 마중 섬색시의 풋가슴 속은

빨갛게 빨갛게 동백꽃처럼 타오르네 / 바닷가에 타오른다네.

〈「삼백리 한려수도」〉

한려수도閑麗水道는 한산도에서 여수까지의 약 삼백리 해상공원으로, 섬들로 이루어진 아름다운 풍경을 자랑하고 있다. 이 노래에서는, 지역을 상징하는 다른 노래에 나온 아가씨들의 기다림과는 달리 임을 마중나온 섬색시의 풋가슴 사랑이 있다. 넓은 바다라는 극복하기 어려운 물리적인 공간이 차지하고 있다지만 다른 노래처럼 그다지 절망적이지는 않다. 임과 화자 사이에 벌어진 심리적 거리가 공간적으로 구체화된 것이다.

「목포의 달밤」에도 대중가요에 흔히 등장하는 이별이라는 주제와, 이별의 전형적인 공간인 항구가 등장한다. 이별의 상황을 지켜본 목선과 등대에게 묻는 형식을 통해서 화자의 마음을 토로하고 있는 것이다.

이처럼 지방을 노래한 노래들에는 모두 다 아가씨들이 화자로 되어 있고, 그리운 님을 그리는 상황이 묘사되어 있다. 그 어떠한 정치적 상황이나 이데올로기가 전혀 들어 있지 않고 개인적인 모습이 그려진 것이다. 이렇게 이미자의 노래에 나와 있는 공간은 지방의 지명들이 그 지역의 자연적인 습성에서 젊은 처자들의 애달픈 마음을 노래하고 있다.

시골과 트로트의 결합이 좀 더 의미 있는 연관을 보여주는 노래인 「춘천댁 사공」, 「서귀포 바닷가」, 「저 강은 알고 있다」에서 이미자는 지방인의 슬픔과 한을 실타래처럼 엮어간다.[8] 이미자의 지역적인 공

8 이동순(2007) 앞의 책, p.281

간을 노래하는 것에는 그녀의 삶 자체와 자연스럽게 조화를 이룬다.

지방의 지명을 거론하는 것이 핵심처럼 여겨지는 노래가 있는가 하면 서울을 향한 그리움을 증폭시켜 나가는 노래도 있다.

공간을 거론한 노래가 1960~1970년대 많이 불려진 것도 이때는 경제개발계획에 발맞추어 상경출세가 사회의 화두였기 때문이다. 〈말은 제주도로, 사람은 서울로〉라는 말이 회자될 정도로 대중의 관심이 기회와 부유함의 도시인 서울로 향해 있었다.

> 2. 구름도 쫓겨가는 섬마을에 / 무엇하러 왔는가 총각 선생님
> 그리움이 별처럼 쌓이는 바닷가에 / 시름을 달래보는 총각 선생님
> 서울엘랑 가지를 마오. 가지를 마오. 〈「섬마을 선생님」〉

시골 섬에 온 서울 출신의 총각선생님은 열아홉 살 처녀들에게는 짝사랑 대상이 되기에 충분하다. 그 이면에는 "바닷가에 시름을 달래보는" 구절에서도 섬이라는 폐쇄된 공간에서 벗어나고 싶은 마음도 들어 있다. 선생님이 영영 돌아오지 않을 것 같은 두려움이 쌓이기도 하는 것은 그 사람이 서울에 갔기 때문이다. 트로트는 해피엔딩으로 처리하지 않는다. 서로 놓여 있는 현실 때문에 그 사랑은 좀처럼 이루어지기 힘들다. 자학적이고 자기연민적인 슬픔을 바깥으로 풀어내는 것뿐이다.

이미자의 지역 대상 노래 가사에는 그 곳에 사는 젊은 처자와 대부분 멀리 떠난 님을 그리워하며 돌아오기를 기다리는 애끓는 마음이 들어 있다. 지방에서 벗어나 도시로 가는 것이 출세의 지름길이라는 당시의 사회상에 맞게 관심이 서울로 향한 것이다. 언제 돌아올 지도 모르고, 안 올 수도 있는 님을 찾아 떠나기보다는 막연히 기다리기만 한

다. 「동백아가씨」에도 총각선생님을 사모하는 소녀다운 서정적인 가사로 되어 있다.

1. 소식 없이 기약 없이 닷새 한 번 열흘 한 번 / 비가 오면 못 오는데 섬에 나서 섬에 자란 수줍은 섬처녀 / 첫사랑 맺어놓고 서울로 간 그 사람은 / 아 - 나를 두고 영영 안 오네. 〈「섬처녀」〉

「섬처녀」에도 서울이라는 공간이 등장한다. 여기에서 바다와 섬이라는 위치는 중요하다. 바다 건너 멀리 떨어진 섬이라는 설정은 서울과의 거리감을 드러내주고 있다. 가고 싶은 화려한 도시 서울은 도저히 도달할 수 없을 정도로 멀리 떨어진 곳이었고, 사랑하는 사람에 대한 화자의 사랑이 좌절될 수밖에 없다는 공간의 표현이다. 섬에서 태어나고 자란 섬처녀의 마음을 흔들어놓은, 그 사람이 사는 서울과 섬과의 공간적 거리는 어찌 해볼 수도 없는 일이다. 공간을 자유롭게 넘나드는 구름과 물새바람이 부러울 따름이다. 섬처녀만은 그 공간적 제약을 넘어설 수 없다. 도저히 건너 뛸 수 없는 시골과 도시의 엄청난 거리감과, 건너가지 못하는 좌절이 드러나는 것이다.

서울은 행복이 넘치는 곳, 이별조차 아름다운 곳이다. 「낭주골처녀」에서 "금의환향하시겠지" 라는 구절이 있다. 님이 서울에서 돌아온다는 내용은 없지만 성공하여 돌아올 거라는 기대감이 있다. 게다가 성공하기 위해서는 도시로 가야한다는 당연성이 제기되고 있다. 지방은 도시화개발로 대표되는 사회의 발전을 따라가지 못하는 무능력한 공간으로 느껴지기도 한다.[9] 「흑산도아가씨」에서도 "애타도록

9 이영미(2006) 『한국대중가요사』 민속원, p.180

보고픈 머나먼 그 서울을 / 그리다가 검게 타버린 검게 타버린 / 흑산도 아가씨"라는 가사가 있다. 모두 서울에 간 님을 기다리는 것이다.

이런 노래는 서울 중심의 중앙 집중화 시대로 당시의 시대사조인 出鄕코드라고도 볼 수 있다. 역시 이미자의 노래에서 「벽오동 심은 뜻」에서는 "님 계신 서울길이 왜 이리 멀고 먼가"라는 가사가 있다. 시골 소재의 트로트 작품에는 서울로 떠난 사람을 기약 없이 기다리는 地方人의 무력함이 그려져 있다. 아가씨들의 소극성과 수동성이 그려지고 있으나 뭔가 이룰 것 같은 막연한 기대감을 갖게 하는 곳도 서울이다.

수동적으로 그려진 지방 여성이 드디어 서울로 님을 찾아가는 노래 「서울이여 안녕」이 있다.

> 1. 안녕 안녕 서울이여 안녕 / 그리운 님 찾아 바다 건너 천리길
> 쌓이고 쌓인 회포 풀려고 왔는데 / 님의 마음 변하고 나홀로 돌아가네
> 그래도 님계시는 서울하늘 바라보며 / 안녕 안녕 서울이여 안녕.
>
> 〈「서울이여 안녕」〉

님은 도시로 가버렸지만 이 가사에는 도시를 향한 열망과 좌절을 담아내고 있다. 도시에서는 뭔가 잘 될 것 같은 예감으로 왔지만 생각만큼 적응하기도 힘든 곳이기도 하다.

물론 이때 모든 가요가 서울을 이상향으로 하는 것은 아니었지만[10] 이런 경우는 우리 대중가요에 거의 없다.[11] 서울에 살면서도 적응하기

10 박재홍의 노래 「물방앗간 도는 내력」에서 "서울이 좋다지만 나는야 싫어"라는 가사도 있다.

11 이영미(2006) 앞의 책, p.190

힘든 사람들에게는 복잡한 서울을 벗어나 과거로 돌아간 歸鄕코드 노래의 효용도 간과할 수 없다.

4. 미소라 히바리 노래에 나타난 공간 -지역의 균등 코드로-

일본 여성으로 최초로 '일본국민영예상'을 수상한 히바리는 엔카演歌의 여왕이라 불린다. 그녀는 호소력 짙은 가창력으로 1천 4백 여 곡을 발표했고, 수많은 히트곡을 남겨서 음반 판매량이 4천만 장을 넘었다고 한다.

히바리는 일본 각 지역의 지명이 나타난 노래를 아주 많이 불렀다. 엔카가 많은 가수들에 의해서 지역 중심으로 노랫말이 전개되는 가요문화를 볼 때, 이것은 히바리의 영향이라고 볼 수 있다. 이는 일본의 지역평등 사회문화와 연계되어 추론해 볼 수도 있을 것이다. 「겐로쿠항의 노래元綠港歌」에서도 일본의 가치를 높이려는 그녀의 자부심이 엿보인다.

> "배가 떠나려면 깊은 밤에 떠나세요. / 돛 그림자조차 마음에 걸려요.
> / 북쪽으로는 조선의 부산항. / 남쪽으로는 유구 섬. /
> 당나라에서 출발한 상품 / 아침에 도착하네."[12]
>
> 〈「元綠港歌」원문 각주, 번역 필자. 이하 동〉

12 sunghoo.egloos.com/5940529 참조 (검색일 : 2015. 1. 10)

이 노래에서 보듯이 일본의 도쿠카와 시대(1603-1867)의 풍성함을 나타냈다. 일본의 무역 상대로 韓半島와 오키나와, 당나라中國 등, 동아시아 국가를 노래한 듯하다. 여기에는 개인도, 고달픈 삶도, 그리워하는 대상도 없다. 일본의 번성함을 찬양할 뿐이다. 화자가 뚜렷이 정해져 있지 않지만 옛 역사적인 다른 나라까지 가사에 실음으로 일본이 예전에 화려한 동양지배국이었다는 자부심을 말하고 있다. 다음은 「그리운 사카모토 료마龍馬殘影」의 한 구절이다.

> 바람에 휘날리고 료마의 음성이 / 빰을 때리며 교토에 내리는 가을비 / 꿈은 계속되고 있다면 / 보고 싶은 당신의 마지막까지 / 료마의 피로 물들고 꿈이 운다.[13] 〈「龍馬殘影」〉

료마龍馬는 일본의 메이지유신을 성공시킨 도사 출신의 혁명 영웅이었다. 일본의 미래를 꿈꾸는 젊은이들의 영웅적 공간으로 교토京都가 서사된 것이다. 일본 무사들은 정치적 입신을 위해 전통적으로 교토의 진출 야욕을 꿈에 그리고 있다. 새로운 일본 개척을 위해 교토로 진군하는 피묻은 료마 모습이 그대로 연상되기도 한다. 대중가요에 메이지유신이라는 정치적인 이데올로기가 들어 있는 것 같은 느낌으로 히바리의 노래가 역사적인 의미를 갖게 된다. 히바리의 목소리로 영웅이 주인공으로 되살아난 것이다.

히바리가 부른 즐겁고 경쾌한 곡으로는 「오마쓰리 맘보お祭りマボン」가 있다.

13 風が 舞うのか　お龍の 聲か / 頰を たたいた　京しぐれ / 夢の つづきが　あるならば/おまえと 見たい　最後まで / 龍馬 血染めの　龍馬 血染めの　夢が 哭く.

1. 우리 옆집 아저씨는 / 간다에서 태어난 / 도쿄 토박이 / 축제를 매우 좋아한다네. / (中略) / 그 옆집 아줌마 / 아사쿠사에서 자라난 미인이라네.[14] 〈『お祭りマボン』〉

마쓰리는 일본 문화에서 결코 빠지지 않는 중요한 부분이고, 여기에 나온 간다 지방과 도쿄, 아사쿠사 지역 등은 일본 축제의 본고장 역할을 하고 있다. 이 노래의 중간에 "왔쇼이. 왔쇼이ワッショイ ワッショイ"라는 말에서 한국말 '왔어요'라는 말이 연상된다. 어디선가 귀한 손님이 왔다고 좋아서 맘보리듬으로 춤추는 모습이 연상된다. 이것은 아마도 일본과 한반도가 왕래하던 옛 이야기를 노래 가사로 엮은 듯하다. 천 년 전에 그 당시의 백제 사신이 일본에 와서 환대 받는 모습이 표현된 게 아닌가 싶다. 「그리운 사카모토 료마」와 「오마쓰리 맘보」에서처럼 간접적으로 일본과 한국의 연결고리가 노래로 엮어진 것이다.

또 다른 히바리의 노래 중에서 「에치고 사자의 노래越後獅子の唄」[15]라는 노래가 있다. 고향집을 떠나 삶의 투쟁과정에서 고향에 대한 그리움을 노래한 것이다.

1. 피리 소리에 흥겨워 / 물구나무서기 하면 / 산이 보입니다.
고향의 산 / 나는 고아 거리에 살고 흘러 흘러가는 에치고 사자.[16]

14 一、私のとなりのおじさんは / 神田の 生まれで / チャキチャキ 江戸っ 子/ お祭りさわぎが 大好きで / (中略) / そのまた 隣の おばさんは / 淺草育ちで チョッピリ 美人で.

15 에치고 (현재 新潟)에서 유래된 사자춤. 이 춤과 관련하여 7~15세 사이의 아이들이 주축이 된 일본의 민속 예능단이 있는데, 주로 길거리에서 기예를 펼치고 그곳 구경꾼으로부터 돈을 받는다 한다.

16 一、笛にうかれて / 逆立ちすれば / 山が 見えます/ ふるさとの / わたしゃ みなしご / 街道ぐらし ながれながれの 越後獅子

일본은 섬나라이지만 높은 산악으로 되어 있기 때문에 육로보다는 주로 해로海路를 이용했다. 그러기에 옛날에는 고향을 지척에 두고도 가기가 더 어려웠을 것이다. 히바리의 노래를 볼 때 일본인들의 고향에 대한 그리움은 비교적 한국보다 더 강한 듯싶다. 한국보다 경제개발이 빨랐고, 그에 따른 허망함으로 귀향코드의 노래가 많았음을 추측해 볼 수가 있다.

「쓰가루 고향津軽ふるさと」이라는 노래에서는 아오모리青森지방과 홋가이도를 중심으로 쓰가루 지방의 아름다움과 그리움을 잘 표현하고 있다. 쓰가루 해협, 나루토해협은 히바리 노래에 자주 등장하는 공간이기도 하다.

> 2. 에지마 섬, 이쿠지마 섬, 헤어져 있어도 / 마음은 오오지마 섬, 타오르는 섬/ 내가 아버님과 떨어져 있어도 / 다음에 만나 뵐 때는 꽃도 피겠지요.[17]
> 〈「津軽ふるさと」〉

여기서 '에지마江島' '이쿠지마生島' '오오지마逢島' 등 여러 섬 공간이 노래되고 있다. 노래 가사에서 부모님과의 이별을 에지마와 이쿠시마의 이별에 빗대어 표현한 것으로 보인다.[18]

일본인은 북쪽을 그리워하는 경향이 많이 있다. 히바리의 「사도정화佐渡情花」를 영화화한 노래가 있는데, 이 사도라는 섬은 동백꽃과 백합꽃이 만발하는 아름다운 공간이다.

17 二、江島 生島 別れて いても / こころ 逢島(大島) 燃ゆる島 / おらが 親さま 離れて いても / 今度 逢う ときゃ 花も 咲く

18 江島生島事件은 江戸中期 大奥마님의 궁중 하녀인 絵島와 歌舞伎 俳優의 生島新五郎와의 밀회가 의심되어 궁중에서 쫓겨나 유배되는 궁중스캔들이다.

3. 사도는 490리 파도가 거친 바다에 / 혼자 쓸쓸히 떨어져 있는 외딴섬
소맷자락 끌어안고 어째서 울었나요? / 섬 아가씨 어째서 울었나요?
나도 혼자라 말하고 울었지요.[19] 〈「佐渡情花」〉

섬처녀의 사랑타령에 관한 정서가 어딘지 이미자의 「동백아가씨」와 흡사하다. 이 사도는 우리에게는 가슴 아픈 공간이지만,[20] 이 노래로 사도 섬은 최고로 인기 있는 몇 개의 觀光 섬 중에 하나가 되었다. 전혀 중요치 않았던 지방을 노랫말을 썼기에 오히려 도쿄 사람들이 그곳으로 역행하는 새로운 지역문화를 창출하기도 하였다. 이미자의 서울 지향 노래가 있듯이 미소라의 노래에도 도쿄 지향의 노래가 있다.

1. 빗속의 정원, 밤안개의 히비야 / 지금도 눈에 쉽게 떠오르는
당신은 어떻게 지내시나요 / 아 도쿄의 불빛이여 언제까지라도[21]
〈「東京の灯よいつまでも」〉

여기서 도쿄는 임이 계신 곳이며, 불빛을 보며 임을 떠올릴 뿐이다. 엔카라는 양식에 전쟁의 상처가 아물기 시작하고 경제개발 드라이브가 시작되던 1960년대 도쿄의 화려함과 희망이 메시지를 전달해 주고 있다.

한편 도쿄에 소재한 야스쿠니신사를 주제로 한 노래도 있다. 9살 때

19 三、佐渡は 四十九里荒海に / ひとり しょんぼり 離れ島 / 袂 だきしめ なじょして 泣いた / 島の 娘は なじょして 泣いた / わしも ひとりと いうて 泣いた

20 이 사도는 우리로서는 가슴 아픈 섬이다. 일본이 북한으로 북송하던 조총련 北送船団이 떠나갈 때 마지막 離別하는 공간이다.

21 一、雨の外苑 夜霧の日比谷 / 今もこの目に やさしく浮かぶ/ 君はどうして いるだろか / あゝ東京の灯よ いつまでも

히바리가 입대 환송회에서 불렀던 「구단의 어머니九段の母」(1940)가 그것이다.

1. 우에노역에서 구단까지 / 이제껏 모르고 지냈던 애달픔이여 /
지팡이 의지하여 하루종일 걸려서 / 내 자식 왔구나 만나러 왔노라.[22]
〈「九段の母」〉

이 노래는 「모자상봉母子相逢」으로 번안되어 한국에서 불려졌는데 그 내용은 다음과 같다.

강 건너 산을 넘어 수륙 천리를 / 내 아들 보고지고 찾아온 서울
구단九段엔 사쿠라가 만발했구나 / 아들아 내가 왔다 반겨해 다오.
〈「모자상봉母子相逢」〉

'우에노 역에서 구단까지'를 '강 건너 산을 넘어 수륙 천리를'라고 했으며 아들이 보고 싶어 찾아온 서울로 공간설정이 되어 있다.

이별과 만남과 기다림의 대표적인 장소로는 항구를 빼놓을 수 없다.[23] 해안가에서 자란 히바리이기에 바다와 항구에 관련된 히트곡이 많이 있다. 항구에 대한 노래로는 「나가사키는 오늘도 비가 내렸다長崎は今日も雨だった」, 「나가사키 이야기長崎物語」, 「항구 13번지港町十三番地」 등이 있다.[24]

22 一、上野駅から　九段まで / 　かってしらない　じれったさ /杖をたよりに　一日がかり / せがれきたぞや　会いにきた

23 엔카 중에서 항구의 만남과 이별 문화를 대표하는 노래로는 「花のオランダ船」 「あの日の船はもう来ない」 「かえりの港」 「波止場だよお父つあん」 「港町さようなら」 「口笛の聞こえる波止場」 「哀愁の波止場」 등이 있다.

또한 히바리는 말년의 병상에서 일어나 「흐트러진 머리みだれ髮」를 발표하였는데, 괴롭고도 힘든 여인의 사랑을 담은 이 노래에서도 지명이 거론된다.

> 1. 헝클어진 머리에 손을 얹으면 / 빨간 게다시가 바람에 춤추네 /
> 밉고도 그리운 시오야곶 / 던져도 닿지 않는 상념의 실이 /
> 가슴에 엉켜 눈물을 짜내네.[25] 〈「みだれ髮」〉

가사 내용 중 "밉고도 그리운 시오야곶" "어둡고도 끝없는 시오야곶"으로 일본의 아름다운 시오야 지방의 절벽을 그리고 있다. 현재 후쿠시마 지방의 시오야 해안에는 히바리의 기념비가 있으며, 이로 인해 이곳도 일본의 가볼만한 명소가 되었다. 엔카로 일본 지방을 찬양함으로써 그 지방을 관광명소로 만들어 지역 주민의 자부심을 갖도록 했다는 것이다.

오늘날에도 그녀의 곡이 꾸준히 발매되거나 텔레비전에서 특집이 편성되는데 그것은 히바리라는 가수가 일본 가요계의 개척자, 선구자라는 증거이며 지금도 많은 사람들이 마음을 사로잡고 놓지 않고 있다는 증명이나 다름없을 것이다.[26]

24 한국에 널리 알려진 유명한 노래로, 여기에서의 항구는 요코하마이다. 작사가는 이 앨범을 낸 음반회사의 공장이 가와사키(川崎)항구에 있어서 이것을 힌트로 얻어 작사를 했다고 전해진다. 처음에는 항구의 3번지(港町三番地)였으나 노래의 음절수가 맞지 않아 작곡가와 합의하여 13번지 (港町十三番地)로 바뀌게 되었다. 실제로 없는 가상의 번지가 노래 제목이 된 셈이다. 이곳에는 히바리의 노랫말이 적혀진 노랫비가 있을 정도이다.

25 一、かみの みだれに 手を やれば / 赤い 蹴出しが 風に 舞う / 憎や こいしや しおやの 岬 / 投げて とどかぬ 想いの いとが / 胸に からんで なみだを しぼる

26 美空ひばり公式ホームページ」 http://www.misorahibari.com/intro.html (검색일 : 2015. 2. 5)

히바리의 노래에서 일본 각 지역을 중시하고 귀향코드의 가사가 많았기에 일본 사회의 지역중심문화 창출에 중요한 역할을 했다. 그래서 일본 각 지역에 히바리의 노래비가 10여개 존재하여 관광명소로 되어 있다.[27] 대중가요로 일본 열도 여러 지역의 자부심이 새롭게 창출된 셈이다.

5. 대중가요의 문화적 공간 정립

대중가요에 나온 공간성을 분석하였는데 히바리 경우에는 대부분 1950~1960년대에, 이미자인 경우에는 1960~1970년대의 노래들이다.

이미자의 노래에서는 60년대의 가난한 현실의 공간으로 설정이 된 지방의 지명을 거론해 주는 것이 노래 핵심인 것처럼 보인다. 서울에 대한 기대가 상경한 임을 그리는 것으로 시대적 사회적 현상을 노래했다. 서울과 지방이라는 이중적 공간의 차별적인 구도를 설명하고 있다. 당시의 상경문화가 증폭시켜 나가는 보편적 정서로 좁은 곳에서 넓은 곳으로 나아가고픈 가지 못한 세계에 대한 동경이 들어 있다

히바리는 역사적인 지역에서의 영웅들의 모습과 역사적인 사실들을 부각시켰다. 히바리는 일본 각 지역의 지명을 중시하여 노래로 불렀기에 오히려 동경에서 지방으로 관광 역행의 지역평등문화를 만들어나갔다. 대중가요로 인해 그 지역 주민이 지역적 자부심을 갖도록 한 것이다.

27 천승재(2007)「미소라 히바리 노래가사특성을 활용한 일본어 학습지도 방안 연구」 계명대 석사논문, p.8

이미자는 여성을 매개로 이미지화시켰고, 히바리는 여성과 남성의 삶의 모습을 그려 스케일의 차이가 있었다. 이미자가 부른 노래 중에서 공간적인 내용은 소극적이고 개인적인 것을 중시했다면 히바리는 적극적이고 일반적인 삶의 모습 쪽에 더 큰 비중으로 표상되어 있으며 화자가 따로 정해져 있지 않았다. 한국적 풍토는 지방이 서울에 대한 종속적 시각을 대변했다면 일본의 경우는 동경보다 지방의 입장에서 지방문화를 노래한 셈이 된다. 이미자는 개발에 맞춘 출향코드로, 히바리는 개발이 어느 정도 끝난 뒤의 귀향코드로 공간을 노래하였던 것이다.

공간에 대한 두 나라의 노래를 비교한 결과 시대적 배경이나 환경면에서의 차이점이 있지만 이미자가 한국문화 의식에 끼친 영향보다는 히바리가 일본 문화적인 공간 정립의 의식에 끼친 영향이 훨씬 크다는 점을 알 수 있었다.

Ⅳ. 昭和期 演歌에 표출된 外來語 樣相*

▮ 사희영 · 김순전

1. 序論

오늘날 각 나라들은 경제를 비롯해 정치 · 사회 · 문화에 이르기까지 다양한 분야에 걸쳐 글로벌을 추구하고 있다. 이러한 시대적 분위기를 반영하듯 각국과의 교류와 접촉이 빈번해짐에 따라 타국의 문물이나 문화가 유입되면서 外來語가 출현하게 된다. 이러한 외래어는 외국어 그대로 차용되어 사용되거나 또는 그 나라 언어로 대체 표기되어, 일부

* 이 글은 2015년 2월 중앙대 일본연구소 「日本語文學」(ISSN : 1229-6309) 「日本研究」 제38집, pp.177-196에 실렸던 논문 「昭和期 演歌에 나타난 外來語 考察」을 수정 보완한 것임.

에서 전체로 확산되어지고 생활가운데 깊숙이 침투되어 알지 못하는 사이 제1언어처럼 정착되어 사용되고 있는 것을 자주 볼 수 있다.

이러한 외래어가 가장 잘 확산되는 매체는 불특정 다수인 대중에게 정보를 제공하는 매스 미디어를 통해서라고 할 수 있다. 특히 매스 미디어를 통해 전파되는 대중음악은 대중의 생활과 밀접한 관계를 가지고 있을 뿐만 아니라 그들의 공통문화를 수용하고 있으며 당대의 사회상社會相을 잘 반영하고 있기에 외래어 연구에 있어서 매우 중요한 부분이라고 할 수 있을 것이다.

그동안 이루어진 외래어 연구를 살펴보면, 음운론적 관점에서 한국어와 일본어의 외래어 음운 규칙 적용을 비교한 「한국인 학습자를 위한 일본어 외래어의 발음과 악센트 연구」[1]를 비롯해, 한중일의 IT관련 신조어를 비교하여 언어 공동체 구성원들이 지닌 문화적 가치관 및 문화 수용의 차이를 살펴본 「세계화에 따른 동북아지역의 외래어 수용 양상과 문화적 가치관의 차이에 관한 연구」[2]에 이르기까지 다양하다.

엔카演歌에 나타난 외래어 연구를 살펴보면 「일본어 노랫말에 나타난 한글표기에 관한 연구」를 비롯한 몇 편의 연구에 국한되어 있을 뿐이다.[3] 그러나 일본의 엔카는 근대 이후 변화되어가는 일본사회를 반영한 외래어의 수용 및 변화 실태를 파악할 수 있는 좋은 자료이기에 이와 연관한 연구는 반드시 필요하고 생각되어진다.

1 山口美佳(2011) 「한국인 학습자를 위한 일본어 외래어의 발음과 악센트 연구」, 건국대 박사논문

2 이미숙(2006) 「세계화에 따른 동북아지역의 외래어 수용 양상과 문화적 가치관의 차이에 관한 연구」, 「日語日文學硏究」 제58집

3 송지혜(2006) 「일본어 노랫말에 나타난 한글표기에 관한 연구」, 부산외국어대 대학원 석사논문과, 일본의 엔카를 한국 유행가와 비교한 김희정(2005) 「한 · 일 양국 유행가 어휘의 비교 연구 : 1925년부터 1960년까지를 중심으로」가 있으나 유행가의 어휘 연구 등 극히 소수이다.

따라서 본 논고에서는 1930년대부터 1980년대까지의 엔카에 나타난 외래어를 분석하여 각 나라별 외래어 유입과 표기체계를 살펴보고, 문화적 접촉을 통한 외래어 생성과 유행외래어의 사회적 연관성을 살펴보고자 한다. 연구 텍스트로는 메이지시대부터 발매된 엔카 중 히트곡들을 총망라하여 집성한 『日本演歌大全集』[4]을 사용하겠다.

2. 演歌의 외래어 어휘 분석 및 표기체계

외래어[5]는 일반적으로 그 나라에 들어온 외국어 단어를 말하지만, 그 나라 언어에 스며들어 일부가 된 것을 말한다. 이러한 것을 보다 구체적으로 구분해보면, 외래어는 외국 문물이 들어오면서 대체할 언어가 없어 외국어를 그 나라 발음에 맞추어 사용한 언어를 의미하고, 외국어는 대체할 단어가 있는데도 사용하는 외국어를 지칭하는 것으로 세분한다. 특히 일본에서의 외래어 기준을 살펴보면 중국에서 차용된 한자어가 일본어로 정착된 것을 제외한 것으로, 16세기 이후 중국이나 서구에서 유입되어 차용된 언어를 차용어 혹은 외래어로 지칭하는 것이 일반적이다.[6] 외래어의 경우도 2종류로 구분되는데 외국어의 음과 의미를 그대로 차용한 것과 자국어 구조에 맞추어 발음이나 어형 의미 용법이 변화되어 자국어화한 것으로 나뉜다. 그러나 외래어와 외국어의 구분은 그 기준이 애매하고 혼용되어 사용되는 경우가 많아 외래어 범위 설정에

4 永岡書店 編(1980)『日本演歌大全集』, 永岡書店
5 이희승은 『국어대사전』에서 '외래어'란 외국으로부터 들어온 말이 국어에 파고들어 쓰여지는 말로 곧 귀어화한 외국어, 차용어, 들어온 말"이라고 정의하고 있다. (이희승(2001)『국어대사전』民族書林, p.2778)
6 金敬鎬(2004)『日本語系借用語に関する研究』 제이앤씨, pp.19-25 참조.

어려움이 있으므로, 본 연구에서는 엔카에 가타카나カタカナ로 표기된 외국어는 모두 외래어의 범주에 포함시키고자 한다.

2.1 演歌의 외래어 어휘 분석

외국과의 문호개방 이후 문화교류가 활성화되면서 외래 문물이 유입되고 그에 따른 언어적 접촉으로 인해 외래어가 생산되게 된다. 이러한 것을 반영하듯 외국문화 접촉이후 만들어진 대중문화 엔카에도 외래어가 상당수 존재함을 확인할 수 있었다. 엔카에 나타난 시기별 외래어 변화를 나타낸 것이 〈표 1〉이다.

〈표 1〉 엔카에 나타난 시기별 외래어 단어 분포

년도	출현단어	합계 (%)
1930 -39	ネオン, ブルース, ギター, マドロス, ホーム, アパート, ホテル, ジャズ, キャバレー, ピンク, ライト, ランタン, パイプ, フランス, メリケン, ボート, タンゴ, ホール, リラ, マロニエ, シャンソン, リボン, エトランゼ, ジャンク, マリヤ, バテレン, ワイン, テント, ボレロ, ノスタルジア, エレベーター, ガーデンブリッジ, フラワー, パラソル, ニコライ, サーカス, パリ, プロ, パラダイス, ファイア, クラリオネット, バット, キャンプ, マーシャル, ティルーム, ラバ, ルンペン, マンゴ, イギリス, ダンサ, ロシヤ, アドバルン, ラッシュアワー, クリーク, ポータブル, グランドホテル, ニュース, プラネタリアム	58 (6.4)
1940 -49	ネオン, ブルース, ギター, グラス, テープ, ランプ, ビル, デッキ, ホーム, エレジー, マスト, コート, タバコ, ジャケツ, クラブ, アパート, ベル, ホテル, ルージュ, ドレス, アカシヤ, ロマンス, キッス, ジャズ, ピエロ, クラブ, キャバレー, ハワイ, ライト, ランタン, ジャンパー, パイプ, アメリカ, セーター, ボート, オランダ, オランダ, チャペル, タンゴ, テラス, センチ, ホール, クルス, セレナーデ, ロザリオ, ジャガタラ, マリア, エトランゼ, ブルー, ジャンク, マリヤ, バテレン, テント, アルバム, オイル, ページ, メロディー, ボタン, キャラバン, プラットホーム, アイラブユー, シベリヤ, アベマリア, ウクレレ, ロマンチック, ザボン, ラッパ, ポプラ, ホノルル, バイト, アベック, トランプ, フラワー, ライター, ブギ, ブラウス, サンダル, ジャングル, スイート, サーカス, プロムナード, ハバロフスク, ウスリー, シャネル, ミサ, ベール, メロン, キャビン, バタビヤ, ベビー, ラッキー, ヘイヘイ, フランチェスカ, ハロー, ダリヤ, トレラーバス, マタハリ, フrンスブリッジ, シネマ, サンタマリヤ, ラバウル, プロペラ, ジャワ, スペイン	104 (11.5)

1950 -59	ネオン, ブルース, ギター, マドロス, グラス, テープ, ランプ, ビル, デッキ, ホーム, エレジー, マスト, コート, ガラス, タバコ, ジャケツ, ママ, クラブ, ベル, ホテル, ルージュ, キス, ドレス, ベンチ, アカシヤ, ワルツ, バス, ロマンス, キッス, ジャズ, コーヒー, ピエロ, クラブ, カクテル, キャバレー, ハワイ, パパ, ピンク, ライト, ランタン, ジャンパー, ハンカチ, カウンター, パイプ, フランス, アメリカ, マフラ, メリケン, ボート, オランダ, オランダ, チャペル, スター, タンゴ, テラス, タラップ, センチ, クルス, デパート, リラ, カレンダー, マロニエ, ネクタイ, カーテン, セレナーデ, バイバイ, ロザリオ, ジャガタラ, マフラー, マリア, シャンソン, ハート, リボン, ナイトクラブ, エトランゼ, テーブル, メトロ, テレビ, ブルー, マリヤ, バテレン, オイル, メロディー, ドラム, ペーブメント, ヘッドライト, バックミラ, キャラバン, プラットホーム, タクシー, スーツ, シベリヤ, アベマリア, プラタナス, ムード, フロア, ウクレレ, レモン, ダイヤ, ロビー, スカイライン, ロードショウ, ハンドル, ノート, シグナル, アカシア, ポッケ, アルプス, アカシヤ, ロマンチック, ミモザ, トレモロ, カラー, チャルメラ, ブローチ, プレゼント, ボレロ, ホノルル, ノスタルジア, ガーデンブリッジ, バイト, アベック, トランプ, テール, センチメンタル, パンチ, フラ, コマ, パトロール, モロッコ, ビギン, カーニバル, エアポート, エルム,ソフト, ヴェール, ナイフ, サンドイッチマン, バックミラー, スイート, センチ, ワイキキ, アロハオエ, ニコライ, ダンスパーティー, シルエット, フラダンス, ラブレター, ラブ・レタ, リズム, カスバ, マフラー, モール, マンボ, ナイト, ジーパン, エアーライン, リード, シャンデリア, クラクション, サックス, ペン, トロッコ, ドライブ, チョコレート, プラカード, アクセル, キャデラック, キャップ, ラブサイン, サイン, ジャンバー, アリラン, ノックアウト, ポケット, ジプシー, ラスト, ポルカ, ズボン, ミネソタ, ドレミファソラシド, シューシャインボーイ, エチケット, ワイパー, マント, チエンジレバー, キッド, アベック・タイム, オロチョン, カステラ, トップ, ブリリヤント, ホワイ, シップ, ダンスホール, スーベニヤ, ジャンパ, ハンサム, マッチ, サンフランシスコ, マンホール, チョグリ, ミルク, ソフアー, チャイナタウン, スイング, ガム, ハマ, チュウインガム, ロマンスシート, アンジェラス, レビュー, エメラツド, ヴインク, モンテンルパ, ミスハワイ, ラッシュ, ラブ・コール, フィアンセ, フラットホーム, ダイヤモンド, オリオン, アムステルダム, デザイナー, アイヌ, タブー, カーゴ, ラーメン, ボン・ボワイヤージュ, チェリオ, シャッポ, ブラボー, ティールーム, アルジェリヤ, シャンゼリゼ, チーク・ダンス, ノー, ピレネエ, プロメティ, スケート, オゴニカ, アネモネ, ピーナッツ, バルン, バッチ, イエス, エレジイ, ランナー, アウト, セイフ, パイ, チャーム, マスコット, トラジ, チャング, トランペット, ブルービギン, アッパ, ジャブ, フック, ボディ, ランデヴー, ジープ, スピード, パートナァ, ラッキーボーイ, サインボード, ネオンサイン, ズック, バスガール, オーライ, ハルピン, ロイド, コンビ, カンテラ, シリア, バラライカ, キタイスカヤ, ペーア, カード, ジャックナイフ, サイクリング, ダイス, シェード, ハイネ, アコーディオン, グット, スナップ, ショット, トランク, セタール, ドラマー, シート, エキゾチック, タフ・ガイ, ルソン, マンハッタン, ケビン, ハイボール, シューウインド, オーバー, トラック, ブラジル, ザイル, セーヌ, ラヴレター, アリューシャン, ダリ	337 (37)

	ヤ, ミラーボール, ヘッド・ライト, トンネル, キャプテン, カピタン, ラップ, ジャスミン, エアーターミナル, ターミナル, ロータリ, バック, カムチャッカ, ダイヤル, クラリネット, ミスティ・ローズ, タンカ, スカート, チェニス, アイラビュー, ガメラン, ハモニカ,サイレン , ジャンパ, フィルム, サキソホン, アスファルト, カヌー, ハンマー, ポスト, ハンケチ	
1960 -69	ネオン, ブルース, ギター, マドロス, グラス, テープ, ランプ, ビル, デッキ, ホーム, エレジー, マスト, コート, ガラス, タバコ, ママ, クラブ, ベル, ホテル, ルージュ, キス,ドレス, ベンチ, アカシヤ, ワルツ, バス, キッス, ジャズ, コーヒー, クラブ, カクテル, パパ, ピンク, ライト, ジャンパー, ハンカチ, ベッド, カウンター, デイト, ボート, オランダ, オランダ, チャペル, テラス, ホール, クルス, カレンダー, ネクタイ, セレナーデ,ロザリオ, マリア, グット・ナイト, ハート, ナイトクラブ, エプロン, メトロ, テレビ, アルバム,ドラム, ペーブメント, スナック, ヘッドライト,キャンドル, キャラバン, タクシー, スーツ, バラード, ビール, タワー, アイラブユー, シベリヤ, ウインク, ペンダント, プラタナス, ムード, フロア, レモン, ロビー, スカイライン, ロードショウ, ハンドル, ノート, シグナル, アカシア, ポッケ, アカシヤ, ロマンチック,トレモロ, ザボン, ラッパ, ポプラ, テール, テールランプ, フロントグラス, パンチ,マーチ, オンザロック, カーニバル, エルム, ヴェール, ブラウス, ジャングル, オレンジ, セーラー, ラブレター, ダンス, クラス, ゴム, リズム, スクリュー,サックス, トロッコ, キャップ, ラブサイン, インク, サルビア, グッドバイ, ブルーライト, タウン, ラブユー, ホォークダンス, アイ・ラブ・ユー,サワーグラス, アラリヨ, ブラックコーヒー, アイラヴユー, カクテルシェーカー, シェーカー, ネックレス, カチート, ミッドナイト, フラメンコ,ムーン・セレナード, ペット, エンコ, ヴインドウ, ファッション, ベレー, サラリーマン, タイムレコーダー ,ターイナル, ギャラリー, スタイル, コネ, ゴルフ, デスク, タイミング, マイク, デビュー, シャーベット,ピース, パトカー, コップ, チョンガー, アルタイ, ゴビ, ストーブ, アクセサリー, フルーツ, パーラー, ショーヴインド, サファイヤ, ルビー, ローマ, オリンピック, オフィス, デート, バー, ホム, エアーポート, テーマ, リュック, ガス, ゴンドラ, ダブル, スクラム, サークル, ハミング, サイドカー, ミリオンダラー, サンバ, レース, ジンフィズ, ピンクレディ, コンパクト, ソファー, カレンダーガル, ヒール, ピンクジン, チョーク, ユタン, オホーツク, モナムール, ジャンプ, イニシアル, ゼェット, パイン, ワッペン, エンジニア, エメラルド, カルダン, ロッカールーム, スナックバー, リヤリズム, レストラン, インターチェインジ, カーコート, レストハウス, トラピスト, クロッカス, ベイビー, コモエスタセニョール, コモエスタセニョリータ, デル コラソン, プロポーズ, キャラ, ワンツー, サタデーナイト, ブーゲンビリヤ, ニューパーク, ガウン, グラマ, ヒップ, ヨコハマ, ゲーム, スマート, ポイ, ホステス, ソーロ・グリス デ・ラ・ノーチェ, マンション, インベリアル・ロード, タンバリン, プラス, イコール, ラヴ, マイナス, パンツ, スタミナ, ドリンク, ホルモン, ゲート, ジョージ,	225 (25)
1970 -79	ネオン, ブルース, ギター, マドロス, グラス, テープ, ランプ, ビル, デッキ, ホーム, エレジー, コート, ガラス, タバコ, ママ, クラブ, アパート, ベル, ホテル, ルージュ, キス, ベンチ, アカシヤ, ワルツ, バス, キッス, ジャズ, ドア,	159 (18)

	コーヒー, ピエロ, クラブ, パパ, ピンク, ライト, ジャンパー, ハンカチ, ベッド, カウンター, フランス, セーター, ボート, スター, テラス, センチ, カレンダー, ネクタイ, カーテン, バイバイ, ジャガタラ, シャンソン, ハート, ナイト, クラブ, エプロン, エトランゼ, テーブル, テレビ, ブルー, ワイン, ページ, ジェット, スナック, ボタン, ヘッドライト, キャンドル, タクシー, スーツ, バラード, ビール, アイラブユー, ペンダント, プラタナス, ムード, フロア, ダイヤ, アカシア, グレー, ザボン エレベーター, ボトル, センチメンタル ライター, テールランプ, オンザロック, エアポート, ナイフ, サンダル, オレンジ, ラブ・レタ, ダンス, マンボ, ナイト, ジーパン, シャンデリア,ドライブ, サイン, インク, サルビア, ベランダ, パジャマ, グッドバイ, ラスト, ズボン, チャイナ, ノック, サイレント, ラブ・シーン, フロム, メロドラマ, モダン, ガウン, ミニカー, ケース, コーラドラムカン, ポスター ,ステージ ,フェリーボート, ココア, ローカル, バーボン, キャベツ, ラムネ マージャン, アデュー ,アディオス, グッバイ, メランコリー. カーディガン, モナリザ, ブィ, ローゼ, オニオン・スープ, サンタマリア, フロアー, レコード, フォク, ボストンバック, ハイカラ, ブーゲンビリア, ジーンズ, ボサノバ, ターゲット, シャワー, ハイヴエイ, ビードロ, ガード, ビーズ, カナダ,ジャガタラ・シャムロ　ロマン, イニシャル, ギリシャ, パブ, ギリシヤ, カンバス, ロシア, ポスト	
기타	マドロス, テープ, タバコ, クラブ, アパート, ホテル, バス, クラブ, スター, エプロン, アルバム, オイル, ページ, ビギン, コーヒーカップ, コーヒー, カップ, リヤカー, アバダン, イラン, カチューシャ, アラビア, タンカー, ルムバ	22(2)
합 계		905

텍스트를 중심으로 살펴보았을 때, 1,969곡 중에 751곡(38%)이 외래어를 포함하고 있으며, 시기별 사용단어 합계를 보면 905개(출현단어 606개)의 외래어가 출현하는 등 상당히 많은 부분을 점유하고 있다. 더욱이 실제 사용빈도수를 파악해보면 1,613회에 이른다. 이를 어휘수를 중심으로 통계를 내어보면 위의 도표에서 알 수 있듯이 1930년도에는 외래어 58개의 단어가 사용되던 것이 점점 증가하여 1950년에 337 단어에 이르다가, 이후 점차 줄어들어 1970년도에는 오히려 159 단어로 감소하고 있다. 1950년대의 증가 배경에는 제1차 영어붐[7]에 기인한 것이라고 추정할 수 있다. 〈태평양전쟁〉이 막바지로 치닫던 때, 적국의

7 堀内扶(2010) 「戦時下における敵国語「英語」教育の動揺」 「政治学研究」 42号, pp.83-85 참조.

언어로서 배척되었던 영어는 종전 후 일본 부흥의 사회적 분위기와 함께 모든 분야의 기술이나 사상이 미국을 통해 유입되면서 유행하게 되었다. 당시 유입된 영어는 가타카나로 표기되며 빈도수도 점차 증가하였던 것이다. 두 번째로 높은 수치를 보이는 1960년대의 증가는 1964년의 도쿄올림픽 개최와 함께 2차 영어붐이 일어난 것과 연관이 있다.

엔카를 외래어가 출현한 곡수와 외래어 단어 수 그리고 외래어가 사용된 빈도수로 나누고 시기별로 분석한 것이 〈그래프 1〉이다.

〈그래프 1〉 엔카에 나타난 외래어 출현 분포도

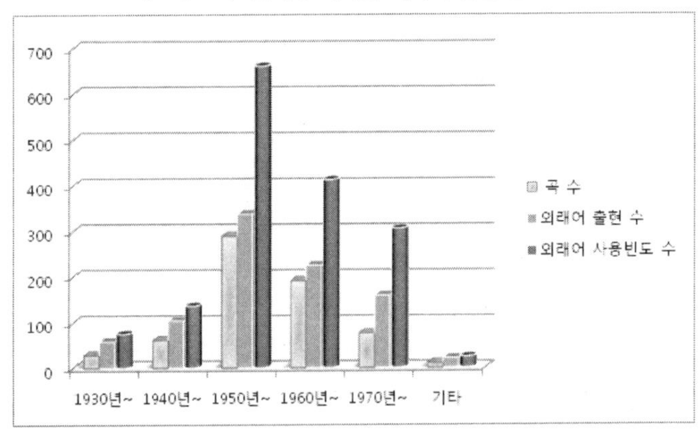

1930년대 28곡에 58개의 외래어 단어가 출현하여 75회 사용되던 것이, 1940년대 49곡에 104개 단어 137회 사용, 1950년대 289곡에 337개 단어 660회 사용, 1960년대 191곡에 225개 단어 411회 사용, 그리고 1970년대 76곡에 159개 단어가 305회 사용되고 있다. 1950년대와 1960년대에는 특히 하나의 엔카에 다양한 외래어가 출현하고 있을 뿐만 아니라, 출현된 외래어를 같은 엔카에서 반복 사용하는 등 사용빈도가 훨씬 높아졌음을 확인할 수 있다. 이러한 것은 외래어 사용이 대중들에게 일반화되어 더 이상 낯설지 않음을 의미하거나, 반복적인 사용으로 사회로의 확대를 추구하는 것으로 볼 수 있다. 전문적인 단어보다 보편적으로 사용할 수 있는 일상생활과 연관한 외래어가 많은 비중을 차지하는 것도 이를 뒷받침 하는 것이라 할 수 있다.

한편 특이할 만한 사항은 신문에 사용된 외래어 연구[8]를 살펴보면, 신문에 나타난 외래어가 종전終戰 이후 꾸준한 증가 추세를 보이고 있는 반면, 엔카에 나타난 외래어는 증가되었다가 반대로 감소하는 경향을 나타내고 있다는 것이다. 이와 같은 차이는 신문 사설란 등에서 보이는 전문가가 사용하는 전문외래어와 일반 대중들이 사용하는 보통외래어의 어휘차이에서 오는 것이라 할 수 있다. 이러한 것을 볼 때 외래어는 신문, 잡지를 비롯해 다양한 매스 미디어에 사용되면서 확산되어졌지만 일반 대중들이 많이 사용하는 외래어는 엔카를 통해 확대 생산되고 있음을 파악할 수 있다.

2.2 演歌의 외래어 原語

일본에서 이뤄진 서양과의 접촉과 교류는 1543년 포르투갈 상인들이 일본에 조총을 처음 전해준 후, 1549년 그리스도교 포교를 위해 다시 내항하면서 시작되었다. 서양의 새로운 문물 도입과 함께 외래어가 유입되기 시작했으나, 대다수의 외래어는 근대 이후 유입되어 확산된 것들이다. 그중 영어의 경우는 현재 외래어의 약 80%를 점유하며 외래어의 중심이 되었다.[9]

8 橋本和佳(2007)「新聞の中の外来語外国語」国立国語研究所 第31回「ことば」フォーラム
9 영어에서 발생한 외래어 빈도수는 각 연구가 마다 차이를 보이고 있으나 대체적으로 약 72~89%가 영어를 원어로 하고 있다고 분석하고 있으며, 1962년 국립국어연구소의 보고에도 81%로 밝히고 있다. 김숙자(2007)『일본어 외래어』제이앤씨, p.17 참조

일본 엔카에 사용된 외래어[10]의 용례들을 해당 나라의 원어별로 분류한 것이 아래 〈표 2〉이다.

〈표 2〉 엔카에 나타난 외래어의 **原語**[11]

언어		1930-39	1940-49	1950-59	1960-69	1970-79	기타	합계	%
영어	단어수	39	63	227	166	126	15	636	70.2
	출현수	49	91	438	313	251	15	1,157	71.7
프랑스어	단어수	7	12	25	10	9		63	7.0
	출현수	10	13	51	23	15		112	6.9
네덜란드어	단어수	1	4	10	8	4	1	28	3.0
	출현수	2	5	66	26	12	1	112	6.9
포르투갈어	단어수	2	6	9	9	6	1	33	3.6
	출현수	2	6	12	8	7	2	37	2.3
러시아	단어수	2	5	6	2	1	1	17	1.9
	출현수	3	5	8	3	1	1	21	1.3
스페인어	단어수	2	2	3	6	2	1	16	1.8
	출현수	2	3	4	6	2	1	18	1.1
독일어	단어수	1	2	3	3			9	1.0
	출현수	1	2	5	3			11	0.7
이탈리아어	단어수		1	2	2	2		7	0.8
	출현수		1	3	3	2		9	0.6
한국어	단어수			4	2			6	0.7
	출현수			5	2			7	0.4
和製英語	단어수	2	1	23	12	6	1	45	5.0
	출현수	3	1	40	15	11	2	72	4.6
기타	단어수	2	8	25	5	3	2	45	5.0
	출현수	3	9	28	10	4	3	57	3.5
합계	단어수	58	104	337	225	159	22	905	100
	출현수	75	136	660	412	305	25	1,613	100

10 근대에 유입된 외래어 분야를 살펴보면, 프랑스는 예술, 문학, 연극, 의복, 요리분야, 이탈리아는 음악분야, 독일은 철학과 의학 분야, 러시아는 정치사상과 연관한 어휘들이 유입되었다고 한다. 李麗花(2011)「중・일 외래어 비교연구」 세종대 석사논문 p.17

11 엔카에 사용된 외래어의 원어 분류는 荒川惣兵衛(1986)『外来語辞典』角川書店 ; 堀井令以知(1994)『外来語語源辞典』東京堂出版 ; 진명출판사 편집부(1990)『日韓外来語辞典』進明出版社를 참고하여 분류하였다.

압도적으로 가장 많은 외래어를 점유하고 있는 언어는 영어이며, 프랑스어와 네덜란드어 그리고 포르투갈어도 상당수 사용되고 있음이 파악된다.

가장 많이 사용된 영어의 경우는 인간관계를 나타내는 '사랑ラブ'을 시작으로 '우유ミルク', '양산パラソル', '리본リボン', '분홍색ピンク', '버번위스키バーボン' 등 식생활과 관련된 단어에서부터 정신적인 부분에 이르기까지 다양한 방면에 걸쳐 나타나고 있다. 이는 일본문화보다 우세한 영미문화[12]라는 인식아래 타 언어에 비해 가장 많이 수용된 예이다.

프랑스어의 경우 63단어가 출현하고 있으며 '마로니에マロニエ', '카바레キャバレー', '영화シネマ', '어릿광대ピエロ', '약혼자フィアンセ', '샹송シャンソン' 등과 같이 프랑스 문화와 연관된 낭만적인 어휘들이 많이 등장하고 있다.

네덜란드어의 경우는 바다와 관련된 '뱃사람マドロス', '돛대マスト' 혹은 '이동계단タラップ', '휴대용 석유등カンテラ', '가스ガス', '유리ガラス' 등 유입된 문물과 관련된 단어들이 정착되어 사용되고 있다.[13] 네덜란드어는 많은 어휘가 담겨 있지는 않지만 하나의 곡에 여러 번 반복 사용된 것이 다른 언어와의 차이점이다. 이는 오래전 유입되어 익숙한 외래어 단어들을 가사에 제시함으로써 서구적인 색채들을 제시함과 동시에 공감대를 형성하고자 의도한 것이라 여겨진다.

일본에 가장 먼저 들어온 외래어의 원어이자 무로마치室町시대부터

12 종전 이후 당시 미국인의 생활양식을 모방하여 생활용품에서 석탄 소비가 줄어들고 프로판가스와 등유의 소비가 확산되었고, 패션에서도 미니스커트와 팬티스타킹이 폭발적인 인기상품이 되는 등 서양식으로 변하였다. (강태현(2000)『일본 전후 경제사』 오름, p.136)

13 1612년 금교령에 의해 네덜란드에서 온 외래어는 생활용품과 관련된 어휘들이 남았고, 이후 1639년부터 의학, 천문, 지리 분야의 어휘들이 유입되었다고 한다. (李麗花(2011)「중・일 외래어 비교연구」 세종대 석사논문, pp.16-17)

유입된 포르투갈어에는 '담배タバコ', '카스테라カステラ'와 같이 새로운 문물을 칭하는 외래어와 기독교 유입과 함께 들어온 '신부バテレン', '로사리오ロザリオ', '십자가クルズ' 등과 같은 종교적 외래어가 다수 포함되어 있다.

러시아어의 경우는 '하바롭스크ハバロフスク', '시베리아シベリア', '기타이스카야キタイスカヤ' 등 지명과 인명이 많이 사용되어 있으며, 스페인어의 경우 '룸바ルンバ', '탱고タンゴ', '볼레로ボレロ', '맘보マンボ', '훌라멘코フラメンコ'와 같은 음악적인 어휘들이 가사에 포함되어 있다. 독일어의 경우 '부랑자ルンペン', '소야곡セレナーデ', '하이네ハイネ', '주제テーマ', '호르몬ホルモン' 등 의학에서 철학 분야에 이르기까지 다양하다.

한국어는 일제강점기 시대에는 전혀 보이지 않고 있다가, 1953년 「아리랑 애가アリラン哀歌」에 처음 출현하고 있으며, '아리랑アリラン', '아라리요アラリヨ', '총각チョンガ', '저고리チョグリ', '도라지トラジ', '장구チャング' 등 한국색을 나타내는 어휘가 가사에 내포되어 있다. 이는 "정치적, 문화적 영향력이 큰 언어권에서 사용되는 언어의 낱말을 주변 언어가 자주 받아들인다."[14]는 것과 연관이 있는 것이라 할 수 있다. 지배국이었던 일본문화가 식민지였던 한국문화보다 우위에 있다는 사고가 지배적이었기 때문에 한국어의 수용이 활발하지 않았던 것을 확인할 수 있는 것으로, 외래어의 수용에 있어서 정치적 영향력이 크다는 것을 보여준 예라고 하겠다.

이외에도 중국에서 정착한 '라면ラメン', '하얼빈ハルピン', 인도네시아어 '바룬バルン', 브라질어의 '삼바サンバ', 알타이어의 '퉁구스족オロチョン', 아라비아어 '모로코モロッコ', 라틴어인 '아네모네アネモネ', 체코어의 '폴

14 http://ko.wikipedia.org/wiki/ 위키백과 (검색일 : 2013. 3. 8)

カポルカ' 등 여러 나라의 민속악기 이름이나 식물이름과 같은 고유명사와 지명이 담겨있다. 이러한 것은 각 나라의 대표 악기나 식물 혹은 지명 등을 통해 그 곡의 배경이 되는 장소에 대한 신선하면서도 몽환적이고 이국적인 분위기를 공유할 수 있었기 때문이라 여겨진다.

한편 외국어와 일본어를 섞어서 사용하거나 외국어를 줄여서 일본화한 일본식영어和製英語 어휘들도 등장하고 있다. 그러한 어휘의 예를 들면 아래와 같다.

① 외국어의 발음을 줄여서 만든 어휘

hula dance / フラ, building / ビル, pocket / ポッケ, saxophone / サックス, department store / デパート, pavement / ペーブ, platform / ホーム, advertising balloon / アドバルーン

② 단어가 합쳐진 어휘

jeans + pants / ジーパン

③ 전혀 다른 단어로 변모된 어휘

rearview mirror / バックミラー, horn / クラクション

전혀 다른 단어로 변모된 어휘들은 보통 원어에서 사용하지 않는 것들로 유추에서 생긴 오용으로 추측할 수 있다. 호텔 프런트를 의미하는 단어의 경우도 영국에서는 'reception desk'이고 미국에서는 'front desk'이지만, 일본에서는 'デスク'로 사용되고 있다. 게다가 독일어의 'Arbeit'는 'アルバイト' 혹은 'バイト'로 생략형으로 표기되는데, '노동'이라는 원어의 의미가 '부업'으로 바뀌어 엔카 가사에 사용되고 있는 예이다. 이외에도 혼종된 형태로는 한문에 외래어를 섞어서 사용한 '창문유리窓ガラス', '석유스토브石油ストーブ'가 있으며, 영어와 프랑스어를 조합한 '달빛 소야곡ムーン・セレナード' 등도 있다.

이상에서 살펴본 것처럼 외래어 사용에 있어서 필요에 따라 각국의 언어를 일본화 하여 사용하는 것은 물론 기억하기 쉽도록 영어단어를 축소한 생략형 외래어와 영어 단어를 일본식으로 조합한 일본식영어 어휘들이 생성되어 가사에 사용되었다. 이러한 엔카를 통해 대중들에게 더욱 친숙하게 접근함으로써 외래어 확산과 정착에 크게 작용하였음을 확인할 수 있었다.

2.3 演歌의 외래어 표기체계

엔카에 사용된 외래어 경우를 살펴보면 모두 가타카나로 표기하고 있다. 가타카나는 의미를 강조하기 위해 사용된 경우도 있지만 이를 제외하고는 외래어를 표기하는데 사용하고 있다. 그러나 외래어를 표기하는데 있어 단어 유입과 함께 정착되기까지 혼란을 나타내고 있음을 확인할 수 있다.

실제 혼용되어 사용된 용례를 살펴보면 '화물차truck'의 경우 'トラック'와 'トロッコ'라는 두 가지의 발음으로 나뉘어 사용되고 있으며, '너를 사랑해love you'를 표기함에 있어서도 1954년「이런 동반자 본적이 없네こんなアベック見たことない」에서는 'ラビュー', 1960년「아키라의 즌도코부시アキラのズンドコ節」에서는 'ラブ・ユー', 1969년「x + y =love」에서는 'ラヴユー'로 각각 다르게 표기하고 있다.

가장 빈번하게 나타난 표기의 차이를 예로 들어보면, 'ア'와 'ヤ'의 혼용의 예를 들 수 있다.

'アカシア'와 'アカシヤ', 'ブーゲンビリア'와 'ブーゲンビリヤ', 'マリア'와

'マリヤ', 'ロシア'와 'ロシヤ'와 같이 서로 혼용되어 사용되고 있다.

이는 마지막 영어음절의 〔ə〕발음을 자국 언어체계에 맞추어 표기할 때 혼동한 것으로 보인다. 'アカシア'는 1953년 「하얼빈의 꽃마차ハルビンの花馬車」에서 첫 출현하여 1973년까지 사용되었고, 'アカシヤ'는 1949년 「별빛 오솔길星影の小径」에 첫 출현한 후 이후 계속 같은 표기가 사용되었으며 빈도수도 더 많이 나타나고 있다. 'マリヤ'는 1939년 「나가사키의 나비長崎のお蝶さん」에 첫 출현한 후 1952년까지 사용되다가 사라졌고, 'マリア'는 1948년 「나가사키의 자몽팔이長崎のザボン売り」에 첫 출현한 후 계속 사용되었으며 사용빈도가 더 잦아진 것을 알 수 있다. 즉, 'ア'와 'ヤ'는 시기적 변화와 상관없이 각각의 단어에 따라 다른 양상으로 표출되고 있음을 확인할 수 있다.

두 번째는 장음 유무의 표기 차이로 나타났다.

'エアーポート'/ 'エアポート', 'ジャワ'/ 'シャワー', 'マフラ'/ 'マフラー', 'ティールーム'/ 'ティルーム', 'バックミラ'/ 'バックミラー' 등과 같이 혼용되어 사용되는 등 지금의 가타카나로 정착하기까지 장음의 표기 변화를 잘 보여주고 있는 부분이라 하겠다.

세 번째로는 유입된 단어와 이를 줄인형태의 단어를 병용하여 사용한 경우이다.

'ガム'/ 'チュウインガム', 'ダイヤ'/ 'ダイヤモンド'. 'テール'/'テールランプ', 'フラ'/ 'フラダンス', 'ペーブ'/ 'ペーブメント'와 같이 원래 발음대로 만든 외래어 표기와 생략하여 만들어낸 외래어 표기를 함께 병용하고 있는 것을 확인할 수 있다.

이외에 발음이 혼용된 것으로는 'カップ'/ 'コップ', 'パンチ'/ 'パンツ', 'ハンカチ'/ 'ハンケチ' 등의 모음의 상이 표기, 'イニシアル'/ 'イニシャル'의 반모음의 상이표기, 'キス'/ 'キッス' 또는 'グッバイ'/ 'グッドバイ'와

같이 자음 'ッ'와 'ド'가 첨가된 표기 등 다양한 형태로 나타나고 있다.

서로 다른 자음으로 표기된 예로는 'フラットホーム'/ 'プラットホーム'을 들 수 있다. 이는 원어와 일본어의 음운체계의 차이를 메우기 위해 음절수를 증가[15]시켜 현재의 표기로 정착시키기까지의 다양한 양상을 보여주는 혼용현상이라고 할 수 있다.

그런가하면 'ジーパン'/ 'ジーンズ'와 같이 일본식 영어 표기와 유입된 그대로의 의미와 발음으로 표기한 것 등도 병용되고 있으며, 또 'ママ'의 경우는 초기에는 '엄마'(6곡)로 사용되던 것이 1970년대에는 술집의 여주인을 상징하는 '마담'(5곡)으로 같은 표기이지만 다른 의미로 변화된 어휘도 존재하였다.

한편 현재와는 다르게 표기된 외래어를 살펴보면 다음과 같다.

예) ルムバ(현재표기-ルンバ), セータ(スエーター), ブリリヤント(ブリリアント), プロメティ(プロメテウスー), ピーナッツ(ピーナツ), エレジイ(エレジー), ケビン(キャビン), デイト(デート), インターチェインジ(インターチェンジ)

이상에서 살펴보았듯이 다량의 서양어가 들어오면서 외래어의 가타카나 표기는 1987년 〈国語審議会〉에서 외래어 표기를 심의하고 1991년 내각에서 고시 될 때까지 발음을 비롯해 표기와 의미에서 많은 변화를 거쳐 왔음을 확인할 수 있었다. 이는 외래어 어휘가 일본어 음운체계와의 차이에서 생겨나는 조어력 부족으로 인해 같은 단어를 표기함에 있어 듣는 이에 따라 다른 일본어 음운으로 대치되어 다른 표

15 1991년 일본의 국어심의회가 「외래어의 표기」라는 제목으로 일본정부에 외래어 음을 표기하기 위해 33개의 새로운 음절을 추가를 건의함. (김숙자(2007) 『일본어 외래어』 제이앤씨, p.16)

기체계로 나타나고 있기 때문으로 볼 수 있다.

3. 엔카의 외래어 수용양상

음악의 역사에는 '개념화' 또는 '문서화'되지 않은 역사도 포함된다[16]고 한다. 대중음악이 대중에게 수용되기 위해서는 대중의 삶과 욕구 및 정서와 취향을 받아들이는 통속성과 함께 저변에 깔려있는 대중문화가 가지고 있는 특성인 사회성도 포함하게 되기 때문일 것이다. 이러한 것을 생각해 볼 때, 엔카에도 대중의 삶은 물론 사회적 배경이 담겨 있을 거라는 추측은 그리 어렵지 않다. 본 장에서는 사용된 외래어를 분야별로 분석해 봄으로써 일본 대중사회에 정착된 외래어의 유형을 살펴보겠다.

3.1 분야별 外來語 사용 실태

외래어는 국가와 국가 간의 교역에 의해 만들어지는 것으로, 외국의 문물 유입 혹은 경제적 문화적 접촉에 의해 생산되어진다. 그리고 외래어의 유입과 정착은 유입국의 언어뿐만 아니라 문화양상 등과도 연관 있으며 유입국민의 감정이나 사고방식과도 깊은 관련이 있다. 유입된 외래어가 정착되기까지는 대중들의 공유와 수용과정을 거치기 때문이다. 엔카에 나타난 외래어는 외래어가 정착되기까지의 일련의 과정이자 결과라고 할 수 있는 것이다. 엔카에 포함된 외래어를 분석하

16 Hans heinrich Eggebrecht, Musikaliscbes Denken, Aufsatze Zur Tbeorieund Astbetik der Musik, Wilhelmsgafen, 1977 ; 윤신향(2005)『윤이상 경계선상의 음악』한길사, p.34 재인용

여 일본국민들이 수용한 외래어는 과연 무엇인지 살펴보기 위해, 먼저 엔카 가사에 담긴 외래어를 분야별로 정리해 본 것이 아래 〈표 3〉이며, 그 분야별 분포도가 〈그래프 2〉이다.

〈표 3〉 엔카에 사용된 외래어의 분야 구분[17]

단어／년대	1930-39	1940-49	1950-59	1960-69	1970-79	기타	합계
인문	16	38	168	120	90	15	447
의식주	7	16	46	42	34	2	147
고유명사	12	20	46	14	12	4	108
예술	9	14	46	25	12	1	107
과학	14	16	31	24	11		96
출현 합계	58	104	337	225	159	22	905
외래어 빈도	75	137	660	411	305	25	1,613
합계차이	-17	-33	-323	-186	-146	-3	-708

〈그래프 2〉 엔카에 사용된 외래어의 분야별 분포도

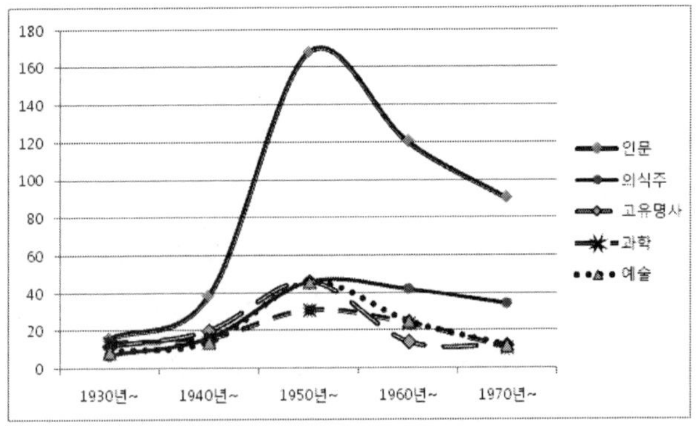

17 분야별 구분은 도서관의 분류 기준에 근거하여 대분류로 인문(철학 · 종교 · 어학 · 문학), 과학(수학 · 물리 · 천문 · 식물), 예술(음악 · 체육)로 나누었고, 생활적인 부분을 세분하기 위해 의식주 항목을 만들었으며, 고유명사 부분도 별개 항목으로 만들었다.

엔카에 나타난 외래어를 크게 분류해 보았을 때, 가장 큰 비중을 차지하는 것은 인문분야인 것으로 나타났다. 인문에는 철학의 '낭만적인ロマンチク', '낙원パラダイス', '감상적인センチ', '향수ノスタルジア', '금기タブー'와 같은 단어들이 출현했으며, 종교분야로는 '예배당チャペル', '선교사バテレン', '십자가クルス', '수도회トラピスト' 등이 있다. 또 어학분야에는 '아빠パパ', '안녕グッバイ' 등이 있다.

의식주 분야에서는 '포도주ワイン', '아파트アパート', '블라우스ブラウス', '샌들サンダル'과 같이 생활과 밀착된 외래어 단어 들이 배치되어 있다. 의식주 분야가 두 번째로 많은 것은 외국에서 유입되어 들어온 물품이 대중들의 실생활에 사용되면서 자연스럽게 정착된 외래어라고 할 수 있다. 이러한 외래어를 두 개의 언어 간에 일어나는 일상용어 차용[18]이라고 한다. 일상생활과 연관된 분야이기 때문에 친밀감이 형성되어져 자연스레 사용되어지는 것이다. 이 분야는 시기별로 큰 증감이 없이 비슷한 어휘 사용량을 보이고 있는데, 그 이유는 기존에 정착된 생활외래어의 사용과 더불어 끊임없이 생활에 필요한 물품들이 만들어지고 유입되면서 소멸된 어휘만큼 새로운 어휘가 만들어졌기 때문이다.

엔카에 나타난 외래어중 높은 비중을 차지하고 있는 것 중 하나가 고유명사이다.[19] 문화의 유입과 문물이 들어오면서 그 나라의 특징을 나타낼 수 있는 원산국의 인명이나 지명이 상징적으로 사용되면서 정착된다고 할 수 있다. '마리아マリヤ', '프란체스카フランチェスカ', '로자리

18 신승행(2002)『언어와 문학과의 만남』학문사, p.82

19 한국과 일본의 양국 신문에 쓰인 외래어를 조사한 연구를 살펴보면 양국 외래어에서 고유명사가 쓰인 수치를 50%를 상회한 것으로 나타났다. (이은민(1992)「韓·日 양 신문에 쓰인 외래어 조사 연구」「同日語文硏究」7 동덕일어일문학회, p.128)

오ロザリオ'와 같은 인명이 사용되는가 하면, '하얼빈ハルピン', '기타이스카야キタイスカヤ', '암스테르담アムステルダム', '피레네ピレネエ', '맨해튼マンハッタン' 등의 지명이 나타나 있다.

고유명사는 1950년대까지는 증가 추세이다가 서서히 감소되어 1960년대에는 가장 감소폭이 크게 나타나고 있다. 이것은 기존에 문화가 유입된 나라의 분위기를 노래에 담기 위해 사용했던 지명이나 인명이 시대적 흐름과 더불어 공감대를 얻지 못하고 소멸해 간 것으로 추정할 수 있다.

한편 과학 분야는 사물의 원리나 법칙을 해명하는 객관적 학문이기 때문에 전문가가 아닌 일반대중에게는 그 사용이 한정될 수밖에 없었다고 생각된다. 엔카에서 사용된 외래어는 대부분이 '아카시아アカシヤ', '달리아ダリヤ', '포플러ポプラ'와 같이 일본 내에 알려져 있지 않은 미지의 식물이름이거나, '망고マンゴ', '자몽ザボン', '메론メロン'과 같은 과일이름에 한정되어 있다. 그 외에는 '네온ネオン', '빛ライト', '랜턴ランタン' 등과 같은 실생활에 사용되는 용어 들이 포함되어 있다.

예술분야는 엔카가 가지고 있는 음악적 특성을 반영하듯 음악과 상관있는 단어들이 많이 등장하고 있다. '트레몰로トレモロ'[20], '멜로디メロディー'와 같은 음악요소들이 삽입되어 있는가 하면, '기타ギター', '클라리넷クラリオネット'과 같은 악기이름이 들어가 있다. 또한 '샹송シャンソン', '재즈ジャズ', '블루스ブルース'와 같은 음악 장르가 포함되어 있기도 하고, '탱고タンゴ', '훌라댄스フラダンス', '폴카ポルカ' 등 외국의 민속춤을 일컫는 단어들이 담겨있다.

문화와 언어는 떼어낼 수 없는 하나의 통일체이다. 파머L.R. Palmer가

20 트레몰로(tremolo) : 이탈리아어로 한 음이나 여러 음을 빨리 되풀이하여 떨리는 듯이 연주하는 방법.

언어와 문화의 관계를 "문화접촉은 필연적으로 언어라는 물질의 교환을 야기 시킨다."[21]고 한 것처럼, 문화접촉은 외래문물의 유입으로 인해 출현하게 되는 결과적인 산물이라고 할 수 있다. 외래어를 분야별로 구분했을 때 인문분야가 가장 높은 수치를 나타낸 것은 사회구성원에 의해 오랜 세월을 거쳐 형성된 정신적 결과물이기에 유입국인 일본 대중들에게도 거부감 없이 쉽게 공유되며 수용될 수 있었기 때문일 것이다. 외래문물을 상징하는 단어들은 처음에는 지식인의 권위와 상징으로서 사용되던 것이 점차 일반대중의 유행어로 사용됨으로써 일본어와 함께 외래어로 정착될 수 있었던 것이다.

3.2 外來語에 나타난 社會相

대중을 대상으로 한 엔카는 서민들의 애환을 담은 노랫말과 함께, 대중에게 익숙한 5음계 곡으로 만들어져 텔레비전이나 라디오 같은 대중매체를 통해 전달되었다. 엔카의 특성상, 엔카를 향유했던 대중들의 사고는 물론, 다양한 시대정서를 상징적으로 나타내고 있는 것은 당연한 것일 것이다. 엔카의 외래어에 수용된 사회상을 역추적하기 위해 출현빈도수에서 상위권에 배치된 외래어를 순서대로 정리한 것이 〈표 4〉이다.

21 김대현(2006)「근대 한어 속의 외래어 연구」명지대 석사논문, p.1 재인용

〈표 4〉 엔카의 외래어 출현빈도

순	단어	1930-39	1940-49	1950-59	1960-69	1970-79	기타	합계
1	ネオン	2	2	37	29	19		89
2	ブルース	6	4	13	24	11		58
3	ギター	1	8	18	10	10		47
4	マドロス	2		28	7	1	1	39
5	グラス		2	6	13	11		32
6	テープ		2	15	3	4	1	25
7	ランプ		2	11	6	3		22
8	アカシア		2	8	10	2		22
9	ビル		4	10	4	3		21
10	デッキ		2	10	2	6		20
11	エレジー	1	2	10	5	2		20
12	キス		1	4	10	4		19
13	ホーム	1	1	8	5	3		18
14	マスト		1	13	2			16
15	コート		1	2	3	8		14
16	ガラス			2	5	7		14
17	タバコ		1	4	2	3	2	12
18	クラブ		1	1	4	4	2	12
19	ジャケツ		1	10				11
20	アパート	1	1			8	1	11
21	ベル		1	5	1	3		10
22	ドレス		6	3	1			10
23	ジャンパ		1	6	1	2		10
24	ルージュ		1	1	4	4		10
25	ベンチ			7	2	1		10
26	ホテル	1	1	3	1	3	1	10

엔카에 출현한 외래어는 모두 606개의 단어이다. 그중 가장 많이 사용된 단어는 '네온ネオン'이다. 네온은 네온관을 이용한 방전등으로 광고용이나 장식용으로 사용되는 네온사인을 말한다. 네온사인은 프랑스에서 개발된 것으로 1912년 파리 만국박람회에서 공개된 이후, 일본

에 설치되어 점등된 것은 1925년 시로키야白木屋 오사카점과 1926년 도쿄 히비야比谷공원이다. 이후 1932년에는 요코하마의 이세자키초伊勢佐木町 밤풍경이 "에로, 네온사인, 재즈 그리고 알코올의 세계エロとネオンサインとジャズとアルコールの世界"[22]라고 일컬어질 정도로 네온은 나무목간판을 대신해 거리를 빛내기 시작하였다. 그러나 〈태평양전쟁〉으로 네온 점등이 금지되었고, 군인의 사기를 진작시키기 위한 군국가요軍國歌謠가 부상되면서 엔카는 침체되어갔다. 이러한 당대 사회를 배경으로 '네온'은 1931년 「여급의 노래女給の唄」와 1939년 「도쿄블루스東京ブルース」에 2번, 1940년 「광동의 꽃팔이 소녀広東の花売娘」와 1949년 「덧없는 사랑かりそめの恋」에 2번 등 총 4번의 출현빈도수만을 보이고 있다. 그러나 종전 이후 네온사인은 음식점 간판을 비롯해 여러 장소에 설치되어 도시를 밝히게 되었고 환락가의 상징으로 자리 잡게 되었다. 이를 반영하듯 엔카에 나타난 '네온'은 1950년도에 가장 많은 37회 출현 빈도수를 나타냄으로써 엔카가 사회적 상황을 얼마나 반영하고 있는지를 잘 보여준 예라고 할 수 있다.

두 번째로 많이 나타난 '블루스ブルース'는 1960년도에 24회 출현하고 있다. 일본에서 1970년대에 음악장르로서 유행했던 '블루스'가 1950년과 1960년대에 이미 사용된 것으로 보아 '블루스'라는 외래어는 음악전문가인 작사가에 의해 들여와서 정착된 것이란 것을 알 수 있다. '블루스'는 1930년대에는 노래제목에만 단어가 삽입되어 있으나, 1950년대부터는 가사에 삽입되어 있어 점차 외래어로서 대중에게 수용되는 과정을 극명하게 나타내고 있다. 1950년대 엔카에 나타난 '블루스'는 불빛만이 덩그렇게 켜진 긴자 뒷골목에서 외롭게 추억을 되새

22 http://yado.knt.co.jp/ps/contents.jsp?f=nightjewelry/report24.html&data= 近畿日本ツーリストサイト (검색일 : 2013. 3. 15)

기는 풍경을 그리고 있는데, 이는 종전 후 활기를 되찾아가는 번화한 거리의 모습 한켠에 전쟁의 상흔으로 인한 아픔들이 내포되어 있다고 할 수 있다.[23] 1960년대 '블루스'는 밤안개 깔린 거리에서 사랑하는 남자에게 속은 여인을 묘사하고 있는데, 이는 당시 여성들이 연애결혼을 선호하여 자유연애를 하던 사회상을 반영하고 있는 부분이다. 이와 연관하여 '입맞춤キス', '입술연지ルージュ', '플랫폼ホーム', '벤치ベンチ' 등과 같은 외래어가 다수 출현하고 있다.

세 번째로 많은 출현빈도를 보이는 '기타ギター'를 고찰해 보면, 1950년대와 1960년대에 다수 출현하고 있는데, 이는 미국에서 유행하던 '로큰롤'이 일본으로 유입되고, 비틀즈의 일본공연으로 인해 음악과 함께 젊은이들의 상징으로 일렉기타도 유행하였던 당시의 사회현상의 영향으로 볼 수 있다. '기타'는 음악과 연관 있는 악기인 탓에 시대의 변화에도 꾸준히 출현하고 있음을 확인할 수 있다.

한편 '선원マドロス[24]'을 테마로 한 엔카는 미소라 히바리美空ひばり가 10곡을 발표하는 등 1950년대 후반부터 1960년대 전반에 걸쳐 유행하였다. 1949년 일본 중의원 본회의에서 실업자 증가와 식량부족 등 일본의 어려운 상황을 타개하기 위해 〈인구문제에 관한 해결안人口問題に関する決議案〉이 상정되면서 국책이주 문제가 다뤄지게 되었다. 이후 거리에 포스터를 붙이는 등 대대적인 홍보로 국가적인 이민정책이 추진되면서 국책이주를 뒷받침하기 위해 '아르헨티나마루あるぜんちな丸'[25]와 같은

23 夏井美奈子(2005)「戦後空間」の中の『平凡』-1950 年代・人々の欲望と敗戦の傷」—ヘスティアとクリオ Vol.1. pp.86-89 참조.

24 〈毎日新聞〉, 大阪本社版, 2004年9月30日 夕刊을 살펴보면 '마도로스'는 단순히 선원이나 뱃사람으로 해석되지만 각각 독자적인 이미지가 있다고 지적하면서, '마도로스'란 파이프담배를 즐겨 피우며 외국항로를 운항하는 로맨틱한 선원의 이미지라고 서술하고 있다.

25 아르헨티나마루는 오사카상선(大阪商船) 및 상선 미쓰이 여객선(商船三井客船-

화객선이 운행되었다. 이러한 배경으로 인해 '선원'은 1950년대에 28회나 출현한다. 당시 외국을 마음대로 여행할 수 없었던 시절, 바다에 둘러싸여 생활하는 일본인에게 '선원'은 해외로의 동경을 담은 설레임이자 이국적 판타지에 대한 환상의 외래어였을 것이다. 또 부둣가를 배경으로 한 이별은 세대를 불문하고 개개인의 아픔과 오버랩 되며 인기를 끌었을 것으로 추정된다. 이러한 바다항해와 관련하여 '돛대マスト', '램프ランプ', '테이프テープ', '갑판デッキ'과 같은 외래어도 함께 출현하고 있다.

생활환경 주변에 배치된 외래어로는 '아카시아アカシア'를 들 수 있다. 아카시아는 1873년 일본에 유입되었는데, 성장이 빨라 가로수나 공원수를 비롯해 토사방지를 위해 많이 심어졌고, 1950년대에는 화력이 좋아 가정 연료로도 많이 사용되어졌다. 어디서든 볼 수 있었던 '아카시아'는 대중과 밀접한 사물로서 엔카 가사에 적합하였던 것이다. 그러나 무엇보다 '아카시아'가 유행하게 된 데에는 1960년에 발표된 「아카시아 비가 그칠 때アカシアの雨がやむとき」와도 연관이 있다. 〈미일안보투쟁日米安保闘争〉 후 성과를 얻지 못한 젊은 세대의 불만이, 엔카의 가사와 리듬에 부합되면서 큰 인기를 얻게 되었고, 이렇듯 세태를 반영한 음악의 영향으로 1960년대에 많이 사용된 것으로 추정되어 진다.

다수 출현한 외래어 중 다른 외래어가 전반적으로 1950년대에 집중해 있는 반면 '유리잔グラス'은 1960년대에 가장 높으며, 1970년대에도 다른 외래어보다 높은 수치를 보이고 있다. 이는 외래어에도 출현되어 있는 '클럽クラブ'과 연관이 있는 단어이다. 원래는 회원제로 모이는 사

日本移住船)이 소유하여 운항한 여객선. 1958년 도미니카 이민객 174명, 브라질 이민객 540명, 파라과이 이민객 134명 그 외 승객 224명을 태워 고베항(神戸港)을 출항하였다.

교 친목단체를 말하는 것이었지만, 1960년대에 여성호스테스가 있어 남성회원을 접대하는 음식업이나 풍속업을 '클럽'이라고 칭하게 되었다. 고도 경제 성장기를 맞아 대중들의 소비가 늘어나고 오락비의 지출도 증가하였는데 이러한 사회적 배경을 담고 있는 것이다. 클럽을 배경으로 술을 마시는 모습을 엔카 가사에 담은 것으로, 이곳의 여주인을 '마담ママ'이라 호칭하였는데, 이 또한 외래어로 여러 곡에 포함되어 있다.

1950년대에 가장 많이 출현하고 있는 '빌딩ビル'은 종전終戰 후, 재건축의 붐과 한국전쟁을 배경으로 하고 있다. 당시 일본은 한국전쟁의 후방기지가 되었고 그 영향으로 경제활동이 활발해져 호경기가 도래하였으며, 기업에 많은 자금이 축적되면서 사무실 부족을 메우기 위해 빌딩건설 붐이 일어나기 시작했다. 1950년대 후반에는 특히 대형 빌딩이나 대형공장들이 건설되기 시작하였다. 이런 사회적 변화를 엔카 가사 '빌딩'을 통해 담아낸 케이스라고 하겠다.

이처럼 엔카의 외래어는 대중의 생활과 밀접한 단어들이 선택되었고 그 속에 사회적 배경을 담아 표출해 냄으로써 삶의 애환을 공유하며 정착해 나갔던 것이다.

4. 結論

산업 발전과 더불어 수요가 창출되면서 소비층이 확대되었으며, 방송・통신・음반 등의 매스 미디어가 함께 발전하면서 음반 산업이 활성화되었고, 엔카도 대중음악으로 확산되어 정착하게 되었다. 엔카는 대중의 취향이나 감성 이입과 함께 사회적 분위기를 담아내며 시대상에 따라 변화되어갔다. 대중들의 사랑, 이별, 체념, 해학, 상실감 등 대중이 지닌 정서를 표현한 엔카 가사에는 외래어가 상당수 사용되어 있었다.

엔카에 나타난 외래어를 고찰해 보았을 때, 외래어가 가장 많이 생성된 시기는 종전 후 연합군의 일본주둔 시기 그리고 1964년 도쿄올림픽과 같은 국제적 교류가 왕성했던 시기에 취향이나 감성 이입의 도구로 사용되었음을 확인할 수 있었다.

또 외래어를 분야별로 나누었을 때, 의식주와 관련된 분야는 의식주의 변화가 꾸준히 이루어짐에 따라 새로운 외래어가 계속 생산되어져 사용되고 생활가운데 정착됨으로써 큰 격차를 보이지 않고 있음을 알 수 있었다. 타 지역의 독특한 사물이 유입되면서 들어온 낱말이나 인명 및 지명과 같은 고유명사는 정치적, 문화적 영향에 관계없이 수용되어 사용되고 있음이 파악되었다. 또 외래어의 경우 대부분이 고유명사와 일반명사가 사용되었고, 유일하게 대화문이 사용된 예는 "나는 당신을 사랑합니다(アイ・ラブ・ユー / アイラヴユー / アイラビュー / アイラブユー)" 밖에 없어, 완성된 문장 형태보다는 일본어로 번역한 외래어 단어와 일본어를 병행한 어휘형태로 많이 사용되고 있었다.

어원을 고찰한 결과, 가장 많이 사용된 외래어 원어는 영어였고, 근대 개항으로 들어온 문물과 함께 생겨난 외래어는 포르투갈어와 네덜란드어가 많았으며, 문화와 관련한 외래어는 프랑스어가 많이 차지하였다. 한국어의 경우는 일제강점기 시대의 활발한 교류로 다수의 출현을 예상하였으나, 오히려 이후 시기인 1950년대와 1960년대에 걸쳐 단지 7회 출현하고 있음을 알 수 있었다. 이를 통해 정치력의 우위에 따른 외래어의 수용형태를 재확인 할 수 있었다.

또한 외래어가 원어와는 다른 어원체계나 음운적 차이로 인해 수용되기까지 다양한 발음이 병용되어 사용되거나, 변화된 발음이 생성되기도 하고 더욱이 단어의 의미도 함께 변화될 수 있다는 것을 알 수 있었다. 엔카에서의 외래어 생성을 살펴보면, 엔카를 향유하는 대상이 대중으로 한정되어 있기에 사물에 대한 원리를 나타내는 과학이나 정치경제 분야보다 일반생활과 밀착된 문물이나 일반대중의 정서와 밀접하게 연관되어 있는 인문 문화 분야가 많이 차지하고 있는 것으로 나타났다.

금번 엔카 가사에 들어있는 외래어 연구를 통해, 시기에 따른 일본의 외래어 유입 변화 및 사회적 양상과 맞물려 나타난 변화를 확인할 수 있었고, 현재의 외래어로 정착하기까지의 표기 및 발음체계의 변화를 살펴볼 수 있었다.

제 2 장

근대 취향과 演歌

Ⅰ. 演歌와 大正デモクラシー의 영향관계

Ⅱ. 昭和期 演歌를 통해 본 근대의 사랑과 이별

Ⅲ. 演歌, 明治文學 대중화의 기폭제

제국의 전시가요 연구

Ⅰ. 演歌와 大正デモクラシー의 영향관계*

박경수

1. 머리말

본고는 메이지明治 다이쇼大正기를 풍미하였던 엔카시演歌師 소에다 아젠보添田唖蟬坊[1]의 엔카演歌와 다이쇼 데모크라시大正デモクラシー의 상호영향

* 이 글은 2014년 11월 일본어문학회 「日本語文學」(ISSN : 1226-9301) 제67집, pp.523-542에 실렸던 논문 「엔카와 大正 데모크라시의 영향관계 고찰 -添田唖蟬坊의 엔카를 중심으로-」를 수정 보완한 것임.

1 添田唖蟬坊(1872～1944) : 본명 히라기치(平吉), 가나가와(神奈川)縣의 한 농가에서 차남으로 태어난 소에다 아젠보는 14세 되던 해 아버지를 따라 숙부집이 있는 도쿄로 상경하여 요코스카(横須賀)에서 노무자 생활을 하면서 살아가고 있던 중, 당시 청춘의 비분강개를 노래하던 엔카師에 감격하여 스스로 엔카의 세계에 빠져든 이후, 모순된 사회와 실생활에서 소재를 얻은 「ストライキ節」를 비롯하여 180여곡에 가까운 수많은 엔카를 만들어 보급하였다. 「社會黨ラッパ節」를 계기로

관계를 고찰함에 있다.

〈러일전쟁〉 이후부터 다이쇼기 전반에 걸친 시기는 모든 계층의 국민이 정치적 사회적 보장을 요구하였던 데모크라시의 시대[2]로 기억되고 있다. 러일전쟁 후 강화조약 체결을 반대하는 시민운동으로부터 시작된 다이쇼 데모크라시는 군비확장반대운동, 악세폐지운동으로 이어지다가 다이쇼 초기 제1차 호헌운동(1913), 군비축소운동, 보통선거 요구, 〈1차 세계대전〉과 러시아혁명 수습을 위한 파병 반대, 기초생존권 요구, 노동쟁의, 무산계층의 참정권 요구 등등 거국적인 민중운동으로 점철된 시기였다. 이러한 시기 민중들의 실상에서 직접 취재한 사실을 '엔카'라는 미디어에 담아 민중들에게 돌려주었던 당시 독보적인 엔카시 아젠보에 접근한다는 것은 중요한 일일 것이다. 당시의 엔카에는 "정치나 사회구조의 모순을 들추어내는 눈이 있어… 민중들을 현실에 대한 자각으로 이끌어냄"[3]으로써 민중운동의 토양이 되어 주었던 까닭이다.

이런 의미에서 민중의 힘이 정치권에 작용하기 시작하던 러일전쟁 이후부터 다이쇼 전 기간에 걸쳐 진행된 大正 데모크라시의 시기에 민

사회주의에 천착하게 되나, 정치에 염증을 느끼고 '노래하는 언론인'으로서 독자적인 길을 가게 된 당시 독보적인 엔카시(演歌師)이다. (박경수(2014) 「엔카, 明治文學 대중화의 기폭제 -『金色夜叉の歌』를 중심으로 -」「일본어문학」 제65집 일본어문학회, p.342 참조)

2 다이쇼 데모크라시의 범위는 대체적으로 러일전쟁기인 1905년부터 大正천황 재위기간인 1926년까지로 보는 것이 일반적이다. 마쓰오 다카요시(1989)의 경우 러일전쟁기인 1905년부터 일본이 昭和期 전쟁체제로 접어든 1931(S6)년까지로 규정하고 있기도 하지만(마쓰오 다카요시·金衡種 譯(1989), 「大正데모크라시와 戰後民主主義」「서울대 東洋私學科論文集」제13집, p.283), 崔相龍(1986)을 비롯한 대다수의 연구자가 위와 같이 정리하고 있으며, 昭和초기를 사회주의로의 이행기로 보는 까닭에.(崔相龍(1986)의 「大正데모크라시와 吉野作造」「아세아연구」vol.29, 고려대 아세아문제연구소, p.2 참조) 본고는 이들의 규정을 따르기로 하였다

3 橋本治(1981) 「明治·大正歌謠」「國文學-解釋と鑑賞」三月號 至文堂, p.26

중과 행보를 같이하였던 소에다 아젠보(이하, '아젠보')의 엔카에 밀착해 본다는 것은 대단히 의미 있는 일이라고 본다. 더욱이 그의 이념이 요시노 사쿠조吉野作造[4]의 민본주의民本主義와 상통한다는 점에서도 필연적이라 할 것이다. 그럼에도 당시의 아젠보와 大正 데모크라시를 연계한 선행연구는 전무한 실정이다.

이에 본고는 그의 아들 소에다 도시미치添田知道[5]가 정리한『演歌の明治大正史』[6]와 그 밖의 관련자료[7]를 토대로 하여 大正 데모크라시 기간 내내 민중의 소리를 놓치지 않았던 아젠보의 엔카에 천착하여 다이쇼 데모크라시와의 상호영향관계를 심층적으로 고찰해보려고 하는 것이다.

4 요시노 사쿠조(吉野作造, 1878-1933) : 일찍이 서양의 Democracy에 심취하여 도쿄제국대학 법과에 입학(1901), 졸업 후 바로 동 대학원에 진학(1904)하여 학업, 연구, 강의를 병행하였고, 구미유학을 마치고 귀국한 후「中央公論」에 정치평론을 발표하였다. 同誌에 발표한「憲政の本義を説いて其有終の美を済すの途を論ず」(1916) 이후 다이쇼 데모크라시의 대표적 이론가로 부상하였다.

5 添田知道(1902-1980, 예명; さつき, 호; 吐蒙(ともう) ; 1902년 6월 14일 도쿄에서 添田唖蝉坊의 장남으로 태어난 도시미치는 8세 어린나이에 어머니를 잃고 他家에 양자로 보내졌는데, 교육자 사카모토 류노스케(坂本龍之輔)의 도움으로 1914년 시타야구(下谷区)의 万年小学校를 졸업하였다. 1916년(T5), 일본대학부속중학교 중퇴 후, 사카이 토시히코 등이 설립한 바이분샤(売文社)에 근무하면서 아버지의 엔카 활동에 참여하였고, 뒤이어 '소에다 사쓰키(添田さつき)'라는 예명으로 엔카師로 활동하다가 1940년 街頭엔카가 쇠퇴함에 따라 문필에만 전념하였다. 1980년 3월 18일, 77세에 식도암으로 사망.(출처 ; yahoo Japan Wikipedia 2012.8.25일자 참조)

6 본고의 텍스트를『演歌の明治大正史』(添田知道(1982), 刀水書房)로 함에 있어 본 텍스트에 수록된 엔카를 인용할 경우, 출처표기는 인용문 말미에〈쪽수,「곡목」〉으로만 표기하기로 한다.

7 橋本治(1981)「明治・大正歌謠」「國文學-解釋と鑑賞」三月號, 至文堂 ; 長田曉二(1998)『日本軍歌大全集』, 全音楽譜出版社 ; 吉野作造(1920)「民主主義・社會主義・過激主義」「吉野作造博士民主主義論集」第5巻 ; 마쓰오 다카요시 著・金衡種譯(1989),「大正데모크라시와 戰後民主主義」「서울대 東洋私學科論文集」제13집 ; 丁堯燮(1987)「日本에 있어서 大正데모크라시의 硏究」「현대사회발전」, 숙명여대 현대사회발전연구소 ; 倉田喜弘(2001)『「はやり歌」の考古學』, 文春新書 등

2. 엔카시대의 전개와 소에다 아젠보

메이지 전기의 일본사회는 서양음악이 유입되면서 생활 속에서 부르는 가요의 판도도 이전과는 현격한 차이를 드러내게 된다. 대체적으로 국가적 차원에서 보급된 '창가唱歌', '군가軍歌'와 민간적 차원에서 자생한 '엔카'가 주류를 이루었는데, 이들은 시대에 적확하게 대응하기 보다는 어느 시기에는 수요층에 따라 둘 이상의 장르가 공존하기도 하였고, 또 어느 시기가 되면 한 장르가 우세해진 반면 다른 장르는 쇠퇴해 가거나 약간 변형된 장르를 생성해내면서 나름의 발전을 거듭하였다.

초창기의 엔카는 조슈번長州藩의 파벌정치에 대한 비판을 반영한 プロテストソングProtest Song으로, 이른바 자유민권운동의 산물이었다. 7・5조調로 정형화 한 내용을 창가나 군가의 선율에 붙여 길거리에서 외치는 형식으로 보급하는 연설가演説歌로서의 엔카는 사건보도 및 가두연설에서 못다한 내용을 노래로 설명함으로써 청중들에게 자유민권사상을 각인시켜 나아갔다. 이를 내용면에서 보면 시국에 분개하는 난폭하고 격심한 비분강개 스타일이 대부분[8]이었다. 아젠보를 엔카의 세계로 입문하게 한 동기도 이러한 거친 음조音調로 표현하는 비분강개 스타일의 엔카였다.

군항軍港 요코스카横須賀에서 노무자 생활을 하던 아젠보가 귀갓길에서 소시壯士 3인과의 조우遭遇는 아젠보의 인생에 일대 전환을 가져왔다. 몬쓰키紋付き가 부착된 목면옷차림에 삿갓을 뒤로 젖혀 쓴 채 굵은 지팡이를 들고 번갈아 떠들어대던 소시 3인의노래와 행위가 파격적으로 다가왔기 때문이다.

8 長田曉二(1998)『日本軍歌大全集』全音楽譜出版社, p.20

아프가니스탄과 파키스탄 / 베트남 버마 인도국
그밖에 무수한 작은 나라들 / 이 모두가 프랑스와 영국의 식민지
요컨대 동양은 / 서양 제국諸國의 권세에
유린당하여, 대등한 / 지위를 보전하는 나라는 없다네
비분강개함이 가슴에 차오르네.[9] (원문 각주, 번역필자 이하 동)

제목도 없는 이 노래는 훗날 "나의 유치한 인생을 밑바닥에서부터 변화시킨 것이 이 壯士歌였다." 할 정도로 아젠보에게 경이로움과 감격으로 수용되었다. 그러니까 18세가 되던 1890년(M23)은 아젠보의 일생에 중요한 터닝포인트가 된 해였다. 이후 아젠보는 엔카소시演歌壯士 단체로부터 직접 인쇄물을 입수하여 스스로 엔카의 세계에 빠져들었다. 그리고 이듬해 나름의 애국적 공명심과 청춘의 비분강개를 서로 공유하고 의기투합하고자 도쿄에 소재한 청년구락부를 찾아가 경외하는 마음으로 그곳의 청년들에게 다가갔다. 그러나 얼마 되지 않아 권모술수가 만연한 현실정치와 이에 대항하는 구락부 청년들의 횡포한 언동에 크게 실망하고 만다. 너무도 거칠고 공격적이었던 청년구락부 소속 청년들의 정치적 열정과 자신이 열망하는 정치적 열정이 사뭇 다르다는 것을 절감한 아젠보는 다시금 엔카의 세계에 몰두하게 된다. 모두가 선거응원차 거리로 나갔을 때도, 그는 빈 사무실에 혼자 따로 남아 연일 엔카에 몰두하였고, 급기야 '不知山人'이라는 이름으로 내놓은, 3곡의 엔카 「擲雷武志」, 「拳骨武志」, 「突貫武志」를 들고 직접 바이올린을 연주하면서 각지를 돌아다니는 엔카시의 생활로 접어들었다.

9 アフガニスタンやビルジスタン / 安南ビルマ印度國 / 其他無數の小邦 / 皆是れ佛英の植民地 / 詮じ來れば東洋は / 泰西諸國の權勢に / 蹂躪せられて對等の / 地位を保てる国はなし / 悲憤慷慨胸に滿つ (安田武(1982) 「父子二大」 『演歌の明治大正史』 刀水書房, p.321)

이후의 엔카 중 대표적인 것을 발췌하여 시기별로 정리해 보았다.

〈표〉 소에다 아젠보의 시기별 대표 엔카 목록

<table>
<tr><th colspan="2">시 기</th><th>필 명</th><th>곡 명</th></tr>
<tr><td rowspan="4">明治期</td><td>청일전쟁기</td><td rowspan="2">不知山人</td><td>「擲雷武志」「拳骨武志」「ドンドン武士」(작곡만)「突貫(とっかん)武志」「士気の歌」(작곡만)「四季の歌」「ストライキ節」등</td></tr>
<tr><td rowspan="2">러일전쟁기</td><td>「ロシャコイ節」「軍神広瀬中佐」「露西亞兵の軍歌」등</td></tr>
<tr><td>のむき山人</td><td>「ラッパ節」「ラッパ節(電車問題・市民と會社)」등</td></tr>
<tr><td>러일전쟁직후
~한국병합</td><td rowspan="4">啞蟬坊</td><td>「社會黨ラッパ節」「四季の歌(第二)」「ああ金の世」「ああわからない」「あきらめ節」「當世字引歌」「カタ糸」(ああ無情, 작곡만)「ゼーゼー節」「袖しぐれ」「金色夜叉の唄」「思い草」「ああ無情」「むらさき節」등</td></tr>
<tr><td rowspan="3">大正期</td><td>大正 初期
(1912~18)</td><td>「ちどり節」「どんどん節」「奈良丸くづし」「都節」「マックロ節」「人形の家」「現代節」「ホツトイテ節」「どこいとやせぬカマヤセヌ節」「青島節(ナッチョラン)」「新磯節」「サァサ事だよ」「ブラブラ節」「ノンキ節」「ああ踏切番」등</td></tr>
<tr><td>大正 中期
(1918~21)</td><td>「豆粕ソング」「イキテルソング」「デモクラシー節」「ディアボロ替歌」「へんな心」「インディアンソング」「解放節」「勞動問題の歌」「つばめ節」「新馬鹿の唄(ハテナソング)」「ソレたのむ」「新トンヤレ節」「新ノーエ節」「新わからない節」「調査節」「新鴨綠江節」「新安來節」「お国節」「磯辺の嵐」「新職業夫人の歌」「小野さつき訓導の歌」등</td></tr>
<tr><td>大正 後期
(1922~26)</td><td>「虱の旅」「貧乏小唄」「隠亡小唄」「コノサイソング」「金々節」등</td></tr>
</table>

〈표〉의 엔카 중 크게 이슈가 되었던 몇 곡만 살펴보자면, 1899년 공창폐지운동을 계기로 요코에 뎃세키横江鉄石와 공동으로 만들어 발표한 「ストライキ節」는 공창폐지운동으로 갑자기 일자리를 잃은 창기娼妓들의 애환에, 기생지주寄生地主들이 다액납세의원이 되어 정계에 진출하는 세

태를 날카롭게 비판하여 삽시간에 선풍적인 인기를 얻음으로써 엔카시 '不知山人'의 이름을 널리 알리는 계기가 되었다. 러일전쟁 때에는 러시아에 대한 적대감을 강조하는 「ロシャコイ節」 「軍神広瀬中佐」 「露西亞兵の軍歌」 등으로 처음 입문당시의 국수주의적인 면을 보여주기도 하였다.

이후 'のむき山人'이라는 필명으로 내놓았던 「ラッパ節」[10]는 아젠보에게 큰 전환점을 제공하였다. 당시 도쿄 소재 세 電車회사가 담합하여 요금을 인상한 것에 시민반대운동이 일어난 것을 계기로 지극히 평범한 내용의 「ラッパ節」에 '市民曰く', '會社曰く' 형식으로 개사한 「ラッパ節(電車問題・市民と會社)」가 삽시간에 확산되어 시민반대운동에 상승작용을 하였던 것이다. 이것이 당시 사회주의 지도자 사카이 도시히코堺利彦의 주목을 받게 되었고, 마침내 사회당에 입당하게 되면서 사카이로부터 사회당 당가黨歌 제작을 의뢰받게 되었다. 이렇게 해서 탄생한 엔카가 아젠보의 입지를 단단히 굳혀준 「社會黨ラッパ節」이다. 실상 이 곡이 완성될 즈음 아젠보는 「社會主義ラッパ節」라는 제목을 주장하였다. 그 이유는 청년구락부 시절 보아왔던 현실정치와 거기에 대항하는 집단의 폭력스런 언동에 크게 실망하였던 탓에 '黨'이라는 글자자체에 거부감을 느꼈기 때문이었는데, 당원들의 반대에 크게 부딪혀 결국 「社會黨ラッパ節」가 되었던 것이다.[11] '벙어리매미'라는 의미의 아호 '啞蟬坊'를 필명으로 사용한 첫 작품이 바로 「社會黨ラッパ節」였다는 점은 아젠보의 '정치혐오政治嫌い' 적인 일면을 드러낸 셈이라 하겠다.

러일전쟁 이후부터 아젠보는 자본가의 금권정치와 승전으로 우쭐

10 아젠보가 만든 엔카로 생활을 영위하는 소시들로부터 '쉽게 부를 수 있는 엔카'를 만들어달라는 요구를 받고 자신의 의지와 상관없이 약간 떨떠름한 심정으로 쓴웃음을 지으면서 내놓은 엔카가 바로 「ラッパ節」(1904)였다.

11 安田武(1982) 「父子二大」 『演歌の明治大正史』 刀水書房, p.325

거리는 세태를 때로는 직설적인 방법으로, 때로는 위트 넘치는 풍자기법으로 승화시킨 엔카를 속속 발표하여 민중의 의지를 대변하는가 하면, 또 미처 자각하지 못한 민중들의 의기를 불러일으켰다.

아젠보가 엔카에 투신하게 된 계기, 청년구락부를 찾아간 것, 또 사카이 도시히코와 손을 잡은 것이나 사회당에 입당한 것 등에서 나름의 정치적 이상이 있었음을 엿보게 한다. 그러나 청년구락부를 거쳐 사회당에 입문하였던 시점에서 아젠보는 이미 현실정치에 식상해 있었다. 때문에 이후 아젠보의 엔카는 정치적인 것보다는 지극히 사회적인 것에 포커스를 두고 소외된 민중들의 삶의 이모저모를 면밀히 취재하여 5・7조調 엔카에 담아 그들에게 다시 돌려주는 '노래하는 언론인'의 삶을 추구하였다.

민중의 실생활에서 취재한 구구절절 적확한 가사내용은 아젠보식 선율과 함께 민중들의 가슴깊이 파고들어 하나의 사상ism을 생성하게 하였고, 마침내 거국적인 大正 데모크라시를 이끌어내는 하나의 무형의 장치가 되었던 것이다.

3. 아젠보의 엔카에 투영된 大正デモクラシー

3.1 민중의식으로 생성된 民主主義

19세기 말 서구에서 발생한 Democracy가 세계적인 대세로 확산되어감에 따라 일본 내에서도 デモクラシー의 기운이 점차 상승기류를 타게 되었다. 이에 일본에서의 デモクラシー의 방향은 '국민의 권리 보장이 불충분한 〈메이지헌법〉과 당시 관료들의 정치관행을 어떻게 고쳐나갈 것인가?'가 초기의 과제로 부상하였다.

앞서 살폈듯이 大正 데모크라시라 함은 정치학자 요시노 사쿠조의 '민본주의民本主義'[12] 이론을 바탕으로 러일전쟁기부터 시작된 민중들의 정치를 비롯한 경제, 사회, 교육, 문화 등 여러 영역에 걸친 사회개혁운동을 말하는데, 그 중에서도 산업, 경제 부분은 민중들을 실생활 문제와 직결되어 더욱 민감하게 다가왔다.

일본 근대산업을 주도한 섬유공업의 기계화가 진전되고, 관영 야하타八幡제철소가 완공되어 중공업 발전의 기초를 이루게 됨에 따라 획기적인 산업발전을 이루고, 이에 힘입어 일본의 자본주의가 급격히 발달하면서 봉건사회에서는 없었던 새로운 사회문제가 곳곳에서 불거졌다. 메이지정부가 '부국강병'이라는 국가적 목적달성을 위해 자본주의를 촉진시킴에 따라 공업생산력 향상이라는 목적은 이루었지만, 대자본가財閥들이 막대한 부를 축적한 이면에 노동자의 저임금과 장시간 노동이라는 심각한 사회문제를 야기하였다. 뿐만 아니라 농촌에서는 높은 세금 때문에 자신의 토지를 팔아 소작인으로 전락한 농민들이 늘어난 반면, 그 토지를 사들여 고율의 소작료를 챙겨가는 기생지주들이 의회에까지 진출하여 정치에까지 영향력을 끼치는 상황이 발생하였다.

이에 따라 '노동자 계급의 빈곤타파와 인권보호를 위해 생산수단의 사유화를 폐하고 공동사회의 소유로 개혁하자'는 취지의 사회주의운동이 제기되었고, 사카이 도시히코, 고토구 슈스이幸德秋水를 중심으로 그것이 현실적 대안으로 전개되었다. 이들은 1901년 일본최초의 사회주의 정당인 〈社會民主黨〉을 결성하여, 그 첫 사업으로 러일전쟁 반전

12 '民本主義'의 본의인 Democracy란 주권재민(主權在民)의 민주주의(民主主義)로 번역되지만, 요시노가 민주주의라는 단어를 피해 '民本主義'라는 용어를 사용하였던 것은 '국체'요 '신성불가침'이었던 〈대일본제국헌법〉하의 천황주권이 법리학 위에 있었던 시기였기 때문이다.

운동을 시도하여 정치적 역량을 펼쳐나가려 하였으나 정부의 탄압으로 좌절되었다. 그러자 사카이는 아젠보를 영입하여 당黨의 결집과 단결을 위한 당가黨歌 제작을 의뢰하였다. 아젠보가 만든 당가 「社會黨ラッパ節」는 호사豪奢를 누리고 있는 귀족, 자본가, 관료들과 농민, 여공, 병사, 차장, 운전수 등이 처한 현실을 대비하여 고발함으로써 큰 반향을 불러일으켰다.

1. 귀족華族의 애첩이 꽂은 장식에/ 반짝반짝 빛나는게 무엇이드냐?
   다이아몬드일까? 아니라오/ 가련한 농민의 피땀이라오 뚜두둑 뚝뚝
2. 당대當代 신사의 술잔에/ 반짝반짝 빛나는게 무엇이드냐?
   삼페인일까? 아니라오/ 가련한 여공들의 피눈물이라오 뚜두둑 뚝뚝
3. 대신 대장 가슴팍에/ 반짝반짝 빛나는게 무엇이드냐?
   금치훈장일까? 아니라오/ 불쌍한 병사 깡마른 모가지 뚜두둑 뚝뚝
9. 불쌍한 차장과 운전수/ 열다섯 시간 중노동으로
   차가 삐걱거릴 때마다/ 나와 내 몸을 깎아간다오 뚜두둑 뚝뚝[13]

〈「社會黨ラッパ節」, p.132〉

인용문은 러일전쟁 이후 민중들의 생명과 피땀을 담보로 하여 부富를 축적한 자본가와 고위관리, 사회체제에 대한 불만이 어떠했는지

13 一、華族の妾のかざしに/ ピカピカ光るは何ですえ
ダイヤモンドか違います/ 可愛い百姓の膏汗　トコトットット
二、當世紳士のさかづきに/ ピカピカ光るは何ですえ
シャンーペンか違います/ 可愛い工女の血の涙　トコトットット
三、大臣大將の胸先に/ ピカピカ光るは何ですえ
金鵄勳章か違います/ 可愛い兵士のしやれこうべ　トコトットット
九、あはれ車掌や運轉手/ 十五時間の勞動に
車のきしるそのたんび/ 我と我身をそいでゆくトコトットット

를 짐작케 한다. 이처럼 아젠보는 이후로도 자본가의 금권에 대항하기라도 하듯, 이에 소외되어 전락해가는 민중들의 현실을 고발하기라도 하듯, 사회주의적 시각이 농후한 엔카로 일관하였다. 「ああ金の世」에서는 전쟁특수로 자본축적에 성공한 자본가들의 황금만능주의를 신랄하게 꼬집었으며, 「ああわからない」에서는 서민들의 궁핍한 생활은 아랑곳없이 문명개화를 부르짖는 지식층을 호되게 비판하였다.

> 아아 모르겠다 모르겠어 / 요즘 세상은 모르겠다
> 문명개화라고는 해도 / 겉만 봐서는 모르겠다
> 가스와 전기는 훌륭해도 / 증기의 힘은 편리하여도
> 도금이드냐 덴푸라드냐 / 외관만 번지르르한 썩은 계란 /……[14]
>
> 〈「ああわからない」, p.143〉

이같은 내용의 엔카가 민중에게 어필되어감에 따라, 이들의 지배층을 향한 불만은 날로 커져만 갔다. 흥얼거리듯 반복 가창하는 시공간에서, 무의식적으로 민중의식으로 전환되었을 것이며, 마침내 민주의식으로 변용되었으리라는 것은 자명하다 할 것이다. 그러나 그러한 의식이 거대한 외적 요소에 부딪혔을 때나, 혹은 도저히 극복할 수 없는 현실에 직면했을 때, 이를 원망하다 못해 체념해버리는 형국은 「あきらめ節」에 담아내었다.

14 ああわからないわからない/ 今の浮世はわからない
文明開化というけれど/ 表面ばかりじゃわからない
瓦斯や電気は立派でも/ 蒸汽の力は便利でも
メッキ細工か天ぷらか　見かけ倒しの夏玉子……

1. 지주와 부자는 방자한 사람 / 관리들은 으스대는 사람
   이따위 세상에 태어난 것을 / 이 몸의 불행이라며 체념한다네.
2. 너는 이 세상에 무엇하러 왔느냐 / 세금과 이자를 납부하기 위해
   이따위 세상에 태어난 것을 / 이 몸의 불행이라며 체념한다네.[15]

〈「あきらめ節」, pp.147~148〉

이처럼 체념하는 마음을 "이따위 세상에 태어난 것을 이 몸의 불행"임을 읊조리게 하는 것으로, 그들의 소외된 자존감을 다소나마 해소할 여지를 만들어 주기도 하였다. 그런가 하면, 「ゼーゼー節」에서는 개인의 생존권을 무시하는 폭압정치와 갈수록 가중된 세금에 대한 민중들의 불만을 그대로 담아내었다. "칫, 압제, 불어난 세금咄、圧制, 増したか税々"이라는 직설적인 표현을 그대로 후렴구에 넣었던 것이 '마시다카제제マシタカゼーゼー'라는 새로운 유행어 탄생의 계기로 작용했던 것이다.

아젠보의 엔카는 개인의 생존권문제에서 점차 국민전체의 문제로 확대되어 갔다. 이에 따라 이전의 직설적인 표현은 점차 풍자적인 양상으로 변모하였다. 사회적 약자중의 약자였던 하층여성을 빗대어 사회문제를 날카롭게 풍자한 「思い草」가 그 대표적이다. "날고 싶어도 날 수 없는 나는야 조롱속의 새飛ぶにとばれぬ わしゃ籠の鳥"라는 내용의 「思い草」는 당초 유곽의 여성을 새장에 갇힌 새에 빗대었던 것인데, 그것이 이른바 〈大逆事件〉으로 민간인에게도 군법이 적용되던 암울한 때, 전 국민의 자유와 인권에 대한 염원으로 풍자 변용되어 널리 퍼져나갔던 것이다.

15 一、地主金持ちはわがままもので / 役人なんぞはいばるもの
こんな浮世へ生まれてきたが / わが身の不運とあきらめる
二、お前この世へ何しにきたか / 税や利息を払うため
こんな浮世へ生まれてきたが / わが身の不運とあきらめる

"歌가 진정 민중의 재산이 되려면 '풍자'라는 방법으로 승화되어야 하는 것"[16]이라 한 하시모토 오사무橋本治의 말대로 사회적 현상을 노래하는 엔카에서 풍자기법의 적절한 사용은 자자의 성숙도를 가늠하게 한다. 아젠보의 엔카에서 풍자기법의 성숙은 그가 지난날 겪었던 정치권에 대한 실망과 반감, 그래서 철저하게 사회적인 것만을 추구하려 하였던 점, 이후 기층민중의 애환을 대변하는 사회고발적인 엔카로 일관하였던 충분한 기반이 있었기에 "진정한 민중의 재산"으로서의 엔카, 즉 民主主義를 지향하는 엔카로 성숙하지 않았나 싶은 것이다.

3.2 反戰・平和・民本主義의 고양

'부국강병'의 기치 아래 대내외적으로 강력한 정치력을 행사해 왔던 메이지 시대가 종식되면서 부여된 모종의 해방감은 사회주의와 요시노의 민본주의 제창으로 확산된 민중의식과 어우러져 다이쇼기는 민중의 힘이 크게 정치를 흔드는 광경과 함께 시작되었다. 대륙진출을 위하여 사단의 증강을 요구했던 것을 빌미삼아 사이온지 내각을 무너뜨리고 육군대장 가쓰라 타로桂太郎가 내각을 조성하게 되면서 지방 중소도시 중간계층을 중심으로 군비축소운동이 전개되었고, 〈1차 세계대전〉(1914.7-1918.11)의 참전을 결정한 정부에 대한 반대의식은 날로 심화되어갔다.

그럼에도 〈영일동맹〉을 구실삼아 정부는 참전을 강행하였고, 일본의 자본가들은 유례없는 전쟁특수를 누리게 된 반면 민중들의 삶은 러일전쟁 때와 마찬가지로 악화 일변도로 치닫고 있었다. 이같은 현실을 아젠보는 「マックロ節」(1914)에 담아내었다.

16 橋本治(1981) 「歌謠の諷刺と情念」 「國文學-解釋と鑑賞」 三月號, p.25 참조

1. 하코네산 옛날엔 업혀서 넘고 가마로 넘었는데/
지금은 꿈꾸듯 기차로 넘어가네 / 터널은 연기로 캄캄하구나.

12. 노동자를 하인 바보 취급하는 / 그것이 개화인가 문명인가
노동자가 없는 세상 캄캄하구나.[17] 〈「マックロ節」, pp.186-188〉

하코네산을 비롯한 자연정경으로 시작되어 공장직공, 광산노동자, 기생, 우편배달부 등등 하급노동자들의 눈물과 애환으로 이어지는 「マックロ節」(1914)는 일본전역에 민본주의에 대한 자각을 확산시키는 데 크게 기여하였다. 민중들의 이러한 자각은 러시아혁명(1917) 수습에까지 파병(1918년의 시베리아 출병)을 결정하여 또다시 전쟁분위기를 조성한데다, 국민의 가장 기초적인 생존권까지 위협하는 미곡정책을 감행한 정부에 대한 분노로 표출되었다.

정부는 각종법률을 만들어 엄격하게 규제하고 쟁의에 가담한 자들을 억눌렀지만, 정치권에 대한 불신이 가중되어 이미 상승국면에 접어든 민주주의의 기운을 잠재울 수는 없었다. 민중들을 더욱 분노하게 한 것은 파병결정에 의한 쌀 수요급증을 겨냥한 미곡상들의 매점매석이었다. 정부의 〈쌀값조절령〉이나 〈폭리단속령〉에도 불구하고 연일 급상승으로 치달아[18] 일반 서민들로서는 자국 쌀로 지은 밥을 먹기는커녕 구경하기조차 힘든 실정이 되었던 것이다.

17 一、箱根山　昔や背で越す籠でこす / 今ぢゃ夢の間汽車で越す
けむりでトンネルは　マックロケノケ
十二、労働者　下司下郎とバカにする / それが開化か文明か
労働者がなけりゃ世は　マックロケノケ

18 메이지 말엽부터 지속적인 오름세를 보였던 쌀값은 1917년 당시 도지마 쌀 상장 평균 가격이 1석에 16엔 65전이었던 것이, 1918년에 들어서면서 1석에 23엔 78전으로 뛰었다가, 동년 7월에는 1석에 41엔 05전으로 가파르게 상승하였다. 더욱이 쌀가게에서는 1되에 50전이라는 놀라운 가격으로 치솟고 있었다.

〈쌀소동米騷ぎ〉은 1918년 7월 7일 도야마富山현 여성들이 쌀의 현외県外 유출과 쌀 선적 중지를 요구하였던 것에 8월 2일 시베리아 출병선언이 도화선이 되어 순식간에 확산되었다. 이에 당황한 정부는 신문보도를 금지하고 군대를 동원하여 진압하려 했지만, 참가자만도 100만 명이 넘는 자연발생적인 대소동은 9월 17일까지 계속되었다.[19] 이런 상황에서 민중들을 더욱 분노로 치닫게 하였던 사건은 도쿄시장 다이나 지로田稲次郎의 콩깻묵豆粕식 권장이었다. 이를 배경으로 만든 것이 「콩깻묵 노래豆粕ソング」이다.

> 1. 비싼 일본쌀 우리들은 못먹네 / 우리들은 그런 것 못먹지요, 예!
> 어떤 이상한 것 먹으라 해도/ 살 수만 있다면야 그것으로 되지요.
>
> 4. 먹을것만 있다면 불평치않아요 / 어차피 좋아하는 것 못먹으니까
> 맛있다 맛없다 말하지 말고 / 오늘도 콩지게미, 내일도 지게미[20]
>
> 〈「豆粕ソング」, p.220〉

인용에서 보았듯이 아젠보의 「豆粕ソング」은 분노한 민중들의 심정을 상당히 해학적으로 풍자하고 있다. 그럼에도 가사내용이 직설적이고 선동적이라 하여 즉각 발행금지 처분을 받았다. 이에 아젠보는 이를 개사한 「替え歌」를 내놓았는데, 여기서 오히려 더 노골적인 표현이 눈길을 끈다.

19 巖淵宏子・北田幸惠(2005) 「日本女性文學史」 ミネルヴァ書房, pp.118-119

20 一、高い日本米はおいらにゃ食へぬ / おいらそんなもの食はずとも、よどんなへんなもの食はされたとても / 生きていられりゃそれでよい
四、食へるものでさへありゃ文句いはぬ / どうせ好いたもの食へやせずうまいまづいは申さぬときめて / 今日も豆の粕、明日も粕

1. 살아있는 해골이 춤춘다 춤을 춰/ 해골이 뭐라면서 춤추네. 예!
   야위고 말랐다 외국쌀 먹어 깡말랐다/ 일본쌀 그립다면서 춤추네.
4. 정말 대단해요 살아있네 살아있어/ 살아있는 증거로 움직이죠, 예!
   창백한 얼굴 움푹패인 눈으로/ 바둥이 꿈틀꿈틀 살아가고 있지요[21]

〈「替え歌」, pp.221-222〉

"창백한 얼굴 움푹패인 눈으로 겨우겨우 살아가고" 있는 민중들의 실상을 그대로 담아낸 위 엔카는 하층민의 입장을 전혀 고려하지 않는 도쿄시장의 시정市政을 전국에 알리는 계기가 되었다. 이 외에 당시의 미곡정책을 풍자하는 「お国節」(쌀도 생산하지 못하면서 쌀밥 먹는 버러지 우글거리는 도쿄米も作らず米食ふ蟲けら うようよ住む東京)나 「新わからない節」(쌀이 많은 쌀나라 쌀에 눌려죽는 사람이 많은 나라米がたんとある米の国のたれ死ぬ人多い国)를 비롯한 몇몇 엔카도 민중들의 호응을 얻으며 삽시간에 정치권을 뒤흔들었다. 이로써 데라우치 내각은 여론의 총공격을 받아 마침내 퇴진하게 되었고(1918.9.12), 하라 다카시原敬가 새로운 내각을 구성함으로써 평민재상 주도의 본격적인 정당내각이 발족되기에 이르렀다.

「豆粕ソング」의 발단은 도쿄시장의 콩깻묵식의 권장이었지만, 그 근본적인 원인은 이보다 앞서 국정방향에 의한 쌀값상승과 쌀의 해외유출에 있었다. 〈쌀소동〉은 국민의 생활에는 아랑곳하지 않고 전쟁일변도로 치닫는 정부에 대한 민중들의 최소한의 생존권을 수호하기 위한 대규모 궐기였으며, 반전 평화를 추구하는 민중들의 소박한 염원의 표

21 一、生きたガイコツが躍るよ躍る/ ガイコツどんなこといふて躍る、よ
やせたよせた外米食ふて痩せた/ 日本米恋しいといふておどる
四、ほんにエライもんぢゃ行きてる生きてる/ 生きてる証拠にや動いてる、よ
青い顔して目をくぼませて/ ヒクリヒクリと生きている

출이었던 것이다.

〈1차 세계대전〉 종결을 위하여 1919년 1월 베르사이유에서 개최된 강화회의는 순간의 평화를 가져다주기도 하였다. 강화회의의 5대국으로 선정된 일본은 사이온지 긴모치西園寺公望를 전권특명대사로 보내어, 마침내 독일로부터 태평양제도에 대한 위임통치권을 얻어내었다. 이에 도쿄시는 평화축제를 열어(1919.6.28) 민중들을 축제분위기로 유도하였다. 그러나 악덕자본가와 악덕지주들의 하층민의 생활에 대한 배려는 조금도 개선되지 않았기에 이를 대항하는 노동쟁의가 조직적으로 일어났고, 노동문제 제고의 목소리도 한층 높아졌다. 아젠보는 이러한 사회문제를 간과하지 않고 「解放節」에 담아내었는데, 「解放節」 또한 발행금지처분을 받게 되었고, 또다시 이를 개사한 「勞動問題の歌」를 내놓았다. 각 절마다 "노동문제 연구하세, 연구하세"를 부르짖는 「勞動問題の歌」는 자본가 對 노동자, 지주 對 소작농 간의 대립적 입장 충돌의 해결을 소원하는 민중들의 희망사항이었으며, 요시노가 제창한 민본주의, 즉 민중이 중심이 되는 사회의 구현이었으며, 현실정치를 외면하고 민중과 함께하려 했던 아젠보의 본령과도 일치하는 점이라 할 수 있겠다.

3.3 大正 데모크라시의 성과, 이후의 아젠보

大正 데모크라시의 가장 큰 성과로는 말할 것도 없이 明治 후반기부터 大正 전 기간에 걸쳐 진행된 보통선거운동의 결과, 1925년 마침내 〈보통선거법〉이 의회를 통과함으로써 획득하게 된 선거권이다. 제국헌법이 성립(1889)되고 이듬해 제국의회 중의원 의원 총선거가 실시(1890.7)되었는데, 그 유권자의 범위가 직접국세 납세금액에 따라 정해진 제한선거였기 때문에 선거참여자는 지극히 일부 인사에 한정되

어 있었다. 그것이 민주주의를 전면 부정하는 선거임을 자각한 국민에 의해 1892년 일반인 누구나가 참여할 수 있는 보통선거운동이 시작된 이래, 다이쇼기가 저물어가던 1925년까지 30여년에 걸친 파란만장한 투쟁[22]에 의한 쾌거였던 까닭이다.

여기에 이론가들의 합당한 이론과 수많은 민중들의 피땀이 발판이 되었음은 간과할 수 없을 것이다. 그 중 '어떻게 하면 국민이 좋은 정치주체가 될 것인가?'가 보다는 '어떻게 좋은 정치인을 선택하고 감독하는가?'에 주안점을 두었던 요시노의 이론을 살펴보면,

> 오늘날 데모크라시는 두 개의 요구가 있다고 생각한다. 그 하나는 社會的 要求이고 다른 하나는 純政治的 要求이다. 社會的 要求라는 것은 우리들의 생활(경제생활만이 아니라)을 충실하게 하는 것이며, 우리들의 참정권을 요구하며 국가의 운명을 결정하는 국정의 運用에 참여하려는 것이 純政治的 要求이다.[23]

22 이는 크게 두 시기로 구분된다. 明治후기 의회에 대한 청원과 대중계몽이 행해지던 1기와, 大正期 전국적인 대중운동으로 전개된 2기가 그것이다. 1기의 전개과정을 살펴보면, 1897년(M30) 나카무라 타이하치로(中村太八郎)와 구 진보당계 그리고 지주 및 자작농에 의해 나가노(長野)현 마쓰모토(松本)시에 처음 〈보통선거기성동맹회〉가 설립된 이래 1899년(M32) 10월 도쿄에 구 자유민권운동계의 자유주의자에 의해 同名의 단체가 설립되면서 실질적인 운동으로 전개되었다. 당초에는 사회주의자들도 이 운동에 참가하였지만 러일전쟁으로 인하여 이탈하게 되었고, 1902년(M35) 8월 중의원 선거에서 나카무라가 낙선함에 따라 도쿄에 본부를 둔 구 자유민권운동계를 중심으로 지속되었다. 1902년부터 러일전쟁기인 1904~1907을 제외한 1911년에 걸쳐 매년 보통선거법안을 국회에 제출하였는데, 1911년 하원에서 통과되었지만 귀족원에서 부결되면서 일시적으로 주춤해졌다. 2기는 〈제1차 세계대전〉 이후 재차 불어 닥친 세계적인 민주주의 운동의 여파와 함께 요시노 사쿠조의 민본주의 이론을 토대로 진행되었다. 1919년 2월 베르사이유 강화회의를 끝으로 전쟁이 종결되면서 정치권의 시선이 잠시 국내로 돌아오게 되자 민중들의 정치참여에 대한 열망이 이의 실현을 보다 시급한 과제로 여기고 있었던 학생, 노동자, 상공업자, 신중간계층의 주도로 곧바로 보선운동의 재개로 표출되었다.

23 吉野作造(1919)「デモクラシーに関する吾人野見解」「黎明講演集」第1卷 2緝, p.78

로 요약되는데, 이는 국민 각자의 생활이 충실해 질 수 있도록 하는 '社會的 要求'와 국가의 운명을 결정하는 국정의 운용에 참여할 수 있는 참정권을 인정하는 '純政治的 要求'는 국민국가에 있어 최소한의 요구라는 점에서 동시성을 지니고 있었다. 요시노의 이같은 이론에 힘입어 민중들의 언론과 집회, 결사의 자유에 대한 요구가 확산되어 갔으며, 이에 호응하여 보통선거운동도 재차 활기를 띠었다. 여기에 외교문제, 경제문제, 물가문제, 심지어는 행려병자 문제까지 거론하면서 참정을 요구한 아젠보의 「調査節」와 직접적으로 선거권을 요구하는 2곡의 「デモクラシー節」는 여기에 더욱 상승작용을 하였다.

1. 노동은 신성하다고 말은 하면서/ 왜 우리에겐 선거권을 안주나요? / 좋구나 좋아 민주주의여
2. 벼는 누가 베고 나무는 누가 하나요? / 왜 우리에겐 선거권을 안주나요? / 좋구나 좋아 민주주의여[24] 〈倉持愚禪 詞, 「デモクラシー節」, p.223〉

요즘 유행하는 민주주의는/ 요즘 유행하는 민주주의는
높은 단상에서 거드름피우며/ 입가에 거품 물고 허풍만 치는 것
그것이 학자의 밥줄이라네/ 웬말인가 민주주의가 밥줄이라니![25]

〈「デモクラシー節」, p.223〉

두 곡의 「デモクラシー節」 중 전자는 구라모치 구젠倉持愚禪의 것이고,

(崔相龍(1986) 앞의 논문, p.17에서 재인용)

24 一、労働神聖と口にはいへど / おらに選挙権をなぜくれぬ/ ヨーイヨーイ デモクラシー
二、稲は誰が刈る木は誰が樵る / おらに選挙権なぜくれぬ/ ヨーイヨーイ デモクラシー

25 近ごろはやりのデモクラシー / 近ごろはやりのデモクラシー/ 高い敎壇で反(そ)りかへり/ 口角泡をふきとばす/ それが學者の飯の種 / ナンダイ飯の種 デモクラシー

후자는 아젠보의 것이다. 구젠이 국가를 위해 노동하고 국가가 기획한 전쟁에 생명까지 담보하는 국민에게 정치인을 선택할 권리는 주지 않음을 대변하였다면, 아젠보는 말만 앞세워 민주주의를 팔아먹고 사는 작금의 지식인의 양태를 신랄하게 비판함으로써 지식층에게 행동하는 양심을 촉구하고 있음을 알 수 있다.

열화와도 같은 보통선거운동도 도쿄주식시장 폭락에 따른 공황, 무정부 조합주의의 침투에 이어 5月 제14회 중의원 의원 총선거에서 보통선거 반대를 주장한 하라 다카시原敬의 입헌정우회가 압승을 거두게 되면서 잠시 주춤해졌다. 그러나 관동대지진(1923.9) 이후의 정치권의 일방적인 행보는 또다시 거국적인 보통선거운동을 초래하였다. 여기에 민중들의 反戰 平和에 대한 열망도 고조되어 재차 육해군의 군비축소까지 쟁점화 하는 상황에까지 치달았다.

나날이 고조되어가는 민중운동의 열기에 정부는 마침내 의회정치를 받아들이게 되었고, 만25세 이상의 남자가 중의원 의원의 선거권을 갖게 되는 〈보통선거법〉이 의회를 통과(1925.3.29)하는 쾌거를 이루게 되었다. 연이어 〈치안경찰법〉제17조의 폐지(1926), 〈노동쟁의조정법〉의 제정(1926)으로 노동자·농민의 단결권과 쟁의권이 공인됨에 따라 노동자·농민 등 무산세력이 중앙 혹은 지방의회에 진출할 수 있게 되어 '노동력착취의 완화'와 '고액소작료의 경감'이 다소나마 실현되기에 이르렀다.

다이쇼 데모크라시의 정치적 성과를 거론하자면, 그 첫째는 보통선거법과 정당정치의 실현이며, 둘째는 군비축소에 따라 군국주의 세력이 현저하게 저하된 점, 그리고 셋째는 민중단체의 조직화에 의하여 결사의 자유가 확대된 점[26]으로 정리할 수 있겠다. 그러나 추밀원, 귀족원, 군부 등 의회정치를 제약하는 기관을 폐지 또는 축소로 이어가지 못했던 탓에 오히려 〈치안유지법〉이라는 커다란 멍에를 동시에 지게 되었다.

다이쇼 데모크라시가 요구한 정치적 자유는 이처럼 왜곡된 형태로 실현되었지만, 그 의의는 일본 민중운동사에 가장 큰 업적으로 기록되었다. 그러나 그것마저도 쇼와 군국주의 세력이 정권을 장악하면서 짧은 성과로 끝나고 말았다. 이러한 까닭인지 쇼와기에 들어 아젠보는 침묵하기 시작했다. 아젠보의 침묵은 화장장에서 망자의 시신을 처리하는 사람의 시각에서 세상의 모습을 묘사한 「隠亡の唄」(1925)에서부터 이미 예고된 듯하지만, 그러한 심정은 뒤이어 발표한 「金々節」(1925)에 적나라하게 드러나 있었다.

> 돈이다 돈 돈, 돈 돈 돈이다 / 돈이다 돈 돈 이세상은 돈이다
> 돈이다 돈이다 누가 뭐래도 / 돈이다 돈이다 황금만능세상 …… 하나님도 부처님도 스님도 돈이다. ……학자, 의원도, 정치도 돈이다/ 돈이다 팁이다 상여금도 돈이다 / 돈이다 커미션도 뇌물도 돈이다 / 부부사이 부자사이 갈라놓는 돈이다[27] 〈「金々節」, pp.297-298〉

아젠보 최후의 걸작으로 평가되는 「金々節」에서 아젠보는 당시 일본사회에 만연한 정치권을 둘러싼 성금운동과 돈의 힘에 너무도 집착하는 배금拜金사상을 신랄하게 비판하였다. 하나님도 부처님도, 학자도 의원도, 심지어는 부부와 부모자식 사이도 돈에 좌우되는, 돈의 노예

26 마쓰오 다카요시・金衡種 譯(1989) 「大正데모크라시와 戰後民主主義」 「서울대 東洋私學科論文集」 제13집, pp.284-285 참조

27 金だ金々　金々金だ/ 金だ金々　この世は金だ/ 金だよ　誰が何と言おうと/ 金だ金だよ　黄金万能/ … … / 神も仏も　坊主も金だ / … … / 學者、議員も、政治も金だ / 金だチップだ賞與も金だ/ 金だコンミッションも賄賂も金だ/ 夫婦親子の仲割く金だ

가 되어가는 세상을 마음껏 혐오하고 경멸하는 가운데 아젠보 자신은 서서히 염세주의에 빠져들고 있었다. 그러나 그의 염세주의가 결코 염인주의는 아니었던 것은 그의 생전에 줄곧 아내와 아들 도시미치添田知道에 대한 미안함과 애틋함을 표명하였던 것과, 또 그의 삶이 언제나 소외된 자들과 함께 하는 지극히 서민적인 인간애의 소유자였던 점에서 파악되는 부분이다.

엔카의 부흥기에 시작된 大正 데모크라시와 아젠보의 엔카는 상호 역학적 영향관계에서 동반성장 하였다가 쇼와기에 이르러 동반쇠락의 길로 접어들었다. 쇼와기 들어 아젠보가 엔카시로서의 모든 활동을 중단하고 침묵으로 일관하였던 것은 어쩌면 자신의 엔카가 시대감각에 뒤떨어진다는 일면도 있었겠지만, 그보다는 또다시 전쟁을 기획하며 군국성향으로 몰아가는 상황에서 자신의 본령을 지키기 위한 내적 필연성이 아니었을까 여겨진다. 그 때문에 차라리 은거생활과 순례여행[28] 또는 아내와 아들에 대한 회한(아젠보는 이를 '妻不孝' '子不孝'로 표현한다)과 『流生記』 집필로 여생을 보내지 않았나 싶은 것이다.

아젠보에 있어 인생의 황금기 30여년을 함께하였던 그의 엔카는 이처럼 大正 데모크라시와 긴밀하게 상호작용을 하는 가운데, 일본 민주주의 발전의 역사에 나름의 족적을 남겼다고 볼 수 있겠다.

28 「金々節」를 만들던 1925년 아젠보는 미식(米食)을 폐하고 솔잎(松葉)을 상식하는 자칭 '半仙生活'이라는 은거생활로 들어갔으며, 1931(S6)부터는 시코쿠 헨로(遍路), 주코쿠, 규슈 일대를 9년에 걸쳐 도보 순례하였다.

4. 맺음말

살펴본바 부국강병이란 기치아래 국민의 희생을 당연시했던 메이지 후기부터 다이쇼 전 기간에 걸친 사회상을 고스란히 담아낸 아젠보의 엔카와 다이쇼 데모크라시는 상호 역학적 영향관계의 구조에서 함께 발전하고 함께 쇠락하는 상호동시성을 보여주고 있었음이 파악되었다.

대중매체가 발달하지 않았던 시대에 '노래하는 언론인'으로서 아젠보는 민중들의 실상을 직접 취재하고 체감하였던 갖가지 사회상을 자신의 엔카演歌에 담아내었다. 그 과정에서 철저하게 '사설적인 것'은 배제하고 '사회적인 것'만을 추구하였던 것은 권모술수가 만연한 당시의 정치현실에 염증을 느꼈던 것도 하나의 이유였겠지만, 권력에 반대하는 것도 권력의 同流라는 것, 반권력을 부르짖는 정치운동단체 역시 권력지향자의 집단에 속해 있음을 깨달았던 아젠보의 '정치혐오政治嫌い'적 성향이 반영된 까닭으로 보인다.

아젠보의 엔카가 일회적인 웅변이나 연설보다 훨씬 우위에 있었던 까닭은 이같은 이유에 더하여 '歌'라는 유희적 형식에서 얻어지는 플러스적 측면도 간과할 수 없을 것이다. 그것이 대중가요로서 확산되어 민중들 사이에 수없이 반복 가창되는 과정에서 서로의 공감대를 형성하면서 자연스럽게 '사상ism의 생성'으로까지 연결되었음이 자명한 까닭이다. 이 모든 것이 기반이 되었던 다이쇼 데모크라시는 '정당정치의 확립과 〈보통선거법〉의 통과'를 이루었고, 국민의 인권확립을 위한 '결사의 자유 획득' 등등 만만치 않은 성과를 거두었다. 그럼에도 의회정치를 제약하는 기관에까지 미치지 못했던 탓에 〈치안유지법〉을 초래하였으며, 뒤이은 강력한 쇼와 군국주의 정권의 출현으로 그 성과가 길게 지속되지는 못했다. 그럼에도 아젠보의 엔카에 힘입은 민중들의 의지와 단결력으로 일궈낸 大正 데모크라시의 성과가 지대하다고 여겨지는 것은, 그 의의가 현재에 이르기까지 일본 민주정치의 기반이 되고 있다는 점에서일 것이다.

Ⅱ. 昭和期 演歌를 통해 본 근대의 사랑과 이별*

사희영

1. 엔카와 대중의 삶

문학, 도덕, 철학, 종교 등 여러 분야에서 가장 근본적인 관념의 하나로 꼽히는 것이 '사랑'이다. 사랑이란 동서고금을 막론하고 지식이나 재산의 유무와 상관없이 일반적으로 가장 많이 회자되는 주제일 것이다.

'사랑'이란 수천 년 동안 사라지지 않는 영원성을 가진 것으로 남자와 여자의 양성간 사랑을 말하는 것이 일반적이다. 동물보다 진화된 인간생활에서 육체적인 성욕작용보다 높은 차원으로 평가되는 사랑

* 이 글은 2014년 6월 한국일본어문학회 「日本語文學」(ISSN : 1226-0576) 제61집, pp.175-198에 실렸던 논문 「昭和期 演歌에 나타난 연애관 考察」을 수정 보완한 것임.

은 도덕적으로 신념적으로 혹은 예술적으로 중시되며 표현되어 왔다.

그 옛날부터 모든 사람들에게 존재해왔던 감정, 사랑은 현재를 살아가고 있는 우리도 예외가 될 수 없듯 살면서 횟수에 상관없이 사랑을 경험하게 되고, 사랑에 대해 수없이 고민하게 된다. 그러나 사랑에 대한 것은 그 누구도 정확히 정의내리기 힘들다. 왜냐하면 사랑에는 개인 간의 격차에 의해 다양한 양상이 존재하고, 객관적으로 그 실체를 증명할 수 있는 것이 아니기 때문이다. 그럼에도 수많은 화두를 불러일으키는 '사랑'은 우리의 일상생활과 밀접히 연관되어 있기에 매우 중요하다고 할 수 있을 것이다.

그동안 이루어진 '사랑'과 연관된 연구를 살펴보면, 여성적 관점에서 고학력 여성의 사랑과 이별을 중심으로 연구한 「남녀관계의 갈등과 단절의 경험을 통해 본 여성의 자아성찰과 정체성 변화에 관한 연구」[1]가 있으며, 가부장제의 변화와 연관하여 페미니즘의 대두와 사회학적 이론을 중심으로 전근대적 사랑에서 현대의 사랑까지를 언급한 「가부장제의 변화와 사랑의 형태에 관한 연구」[2]등이 있기도 하다. 유행가를 중심으로 그 속에 나타난 '사랑'을 연구한 논문으로는 「한국 대중음악 속에 나타난 사랑의 커뮤니케이션에 관한 연구」[3]가 있다. 이 논문은 1960년대 이후의 애창곡을 중심으로 사랑의 유형과 변화 및 표현방식 그리고 가사에 나타난 인칭과 존대법의 변화 등 가사에 주안점을 두고 분석하고 있다. 이외에도 작가의 특정된 작품이나 작곡가의 연가곡 등을 중심으로 사랑의 감정들을 도출해 내는 등 다양한 접근의 연

1 고재순(2009) 「남녀관계의 갈등과 단절의 경험을 통해 본 여성의 자아성찰과 정체성 변화에 관한 연구」, 한양대 박사논문
2 곽인호(2001) 「가부장제의 변화와 사랑의 형태에 관한 연구」, 고려대 석사논문
3 조대원(2001) 「한국 대중음악 속에 나타난 사랑의 커뮤니케이션에 관한 연구」, 연세대 석사논문

구들이 이뤄져있다.

그러나 지금까지의 연구는 소설 작품이나 서양악곡 혹은 한국민요 및 한국 대중가요에 나타난 '사랑'의 개념을 분석하는데 국한되어 있을 뿐 일본 대중음악인 엔카와 관련한 연구는 거의 전무하다. 일본의 대중음악 엔카는 근대 이후 변화되어가는 일본사회와 정서를 가장 잘 반영하고 있을 뿐만 아니라, 근대 일본인들의 정서적 감정 수용 및 변화 실태를 파악할 수 있는 좋은 자료이기에 이와 연관한 연구는 반드시 필요한 것이라고 생각되어진다. 특히 엔카의 내용들은 서민들의 '사랑'과 '이별'을 포함하고 있어, 근대 일본인의 정서를 이해하는데 많은 도움이 될 수 있으리라 사료되는 바이다.

따라서 본고에서는 1925년부터 1980년대까지의 엔카 가사를 분석하여 엔카에 나타난 근대일본인의 이성간 사랑의 양상을 살펴봄으로써 일본인의 연애 인식을 고찰하여 보고자 한다. 텍스트는 현재 일본에서 발간되어 있는 엔카모음집 중에서 많은 곡이 수록되어 있을 뿐만 아니라 메이지시대부터 발매된 엔카 중 히트곡들을 집대성한 『일본엔카대전집日本演歌大全集』[4]을 사용함으로써 대중에게 가장 알려진 최대한의 엔카를 범위 안에 넣도록 하겠다.

2. '사랑'과 '이별'의 엔카

문화적인 관점에서 대중음악은 당대의 사회적, 정치적, 개인적 모습이 가장 가시적이고 직접적으로 드러나는 분야라고 할 수 있다. 그것

4 永岡書店 編(1980)『日本演歌大全集』, 永岡書店

은 대중과 밀착되어 대중의 삶의 모습을 필사한 것이고, 또 대중사이에서 즐겨 불리는 세속적인 일상의 노래이며 그것들이 다시 반향 되어 대중들의 삶에 영향을 끼치기 때문이다. 대중음악은 고급문화이냐 저급문화이냐를 떠나서 대중들의 생활에 큰 영향을 주는 것만큼은 부인할 수 없을 것이다.

일본 대중음악의 흐름을 살펴보면 근대 서양음악 도입으로 초기에는 교육계를 중심으로 학교 창가唱歌가 유행하였던 것과 연관하여 일본의 대중음악의 한 형태로 나타난 것이 엔카演歌이다. 초기에는 엔제츠카演説歌라는 명칭으로 자유민권운동의 도구로 사용되었으나, 이후 소시엔카壮士演歌로 발전하게 되었고, 엔카시演歌師에 의해 음악적요소가 덧붙여져 노래로 불려지면서 엔카라는 이름으로 정착되게 되었다. 이후 서양 음악의 도입과 대중 매체가 발전하면서 일본가요도 창가唱歌를 비롯해 다양한 음악들이 나타나게 되는데, 그중 레코드가 발매되면서 상업적으로 유행하는 노래를 만들기 시작하는데 이것이 엔카로 자리 잡게 되었다.

이러한 엔카의 가사에는 대중이 모여 사회를 구성하고 살아가는 공간속의 대중문화 즉 대중들의 만남, 이별, 절망 등의 개인감정을 표출함은 물론 당대의 사회적 현실의 단면들을 담아내고 있다. 따라서 이 장에서는 가사의 분석[5]을 통해 시대별 대중들의 관심사를 분석하고 사회적 분위기를 읽어보려 한다.

엔카는 대중들과 익숙한 주제들로 부부의 사랑을 비롯한 남녀의 만남과 사랑, 사랑의 배신으로 인한 아픔과 이별, 그리움, 유랑하는 삶과

5 대중가요 연구에서 양식을 변별하는 요건들로 가사에서 소재, 주제, 즐겨 쓰는 수사법과 어조, 즐겨 쓰는 표현법이나 시어, 시상을 전개하는 방법 등으로 나누고 있다. (이영미(2006)『한국대중가요사』민속원, p.39 참조)

인생 등 다양한 주제들로 나눌 수 있다.[6]

앞에 언급한 텍스트를 중심으로 사랑, 이별, 그리움을 비롯한 다양한 주제들로 그 양상을 구분하여 본 것이 〈표 1〉이다.

〈표 1〉 시대별 엔카 주제 분류

구분＼년대	1925-29	1930-39	1940-49	1950-59	1960-69	1970-81	합계
사랑		12	24	145	156	204	541
그리움		10	19	80	116	122	347
이별		3	14	76	59	78	230
인물	1	13	17	70	67	26	194
인생	2	13	14	51	58	22	160
지명	1	15	12	54	38	22	142
출항	2	1	4	45	13	3	68
여행		1	4	44	12	7	68
자연		3	8	36	10	7	64
가족				19	10	12	41
청춘			2	4	7	8	21
희망				8	9	4	21
기타		7	9	5	3		24
합계	6	78	127	637	558	515	1,921

위의 도표를 살펴보면 '사랑'에 관한 곡들이 점점 많아지고 있는 것을 확인할 수 있다. 어느 나라의 대중음악이든 장르를 불문하고 가장 많이 사용된 주제가 '사랑'이듯, 일본의 엔카에서도 가장 높은 수치를

6 히트했던 곡들을 중심으로 夫婦物(村田英雄「夫婦春秋」, 三笠優子「夫婦舟」, 川中美幸「二輪草」), 母物(菊池章子,二葉百合子「岸壁の母」, 金田たつえ「花街の母」), 家族物(鳥羽一郎「兄弟船」, 芦屋雁之助「娘よ」), 人生物、氣像物(村田英雄「人生劇場」, 中村美律子「河内おとこ節」), 流浪,投機物(ディック・ミネ「旅姿三人男」, 橋幸夫「潮来笠」), 俠客物(北島三郎「兄弟仁義」, 高倉健「唐獅子牡丹」), 人情物(三波春夫「俵星玄蕃」), 드라마物(山口瑠美「山内一豊と妻千代」), 望郷物(北島三郎「帰ろかな」, 千昌夫「北国の春」) 등을 들 수 있다.

점유하고 있는 것은 '사랑'이다. 1930년대부터 나타나기 시작한 이 주제는 1950년대에는 6배나 증가한 26%를 점유하고 있다. 전체 곡수가 1.6배 증가한 상태에서 이러한 수치 변화는 '사랑'에 관한 높은 관심을 나타낸다고 할 수 있다. 이 시기에는 남녀공학과 더불어 맞선결혼이 크게 줄어들고 결혼가치관이 변화되던 시기로, 근대초기에 주장된 자유연애가 1950년대에 들어서야 일반화되어 정착된 것과 연관이 있다. 이후 엔카의 유행곡이 줄어들고 있으나 그 가운데에서도 '사랑'에 관한 곡은 꾸준히 증가되어 전체 유행곡의 28.2%인 541곡으로 가장 높은 점유율을 나타내고 있다.

다음으로 높은 수치를 나타내는 주제는 '이별'과 '그리움'이다. 그러나 이 또한 사랑으로 인한 이별과 그로 인해 고뇌하면서도 잊지 못하고 그리워하는 내용들의 곡들이다. '사랑'의 수치에 따라 더불어 변화를 나타내며 증가하여 각각 230곡(11.9%), 347곡(18%)을 차지하고 있다.

'인물'의 경우는 역사나 영화에 등장하는 인물을 노래한 것과 특정 직업의 인물을 노래한 것들로 나뉘며 총 194곡(10.1%)을 나타내고 있다. 역사적 인물로는 에도시대 말기 덴포天保 대기근 때 농민을 구제해 준 협객으로 알려진 구니사다 추지国定忠治[7], 아코赤穂 무사 47중의 한명인 에모시치衛門七[8], 샤미센 반주에 이야기를 들려주는 로쿄쿠시浪曲師 도추켄 쿠모에몬桃中軒雲右衛門[9] 등이 있으며, 영화에 등장하는 주인공 협객

7 구니사다 추지(国定忠治, 1810-1851.1) : 에도시대 협객으로 출생지는 가미쓰케노쿠니(上野国, 현재 군마현)으로 본명은 (長岡忠次郎)이다. 후에 도박패가 되어 조슈(上州)에서 신슈(信州) 일대에서 활동하였으며, 도적패로서 일대를 지배하였다. 영화나 연극의 제재로 많이 사용되는 인물이다.

8 에모시치(衛門七, 1686-1703.3) : 본명은 야토 노리카네(矢頭教兼)로 에도시대 전기의 무사이다. 아코(赤穂) 47명의 무사중 한명으로 두 번째로 나이어린 18살의 무사로 사건 후 할복으로 생을 마감하였다.

9 도추켄 구모에몬(桃中軒雲右衛門, 1873-1916.11) : 본명은 오카모토 미네키치(岡本峰吉)로 알려져 있다. 군마현(群馬県)다카사키시(高崎市)출신으로 처음에는

구쓰카케 도키지로沓掛時次郎를 노래한 것 등이 있다.[10] 이외에도 아르바이트 학생, 샌드위치맨, 낫도 파는 소년, 도쿄의 버스안내양, 고지마에서 근무하는 순경 등 특정인물을 노래하는 곡들이 있다. 엔카에 나타난 등장 인물은 어떠한 사상성을 내포한 영웅적 인물이라기보다 삶속에서 쉽게 접할 수 있는 의리의 사나이나 예능에 힘쓰는 인물 혹은 특정된 업종에 종사하는 생활인을 노래하고 있음이 파악된다. 다섯 번째로 높은 수치를 보인 '인생'은 삶을 살아가는 모습들을 그린 노래들이다. 자신의 초라한 운명을 생각하며 괴로워 방황하는 모습을 그리거나, 지진이나 화재가 발생했을 때 도움을 받을 수 있는 이웃에 대해 묘사하고 있기도 하다. 또 마쓰리를 좋아하는 간다 태생 아저씨와 아사쿠사 출생의 아줌마가 축제에 참여했다가, 아저씨 집은 불타고 아주머니는 비상금을 잃어버린 일을 코믹하게 노래하고 있기도 하다. '인생'은 1960년대에 58곡으로 가장 높은 수치를 보이지만 이후 1970년대에는 현저히 감소하고 있다. 일본 엔카에서는 삶에 대한 고뇌나 생활모습은 곡의 소재로서 그다지 많이 사용되고 있지 않음을 알 수 있다.

'지명'은 쇼와시대 전반에 걸쳐 사랑, 이별, 눈물, 미련, 원망 등을 테마로 한 노래들에 배경으로 사용됨으로써 가장 많은 가사에 등장하고 있다.[11] 그중 지명만을 묘사한 곡을 살펴보면 142곡(7.4%)이 차지하고

요시카와 고쓰나(吉川小繁)라는 이름을 사용하였으나, 추쿄부시(中京節)의 스승인 三河家梅車과 흥행을 같이 하다가 스승의 부인과 사랑에 빠져 그대로 사랑의 도피를 하여 이름을 도추켄 구모에몬으로 바꾸고 교토와 규슈에서 수행을 계속하였다. 간토부시(関東節)를 더해 개량 나니와부시(浪花節)를 마음대로 사용하게되어 나니와부시 중흥의 선조이자 간토부시의 선조로서 로쿄쿠 사상 위대한 업적을 남겼다.

10 1930년대는 협객을 노래한 곡들이 크게 유행하였는데, 일부연구가들은 전시에 자유를 빼긴 국민들이 납득이 할 수 있는 이론을 구축할 필요가 있을 때 심리적 전회로서 사용된 대상이 '협객'이었고 이러한 분위기가 '성전(聖戦)'으로 연결되었다고 주장하기도 한다.

11 쇼와기에 만들어져 히트된 노래 중 지명을 중심으로 노래한 것은 약 400/1969여

있으며, 1950년대에 54곡으로 가장 많이 증가했다가 점차 감소하고 있다. 도쿄 소고 백화점을 홍보하기 위한 '유라쿠초有楽町', 군마현群馬県의 지역송으로 군마현의 온천을 홍보하기 위해 '구사쓰온천草津温泉'을 비롯한 여러 지역의 온천도시, 항구도시를 홍보하기 위한 '나가사키長崎' 등이 포함되어 있다. 이외에도 상해, 만주, 미국, 그리스 등의 지명을 등장시키며 그곳의 풍경들을 묘사하고 있다. '지명'에 해당된 곡들은 지명을 알리기 위한 노래로 제작된 노래가 지역SONG으로서 미디어를 통해 알려져 히트하거나, 정책적으로 공모 혹은 특정된 목적아래 만들어진 노래도 있다.

'출항'과 '여행'은 비슷한 추이를 나타내는 주제들로 1950년대에 10배에 가까운 증가폭을 보이고 있다. 이는 1950년대와 60년의 고도 성장기에 지방에서 도쿄나 오사카 등지로 혹은 본토에서 삿포로로 발령받아 이뤄진 인구이동과 연관 있는 것으로 추정된다. 생계를 위한 물고기를 잡기위해 출항한 후의 배에서의 외로운 선원생활 혹은 타지방으로 이동하기 위한 출항을 묘사한 곡들이 있으며, 사랑하는 연인과 이별하고 떠나는 여행, 학업을 위해 혹은 사랑하는 사람을 찾아 고향을 떠나는 모습들을 담고 있다.

이외에도 '자연'을 다룬 주제는 64곡(3.3%)으로, 다른 동물은 등장하지 않고 말을 소재로 하여 말을 사육하는 모습이나 초록 목장의 풍경, 여름날 마쓰리 풍경 등을 그려내고 있다. '가족'을 노래한 엔카는 41곡(2.1%)으로, 어머니에게 도쿄에 놀러오라며 안부를 전하거나 어머니를 그리워하는 내용을 서간체 형식을 빌려 담고 있고, 시집간 누

곡이다. 이를 시기별로 구분해보면 1930년대에 발표된 노래가 37곡, 1940년대 32곡, 1950년대 100곡, 1960년대 133곡, 1970년대 64곡 등이다. 가사에 등장하는 지명은 국내지명 357곡을 비롯해 국외지명 43곡도 등장하고 있다.

나를 추억하는 등 가족이 함께했던 시간들을 회상하는 내용을 담고 있다. 가족애를 담은 엔카는 소수에 그친 것을 확인할 수 있다. '청춘'을 주제로 한 곡은 21곡(1%)으로 소수이지만 사이클링과 등반을 하는 모습을 예찬하고 있다. '희망'은 21곡(1%)으로 내일에 대한 희망을 노래하고 있다.

기타에 해당하는 곡들은 1940년대까지는 전시하와 관련 있는 곡들로 야스쿠니 신사에 신으로 모셔진 아들에 관한 내용이나 전쟁에 참가한 군인의 모습 혹은 후방 부인으로서의 역할과 대륙 개척의 모습 등 전시하 정책과 연관된 여러 가지 곡들이 여기에 해당된다.

그렇다면 엔카 주제로 가장 많이 사용된 이성간의 사랑의 대상은 어떠했는지 또 그 배경이 된 곳은 어디인지를 보다 구체적으로 살펴보기로 하자.

2.1 엔카에 나타난 사랑의 대상

앞서 살펴보았듯이 엔카에서 가장 많이 나타나는 소재는 '사랑'이다. 사랑은 어떤 상대를 애틋하게 그리워하고 열렬히 좋아하는 마음을 말하는 것으로 인간의 본능이며 반드시 그 대상이 존재한다. 물론 남자는 여자를 여자는 남자를 대상으로 하고 있지만, 거기에서 더 나아가 남자의 사랑의 대상이었던 여성은 어떤 부류의 여성이었으며 가사에서 어떻게 표현되고 있는지, 또 여자의 사랑의 대상인 남자는 어떤 부류의 남성들이 차지하고 있으며 어떻게 표현되고 있는지를 살펴보기로 하자.

남자의 사랑의 대상이 된 여성을 먼저 살펴보면 아내, 게이샤芸者, 무희, 술집의 마마, 처녀 뱃사공, 일반인 등으로 나타난다.

먼저 부부의 인연을 노래한 「아내사랑 신나이妻恋新内[12]」(1954)는 협객으로서 살아가는 자신에게 맞춰 생활하는 아내를 노래하고 있으며, 「부부 춘추夫婦春秋」(1967)에서는 어려웠을 때 함께 고생한 아내를 그 대상으로 삼고 있다. 한편 「부부 좋구나夫婦善哉」(1960)는 제목에서 '부부'라고 언급되어 있지만 실제는 내연의 부부관계로 있는 게이샤가 그 대상이다.

게이샤를 대상으로 하고 있는 곡을 살펴보면, 손님과 게이샤의 장벽을 뛰어넘은 사랑을 노래한 「아타미에서 만나줘요熱海で逢ってね」(1964)가 있으며, 이외에도 「스미다가와すみだ川」(1937), 「게이샤 왈츠ゲイシャワルツ」(1952), 「게이샤 블루스ゲイシャブルース」(1953), 「온천 게이샤温泉芸者」(1964) 등이 게이샤의 사랑을 노래하고 있다.

무희와의 사랑을 노래한 곡은 이즈伊豆에서 만난 무희를 대상으로 한 「무희踊子」(1957)를 시작으로, 「무희 아가씨舞妓はん」(1963), 「달빛의 무희아가씨月の舞妓はん」(1965) 등이 있다. 특히 「마요이자카舞酔坂」(1978)에서는 무희에게 치근덕거리며 매달려 구애하는 남자의 모습을 그리고 있다.

술집의 마마나 여종업원과의 사랑을 노래한 곡으로는 「열세 번째 경사十三番末吉」(1971), 「그런 여자의 혼잣말そんな女のひとりごと」(1977), 「여자 점쟁이おんな占い」(1970)와 같은 곡들이 있다. 노는데 익숙한 남자와 마마의 관계를 우회적으로 묘사하고 있다.

처녀 뱃사공과의 사랑을 노래한 엔카는 「뱃사공 귀여워라船頭可愛や」(1935), 「처녀 뱃사공娘船頭さん」(1955), 「이타코 배潮来舟」(1955), 「처녀 뱃사공 노래おんな船頭唄」(1955), 「이타코 사랑노래潮来恋唄」(1958) 등이 있는

12 신나이(新内): 신나이부시(新内節)라고도 한다. 쓰루가 신나이(鶴賀新内)가 시작한 조루리(浄瑠璃)로 무대보다 화류계에서 발전한 것으로, 애조 있는 선율에 슬픈 여성의 인생을 노래하여 유곽여성에게 큰 인기를 끌었다.

데, 처녀 뱃사공의 씩씩하면서도 귀여운 모습을 담아내고 있다. 또 호스티스 바보라고 놀림을 받으면서도 사랑하고 또다시 버림받는 호스티스를 노래한 「밤의 모정夜の慕情」(1969)이 있으며, 이외에도 섬처녀, 술집의 종업원, 룸바처녀 등 다양한 여성이 등장한다.

그 외 일반여성의 경우는 꽃에 비유하고 있기도 하다. 비유되는 꽃의 종류를 살펴보면 상대여성의 향기를 백란에 비유한 「백란의 노래白蘭の歌」(1939), 귀여운 처녀를 사과 꽃에 비유한 「사과나무의 노래リンゴの歌」(1946), 불타오르는 사랑의 마음을 장미꽃에 비유한 「남쪽 장미南の薔薇」(1948)가 있다. 또 섬처녀가 사랑에 수줍어 설레는 모습을 동백꽃에 비유한 「아가씨 귀여워라アンコ可愛いや」(1949), 사랑에 불타고 시들어지는 것을 리라꽃에 비유한 「리라꽃 필 무렵リラの花咲く頃」(1951)이 있으며, 가시가 있는 붉은 엉겅퀴꽃에 비유한 「붉은 엉겅퀴의 노래紅あざみの歌」(1955) 그리고 작살나무 꽃에 비유한 「작살나무むらさき式部」(1977) 등이 있다. 이러한 비유는 관습적인 사랑의 은유에 그치고 있으며, 일본을 대표하는 벚꽃에 비유되지 않은 것은 벚꽃에 이미 굳어져 있는 병사의 이미지와 겹치기 때문으로 여겨진다.

한편 여자의 사랑의 대상이 된 남성의 경우 제일 많이 등장하는 부류는 무사, 협객, 마도로스이며, 탄광부를 비롯한 그 외 남성들도 등장한다.

무사를 노래한 곡으로는 「일본 무사侍ニッポン」(1931)의 경우 내일 일을 알 수 없는 무사의 신분으로 사랑을 택할 것인지에 대해 고뇌하는 모습을 담고 있다. 또 「신부의 거울新妻鏡」(1945)은 떠돌이 무사의 사랑을 노래하고 있다.

선원과의 사랑을 노래한 곡은 초기 엔카의 대다수를 차지하고 있다. 바다로 둘러싸인 환경 탓인지 일본의 항구들을 배경으로 선원이 그 대

상으로 상당수 출현하고 있다. 사랑하는 선원과의 이별을 아쉬워하는 「이별의 블루스別れのブルース」(1937)를 시작으로, 출항하며 세 달만 기다려달라고 노래한 「바다의 남자니까海の男さ」(1954) 그리고 「이별의 배別れ船」(1940), 「비내리는 네덜란드 언덕雨のオランダ坂」(1947), 「이별의 출항別れ出船」(1948), 「항구의 사랑노래港の恋唄」(1949), 「당신은 오늘 배로 돌아옵니다あなたは船で今日帰る」(1955) 등 선원과의 사랑을 노래한 곡이 다수 존재한다. 한편 아라비아 항로를 배경으로 일본여성이 아닌 이란여인을 사랑의 대상으로 선정하여 유조선의 선원과의 사랑을 담은 「유조선 남자タンカーの男」(1957)라는 곡도 상당히 흥미롭다.

탄광부를 대상으로 한 엔카로는 달빛 비추는 탄광에서 당신 팔에 안겨 살고 싶다고 재물보다는 사랑하는 사람을 선택하겠다는 내용을 노래한 「탄광선율炭坑節」(1948)이 있다.

한편 1966년 발표된 「거기는 파란 하늘이었다そこは青い空だった」에서는 사랑의 대상으로 파란양복을 입고 파란색 캡을 쓴 기장을 표현하고 있기도 하다.

이외에 대상이 된 남자를 비유한 표현으로는 무엇인가를 붙잡으면 놓지 않는 발판상어에 비유한 「발판상어의 노래小判鮫の唄」(1948)가 있다. 또 사랑을 한 후 쉽게 떠나는 남자들의 특성을 바람 따라 떠돌아다니는 철새에 비유한 「그러니까 오늘밤은 취하게 해줘요だから今夜は酔わせてネ」(1952) 와 「뒤 따르는 샤미센後追い三味線」(1953) 등이 있다. 또 여자는 꽃으로, 남자는 나비에 비유하며 짧은 사랑을 노래한 「꽃과 나비花と蝶」(1968)가 있으며, 「밤의 방문자夜の訪問者」(1975)에서는 향기로운 밤에 찾아오는 '밤의 방문자'로 표현하고 있기도 하다. 여자와 남자를 비유하는 대부분이 꽃과 나비로 대변되는 것과는 달리 일본 엔카에서는 다양한 표현들이 사용되고 있음을 확인할 수 있다.

여자의 사랑의 대상이 된 남성을 살펴보면 여성의 경우보다 다양하게 나타나지 않음을 알 수 있다. 이는 엔카 창작을 담당했던 주체가 남성이었기에 남성의 시선에서 보여진 여성에게 초점을 맞춘 때문이라 여겨진다.

2.2 사랑과 이별의 배경공간

일반적으로 사랑을 나누는데 특별한 장소는 필요치 않다. 그러나 서양인들이 사랑의 장소를 연상할 때 뜨거운 태양아래 사랑을 불태울 수 있는 야자수 우거진 푸켓과 같은 장소를 상상하게 되고, 한국인의 사랑의 장소는 드라마에 나온 유명한 장소 춘천이나 남원을 언급하게 될 것이다. 그렇다면 대중음악에 그려진 사랑과 이별의 장소는 어디일까? 클래식과 달리 대중음악은 리듬과 선율 특히 설득력 있는 가사로 대중에게 인기를 얻기 때문에 작사가들은 보다 심혈을 기울일 수밖에 없을 것이다.

한국의 트롯곡인 문희옥의 「사랑의 거리」는 노래가사에 '사랑의 거리'를 '영동'으로 설정해 음악언어가 가진 퇴폐성으로서 지적된 것을 본 적이 있다.[13] "여기는 남서울 영동 사랑의 거리/ 사계절 모두 봄봄봄 웃음꽃이 피니까/ 외롭거나 쓸쓸할 때는 누구라도 한번쯤은 찾아오세요" 라는 가사의 지명인 영동은 서울의 홍등가이기 때문에 대중들의 음악 가사로 담는 것은 생각해 보아야 한다는 것이다. 어쨌든 우리나라 대중음악에도 '사랑'의 장소하면 서울 광화문이나 명동을, 또 '이별'을 생각하면 인천항과 부산항을 비롯해 부산정거장을 상상하는 것은 그리 어려운 일이 아닐 것이다. 그리고 이제는 싸이의 「강남스타일」 덕분에 사랑의 또 다른 장소로 강남이 떠오르게 될 것이다.

13 손태룡(2006) 『음악이란 무엇인가』 영남대학교 출판부 pp.18-19

그러면 일본 엔카에 나타난 사랑과 이별의 공간은 어떠할까? 엔카에 배경공간을 살펴보면 빈도수가 가장 높은 장소는 부두나 항구를 비롯한 바닷가이며, 지명으로 제시된 특정지역, 온천장, 역, 공항, 뒷골목거리 등의 순으로 나타났다.

엔카에 나타난 이별의 공간 대부분은 바닷가이다. 항구에서의 만남과 헤어짐을 노래한 「항구가 보이는 언덕港が見える丘」(1947)을 비롯해, 내일이면 헤어지게 될 아쉬운 연인들의 모습을 그리고 있는 「이별의 선착장別れの波止場」(1957)의 배경에도 선착장이 배치되어 있다. 한편 바닷가가 이별의 장소로만 사용된 것이 아니었다. 「붉은 선착장赤い波止場」(1958)에서는 사랑을 나누는 장소로도 표현되어 있으며, 「순애의 하얀 모래純愛の白い砂」(1963)에서는 모래위에서 격정적 사랑을 나누는 묘사를 담고 있기도 하다. 항구는 이별의 공간이기도 하지만 만남과 사랑이 담긴 추억의 공간으로서도 그려져 있음을 확인할 수 있었다.

엔카 가사에 가장 많이 나타나는 것은 지명인데 사랑과 이별의 배경공간으로 특정지역의 지명이 출현하고 있다. 가장 많이 등장하는 지명은 「도쿄 야곡東京夜曲」(1950) 등에서 보이는 도쿄로, 사랑에 버림받고 슬퍼하는 내용이나 이별 그리고 번화한 도쿄에서의 꿈과 만남을 노래하고 있으며, 「신도쿄 노래新東京小唄」(1962)에서는 도쿄타워와 비 내리는 신주쿠 그리고 아카사카 등을 사랑의 거리로 제시하고 있기도 하다. 이외에도 「교토 고베 긴자京都神戸銀座」(1969)에서는 화려한 도시 불빛이 반짝이는 연인과의 만남의 장소로 교토, 고베, 긴자를 그 배경공간으로 들고 있다면, 「밤의 블루스夜のブルース」(1970)에서는 요코하마, 고베, 나가사키를 이별과 사랑의 쓸쓸함이 존재하는 눈물의 공간으로 한 대비적 설정이 눈에 띈다.

일본은 화산이 많아 온천이 많은 곳으로 일본인의 생활과 매우 밀착

된 장소이다. 온천이 엔카 가사에 많이 등장한 것은 어쩌면 당연한 것인지도 모르겠다. 온천장을 배경으로 하고 있는 곡을 살펴보면, 온천에서의 하룻밤 사랑을 노래한 「온천 마을이야기湯の町物語」(1951)가 있다. 일상에서 탈피하여 찾은 온천장이 일회성 사랑과 이별의 배경장소가 된 것을 확인할 수 있다.

다음으로 「발차 3분전発車三分前」(1958)과 같이 생활주변 공간인 역 플랫폼을 소재로 한 곡들도 나타나는데, 플랫폼은 만남과 이별이 상존하는 공간으로 인지하기 쉬운데, 역 소재의 엔카를 살펴보면 모두 사랑하는 연인과의 이별을 노래하고 있는 것을 볼 때 일본의 엔카에 나타난 열차의 이미지는 이별의 이미지가 강한 것을 파악할 수 있었다. 「나리타 출발 7시 50분成田発７時50分」(1957)도 공항을 배경으로 하고 있지만 역의 플랫폼처럼 이별의 공간만으로 사용된 것을 확인할 수 있다. 쇼와 초기까지만 해도 엔카의 이별 공간으로 공항이 등장하지 않았지만 쇼와 후기로 갈수록 헤어짐의 배경공간을 공항으로 설정한 곡이 증가하고 있다. 이는 타국으로의 여행이 가능해지면서 비행기를 이용하는 사람이 많아진 것과 연관 있는 것이다. 그러나 해외라는 곳이 짧은 기간 쉽게 다녀올 수 있었던 시기가 아니므로 공항에서의 이별은 장기간의 헤어짐을 암시하는 것이라고 할 수 있다. 우리의 생활반경에 있는 익숙한 뒷골목 거리도 사랑과 이별의 배경장소로 제시하고 있기도 하다. 엔카에 사용된 뒷골목은 어둡지만 사랑을 시작하거나 현재 사랑을 하고 있는 연인들의 밝은 모습을 담아내고 있었다.

위의 범주에 속하지 않는 배경의 곡으로 「댄스파티의 밤ダンスパーティーの夜」(1950)에서는 사랑이 피어나는 장소로 댄스파티장을, 「밤의 초대夜の招待」(1960)와 「그런 유코에게 반했습니다そんな夕子にほれました」(1974)에서는 사랑하는 두 사람의 만남의 장소로 나이트클럽을 설정하고 있다. 한편 「북쪽 호텔北ホテル」(1975)에서는 사람 눈을 피해 사랑을 나누는 장소로 호텔을 설정하고 있다.

보통 "사랑은 여행"으로 개념화하여 은유[14]되어 진다. 그 이유는 사랑하는 사람은 동반자로, 사랑의 진전은 여행의 거리, 두 사람 관계의 끝은 목적지에 빗대어 비유되어지기 때문이다. 앞에 언급된 공간적 특성들이 여행과 연관 있는 항구 또는 역 플랫폼 혹은 공항이 배치된 것이나 또는 여행의 목적지가 될 수 있는 온천장이나 특정지역으로 나타난 것은 사랑을 여행에 빗댄 우리의 사고방식과 무관하다고 할 수 없을 것이다. 이러한 사랑과 이별의 배경이 되는 다양한 공간들은 쇼와 후기로 갈수록 만남과 헤어짐 그리고 그에 수반되는 사건의 서사적 표현에 포인트를 맞추고 표현됨에 따라 배경이 되는 장소의 설정은 줄어들고 있음도 알 수 있다.

3. 근대 일본인의 이성간 사랑과 이별

이성간의 사랑의 정의를 살펴보면 "사랑은 한 영혼이 다른 영혼을 향해 나아가는 구심력이며, 그 힘은 지속적인 흐름 속에서 유지되면서 가공할 힘을 분출한다. 그리고 궁극적으로 그 대상과 하나가 되면서 그 존재를 인정하는 것이다."라고 팬더는 정의하고 있다. 그리고 이러한 남녀가 합법적으로 그 관계를 인정받는 것을 결혼이라고 한다.

남녀가 정식으로 부부 관계를 맺는 일본의 결혼제도를 보면 헤이안平安시대에는 사위를 맞는 형태인 '무코이리콘婿入婚'이 보통이었으나,

14 최희순(2005) 「인간의 정서 은유에 관한 연구」 전북대 석사논문, pp.24-25

가마쿠라시대 이후에는 신부를 맞아들이는 '요메이리콘嫁入婚'으로 변화하면서 결혼상대를 결정할 때 결혼당사자의 의사보다 집안이나 신분을 중요시 여기게 되었다. 이후 에도시대를 거쳐 메이지 시대에 이르면 부모가 결혼상대를 결정하여 선을 보는 '오미아이겟콘お見合い結婚'이 일반적으로 성행하였다. 그러나 남성에게 결혼은 결혼 후 자유로운 연애를 금지하는 것이 아니어서 배우자 이외의 애인을 갖기도 하였다. 사회적으로도 기혼남이 미혼여성과 교제하는 것은 관용적이었지만, 기혼녀가 애인을 갖는 것은 법률상 금지되어 있었다. 다이쇼기에 들어와 엘리트 계급층이 중심이 된 낭만주의 영향으로 연애결혼이 이상적이라는 의식이 확대되어져 갔다. 그리고 종전 후에는 배우자를 찾아 결혼이 급증하였고, 1959년에는 황태자와 평민출신의 미치코美智子의 결혼에 의해 연애결혼에 대해 동경을 품는 사람들이 점점 많아졌다. 이러한 변화를 잘 보여주는 것이 아래의 〈표 2〉이다

〈표 2〉 연애결혼과 맞선의 변화표[15]

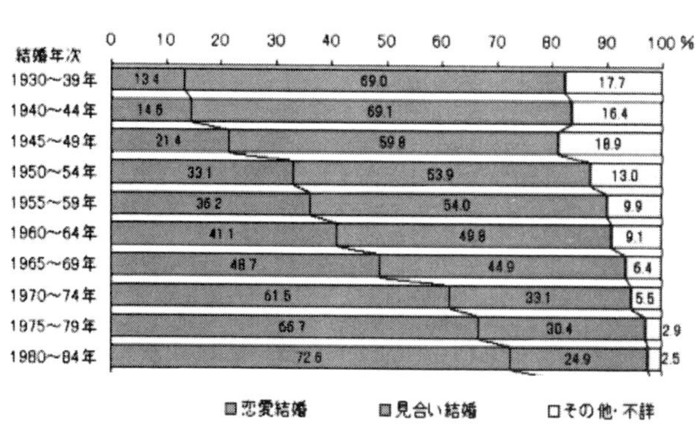

15 http://blog.livedoor.jp/iiotokoiionna/archives/51978160.html (검색일 : 2013. 9. 25)

위의 표를 살펴보면 1950년대 전반에 맞선결혼이 감소하였고, 1960년대에는 맞선결혼과 연애결혼의 비율이 반전되었으며, 1970년대 전반 연애결혼이 상승된 것을 확인할 수 있다. 고도성장기 이후 연애는 남녀 모두가 자유롭게 할 수 있고, 해야 하는 것이라는 사고가 대중에게 확대됨에 따라 연애결혼도 일반화 되었다. 그리고 이러한 당대 사회분위기가 엔카 가사에 포함되어 이성간의 만남과 사랑 혹은 이별과 같은 주제로 표출되었다고 할 수 있다.

3.1 엔카에 담겨진 사랑의 양상

메이지 초기 사랑은 위험한 것이라는 의식들이 많았다. 그것은 근대 초기 연애에 대한 사회적 제약으로 인해 사랑의 도피행위를 하거나 동반자살을 한 사건들이 매스컴에 많이 보도되었기 때문이다. 그러나 연애에 대한 생각들이 점차 바뀌면서 남녀 간의 교제가 자연스럽게 되었고, 이러한 소재들을 영화나 대중음악을 통해 표출하게 되었다.

쇼와기 이성간의 사랑의 양상은 어떠했는지를 파악하기 위해 사랑을 노래한 엔카를 분류한 후 거기에 나타난 남녀의 사랑의 양상을 세분하여 도표로 나타내보면 〈표 3〉과 같다.

〈표 3〉 쇼와기 엔카에 나타난 남녀의 사랑의 양상[16]

구분/년대		1930-39	1940-49	1950-59	1960-69	1970-81	소계	합 계
첫사랑	남		3	4	5	2	14	
	녀	1		1	2	1	5	26
	기타		1	4	2		7	
짝사랑	남	1		2		1	4	
	녀				1	1	2	7
	기타	1					1	
금지된 사랑	남				2	1	3	
	녀				2	5	7	11
	기타					1	1	
육체적 사랑	남		1	9	4	2	16	
	녀		1	2	2	2	7	26
	기타		1	1		1	3	
영원한 사랑	남		3		1		4	
	녀				1		1	9
	기타	1		1	2		4	
일반적 사랑	남	5	10	103	101	71	290	
	녀	5	18	82	135	253	493	918
	기타	5	10	42	37	41	135	
합계		19	48	251	297	382	997	997

1920년대 후반 6곡에서는 사랑을 노래한 곡은 한곡도 존재하지 않았다. 1930년대에는 게이샤가 첫사랑을 만나 기뻐하며 설레는 모습을 담은 것이 1곡, 짝사랑을 노래한 것이 2곡, 영원한 사랑이 1곡 , 일반적인 사랑이 15곡이 있다.

목숨을 건 영원한 사랑을 노래한 것은 「천국에서 이루어질 사랑天国に結ぶ恋」(1932)이다. 이 세상에서 이루지 못한 사랑을 덧없어 하며 죽음을 각오하는 내용을 담고 있다.

16 사랑에 연관된 주제를 분류할 때 그 편차를 줄이기 위해 사랑으로 인한 이별이나 그리움의 항목도 이 도표에서는 함께 포함하여 분류하였다.

두 사람의 사랑은 깨끗했어요 / 하늘만은 알거예요
죽어서 편안한 천국에서 / 당신의 아내가 되겠어요
지금이에요 편안하게 잠들어갈 / 오월 잎이 무성한 사카타산
두 사람에게 속삭이는 것은 / 부드러운 파도의 자장가[17]

〈「天国に結ぶ恋」, p.456〉

이 곡은 1932년 5월에 발생한 사카타산坂田山 동반자살 사건을 모델로 한 곡으로, 기독교 기도모임에서 만나 알게 된 두 사람이 교제를 하게 된다. 그러나 여자 집안에서 반대하여 다른 집안으로 시집을 보내려고 하자 두 사람은 집을 나와 영원한 사랑을 맹세하고 염화수은을 마시고 자살 한 사건이었다. 도쿄아사히신문東京日日新聞은 이들의 사랑을 순결한 플라토닉 러브로 보도하였고, 이후 이를 제재로 하여 같은 해에 이 노래가 만들어 진 것이었다.

인텔리 여성은 물론 일반적인 여성들은 결혼해서 좋은 부인이 되고 아이를 출산하는 것이 당연하게 생각되던 시기였기에 일반적인 상황에서 벗어난 자유연애는 목숨을 걸어야 할 만큼 어렵고 힘든 시기였음을 반증하는 것이라 하겠다.

그런가하면 짝사랑을 노래한 「시모다 야곡下田夜曲」(1936)은 잊어버리려 애를 써도 잊혀지지 않는 짝사랑의 괴로운 마음을 남성화자의 입장에서 노래하고 있으며, 「파란 양복 입고青い背広で」(1937)는 멋지게 차려입고 나서보지만 "프랑스 인형"같은 순수한 그녀만 눈에 띄어 고백해야 할지 포기해야할지를 고민하는 마음을 표현하고 있다. 그 외에는

17 ふたりの恋は　清かった / 神様だけが　御存知よ
死んで楽しい天国で / あなたの妻になりますわ
いまぞ楽しく眠りゆく / 五月青葉の坂田山
愛の二人にささやくは / やさしき波の子守唄

사랑하는 사람의 모습을 떠올리거나 기다리는 내용, 혹은 돈이나 명성보다 사랑을 소중히 생각하는 남자의 순정 등을 묘사하고 있다.

1940년대 첫사랑을 노래한 곡은 4곡이었고, 육체적 사랑도 3곡이 등장하고 있으며 영원한 사랑도 3곡, 그리고 일반적인 사랑도 소폭으로 증가된 것으로 나타났다.

첫사랑을 노래한 곡으로는 「온천마을 엘레지湯の町エレジー」(1948)가 있다. 이 곡은 1948년에 레코딩되어 1년동안 40만매 정도가 판매되는 등 큰 인기를 얻어 1949년에는 신토보新東宝에서 제작된 영화 「온천마을 비가湯の町悲歌」의 주제가로도 사용되었고, 이후 온천마을을 소재로 한 곡들이 발매될 정도로 큰 히트를 쳤다. 내용을 살펴보면 첫사랑을 찾아 기타를 치며 밤거리를 헤매다 첫사랑이 온천마을의 부인이 되었다는 소문을 듣고 시집간 첫사랑의 여인을 찾아 온천에 간다는 내용을 담고 있다.

한편 육체적 사랑을 노래한 곡을 살펴보면 「일시적 사랑かりそめの恋」(1949)에서는 "누구에게 줄까 입술을誰にあげよか 唇を" 혹은 "어차피 팔린 신부인형どうせ売られた 花嫁人形"과 같이 자포자기한 마음으로 긴자의 밤에 나누는 잠깐의 육체적 사랑을 여성의 입장에서 노래하고 있다. 또 「이요만테의 밤熊祭の夜」(1949)에서는 아이누족의 '구마마쓰리熊祭'에서 소재를 가지고 온 곡이다. 하지만 이곡의 가사를 살펴보면 "뜨거운 입술을 나에게 맞춰요熱き唇我によせてよ"라거나, "불태우자 하룻밤을燃えろひと夜を", 혹은 "마을의 관습을 깨고 뜨거운 입김을 나에게 전해줘요部落の掟破り熱き吐息を我に与えよ"라고 노래하며 남성화자의 입장에서 축제의 밤을 맞아 육체적 사랑을 갈구하는 마음을 기원하고 있다.

또 늘 함께 하는 영원한 사랑을 노래한 곡은 「내 청춘에 후회는 없다わが青春に悔いなし」(1946)라는 곡으로 사랑에 목숨 건 영원한 사랑을 지향한 가사이다.

> 죽지 않을래? 당신과 함께라면 /붉은 태양을 뒤쫓아 가서
> 두 개의 생명을 하나로 하여 /사랑의 진실 하나만으로
> 아- 내 청춘에 후회는 없다[18] 〈「わが青春に悔いなし」, p.688〉

사랑하는 사람과 함께라면 뜨거운 눈물을 흘리며 울 수도 있고, 기다릴 수도 있다며 사랑에 목숨 거는 영원한 사랑을 지향한 가사라 하겠다. 이는 1930년대뿐만 아니라 1940년대도 사랑을 하기 위해서는 죽음까지 각오할 정도로 넘어야할 장애물이 산재해 있음을 내포한 가사라 하겠다.

이시기에 발표된 「오나쓰세이지로お夏清十郎」(1946)도 하리마 히메지에서 실제 일어난 사랑의 도피 사건을 소재로 한 엔카이다. 여관집 딸 오나쓰는 가게에서 일하는 남자종업원 세이지로와 사랑의 도피를 하지만 붙잡히고 만다. 세이지로는 딸을 유괴하고 가게 돈을 훔쳤다는 누명을 쓰고 참수 당하게 되었고, 오나쓰는 미쳐서 행방을 알 수 없게 되었다는 내용이다. 1662년의 사건이었지만, 가부키 상연작품으로 익숙해져있었을 뿐만 아니라 당시 자유연애로 고민하던 일본서민들에게 공감을 얻을 수 있는 소재였기에 엔카로 만들어져 큰 인기를 누리게 된 것이라고 할 수 있다.

한편 「사랑의 점괘恋占い」(1948)에서는 다양한 사랑의 양상을 노래하고 있어 흥미롭다.

18 死のうじゃないか　君と二人なら / 赤い夕陽を　おいかけて / 命ふたつを　ひとつに生きて / 愛の真実を　ひとすじに / ああ　わが青春に悔いはない

남자마음을 어지럽히는 / 귀여운 아가씨 눈물 점
키스정도라면 괜찮지만 / 품으면 슬픈 사랑이 되네
남자 싫어하는 이가 사랑을 하면 / 귀여운 여자가 많아지고
여자 싫어하는 이가 사랑을 하면 / 사방이 사랑의 적
타인의 눈을 피해 사랑을 하는 / 아가씨 쓸쓸하네 엷은 가슴
한밤의 클럽 구석에서 / 가만히 흘린 눈물의 꽃
바람기로 사랑하는 아가씨 / 키스할 때 눈을 뜨네
그런 여자 마음 이면은 / 반한 남자들은 알 수가 없네[19]

〈「恋占い」, p.326〉

이곡은 제 3자의 시선에서 서술한 곡으로, 다양한 성향의 여성을 등장시켜 그에 따라 예측할 수 있는 사랑양상을 제시해 주고 있는 곡이라고 할 수 있다. 눈물점은 이성으로 인해 눈물을 많이 흘린다는 속설이 있는데 이 엔카에서도 눈물점이 있는 여성과의 사랑은 슬픈 사랑을 예측하고 있다. 또 남자와 여자가 사랑을 하면 달라지는 모습 그리고 남의 눈을 피해 몰래하는 사랑은 결코 순탄치 않음을 잘 관찰해서 묘사하고 있다. 키스하는 모습을 통해 바람기 있는 여자를 알아보는 방법과 순간의 바람기는 언제 어떻게 변할지 모르는 즉흥적 마음이기에 추측하기도 믿을 수도 없다는 것을 노래가사로 제시함으로써 자유연

19 男ごころを　狂わせる / かわい　あの娘　泣きぼくろ
キッスだけなら　いいけれど / 抱けばかなしい　恋になる
男ぎらいが　恋をすりゃ / かわい　女が　多くなる
女ぎらいが　恋をすりゃ / 右も左も　恋仇
他人にかくれて　恋をする / あの娘さみしい　うすい胸
夜のクラブの　片隅に / そっとこぼれた　なみだ花
浮気ごころで　恋する娘 / キッスしたとき　目をあける
おんな心の　裏側は / ほれた男にゃ　わからない

애에 쉽게 다가 갈수록 하는 매개체 역할을 하고 있는 곡이라고 할 수 있다.

1950년대를 살펴보면 전반적으로 남성들이 사랑에 대해 더 적극적으로 노래하고 있음이 확인된다. 첫사랑은 남성의 경우가 4곡, 육체적 사랑도 9곡, 또 일반적 사랑도 103곡으로 여성보다 더 높게 나타나고 있다.

남자의 첫사랑은 남자가 화자가 되어 노래하고 있는데 「아-첫사랑ああ初恋」(1958)이라는 제목에서 느껴지듯이 "잊으려 해도 잊을 수 없는 첫사랑 그 사람ああ忘れようとしても忘れることの出来ない初恋の人", "생각만 해도 내 가슴은 견딜 수 없게 가슴 아파 오네思っただけでも僕の胸は、たまらなくせつなくなって来るのだ"라며 잊을 수 없는 첫사랑을 가슴아파하고 있다. 한편 여자의 첫사랑 곡 「이 세상의 꽃この世の花」(1955)은 제3자의 시선에서 "이 세상에 피는 꽃 많이 있지만 눈물에 젖어 봉오리인 채로 지는 것은 소녀의 첫사랑의 꽃この世に咲く花数々あれど涙にぬれて蕾のままに散るは乙女の初恋の花"이라며 첫사랑을 이루지 못하고 다른 데로 시집가 살아야 하는 여인의 모습을 묘사하고 있다.

남자의 일반적 사랑을 나타내는 「사랑이 뭐냐 사부로アイヨ何だい三朗君」(1959)라는 곡에서는 사랑이란 부인과 소박하게 사는 삶이라고 친구에게 이야기 하는 노래가 있다. 그러나 또 다른 곡인 「내일은 내일의 바람이 분다明日は明日の風が吹く」(1958)에서는 내일일은 생각하지 말고 마음 끌리는 데로 사랑하자는 내용을 담고 있다. 이처럼 같은 시기에도 다른 사랑의 모습들이 나타나고 있는데, 전자의 사랑은 극히 소수이고 오히려 후자 쪽 분위기에 가까운 곡들이 더 많이 있는 것을 확인할 수 있다.

이것은 남자에게 조금 더 관대한 연애에 대한 사회적 분위기를 반영한 것으로 사랑을 노래한 여성 곡의 비교를 통해 잘 알 수 있다. 「그런

당신이 아니었는데そんな貴方じゃなかったに」(1954)에서는 이미 알고 있는데도 여자를 속이며 아무렇지 않게 바람을 피우는 남자를 "변덕쟁이"로 일컬으며 원망하고 있다. 또 「어차피 스치는 사랑인걸どうせひろつた恋だもの」(1956)에서는 "당신도 똑같은 남자"라며 여자마음을 몰라주는 남자를 모든 남자로 확대하고 있다. 또 서로가 "어차피 스치는 사랑"이니 자신이 무엇을 하든 참견하지 말라며 남자들에 대한 원망을 노래하고 있다.

또한 육체적 사랑의 경우도 여성화자 입장에서 노래한 「미련의 고개みれん峠」(1956)를 살펴보면 "뽕잎으로 누에를 키우는 산속 오두막집에서의 하룻밤 부인"으로 묘사하며 육체적 사랑으로 끝난 것에 대한 아쉬움을 "미련의 고개"로 표현하고 있다. 뿐만 아니라 「온천마을 이야기湯の町物語」(1951)에서도 여행지에서의 옅은 정으로 하룻밤을 지내고 간 뒤 소식을 전하지 않는 남자의 마음을 원망하고 있다.

게다가 남자와 여자의 속내를 노래한 곡 「이런 미인 본적이 없네こんなベッピンみたことない」(1954)에서 남자는 여자를 아름답다고 칭찬하며 달콤한 말로 유혹하고 아무렇지 않게 바람피우는 상대로 생각하지만, 여자는 순수한 열정임을 고백하는 가사를 담아 서로 다른 감정의 차이를 보여주고 있다.

이는 이성간의 감정표현이 서로 다른 양상으로 나타나고 있는 것으로, 남성은 육체 중심의 쾌락적 사랑을, 여성은 지속적이고 감정적인 사랑을 추구하고 있는 부분이 큰 갈등으로 나타나고 있음을 보여주는 과도기적 시기라 하겠다.

한편 「그리운 항공편懐しの航空便」(1958)은 국내에 국한하지 않고 국외로 시선을 돌려 장거리 연애를 소재로 하고 있다. 사랑하던 연인과 호놀룰루 공항에서 헤어지던 모습과 하와이의 풍경을 묘사하며 하와

이와 도쿄의 젊은 연인을 연결해주는 러브레터에 대해 노래하고 있다.

이외에도 기존의 연애양상과는 조금 다른 형태의 사랑노래가 등장하는 「연상의 여인年上の女」(1959)에서는 연상의 여자를 사랑하면서 헤어지고 싶지 않아 울며 매달려 보기도 하고, 목숨을 바칠 각오로 사랑도 하였지만 결국은 포기할 수밖에 없었던 연상의 여인과의 사랑을 담고 있다.

1960년대의 사랑은 여전히 남성입장에서 노래한 첫사랑이 높게 나타나고 있으며, 금지된 사랑이 남녀 모두 각각 2곡씩 나타나고 있고, 일반적 사랑은 여성의 수치가 남성의 수치보다 우위를 점하고 있는 것으로 나타났다.

이 시기에는 금지된 사랑이 처음 등장하게 되는데, 여성화자의 입장에서 금지된 사랑을 노래하고 있는 「사랑의 소용돌이愛の渦潮」(1962)는 유부녀의 사랑을 담고 있다.

> 이것이 사랑인가요 그만 속삭이세요 / 아무렇지 않은 당신의 말이
> 나를 미치게 해요 / 가슴에 불타서 안기라고
> 녹아버리라고 말하는 건가요 / 하지만 하지만 그럴 수 없어요 유부녀니까
> 이것이 사랑인건가요 그만 울리세요 / 남들은 모르는 두 사람의 비밀이
> 나를 괴롭게 해요 / 이렇게 이렇게 눈물이 나는데
> 잊어버리라는 건가요 / 하지만 하지만 그럴 수 없어요 유부녀니까[20]
>
> 〈「愛の渦潮」, p.326〉

20 これが恋なの　ささやくのはやめて / 何げないあなたの言葉が
わたしを狂わせる / この胸に燃えて　抱かれて
とけてしまえと　おっしゃるの / だけどだけどそれはできない人妻だから
これが恋なの　泣かせるのはやめて / ひと知れぬ二人の秘密が
わたしを悩ませる / こんなにこんなに　涙が出るのに
忘れてしまえと　おっしゃるの / だけどだけどそれはできない人妻だから

사랑하는 남자가 자신을 바라보는 것에 당황해하면서도 사랑을 의식하며 흔들리는 여자의 마음을 노래하고 있다. 그러나 유부녀이기 때문에 사랑인줄 알면서도 사랑하지도 또 상대의 사랑을 거절하지도 못하고 방황할 수밖에 없는 여자의 입장을 노래하고 있다.

「바빠도 오세요忙しくても来てね」(1962)라는 곡도 불륜의 사랑에 빠져버린 여자의 마음을 묘사하고 있다. 남자의 외도인줄 알면서도 사랑해버린 자신을 '바보'라고 자책하면서 바쁘더라도 몰래 만나러 와달라며, 또 거짓말이어도 좋으니 사랑한다고 말해달라며 자신을 귀여워 해달라고 요청하는 내용을 담고 있다.

또 육체적 사랑을 담은 「손가락 걸어 약속하는 거리指きりの街」(1963)는 변하지 않겠다고 새끼손가락을 걸며 "뺨을 맞대고 입 맞추는 밤길頬寄せてくちづける夜の道", "희미하고 달콤하게 풍기는 맨살의 사랑스러움仄かに甘く匂う素肌のいとしさに"과 같은 가사를 제시하여 육체적인 사랑을 묘사하고 있다.

나아가 남자의 사랑 노래를 살펴보면 「밤의 은빛여우夜の銀狐」(1969)는 상대여자에게 함께 살자고 유혹하는 내용을 담고 있다. 상대를 사랑한다는 표현과 함께 작은 맨션을 준비해 놓았고, 에프론 모습도 잘 어울리니 함께 살자고 이야기 하고 있다. 그리고 「유성이야流れ星だよ」(1962)에서는 술집여자와 함께 사랑의 도피여행을 떠나 방랑하는 남자의 모습을 담고 있다.

여자의 입장에서 남자의 속마음을 노래한 「여심의 노래女心の唄」(1964)에서는 남자만을 믿고 사랑에 빠졌다가 남자의 변심하여 도망간 후에야 진실을 알고 보니 자신을 처음부터 속인 것을 알고 겉과 속이 다른 남자의 마음을 알게 되었다고 노래하고 있다.

무책임한 남자를 노래한 「무책임한 1대 남자無責任一代男」(1962)에서

는 어렸을 때부터 성장해서까지의 무책임한 행동들을 언급하고 있다. 여성과 연관된 가사부분을 살펴보면 "손에 닿는 대로 꼬셔서 결혼약속 말뿐이지만 처음부터 그럴 생각은 없다女を見れば手当たり次第に口説き結婚の約束ァ口だけさもともとその気はない"고 노래하고 있다.

앞에서 살펴본 대로 이 시기에는 육체적 사랑은 물론 금지된 사랑에서 더욱 자유롭게 행동하고 있는 남자들의 모습을 볼 수 있다. 연애가 보편화되면서 남성들 내부에 있는 심리와 본능이 행동으로 표출되었고, 그것이 사회적 분위기를 형성하면서 엔카의 가사에 반영된 것이라고 볼 수 있을 것이다.

반면 「꽃과 나비花と蝶」(1968)를 보면 여자는 꽃으로 그리고 남자는 나비에 비유하며 나비의 입맞춤을 받은 꽃이 질 때 나비도 함께 죽는다며 남녀가 모두 목숨을 건 사랑을 하자고 여성의 마음을 대변하고 있다. 또 「사랑과 죽음을 응시하며愛と死をみつめて」(1964)는 난치병에 걸린 미코와 그 연인 마코와의 사랑을 노래한 곡으로 모두가 꿈꾸는 영원한 사랑은 시기와 상관없이 등장하고 있음을 알 수 있다.

특히 이 시기는 마음껏 사랑할 수 있는 시대가 도래했음을 느끼게 하는데, 「사랑은 신화시대 부터恋は神代の昔から」(1963)에서는 예전부터 해온 사랑을 마음껏 하자고 노래하고 있으며, 「남자와 여자의 이야기男と女のお話」(1969)에서도 "사랑은 변하는 화려한 게임이다"는 남자와 "현명하게 사랑하고 싶은 데로 사랑 하며 살아라"는 대화를 통해 만남과 이별이 자연스러운 연애의 시대가 왔음을 추정할 수 있다.

1970년대의 사랑을 살펴보면 첫사랑이나 짝사랑과 같은 순수한 사랑은 줄어들고 금지된 사랑이 증가한 것을 알 수 있다. 또 여성의 경우가 더 많이 금지된 사랑이나 일반적 사랑을 노래하고 있는 것을 볼 수 있다.

이시기에는 남자와 여자가 생각하는 사랑에 대한 인식 차이를 잘 보여주는 곡들이 많이 나타나게 된다. 「갈매기마을 항구마을かもめ町みなと町」(1972)에서는 사랑에 대한 남자의 생각을 '밤', '거짓', '바람'으로 표현하고 있고 또 여자의 생각을 '꿈', '사랑', '파도'로 나타내고 있다. 또 「불장난火遊び」(1975)에서는 사랑에 대해 남자는 "어차피 장난이라고 생각"하는 것에 대해 여자는 "사랑이라고 생각"하는 인식차이를 보여주고 있다. 또 이별에 대해서는 남자가 "잊지 않겠다"며 도망가는 모습을 묘사한 것과 달리, 여자는 "잊지 말아요"라며 매달리는 남과 여의 차이가 극명하게 나타나고 있음을 잘 볼 수 있다. 이외에 사랑에 대한 남자의 행동성향을 노래한 「그와彼と」(1974)에서는 사랑하는 여자와 1년을 넘게 살면서도 다른 사람에게 '여동생'이라고 말하는 남자의 모습을 그리고 있다. 더욱이 「때로는 창부처럼時には娼婦のように」(1978)에서는 새빨간 입술을 칠하고 한쪽 눈을 윙크하며"창부처럼 음란한 여자"가 되어 자신을 유혹해달라며 자신에게 맞는 여자가 되어줄 것을 원하는 남자의 마음을 담고 있기도 하다.

여성의 경우는 사랑에 좀 더 과감하게 대응하는 양상을 보인다. 「4개의 소원四つのお願い」(1970)에서는 자신을 사랑한다면 "상냥하게 사랑하기", "제멋대로 하게 하기", "쓸쓸하게 하지말기", "비밀로 하기" 등 4가지를 들어달라고 노래하고 있다. 그리고 이것을 들어주면 상대 남성을 정말로 사랑할거라고 이야기 한다. 1960년대까지의 여성이 사랑의 감정에만 충실한 수동적 대상이었다고 한다면, 1970년대에 들어와서는 남성에게 적극적 행동을 요구하는 능동적 주체가 된 여성을 발견할 수 있다.

또 자유로워진 연애가 여성에게는 그만큼의 구속이 되는 예를 보여주는 엔카도 등장한다. 「쇼와시대 여자의 블루스昭和女ブルース」(1970)에

서는 "남자에게 버림받은" 과거를 가지고 있는 여자가 사랑한다며 상대남자의 아이를 원한다며 울고 매달려도 또다시 버려지는 아픔을 겪게 되는 것을 묘사하며 자신을 있는 그대로 봐주길 원하는 여자의 마음을 노래하고 있다. 이는 사랑이라는 감정 표출이 자유로워진 시대를 살면서 함께 나눈 사랑이지만 여자의 과거만을 문제 삼는 사회의 불합리한 시선이 반영된 것이라 할 수 있다. "현대사회에서 전통사회가 해체됨에 따라 '사랑'이 현재의 삶을 규정해줄 새로운 가치로 부상되었기 때문에, 사랑이 개인의 외로움과 타인 혹은 사회로부터 소외당한다고 느끼는 자신을 구제해 줄 수 있을 거라는 믿음 때문"[21] 이라고 사랑의 행위가 지적당하는 것처럼 스스로의 외로움과 소외가 사랑의 중독의 형태로 나타나고 있다고 말할 수 있을 것이다.

앞에서 살펴본바와 같이 사랑의 양상 중에서 첫사랑은 남자들이 화자가 되어 읊은 곡이 많다. 이는 남자는 첫사랑을 기억하고 여자는 마지막 사랑을 기억한다는 말과도 상통하는 부분이라 하겠다. 또 육체적 사랑도 남성들이 좀 더 적극적으로 노래하고 있는 것으로 나타났다. 이는 성욕을 중시하는 남자의 본능적 성향을 표출하고 있다고 볼 수 있다. 의외인 것은 남성들이 더 적극적으로 영원한 사랑을 노래하고 있다는 것이다. 그러나 이러한 남성들의 영원한 사랑에 대한 맹세에 대해 남성스스로도 엔카 가사에서 노래하고 있듯 그리 길지 않은 시간 속에 변하고 있다는 것이다.

한편 여자의 경우는 금지된 사랑에 좀 더 많은 곡이 분포되어 있다. 사랑해서는 안 될 사람을 사랑해버린 것에 대한 안타까운 마음을 노래한 것들이다. 정신적 사랑을 중시하는 여성이 영원한 사랑을 노래한

21 최희순(2005) 앞의 논문, p.39

곡은 1곡에 지나지 않은 반면 일반적인 사랑은 여성화자가 훨씬 많은 부분을 차지하고 있었다. 쇼와기 엔카 1921곡의 약52%인 997곡이 사랑과 연관 있는 내용을 담고 있다는 것도 확인할 수 있었다.

3.2 남녀간 이별의 대처 방식

현대사회의 급속한 변화와 함께 우울증이 큰 문제로 대두되면서 개인의 정서적 문제에 대한 관심이 확대되어지고 있다. 이에 따라 이성간에 생성되는 사랑이라는 감정에 대한 관심도도 높아지고 있다. 일부 연구가들은 한때 누군가를 깊이 사랑했으나 어떠한 이유로든 이별을 경험하게 된 뒤 그 상처로 사랑을 두려워하게 된 사람들에 대해 '사랑병'으로 간주하며 심리학적으로 접근하여 그 상처에 대한 치유의 필요성이 있음을 주장하곤 한다.[22] 사랑하고 어떻게 이별하느냐에 따라 사랑에 대한 트라우마의 유무가 결정된다고 할 것이다.

앞서 쇼와기의 이성간의 사랑의 양상은 어떠했는지를 파악해 보았다. 본 장에서는 동전의 앞뒷면처럼 사랑에 따르는 이별의 양상을 파악보고자 한다. 이를 파악하기 위해 이별을 노래한 엔카를 분류한 후 거기에 나타난 남녀의 이별에 대처하는 양상을 세분하여 도표로 나타낸 것이 〈표 4〉이다.

22 권문수(2009) 『두 번은 사랑하지 못하는 병』 나무출판사, pp.3-87 참조

〈표 4〉 쇼와기 엔카에 나타난 남녀간 이별의 대처방식[23]

구분/년대		1930-39	1940-49	1950-59	1960-69	1970-81	소계	합계
이별 수용	남			11	5	6	22	56
	녀		1	6	3	19	29	
	기타			2		3	5	
매달리기	남	1	1		3		5	35
	녀		1	4	8	15	28	
	기타				2		2	
추억	남	2	5	36	51	28	122	489
	녀	6	17	75	53	173	324	
	기타				21	22	43	
기다림	남		3	6	3	4	16	55
	녀	1	6	9	10	12	38	
	기타					1	1	
거부	남					2	2	12
	녀		1	1	2	5	9	
	기타					1	1	
이별통보	남		1	3			4	16
	녀			2		9	11	
	기타			1			1	
합계		10	36	156	161	300	663	663

1920년대 후반 곡에서는 이별을 노래한 곡은 한곡도 존재하지 않았다. 1930년대에는 사랑하는 사람에게 매달리는 형태의 이별이 1곡 사랑하는 사람과 이별한 후 추억하며 그리워하는 곡이 8곡, 기다리는 내용을 담은 곡이 1곡인 것으로 나타났다.

이별을 노래한 엔카 중에 30년대의 이별 중 '추억하기'를 대변하는 곡은 「마로니에 나무그늘マロニエの木陰」(1937)이다.

23 이별에 연관된 주제를 분류할 때 장기간의 이별, 혹은 사랑을 이루지 못하고 헤어진 이별에 초점을 맞추었으며 짧은 순간의 헤어짐은 포함시키지 않고 분류하였다.

하늘은 저물어 언덕 저 끝까지 / 빛나는 것은 별의 눈동자
그리운 마로니에 그늘에 / 바람은 추억의 꿈을 흔들고
오늘도 돌아오지 않을 노래를 부르네 / 저 멀리 당신은 사라지고
내 가슴에 남은 아픔이여 / 추억의 마로니에 그늘에
홀로 멈춰서면 다하지 못한 사랑에 / 오늘도 넘치는 뜨거운 눈물이여[24]

〈「マロニエの木陰」, p.326〉

사랑하는 사람과 이별하고 난 후 두 사람의 추억이 담긴 마로니에를 바라보며 가슴아파하는 전형적인 내용이다. 이외에도 「밤의 술집夜の酒場に」(1932)을 보면 비 내리는 어두운 밤 술집에서 사랑하는 사람의 모습과 추억을 떠올리며 눈물을 흘리는 가사를 담고 있는가 하면, 「사랑의 작은 창愛の小窓」(1936)에서는 돌아오지 않는 사람을 눈물로 기다리는 여인의 애처로운 마음을 표현하고 있다.

1940년대에도 그리움을 추억하며 안타까워하는 '추억하기'가 가장 높은 수치를 차지하고 있으며, 기다리는 내용의 곡도 증가한 것으로 나타나 있다. 그런가하면 이별을 거부하는 곡과 상대방에게 이별을 통보하는 곡도 각각 1곡씩 포함되어 있다.

「꿈이여 다시 한 번夢よもういちど」(1948)에서는 "사랑을 잃어버리느니 차라리 죽여 달라"며 이별을 거부하고 있다.

당신만을 / 너무나 좋아해요 사랑해요 지금도

24 空は暮れて丘の果てに / かがやくは星の瞳よ
なつかしのマロニエの木蔭に / 風は想い出の夢をゆすりて
今日も返らぬ唄を歌うよ / 彼方遠く君は去りて
わが胸に残るいたみよ / 想い出のマロニエの木蔭に
ひとり佇めばつきぬ想いに / 今日も溢るるあつき涙よ

변한 마음을 들은 밤도 / 사랑은 붉게 타고 있었어요
아아 누군가 / 아아 손가락질 한 다해도
나만의 사람이라고 마음먹고 / 살아왔는데
죽여줘요 지금 / 사랑에 내일도 꿈도 없다면
괴로운 새벽이 오기 전에 / 홀로 사라지고 싶어요[25]

〈「夢よもういちど」, p.653〉

잃어버린 사랑에 울어도 보고 불러도 보지만 환상 같은 사랑은 돌아오지 않음을 안타까워하며 눈물을 흘리는 모습을 담고 있다.

한편 「인간 모습人間模様」(1947)에서는 남성 화자를 설정하여 좋아하기 때문에 헤어지는 남자의 사랑을 운운하며 짧은 만남 자체를 부정하면서 이별이 자신의 의사와 무관한 것처럼 서술하고 있다. 또 「이별의 배別れ船」(1940)에서는 바다로 출항하는 남자 선원을 등장시켜 “시절이 좋을 때까지”로 명확하게 그 시기를 정하지 않은 잠정적 이별을 통보하기도 한다. 이시기의 이별은 출항과 연관한 이별이 대부분을 차지하고 있다.

여성의 입장에서 노래한 「당신을 잊을 수 없는 블루스君忘れじのブルース」(1948)에서는 남자에게 목숨도 꿈도 걸었지만 떠나버린 남자가 돌아오지 않을 것을 알면서도 미련을 버리지 못하고 가슴아파하는 여인의 모습을 그려내고 있다.

25 あなただけを / とても　好きよ　好きよいまでも
こころがわりきいた夜も / 愛は　あかく炎(も)えてる
あゝ　たとえ誰かが / あゝ　指をさそうと
私だけの　ひとと決めて / 生きてきたのに
死なせて　今 / 愛に　明日も　夢もないなら
つらい夜明けこない前に / ひとり消えて行きたい

1950년대의 이별은 이별을 수용하는 양상이 크게 증가되었다. 여성의 경우는 '매달리기'나 '기다리기' 혹은 '추억하기'의 수치가 높게 나왔으며, 이별을 통보하는 곡도 2곡이나 차지하고 있다.

이 시기는 남자와 여자의 이별에 대한 사고가 큰 차이를 보이고 있다. 남자의 이별을 노래한 「비 내리는 국도 7호선雨の国道7号線」(1950)에서는 사랑에 대한 미련을 버리지 못한 남자가 국도 7호선을 최고속력으로 달리며 쓸쓸한 마음을 달래는 내용을 담고 있다. 이러한 분위기는 「밤안개의 제2국도夜霧の第二国道」(1956)에서도 재현되었는데, 이 곡에서도 괴로운 사랑을 잊기 위해 밤안개 낀 국도를 달리는 남자의 모습을 그려내고 있다.

이처럼 이별을 담담하게 수용하는 남자들의 심리를 조금 더 솔직하게 표현한 곡이 「나가사키 블루스長崎ブルース」(1954)이다. 남자이기 때문에 강하게 사랑이나 정 따위에 연연하지 않고 나아가야 한다고 노래하고 있다.

오늘밤만의 나가사키 / 항구의 뒷골목 눈물의 비
눈물이 글썽거려도 울어선 안돼 / 남자라면 일부러 강하게
버리고 가는 거야 이 사랑도 / (중략)
어차피 우리들은 변덕쟁이 갈매기 / 이제와 붙잡아도
정을 모르는 것은 태생[26] 〈「長崎ブルース」, p.485〉

26 今宵かぎりの　長崎の / 港うら町　泪雨
泪ぐんでも　泣くんじゃないぜ / 男なりゃこそ　わざと気強く
棄てて行くのさ　この恋も / (略)
どうせ俺らは　気まぐれ鴎 / 何を今更　とめてくれても
情け知らずは　生まれつき

나가사키 항구와 여인에게 안녕을 고하면서 마지막에 “헤어지는 여인의 이별의 길을 위해 기도라도 할까” 라는 내용을 덧붙이고 있다. 또한 「나는 쓸쓸하다俺は淋しいんだ」(1958)에서는 홀로 여행을 떠나는 남자의 모습을 그리고 있는데 그것이 남자의 운명이라고 노래하고 있으며, 「남자의 길목男の街角」(1958)에서는 헤어져 달라는 여자의 요청에 그 여자만이 여자가 아니니 기꺼이 헤어져 주겠다는 내용을 담고 있기도 하다.

남자들의 경우는 이별에 대해 슬퍼하기보다 웃으며 보내달라거나, 울어도 소용없으니 담담하게 서로의 행복을 빌며 헤어지자는 내용의 가사를 많이 사용하고 있는데, 이는 감성보다 현실을 직시하는 시선에 기인한다고 여겨진다.

반면 여자의 경우는 이별을 받아들이지 못하고 연연하는 모습을 보이고 있다. 「역시 눈물에 져버렸다やっぱり涙に負けちゃった」(1959)의 경우 역 플랫폼을 배경으로 이별하는 장면을 설정하여 이별을 받아들이려 노력하지만 결국은 울음을 터뜨리고 마는 여성의 모습을 그리고 있다. 또 「야간비행夜間飛行」(1958)에서는 이별의 괴로움을 잊기 위해 비행기를 타고 이국여행을 떠나는 모습을 그리고 있으며, 「미련의 선착장未練の波止場」(1957)에서는 이별을 수용하기보다 상대에게 자신을 데리고 가달라고 매달리고 있다. 그리고 “무슨 말을 하든 포기하지 않아요”, “당신과 헤어지지 않아요”라며 함께 데려가 달라고 사정하는 모습을 통해 쉽게 포기하지 못한 사랑에 대한 미련의 마음을 표출하고 있다.

한편 이시기에 눈에 띄는 점은 여성이 먼저 이별을 통보하는 곡이 출현한 것이다. 「파도소리가 들리는 마을海鳴りの聞こえる町」(1959)에서는 슬픔을 참지 못해 머물고 있던 안개 낀 항구 호텔에서 나와 전화로 이별을 알리고 배를 타고 떠나는 내용을 담고 있다. 또 「이별의 공중전화

お別れ公衆電話」(1959)에서도 역에 있는 찻집 공중전화에서 전화를 걸어 "나 같은 여자 잊으라"며 이별을 통보하는 내용이다. 여성이 주체적으로 이별을 이야기 하는 노래지만, 직접 남자와 대면한 통보가 아닌 전화로 이별을 간접적으로 통보함으로써 여성의 연약함을 투영하고 있다.

1960년대의 이별은 남자와 여자 모두 이별에 대한 아픔을 안고 그리워하는 '추억하기'가 비슷한 추세로 나타났다. 그러나 여전히 이별을 받아들이지 못하고 매달리는 쪽은 여성의 경향이 높은 것을 알 수 있다.

남자의 이별에 대한 수용 반응을 살펴보면 「방랑의 거리さすらいの町」(1969)에서는 그녀와 정이 떨어져 헤어졌지만 귀여운 여인을 만나고 싶다는 것과 행복하게 지켜주고 싶다는 남자의 상반된 마음을 그려내고 있다. 그리고 「당신부터 가세요君からお行きよ」(1969)에서는 함께 생활하던 두 사람이 이별하는 장면을 연출하고 있다. 함께 했던 시간을 생각하면 괴롭겠지만, 어느 누구의 잘못도 아니라며 여자에게 먼저 방을 나가도록 권유하는 내용을 담고 있다. 또 「남자의 숫자노래男の数え唄」(1969)에서는 하룻밤의 사랑으로 끝나버린 덧없는 사랑을 노래하며, 사랑의 트라우마로 인해 두 번 다시 사랑하지 않겠다고 선언하고 있다. 그런가 하면 「출세가도出世街道」(1962)에서는 이별의 슬픔을 누르고 출세의 길로 나아가자는 다짐을 노래하고 있기도 하다.

이에 대한 여자의 이별 수용양상은 꽤나 미련을 남기고 있다. 「눈물이 마를 때까지涙のかわくまで(1967)에서는 누구보다 사랑한 사람이지만 이제는 밉다고 이야기 하면서도 조금 더 곁에 있어달라고 사정한다. 게다가 「저녁달夕月」(1968)에서는 왜 사랑의 종말인 이별을 맞게 되었는지 자신의 죄가 무엇인지 가르쳐 달라는 가사를 포함하고 있다. 자신의 죄를 깨닫고 용서를 빌고 싶다며 사랑의 환영을 잊을 수 있는 방

법을 가르쳐 달라는 내용을 노래하고 있다.

또 이시기에는 이별에 과잉반응을 보이는 노래도 출현하는데 여성 화자의 입장에서 노래한 「싫어 싫어 싫어요嫌い嫌い嫌い」(1960)에서는 "당신을 몰라요", "당신이 싫어요", "남자가 싫어요"라며 사랑하는 상대방을 원망함은 물론 부인하는 모습까지 나타내고 있으며 더 나아가 남자 전체를 거부하는 양상을 표출하고 있다. 사랑의 상실에 대한 아픔이 상대 남자에서 남자 전체로 확대된 예로 사랑의 트라우마 전형을 보여준다 하겠다.

한편 지금까지와는 다른 새로운 양상을 보이는 곡은 「애수의 해협哀愁海峡」(1965)이다. 이 곡에서는 상대방을 위해서라면 슬프지만 스스로 물러나겠다는 내용을 담고 있다.

> 나 혼자 포기하는 것이 / 아무래도 당신을 위한 것이라면…
> 갈매기 울어라 울어 애수의 해협 / 여자마음 아아 / 슬픔을 [27]
>
> 〈「哀愁海峡」, p.46〉

그동안 이별을 대하는 여성들의 양상이 그리움과 슬픔을 이겨내지 못하는 '매달리기'였다면, 이시기에는 점차 합의에 의한 이별을 도출하려고 하는 경향이 짙어진다.

1970년대는 여성이 '매달리기'나 '기다리기' 양상이 더욱 짙어졌으며, 사랑에서 벗어나지 못하고 그리운 마음으로 추억하는 양상도 더욱 두드러진 것으로 나타났다. 그와는 대조적으로 이별을 현실문제로서 수용하려는 분위기도 형성되고 있음을 알 수 있다.

27 私ひとりが　身を引くことが / しょせんあなたの　ためならば…
鴎泣け泣け　哀愁海峡 / 女ごころの　アア / かなしさを

이시기의 남성이 이별을 수용하는 양상을 살펴보면 쇼와 초기와는 달리 이별에 연약한 남성의 모습이 표출되어 있는 것을 볼 수 있다. 「겨울 여행冬の旅」(1973)에서는 남자의 일방적인 이별의 통보이지만, 쇼와초기의 남성이 당당히 대면한 채 뻔뻔하게 이별을 통보했다면 후기의 남성들은 조심스럽게 합의에 의한 이별을 도출하고 있음을 알 수 있다. 또 「남자의 눈물男のなみだ」(1973)에서는 믿고 사랑했던 상대방을 원망하지 않으며 아픔의 눈물을 흘리는 모습을 묘사하고 있다. 현재 거론되고 있는 초식남의 양상은 이시기부터 생성되고 있었는지도 모르겠다.

한편 여성의 경우는 저돌적으로 이별을 통보하고 주체적으로 이별을 수용하고 있다고 할 수 있다. 「남자가 반하지 않으면 여자가 아니에요男が惚れなきゃ女じゃないよ」(1970)에서는 남자가 반하지 않으면 여자가 아니니 다른 여자에게 마음이 간 당신께 받은 사랑 돌려주겠다며 이별을 깨끗이 수용하는 자세를 나타낸다. 또 「용서해 주세요許してください」(1977)에서는 2년 동안 함께 한 생활을 되돌아보며 상대를 상처 입히는 자신이기에 이별을 선택한다는 내용을 담고 있다. 행복하지 않은 두 사람의 생활을 되돌아보고 당당히 행복을 찾아 떠나는 여성의 모습을 묘사하고 있는 것이다. 「저는 기도하고 있어요わたし祈ってます」(1974)에서도 상대남자에게 이별을 통보하며 자신은 걱정하지 말고 강하게 살아가라고 조언하며, 이별이 힘들어도 시간이 지나면 해결될 거라고 위로하며 자신보다 좋은 사람 만나 행복해 지길 기도하고 있다.

더욱이 「돈을 주세요お金をちょうだい」(1971)라는 엔카에서는 가난했던 당시 충만했던 애정이 사라진 것에 대해 원망은 하지 않는다며, 헤어질 때 돈을 주면 그 돈으로 아파트를 빌려 혼자 살아보겠다고 사랑의 대가로 돈을 요구하는 여성까지 등장하게 된다. 물질이 중심이 되는 자본주의사회를 살아가면서 사랑이라는 감정이 돈과 치환된 경우중 하나이다. 그런가하면 「전갈자리 여자さそり座の女」(1972)에서는 즐기려는 남성에 대해 사랑에 목숨을 걸고 지옥 끝까지 쫒아가겠다며 스토커적 증세를 보이는 여성도 등장하고 있다. 이는 산업이 다양화 되어 감에 따라 사랑의 양상들도 훨씬 다양하게 표출되고 있음을 확인시켜주는 예라고 할 수 있다.

사랑의 끝이라 할 수 있는 이별에 대한 양상 중 흥미로운 것은 50년대까지의 '이별'의 곡들이 연인과 헤어지고 싶지 않다며 매달리며 이별의 괴로움을 노래하고 있다면, 60년대부터는 마음 변한 상대를 더 이상 붙잡지 않겠다며 원망하지도 않고 혼자 열심히 살아가겠다는 내용을 담은 '이별'을 수용하는 곡들이 나타나고 있다는 것이었다.

또 '이별'을 수용하는 양상에는 남자와 여자의 입장에서도 변화를 보이는 데, 남자의 경우는 쇼와 초기에는 이별을 주도하는 입장이었지만, 후기로 갈수록 이별을 당하는 입장이 되고 있다는 것이다. 반면 여자의 경우는 떠나는 남자를 보며 원망하거나, 부인하던 모습들이 점차 긍정적으로 이별을 수용하는 형태로 나타나고 있을 뿐만 아니라, 오히려 여성 쪽에서 이별을 주도해 가는 입장으로 바뀌고 있음을 확인할 수 있었다. 이별과 관련된 쇼와기 엔카는 1921곡 중에서 35%인 663곡을 차지하고 있었다.

4. 사랑과 이별의 변화

근대 사회학자인 에리히 프롬Erich Fromm에 의하면 "인간은 근본적으로 고독한 존재이며 그 고독감과 공허함을 극복하기 위하여 사랑을 하는 것이다"라고 말하였다. 이러한 사랑의 감정은 어떠한 사회든지 시대의 변화에 맞추어 조금씩 변화된 모습으로 나타나게 된다.

어느 나라의 노래에서도 그렇지만, 쇼와기 일본 엔카의 가사에는 이러한 사랑의 변화를 엿볼 수 있는 내용들이 많이 담겨 있음을 확인할 수 있었다. 더욱이 행간을 읽어 유추 해석할 수 있는 것들까지를 포함한다면 훨씬 많은 곡들이 사랑과 이별을 노래하고 있음을 확인할 수 있었다.

이상의 분석결과에 의해 얻은 결론은 엔카에서 나타내는 사랑은 당시 사랑의 감정을 노래한 것 보다는 이미 깨진 사랑이나 이루지 못한 사랑에 대한 아쉬움과 안타까움 그리고 이별로 인한 마음의 상흔을 노래한 것이 더 많이 차지하고 있음을 알 수 있었다.

엔카에 표출된 사랑과 이별을 살펴보았을 때 쇼와초기의 남성은 용감하고 강한 남성의 모습을 그리고 있었다면, 여성은 어머니의 모성을 연상케 하는 허물을 감싸주는 부드러운 여성이자, 얌전하고 조신하며 수줍은 여성, 혹은 약한 여성을 담아내고 있음을 확인할 수 있었다. 그러나 시대가 변모됨에 따라 남성은 점차 연약한 이미지로, 연약했던 여성은 자신의 의지를 확실히 가진 강한 여성의 이미지로 탈바꿈화 되어간 것을 파악할 수 있었다. 또한 시대를 불문하고 나쁜남자 스타일은 대다수 여성에게 통용되고 있는 듯하다.

자유연애가 정착됨에 따라 육체적인 사랑이 증가했을 거라는 초기 예상과는 달리 그다지 큰 증가폭은 보이지 않고 있다. 이는 정신적 사랑이 더 숭고하고 고차원적 사랑이라는 관념이 유지되었기 때문으로 추정된다.

현재를 살아가는 우리가 당연하게 생각하고 있는 결혼제도나 가치관도 근대화가 이뤄지는 시기인 최근에 만들어진 것이라는 감안한다면, 우리가 고착화 시키고 있는 사랑의 개념도 시대의 변화와 함께 그 양상이 변해가는 것을 고려해야 할 것이다. 문명이 발전하고 풍요로워 질수록 거기에서 느껴지는 소외감을 사랑에서 찾게 되고 급기야 사랑의 중독 증세를 보이며 많은 남녀가 연애를 하지만 우리가 정의내리고 있는 사랑의 개념이 명확하지 않는 한 그 또한 어쩌면 완전한 해결책이 될 수 없을 것이다.

Ⅲ. 演歌, 明治文學 대중화의 기폭제*

박경수

1. 明治文學과 演歌

일본에서 '메이지기 3大 멜로문예물'이라 함은 사랑에 얽힌 민중의 일상사를 극적으로 담아내어 대대적인 호평을 받았던 오자키 고요尾崎紅葉의 『金色夜叉』, 이즈미 교카泉境花의 『女系図』, 도쿠토미 로카徳富盧花의 『不如帰』를 꼽을 수 있는데, 그 가운데서도 시대에 따라 다양하게 재생산되어 현재까지도 끊임없이 회자되고 있는 작품으로는 단연 『金

* 이 글은 2014년 5월 일본어문학회 「日本語文學」(ISSN : 1226-9301) 第65집, pp.335-356에 실렸던 논문 「演歌, 明治文學 대중화의 기폭제 -「金色夜叉の歌」를 중심으로 -」를 수정 보완한 것임.

色夜叉』라 할 것이다.

청일전쟁 이후 황금만능주의가 만연해진 시대상황에서 돈에 얽힌 사랑의 갈등구조를 리얼하게 그려낸 『金色夜叉』는 당초 신문 연재소설続き物로 소개되자마자 삽시간에 독자들의 시선을 끌었다. 그 인기에 힘입어 연재 도중에 단행본으로 출간되었으며, 신문이나 단행본에 실린 삽화는 새로운 시각미술의 시대를 주도하였고, 연극(신파극) 및 영상물(영화, TV)로 제작되기도 하여 민중 속으로 파고들었다. 여기에 원작의 주요부분은 운문화되어 '엔카演歌'라는 유행가流行歌로서 단독장르를 형성하면서, 다른 장르의 주제가 혹은 효과음악으로 삽입되어 원작의 대중화에 크게 기여하였다.

이처럼 변용능력을 발휘하는 독특한 텍스트의 역사를 보여준 『金色夜叉』에서 파생된 문예장르 중 대중들에게 가장 어필하였던 장르는 그 수요층면에서나 향유층면에서나 전파성면에서도 보더라도 단연 '엔카'를 꼽을 수 있을 것이다. 그 까닭은 극예술이나 각종 영상물에 빠짐없이 삽입되어 상승효과를 배가함은 물론, 누구나 쉽게 배우고 따라 부를 수 있는 독립된 장르로서 남녀노소 유・무식자를 불문한 전계층의 대중들에게 나름의 상상력을 부여하며 삽시간에 원작으로의 여행을 가능케 하였기 때문이다.

이에 본고는 여러 문예장르의 공통분모이자, 자체 장르만으로도 민중들의 폭넓은 사랑과 인기를 얻으며 발전해 온 엔카 「金色夜叉の歌」에 천착해보려고 한다. 그러나 원작의 유명세에 비해 이에 대한 선행연구는 전무한 것으로 조사되었다. 이는 「金色夜叉の歌」를 원작의 부산물 정도로 여기고 가치를 부여하지 않았거나, 원문 또는 관련자료의 미비로 접근성이 어려웠기 때문으로 보인다.

국제질서의 확립으로 평화의 시대에 안착했다 여겨지는 오늘날, 제국열강들의 헤게모니 쟁탈전으로 긴박했던 19세기말~20세기 초반을 풍미하였던 대중문화로서의 엔카에 대한 심도있는 연구가 요구되는 것은, 당시 민중들의 생활상 혹은 그들의 감성이나 외침을 엿보고자 하는 것만은 아니다. 무엇보다도 당시 민중들의 생각과 사상이 오늘날까지 면면이 이어오고 있다는 점에서, 이를 통하여 현재를 사는 일본인과 일본사회의 미래의 예측까지도 가능한 까닭에서이다.

이에 본고는 시대에 따라 여러 유형으로 재조명된 「金色夜叉の歌」[1]를 중심으로, 근대 사실주의문학 대중화의 기폭제로서 엔카演歌의 역할과 원작의 장르변화와 대중예술의 가치정립, 시대에 따른 러브라인 Love line, 나아가 그것이 현대를 사는 일본인에게 어떠한 의미를 부여하고 있는지에 중점을 두고 고찰해 볼 것이다.

2. 『金色夜叉』의 탄생과 장르변용

일본문학사에서 메이지문학을 완전히 독립시킨 작가로, 혹은 明治문학의 기념비적인 존재[2]로 인정받고 있는 오자키 고요(이하, '고요')의 작가로서의 출발은 도쿄 미나토구에 소재한 요정 '고요관紅葉館'에서 시작되었다. 시대를 초월하여 회자되는 '고요'라는 이름도, 소설 『金色夜叉』의 집필동기[3]도 '고요관'에서 연유한 때문이다.

1 엔카 「金色夜叉の歌」의 출처는 添田知道(1982) 『演歌の明治大正史』 刀水書房, pp.162-163 ; 永岡貞市(1980) 『日本演歌大全集』 永岡書店, p.355 ; 그 밖에 인터넷 사이트 http://search.yahoo.co.jp/search 에 등재되어 있는 엔카로 하겠다.

2 三好行雄(1976) 「反近代の系譜」 『日本近代文學(明治 大正期)』 日本放送出版協會, p.10

3 당시 고요의 제자 중 하나가 '고요관'에서 일하는 미모의 여급과 사랑에 빠졌는데, 그 여급이 돌연 방탕한 부자에게 시집가버리면서 제자에게 처절한 배신감을

> 세상에는 대체로 두 가지의 커다란 힘이 사회의 결합을 유지시킨다. 그것은 사랑과 황금이다. 그러나 황금의 세력은 단지 찰나에 지나지 않아 설사 그 힘이 아무기 강렬하다고 할지라도 그 세력을 영원히 보존해갈 수는 없다. 이에 비해 사랑은 영구불변하게 인생을 점유한다고 보여진다. 인생에 지극히 밀착되고 결합되어 있는 것은 사랑이다. 나는 그것을 써보고 싶어 이 작품을 기초했다. 하자마 간이치 一身 자체는 사랑과 황금의 싸움을 구상화시켜 드러낸 것이다. 그리고 金色夜叉의 집필에는 또 하나의 동기가 있는데, 그것은 내가 明治式의 여인을 써보고 싶었다는 점이다. 미야는 바로 이 明治式 여인의 화신인 것이다. 〈중략〉 그러나 나는 미야로 하여금 超明治式 여인답게 그려낼 작정으로 미야가 후회하는 마음을 그토록 가득하게 했던 것이다. 이것이 내가 이 작품을 쓰려고 했던 동기이다.[4] (밑줄 필자, 이하 동)

때문에 고요는 이 작품에서 주인공 간이치를 통하여 찰나적인 힘을 갖는 황금보다 인생에서 소중하게 받아들여야 할 영구한 가치로서의 사랑을 부각시키려고 하였고, 여주인공 미야에게는 '明治'와 '超明治'의 모습을 불어넣어 이질성을 가진 시대적 가치를 통합적으로 이루어내고자 하였다. 이러한 동기로 시작된 『金色夜叉』는 1897년부터 1903년까지 장장 6년에 걸쳐 〈読売新聞〉에 연재되는 중 여섯 차례나 중단과 연재를 반복하다가 1903년 작가가 사망함으로써 미완성인 채 종결되었다. 그 과정을 〈표〉로 정리하였다.

안겨주었는데, 이를 모델삼아 구상한 소설이 바로 『金色夜叉』이다.

4 尾崎紅葉(1902) 「金色夜叉上中下篇合評」, 「藝文」 1902. 8.(한광수(2002) 「尾崎紅葉와 『金色夜叉』, 그리고 小栗風葉의 『金色夜叉終篇』과 趙重桓의 『長恨夢』」 「일어일문학연구」 한국일어일문학회, p.127에서 재인용)

〈표〉 『金色夜叉』의 집필과 발표과정

순	제 명	게 재 지	게 재 기 간	비 고
①	『金色夜叉』	〈読売新聞〉	1897. 1. 1~동년 2. 23	
②	『後篇 金色夜叉』		1897. 9. 5~동년 11. 6	
③	『續 金色夜叉』		1898. 1. 4~동년 4. 1	
④	『續續 金色夜叉』		1899. 1. 1~동년 5. 27	
⑤	『續續 金色夜叉』		1900. 12. 4, 1901. 2. 3~동년 4. 8	
⑥	『續續 金色夜叉 續篇』		1902. 4. 1~동년 5. 11	
⑦	『新續 金色夜叉』	〈読売新聞〉, 「新小說」	1903. 1~ 동년 3.	마지막장 중복연재

소설 『金色夜叉』는 연재 초기부터 당시 문학계에 엄청난 센세이션을 일으켰다. 이는 고요의 작품 구상이 청일전쟁 이후 급격한 자본주의 유입에 따른 황금만능주의가 팽배해져가던 당시의 시대상황과 놀라울 정도로 일치하였기 때문이다. 그러나 위에서 보듯 소설 『金色夜叉』는 고요의 야심찬 출발에 비해 상당히 지지부진하게 진행되었다. 여기까지의 줄거리를 다음과 같이 정리해 보았다.

> 어려서 부모를 여읜 간이치貫一는 시기사와鴫沢의 집에서 자라게 된다. 第一高等中学校(旧制一高の前身) 학생이었던 '간이치'와 시기사와가문의 딸 '미야お宮'는 서로 사랑하여, 부모의 허락 하에 정혼한 사이다. 그러나 정월 가루타 모임에서 은행가의 아들 도미야마 다다쓰구富山唯継의 눈에 들어 청혼을 받게 된 '미야'는 서양유학을 다녀온 도미야마의 이력과 도미야마富山 집안의 막대한 재산에 미혹되었다. 미야의 부모도 돈 많은 도미야마의 구혼을 받아들이도록 미야를 설득하였다. 미야는 간이치를 유학시켜주는 것을 조건으로 이를 받아들인다. 이러한 상황을 눈치 챈 간이치는 미야의 본심을 확인하려고 그녀를 아타미 해안으로

> 불러낸다. 그러나 이미 도미야마에게 기울어진 미야를 달래기도 하고 애원도 해 보았지만 끝내 거절당한다. 절망감과 배신감에 싸인 간이치는 용서해 달라며 매달리는 미야에게 발길질을 하고 떠난다. 간이치는 이 모든 것이 돈 때문이라는 것을 처절하게 깨닫고 돈을 벌기 위해 고리대금업자의 중간종업원으로 일하면서 점점 인간성을 잃어간다. 그리고 마침내 직접 고리대금업에 뛰어들어 더욱더 악랄한 행위를 서슴치 않는다.
>
> 한편 도미야마와 결혼한 미야는 인간미라고는 찾아볼 수 없는 냉혹한 남편에게 시달리다가 급기야 버림받게 된다. 미야는 뒤늦게나마 처절하게 후회하고, 간이치에게 용서를 청하는 편지를 여러 차례 보낸다. 그러나 간이치는 개봉도 하지 않는다. 그러던 어느날 우연히 편지 한통을 열어보는데, 거기엔 말로 다할 수 없는 미야의 가련한 처지가 적혀 있다. 그날 이후 간이치의 또 다른 갈등이 시작된다. 〈이하 생략〉

그리고 이후는 '간이치가 후회하는 미야를 용서하고 받아들인다.'는 해피엔딩의 구도였는데, 건강이 악화된 고요의 사망으로 미완성인 채 종결되고 만다. 미완성 부분은 훗날 고요의 제자 오구리 후요(小栗風葉, 이하 '후요')에 의해 완결을 보게 된다. 후요는 고요의 「복안각서腹案覺書」[5]를 바탕으로 완결편에 착수하여 1908년 4월 『金色夜叉続編』과 『金色夜叉終焉編(上下)』을 내놓았다. 원작자의 복안각서에 더하여 '친

5 오구리 후요는 新潮社에서 발간한 단행본 『金色夜叉終篇』(1909.4.20) 후미에 이 작품의 집필배경에 대한 입장을 "나는 고인의 복안각서에 따라 대체로 각색을 입안"했고, "본 작품의 각색이 나의 獨案만이 아니라는 것을 양해받기위해 여기에 고인의 복안각색을 轉載한다."고 밝힘으로써 『金色夜叉』의 완성이 고인의 「복안각서」에 의한 것임을 토로하고 있다.(한광수(2002) 앞의 논문, pp.128-129 참조)

구들의 도움으로 다시 참사람이 된 간이치가 역경에 처한 다른 친구들과 주변인물을 도와줌으로써 모두가 희망적인 삶을 회복한다.'는 보다 확장된 해피엔딩의 구조이다.

이러한 내용의 『金色夜叉』는 신문연재 초기부터 인기가 급상승하여 연재도중에 단행본으로 발간되었고, 뒤이어 신문 및 단행본의 삽화가 에마키絵巻로 제작되었으며, 각종 공연예술과 영상물 및 대중가요에 이르기까지 시대에 따른 장르변용과정을 거치면서 민중 속으로 파고들었다. 그 대표적 장르만 간략하게 살펴보겠다.

신파극 「金色夜叉」는 신문연재 도중이던 1898년 3월 가와카미 오토지로川上音二郎에 의해 처음 연극으로 공연된 이래 수많은 신파극단에 의해 무대에 올려졌다. 초기에는 원작이 미완성이었던 까닭에 연극도 미완성인 상태로 결말지어졌지만, 1905년 후요의 완결편이 가미된 각본으로 연극 「金色夜叉」(1906년 6월 도쿄 〈眞砂座〉상연)는 한층 완성미를 보여주었다.

다음은 삽화부분이다. 원작이 연재된 〈読売新聞〉의 삽화는 초기에는 가지다 한코梶田半古(1870~1917)가 맡아 총35회 수록하였고, 뒤이어 발행된 단행본 속지의 삽화는 다케우치 게이슈武内桂舟(1861~1942)와 가부라기 기요가타鏑木清方(1878~1972) 등이 담당[6]하였다. 울면서 매달리는 미야를 뿌리치며 발로 차는 간이치의 모습을 담은 삽화는 압권이었다.

6 김지혜(2010) 「일제강점초기 식민지문화의 재편, 신문소설삽화 〈長恨夢〉」 「미술사논단」 제31집 한국미술연구소, p.109

〈그림 1〉 武内桂舟의 삽화(1898, 春陽堂)

〈그림 2〉 鏑木清方의 삽화(1912, 春陽堂)

이후 신문소설 삽화는 근대의 이미지를 유포하는 새로운 시각미술로 자리 잡게 되었으며, 신문과 단행본에 삽입된 관련 삽화는 1912년 가부라기 기요가타에 의해 「金色夜叉絵巻」로 제작 보급되면서 원작 이미지의 대중적 확산에 크게 기여하였다.

영화와 TV드라마 등 영상물 제작도 빼놓을 수 없다. 1912년 처음 영화로 만들어진 이래 현재에 이르기까지 수십 편의 영상물(1954년까지는 영화가, TV방송이 시작된 1955년 이후는 드라마가 우세함)로 제작되어 관객 및 안방 시청자들을 열광시켰다.

이 모든 공연물이나 드라마 및 영상물의 효과를 극대화 할 수 있는 것은 단연 '음악'일 것이다. 음향시설이 갖추어지지 않았던 신파극 초기에는 상황에 따른 대사나 해설로서 그 효과를 대체하였던 것을, 원작의 내용을 가미한 엔카 「金色夜叉の歌」(1909, 添田唖蝉坊 作)를 주제곡이나 삽입곡으로 사용하면서 극적인 효과를 더하게 되었음은 물론이다. 흑백 무성영화 시절 스크린 뒤에서 부르던 영화음악으로부터 토키영화를 거쳐 TV드라마에 이르기까지 영상의 잔영과 함께 주제곡과 삽입곡의 여운은 지속되었을 것이며, 무심코 흥얼거리는 가운데 원작으로의 여정이 이어졌을 것이다. 이야말로 남녀노소 전 계층이 공감하고 향유하였던 민중의 소리이자 시대의 취향이었던 것이다.

3. 시대의 소리, 시대의 취향

메이지전기의 일본사회는 서양음악이 유입되자, 생활에서 부르는 가요의 판도도 이전과는 현격한 차이를 드러내게 된다. 이 시기는 와카和歌나 하이쿠俳句의 계보를 잇는 문학의 한 장르로서의 '우타歌'가 지속되는 한편, 국가적 차원에서 보급된 '唱歌', '軍歌' 그리고 민간적 차원에서 자생한 '엔카'가 개혁의 급물살을 타고 점차 확산되어 갔다. 이들 가요는 시대에 적확하게 대응하기 보다는 어느 시기에는 수요층에 따라 공존하기도 하였고, 또 어느 시기가 되면 한 장르가 우세해진 반면 다른 장르는 쇠퇴하거나 약간 변형된 장르로서 나름의 변화와 반전을 거듭하였다.

이러한 움직임 속에서 「金色夜叉の歌」는 시대를 달리하는 두 엔카시演歌師 소에다 아젠보(添田唖蝉坊, 이하 '아젠보')와 미야지마 이쿠호(宮島郁芳, 이하 '이쿠호')[7]에 의해 운문화 되었다. 두 곡 공히 당초에는

7 宮島郁芳(1894~1972) : 본명 敬二, 가난한 농가에서 태어난 미야지마 이쿠호는 소학교를 졸업하고(1910) 가족과 함께 상경하여 신문배달, 인쇄공 등을 하면서 중학(順天中学校)을 마치고 문학에의 꿈을 이루기 위해 와세다대학 문과 예과과정에 입학하였으나 다이쇼데모크라시와 더불어 확산된 사회주의사상에 공명하여 사회주의운동에 참가하였다가 特高警察에 검거된바 있으며, 결국 대학수업료를 내지 못해 중퇴하였다. 이후 생활을 영위하기 위해 演歌師가 되었다. 24세(1918) 때 아사쿠사에서 상연된 연극 『金色夜叉』가 대호평을 받았던 데서 구상을 얻어 만든 「金色夜叉の歌」가 폭발적인 인기를 끌면서 뒤이어 演歌師로서 입지를 굳히게 되었고, 이후 매년 1월 17일 熱海市 에서 열리는 紅葉祭에 초대되었다. 만년(1972년)에 나카무라 테츠로(中村哲郎)에 의해 카시와자키시(柏崎市)에 金色夜叉의 노래비가 세워졌는데, 미야지마 이쿠호는 이 제막식에 참석한 것을 끝으로 사망하였다.(출처 : http://search.yahoo.co.jp/search 검색일: 2013. 3. 10)

7・5조의 정형화된 율격에 당시 유행하던 곡을 차용하여 직접 부르며 전파하였는데, 후자는 바로 고토 시운後藤紫雲에 의해 개작된 곡으로 불리면서 크게 유행하였다. 본 장에서는 시대를 달리하여 발표한「金色夜叉の歌」에서 대중음악의 변천사와 이를 보는 작자의 시각, 아울러 이를 향유하며 삶의 애환을 나누었던 민중들의 감성과 취향에 집중해 보려고 한다.

3.1 演歌시대의「金色夜叉の歌」

예로부터 산문문학이 운문화되어 '우타歌'로 불리는 현상은 간혹 있었던 일이었지만, 근대라는 시점에서 그것이 상당히 활성화되었음은 교육정책이나 국민교화차원에서 만들어진 唱歌에서 쉽게 찾아볼 수 있다. 민중 속에서 자생하였던 엔카 역시 이러한 경우가 허다하였는데, 그 대표적인 것이『金色夜叉』의 극적인 부분을 패러디한「金色夜叉の歌」일 것이다.

1909년 당대 최고의 엔카시 아젠보에 의해 만들어진「金色夜叉の歌」는 원작의 가장 극적인 부분을 7・5조 운문으로 축약하여 唱歌「美しき天然」(1902)의 곡조에 붙여 보급하였다. 요나누키 단음계 3박자 왈츠풍의「美しき天然」은 당시 모르는 사람이 없을 정도로 애창되던 唱歌였기에 민중들에게는 이미 익숙해진 선율이었다. 그 서두부분을 악보와 함께 대입하여 살펴보기로 하자.

1. 봄안개 드리운 하늘인양 / 달빛도 아름다운 너른바다는
   등잔처럼 잔잔히 건너가는 / 어부가 젓는 노櫓소리 나른하네
2. 波路끝의 고기잡이 불은 / 안개를 엷게 물들이기 시작하고
   꿈을 펼쳐놓은 듯한 / 아타미해변의 봄날 저녁

3. 안개로 자욱한 소나무그늘 / 여기저기 걸으면서
   이야기하는 간이치와 / 시기사와미야의 얼굴에는
4. 감추인 허다한 시름이 / 얼굴빛에 드러나도 남의눈에는
   수묵화 같은 그 음영이 / 햇병아리 부부처럼 보이네[8]

〈악보 1〉

金色夜叉の歌[9]

一、 霞を布ける空ながら　月美しく海原は
　　油鉢の様に凪ぎ渡り　海人が漕ぐ櫓の声たゆく

二、 波路の末の漁り火は　霞を淡く染め出だし
　　夢を敷けるが如くなる　熱海の浜の春の宵

三、 霞に煙る松蔭を　彼方此方と歩みつゝ
　　語らふ寛一と　鴫沢宮がおもわには

四、 包むにあまる憂き事の　色に出づれど人目には
　　黒絵に似たるその影の　雛の妹背と見ゆるらむ

이렇게 시작되는 아젠보의 「金色夜叉の歌」는 원래 '아타미熱海의 場'에서 '시오바라塩原의 場'에 이르기까지 총5장 110여절이나 되는[10] 마치 한 편의 산문을 연상케 하는 장편 가타리우타語り唄이다. 본 텍스트에 소개된 시오바라 부분만 해도 이를 악보에 대입해보면 28절에 달하는 분량이다. 그런 까닭에 위와 같이 해설조의 정경묘사로부터 시작되

8 添田知道(1982) 『演歌の明治大正史』 刀水書房, pp.162-163 (원문은 〈악보 1〉의 우측과 동일)

9 텍스트에 소개된 添田啞蟬坊의 「金色夜叉の歌」는 절수 구분 없이 나열되어 있다. 인용문의 절수는 이의 악보 唱歌 「美しき天然」의 곡조에 맞춰 필자가 임의로 붙여놓은 것임을 밝혀둔다.

10 添田知道(1982) 앞의 책, p.161

며, 이어서 미야의 배신을 알아차린 간이치의 참담한 심정이 영상처럼 전개된다.

5. 영영토록 변치말자고 / 맹서한 나를 내동댕이치고
다른 남자에게 시집간다니 / 피어도 열매 없는 황매화의
6. 정욕의 미혹에서 깨어다오 / 깨어서 사랑으로 빚은 名酒
정결한 물방울로 살지않겠냐며 / 마음을 담아서 간이치가
7. 타이르는 말도 부질없네 / 도야마에게 마음을 빼앗겨버린
미야에겐 통사정한 보람도없네 / 남의 진심을 잊었다해도
8. 과감성 없는 도미야마를 동경하는 / 천박한 여자일줄
냉정한 여자일줄 / 나는 지금까지 알지 못했네
10. 참을 수 없는 간이치의 / 분노하는 눈엔 핏발이서고
애간장 끓어지는 가슴 찢어지는 / 그 고통에 간이치가
11. 굳게 깨문 입술은 / 피로 물들어 참혹하구나
몸은 부르르 전율하여 / 맥없이 주저앉고 쓰러지누나
13. 뺨을 비추는 잿빛 / 달빛도 슬퍼하는 듯
헐떡이는 숨소리 처연하게 / 가슴에 밀려드는 피의 메아리[11]

11 五、幾千代かけて變らじと/誓ひし我を振り捨てゝ/あだし男に嫁ぐとや/咲けど実らぬ山吹の
六、色の迷ひの夢さめよ/さめて恋てふうま酒の/聖き雫に生きずやと/心をこめて寛一が
七、さとす言葉も浮雲の/ 富に心を奪はるゝ/宮のはあはれ甲斐ぞなき/人の誠を忘れても
八、果敢なき富に憧るゝ/心卑しき女とは/心冷たき女とは/我は今日まで知らざりき
十、忍ぶに堪えぬ寛一の/逆立つ眼には朱をそゝぎ/腸煮えて胸裂けん/その苦悶に寛一が
十一、固く咬みたる唇は/血汐に染みて傷ましや/身はわなわなと打ち震ひ/尻居に撞と僵れたり
十三、頬を照らせる灰色の/月の光も悲しげに/泊れつ息は凄まじく/胸に波うつ血の響き

배신감으로 울부짖는 간이치의 비통한 심정 역시 해설조의 정경묘사로 이어지고 있어, 3인칭 객관자적 시점에서 바라보는 형식을 벗어나지 못하고 있다. 그러나 신파극에서 절정을 이루며 관객들과 일체감을 조성하였던 극적인 장면에서는 조금 다른 패턴을 보여주고 있다. 그 대사부분과 이에 해당하는 16절 이하를 살펴보자.

> 1월 17일, 미야여! 잘 기억해두오. 내년 이 달 이날 밤의 간이치는 어디서 이 달을 볼 것인가! 내후년의 이 달 이 밤..... 수십 년 후의 이 달 이 밤..... 평생토록 나는 이 밤 저 달을 잊지 않을거요. 잊기는커녕 죽어도 난 잊지 못할거요! 알겠소? 미야여 1월 17일이오. 내년 이 달 이 밤이 되면 저 달은 필시 내 눈물로 인해 흐려 보일테니까. 달이... 달이.... 달이.... 흐려진다면, 미야여! 간이치는 어디선가 당신을 원망하며 오늘밤처럼 울고 있을거라 생각해주오.[12]

16. 힘없이 우는 간이치는 / 매달리는 미야의 손을 뿌리치며
    미야여! 영원토록 1월의 / 17일을 잊지말거라
19. 어디에서 달을 보더라도 / 나는 잊지않으려오 이 저녁의
    달은 분명 오래토록 / 내가 흘린 눈물로 흐려있겠지
20. 달이 흐려지고 그 때는 / 오늘저녁처럼 간이치가
    못다한 수많은 원한을 / 달에게 하소연할거라 생각하라[13]

12 「一月十七日、宮さん、善く覚えてお置き。来年の今月今夜は、貫一は何処で此の月を見るのだか！再来年の今月今夜… 十年後の今月今夜… 一生を通して僕は今月今夜を忘れん、忘れるものか、死んでも僕は忘れんよ！　可いか、宮さん、一月の十七日だ。来年の今月今夜になったらば、僕の涙で必ず月は曇らして見せるから、月が……月が……月が……曇ったらば、宮さん、貫一は何処かでお前を恨んで、今夜のように泣いて居ると思ってくれ」

13 十六、力なくなく寛一は/縋れる宮の手を把りて/ 宮子よ永く一月の/十七日を忘れざれ

사죄하는 미야를 향해 간이치가 던진 최루성의 극치를 드러낸 위의 대사는 단음계의 구슬픈 「美しき天然」의 곡조와 어우러진 아젠보의 엔카와 더불어, '사랑에 속고 돈에 우는 간이치의 처절한 심정'을 신파조新派調로 극대화 하였다. 뒤이어 면피할 수 없는 죄책감에 괴로워하는 미야의 모습, 배신감에 분노하던 간이치가 미야의 옆구리를 걷어차는 장면, 해변 모래밭에 미야가 나뒹구는 장면 등으로 이어지다가 한많은 1월 17일의 달이 저무는 28절에서 '아타미의 場'은 마무리된다.

> 28. 불러봐도 대답은 파도소리뿐 / 그것인가 여길만한 자취도 없이
> 추억을 머금은 1월의 / 17일 달은 깊어만 가네[14]

3박자 단음계의 구슬픈 리듬을 타고 조곤조곤 이야기하는 형식을 취하고 있는 아젠보의 「金色夜叉の歌」는 이를 전파하는 엔카시와 '진다'(ジンタ ; 통속적인 음악을 연주하는 소인원의 취주악대, 필자 주)의 선율을 타고 서서히 일본전역으로 확산되어갔다.

그러나 아젠보의 「金色夜叉の歌」가 크게 붐을 일으키지는 못했던 까닭은 당시 시대상황이나 대중음악의 흐름을 무시한 아젠보식 작법에 있었던 것으로 보인다. 이 곡을 발표한 1909년은 국내외적으로 변화의 주기가 유독 가파른 그래프를 그리던 급변하던 시기였으며, 서양오페라가 본격적으로 유입되기 시작한 때였다. 이처럼 지루한 풍

十九、何処に月を見るとても/我は忘れじ此の宵の/　月は必ず永久に/我泣く涙に曇らせん
二十、月の曇りし其の時は/今宵の如く寛一が/ 尽きぬ恨みの数々を/月に泣くぞと思へかし

14 二八、呼べど答は浪の音/それかと思ふ影もなく/ 愁ひを含む一月の/十七日の月更くる

경묘사를 3박자 느린 템포로 이어가는 아젠보식 엔카가 박진감 넘치는 오페라 선율에 압도되어가던 젊은 층에게 어필되기는 어려웠을 것이다.

그럼에도 아젠보의「金色夜叉の歌」가 주목되었던 것은 원작의 극적인 부분을 일본전통의 정형시 '와카'나 '하이쿠'의 율격에 담아 대중음악으로 재생산해냄으로써, 시간적 템포가 비교적 완만했던 장년층의 호응도 면에서나, 황금만능주의가 만연했던 시기 일본사회의 세태와 젊은이들의 러브라인을 대중예술로 승화시켰다는 점에서 또 다른 가치를 찾을 수 있다 하겠다.

3.2「金色夜叉の歌」와 大正의 취향

소설『金色夜叉』를 패러디한 엔카가 민중들의 감성을 뒤흔들며 크게 유행하게 된 것은 1918년 미야지마 이쿠호와 고토 시운後藤紫雲에 의해 새롭게 태어난 동명의「金色夜叉の歌」이다. 아사쿠사에서 상연되던 연극「金色夜叉」에서 구상을 얻어 새롭게 만든 이쿠호의「金色夜叉の歌」가 아젠보의 그것에 비해 삽시간에 폭발적인 붐을 일으켰던 것은 내용의 구성이나 표현방식은 물론이려니와 악곡 면에서도 다이쇼의 취향을 그대로 담아내었기 때문일 것이다.

여기서 짚어보아야 할 것은 1918년 고토 시운이 작곡한「金色夜叉の歌」의 악곡이 '旧制一高(현 도쿄대 교양학부)'의 〈기숙사가寮歌〉「도쿄 하늘에 동풍이 불어都の空に東風吹きて」[15]와 매우 흡사하다는 점이다. 당시 이쿠호의「金色夜叉の歌」가 1904년 스즈키 미치가타鈴木充形가 작곡한 旧制一高 〈寮歌〉의 선율을 차용하였다는 설[16]이 지배적이었던 것은 이

15 穂積重遠 詞・鈴木充形 曲(1904)「都の空に東風吹きて」第14回紀念祭北寮寮歌
16 山內文登(2000)「한국에서의 일본 대중문화 수용에 관한 역사적 고찰 - 구한말~

러한 까닭으로 보인다. 논란의 대상이 된 두 악보를 직접 비교해 보겠다.

두 악보를 비교해보면 개작으로 보아도 무방할 만큼 유사한 면을 보여주고 있다. 그럼에도 이 두곡에서 드러난 차이점은 4행 마지막부분의 리듬이 다르다는 것과, 〈악보 3〉의 2 3 4행이 8분 쉼표로 시작하여 엇박자의 느낌을 부여하고 있다는 점이다. 더욱이 〈악보 2〉는」는 요나누키 장음계 2박자에 붓점리듬으로 되어 있어 경쾌하고 리드미컬한 반면, 〈악보 3〉은 동일한 리듬, 동일한 템포이면서도 단음계인 까닭에 다소 구슬픈 느낌을 준다는 점도 그렇다.

어쨌든 이쿠호의 「金色夜叉の歌」는 때로는 러일전쟁 직전 전의앙양을 촉진하였던 경쾌하고 리드미컬한 旧制一高 〈寮歌〉의 선율로, 때로는 끊어질듯 이어지는 고토 시운의 구슬픈 단음계의 선율을 타고 삽시

일제강점기 창가와 유행가를 중심으로」, 한국외대 석사논문, pp.101-102 참조

간에 폭발적인 붐을 일으켜, 1920~21년경에는 전국적으로 유행하게 되었다. 전자가 식자층에게 이미 익숙해진 선율이었다는 점도 있지만, 후자는 그 리듬과 선율에서 크게 벗어나지 않는 단음계를 채택함으로써 취향에 따른 동반상승 효과를 야기한 듯하다.

이쿠호식 가사歌詞의 구성이나 표현방식 또한 이러한 선율에 적확하게 어우러져 이의 확산에 큰 로열티로 작용하였다. 무엇보다도 전주前奏 후 바로 1절에서 두 히로인의 이별장면을 부각한 것과(아젠보의「金色夜叉の歌」에서는 17절에 해당함) 오페라식 표현방식을 취하여 강한 임팩트를 부여함이 그것이다.

1. 아타미 해변을 산책하는 / 간이치 오미야 둘이서 나란히
   함께 걷는 것도 오늘 뿐이요 / 함께 이야기하는 것도 오늘 뿐이리
2. 내가 학교를 마칠 때까지 / 어째서 미야는 기다리지 않았소?
   내가 지아비로 부족하단 말이오? / 아니면 돈이 욕심이 났소?
3. 지아비로 부족함은 없었지만 / 그대의 유학길을 열어주려고
   부모님의 말씀을 따라서 / 도미야마 집안으로 시집갔다오
4. 그렇다 해도 미야여 간이치는 / 이래봬도 나도 한 남자로서
   결혼할 여자를 돈으로 바꾸어 / 유학이나 갈 놈은 아니잖소?[17]

17 一、熱海の海岸散歩する/貫一お宮の二人連れ/共に歩むも今日限り/共に語るも今日限り
二、僕が学校終(お)えるまで/何故に宮さん待たなんだ/夫に不足が出来たのか/さもなきゃお金が欲しいのか
三、夫に不足はないけれど/あなたを洋行さすが為　/父母の教えに従いて/富山一家に嫁しずかん
四、如何に宮さん貫一は/これでも吾れも一個の男子なり/理想の妻を金に替え/洋行するよな僕(者)じゃない (永岡貞市(1980)『日本演歌大全集』永岡書店, p.355 이하 동)

당시 유행가요의 판도는 서양오페라가 대중의 인기를 모으면서 오페라삽입곡이 새로이 유행가의 대열에 합류하게 되었는데, 이는 엔카의 판도에도 적잖은 변화를 가져왔다. 여기에 스피디한 방향전환, 즉 아젠보의 엔카에서는 20절에서나 볼 수 있었던 극적인 장면을 5절로 앞당긴 것이나, 10절 이하에 간이치의 차후 삶의 방식을 예고하는 것 또한 급변하는 시대와 어우러지는 구성으로 또 하나의 로열티가 된 듯하다.

5. 미야여 반드시 내년의 / 이 달 오늘 밤 이 달빛은
내 눈물로 흐리게 하여 / 보여주겠소. 남자의 기개로서
10. 아— 나라도 부자였다면 / 이 치욕은 당하지 않을 것을
좋다. 나도 남자된 바에는 / 태산만한 富를 이룩해야지[18]

고요의 원작을 보면 실로 간이치는 돈을 쫓아 사랑을 버린 미야를 저주하고, 그 때문에 고리대금업에 뛰어들어 갖은 악행을 저지르며 돈을 모으려고 애를 쓴다. 그러나 그렇게 해서 축적한 재물로 자기를 배신한 미야를 파멸시키려는 것은 아니다. 때문에 이쿠호는 두 사람이 제각각 돈의 노예가 되어버린 것에 대한 스스로의 책망과 후회하는 장면을 보다 감각적인 터치로 표현함으로써 애틋함을 자아내려 하고 있다.

13. 생각이 복잡해질 때마다 / 이상하게 미야가 떠오르누나
6년전의 얼굴(안색)도 / 이젠 야위어 옛모습 간곳없네

18 五、宮さん必ず来年の/今月今夜のこの月は/僕の涙でくもらして/見せるよ男子の意気地から
十、ああ我とても富たらば/この生き恥は見るまじを/よし我とても男子なり/山なす富を造り出で

17. 미야는 눈물을 뚝뚝 흘리며 / 나는 도미야마에게 시집간 날부터
여기서 6년의 하루라도 / 당신을 생각하지 않는 날은 없었다오

18. 그저 조석으로 당신모습만 / 공허하게 가슴에 그리면서
이 세월이 지나갔다오. / 그 마음을 불쌍히 여겨주세요

19. 용서해달라며 내 죄라며 / 울며불며 애절하게 사죄하는 것을
때마침 저멀리 석양의 / 종소리 아스라이 울려퍼지네 [19]

이쿠호의 「金色夜叉の歌」가 분량 면에서 아젠보에 훨씬 못 미치면서도 원작을 충분히 반영한 것으로 여겨지는 것은 '참사랑'과 '큰사랑'이라는 키워드에서 해법을 찾고자 하였던 두 원작자의 의중을 19절의 3, 4행에 유감없이 담아낸 데서 알 수 있다. '때마침 울려 퍼지는 종소리'가 주는 공명은 용서와 화해의 울림이며, 원작의 진정한 의중을 파악한 이쿠호가 가창자 모두에게 부여한 진정한 사랑의 메시지였던 것이다.

다이쇼 중반 이쿠호에 의해 새롭게 재편된 「金色夜叉の歌」는 이전에 비해 한껏 절제의 묘미를 드러내고 있음이 파악되었다. 그것은 앞서 살폈듯이 내용면에서나 구성면에서 두드러지는데, 〈제1차 세계대전〉 이후 또다시 황금만능주가 팽배해져 가는 현실에서 황금의 편리함을 추구하는 민중의 심리에 대한 경계와, 절제된 오페라식 구성에 있

19 十三、思い乱るる折からに/怪しく宮ぞ入り来(きた)る/六年前の顔も/今はやつれて影もなく
十七、宮子は涙払いつつ/我富山に嫁(ゆ)きてより/茲に六年の一日とて/御身を思わぬ日はあらじ
十八、只明け暮れに御姿を/空しく胸に描きつつ/この年月は過ぎたりし/其の心根を憐(あわ)れみて
十九、許させ給え我罪と/泣きつ叫びつ詫び入るを/折りしもあれや夕暮れの/鐘の音遠くひびくなり

었다. 여기에 붓점리듬을 살린 엇박자로 절제미를 한껏 살리고, 구슬픈 가사내용과 어우러질 수 있는 단음계의 악곡으로 주인공의 애절한 상황을 부각하는 등 대중을 흡인할 수 있는 요건은 거의 갖춘 셈이라 하겠다. 이러한 演歌의 악곡은 그동안 唱歌나 軍歌의 선율에 익숙해 있던 민중들에게 새로운 콘셉트를 선보였으니 이야말로 다이쇼의 취향이 대중음악에 그대로 반영되었다고 볼 수 있겠다.

3.3 「金色夜叉の歌」의 재조명, 재해석

쇼와기에 들어 라디오 방송과 유성기 및 레코드의 보급에 의한 음반시장이 성행하게 되면서 엔카시에 의해 보급되던 엔카는 점차 사양길로 접어들게 된다. 이는 그간의 일인다역一人多役의 시대에서 작사자, 작곡자, 가수, 그리고 이의 상업화를 위한 기획사 등이 분업화됨에 따라, 바야흐로 대중음악의 전문화시대가 도래한 것이다. 따라서 작자가 자신의 곡을 가장 잘 소화해 낼 수 있는 가수에게 곡을 주어 부르게 하였고, 그것이 대중음악계의 일반적인 시스템으로 정착되어 갔다. 대중과의 직접적인 만남과 소통이 이루어지는 가수의 능력에 대중음악의 성패가 달려있기 때문이다.

이후의 「金色夜叉の歌」는 거의 이쿠호의 작품으로 고착되었다. 그리고 그 대부분은 7절로 종결되는 가운데 장르변화와 시대의 흐름에 따라, 또 부르는 가수에 따라 다양한 악곡으로 편곡되어 불렸으며, 라디오방송, 유성기, 음반SP의 상업적 성공에 힘입어 널리 퍼져나갔다. 그 가운데 1965년 킹레코드사가 기획하여 유례없는 대히트를 기록하였던 「金色夜叉の歌」는 당시 유명한 남자가수 쇼지 타로東海林太郎와 여가수 마쓰시마 우타코松島詩子를 듀엣으로 내세워 대화 형식으로 부르게 함으로써 그 옛날의 우타가키歌垣를 연상케 하고 있다는 점이 이채롭다.

1. (男女)

아타미 해변을 산책하는 / 간이치 오미야 둘이서 나란히
함께 걷는 것도 오늘 뿐이요 / 함께 이야기하는 것도 오늘 뿐이리

2. (男)

내가 학교를 마칠 때까지 / 어째서 미야는 기다리지 않았소?
내가 지아비로 부족하단 말이오? / 아니면 돈이 욕심이 났소?

3. (女)

지아비로 부족함은 없었지만 / 그대의 유학길을 열어주려고
부모님의 말씀을 따라서 / 도미야마 집안으로 시집갔다오

4. (男)

그렇다 해도 미야여 간이치는 / 이래봬도 나도 한 남자로서
결혼할 여자를 돈으로 바꾸어 / 유학이나 갈 놈은 아니잖소?

5. (男)

미야여 반드시 내년의 / 이 달 오늘 밤 이 달빛은
내 눈물로 흐리게 하여 / 보여주겠소. 남자의 기개로서

6. (女)

다이아몬드에 눈이 어두워져 / 타서는 안되는 꽃가마를
사람은 몸가짐이 으뜸이지요 / 돈이란 이 세상에 돌고 도는 것

7. (男女)

사랑에 실패한 간이치는 / 매달리는 미야를 뿌리치고
통한의 눈물 뚝뚝 흘리니 / 홀로남은 물가에 달빛 서러워[20]

20 1절부터 5절까지는 각주 16) 17)과 동일하므로 생략하기로 함.
六、ダイヤモンドに目がくれて/乗ってはならぬ玉の輿/人は身持ちが第一よ/お金はこの世のまわりもの
七、戀に破れし貫一は/すがるお宮をつきはなし/無念の涙はらはらと/殘る渚に月淋し

당대에 유명한 남녀가수가 듀엣으로 취입한 이 앨범은 서두 1절은 남녀합창으로, 2절~6절은 남녀가 주고받는 대화형식으로, 마지막 7절은 다시 남녀합창곡으로 마무리하고 있다. 비록 이별의 당위성에 포커스를 두고는 있지만, 1960년대에 재조명된 「金色夜叉の歌」는 그 옛날 청춘남녀의 사랑고백의 場에서 성행했던 우타가키의 구성을 재현하고 있다는 점에서 또 다른 시도를 보여준 셈이다.

또 하나 이시기의 「金色夜叉の歌」가 7절로 종결된 것도 빼놓을 수 없는 부분이다. 여기에는 갈수록 변화의 주기가 짧아지는 신세대의 취향에 부응하는 면도 있었겠지만, 이야말로 대중의 호응도나 가창자 개개인의 상상력을 중시하였던 것이 아닐까 여겨진다. 이를테면 와카和歌의 31음(短歌, 5・7 / 5・7・7)이 17음(5・7・5)의 하이쿠俳句로 변용해 갈 때, 후반 7・7음을 독자의 상상력으로 돌렸듯이, 원작의 결말에 익숙해진 대중들에게 구태의연한 설명조의 결말보다는 개개인의 상상력에 파문을 던진 것은 아닐까? 이러한 점이 바로 이시기 「金色夜叉の歌」의 세일즈 포인트가 아니었나 싶은 것이다.

참으로 오랜 세월동안 수많은 민중들의 심금을 울렸던 『金色夜叉』는 전 문예문야에 걸쳐 유력한 소재가 되어 현재까지도 그 열광이 지속되고 있다. 그 열광이 시대를 초월하여 면면히 이어지고 있는 까닭에는 몇 가지 이유가 지적되는데, 그 첫째는, 여성의 희생을 자극하여 인간의 진정성을 묘사했다는 점이다. 정혼한 연인을 배신하고 돈 많은 남자를 택한다는 이유가 단순히 여성의 허영심만이 아닌 가족의 안위까지 고려한 것이라는 점에서 모두를 분노와 공감의 세계로 유인하였을 것이다. 둘째는, 작품의 테마에서 찾아볼 수 있다. 이 작품의 바탕은 '돈이냐? 사랑이냐?'라는 문제의식보다는 '사랑이 돈보다 훨씬 우위에 있다'는 영구불변한 진리를 내포하고 있다. 고래로부터 동서양의 명작에 되풀이되어온 이같은 진부한 테마가 『金色夜叉』의 열광을 지속케 하는 원천이었으리라는 것이다. 셋째는, 삼각구도와 인물 캐릭터에 담아낸 교훈이다. '재벌의 금권 : 미모의 여성 : 가난한 학생'이라는 삼자구도 안에서 사랑과 돈과 신념에 울부짖고 갈등하는 주인공의 아픔이란 현대의 삶에도 그대로 적용되고 있기 때문이다.

마지막으로 등장인물의 작명에 따른 캐릭터에 일본정신大和魂을 담아 교훈하고 있다는 점이다. 남자주인공 '하자마 간이치間寛一'는 이름 그대로 금전과 애욕사이はざま, 間에서 갈등하면서도 일관되게 자신의 삶의 방식을 관철해나가는寛一 캐릭터를 부여하고, 여주인공 '오미야お宮'에게는 일본인의 정신세계를 지배하는 神社(お宮)의 의미를 담은 캐릭터를 부여함으로써, 중심인물로 하여금 어떠한 난관에 부딪혀도 그 모습을 떠올리며 극복할 수 있는 마음가짐과, 그래서 끝까지 사랑해야 할 대상으로 삼고 있음이 그것이다. 『金色夜叉』의 열광이 시대를 초월하여 지속되는 것은 이러한 의미의 재해석이 그 저변에 자리하고 있기 때문이 아닐까?

4. 明治文學의 대중화

이상으로 메이지문학의 대중화와 일반화의 기폭제가 되었던 엔카「金色夜叉の歌」에서 당시 원작의 장르변화에 따른 대중예술적 가치 정립과 이의 파장, 그리고 그것이 현대의 일본인에게 어떠한 의미를 부여하고 있는지를 살펴보았다.

사회의 전 계층을 아우르며 폭넓은 독자층을 형성하였던 소설『金色夜叉』는 여러 문예장르의 적극적인 상호영향관계 속에서 시대의 변

화에 따른 다양한 시도를 보여주고 있었다. 이는 특히 대중가요에서 부각되는데, 먼저 아젠보의 「金色夜叉の歌」는 메이지 중후반의 일본 사회에서 돈에 얽힌 사랑의 갈등구조의 가장 극적인 부분을 누구에게나 익숙해진 唱歌의 선율에 담아 메이지기 민중의 러브라인의 실상을 리얼하게 재생시키고 있었으며, 다이쇼 중반에 새롭게 재편된 이쿠호의 「金色夜叉の歌」는 오페라식 구성과 붓점리듬을 살린 엇박자에 단음계를 채택함으로써 다이쇼의 취향을 엿보게 하였다. 쇼와기에 들어서는 방송과 유성기 및 음반의 보급이 활성화됨에 따라 대중가요 제작과 보급방식이 일인다역一人多役의 시대에서 각 분야별로 세분화 전문화된 시스템으로 정착되어 갔다.

1909년 처음 엔카로 만들어진 이래 「金色夜叉の歌」는 참으로 오랜 세월동안 다른 문예장르와 더불어 수많은 민중들의 심금을 울리며 시대에 따라 다양한 변화를 시도함으로써 다각적으로 재조명, 재해석되었다. 갈수록 변화의 주기가 짧아지는 신세대의 취향에 따라 길이를 7절로 종결하였다는 것과 이전과는 다른 색다른 가창법의 시도가 그것이며, 그 옛날 성행하였던 우타가키 형식의 재현, 또는 축약된 하이쿠의 음수율의 의의를 연상케 함으로써 가장 일본적인 방향으로 선회하였다는 점이 그것이다. 등장인물의 삼각구도와 인물 캐릭터의 저변에 일본정신의 교훈을 담아낸 기발한 아이템을 사용하고 있었다는 점도 빼놓을 수 없는 부분이라 하겠다.

가장 현실성 있는 테마와 이에 적확하게 어우러지는 악곡으로 남녀노소 모두의 공감을 이끌어낸 데다, 시대의 흐름과 수요자의 취향에 따라 과감하고도 색다른 시도를 보여준 엔카 「金色夜叉の歌」의 저변에 내포되어 있는 교훈이야말로 그 열광이 시대를 초월하여 지속되는 요인이 아닐까 여겨지는 것이다.

제 3 장

대중예술의 공간이동

Ⅰ. 근대 한일 영화와 대중가요의 相乘作用

Ⅱ. 근대 조선에서 유행한 일본 대중번안가요

Ⅲ. 〈學徒歌〉의 본질과 계몽의 양면성

Ⅳ. 조선에서 불린 고가 마사오의 엔카

제국의 전시가요 연구

Ⅰ. 근대 한일 영화와 대중가요의 相乘作用*

김서은

1. 복합미디어와 대중음악

일제강점기의 대중음악은 한국 대중음악사에서 중요한 위치를 차지한다. 또한 이 시기에 만들어진 '유행가'라는 용어는 '당대에 유행하는 음악'이라는 뜻으로, 대중음악이나 전통음악에서 인기가 있는 곡을 지칭하였다. 이후 '유행가'의 의미가 넓어지면서 당시 유행하는 노래를 지칭하는 동시에 대중음악과 동의어로 사용되기도 하였고 '일본 대

* 이 글은 2015년 6월 한국일본어문학회「日本語文學」(ISSN : 1226-0576) 제65집, pp.407-428에 실렸던 논문「근대 한일미디어와 대중가요의 相乘作用 考察」을 수정 보완한 것임.

중음악의 영향을 받아서 형성되었던 엔카演歌류'의 노래를 의미하기도 했다. 그럼에도 불구하고 지금까지 한국의 근대음악 연구는 시대적인 특수성을 지니고 있었기에 활발히 진행되지 못했다. 한국의 近代는 일본의 영향권에 놓여 있었고 동시대성을 지니고 상호교류를 하고 있었다. 따라서 근대 한일의 음악사를 하나의 흐름으로 살펴 볼 필요가 있을 것이라고 여겨진다.

특히 서양으로부터 발신된 새로운 문화들이 일본을 통해 유입되었기 때문에 음악과 더불어 영화, 레코드, 라디오, 방송과 같은 다양한 복합미디어들이 서로 상승작용을 일으키며 발전해 왔다고 볼 수 있다. 근대식 극장의 출현과 라디오나 유성음반을 포함한 음향매체의 등장이 근대음악사의 중요한 계기를 마련했으므로 이러한 복합미디어를 통한 대중음악의 발달을 살펴보는 작업은 대중음악 연구에 있어 중요한 요소일 것이다. 영화와 연극 유성기음반의 보급 확대, 라디오 방송의 시작은 근대 대중음악 발달사에서 음악 수용층을 확대시킴으로써 결정적인 역할을 담당했기 때문이다.

지금까지의 영화와 음악에 대한 선행연구들[1]을 살펴보면 주로 조선에서 실시되었던 국책영화와 영화음악에 포커스가 맞추어져 있다.

따라서 본 연구에서는 일본까지 영역을 확장하여 일본을 무대로 하

1 이 시기를 중심으로 영화에 대해 연구한 선행연구를 살펴보면 김려실(2005) 「태평양 전쟁기 일제의 선전영화와 아동동원」; 김수남(2005) 「일제말기 어용영화에 대한 논의」; 문재철(2006) 「일제말기 국책영화의 스타일에 대한 일 연구」; 김금동(2007) 「일제강점기 친일영화에 나타난 독일나치영화의 영향」; 조혜정(2008) 「일제강점말기 "영화신체제"와 조선영화(인)의 상호작용 연구」 등이 있다. 그리고 중일전쟁부터 태평양전쟁까지 조선영화와 일본영화가 어떻게 기획, 제작, 상영되었는지 파악하고 조선영화와 일본영화의 상호작용에 대해 분석 연구한 함충범(2009) 「전시체제하의 조선영화, 일본영화 연구(1937~1945)」, 한양대학교 박사논문이 있으며, 또 영화음악에 대한 연구로는 조순자(2011) 「일제강점기 국책선전 극영화의 음악 연구」, 중앙대 석사논문 등을 들 수 있겠다.

여 유행하던 대중가요를 모아놓은 『일본엔카대전집日本演歌大全集』[2]에 실린 영화주제가를 분석 정리하여 당시 일본의 복합미디어와 음악의 발전양상과 그 영향을 받은 조선의 대중예술과의 관계성을 연구하고자 한다. 그리고 대중음악의 형성과정에서 상호보완 발전한 복합미디어들과의 관계성에 초점을 맞춰 살펴보고자 한다.

2. 영화와 OST의 태동

일본에서는 1924년 「조롱속의 새籠の鳥」 등 영화 주제가가 크게 유행하면서 영화는 유행가의 기반이 되기 시작한다. 또한 무성영화시대에 종지부를 찍고, 유성영화가 시작된 것이 1931년 여름부터로 이후 유성영화는 대도시를 중심으로 급속도로 보급되고 지방도시로 확산되면서 영화는 범국가적인 오락으로 성장하게 된다. 한편 유성영화의 소리는 노래로 연결되어 영화주제가가 탄생하는 계기를 마련한다. 도회지를 겨냥해서 만들어진 가요곡은 영화 주제곡으로서 중소도시 및 젊은 근로자들에게까지 확산되는 파급효과를 가져오게 된다.[3]

일본영화계에서 영화주제곡 제1호로 불리는 것은 1929년 미조구치 겐지溝口健二감독의 무성영화 〈도쿄행진곡東京行進曲〉의 주제곡 「도쿄행진곡」이다. 이 영화는 기쿠치 간菊池寛(1888~1948)의 동명 연재소설을 원

2 永岡書店 編(1978) 『日本演歌大全集』은 메이지(明治)부터 현재에 이르기까지 1969곡의 엔카를 집대성한 책이다. 본고에서는 이 책을 텍스트로 하여 일본영화 주제곡을 분석해 보았다. 표기방법은 영화는 〈 〉, 영화주제가는 「」으로 하고, 인용은 번역문(필자번역)으로, 인용문의 출처는 인용문 말미에 〈「곡목」, 쪽수〉 로 하겠다.

3 박전열 외(2000) 『일본의 문화와 예술 뉴 밀레니엄의 테마 21』 한누리미디어, p.405

작으로 만들었다. 물론 이전에도 히트곡을 근원으로 만들어진 영화들이 있기는 하였지만, 순수하게 영화를 위한 목적으로 만든 주제곡은 이 「도쿄행진곡」이 최초이며 큰 인기를 얻었다.

작사자 사이조 야소西條八十(1892~1970)도 "유행가와 영화의 콤비네이션 위력이 가장 현저히 발휘된 것"[4]이라고 밝히고 있다. 이것은 영화와 음악뿐 아니라 소설도 밀접한 관련이 있음을 단적으로 보여주는 부분이다. 이러한 유행가의 입체화 양상은 일본 대중문화 성립기에 일반적인 형태이기도 했다. 이 곡의 경우도 이러한 복수 미디어(문학-영화-음악)의 상호작용으로 25만장이라는 대기록을 세웠던 것이다.

> 1. 옛날 그리운 긴자의 버드나무 / 염문 뿌리던 중년여인을 누가 알까
> 재즈에 춤추고 리큐르에 깊어가네 / 날이 새면 댄서의 / 눈물은 비처럼
> 4. 영화를 볼까요? / 차를 마실까요? / 차라리 오다큐로 / 도망갈까요?
> 변해가는 신주쿠 그 무사시노는 / 달님도 백화점 지붕위로 뜨네[5]
>
> 〈「東京行進曲」〉

당시 이 노래가 유행한 것은 동경憧憬의 도시 도쿄의 모던함을 상징하듯 재즈, 리큐르, 댄서, 마루빌딩, 러시아워, 지하철, 시네마, 백화점 등 신풍속의 키워드가 제시되어 있기 때문이다. 또한 유행가 가사 속의 "오다큐로 도망가자"는 가사 내용 때문에 퇴폐적인 유행가 근절에 대한 논쟁까지 불거졌다고 하니 그 인기를 반증한 것이라고 할 수 있겠다.

4 西條八十(1932)「流行歌漫談」『中央公論』4월호.

5 一、昔恋しい 銀座の柳 / 仇な年増を/誰が知ろ / ジャズで踊って リキュルで更けて / 明けりゃダンサーの/涙雨
二、シネマ見ましょか お茶のみましょか / いっそ小田急で 逃げましょうか / かわる新宿 あの武蔵野の / 月もデパートの 屋根に出る

음악평론가 이바 다카시伊庭孝(1887～1937)는 "가사의 내용은 에도인의 수치이며, 외국의 유행가가 더 품위 있다."라며 비판했다. 또한 유행이라며 이 노래를 따라하는 것은 민중의 판단력 상실이며, 물질적 이익에 사로잡힌 제작자들이 민중을 타락시키는 것이라는 부정적인 관점을 가지고 있었다. 그러나 그의 혹평에도 불구하고 대중들은 근대도시 도쿄의 모던풍경을 노래한 「도쿄행진곡」을 흥얼거렸다.

'다이쇼 로망'의 시기에서 '쇼와 모던'으로 전환된 시대에 나카야마 신페이中山晋平(1887～1952)[6]의 멜로디는 대중들에게 새로운 감각을 선사하였다. 나카야마는 엔카풍의 음악적인 향수를 잃지 않는 라인에 서양 음악적인 선율의 작곡을 해서 대중의 정서에 공감을 불러일으켰다. 이 영화주제가 1호는 복수미디어의 상승작용을 이끌어냈으며 레코드로 유행을 주도하는 것이 아닌 당대의 가장 강력한 미디어들(영화, 잡지 등)을 등에 업고 유행을 창조함으로써 사회 문화의 구조를 변혁시켰다는 점에 첫 번째 의의가 있다.[7]

이렇게 시작된 영화주제곡은 대중들에게 사랑받는 일본 음악의 특징을 지닌 엔카演歌와 전시체제기로 접어들어, 정부에 의해 널리 보급되면서 사랑을 받는 군가軍歌라는 두 장르로 나뉘며 역사의 소용돌이 속에서 명암을 달리하게 된다.

조선의 경우는 도시화가 진전되는 과정에서 본격적으로 등장하기 시작한 극장이 레코드 산업의 형성기를 이해하기 위해 반드시 주목해

6 나카야마 신페이는 일본의 다이쇼와 쇼와기에 단조의 애수를 띤 요나누키 음계로 노래를 작곡하여 일본 최초의 유행가 황금기를 만들어낸 작곡가이다. 일본 대중음악사에서 최초로 등장한 엔카인 1914년 作 「카츄사의 노래」도 그의 작품이다. (박전열 외(2000) 앞의 책, p.399)

7 엄현섭(2007) 「植民地 韓日 大衆文化誌 比較硏究-「死의 讚美」와 「東京行進曲」을 중심으로」 「人文科學」 성균관대 인문과학연구소, pp.17-18

야 할 대상이다. 20세기 초, '협률사協律社'의 등장과 함께 시작된 근대적인 극장의 출발은 대중들의 음악을 향유하는 방법을 바꾸어 놓았음은 물론 극장이 지니는 고유한 성격에 얼마나 잘 어울릴 수 있는가를 기준으로 특정한 스타일의 장르들이 부침浮沈을 경험해야 했다.

레코드의 등장과 마찬가지로 극장의 출발 자체도 개항이후 일본과 청나라 문화 유입의 영향 속에서 이루어졌던 것이었다. 그리고 극장의 설립 초기에는 한국 고유의 공연물들이 무대 위에 올려졌다. 그러나 시간이 흐르고 일제에 의한 조선 강제병합이 완료되는 1910년대에 이르러 본격적으로 일본문화로부터 유입된 신파극新派劇이 조선의 극장 무대를 주도하기 시작했다.

이렇듯 신파극이 경성에서 큰 인기를 얻게 됨에 따라 신파극의 삽입곡도 덩달아 인기를 얻게 되었다. 그런데 초기 신파극의 주요 레퍼토리들은 알다시피 대부분 일본에서 큰 인기를 얻었던 신파극을 번안한 내용들이었다.[8] 당연히 신파극과 함께 대중들의 인기를 얻었던 신파극 삽입가, 예컨대 「카츄샤의 노래」, 「장한몽가」 등의 인기 유행가들은 일본의 노래를 번안한 것이었고 초기 유행가의 주요 레퍼토리를 형성했다. 이러한 노래들은 학교 창가 및 교회음악과 더불어 초기 도시 대중의 음악적 감수성 형성에 중요한 디딤돌이 되었다.[9]

한편 조선에서 영화주제가로 유명한 작품은 1926년 나운규가 주연, 감독한 〈아리랑〉이었다. 식민지하 조선인의 억압과 슬픔을 단적으로 표현한 영화의 마지막 장면에서 가수 이정숙의 「아리랑」이 흐르면 관객들도 흐느끼며 함께 합창할 정도로 인기를 누렸다.

8 유민영(1996) 『한국근대연극사』 단국대학교출판부, pp.243-244

9 김병오(2005) 「일제시대 레코드대중화과정 연구」 한국종합예술학교 음악원, pp.15-16

> 요사이는 「아리랑 타령」이 어찌나 유행되는지, 밥 짓는 어멈도 「아리랑」, 공부하는 남녀학생도 「아리랑」, 젓내나는 어린아이도 「아리랑」을 부른다. 심지어 어떤 여학교에서는 창가시험을 보는데, 학생이 집에서 혼자 「아리랑 타령」을 하던 것이 버릇이 되어 다른 창가를 한다는 것이 「아리랑 타령」을 하여 선생님께 꾸지람을 듣고 〈중략〉 하여간 서울에 그 노래가 퍽 유행하는 것은 사실이다. 나운규 군의 〈아리랑〉영화가 여러 사람의 환영을 받은 만큼 그 영향이 일반 가정이나 학교에 미치는 것 또한 적지 않다.

위의 인용문은 「별건곤」 1928년 12월호에 실린 글이다. 위의 글을 통해서도 알 수 있듯이 〈아리랑〉은 어린아이에서 어른에 이르기까지 상당한 인기를 끌었다. 그 결과 〈아리랑〉은 영화뿐만 아니라 연극, 무용, 댄스곡으로 만들어지기도 하고 역으로 일본에 수출되기도 하였다.[10] 이처럼 당시의 음악은 복합미디어를 통해 발전되고 유행되었으며 미디어간의 재해석을 통해 또 다른 문화예술로 탄생되기도 하였다.

3. 영화주제가로서의 演歌의 역할

〈청일전쟁〉과 〈러일전쟁〉을 배경으로 메이지明治 후기에 형성된 사회주의사상이나 자유사상은 점차 사람들 사이에 침투되어 다이쇼大正 초기에는 정치뿐만 아니라 문학, 연예방면에도 새로운 움직임을 보였다. 문학계는 이상주의理想主義, 낭만주의浪漫主義, 인도주의人道主義의 각 파가 활발하게 창작활동을 전개하였고 연예계에는 신연극新演劇, 가극歌劇, 영

10 장유정(2006) 『오빠는 풍각쟁이야』 민음사, p.111

화 등 새로운 장르가 대두되었다. 그 중 1914년 제국극장에서 상연된 톨스토이 원작의 번역극 〈부활〉은 인도주의의 조류를 타서 대성공을 거두었다. 그리고 극중에서 주인공이 부르는 노래인 「카츄샤의 노래カチューシャの唄」의 작곡가 역시 일본 영화주제가 1호 작곡가 나카야마 신페이였다. 그가 작곡한 요나누키 음계의 노래들이 잇따라 히트를 해 신페이부시晋平節라는 말까지 생기게 된다.[11] 텍스트 『일본엔카대전집日本演歌大全集』에도 상당수의 영화주제가가 수록되어 있었다.

〈표 1〉『일본엔카대전집』에 수록된 영화주제가

주제가	년도	영화명	작사	작곡
東京行進曲	1929	東京行進曲	西條八十	中山晋平
君恋し	1929	君恋し	時雨音羽	佐々紅華
沓掛小唄	1929	沓掛時次郎	長谷川伸	奥山貞吉
唐人お吉の唄明烏	1930	唐人お吉	西條八十	佐々紅華
麗人の唄	1930	麗人	サトウハチロー	堀内敬三
女給の唄	1931	女給	西條八十	塩尻精八
侍ニッポン	1931	侍ニッポン	西條八十	松平信博
銀座の柳	1932	銀座の柳	西條八十	中山晋平
天国に結ぶ恋	1932	天国に結ぶ恋	西條八十	松平信博
十九の春	1933	十九の春	西條八十	江口夜詩
天竜下れば	1933	天竜下れば	長田幹彦	中山晋平
赤城の子守唄	1934	板割りの浅太郎	佐藤惣之助	竹岡信幸
国境の町	1934	国境の町	大木惇夫	阿部武雄
雨に咲く花	1935	突破無電	高橋掬太郎	池田不二男
流転	1937	流転	藤田まさと	阿部武雄
旅の夜風	1938	愛染かつら	西條八十	万城目正
悲しき子守唄	1938	〃	西條八十	竹岡信幸
純情の丘	1938	新女性問答	西條八十	万城目正
愛染夜曲	1939	続·愛染かつら	西條八十	万城目正

11 안성민(2000) 「식민지시대 流行歌에 끼친 일본 演歌의 영향」 한양대 석사논문, p.31

愛染草紙	1939	愛染かつら, 完結篇	西條八十	万城目正
暁に祈る	1940	聖戦愛馬譜, 暁に祈る	野村俊夫	古関裕而
愛馬花嫁	1940	〃	西條八十	万城目正
支那の夜	1940	支那の夜	西條八十	竹岡信幸
蘇州夜曲	1940	〃	西條八十	服部良一
高原の月	1942	高原の月	西條八十	仁木他喜雄
湯島の白梅	1942	婦系図	佐伯孝夫	清水保雄
勘太郎月夜唄	1943	伊那の勘太郎	佐伯孝夫	清水保雄

위의 영화주제가에서도 역시 신페이부시 곡들이 눈에 띄는데, 이러한 신페이부시류 곡들은 레코드 산업과 영화산업의 결합으로 유행가가 되었다. 연극 중 삽입된 노래의 인기에 힘입어 노래를 주제로 하여 영화가 만들어지는 역현상까지 생겨났다.

그의 노래들 중 1932년 고쇼 헤이노스케五所平之助[12]감독의 〈긴자의 버드나무銀座の柳〉의 동명주제가는 1929년에 센세이션을 일으킨 「도쿄행진곡」의 후속편으로 만든 곡이다. 「도쿄행진곡」의 서두에서도 '옛날의 그리운 긴자의 버드나무'라고 '버드나무'를 예찬하지만, 당시 긴자에는 버드나무 가로수길이 없었다고 한다. 오히려 '기생芸者'의 비유일

12 고쇼 헤이노스케(五所平之助, 1902~1981)감독은 게이오(慶応)상업학교를 졸업하고 1923년 쇼치쿠 가마다 촬영소에 들어가 영화를 배웠다. 쇼와초기 청춘영화의 대표작가로 활동하였고, 사람들에 대한 동정, 저돌적인 정의감, 과도한 감상 등을 포함한 시적인 기분을 강조하는 영화를 만들었다. 그는 1925년 〈남도의 봄(南島の春)〉으로 감독으로 데뷔, 1931년 일본최초의 토키영화인 〈마담과 부인(マダムと女房)〉을 만들었다. 1933년에는 가와바타 야스나리(川端康成) 원작의 〈이즈의 무희(伊豆の踊子)〉를 영화화하며 자신의 세계를 잘 표현해냈다. 전후에는 1948년 도호(東宝)쟁의 싸움에서 노동자의 입장에 서서 회사측과 싸웠고 민주화를 위해 신념을 발휘하였다. 특히 1953년 〈굴뚝이 보이는 곳(煙突が見える場所)〉이라는 작품으로 베를린 국제영화제 국제평화상을 수상하였다. 1964년에는 일본영화감독협회이사장으로 근무하여 일본영화의 발전에 기여하기도 했다. 그의 작품은 서정적이며 감상적인 멜로드라마가 많고 대체로 유머러스하고 인간주의적인 경향을 강하게 풍긴다. (구견서(2007) 『일본영화와 시대성』 제이앤씨, pp.49-50)

수도 있다. 하지만 이 노래의 히트로 긴자 버드나무 부활운동이 일어 현재 긴자의 버드나무 가로수길이 탄생했을 정도로 유행가의 파급력은 엄청났다.

한편 작곡가 마쓰다이라 노부히로松平信博(1893~1949)는 작사가 사이조 야소와 함께 군지 지로마사群司次郎正(1905~1973)의 원작소설 『사무라이 일본侍ニッポン』의 영화판 주제가를 만들어 인기를 얻게 된다. 1931년에 만들어진 이 노래의 인기는 시대를 뛰어넘어 40년 후인 1970년대 텔레비전 애니메이션 「사무라이 자이언츠」의 주인공이 흥얼거리는 노래로 등장, 또 다시 유행을 하게 된다. 영화 제목인 '사무라이 일본'은 1978년 슈리 에이코朱里エイコ, 1984년 시부가키다이シブがき隊가 동명의 노래를 만들어 부를 만큼 임팩트 있는 노래제목의 전형으로 꼽힌다. 영화도 1931년에 이어 1935년, 1955년, 1957년, 1965년 총 5차례나 리메이크될 만큼 큰 인기를 누렸다. 이처럼 '사무라이 일본'은 일본이라는 국가를 브랜드화하며 일본의 영화주제가, 소설주제가로써 하나의 대명사로 자리 잡았다.

영화의 주제가는 대사 또는 효과음만으로 표현하기 어려운 영화의 다양하고 복잡한 감정을 구체적인 언어로 관객에게 전달해 준다. 기본적으로 영화음악은 영상표현의 이해를 돕기 위한 2차적 요소로서 기능이 강하지만, 영상을 뛰어넘어 음악이 영상을 압도하는 경우들이 있다. 「도쿄행진곡」, 「긴자의 버드나무」, 「사무라이 일본」과 같은 엔카들이 바로 이러한 경우에 해당되는 것이다.

또한 영화음악이 일반적인 음악과 가장 구별되는 특징은 일정한 스토리성을 지니는 데 있다. 영화음악은 음악자체의 기능보다는 영화의 스토리에 녹아들어가야 하기 때문이다. 훌륭한 주제곡은 대중음악의 장점을 잘 살려서 다양한 표제적인 상황이나 드라마틱한 상황을 익숙한 멜로디와 단순반복을 통하여 영화의 집중력을 높이는데 도움을 준다. 이러한 반복성을 지니는 노래는 영화에서 시공간적 한계를 뛰어넘는 역할을 하는 경우도 있으며 특히 영화의 내용상 긴 시간 또는 공간의 변화가 필요할 때나 등장인물의 갑작스런 감정변화 상태를 표현하는데 있어 매우 적합하다. 이러한 주제곡을 엔딩 크레디트로 사용하면 영화의 홍보에도 큰 역할을 할 수 있다.

다음은 1932년 고쇼 헤이노스케 감독의 연애영화 〈천국에서 이루어질 사랑天国に結ぶ恋〉에 삽입된 동명주제가이다.

1. 오늘밤 이별이여 초사흘달도 / 사라져 쓸쓸하네 사가미바다
   눈물에 어려 젖은 고깃배불에 / 이승의 풋사랑은 부질없어라
2. 당신을 다른 곳에 시집보내고 / 어떻게 살아갈까 살아갈 수 있을까
   나도 따라 가려네 어머니의 / 곁으로 그대 손 부여잡고서
3. 우리 둘의 사랑은 순수했었네 / 하늘의 신께서만 아실거예요
   죽어서도 행복한 저 천국에서 / 당신만의 부인이 되겠어요[13]

〈「天国に結ぶ恋」, p.456〉

〈천국에서 이루어질 사랑〉은 1932년 5월 9일 가나가와현神奈川県 사카다산坂田山에서 일어난 남녀동반자살心中사건을 영화화한 것이다. 플라토닉 러브의 순수함을 지키기 위해 집안의 반대에 젊은 남녀가 이 산

13 一、今宵名残り(ごよいなごり)の 三日月(みかづき)も / 消えて淋(さび)しき/相模灘(さがみなだ) /
涙にうるむ/漁り火に / この世の恋の/はかなさよ
二、あなたを他所(よそ)に/嫁(とつ)がせて / なんで生きよう 生きらりょう
僕も行きます 母様(かあさま)の / お傍(そば)へあなたの 手を取って
三、ふたりの恋は 清かった / 神様だけが 御存知よ
死んで楽しい 天国で / あなたの妻と なりますわ

에서 독을 마시고 다음 생의 사랑을 다짐하며 죽은 이 사건은 사회적으로 엄청난 반향을 일으켰다. 이 사건을 보도한 〈東京日日新聞〉은 "순결의 향기 드높게 천국에서 이루어질 사랑純潔の香高く天国に結ぶ恋"이라는 제목을 실어, '天国に結ぶ恋'는 사카다산 동반자살의 상징이 되었다. 이러한 사건을 토대로 만들어진 영화의 주제가 「천국에서 이루어질 사랑」은 동반자살을 앞두고 순결한 사랑의 맹세로 죽음을 약속하는 두 남녀의 모습을 그려 영화의 스토리에 충실한 주제가의 면모를 보이고 있다.

한편 1939년 노무라 히로쇼野村浩将의 〈아이젠카쓰라愛染かつら〉는 태평양전쟁 이전에 최대의 흥행을 한 전설적인 연애영화이다. 이 영화는 세상의 관습적 제약으로 애태우는 어긋난 남녀 간의 사랑을 그린 영화이다. 영화는 내내 안타깝게 어긋나버리는 장면을 반복하여 관객들의 애간장을 녹인다. 의사인 남자 주인공과 계속 어긋나는 여주인공은 간호사이다. 당시 병원규칙에는 간호사는 독신이어야만 한다는 조항이 있었고 미망인인 여주인공은 아이를 언니에게 맡기고 일하게 된다. 그러나 이내 미망인이라는 사실이 밝혀지고 그녀의 안타까운 사연에 동료들은 이해해주고 도와주려고 한다. 병원의 독단적인 탄압이 일어났던 당시 사회적인 분위기 속에서도 여주인공은 당당하게 일하며 봉건적인 고용주에게 일하는 여성들의 정당한 권리를 주장하는 모습을 보였다. 이 영화 역시 문예영화의 꽃을 피운 시대답게 가와구치 마쓰타로川口松太郎의 동명 소설을 원작으로 한 영화이다. 영화의 주제가 「여로의 밤바람旅の夜風」은 80만 장을 육박하는 경이적인 판매기록을 세운 엔카로도 유명하다.

1. 꽃도 폭풍우도 이겨내어 / 나아가는 것이 사나이 살아갈 길

울지 말아다오 꺼억꺼억 새야 / 달 밝은 히에이산을 홀로 간다

2. 다정한 그대 홀로 외로이 / 출발한 나그네의 여로
   사랑스런 아이는 여자의 목숨 / 왠지 쓸쓸한 자장가여
3. 가모강 기슭에 가을은 깊어가고 / 살결에 찬 밤바람이 스며드는데
   사나이 대장부 어찌 울리오 / 바람에 흔들리는 건 그림자뿐
4. 사랑의 장애물 몇겹이런가 / 마음은 멀어졌어도
   기다리면 꼭 오리라 아이젠가쓰라 / 이윽고 싹트는 봄이 온다네.[14]

〈「旅の夜風」, p.435〉

남자주인공이 교토京都로 떠나게 되자 여자는 그를 쫓아 신바시新橋역으로 가지만, 엇갈려 만나지 못하여 안타까워하는 장면에서, 이 〈아이젠카쓰라〉의 주제가 「여로의 밤바람」이 흘러나온다. 지금은 헤어져 있지만 언젠가는 함께 할 수 있을 것이라는 희망의 노래가 안타까운 영상위로 흐르며 주인공의 심리묘사를 대변한다. 이 영화는 이후에도 속편, 완결편이 만들어질 정도로 대히트를 기록하였고 역시 가장 큰 공헌은 이 안타까운 마음을 잘 표현한 주제곡에 있었다. 이 엔카 역시 시대를 초월하여 2007년 히카와 기요시氷川きよし가 리메이크 곡을 낼 정도로 현재까지도 사랑받는 국민가요 중 한 곡이다.

이어서 『일본엔카대전집』에 수록된 영화주제가 중에서 작곡가 고

14 一、花も嵐も踏み越えて / 行くが男の生きる道 / 泣いてくれるなほろほろ鳥よ / 月の比叡(ひえい)を独り行く
二、優しかの君ただ独り / 発(た)たせまつりし旅の空 / 可愛い子供は女の生命(いのち) / なぜに淋(さび)しい子守唄
三、加茂(かも)の河原に / 秋(あき)長(た)けて / 肌に夜風が沁(し)みわたる / 男柳がなに泣くものか / 風に揺れるは影ばかり
四、愛の山河雲幾重(いくえ) / 心は隔(へだ)てても / 待てば来る来る / 愛染(あいぜん)かつら / やがて芽をふく春が来る

가 마사오古賀政男(1904~1978)의 곡을 살펴보겠다.

〈표 2〉 영화주제곡 중 고가(古賀)멜로디

주제가	연도	영화명	작사
酒は涙か溜息か	1931	想い出多き女	高橋掬太郎
東京ラプソディ	1936	東京ラプソディ	門田ゆたか
男の純情	1936	魂	佐藤惣之助
うちの女房にゃ髭がある	1936	うちの女房にゃ髭がある	星野貞志
ああそれなのに	1936	〃	星野貞志
人生の並木路	1937	検事とその妹	佐藤惣之助
人生劇場	1938	人生劇場—残侠編	佐藤惣之助
誰か故郷を想わざる	1940	誰か故郷を想わざる	西条八十

고가는 신페이부시의 요나누키四七抜き단음계의 곡조를 바탕으로 민요나 로쿄쿠浪曲 등의 고부시小節의 기교를 많이 사용하여 신페이부시와는 다른 맛의 음악을 창출해냈다. 반주에 기타를 사용함으로써 외국적인 애수를 강조하기도 한 고가의 독특한 스타일은 '고가멜로디'라고 불렸다.[15]

특히 1931년 일본에서 돌풍을 일으킨 「술은 눈물인가 한숨인가酒は涙か溜息か」는 노래의 히트에 힘입어 영화화하는 기염을 토했다. 이듬해 1932년 식민지 조선에 상륙한 이 노래는 한국 가요곡의 역사상 가장 많은 영향을 주었다고 평가받고 있다. 이 노래의 유행에 힘입어 조선에서도 엔카를 번안한 곡이 경쟁적으로 취입되었다.[16]

1936년 발매되어 35만 장의 히트를 기록한 「도쿄랩소디東京ラプソディ」는 작곡가 고가가 1929년 신페이가 작곡한 「도쿄행진곡」의 자극을 받

15 안성민(2000) 앞의 논문, p.33
16 한일문화교류기금(2005) 『한국사람, 일본사람의 생각과 삶』 경인문화사, p.59

아 더 모던하게 발달한 도쿄의 노래를 만들겠다는 각오로 작곡한 곡이다.

1. 꽃이 피고 꽃이 지는 저녁에도 / 긴자의 버드나무 아래서
   그대만을 기다리겠어요 / 만나면 가는 찻집
   즐거운 도쿄 사랑의 도시 / 꿈의 파라다이스여 화려한 도쿄
2. 비몽사몽 꿈꾸는 그대여 / 간다는 추억의 거리
   지금도 이 가슴에 이내 마음에 / 니콜라이의 종이 울리네
   즐거운 도쿄 사랑의 도시 / 꿈의 파라다이스여 화려한 도쿄
3. 자나 깨나 노래하는 / 재즈의 아사쿠사 가면
   사랑하는 댄서! 댄서의 / 점마저도 잊지못하네
   즐거운 도쿄 사랑의 도시 / 꿈의 파라다이스여 화려한 도쿄
4. 심야에 잠시 찾은 / 요염한 신주쿠역의
   그녀는 댄서인가 댄서인가 / 마음이 쓰이는 저 반지
   즐거운 도쿄 사랑의 도시 / 꿈의 파라다이스여 화려한 도쿄[17]

〈「東京ラプソディー」, p.471〉

「도쿄행진곡」이 '쇼와모던의 도쿄' 신조어를 사용해 개론적으로 표현했다면, 「도쿄랩소디」는 긴자, 간다, 아사쿠사, 신주쿠 등 도쿄의 번화

17 一 花咲き花散る宵(よい)も / 銀座の柳の下で / 待つは君ひとり君ひとり / 逢(あ)えば行くティールーム / 楽し都 恋の都 / 夢のパラダイスよ 花の東京
二 現(うつつ)に夢見る君よ / 神田は想い出の街 / いまもこの胸にこの胸に / ニコライのかねが 鳴る / 楽し都　恋の都 / 夢のパラダイスよ　花の東京
三 明けても暮れても唄う / ジャズの浅草行けば / 恋の踊り子の踊り子の / 黒子(ほくろ)さえ忘られぬ / 楽し都　恋の都 / 夢のパラダイスよ　花の東京
四 夜(よ)更(ふ)けにひと時寄せて / なまめく新宿駅の / 彼女(あのこ)はダンサーかダンサーか / 気にかかる　あの指輪 / 楽し都　恋の都 / 夢のパラダイスよ　花の東京

가를 즐겁고 경쾌하게 강론적으로 노래하고 있다. 도쿄를 노래한 이 두 곡을 비교해보면 신페이부시와 고가멜로디의 확연한 차이를 느낄 수 있다. 이 노래 역시 유행가로 널리 알려지면서 뒤늦게 영화화되었다.

지금까지 『일본엔카대전집』에 수록된 영화주제가로 불린 엔카들을 살펴보았다. 총 34곡 중에 문학과 음악과 영화의 다양한 미디어의 상호작용으로 만들어진 문예영화가 상당수를 차지하고 있었다.

일본은 영화라는 새로운 문화를 받아들인 이래 근대주의와 서구주의를 같은 개념으로 인식하여 사회변화를 추구하였고 이러한 사상적 흐름 가운데 일본영화는 성장하고 변화하는 한편 당시의 시대상을 과감하게 담기도 하였다. 이러한 근대주의에 기초한 일본영화는 무성영화로 시작하여 기술적, 내용적 발전을 통해 발전할 수 있는 토대를 구축하였고 유성영화시대에 이르러 전성기를 맞이하게 된다.[18]

이러한 유성영화의 발달과 더불어 대중가요로서 큰 인기를 얻은 엔카가 영화나 문학과 같은 스토리성을 지닌 다른 미디어와 결합하여 엄청난 파급력을 지니게 되었음을 알 수 있었다.

4. 조선에서의 대중가요 발달양상

조선에서의 유행가는 1910년대 신파극과 함께 유입되었다. 증가하는 조선거주 일본인들을 중심으로 흥행되던 신파극이 조선 대중에게까지 알려지면서 그 주제가와 당시 일본에서 유행하던 노래들이 번안되어 유입된 것이다.[19] 이들은 대개 쇼세이부시엔카[20]로 서구적 악곡

18 구견서(2007) 『일본영화와 시대성』 제이앤씨, p.156

19 1911년 임성구에 의해 혁신단이 창립되고 기존의 전통적 연극과는 다른 신식연

을 일본에서 변형시킨 양식이거나, 서구 민요로 된 노래들이었다. 그러므로 당시 서구 민요를 이미 수용하고 있던 조선 대중들은 이 악곡의 노래들은 별무리 없이 수용할 수 있었다. 또 신파극의 서사와 노래가 강하게 결합되어 있었기 때문에 신파극의 서사가 널리 확산되면서 자연스럽게 주제가 역시 확산될 수 있었다. 유행가 「장한몽가長恨夢歌」의 확산은 신파극 〈장한몽長恨夢〉의 흥행에 기반을 둔 것으로, 신파극과 함께 유입된 초기 유행창가는 대중들에게 익숙한 문학적 서사에 기반을 두어 확산되었다.

조선에서 대중음악의 시작에 대해서는 몇 가지 다른 견해가 존재하는데, 우선 1925년 〈일본축음기상회〉에서 낸 음반으로 박채선, 이류색이 부른 「이 풍진 세월」(창가집에 실린 제목으로는 「청년경계가」)을 시초로 꼽는 의견이 있다. 이에 따르면 우리나라의 최초의 대중음악 4편- 도월색이 부른 「압록강절」, 「시들은 방초」, 김산월이 부른 「장한몽가」, 김산월과 도월색이 부른 「이 풍진 세상을」 등은 모두 일본 유행가의 번안작인 셈이다. 한국인이 만든 작품 중 최초로 음반화된 유행

극이 시작됨으로써 한국에서 신파극운동이 시작되었다. 단원들은 명동에 있던 일본인 경영의 극장 뒷골목에서 장사를 하면서 일본어를 배우고 일본 신파극을 보면서 신파극을 몸으로 익혀가게 되는데, 일본의 신파극 '뱀의 집념'을 번안한 그들의 첫 공연작 '不孝天罰'이 큰 관심을 끌자 같은 해 조일제, 윤백남의 문수성, 이기세의 유일단을 비롯, 8개의 극단이 창립되었다. 이 신파극 운동은 당시 유일한 대중오락으로서 근 10여 년간 전국각지에서 대단한 반향을 일으켰으며, 그간 20개의 극단이 부침되고, 100여개의 레퍼토리를 가지게 되었다.

20 쇼세이부시엔카는 '演歌'로서 이후 요나누키 단음계의 '艶歌'와는 구별되는 엔카이다. 일본 메이지자유민권운동의 영향으로 생겨난 엔카는 초기에는 상당히 긴 가사에 정치 비판이나 시국풍자의 내용을 담고 있었다. 이 엔카를 '소오시부시(壯士節) 엔카'라고 하는데, 이후 자유민권운동이 쇠퇴함으로써 이 노래들이 감상적이고 개인적인 내용을 담게 된다. 이를 학생들이 주로 불렀다고 해서 '쇼세이부시(書生節) 엔카'라고 한다. 쇼세이부시엔카의 대표적인 노래가 오자키 고요의 소설 『金色夜叉』를 엔카화한 「金色夜叉の歌」, 도쿠토미 로카의 소설 『不如歸』를 엔카화한 「不如歸」이다. 『金色夜叉』는 『長恨夢』으로 번안되었고, 『불여귀』도 신파극으로 상연되어 큰 인기를 얻게 된다.

가는 1927년 발표되어 1929년에 음반화 된 「낙화유수」를 들 수 있으며, '대중파급력'이라는 면에 중점을 둔다면 1926년 윤심덕이 부른 「사의 찬미」가 우리나라의 대중음악 시작으로 꼽힌다.[21] 「낙화유수」의 작사, 작곡가는 김서정인데, 영화 해설자로서 유명한 김영환의 필명이다. 이 노래는 1927년에 제작된 〈낙화유수〉의 영화 주제가였다.

「낙화유수」는 1929년 4월 컬럼비아 조선 레코드 제 2회 신보로 발매되었다. 오늘날 이 「낙화유수」는 「강남달」이라는 제목으로 노래되고 있다. 「강남달」은 1960년대부터 장기간에 걸쳐 방송된 KBS 라디오 프로그램 '그리운 옛 노래'의 테마곡으로 방송되기도 했다.[22]

한편 라디오 방송이 전파를 타기 시작된 것은 1926년 〈경성방송국〉이 개국하면서부터였다. 전파가 닿는 곳 어디서나 청취 가능한 라디오의 출현은 당시로선 엄청난 문화적 충격이며 '정보 혁명'이었다. 1930년대 들어서면서 가요곡은 레코드와 축음기의 보급, 그리고 라디오 방송의 개시로 대중들에게 애창된다. 유행가에는 대중들의 심정과 당시 사회상이 반영되어 있다.

특히 조선에서 1930년대는 레코드 산업의 황금기라고 할 수 있다. 기사에 따라 수치가 크게 차이가 나지만 내용을 종합해 보면 6대 레코드사와 크고 작은 수 십 개의 레코드사가 조선에서 상생의 경쟁을 하였음을 알 수 있다.

1931년 일본에서 유행되었던 「술은 눈물인가 한숨인가」는 같은 해 채규엽이 번안하여 불러 공전의 히트를 기록했다. 당시 빅타와 콜럼비아는 조선에서 내지반(일본반)과 조선반이 동시 판매되고 있었다. 일

21 이승연(2000) 「일제시대 대중음악과 한국인의 생활문화- 1926년에서 1945년까지의 인기곡을 중심으로-」 연세대학교대학원, p.21

22 박찬호 저 · 안동림 옮김(1992) 『한국가요사』 현암사, p.186

본반의 구매층은 약 70만의 조선거주 일본인들이었다. 조선반의 경우 녹음설비가 허가되지 않아 일본에서 녹음을 하였다. 이러한 시스템 상 일본인의 편곡, 연주였기 때문에 일본 가요와 큰 차이를 보이지 않았으리라 여겨진다. 일본의 유행가는 엔카가 대부분을 차지했으며 그 중 고가 마사오의 곡은 「술은 눈물인가 한숨인가」를 시작으로 꾸준히 사랑을 받게 된다.

또한 1930년대 젊은이들의 공간으로 영화와 연극장을 들 수 있다. 일제강점기 조선은 일본유학파 학생들로 인한 계몽운동의 시작으로 전국의 작은 단위까지도 공연문화가 대유행하던 시기이다. 아래의 통계자료를 통해 알 수 있듯 전국적으로 1,000석 이상의 대극장이 설립되었고, 이후 영화와 연극을 동시에 할 수 있는 대극장이 들어서게 된다. 이 때 신극新劇과 악극樂劇 그리고 셱스피어의 『부활』과 『로미오와 줄리엣』, 희극과 비극을 포함한 오페라타형식의 뮤지컬의 실험무대가 대중예술인에 의해서 무대에 올려졌다.

> 경성의 명치좌는 1,500석, 약초, 연화극장은 1,200석, 황금좌는 1,236석, 대륙극장은 850석, 동양극장은 800석, 경룡관은 750석, 랑화관은 650석, 대구의 신흥관은 1,000석, 만경관은 850석, 영락관은 800석, 인천의 애관은 800석, 표관은 670석, 평양의 대중영화극장, 해락은 1,200석, 평양키네마는 538석, 부산의 소화관은 1,100석, 상생관은 900석, 보래관에는 800석이 있었다.[23]

인용문에서 볼 수 있듯이 지금 대중가요에 비해 공연을 통한 대중가

23 박도현(2011) 「1930년대 레코드사 마케팅에 나타난 대중음악 고찰」 경희대 아트퓨전디자인 대학원 석사논문, p.172

요 보급은 상대적으로 큰 비중을 차지하고 있었다. 연극배우 출신이나 막간幕間 가수들이 꽤 많았고, 중간에 대사가 들어간 작품이 많았으며 노래가 아닌 연극대사를 녹음한 음반들이 잘 팔렸다는 것 등은 당시의 공연이 상당히 대중적이었으며 대중가요에서 공연이 지니는 중요성이 크다는 점을 말해 준다.

이애리수, 복혜숙, 김연실, 강석연, 이경설, 신카나리아, 전옥 등 대중가요 음반을 취입한 많은 이들이 연극배우이거나 막간 가수 출신이다. 이렇듯 대중음악은 영화와 연극, 레코드, 라디오 등 근대에 들어온 새로운 복합미디어와 결합하며 대중들의 생활 속으로 스며들어 갔다.

한편 영화음악의 작곡 및 배치에 대한 역할과 책임은 음악감독, 혹은 작곡가에게 있다. 작곡가는 영화의 전반적인 흐름과 주요장면, 극적 전개과정에서 특정장면의 분위기를 보고 음악을 작곡, 배치한다. 영화의 오프닝 크레디트와 함께 시작하는 음악은 영화가 가진 성격과 전반적인 분위기를 시사해 주는 기능을, 영화의 중심 주제를 담고 있는 주제가는 영화의 정체성을 나타내는 역할을, 일반적인 삽입곡은 스토리라인과 함께 긴밀하게 호흡하면서 주도성을 갖고 영화를 이끌어 가기도 한다. 또 영화는 시대성을 대표하기도 하고 시공간을 나타내기도 한다. 이처럼 영화음악이 가지는 기능적 특성과 중요성을 볼 때 영화음악 작곡가의 비중은 매우 크다.

중일전쟁 이후 조선에서도 국책선전 극영화를 제작하게 된다. 당시 영화 음악을 담당한 한국인 영화작곡가로는 김준영과 윤상렬이 주로 활약한 가운데 임동혁도 눈에 띈다. 또 일본인 음악가 이토 센지伊藤宣二와 사토 조스케佐藤長助 등도 음악작곡에 참여했다.

김준영金駿泳(1907~1961)은 아사히나 노보루朝比奈昇로 불리며 황해도 옹진군 출생으로 배재고등학교 졸업 후 해주 제일보통학교에서 2년간

교편을 잡았고 도쿄 무사시노 음악학교에서 3년간 음악교육을 받고 피아니스트로 활약했다. 1934년부터 컬럼비아레코드 전속작곡가로 활동하며, 「처녀총각」, 「개나리 고개」, 「마의태자」 등을 작곡하였고 1935년 「먼 동이 터온다」, 「추억의 소야곡」, 「청춘타령」, 1939년 「사랑에 속고 돈에 울고」, 「홍도야 울지마라」 등 현재 확인되는 노래만 최소 130곡 이상으로 당시 대중가요 작곡가로 이름을 날렸다. 1940년 7월 경성방송국에 촉탁으로 취임하였고, 그 해 9월 일본영화사 쇼치쿠松竹키네마에 촉탁으로 취임해 영화음악을 중심으로 일본에서도 작곡가로 활약하였다. 그가 작곡한 곡 중 1937년 「半島義勇隊歌」, 1943년 「勝戰歌」, 1944년 「母の歌へる」, 「日本男兒」등 4곡은 대표적인 친일군국가요로 꼽힌다.

또 윤상열은 1940년대 전반 활동한 전문적인 영화음악가로 1940년 개봉작 〈수선화〉를 비롯, 〈우러르라 창공〉, 〈조선해협〉, 〈거경전〉 등 4편의 영화음악을 작곡하였고, 음악 뿐 아니라 미술 분야에서도 활약한 것으로 알려졌으나 정확한 생몰은 미상이다.[24]

이처럼 전시체제기에 접어들자 일제의 문화통제정책이 시행되면서 영화와 음악은 군국주의적 경향을 띠고 조선의 작곡가들도 국책영화 홍보를 위한 음악을 만들기 시작한다. 이 시기의 국책영화와 전시가요는 일본에서도 불리면서 식민지 초기 일본을 통해 일방적으로 발신되던 대중문화의 흐름이 일본과 조선에서 상호교류하며 동시대성을 지니고 있었다.

24 조순자(2011) 「일제강점기 국책선전 극영화의 음악연구」 중앙대 석사논문, pp.37-39

5. 나오며

지금까지 근대 일본과 조선의 영화와 대중음악이 복합미디어의 발달과 함께 상호보완 작용을 하면서 발전되어온 양상을 살펴보았다. 이 시기 일본 영화의 특징은 무성영화에서 유성영화로 전환되어 본격적인 영화의 전성기가 시작된다는데 있다. 영화의 발달과 함께 레코드 산업도 함께 발달하였으며, 일본 대중음악 엔카演歌가 영화주제가로 사회적인 반향을 일으키면서 때로는 애수에 젖고, 모던한 도시를 노래하기도 하고 때로는 사회현상을 반영하면서 영화, 엔카, 문학, 레코드 산업은 상호작용을 하며 발전해나간다. 이 시기에는 서양에서 도입된 신문물인 영사기, 레코드 등이 발달하면서 새롭게 시작된 각각의 미디어들이 서로 결합, 상호작용하여 문학, 영화, 레코드 산업, 유행가가 공존하며 대중문화를 꽃피우는 시기를 열었다. 이러한 일본의 영화와 엔카, 그리고 대중문화 등의 신문물이 조선으로 발신되어 조선에서도 동시대성을 가지고 흡수되었다.

1940년대 전쟁에 돌입하면서 문화는 정치적 목적에 의해 통제되어, 국책적인 전쟁영화와 군가만이 수면위로 떠올랐지만, 지금의 멀티미디어에 의한 문화구축의 토대가 근대에 시작되었다는 것은 부인할 수 없는 사실이다. 전시체제기에 접어들면서 일제의 문화통제정책이 시행되자 영화와 음악은 군국주의적 경향을 띠고 조선의 작곡가들도 국책영화 홍보를 위한 음악을 만들기 시작한다. 이 시기조선에서 발신된 국책영화와 전시가요는 일본에서도 알려지면서, 식민지 초기 일본의 유행을 따라가던 대중문화의 흐름이 일본과 조선의 다양한 미디어의 상호작용에 의해 동시대성을 지니고 교류하고 소통하며 상승작용하고 있었다.

Ⅱ. 근대 조선에서 유행한 일본 대중번안가요*

▮ 장미경 · 김순전

1. 근대조선의 대중가요와 일본

1945년 광복 후 한국은 일본 식민지 잔재 청산 등의 이유로 최근까지 일본 가요의 공연을 금지시켰다. 강제병합 100년사를 맞아 두 나라에서 지난 100년 간 각 시대를 대표하는 대중가요와 민요를 모아보자는 취지에서 일본 효교兵庫현에서 〈100년을 부른다〉라는 공연이 열렸다. 식민지 시절을 보낸 사람들에게는 '노래의 기억'을 더듬는 시간이

* 이글은 2014년 12월 한국일본어문학회『日本語文學』(ISSN: 1226-0576) 第63집, pp.283-302에 실렸던 논문『일제강점기 조선에서 유행한 일본 대중번안가요 연구』를 수정 보완한 것임.

었고, 이때 재일교포들은 일본가요를 번안한 대중가요를 기억하며 옛 시절을 떠올렸다고 한다. 그들의 역경시절 기록에 일본 대중번안가요가 있었던 것이다.

대중가요는, 메스미디어를 통해 전파되는 특징으로, 특정 장소나 일부 사람들에게 한정되지 않는 대중적인 영향력을 가지고 있다.

한일합병 이후로 많은 일본인들이 조선으로 건너옴에, 일본인 거주자가 늘어났으며 일본의 대중음악인 엔카演歌가 조선에서 점차 불리게 되었다. 레코드판매권을 가지고 있던 일본의 상사商社들은 조선에 본격적인 진출을 하게 되어 엔카풍演歌風의 가요가 더욱 활기를 띄게 되었다.

1920년대 중후반을 거치면서, 신파극新派劇과 함께 생겨난 유행창가 혹은 일본유행가의 번안노래들이 대중 곁으로 파고 들어왔다. 더욱이 1930년대에 이르러 일본어 상용이 강요된 시대의 영향으로 일본가요의 번안과 일본곡에 한국말 가사歌詞를 붙여 많이 만들어졌다. 이렇게 초기의 대중가요가 창작가요가 아닌 일본 가요의 번안飜案이었다는 사실은 당시 일본의 대중문화가 이 땅에 스며드는 과정을 잘 말하여 주고 있다.

그동안 한국음악계에서는 일제강점기의 번안가요에 대하여 학문적 관심을 기울이지 않았다. 번안가요가 예술적 가치는 못 지녔다 할지라도 일제강점기 조선인의 감정에 접근했던 대중가요의 한부분이라는 사실은 의심할 여지가 없으며, 우리 대중가요사에 최초의 외래양식 도입이라는 면에서 의미를 가질 수 있다. 또한 사회에 나름대로 영향을 미치고 있기에 역사적 고찰이나 음악사회학적 접근이 필요하리라고 여겨진다.

2. 한일간에 교류된 대중가요

자유민권운동의 정치적 선전 목적에서 노래하기 시작한 엔카는 점차로 일본인들의 마음속에 자리 잡았고, 조선에 건너온 일본인들에 의하여 한국에 상륙하게 되었다. 일본 노래의 유행은 일본의 레코드회사가 조선에 온 결과이기도 하지만 나름대로 조선인들의 정서에 통하기 때문에 조선어로 번역하여 부르게 되었다.

다음은 조선에서 많이 불려진 엔카의 번안가요이다.

〈표 1〉 조선에서 히트한 일본의 엔카(演歌)

연도	일본곡명	조선곡명
1909	① 金色夜叉	
1913		① 長恨夢
1914	② カチューシヤの唄	
1916	③ 眞白き富士の根	② 츄사의 노래
1920		③ 자자탄가
1921	④ 船頭小唄	
1922	⑤ 南京町	⑤ 종로네거리
1924		④ 시들은 방초
1929	⑥ 影を慕いて	
1931	⑦ 酒は涙か溜息か	
1932		⑥ 님 자취 찾아서 ⑦ 술은 눈물인가 한숨인가
1934	⑧ 急げ幌馬車 ⑨ 利根の舟唄 ⑩ サカスの唄	⑧ 홍루원(달려라 포장마차) ⑩ 떠도는 신세
1935	⑪ 東京ラプソディ ⑫ チャイナタンゴ ⑬ 滿洲娘 ⑭ 上海ブルース ⑮ 支那の夜	⑨ 순풍에 돛 달고 ⑪ 꽃서울 ⑫ 차이나 달밤 ⑬ 만주 아가씨 ⑭ 서울 블루스 ⑮ 가지를 마세요
1936	⑯ 青い背廣で	⑯ 캠핑전선
1937	⑰ 軍國の母	⑰ 지원병의 어머니
1938	⑱ 涙の三人旅	⑱ 타국의 여인숙
1941	⑲ 九段の母	
1942	⑳ 丘を越えて	⑲ 모자상봉 ⑳ 희망의 고개로

〈표 1〉을 보면 합방 전후에 조선에 들어온 엔카는 문학작품 중 서구의 것이 일본에서 번역되거나, 일본문학이 일본무대에서 연주되었던 것이 조선으로 들어오게 되었다. 그리고 조선인에 의해 연극으로 공연되고, 역시 조선어로 불려지게 되었다. 이후에는 레코드와 라디오를 통해 일본에서 건너온 대중가요가 조선인들에게 손쉽게 받아들여져 많은 곡들이 들어 왔음을 알 수 있다.

일본에 알려진 조선의 대중가요를 살펴보자.

〈표 2〉 일본에 알려진 조선의 대중가요

연도	조선곡명	일본곡명
1931	放浪歌 / 오동나무	放浪の唄 / 桐の唄
1932	고요한 장안	あだなさけ
1933	타향살이	他郷暮し
1934	목포의 눈물	別れの船唄
1935	눈물젖은 두만강	涙の豆滿江
1936	애수의 소야곡	哀愁セレナーデ
1937	북풍 5천리	北風五000キロ
1938	연락선	連絡船の唄
1939	외로운 방랑객	淋しき旅人
1940	찔레길 내고향	野茨の故郷
1941	어시장	波止場
1943	뗏목 2천리	マドロス朴さん

〈표 2〉에서 보듯 조선의 가요는 1931년부터 1940년 전후 집중적으로 일본으로 건너갔다. 이 시기는 일본어를 하는 사람들이 늘어나기 시작했던 기간이었으며 1931년도의 〈오동나무〉는 이애리수, 〈放浪歌〉는 채규엽蔡奎燁이 일본에서 음반을 발매한 것이다.

이러한 사회적 풍토에서 일본가요의 중심을 이룬 트로트풍의 가요곡을 작곡하면 히트하는 시대가 되었다.

3. 조선에서 조선인이 부른 엔카

3.1 문학과 대중가요의 만남

메이지 시대가 끝나고 새로운 시대를 맞이한 일본에서는 1912년 정치·사회적인 제도의 변화와 함께 문학적으로도 큰 전기를 맞이하게 된다. 그중 도쿠도미 로카德富蘆花의 「불여귀不如歸」와 오자키 고요尾崎紅葉의 「金色夜叉」를 시작으로 메이지 30년대의 소설이 조선에서 번역되었고 신소설로도 읽혀지게 되었다.

1907년 이후 일본인이 경영하는 극장이 세워지고, 조선 거주의 일본인을 위하여 일본에서 파견된 극단의 순회공연이 점차 행해지기도 하였다. 막간幕間에는 노래를 잘하는 배우가 나와 노래를 불렀는데 연극보다는 노래의 매력에 관객이 모이기도 하였다.

한국에 최초로 번안 소개된 「카츄사의 노래」를 살펴보자.[1]

カチユーシヤの唄	카츄사의 노래[2]
カチユーシヤかわいやわかれのつらさ 今宵ひと夜にふる雪の 明日は野山のらら路かくせ カチユーシヤかわいや わかれのつらさ せめてまた逢うそれまでは おなじ姿でららいてたもれ	카츄사 애처롭다 이별하기 서러워 그나마 맑은 눈 풀리기 전에 신명나게 축원을 라라 드리워볼까 카츄사 애처롭다 이별하기 서러워 이 저녁 왼 밤을 오는 눈아 내일은 들과 산에 라라 길을 덮으게
나카야마 신페이(中山晋平) 작곡, 島村砲月 작사, 松井須磨子 노래	유경이 노래

1 가사는 조금씩 다르므로 본 논문에서는 조선 가사는 이영미·이준희(2006) 『사의 찬미』, 범우사에 실린 것을 기준으로 하였으며, 해당 엔카의 원문은 永岡書店의 『日本演歌大全集』에서 발췌하였다.

2 작사자가 분명하지 않으나 1916년 당시 예성좌를 이끌었던 이기세나 윤백남이 일본어 가사를 거의 직역해 지었을 것으로 추정된다.(이영미 · 이준희(2006) 『사의 찬미』 범우사, p.21)

서양의 연극이라는 점에서도 서양유행을 따르는 듯한 느낌이 나기는 하지만 서양풍의 운율韻律을 사용한 최초의 것이라는 평가를 받고 있다. 공연을 통해 큰 인기를 모은 이 노래는 「復活唱歌」라는 제목으로 일본 내에서도 대유행하였다.

우리나라에서는 1916년 이기세李基世가 문예단藝星座을 결성하여, <부활>을 상연하였는데 「カチユーシヤの唄」를 번안한 「카추샤의 노래」로 불렀다. 극 중에서는 배우 고수철이 여자역할을 하였고, 조선어로 노래한 것이 역시 대 히트가 되었다. 가사는 바뀐 부분 없이 거의 그대로 번역되어 불렸음을 알 수 있다. 일본인의 작사, 작곡으로 인한 유행가이지만, 조선에서 〈부활〉의 성공을 기점으로 신곡보급을 확립시켰다.

삼각관계를 그린 일본소설의 번안 신파극 〈長恨夢〉의 주제가 「長恨夢歌」도 1918년 일본의 「金色夜叉の歌」를 조중환이 한국식으로 번안한 것이다.

金色夜叉	長恨夢歌
熱海の海岸　散歩する 貫一お宮の　二人連れ 共に歩むも　今日限り 共に語るも　今日限り 僕が学校　おわるまで 何故に宮さん　待たなんだ 夫に不足が　出来たのか さもなきやお金が　欲しいのがい	대동강변 부벽루에 산보하는 이수일과 심순애의 양인이로라 악수론정 하는 것도 오늘뿐이오 보보행진 산보도 오늘뿐이다 수일이가 학교를 마칠 때까지 순애야 어찌하여 못기다렸냐 남편됨이 부족함이 있는 연고냐 아니면 돈이 욕심났느냐
고토시운(後藤慈雲) 작곡 미야지 마이쿠오(宮島郁芳) 작사	김산월, 도월색 노래

1898년 일본 신파극단에 의해 상연되어, "아타미熱海의 해안을 산보하는 간이치貫一 오미야お宮 둘이서 나란히"라는 타이틀로 모든 사람들에게까지 알려지게 되었다. 1917년 舊第一高의 寮歌 「都の空に東風吹きて」의 멜로디로 불리어졌고,[3] 1918년에는 영화화되어서 큰 히트를 쳤다.

이수일과 심순애의 이름은 오늘날까지도 유명하지만, 당시 여러 사람의 입에 자주 오르내려 사랑에 대한 새로운 풍조를 불러일으켰던 작품이다. 〈장한몽〉에서는 주인공 이름을 간이치貫一와 오미야お宮에서 이수일과 심순애로 바꿔놓고 무대를 아타미熱海에서 평양의 대동강大同江으로 옮겨놓았지만, 가사의 내용은 거의 그대로 불려졌다. '대동강변 부벽루에 산보하는'으로 시작되는 주제가와 함께 연극과 영화대본으로 많이 사용되었다.

> 昭和8년 오-케가 제1회로 윤백단의 〈長恨夢〉을 내놓자, 圓盤界콜롬비아, 빅타-, 포리토-르, 오-케, 시에몬社의 流行歌亂射亂鬪期에 들어섰다. 가수쟁투전이 시작된 것도 이때부터다.[4]

이와 같은 큰 인기에 힘입어 영화화, 혹은 가요화 되기도 하였으며, 소설 연재가 미처 끝나기도 전에 신파극으로 공연이 되었다. 1915년에는 속편이 〈매일신보〉에 다시 연재되었다. 당시 문학에서 도입한 엔카의 비극적 정서는 통속적이었지만 적어도 대중의식과 접점이 있었기 때문에 나름대로 절절했고 리얼리티가 있어, 조선인들의 곁으로 쉽게

3 岡野弁(1988) 앞의 책, p.209
4 단국대학교부설 동양학연구소(2007) 「일상생활과 근대 음성매체」 민속원, p.351 ; 楊薰(1942) 「流行歌의걸어온 길」 8巻 7號, pp.124–127

다가갈 수가 있었다.

3.2 사적세계의 울타리

박찬호는 『한국유행사』에서 1920년~1930년 전반까지를 유행가의 초창기, 1930년 중반~1940년 초반을 황금기, 이후에는 수난기로 구분하였다.[5]

1926년에 개국된 경성방송은 1927년 2월 16일 첫 방송을 내보냈는데 한국어와 일본어 비율이 1:3이었으며 1933년에는 한국어전용 채널(제2방송)을 신설했다. 1929년 3월 1일부터는 매일 방송을 하되 밤 9시 40분까지는 일본어로, 이후에는 한국어로 방송을 했으며,[6] 일본 노래들이 자연스레 방송에서 흘러 나왔다. 라디오 방송의 시작으로 공적 영역에서 음악 수용의 계기가 더 확장되었으며, 일본의 레코드회사[7]들은 조선에 지사, 영업소를 두었다.

1930년대에는 조선 인구 2100만 명 중 경성 인구는 40만 명이었다. 그런데 그해 1년간 팔린 음반 판매량이 120만장이었다.[8] 경성 인구의 세배가 넘는 사람들이 1년에 적어도 1개의 음반을 구입할 정도로 음악시장은 황금기여서 번안가요도 이때 가장 많이 조선에 들어왔다.[9]

5 손민정(2009) 『트로트의 정치학』 음악세계, p.49
6 손민정(2009) 위의 책, pp.76-80 참조
7 1928-1936년 사이에 있는 레코트사는 콜롬비아·박타·포리돌·OK·태평·시에론·리갈 등이다.
8 당시 레코드 가격은 1원으로 당시의 상류층에 속하는 은행원, 의사, 귀금속 시계상, 신문기자, 교수, 관리원의 1932년 평균 생활비가 90원 정도였다.
9 이때의 10대가수는 채규엽, 선우일선, 왕수복, 김복희, 김용환, 강홍식, 고복수, 이난영, 전옥, 최남용 등이었다.(손민정(2009) 앞의 책. p.55)

1925년 11월 8일자 〈동아일보〉에 실린 '닙보노홍 조선 소리판' 광고란을 보면 유행가와 예술 가곡이 발매되었으며[10] 「압록강절」, 「장한몽가」, 「시들은 방초」, 「이 풍진 세상을」 등이 있는데 모두 일본에서 유행한 번안가요이다. '국내 대중가요의 고전'으로 통하는 「탕자자탄가」의 경우를 살펴보자.

〈그림〉 일축의 '닙보노홍' 조선소리판
「동아일보」 광고(1925년 11월 8일).

眞白き富士の根	탕자자탄가(蕩子自嘆歌)
眞白き富士の根緑の江の島 仰ぎみるも今は涙 帰らぬ十二の雄々しきみ魂に 捧げまつる　胸と心 ぼーとは沈みぬ千尋の海原 風も波も　小さき腕に 力もつきはて呼ぶ名は父母 恨みは深し　七里が浜辺	이풍진 세상을 만났으니 나의 희망이 무엇인가 부귀와 영화를 누렸으면 희망이 족할까 푸른 하늘 밝은 달 아래서 곰곰이 생각하면 세상만사가 춘몽중에 또다시 꿈 같구나 談笑和樂에 엄벙덤벙 주색잡기에 침범하야 전정(前程)사업을 잊었으면 희망이 족할까 반공중에 둥근 달 아래 갈 길 모르는 저 청년아 부패사업을 개량토록 인도하소서
1920년 잉갈스 작곡, 三角錫子 작사	박채선, 이류색 노래

이 노래는 미국인 제러마이어 잉갈스가 작곡한 찬송가 「우리가 집에 돌아왔을 때when we arrive at home」의 멜로디에 경쾌한 리듬을 담은 것이다.[11] 오늘날 「희망가」라는 제목으로 널리 알려져 있지만 1890년

10 박찬호(2011) 『한국가요사』 미지북스, p.186
11 박찬호(2009) 『한국가요사 1』 도서출판 예지북스, p.56

「夢の外」라는 제목으로 나왔고, 1910년에는 사고로 죽은 학생들을 애도[12]하기 위하여 또 다른 가사가 보태져 「眞白き富士の根」 또는 「七里ケ邊の哀歌」라는 진혼가로 알려지기 시작했다. 현재 남아 있는 음반화된 대중가요 중에서 가장 오래된 것으로 「탕자자탄곡」, 「탕자자탄가」, 「탕자경계가」, 「청년경계가」, 「이 풍진 세월」, 「이 풍진 세상을」 등 여러 가지 제목으로[13] 1920년대 노래책과 음반에 수록되어 있었으며, 처음엔 연극 막간에 불렸다. 〈희망가〉라는 제목은 1920년께 민요가수 박채선朴彩仙, 이류색李柳色이 무반주 2중창으로 녹음할 때 붙여진 제목이며, 1925년 민요가수 김산월金山月이 음반으로 취입했으나, 대중에게 많이 알려지기는 1930년 국내 최초의 대중가수 채규엽의 레코딩을 통해서였다. 1922년에 발간된 「최신중등창가집」에는 「일요일가日曜日歌」로, 34년에 출간된 「방언찬미가」에는 「금주禁酒창가」라는 제목으로 가사가 바뀌어 실리기도 했다.

일제강점기 망국의 한恨과 실의를 달래면서 각성을 촉구했던 현실도피나 퇴폐성을 나무라는 설교조의 가사 때문에 〈희망가〉라는 제목과는 달리 서민들 사이에서는 '절망가' '실망가'로 통하기도 했다. 현실과는 동떨어져서 입신출세만 골몰하고 있는 경향에 대한 경세의 노래였음이 분명하다.[14] 조선 유행가의 출발점으로 널리 민중 속으로 퍼져나갔지만 총독부에 의한 조선인 지배의 일환으로 의식적으로 퇴폐, 비탄조의 내용을 만연시켰다고도 볼 수 있을 것이다. 이와는 달리, 원

12 1910년께 일본에서는 여학생 12명이 강을 건너다 배가 뒤집혀 몰사하는 참사가 발생했다. 이때 비명에 간 꽃다운 소녀들을 추모하기 위해 미스미 스즈코(三角錫子)라는 여교사가 이 곡에 일본인 취향의 시를 붙임으로써 이 노래는 일본전역으로 퍼졌다.

13 이영미·이춘희(2006) 앞의 책, p.283

14 박찬호(2009) 앞의 책, p.57

래의 가사와는 전혀 다른 번안가요 「시들은 방초芳草」가 있다.

船頭小唄	시들은 芳草
三. 枯れた　真菰に　照らしてる 潮来出島の　お月さん わたしやこれから　利根川の 船の船頭で　暮すのよ なぜに冷たい　吹く風が 枯れたすすきの　二人ゆえ 熱い涙の　出た時は 汲んで呉れよ　お月さん	3. 애타롭게 당신의 거듭이 되어 조석으로 맑고 맑은 이슬 받아서 당신의 상머리를 닦으려 하네 오늘을 다 살지 모르는 세상 내일을 근심하고 울지 말아라 죽음도 살음도 또한 그 운명 인생은 草露 같다 사랑하여라
나카야마 신페이(中山晋平) 작곡, 野口雨情 작사	김산월, 도월색 노래

「시들은 방초」의 원곡은 1921년 일본에서 발표된 「船頭小唄」로, 1922년 「조롱속의 새籠の鳥」가 1923년 일본에서 크게 유행하였고, 조선에서는 1924년경에 처음 불렸다. 1925년 11월에 발매한 〈조선소리판〉이라는 레코드에 당시 유행했던 일본 유행가를 처음으로 도월색都月色이 한국어로 불렀다.

가사에 나오는 도네가와利根川를 배경으로 「大利根仁義」, 「大利根月夜」, 「大利根無情」이라는 엔카로 유행하기도 하였다. 조선에서 불렸을 때는 원곡과 크게 차이는 없었지만, 원곡은 4절인데 번안곡은 5절로 늘어났으며, 4절에서는 완전 다른 가사로 개작이 되어 있음을 알 수 있다.

인생의 비애를 노래한 「탕자자탄가」나 「시들은 방초」의 가사는 원가사와 전혀 다르게 개작이 되어 불리어졌음을 알 수 있다.

가장 대중적인 '사랑'의 내용이 담긴 번안가요를 살펴보자.

酒は涙か溜息か	술은 눈물인가 한숨인가
酒は涙か　溜息か こころのうわさの　捨てどころ とおいえにしの　かの人に 夜毎の夢の　切なさよ 酒は涙か溜息か かなしい恋の　捨てどころ	술이야 눈물일까 한숨이런가 이 마음의 답답을 버릴 곳장이 오래인 그 옛적에 그 사람으로 밤이면은 꿈에서 간절했어라 이 술은 눈물이냐 긴 한숨이야 구슬프다 사랑의 버릴 곳이여
고가 마사오(古賀政男)[15] 작곡, 高橋掬太郎 작사	채규엽 노래

「술은 눈물인가 한숨인가」의 원곡은 「酒は涙か溜息か」로, 채규엽이 번역 취입하여 히트하게 되자, 본격적으로 일본가요가 한국어로 취입되기 시작하였다. 원래의 일본가사 그대로 번역되어 조선에서 유행하였음을 알 수 있다.

당시 한국의 창작가요도 녹음과정에서 일본인이 편곡하는 것이 상례였다.

> 昭和7年十月 포리도-로의 朝鮮譜第一回발매로 李景雪의 「世紀末의 노래」가 發賣되자, 當時 「술은 눈물인가 한숨인가」를 迎合한 大衆은 이 題目그대루世紀末的 頹廢的歌謠를 歡迎했다. (중략) 旋律은 목듣드래두 歌詞만 보아 얼마나 厭世的이구 頹廢的不健全한노래인지넉넉히 짐작할 수 있을 것이다.[16]

15 작곡가 고가 마사오(古賀政男)는 일본에서 우리 대중가요의 보급에 큰 기여를 하였다. 어린 시절을 우리나라에서 보내며 우리 전통음악의 영향을 나름대로 받았던 탓에 한때 엔카가 한국에서 비롯했다는 주장의 빌미가 되기도 했다. 그는 일본으로 돌아가 작곡가로 활약하면서 많은 인기곡들을 만들어 냈다. 고가 마사오의 대표적인 작품들 중에는 광복 이전에 우리나라에서 번안곡으로 소개된 것들이 상당히 많은데, 현재 확인되는 것만도 50곡 가까이에 이른다.

16 단국대학교부설 동양학연구소(2007) 앞의 책, pp.124-127

퇴폐적이고 불건전한 노래인「술은 눈물인가 한숨인가」가「원망스러운 정」[17]을 흉내냈다는 지적도 있다.

「影を慕いて」는「님 자취 찾아서」라는 제목으로 번안되어서 불렸다. 남녀 간의 사랑과 이별은 전 시기의 대중가요에서 가장 많이 등장하는 보편적인 제재題材이다. 님에 대한 사랑의 마음은 기본적으로 들어 있지만 전혀 다른 내용으로 되어 있다.

影を慕いて	님 자취 찾아서
まぼろしの　影を慕いて雨に日に 月にやるせぬ　我が想い つつめば　燃ゆる　胸の火に 身は焦れつつ しのび泣く わびしさよ　せめて痛みのなぐさめに ギターをとりて　つまひけば どこまで時雨　ゆく秋ぞ 振音さびし 身は悲し	나의 사랑아 네 모양 그립기에 이 밤 새이며 달빛에 찾아드는 이내 정회는 애꿎이도 불붙는 가슴속 한숨 마음은 흐트러지고 눈물은 흘러 그리운 님아 애달픈 상처를 싸매 주려면 노래를 부르며 자취 찾아서 짙어가는 이 밤을 새워주려마 벌레 소리 끊어지고 한숨은 흘러
古賀政男 작곡, 藤山一郎 노래, 高賀政男 작사	채규엽 노래

역시 사랑에 대한 통속적인 노래로「홍루원」이 있다.「홍루원」역시「달려라 포장마차急げ幌馬車」를 번안한 것으로, 가사가 완전히 바뀌었음을 알 수 있다.

17 「원망스러운 정」의 가사는 다음과 같다 / 버들에 실이 있다 한들 / 가는 봄을 묶을 수 없다네 / 나비가 꽃을 좋아한들 / 흩날리는 꽃을 어찌 하리 / 버들은 버들 나비는 나비 / 뜬 세상은 꿈의 원정 / 나에게 정이 있다 한들 / 가는 님을 내 어찌 하랴.(사이조 야소 작사, 전수린 작곡)

急げ幌馬車	홍루원(紅涙怨)
日暮れ悲しや荒野は遥か 急げ幌馬車鈴の音だより どうせ気まぐれさすらいものよ 山は黄昏旅の空 別れともなく別れて来たか 心とぼしや波がにじむ 野越え山越え何処までつづく しるす轍も片あかし	산설고 물설은데 곳 누굴 찾아 왔던고 님이라 믿을 곳은 의지가지 허사요 저 멀리 구름 끝엔 아득할 뿐 내 고향 하루나 이내 맘이 편할 것이랴. 뜬 풀은 하늘 돌다 앉을 나리 있어도 이 몸은 타관천리 님을 따라 헤맬 뿐 끝없는 이내 설움 생각사록 외로워 뻐꾹새 우는 밤에 잠 못 드노라
에구치 요시(江口夜時)[18] 작곡	채규엽 노래

이처럼 사랑을 담은 번안가요들은 가사 내용이 전혀 다르게 개작이 되어 있음을 알 수 있다.

'사랑' 다음으로 많이 등장하는 제재題材는 '고향 떠남出鄕'이나 '방랑放浪'이다. 「순풍에 돛을 달고」는 「利根の舟唄」의 번안곡이나 노래 가사는 원곡과 아주 다르지만 사랑을 잃은 자신의 처지를 비관하고 있는 기본 내용은 비슷하다.

利根の舟唄	순풍에 돛을 달고
利根の朝霧櫓柄がぬれぬ 恋の潮来は 恋の恋の潮来は身もぬれぬ 島は十六真菰(こも)の 花はひとひろ 花は花はひといろこむらさき	순풍에 돛을 달고 뱃머리를 돌려서 외로이 저어가니 외로이 외로이 저어가니 이 밤 처량해 지난 해 원망하며 몸을 태운 옛 사랑 흐르는 물결 위에 흐르는 흐르는 물결 위에 떠 비칩니다
고세키 유지(古關裕而) 작곡	채규엽 노래

18 에구치 요시(江口夜時, 1903-1978)는 28곡의 유행가를 콜롬비아 음반에 남겼을 뿐 아니라 19곡의 유행가를 편곡하였다.

인용문의 "외로이 저어가니 → 외로이 외로이 저어가니" "흐르는 물결 위에 → 흐르는 흐르는 물결 위에"처럼 "恋の潮来は→ 恋の恋の潮来" "花はひとひろ → 花は花はひといろ"처럼 반복적으로 나와 있는 것들은 흡사하다 할 수 있다. 또한 「시들은 芳草」에 등장하는 "潮来" "真菰" "すすき" "出島" "河原"라는 단어가 들어 있음을 알 수 있었다.

가요를 노래하는 본격적인 가수의 등장은 1930년대 이후이다. 가요음반이 대중의 기호물이 되면서 연극배우들 중에서 '막간무대'에 등장했던 인기배우들이 대거 가요곡을 취입하였다. 이러한 경향은 본격적인 가수가 등장하여 활약했던 1935~1936년까지도 상당한 비중을 차지했다.

1935년 무렵까지 대중가요는 주로 축음기와 방송에 의하여 보급되었으니, 당시의 축음기 보유대수는 무려 35만 대 이상이었다고 한다. 음반판매실적도 상대적으로 높아 때로는 5만 매에서 10만 매에 이르는 곡도 있었다고 한다.

1933년부터는 일제에 의한 검열이 실시되어 민족정신을 고취시키거나 시국을 풍자한 노랫말은 일체 금지되었다.[19] 그리고 레코드에 대한 검열이 1934년 3월 '개정출판법'으로 유행가뿐만 아니라 문예, 연애 전반에 걸쳐 사전에 원고를 총독부 도서관에 제출해야 했다. 총독부에서는 "미풍양속을 해치기 때문에 사상적인 점에 중점을 두고" 검열에 임했다고 한다. 이러한 분위기 속에 대중가요는 감상적이거나 현실도피적인 내용, 애수에 잠긴 노래들만이 유행되었고, 대개 사적인

19 「눈물젖은 두만강」 「황성옛터」는 겨레의 망국의 슬픔이 은유되어 있는 민중들에게 가장 널리 불리어지던 노래들이었다. 이 노래를 부르면서 망국의 한을 달래곤 하였기에 일제는 이 노래에 담긴 슬픔 감정이 반일감정을 불러일으킬 소지가 있다고 하여 금지곡 처분을 내렸다.

영역이나 자연현상으로 국한할 뿐만 아니라, 사회적 현실을 연상시키는 소재를 사용할 때에는 전면에 드러나지 않고 속으로 감추어야 했다. 사적인 세계인 남녀 간의 사랑과 이별, 고향에 대한 그리움, 인생의 허무함, 나그네의 고달픔이나 서러움 등을 서사하고, 즐거운 노래인 경우에는 사회적 제재題材를 그런대로 다루고 있지만 슬픈 노래에서는 결코 사회적인 냄새가 풍기지 않았다.[20] 가요의 황금기에 나온 이 번안가요들도 역시 이러한 사회적인 분위기에 편승되어 있음을 알 수 있다.

3.3 식민주의적 가요

1937년부터 시작된 일본의 중국점령이 쉽사리 이루어지지 않으면서 중일전쟁은 예상보다 길어졌고, 라디오에서는 과열된 전쟁을 위해 유행가로 전쟁을 노래했다. 1939년 이후로는 창씨개명과 황국신민화정책皇國臣民化政策으로 대중가요는 더욱 심한 검열과 간섭을 받게 되었다.

1941년 말 태평양전쟁이 시작되면서 일제는 모든 외국 곡의 가창을 금지시켰고, 전시체제戰時體制에 따른 노래들만 허용하였다. 이에 따라 기존의 일본군가日本軍歌에 추가하여 새롭게 제작된 애국가요愛國歌謠·국민가요國民歌謠 등이 전쟁완수를 독려할 목적으로 더욱 소리 높여 불리게 되었다. 「우리는 제국의 군인이다」, 「아들의 혈서」, 「너와 나」 등은 바로 이때 나온 곡들로 1절 이상씩은 반드시 일본어로 부르도록 강요되었고, 모든 무대공연도 일본식으로 이루어져야 하였다.

1941년 이후는 획일적인 정책하에 일본의 군가·애국가요·국민가요

20 이영미(2002) 『홍남부두의 금순이는 어디로 갔을까』 황금가지, p.30

등의 군국가요軍國歌謠만을 불러야 했던 한국가요의 암흑기로, 한국 청년의 출정을 미화한 노래들이 매일 방송되기도 하였다.

> 軍需品이라하면, 鐵鎬, 金屬類만 생각하는이에겐 「音樂도 軍需品」이다 하면 좀 奇異하게 들릴지 모른다 (중략) 音樂界는 어떠한가? (중략) 材料도 銃后에 或은 大同亞圈內에 찾어, 斬新한 작품을 내놓고 잇다(志願兵의 어머니, 銃后의 祈願, 사막의 歡呼, 蘇州뱃사공, 等等)[21]

'음악도 군수품'이라는 생각에 갖가지 군국가요가 발표되었는데 지원병을 테마로 하는 노래들은 라디오에서 되풀이되어 나왔다. '훼절가요'라고 불리는 친일가요 중 번안가요를 살펴보자.

軍國の母	지원병의 어머니
こころ置きなく祖国の為 名誉の戦死頼むぞと 涙も見せず励ました 我が子を送る朝の駅 散れよ　若木の桜花 男と生まれた戦争に 銃剣執る大君の為 日本男子の本懐ぞ	나라에 바치자고 키운 아들을 빛나는 싸움터로 배웅을 할제 눈물을 흘릴쏘냐 웃는 얼굴로 깃발을 흔들엇다 새벽정거장 사나이 그 목숨이 꽃이라면은 저 산천 초목 아래 피를 흘리고 기운차게 떨어지는 붉은 사쿠라 이것이 반도남아 본분일게다
古賀政男 작곡	장세정 노래, 조명암 작사

「지원병의 어머니軍国の母」는 군국가요 중에서 비교적 일찍이 발표된 것으로 오케레코드가 1941년 7월 발매했다. 많은 군국가요들이 태평

21 楊薰(1942)『戰爭과 音樂 軍國調歌謠이야기』8卷, pp.164-169

양 전쟁이 일어난 1941년 12월 이후에 나온 것을 감안해 볼 때, 「지원병의 어머니」 같이 노골적인 군국가요가 한국에서 나온 것은 번안가요이기 때문에 가능한 것이었다.

「지원병의 어머니」를 작곡한 사람은 일본에서 가장 대표적인 가요작곡가로 활동했던 고가 마사오이다. 고가 마사오가 작곡한 원곡은 오케레코드에서 작곡, 편곡가로 활동하던 서영덕徐永德의 편곡을 거치고 조명암趙鳴岩이 쓴 가사가 붙여져 「지원병의 어머니」로 새롭게 다듬어졌고, 당시 오케레코드에서 간판급 여가수로 활약한 장세정張世貞이 노래를 불러 음반으로 발매되었다.

군국가요답게 아들이 죽어서 돌아오기를 바란다는 구절이 어김없이 등장하고 있으며, 「지원병의 어머니」가 발표될 당시 오케레코드의 홍보용에서도 '혈연만장血煙萬丈 속에 지원병志願兵을 보낸 반도半島의 어머니, 아들의 충렬忠烈! 전사戰死!는 우리 어머니들의 자랑이다'라는 묘사로, 조선의 어머니들이 황국신민으로서 아들을 전장에 보내는데 주저하지 말 것을 암시하는 전시 군국가요의 서사라 할 수 있을 것이다.

이후 오케레코드에서는 1943년에 〈오케가요극장〉이라는 일종의 편집음반을 냈는데, 여기에서 나온 대표적인 군국가요 여섯 곡이, 영화배우 유계선劉桂仙이 녹음한 대사臺詞와 함께, 수록되어 있다. 「지원병의 어머니軍國の母」는 이 〈오케가요극장〉의 첫 번째 곡으로 실려 있다.

「모자상봉」은 1939년 일본에서 발표된 「九段の母」의 번안곡으로 「軍國の母」 「皇國の母」와 함께 '어머니 삼부작'으로 꼽히는 대표적 군국가요이다.

九段の母	모자상봉(母子相逢)
上野駅から　九段まで 勝手を知らない　焦れったさ 杖を頼りに　一日がかり 倅たぞや　逢いいに来た 空を衝くよな　大鳥居 こんな立派な　御社に 神と祀られ　勿体なさよ 母は泣けます　嬉しさに	강건너 산을 넘어 수륙 천리를 내 아들 보고지고 찾아온 서울 구단九段엔 사쿠라가 만발했구나 아들아 내가 왔다 반겨해 다오 하늘을 찌를 듯이 솟은 돌문에 신사당神社堂 들어가는 발자욱마다 내 아들 천세 만세 살아 있는 곳 눈물이 방울방울 떨어집니다
노시로 하치로能代八郎 작곡. 石松秋二 작사	백년설 노래, 조명암 작사

군가軍歌는 아니지만 번안가요나 조선 대중가요들이 일제의 전시戰時 선전선동(아지프로)의 목적에 강하게 부합하고 있음을 알 수 있다. 「皇國の母」, 「軍國の母」 등과 함께 「九段の母」는 지금도 도쿄 번화가에서, 전시 일본군 군복을 입은 사람이 운전하는 검은색 밴에 확성기 단 일본우익 차량에서 틀어주는 옛군가와 함께 쉽게 들을 수 있는 노래이다.

군국가요는 선전선동의 목적이 강한 노래로서, 한국어 번안가요에서도 그리 무리가 가지 않게, 가사의 의미가 비슷하게 번역되어 불리어졌다.

4. 번안가요의 변용

1920년대 중후반을 거치면서 대중가요는 일본가요와 한국가요의 선율이 자연스럽게 접근되었다. 처음에는 신파극新派劇과 함께 들어온 엔카가 그대로 불리어지다가 등장인명이나 배경이 조선 것으로 바뀌어감에 따라, 가사는 원곡에 가깝게 한국 정서에 맞게 번안되어 불렸다.

번안가요의 절정기는 1930년대 전반기로, 라디오와 방송국이 설립되고 레코드와 축음기 등의 보급으로 대중음악이 조선 사람들에게 쉽게 다가갔다. 더욱이 1930년대 말기에 이르러 일본어 상용이 강요된 시대의 영향으로 일본가요의 번안과 일본 곡에 한국말 가사를 붙여 많이 만들어졌다. 이 시기 번안가요는 대개 사랑, 이별, 타향살이 등 개인적인 영역에 한정되어 있었으며, 사회에 대한 비판의식을 거의 드러나지 않았기 때문에 식민지 통치의 의도된 산물이라고는 보기 어렵다.

일제말기에는 정치권력의 요구로 군국가요가 등장하였는데, 가사내용은 의미전달이 잘 되도록 비슷하게 번역되어졌다. 이 당시 번안가요 뿐만 아니라 조선의 대중가요도 친일적인 색채로 나아갔다. 번안가요가 한 사회의 공식적 영역 속에 본질적으로 체제순응적인 목적을 지니고 있음을 알 수 있다.

물론 조선의 대중가요가 일본에 건너가 히트한 노래들도 있었고 가수들도 재취입을 하였다. 그들에 의해 편성과 편곡을 이루며 일본 정취가 물씬 풍기는 음악으로 만들어지기도 하였다.

번안가요라는 것이 문화의식을 위한 일본의 계산도 있었겠지만, 조선인들 스스로의 선택도 있었을 것이다. 군국노래만을 제외하고는 그다지 사상적인 영향은 다른 문화에 비하여 적었다고 할 수 있겠지만 결과적으로는 일본의 식민지 통치에 유리하게 작용하였을 것이다. 하지만 번안가요가 식민국 일본과 피식민지 조선의 문화적 동질감이 어느 정도 확보된 상태이었으므로, 일본의 엔카演歌, 군가軍歌, 군국가요, 애국가요 등이, 조선어朝鮮語로의 번안되어, 일본의 전시 선전선동에 상당한 역할을 했다고 사료된다.

Ⅲ. 〈學徒歌〉의 본질과 계몽의 양면성*

박경수 · 김순전

1. 〈學徒歌〉의 의미

본고는 구한말에서부터 일제강점기를 거쳐 광복 이후까지 어린아이로부터 청장년에 이르는 계층에까지 널리 애창되었던 대표적 계몽창가 〈學徒歌〉[1]의 본질과 그 계몽의 양면성을 고찰함에 있다.

학업의 소중함과 학생의 본분에 대한 계몽을 담은 〈學徒歌〉는 실로

* 이 글은 2014년 6월 한국외국어대학교 일본연구소 「日本研究」(ISSN : 1225-6277) 제60호, pp.119-139에 실렸던 논문 「〈學徒歌〉의 본질과 계몽의 양면성」을 수정 보완한 것임.

1 본고에서 표기하는 일반명사로서의 〈學徒歌〉는 노래제목인 「學徒」와 「學徒歌」를 모두 아우르는 표기로 사용하기로 한다.

불리는 시기에 따라 애국창가, 계몽창가, 대중적 국민창가 등의 수식어가 따른다. 이는 초창기 일본의 침략에 대한 저항과 국권회복을 위한 애국창가로 출발하였다가, 통감부기 발간된 관제창가집에 수록되면서 식민지동화를 위한 계몽창가로 변용되었는가 하면, 식민지기 대중화되는 과정에서 다시금 전 민중의 각성을 촉구하는 항일운동가의 성격을 보여주었던 까닭이다. 그러기에 〈學徒歌〉를 놓고 그 출전出典에 따라 애국창가로 보는 견해가 있는가 하면 철저한 일본 창가로 보는 견해도 있다.

일제의 침략으로 국운이 암울하던 시기에 처음 만들어져 끈질긴 생명력을 지니고 광복 이후까지도 널리 애창되어 온 〈學徒歌〉는 현재 악곡면에서 3곡, 내용면에서는 5곡 정도가 전해지고 있다. 여기에 항일과 국권회복의 열망, 일제의 식민지 동화同化의 실현의지와 그 이면에 애국애족에 대한 의미가 담겨있기도 하여 그 본질과 양면성에 대한 심층적인 연구가 요구된다.

개화기의 문학예술 가운데 이러한 창가 형식이 주목되는 것은 한국근대문학의 발전상과 음악사적인 면을 아울러 살펴볼 수 있다는 점과, 그 안에 본질적으로 반복성, 구전성과 함께 미디어적 효과까지 내재되어 파급효과가 월등하기 때문일 것이다. 그럼에도 지금까지의 선행연구를 살펴보면, 창가관련 연구에 포함되어 지극히 부분적으로 언급[2]되었거나, 학부편찬『普通教育唱歌集』에 수록된「學徒歌」에 대한 평가이거나 혹은 단층적인 연구에 불과한 것[3]으로, 〈學徒歌〉 全曲에 대한 구체적이고 심층적인 연구는 전무한 실정이다.

2 김보희(2008)「북만주지역의 獨立運動歌謠 -1910년대 민족주의 독립운동가요를 중심으로-」「한국음악연구」 第43집, 한국국악학회 편

3 노동은(2001)『노동은의 두번째 음악상자』 한국학술정보(주)

이에 본고는 〈學徒歌〉로 일컬어지는 전 곡을 들어 이의 생성과 변용 과정을 통하여 본질을 구체적으로 파악하고, 아울러 그 계몽의 양면성에 밀착하여 심도 있게 고찰해보려고 하는 것이다.

2. 〈學徒歌〉의 생성과 변용

〈學徒歌〉의 생성을 탐구하려면 한국 개화기 문예의 한 장르로 정착된 '창가唱歌'의 유입과 전파과정을 살펴볼 필요가 있을 것이다. 창가는 갑오경장 이후 교육개혁의 일환으로 설립된 기독교계 사립학교에서 실시되었던 찬미가讚美歌교육과, 화양절충和洋折衷된 일본식 창가가 강점을 전후한 식민지 교육과정에 반영되면서 정착되었다.

한국의 경우 개화기 "新興的인 流行으로서 開化人의 生活感情을 表現하는 國民的인 行動의 하나로써 出發"[4]하였던 창가는 문학사적으로 보면 "한국 고유의 가사문학歌辭文學이 개화기에 들어 개화의 성취를 위한 내용을 담은 약간 긴 형식의 개화가사開化歌辭로 변화하였다가 서양 악곡이 유입되면서 악곡에 맞는 짧은 형식의 창가로 발전"[5]하였으며, 근대음악사적인 면에서는 "1910년대 학교음악으로 자리 잡은 이후 점차 대중가요, 국민가요, 예술가곡, 동요 및 신민요 등으로 분화의 과정을 겪으며 발전"[6]되어 갔다.

일본의 경우 1872년 〈學制〉가 공포된 이후 일본국민의 국조國調를 생성하면서 새로운 일본적 오리엔탈리즘을 표현하는 대표적 분야로 인

4 조연현(1968) 『한국현대문학사』 인문사, p.49
5 愼鏞廈(1996) 「解題」 『最新唱歌集』 국가보훈처, p.21
6 金炳善(1990) 「韓國 開化期 唱歌 硏究」, 전남대 박사논문, p.169

식되면서 '화양절충和洋折衷'[7]의 과정을 거쳐 학교음악으로 채택되어 전파되었는데, 그것이 특히 조선강점朝鮮强占을 전후하여 식민지 교화敎化를 목적으로 급격히 유입되었다.

이러한 과정을 거쳐 정착된 '창가'는 개화기 유입된 외래음악을 통칭하는 보통명사로, 혹은 시대의 특수성과 연관된 음악 장르의 명칭으로 사용되면서, 세 갈래의 형태를 띠고 전파되었다. 그 하나는 교회나 학교에서 악보중심의 학습과정이며, 다른 하나는 구전口傳을 통한 전파인데, 이 경우는 가창자의 수용단계에서 변형이 일어나 다른 버전으로 전승되기도 한다. 셋째로 상업적 목적하의 대중매체, 즉 음반과 각종 노래책을 통한 전파[8]가 그것이다.

이러한 배경 하에서 처음에는 뚜렷하지 않은 찬미가讚美歌 버전으로 구전되어 오다가 화양절충된 일본식 창가 형식으로 변용된 〈學徒歌〉는 현재까지 악곡 면에서 3곡 정도가, 내용면에서는 5곡 정도가 전해지고 있다. 일제 강점을 전후한 시기 〈學徒歌〉를 수록하고 있는 창가집의 출판사항과 가사내용의 일부를 간략하게 〈표〉로 정리해 보았다.

7 메이지기 일본의 근대화과정에서의 학교음악은 서구의 근대음악을 전면적으로 채택하였는데, 그 근대음악의 중심에 위치하는 것이 '창가'였다. 그 가운데서도 일본인들이 받아들이기 쉽도록 일본 전통음악의 요소, 이를테면 4도(fa)와 7도(si)음이 빠진 'ヨナ抜き 5음 음계' 형식에 와카(和歌)나 하이쿠(俳句)에서 파생된 7·5조 율격을 가미한, 이를테면 '화양절충(和洋折衷)'된 음악적 형식의 '창가'였다.

8 배연형(2008)「창가 음반의 유통」「한국어문학연구」第51輯 한국어문학회, p.37 참조

〈표〉 〈學徒歌〉가 수록된 창가집의 출판사항 [9]

No	곡명	작사 (년도)	악곡	절/행	출처 (출판년도)	내 용 (첫 절만 수록)
①	學徒	김인식 (1907)	讚美歌 부분차용	10/40	광성학교 『最新唱歌集』 (1914)	학도야 학도야 져긔청산 바라보게 고목은 썩어지고 영목이 소생하네
②	學徒	미상	미상	4/32 (후렴 포함)		대한청년 학생들아 동포형제 사랑하고 우리들의 일편단심 독립하게 맹약하세 ……
③	學徒	미상	多梅稚 곡 「鐵道唱歌」 차용	4/16		학도야 학도야 청년학도야 벽상의 괘종을 들어보시오 한소래 두소래 가고 못오니 인생이 백년가기 주마 갓도다.
④	學徒歌	최남선 (1910)	〃	6/24	大韓帝國 學部 『普通敎育唱歌集』 (1910.5)	靑山속에 뭇친玉도 갈아야믄 光彩나네 落々長松 큰나무도 싹가야믄 棟樑되네
⑤	學徒	이상준 (1918)	〃	4/16	博文書館 『最新唱歌集』 (1918)	학도야 학도야 청년학도야 벽상의 괘종을 드러보시오. ᄒᆞᆫ소ᄅᆡ 두소ᄅᆡ 가고못오니 인생의 백년가기 주마갓도다.

「學徒」①은 서양음악의 선구자였던 김인식金仁湜[10]이 1905년 평양 서

9 〈표〉는 〈學徒歌〉가 만들어진 순서로 배열한 것으로, 동명의 곡명이 많은 관계로 좌측의 번호(No)로 구분하도록 한다. 예를 들면 김인식(1907)의 「學徒」는 「學徒」①로, 이상준(1929)의 「學徒」는 「學徒」⑤로 표기하며, 이의 내용을 인용할 경우 서지사항은 인용문 우측 하단에 〈「곡명」, 『창가집명』(발행년도), 페이지〉로 표기하기로 한다.

10 김인식은 1905년 기독교계 사립학교인 숭실학당 중학부를 졸업하고(제2회), 숭실대학에서 전문적인 음악을 공부하여 한국음악교육계에 큰 영향을 끼친 음악가이다. 1907년부터 황성기독교청년회 학관에서 창가교사를 시작으로 진명여학교를 비롯하여 오성학교, 보성학교, 서북협성학교, 양정여학교, 진명여자고등보통학교, 배재고보 등을 거쳐 1930년에는 감리교 협성신학교에서 음악교사로 활동하였다. 또한 새문안교회 찬양대를 비롯하여 경성찬양회를 조직(1913) 지휘하면서 교회음악을 일으켰을 뿐만 아니라 1912년 펴낸 『교과적용보통창가집』은 사립학교 대안교과서로, 또 국내외 애국독립 현장에도 영향을 끼쳤다.(노동은(2004) 「1910년대 기독교계 학교 음악교육과 그 영향」 『한국기독교와 역사』 제20호, 한국기독교역사연구소, p.93 참조)

문 밖 소학교의 운동회 때 처음 합창으로 들려주었던 것으로 알려진 곡이며, 「學徒」②는 작사 작곡자 모두 미상이지만 가사내용으로 보아 1910년 합방 직후에 만들어 전파된 것으로 보인다. 「學徒」③ 역시 작자미상에 연대미상이며, 3곡 공히 국권회복에 대한 열망과 학문의 중요성을 담고 있어 독립운동가의 일면을 드러내고 있으나, 「學徒」③의 경우는 오노 우메와카多梅稚가 작곡한 『地理敎育鐵道唱歌』(1900, 이하 〈鐵道歌〉로 표기함.)[11]의 악곡을 차용하고 있어 〈學徒歌〉의 변용된 일면을 드러내고 있다.

〈표〉에 제시된 〈學徒歌〉중 가장 대표적이라 할 수 있는 것은 한국병합 직전인 1910년 5월 대한제국 학부가 편찬한 『普通敎育唱歌集』의 18번곡으로 수록된 「學徒歌」④이다. 최남선의 작사[12]에 〈鐵道歌〉의 악곡을 차용하고 있는 이 곡은 당시 사립학교에서 만연하던 애국창가에 대응하는 관제창가의 성격을 지니고 학교를 중심으로 보급 전파되었다. 이상준李尙俊[13]이 펴낸 『最新唱歌集』에 수록된 「學徒」⑤는 이상준이 작사한 것[14]으로 표기되어 있으나 「學徒」③의 가사내용 일부를(1절~3

11 오노 우메와카(多梅稚, 1869-1920) : 京都生. 일본 아악계의 일인자이자 음악교육학자, 東京音樂學校 졸업, 大阪府의 사범학교(현 敎育大學) 교사로 근무하다가 1900년 오와다 다케키(大和田建樹)로부터 『鐵道唱歌』 작곡을 의뢰를 받고 진군가 형식을 취한 악곡을 내놓았다. 이후 東京音樂學校 조교수와 교수를 역임하였다. 『鐵道唱歌』는 제1집~제5집까지 가창자의 선호에 따라 선택하여 부르게 하려는 오와다의 배려로 각각 2개의 곡이 붙여졌다. 제1집인 東海道편 역시 오노 우메와카(多梅稚)와 우에 사네미치(上眞行)의 악곡 2개가 붙여졌는데, 다른 곡에 비해 오노 우메와카의 곡만이 압도적인 지지를 받으며 鐵道唱歌의 대표 곡으로 정착되게 된 것이다.

12 박찬호 지음・안동림 옮김(2011) 『한국가요사』 도서출판 미지북스, p.39

13 이상준(李尙俊, 1884-1948)은 20세기 초반에 활동한 음악가이자 음악교육자로, 음악교재의 빈곤을 해소하기 위해 『중등창가집』, 『풍금독습』, 『중등음악』, 『최신창가집』 등과, 음악인을 위한 『보통악전대요』를 출간하기도 하였다. 김인식과 함께 양악 발전에 진력한 인물로 평가되고 있다.

14 이상준(1929) 『最新唱歌集』 박문서관(경성), p.44

절 상반절) 그대로 사용하고 있어, 순수한 이상준의 것만으로 보기는 어렵다.

이후의 〈學徒歌〉는 음향기기 보급에 따라 〈鐵道歌〉의 악곡에 ③ ④ ⑤의 가사내용을 적절히 혼합하여 인기가수의 음반에 취입되면서 대중가요로 확장되었다. 그것이 대중성을 띠고 민중 속으로 깊이 파고들면서 다시금 항일과 자주독립의 의지를 담은 운동가로 불리게 된 것이라 할 수 있겠다.

3. 국권회복을 위한 계몽

통감부기 발간된 관제창가 이전의 〈學徒歌〉에서 가장 괄목할만한 점은 창가가 하나의 운동으로서 불렸다는 점이다. 당시 만주의 한민족 학교인 광성중학에서 수집하여 등사본으로 발행하였던 『最新唱歌集』(1914)[15]에 수록된 3곡의 〈學徒歌〉가 그것이며, 그 내용은 국권회복을 위한 계몽적 내용이 주류를 이룬다. 광성중학 편 『最新唱歌集』에 수록된 대부분의 노래는 나라의 독립을 사수하고 지켜나가리라는 진취적인 기상으로 넘쳐나는 애국적 차원의 창가가 대부분이었기에 여기에 수록된 3곡의 〈學徒歌〉도 공히 애국과 독립에 대한 각성을 일깨우며 학업의 중요성에 대한 계몽을 도모하고 있음을 알 수 있다. 먼저 「學徒」①의 내용을 살펴보겠다.

15 『最新唱歌集』은 1914년 북간도 광성중학교에서 등사판으로 펴낸 창가집으로, 제1부는 당시 만주와 국내에 광범위하게 보급되고 불려진 153곡의 애국창가를 발굴 수록하였고, 제2부는 음악문답으로 악전을 소개한 총250여 쪽 분량의 항일 애국창가집이다.

一. 학도야 학도야 져긔청산 바라보게 / 고목은 썩어지고 영목은 소생하네
二. 동반구 대한에 우리소년 동포들아 / 놀기를 조아말고 학교로 나가보세
三. 소년의 공부는 금은보석 싸옴이니 / 청년에 공부하여 앞길을 예비하세
四. 충군과 애국이 우리들이 의무로다 / 근실히 학업닥가 책임을 일치마세
五. 영웅과 열사가 별사람 안이로다 / 정신 가다듬고 의긔를 다해보세
六. 뒷동산 송듁도 그의절개 불변커든 / 하물며 우리인생 초목만 못할소냐
七. 나라의 긔초가 우리소년 공부로다 / 열심을 다드리고 국사를 도아보세
八. 태산이 높대도 하날아래 태산이로다 / 올으고 올으면 못올을 이가업네
九. 선인에 격언을 명심하여 잇지마라 / 날마다 닥는지식 태산과 일반일세
十. 학도야 학도야 우리담임 지중하다 / 진진코 불이하여 목적을 달해보세

〈「學徒」, 『最新唱歌集』(1914), p.86〉

1905년 김인식이 평양 서문 밖 소학교의 운동회 때 처음 합창으로 공개하였다는 「學徒」①은 1절에서 10절까지 모두 학문의 지중함을 일깨우며, 소년기에 충실히 학업에 정진할 것을 줄기차게 계몽하고 있다. 그 이유가 "충군과 애국이 우리들 의무"이기 때문이며, "나라의 긔초가 우리소년 공부"에 있기 때문임은 말할 것도 없다. 이러한 내용은 구전되어가는 과정에서 부분적으로 개사된 것도 찾아볼 수 있는데, 김보희(2008)가 그의 논문에서 제시한 김인식의 「學徒」는 위의 것과 1~3절까지는 동일하나 4절부터는 순서가 바뀌었거나 다음과 같은 내용으로 되어있기도 하다.

4. 나라의 뿌리가 우리소원 공부로다 / 열심을 다드리고 나라를 도와보세
5. 우리의 공부는 충의두자 뿐이로다 / 주권을 잃지말고 자유를 잃지마세
6. 충군과 애민이 우리학생 중에있네 / 정신을 가다듬고 예기를 하여보세

7. 영웅과 열사는 금수라도 좋아하네 / 영기를 받은우리 혈성을 다드리세
8. 학도의 앞길은 교만지심 무섭구나 / 겸손을 앞세우고 사랑을 표준하세
9. 우리의 직책은 부모님께 효성이니 / 말씀을 순히듣고 명령을 지키겠네
10. 학도야 학도야 우리담임 지중하다 / 금같은 이시대 목적을 달해보세[16]

악보가 제대로 갖추어지지 않았던 시절 구전되어가는 과정에서 여러 정황에 따라 부분적으로 개사된 것으로 보이는 위의 「學徒」 역시 나라의 뿌리가 학업에 있음을 강조하며 학업에의 정진만이 곧 "충군과 애민"이며 "주권과 자유"를 회복하기 위한 참된 학도의 본분임을 계몽하는 내용으로 일관하고 있어 같은 맥락으로 볼 수 있다. 이의 악보를 살펴보겠다.

〈악보 1〉 『**最新唱歌集**』 42번곡 「**學徒**」 ①

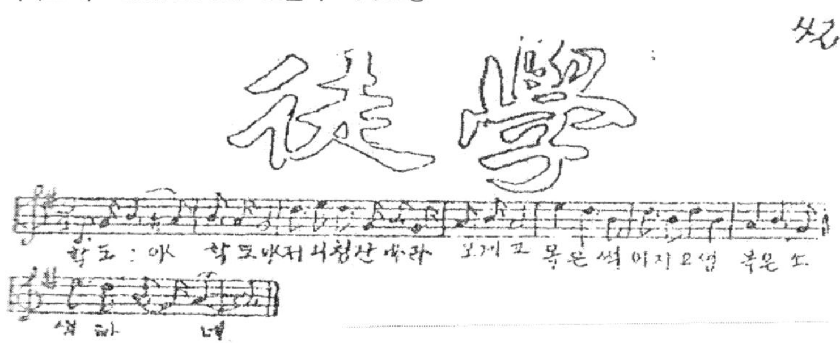

〈악보 1〉은 8마디 한도막 형식에 모두 10절로 되어있으며 시작부분의 선율이 찬송가 「예수예수 내주여」와 유사하여 당시 기독교 선교사들이 보급하여 유행시킨 그 시대의 소리가 구전되는 과정에서 변용되

16 김보희(2008) 앞의 논문, p.29에서 재인용

어 무의식적으로 악보에 옮겨졌음을 추측하게 한다. 마무리가 '레'음으로 종지되어 있어, 일단락되지 못한 느낌 즉, 반마침도 같은 맥락으로 보인다. 이에 대비하여 「學徒」②를 살펴보자.

〈악보 2〉 **『最新唱歌集』** 47번곡 **「學徒」**②

「學徒」②는 16마디 두도막형식에 후렴(16마디)까지 가미되어 한 절의 분량이 상당히 길며, 4/4박자 장음계에 ♪ ♪ ♩ ♩ 의 리듬이 반복되어 진군가적 일면을 엿보게 한다. 작자미상에 발표시기조차 알 수 없는 「學徒」②가 일제에 강제 병합된 직후에 만들어진 창가임을 추측케 하는 것은 그 주제가 '조국독립'과 '광복' '애국정신'이라는 키워드로 집약되기 때문이다.

一. 대한청년 학생들아 동포형제 사랑하고
우리들의 일편단심 독립하게 맹약하세
화려하다 우리강산 사랑홉다 우리동포
<u>자나깨나 잇지말고 속히광복 하옵세다</u> (밑줄 필자 이하 동)
(후렴) 학도야 학도야 우리쥬의는 / 도덕을 배우고 학문 넓혀서

삼천리강산에 됴흔강토를 / 우리학생들이 광복합세다

二. 우리들은 땀을흘녀 문명부강 하게하고

우리들은 피를흘녀 自由독립 하여보세

두려움을 당할때와 어려움을 만날때에

우리-들 용감한마암 일초라도 변치마세 (3절 생략)

四. 닛지마세 닛지마세 애국정신 닛지마세

상하귀쳔 무론하고 애국정신 닛지마세

편할때나 즐거울때 애국정신 닛지마세

우리들의 애국심을 죽더라도 니즐소냐

〈「學徒」, 『最新唱歌集』(1914), p.91〉

내용면에서 「學徒」①이 소년층을 대상으로 '학업에의 정진이 곧 애국'임을 내세우며 미래지향적인 면을 드러낸 반면, 위의 「學徒」②는 청년층을 대상으로 현재 행동할 수 있는 애국심의 발흥을 유도하고 있다. 동포형제에 대한 사랑을 '독립'이나 '광복'으로, 피땀 흘려 문명부강 이룩해야 하는 이유도 '자주독립'을 위함이라는 것, 그리고 마지막 4절에서는 '어떠한 상황에서도 애국정신만큼은 잊지말라'는 메시지를 담아 언제라도 실천할 수 있는 애국심을 강조하고 있음이 그것이다. 이로써 주권을 빼앗긴데서 오는 민족적 울분과 조국광복을 위한 본격적인 항일운동가抗日運動歌로 변용되어가는 일면을 보여주고 있다 하겠다.

이시기 창가의 대다수는 전문적인 詩人이나 文人이 아니라 자주독립과 근대국가 건설을 지향하던 무명의 재야 지식인들에 의해 만들어졌다.[17] 이들은 일제에 잠식되어가는 나라의 앞날을 걱정하는 우국충

17 조연현(1968) 앞의 책, p.49 참조

정에서 이러한 노랫말을 만들었고, 그 이념과 외침을 담아낼 그릇으로 기존의 행진곡풍의 2박자 계통의 악곡을 차용하여 주로 학교를 통하여 보급하였다. 이는 '학교'라는 공동체 안에서 '창가'라는 미디어와 '학생'이라는 메신저를 통하여 널리 전파될 가능성을 충분히 예측하였던 까닭에 개인의 감정과 세계관을 투영하기보다는 시대의 조류에 따른 구국적 감정의 전달에 중점을 두었던 것이다.

그러나 「學徒」① ②를 비롯한 애국적 창가는 일본의 입장에서 반체제운동가로 여겨졌기에 '불량창가'라는 이름으로 일소되기에 이른다. 때문에 「學徒」① ②나 동류의 창가들은 지하로 스며들거나 혹은 만주 등지에서 불리며 점차 항일투쟁과 독립운동의 현장에서 불리며 구국을 위한 강한 정신력 양성에 일조하는 독립운동가로 변용되어갔다.

광성학교에서 펴낸 『最新唱歌集』에 수록된 〈學徒歌〉는 대부분 구국운동차원에서 학업에 열중할 것을 노래하고 있었다. 다만 「學徒」③의 경우 내용면에서는 「學徒」① ②와 같은 맥락이면서도 음악적으로는 일본의 것을 그대로 차용하는 아이러니를 보여주고 있었음이 주목된다. 이후의 〈學徒歌〉가 일제의 식민지정책의 키워드인 '同化' 쪽으로 선회하였다고 보는 것은 이러한 까닭이라 하겠다.

4 식민지 동화(同化)로의 선회

전술한대로 초창기의 〈學徒歌〉는 '민족적 저항'과 '국권회복' 차원에서 애국의 의미를 각성하게 하는 계몽적인 노랫말을 담는데서 출발하였다. 그러나 통감부기 학교교육이 일제의 식민지교육체제로 편입되면서부터 〈學徒歌〉는 식민지정책 수행을 위한 동요 스타일로 변용되기 시작하였다. 이러한 사정으로 선회한 면을 드러낸 것이 「學徒」③이라면, 이를 보다 구체화 시킨 것이 『普通敎育唱歌集』의 「學徒歌」라 할 것이다.

광성중학 편 『最新唱歌集』에 수록된 〈學徒歌〉 중 이중적 분석을 요하는 것이 악보 없이 가사만 수록되어 있는 128번곡 「學徒」③일 것이다.

> 一. 학도야 학도야 청년 학도야 / 벽상의 괘종을 들어보시오
> 한소래 두소래 가고 못오니 / 인생이 백년가기 주마 갓도다.
> 二. 동원 춘산에 방초녹음도 / 서풍 · 추천에 황엽 쉽고나
> 제군은 청춘소년 자랑마시오 / 어언에 명경백발 가석하리다
> 三. 귀하고 귀하다 가는 광음은 / 일분일각이 즉천금일세
> 문명에 좋은사업 감당하랴면 / 이때를 허송하고 어이맞으랴
> 四. 시계의 바늘이 간단이없이 / 도라가는 것과같이 쉬지말지라
> 촌음을 악씨며 셩근이하면 / 아모업이라도 셩공하리라
>
> 〈「學徒」, 『最新唱歌集』(1914), p.172〉

「學徒」③ 또한 내용면에서는 시간의 소중함을 일깨우며 학업에의 정진을 권면하는 내용으로 일관하고 있어 일견 「學徒」①과 동일한 맥락에 있음을 보여준다. 그러나 '국권회복'과 '애국정신'을 키워드로 하였던 「學徒」① ②에 비하면 지극히 보편적인 내용의 「學徒」③은 양국 어디에 적용해도 무방할 정도의 평범한 계몽성 창가라 할 수 있겠다.

주목되는 것은 「學徒」③의 음수율과 악곡이다. 일본시가의 대표적 율격인 7 · 5조 음수율에 1900년대 이후 일본전역을 휩쓸 정도로 크게

유행했던 오노 우메와카가 지은 〈鐵道歌〉의 악곡을 그대로 차용하고 있다는 점이다. 「學徒」③의 경우 악보가 따로 없는 대신 서두에 “보표난八十七項‘가마귀’歌와同”[18]이라 표기되어 있다. 그 악보를 〈鐵道歌〉와 대조해 보면, 다른 설명이 필요 없을 정도로 동일하다는 것을 알 수 있다.

〈악보 3〉 『最新唱歌集』 128번곡 「學徒」③

〈악보 4〉 多梅稚 『鐵道唱歌』(1900)

요나누키ヨナ抜き장음계에 ♪♬♪♬/♪♬♪♬/♪♬♪♬/♩.𝄾 의 리드미컬하고 박진감 있는 진군가 스타일인 〈鐵道歌〉의 악곡은 그간 불분명한 곡조로 전해지던 다른 창가 및 심지어는 독립군가에까지 별다른 의미 없이 차용되었는데, 「學徒」③ 역시 동일한 케이스로 불렸던 것이다. 이는 당시 창가唱歌의 문학적 발전에 비해, 이를 수용할만한 자체적인 음악적 발전이 거의 없었던 한국의 사정을 여실히 드러낸 부분이라 하겠다.

18 국가보훈처 편(1996) 『最新唱歌集』 국가보훈처, p.172

그러나 「學徒」③의 곡조로 차용된 〈鐵道歌〉가 근대 일본국민의 정신형성에 크게 영향을 끼친 문학자 오와다 다케키大和田建樹[19]와 메이지기 가장 일본적인 것을 추구하였던 일본 아악계의 일인자 오노 우메와카의 합작이라는 점은 문제성이 있다. 이 악곡이 차용되어 불렸다는 것만으로도 식민지 同化와의 관련성을 배제할 수 없기 때문이다.

이러한 사정은 「學徒歌」④에서 보다 확실해진다.

1910년 1월 9일자 〈황성신문〉에 "지방 각 사립학교에서 편술한 불량창가집을 중지시키는데 관해서는 이미 알린 대로 이지만 목하 보통창가를 학부에서 편술중이다."[20]라는 기사로 예고된바 통감부는 '불량창가집', 즉 기독교계 사립학교에서 가르친 찬미가의 악곡에 민족적 저항과 국권회복의 메시지가 담겨 있는 모든 창가집을 식민지 同化를 위한 창가집으로 전면 교체하기 위한 창가집을 발간하게 하였다. 그것이 1910년 5월 일본창가와 외국민요 27곡을 조선어로 번역하여 수록한 『普通教育唱歌集』이다.

당시 대한제국 재정고문 메가타 다네타로目賀田種太郎와 관립한성사범학교 음악교수 고이데 덴키치小出雷吉가 주관하여 통감부의 후원으로 펴낸 『普通教育唱歌集』에 수록된 대부분의 곡은 한국정서와는 전혀 배치되는 것들[21]이었기에 일제의 식민지 동화정책에 유효할 수밖에 없

19 오와다 다케키(大和田建樹, 1857.5~1910.12)는 도쿄대학(東京大學) 문과대학 고전과 강사와 東京高等師範學校 교수를 역임하였으며, 일본의 국문학자 겸 和歌歌人이자 唱歌 작사가이다. 1888년 『明治唱歌』, 『尋常小學帝國唱歌』(1888), 『高等小學帝國唱歌』(1892), 1900년 『地理教育世界唱歌』과 『海士教育航海唱歌』(전3권), 1901년 『地理唱歌海國少年』 『春夏秋冬花鳥唱歌』 『春夏秋冬散步唱歌』 등 많은 창가 가사를 작사했다. 특히 1900년의 『地理教育鐵道唱歌』(전5권)는 일본 전역에 널리 전파 보급되어 일본국민의 근대정신형성에 큰 역할을 하였다. (日本近代文學館 編(1977) 『日本近代文學大事典(1)』, 講談社, pp.282-283 참조)

20 황성신문사(1910) 「보통가편술」 〈황성신문〉 1910.1.9. (박찬호 지음 · 안동림 옮김(2011) 앞의 책, p.38에서 재인용)

21 『보통교육창가집』에 수록된 27곡은 일본의 민요음계와 리쓰(律)음계와 같은 전

었다. 이의 18번곡으로 수록된 「學徒歌」④는 본격적으로 〈鐵道歌〉 악곡을 차용하는 가운데, 이전과는 전혀 다른 새로운 내용을 취하고 있다.

〈악보 5〉 **『普通教育唱歌集』**(1910) **「學徒歌」**④

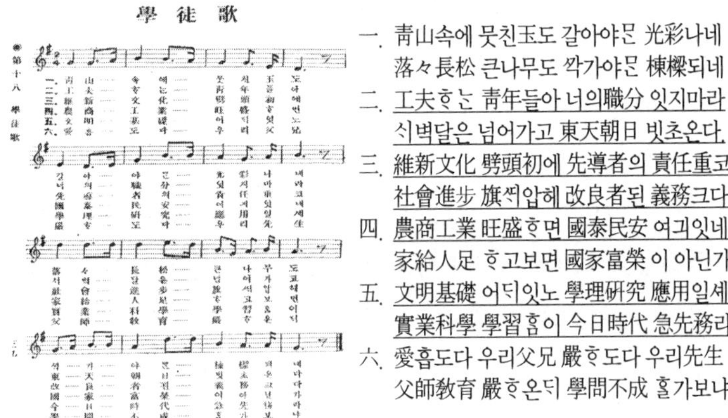

學 徒 歌
一. 靑山속에 뭇친玉도 갈아야만 光彩나네
落々長松 큰나무도 깍가야만 棟樑되네
二. 工夫ᄒᆞᄂᆞᆫ 靑年들아 너의職分 잇지마라
ᄉᆡ벽달은 넘어가고 東天朝日 빗초온다.
三. 維新文化 劈頭初에 先導者의 責任重코
社會進步 旗ᄯᅴ압헤 改良者된 義務크다
四. 農商工業 旺盛ᄒᆞ면 國泰民安 여긔잇네
家給人足 ᄒᆞ고보면 國家富榮 이 아닌가
五. 文明基礎 어ᄃᆡ잇노 學理硏究 應用일세
實業科學 學習ᄒᆞᆷ이 今日時代 急先務라
六. 愛흡도다 우리父兄 嚴ᄒᆞ도다 우리先生
父師教育 嚴ᄒᆞ온ᄃᆡ 學問不成 ᄒᆞᆯ가보냐

시작부분인 1절은 단연 학문의 중요성을 일깨우는 내용이라 하겠다. 정책적 측면이 담겨있는 내용은 공부하는 청년들에게 주는 메시지라 여겨지는 2절 이하이다. 2절의 "ᄉᆡ벽달은 넘어가고 東天朝日 빗초온다."에서 넘어가는 "새벽달"은 쇄락해가는 조선을, 비춰오는 "東天朝日"은 일본의 침략을 미화하며 同化를 상징하는 의미가 내재되어 있

통음계, 또 근대에 확립된 요나누키 장음계와 단음계로 구성되었고 박자도 일본 전형의 2박자(duple) 형식의 곡이다. 27곡 중 70%가 일본 대표 음악가인 이자와 슈지(伊沢修二), 오노 우메와카(多梅稚) 오쿠 요시히사(奥好義)의 작품이고, 나머지는 외국 민요나 찬미가에서 차용하였다. 가사에 있어서도 「달」 만이 한국 전래동요일 뿐 모두 일본노래를 번역한 곡을 수록하고 있어 전형적인 일본식 창가라 할 수 있다. (노동은(2001) 『노동은의 두번째 음악상자』 한국학술정보(주), pp.97-100 참조)

다. 더욱이 3절의 "維新文化 膀頭初에 先導者의 責任重코 / 社會進步 旗ㅅ압헤 改良者된 義務크다"는 메이지유신 이후 근대 일본의 사회진보라는 명분 뒤에 감춰진 식민지동화정책을 수행함에 있어 선각자의 책임이 중요함을 일깨우고 있음을 알 수 있다. 그런가 하면 4절과 5절에서 보듯, 농업, 공업, 상업 등 실업교육의 중요성에 더하여 이의 시행을 무엇보다도 급선무로 여겼던 것은 대륙진출을 목적한 일본의 해외자원 확보와 이를 위한 기초인력 양성에 목적을 두었던 식민지초등교육의 주된 목적과 일치하는 내용이라 할 수 있다. 이러한 점이 이전의 〈學徒歌〉 와는 판이하게 다른 점이라 하겠다.

이의 악곡으로 차용된 〈鐵道歌〉의 의미는 더욱 그렇다. 서구의 식민주의를 지향하던 일본이 대륙진출의 욕망을 드러내며 군국주의로 치달아가는 과정에서 승승장구하는 일본의 위세를 힘찬 곡조로 표현한 군가軍歌가 민중들에게 자연스럽게 받아들여지는 상황에서 작곡가들은 새로운 스타일의 악곡, 즉 '군가식 창가軍歌調唱歌'를 만들기 시작하였고, 그 대표작으로 오노 우메와카의 〈鐵道歌〉가 탄생하였기 때문이다. 이러한 군가식 창가가 식민지 음악교육에 그대로 반영된 까닭은 이를 적극적으로 추진하였던 다무라 도라조田村虎藏의 발언에서 분명해진다.

> 일본어를 붙인 새로운 선율로 천이백만 조선인에게 노래하게 하는 것은 결국 일본인으로서의 마음가짐에 도움 되며, 新國民을 동화시키는데 있어 우리는 가장 유력한 수단의 하나가 되리라 믿는다.[22]

22 大和言葉を附したる新旋律をして、彼の一千二百萬人に歌謠せしむることは，所詮日本人としての心統一に資し、新國民を同化せしむる上に於て、吾人は最も有力なる手段の一なりと信ず。(田村虎藏(1910)「韓國併合と音樂教育問題」より)

위 인용문은 〈鐵道歌〉의 악곡이 실제로 식민지동화를 위한 유력한 수단으로 활용되었음을 말해준다. 이같은 배경에서 본격적으로 〈鐵道歌〉를 차용하여 새롭게 만든 것이 「學徒歌」④이고 보면, 이야말로 "일본정서가 그대로 스며있는 철저한 일본노래, 그것도 일본식 노래가 아니라 순도 100퍼센트 일본노래"[23]로 규정하고 있는 노동은(2001)의 논리도 일리는 있다 할 것이다.

그럼에도 「學徒歌」④의 작사자가 제국 일본에 잠식되어가는 조국을 애통해하였던 개화기의 문인이요 선각자였던 육당 최남선이었다는 점과, 또 노랫말의 음수를 한국 전통의 가사문학의 외형률로서 시가문학의 형식요건이 되어 왔던 4・4조 음수[24]에 맞추고 있다는 점에서 여기에 내재된 양면성을 논의해보지 않을 수는 없을 것이다.

5. 계몽의 양면성과 대중화

강점이후 식민체제 안에서의 교육이 본격화됨에 따라 초창기 〈學徒歌〉에서 볼 수 있었던 개화의식과 국권회복차원의 계몽성은 상실된 채, 식민지통치체제 안에서 〈鐵道歌〉 곡조의 〈學徒歌〉로 정착되어 갔다. 그럼에도 내용면에서는 일제의 의도와는 달리 계몽적인 면에서 양면성을 드러내고 있었다. 먼저 〈鐵道歌〉의 곡조를 처음 차용한 「學徒」

23 노동은(2001) 앞의 책, p.98

24 한국 전통의 음수율은 4・4 조를 중심으로 한 4・3조, 3・4조였다. 4・4조는 한국 민요뿐만 아니라 가사문학의 외형률로서 형식요건이 되어왔다. 그러다가 육당 최남선의 「경부텰도노래」(1908)의 보급 이후 7・5조가 보편화되었다. 7・5조는 본디 화양절충된 일본식 창가 형식이었지만, 한국인의 언어구조에 잘 맞아들었기 때문에 별다른 저항 없이 창작동요나 대중가요에도 영향을 주게 된 것이다.

③을 보자.

앞서 살폈듯이 「學徒」③은 시간의 소중함을 각성하게 하는 어느 누구에게라도 공히 해당되는 지극히 보편적인 계몽가로, 악곡을 제외하면 내용면에서는 이렇다 할 대목은 찾아볼 수 없다. 다만 3절 하반절의 "문명에 좋은사업 감당하랴면 이때를 허송하고 어이맞으랴"라는 부분에서 가창자의 의도에 따라 문명국 일본으로의 同化 쪽으로 표현될 수 있으리라 여겨지기도 한다.

그러나 「學徒」③의 경우 북간도에 소재한 광성학교가 "철저한 獨立精神과 愛國思想을 교육하여 祖國獨立을 쟁취할 민족간부 양성"[25]을 목적으로 수집하여 영인한 창가집에 수록했던 것으로 보아 적어도 가사내용만큼은 조선 학생을 상대로 한 애국적 견지의 창가에 가깝다는 생각이다. 다만 「學徒」③에 차용된 악곡에서 이중성을 보여주었는데, 당시 창가의 문학적 발전에 비해 음악적 발전이 거의 없었던 점을 고려한다면 전자에 가까울 것이다.

문제는 통감부의 의도로 편찬된 「學徒歌」④이다. 이에 대해 앞 장에서는 먼저 배움의 중요성을 일깨우는 1절 이하 2, 3, 4, 5절을 본 창가집의 편찬의도 측면에서만 언급하였다. 그러나 이의 작사자가 최남선이었다는 점과 이후의 〈學徒歌〉가 식민지 조선의 청소년층에 다시금 항일과 구국적 견지에서 불리게 되었다는 점에서 양면성에 대한 재론의 필요성이 요구된다.

시작부분인 1절은 보편적인 내용이라 하겠다. 그런데 2절의 "식벽달은 넘어가고 東天朝日 빗초온다."와 3절의 "社會進步 旗ㅅ압헤 改良者된 義務크다"는 앞서 언급했던 의미와 달리 해석할 수도 있는 부분

25 국가보훈처 편(1996) 앞의 책, p.22

이다. 이를테면 조선인 선각자의 입장에서 보면 "東天朝日"의 의미가 국권을 되찾은 조선일수도 있고, 진보된 사회를 열망하는 민중들을 위해 선구자의 의무를 일깨우는 내용일 수도 있다. 더욱이 4절의 "農商工業 旺盛ᄒᆞ면 國泰民安 여긔잇네"는 대한제국기에 추구했던 정책과도 같은 맥락이며, 5절의 "實業科學 學習홈이 今日時代 急先務라"는 것도 실업과 과학의 발전이 뒤쳐진 탓에 미처 국가발전의 기틀을 세우지 못하고 일제에 잠식되어가는 작금의 현실에 대한 외침으로 볼 수도 있다는 것이다. 이는 최남선이 일본의 선진문명은 수용하면서도 조국의 식민지화에 대해서는 저항적인 측면을 보여주었던 점이나, 철저하게 7·5의 음수를 배제하고 한국 고유의 4·4조 음수를 고수하였다는 점에서도 유추해볼 수 있는 부분이라 하겠다.

「學徒歌」④는 학교에서 배우고 따라 부르는 과정에 더하여 음반으로 취입되기도 하였다. 1913년 피아노 반주에 맞추어 새로운 창법으로 부른 「學徒歌」④는 『普通敎育唱歌集』 22번곡으로 수록된 「勸學歌」와 함께 닛뽀노홍(음반번호 K200-B-6217)社의 유성기음반으로 출시[26] 되어 학교음악의 대중성을 보여준 일례가 되기도 하였다.

이후의 〈學徒歌〉는 이상준에 의해 재편된 『最新唱歌集』(1918)의 16번곡 「學徒」⑤이다. 「學徒」⑤ 역시 〈鐵道歌〉의 악곡을 차용하고 있어, 〈學徒歌〉가 이제는 〈鐵道歌〉의 악곡으로 고착되어버린 면을 보여준다. 그 악보와 가사내용을 살펴보겠다.

26 「學徒歌」와 「勸學歌」가 동시 수록되어 있는 이 음반은 "제십팔 학도가이올시다"로 먼저 「學徒歌」를 소개한 후, 두 곡을 순차적으로 이어 부르고 있다.

〈악보 6〉 『最新唱歌集』(1918) 「學徒」⑤

一. 學徒야 學徒야 靑年學徒야
壁上에 掛鐘을 드러보시오.
ᄒᆞᆫ소ᄅᆡ 두소ᄅᆡ 가고못오니,
人生의 百年가기 走馬갓도다.
二. 東園春山에 芳草綠陰도
西風秋天에 黃葉쉽고나
諸君은 靑春少年 자랑마시오
於焉에 明鏡白髮 可惜ᄒᆞ리라
三. 貴ᄒᆞ고 貴ᄒᆞ다 가ᄂᆞᆫ光陰은
一分과 一刻이 直千金일세
文明에 됴흔事業 堪當하랴면
少年의 强壯時가 맛당ᄒᆞ도다
四. 學徒야 學徒야 생각ᄒᆞ여라
우리의 할일이 그무엇인가
자ᄂᆞᄭᆡᄂᆞ 쉬지말고 學問　혀서
됴흔사ᄅᆞᆷ 되ᄂᆞᆫ것이 이것아닌가[27]

이의 가사내용을 살펴보면 1, 2절과 3절의 일부가 「學徒」③의 내용과 동일한 가운데, 3절 하반절의 "文明에 됴흔事業 堪當하랴면 少年의 强壯時가 맛당ᄒᆞ도다"는 「學徒歌」④의 5절과 같은 맥락으로 보인다.

이상준의 계몽적 의지는 마지막 4절에서 "우리의 할 일"로 제기된 듯하다. 그 "우리의 할 일"이 '지배국을 위한 것'인지 '민족의 각성을 위한 것'인지 양면성을 보이는 가운데 "자ᄂᆞᄭᆡᄂᆞ 쉬지말고 學問닑혀서 됴흔사ᄅᆞᆷ 되ᄂᆞᆫ것이 이것아닌가"라는 두리뭉실한 표현으로 마무리하고 있는데, 이는 강압정치로 일관하던 식민지초기 표현양식의 하나로 볼 수 있겠다.

어쨌든 〈學徒歌〉는 붓점리듬을 사용한 4분의 2박자 행진곡 풍의 친화력 있는 형식미에 3행 고음부분에서는 장쾌함까지 곁들여 있어, 누

27 이상준(1929) 앞의 책, p.44

구나 쉽게 따라 부를 수 있다는 점에서 전 계층을 아우르는 대중성까지 획득하였다.

따라서 이후의 〈學徒歌〉는 점차 학교라는 제도권을 벗어나 상업성을 띤 대중음악으로 변용되어 갔다. 1925년 라디오방송국의 개국과 음반산업의 활성화에 힘입어 〈學徒歌〉는 한국 최초의 대중가요 가수 채규엽, 고운봉, 명국환에 의해 음반으로 출시되어 대중가요로 보급되기에 이른다.

세 가수 공히 〈鐵道歌〉의 악곡에 ③ ④ ⑤가 적절히 혼합된 가사내용을 취하고 있음도 눈여겨볼 부분이다. 자타가 공인하는 한국 최초의 유행가 가수 채규엽이 부른 〈學徒歌〉는 「學徒歌」④의 1절~4절까지만 취하였으며, 고운봉이 부른 〈學徒歌〉(총4절)는 1절은 「學徒」③과 「勸學歌」의 일부에서, 2절과 3절은 「學徒歌」④에서 취하고, 4절은 다시 1절의 반복하는 형식으로 불렀다. 한편 명국환이 부른 〈學徒歌〉(총5절)는 1절과 2절은 「學徒」③의 1, 2절에서, 3절과 4절은 「學徒歌」④의 1, 2절에서, 마지막 5절은 「學徒」⑤의 4절에서 취하고 있어 ③ ④ ⑤가 혼합된 형태의 〈學徒歌〉로 볼 수 있다.

이들의 구수하면서도 비장한 목소리에 실린 〈學徒歌〉는 국권을 상실한 암울한 식민지 시기 일제의 감시와 탄압 속에서도 청소년들에게 요원의 불길처럼 번져갔으며, 중장년층에까지 널리 유행되었다. 일제의 폭압에 좌절하던 식민지 눈물과 비탄悲嘆과 자학自虐으로 점철된 다른 대중가요에 비해 〈學徒歌〉에 담겨 있는 학업의 목적이나 근면자조의 중요성은 배움 중에 있는 학생은 물론 일반인에게까지 조국광복에 대한 애국적 목적의식을 심어주었다는데서 희망적이었다 할 수 있겠다.

6. 〈學徒歌〉의 지속성

지금까지 구한말로부터 일제강점기 내내 어린아이로부터 청장년에 이르기까지 널리 지속적으로 애창되었던 〈學徒歌〉 5편의 악곡과 가사 내용의 변용과정을 살펴보고, 이의 본질과 그 계몽의 양면성에 밀착하여 심층적으로 고찰해보았다.

초창기 〈學徒歌〉의 목적은 일제의 침략에 대한 항일과 국권회복을 위한 인재양성에 그 본질을 두고 있었다. 그러나 통감부의 '불량창가 일소' 이후 화양절충된 군가식 창가 〈鐵道歌〉의 악곡을 차용하면서 식민지 同化의 일면을 보여주다가 관립창가집 『普通教育唱歌集』의 발간을 계기로 식민지교육 목적을 전면적으로 드러내기에 이르렀다. 그 가운데서도 이중적 양면성을 드러내고 있음을 알 수 있었던 것은 〈學徒歌〉의 생성이 그랬듯이 식민치하에서도 다시금 항일과 구국차원의 운동가로 변용되어 대중화되었던 까닭이다.

이러한 과정에서 개신교 선교사에 의한 서양식 악조와 화양절충된 일본식 악조의 유입이 있었으며, 4·4조가 일반적이었던 한국창가의 음수가 일본시가의 대표적 율격인 7·5조 음수로의 변화가 있었다. 이는 서양음악 형식을 받아들여 적절히 조화하기도 전에 일본적인 것의 유입과 강제성을 띤 일제의 식민지교육정책 등 불가항력적 상황으로 이해할 수 있겠다.

실로 〈學徒歌〉는 당시 자연발생적으로 전국에 파급된 수많은 창가 가운데서도 근대적인 것에 대한 열정과 조국독립에 대한 열망이 만들어낸 민중과 가장 밀착된 대중적 창가였던 것으로 보인다. 그러기에 암울한 식민지시기에 남녀노소 여러 계층에서 불렸으며, 1세기가 넘는 장구한 세월 동안 생명력이 지속되지 않았나 싶다.

일제의 침략에 대한 항일과, 국권회복을 위한 인재양성차원에서 비롯되었던 〈學徒歌〉가 일본 〈鐵道歌〉 악곡을 차용하여 불리는 과정에서, 또 일제의 식민지정책에 따른 변용 과정이 있었을지라도, 그것이 다시금 항일과 구국의 차원의 애국창가로서 널리 대중화되었던 것은 그 저변에 자리한 국권회복과 조국광복에 대한 열망의 표출이었으리라 여겨지는 것이다.

Ⅳ. 조선에서 불린 고가 마사오의 엔카*

장미경

1. 근대 일본에서 유입된 대중가요

우리나라 근대기에 많은 문화가 일본을 통해 조선에 들어왔는데 대중가요도 예외는 아니었다. 엔카는 우리 대중가요사에서 찬송가와 서양음악보다도 더 가깝게 들어온 외래양식 도입이라는 면에서 의미를 가질 수 있다.

2012년 신년특집으로 케이블TV (주)아이넷방송에서 다큐멘터

* 이글은 2015년 5월 단국대학교 일본연구소『日本學研究』(ISSN: 1598-737X) 제45집, pp.57-74 에 실렸던 논문『일제강점기 조선에서 불린 엔카(演歌)고찰 -고가 마사오(古賀政男)를 중심으로_』를 수정보완한 것임.

리 2부작 '한국인의 소울, 트로트'에서[1] "엔카의 멜로디는 한국으로부터 온 것으로, 일본의 엔카와 한국의 트로트는 매우 닮았다"는 내용이 방송되었다. 또한 "엔카의 대부라고 불리는 故 고가 마사오古賀政男는 바로 한국인"이라는 방송이 나가자 트로트가 왜색음악의 아류라는 일부의 의견을 이제는 똑바로 잡아야 한다는 주장들이 나오고 있다.

길옥윤은 〈경향일보〉 인터뷰에서 "엔카의 원류는 한류"[2]라는 말을 했으며, 일본에서 한국의 트로트를 알렸던 이성애의 레코드 쇼케이스에 「엔카의 원류를 탐구한다」라는 타이틀도 나올 정도였다. 엔카의 원류설은 예전부터 종종 있었는데 그것은 엔카와 한국의 트로트가 정서적인 면에서 비슷하며, 문화적으로 두 나라가 동양권에 해당되기 때문이라고 할 수 있을 것이다.

우리 대중음악의 역사는 새로운 음악형식에 민족의 애환을 담으며 출발했으며 1925년경엔 외국의 번안곡들이 음반으로 출시되기 시작했다. 그 중에 가장 많은 번안곡은 고가 마사오의 곡들이다.[3] 엔카붐을 일으킨 고가 마사오의 음악은 마치 예전에 즐겨 들었던 것처럼 착각할 정도로 멜로디가 친근한 곡이 많다.

본고는 일제강점기 조선에서 불려진 고가 마사오 곡과 그의 노래를 가장 많이 부른 채규엽蔡奎燁을 통하여 우리나라의 엔카 유입과 조선대

1 이 사실은 현 〈일본엔카가요협회〉의 다카키 이치로(高樹一郎) 회장의 인터뷰를 통해 알려진 내용이다. 기획의 우수성을 인정받아 방송통신위원회의 지원 속에서 약 1년 간의 제작 기간에 완성된 이 다큐멘터리는 이승준 감독이 연출하였다.

2 〈경향신문〉 1977년 6월 4일.

3 고가 마사오는 한국과 많은 연관이 있지만 그의 연구는 박진수「동아시아 대중음악과 근대 일본의 조선 붐」『아시아문화연구』,가천대학교 아시아문화 연구소, 2013 / 박찬호『한국가요사』, 현암사, 1992 /에서 일부 언급하고 있다. 또한 일본에서도 添田知道 『演歌の明治.大正史』, 刀手書房, 1991/ 森彰英『演歌の海峡』, 少年社, 1981년등에서 한국과의 관계에 대하여 언급하고 있다.

중가요와의 연관성에 대하여 살펴보고자 한다.[4]

2. 조선과 일본의 대중가요 연관성

대중가요란 서민들의 애한과 삶을 담고 있는 노래인데 일반적으로 일본에서는 엔카로, 한국에서는 트로트라 규정하고 있다.

서구의 음악을 받아들이면서 변화 과정에서 전통적인 음악과 절묘하게 접합한 케이스가 엔카였다.[5] 종전 이후의 엔카演歌란 일본인의 고유의 정서를 담아 부르는 신식 가요형식이다.[6] 엔카演歌는 엔제쓰카演說歌의 줄임말로 정치의식의 고취를 위해 불려졌으나 점차 개인의 심정과 세태를 담은 노래로 변하게 되었다.

고가 마사오는 그 이전 다른 작곡가들이 리듬형태에 이름을 붙이지 못하던 틀을 깨고 자신의 음악에 '폭스 트로트Fox Trot'라는 이름을 사용하기 시작했다고 한다.[7] 이 폭스 트로트가 1920년대에 콜롬비아, 빅

4 일제강점기 대중가요의 선행연구로는 장유정(2012)『근대대중가요의 지속과 변모』, 소명출판 ; 이영미(2002)『홍남부두의 금순이는 어디로 갔을까』, 황금가지 ; 장유정(2006)「만요를 통해본 1930년대 근대문화」, 한국웃음문화학회 ; 장유정(2012)『20세기 전반기 한국대중가요와 디아스포라』, 한울 ; 최창호(2000)「민족수난기의 대중가요사」,일월서각 ; 손민정(2009)『트로트의 정치학』, 음악세계 등이다.

5 박진수(2013)「동아시아 대중음악과 근대 일본의 조선 붐」『아시아문화연구』가천대 아시아문화연구소, p.167

6 염가(艶歌)가 연가(演歌)로 바뀌어 쓰여진 것은 훨씬 후의 일이고, 〈미국에는 재즈가 있고 일본에는 엔카가 있다〉고 자랑하는 일본인들의 자존심 때문에, '남녀간의 농염한 사랑 노래'라는 뜻으로 염가(艶歌)의 엔카가 의미상 좋지 않다 하여 대신에 같은 발음을 가진 한자어 연가(演歌)로 바꾼 것이라고 짐작된다.

7 트로트(Trot)란 사전적인 의미로는 '바쁜 걸음으로 뛰다'는 의미를 갖고 있고, 또 한편으로는 '산보(散步)하다'는 의미로 쓰이는 단어이다. 전통적으로 일본 사회의 지배계급층에서는 산보가 일상화 되어 있었다. 일본에서는 보통 빠르기의 템포를 가진 엔카를 안단테 트로트(Andante Trot), 조금 느린 템포의 엔카는 미디

터, 폴리돌 등 레코드사들이 일본에 진출한 것과 때를 같이하여 우리나라에도 들어오기 시작했다. 조선에서 생활하고 있는 일본인들을 구매층으로 보고는 있었지만 일본의 레코드 회사에서는 일부러 조선인 가수에게 같은 곡을 부르게 해 조선용으로 발매했다.

> 여기서 한 가지 더 말해 둘 것은 조선 레코드에 레코딩된 流行歌曲 中 十分之八九가 日本 流行歌의 直輸入이다.[8]

1922년~1930년 사이에 日蓄(日本蓄音機會社)[9] 등은 한국 가수들을 대거 취입시키는데[10], 포타블르라 불렀던 당시 수동식 측음기의 판매 급증과 레코드의 수요확대로 인하여 대중가요가 널리 알려지게 된 것이다. 대도시에서 신교육을 받은 사람들, 특히 중등교육 이상을 받은 사람들은 일본문화와 엔카를 빨리 받아 들였다.[11]

엄 트로트(Medium Trot)라고 표기한다. 엔카(演歌)의 가장 중요한 구성요소인 트로트(Trot) 리듬이 다름 아닌 1914년~1917년 사이에 미국에서 생겨난 댄스 리듬인 폭스 트로트(Fox Trot) 라는 사실은, 이 시기의 일본이 미국을 비롯한 서양과 음악적 교류가 얼마나 활발했는지를 알 수 있게 하는 대목이다. 엔카(演歌)의 창시자로 알려진 작곡가 고가 마사오가 왜 하필 Trot라는 용어를 썼는지 그 배경을 알 수 있게 된다. 한국에서는 1920,30년대 일본과 거의 동시에 '유행가'라는 명칭을 쓰다가 1960년대 이후 미국음악의 영향을 받은 새로운 분위기의 대중가요가 나타나자 그 이전의 유행가를 일컫기도 하였다. 이제는 오랫동안 존재한 대중가요, 서민문학의 장르의 명칭으로 굳어져 일반화되고 있다.

8 조선일보사(1934) 「조선레코드 기사」 〈조선일보〉 1934. 2. 2일자

9 1910년 미국자본으로 창설되었으며 1911년부터 한국음반의 판매를 시작하여 1913년까지 약 11종 가량을 냈다. 1926년 일동(日東)이 한국음반을 발매할 때까지 조선음반시장을 완전히 독점하였다.

10 「사의 찬미」의 윤심덕을 비롯해 「낙화유수」의 이정숙과 「봄노래 부르자」의 채규엽 및 「세동무」의 채동원, 그리고 「암로(暗路)」의 김연실 등이 대표적인 가수였다.

11 이영미(2011) 『세시봉 서태지와 트로트를 부르다』 두리미디어, p.32

> 요사이 레코드 流行歌를 보면 大概가 日本 內地의 것을 飜譯하야 曲도 그대로 부쳐서 팔면서 各日 朝鮮流行歌라 하니 이것은 그 責任을 가진 各 레코드 회사 文藝部의 無能으로 因하야 생기는 可笑롭고 不愉快한 일입니다.[12]

인용문에서 알 수 있듯이 당시 한국의 오리지날곡조차 레코딩을 위한 편곡은 절반 이상을 일본인이 담당하고 있었다.

異河潤이 「朝鮮流行歌의 變遷」이라는 글을 잡지 『四海公論』에 실은 것을 보면 조선 대중가요도 엔카의 영향을 받았다고 할 수 있다.

> 다른部分에서와 맛찬가지로 우리는 朝鮮의流행歌만을 分離해가지고는 그 變遷乃至發展相을 말할수는업다. 그 中에서도 「酒は涙か」(丘を越えて) 「時雨ひもどき」(忘られぬ花) 「港の雨」(哀しき夜) 「無情の夢」(二人は若い)等의 流행을 無視하고 넘어갈수업슬뿐만아니라 朝鮮에서製作된 流행歌以上으로 流행하였고 또感銘깁븐 그것들이아니면안된다. 果然古賀政男 江口夜時 大關祐而같은 作曲家는 半島作曲家의 事實상 先輩요 그들에게 끼처준바影響이 決코 적은것이아니라하겟다.[13]

일본어 상용이 강요된 시대의 영향으로 일본가요의 번안과 일본곡에 한국말 가사를 붙여 많이 만들어졌지만 그 주도권은 일본 음반산업이 쥐고 있었다. 또한 대표적인 일본 작곡자 고가 마사오와 미야기 미치오宮城道雄[14]가 조선에서 활동함에 따라 일본인적 선율에 익숙해지기

12 〈동아일보〉 1937. 6. 25일자

13 「四海公論」 4권 9호, 1938. 9월호

14 고가(古賀)보다 십 년 정도 먼저 태어난 宮城道雄는 소년시대를 조선에서 보냈다. 현지의 풍물이 작곡의 동기가 된 사정을 수필집 「春の海」에서 경성에서 들었

도 하였다. 조선으로 이주한 일본인들을 위한 일본음악을 연주하는 경우가 많았기에 일본 음계와 일본 음악의 감정표현에 적응이 되어갔다. 이런 분위기의 곡들이 한국가요의 방향을 좌우하는 데 큰 역할을 하게 되었다는 것을 간과해서는 안 될 것이다.[15] 이것이 오늘날 트로트의 왜색시비의 발단이 되기도 하였지만 알게 모르게 한국인들은 엔카를 접하게 된 것이다.

엔카의 유행은 일본의 레코드 회사가 조선에 온 결과이기도 하지만 그들의 곡이 조선인들의 정서에 맞고,[16] 음계가 비슷하여 더욱 자연스럽게 다가올 수 있었다. 이렇게 불린 엔카는 해방 후 민족정책의 일환으로 〈倭色歌謠〉로 배척당했다.[17]

서양가요는 일본보다 10년에서 20여 년이 지난 뒤에 조선으로 들어왔다.[18] 그런데 엔카는 얼마 지나지 않아 들어왔다는 사실은, 조선인들이 좋아하는 단조음계인 요나누키ヨナ抜き[19]의 음계를 엔카가 가지고 있

던 砧(다듬이) 소리를 듣고 「唐砧」을 작곡하는 계기가 되었다고 한다.

15 황문평(1989) 『한국대중연예사』, 도서출판 부루칸모로, pp,237-238

16 岡野弁(1988) 『演歌源流.考』 學藝書林, p.230

17 6.25 전쟁 후 엔카의 부활 조짐이 나타나기 시작하더니 1965년 한·일 국교정상화로 기성세대들에게 옛 향수 차원의 엔카풍의 노래 창법이 되살아났다. 1987년에 해금되었다.

18 잠시 서구(西歐) 노래의 유입을 살펴보면, 한일합방 전에는 일본이 수입한 서구의 민요계 노래가 일본에서 조선으로 유행해 왔다. 1896년에 「Auld Lang Syne」가 일본에서는 「螢の光」으로 불렸는데 14년이 지난 뒤에 조선에서는 「애국가」로 불려졌다. 「Comin thro the Rye」가 일본에서는 「故鄕の空」로, 17년 후에야 조선에서는 「京釜鐵道の歌」로 되었다. 「When we arrive at Home」은 일본에서는 「七里が浜の哀歌」로, 조선에서는 「希望歌」로 9년의 차이가 있었다. 일본의 「鐵道唱歌」가 「學徒歌」로 불려진 데에는 10년이 걸린 것이다.

19 요나누키는 말 그대로 서양음계의 제 4음과 7음을 뺀 음계이다. 장조는 제4음 파, 제 7음 시가 빠져서 도레미솔라, 단조는 제 4음, 제 7음 솔이 빠져서 라시도미파의 다섯 음계를 쓴다. 레와 솔을 뺀 음계로 우리나라의 트로트 단조음계와 같으며 양식적인 동일성이 있다. 이는 서양음악을 수용하는 과정에서 발생된 일종의 '음악의 번역 현상'이라고도 할 수 있다. (민경찬(2008) 『동아시아와 서양음악의 수용』 서울대 서양음악연구소, p.85)

기 때문이다.

3. 조선 대중음악과 고가 마사오

일본 가요계는 지금도 고가 마사오의 음악 영향 아래에 있다고 할 정도의 각계각층 사람들에게 지대한 관심을 받고 있다. 일본의 많은 가수들은 직간접적으로 고가 마사오의 영향을 받았으며, 우리 가요사에도 중요한 역할을 하고 있다. 한국 전통 민요나 대중가요가 청소년기를 한국에서 보낸 그의 음악적 형성에 큰 밑바탕이 되었으며 엔카가 한국에서 비롯했다는 주장의 빌미가 되기도 했다.

> 경성의 큰형의 가게에는 60명 정도의 조선인 점원이 일하고 있었다. 나는 그들이 흥얼거리는 민요를 날마다 들었는데, 그 음악의 뛰어남을 깨달았던 것도 이 시기이다. 大正琴이나 三味線으로 연주해 본 곡도 있다. 멜로디가 뛰어난 부분은 나의 작곡에도 큰 도움이 되었다.[20]

고가 마사오도 기회 있을 때마다 "만약 내가 소년시절을 조선에서 지내지 않았으면 이러한 곡을 만들 수 없었을 것이다."[21]며 자신의 음악은 한국에서부터 나왔다고 자랑스럽게 공언할 정도였다. 고가 마사오의 대표적인 작품들 중에는 우리나라에서 번안곡으로 소개된 것들이 상당히 많은데, 현재 확인되는 것만도 50곡 가까이에 이른다.

20 古賀政男(1980)「幾山河」オクダ企畫, p.47
21 安田 寬(1999)『日韓唱歌の原流』, 音樂之友社, p.24

〈표 1〉 조선에서 히트한 고가 마사오의 주요 곡(괄호는 번안곡명임)

연도	곡 명
1929	影を慕いて(님 자취 찾아서)
1931	酒は涙か溜息か(술은 눈물인가 한숨인가), 丘を越えて(언덕을 넘어)
1933	サーカスの唄(떠도는 신세)
1934	병운(炳雲)의 노래
1935	二人は若い (우리들은 젊은이)
1936	東京ラプソディ(꽃서울), 青い背廣で(캠핑전선)
1937	男の純情 (남자의 순정)
1938	人生の並木路 (인생의 가로수길)
1941	軍國の母 (지원병의 어머니)

고가 마사오의 노래는 1930여 년부터 1940년 전후에 집중적으로 번안되었다. 이 시기야말로 일제강점기 조선 대중가요의 전성기라고 해도 과언이 아니다.

고가 마사오는 7살의 어린 나이에 정든 고향을 떠나 낯선 이국 조선으로 건너가게 된 슬픈 심정을 회고하며 「東京ラプソディ」를 만들었다고 한다.

東京ラプソディ	꽃서울[22]
花咲き花散る宵も銀座の柳の下で 待つは君ひとり君ひとり 逢えば行くティールーム楽し都 恋の都夢のパラダイスよ花の東京	수박냄새 흩날리는 노들강 꽃잎 시든 비단 물결 우흐로 임 찾는 고운 눈동자 고운 눈동자 마셔라 마셔 사랑의 칵테일
現つに夢見る君の神田は想い出の 街いまもこの胸に　この胸に ニコライのかねも鳴る楽し都恋の 都夢のパラダイスよ　花の東京	오색꽃 불야성 춤추는 꽃서울 꿈속의 파라다이스여 청춘의 불야성 샨데리아 무르녹는 깊은 밤 달빛 젖은 페이브먼트 우흐로
明けても暮れても歌うジャズの浅 草行けば恋の踊り子の　踊り子の くろさえ　忘られぬ楽し都　恋の 都夢のパラダイスよ　花の東京	님 실은 시보레 택시 시보레 택시 달려라 달려 밀월의 거리 오색꽃 불야성 춤추는 꽃서울 꿈속의 파라다이스여 청춘의 불야성

22 왼쪽은 원 노래제목(東京ラプソディ),오른쪽은 번안되어 조선에서 불린 노래제목

이 곡은 1936년 6월에 후지야마 이치로藤山一郞의 노래로 큰 힛트를 기록했고 오늘날까지 동경을 상징하는 곡으로 남아 있다. 고가 마사오의 곡 중에서도 東京을 유행가 제목에 포함시킨 수십 곡 중에서도 가장 유명하고 경쾌하다. 우리나라에서는 「꽃서울」로 원 가사와는 다르게 번안되어 불려졌다.

고가 마사오는 조선에서 일어난 사건을 가지고도 노래를 만들기에 이른다.[23] 「봉자의 노래」[24]는 김봉자라는 실존인물을 모델로 해서 만들어져 1930년대 사회상의 단면을 가감없이 보여 주고 있는 독특한 유행가인데 이면상이 작곡을 했고 채규엽이 불렀다.[25]

뒤를 이어 고가 마사오의 「初戀の唄」에 채규엽이 불른 「병운의 노래」가 나왔다. 1930년대 우리 사회에 윤심덕의 정사 못지 않은 큰 충격을 던진 동반자살 사건의 두 주인공 이름을 바로 제목으로 썼다는 점에서 상당히 득이한 작품이다.

1. 영겁에 흐른 한강의 물 / 봉자峰子야 네 뒤를 따라 내 여기 왔노라
2. 수면에 날아드는 물새도 쌍쌍 / 아름다운 한양의 가을을 읊거만

(꽃서울)이다. 이 논문에 등장하는 노래 모두 이와 같은 형식임.
원곡을 1절만 번역하면 다음과 같다. 1)꽃이 피고 꽃이 지는 밤에도 / 긴자 버드나무 아래서/ 기다리는 것은 그대만 그대만 / 만나면 가는 찻집 / 즐거운 도시 사랑의 도시 / 꿈의 낙원이여 꽃의 도~쿄

23 사건의 주인공은 의사인 노병운과 카페 여급 김봉자였다. 둘은 이루어질 수 없는 사랑을 하다가 아내가 이 사실을 알게 된다. 이에 죄책감과 괴로움을 견디지 못하고 봉자가 한강 다리에 투신해 자살하자 그 다음날 병운도 똑같은 자리에서 자살을 하고 만다.

24 노래 가사는 다음과 같다: 사랑의 애달픔을 죽음에 두리 / 모든 것 잊고 내 홀로 가리 / 살아서 당신 아내 못 될 것이면 / 죽어서 당신 아내 되어지리라 / 당신의 그 이름 목메어 찾고 / 또 한 번 당신 이름 부르고 가네 / 당신의 굳은 마음 내 알지만은 / 괴로운 사랑 속에 어이 살리오 / 내 사랑 한강물에 두고 가오니 / 천만년 한강물에 흘러 살리라.

25 장유정(2004)『근대 대중가요의 매체와 문화』소명출판사, p.72

애끓는 하소연 어데다 사뢰리 / 나의 천사 봉자여 어데로 갔느냐

〈병운의 노래〉

여기에는 '한강' '한양' 등 조선의 지명이 등장한 것도 고가 마사오의 곡이어서 더 자연스러운지도 모른다.

1937년부터 시작된 일본의 중국 점령이 쉽사리 이루어지지 않으면서 중일전쟁은 예상보다 길어졌고, 라디오에서는 과열된 전쟁을 위해 유행가로 전쟁을 노래했다. 1939년 이후로는 창씨개명과 황국신민정책皇國臣民政策으로 대중가요는 더욱 심한 검열과 간섭을 받게 되었다.

1941년 말 태평양전쟁이 확대되면서 일제는 모든 외국곡의 가창을 금지시켰고, 전시체제에 따른 노래들만 허용하였다. 〈육군특별지원병령〉(1938)으로 많은 조선인 청년들은 강제로 지원 당했으며 수많은 청년들이 대륙침략의 전쟁터로 끌려 나갔다.

일본군가와 새로 만든 애국가요 · 국민가요 등이 전쟁 완수를 독려할 목적으로 불리게 되었다. 「우리는 제국의 군인이다」, 「아들의 혈서」, 「너와 나」 등은 바로 이때 나온 곡들로 1절 이상씩은 반드시 일본어로 부르도록 강요되었고, 모든 무대공연은 일본식으로 이루어져야 하였다. 1941년 이후는 획일적인 정책하에서 일본군가만을 불러야 했던 한국가요의 암흑기로, 한국 청년의 출정을 미화한 노래들이 매일 방송되기도 하였다.

'음악도 군수품'이라는 생각에 지원병을 테마로 하는 노래들이 나오는데 전시대의 분위기에 맞춰 고가 마사오는 군국가요까지 작곡을 하게 된다. 「지원병의 어머니軍國の母」는 군국가요 중에서 비교적 이른 시기인 1941년 12월 이후에 나왔는데 노래 원 가사의 '일본남아'가 '반도남아'로 바뀌었다. 이외에도 이규남이 부른 군국가요 「열사의 맹서」

도 고가 마사오의 작품이었다.

한일대중가요의 교류로 1978년 12월, 박춘석은 일본 콜롬비아 측의 의뢰로 미소라 히바리美空 ひばり에게 「바람주점風酒場」을 취입시켰는데 여기에서도 '古賀 멜로디'라는 가사가 나온다.[26]

'古賀 멜로디'라는 가사에서도 알 수 있듯이 지금까지도 대중가요에서 고가 마사오의 영향력을 살펴 볼 수 있는 것이다.

1988년 올림픽을 맞이하여 고가 마사오의 노래 「슬픈 술悲しい酒」을 이미자李美子와 미소라 히바리가 동시에 부르게 되었다.

悲しい酒 - 미소라 히바리	슬픈 술 - 이미자
1 一人酒場で のむ酒は 別れなみだの 味がする のんで棄てたい 面影が のめばグラスに また浮かぶ ああ 別れたあとの心のこりよ 未練なのね あの人の面影 淋しさを忘れるために のんでいるのに	1 외로이 술집에서 마시는 술은 이별의 눈물의 맛이 나네 마셔서 버리고픈 그대의 모습 마시면 술잔에 또 떠 오르네 아아! 헤어진 뒤의 아쉬운 마음 미련이겠죠. 그 사람의 모습 외로움을 잊기 위하여 마시고 있는데

한일의 대표적인 여자 대중가수의 목소리로 고가 마사오의 노래는 양국민들의 감정에 깊이 전달되었다.

고가 마사오는 평생을 통해 약 5천여 곡을 만든 일본의 '국민작곡가'이다. 소년시기 조선에서의 음악적 체험을 살려 '고가멜로디'를 창출한 그는 일본 뿐 아니라 한국의 가요에도 영향을 미쳤음을 알 수 있다.

26 가사는 다음과 같다. 아-/ 술의 부드러움, 술의 괴로움 / 싫을 정도 스며드는 밤은 / 뒤쪽에서 훌쩍훌쩍 고가 멜로디가 / 울어라 울어라 울고 있어라

4. 고가 마사오와 채규엽

가요를 노래하는 본격적인 가수의 등장은 1930년대 이후이다. 가요음반이 대중의 기호물이 되면서 연극 '막간무대'에 등장했던 인기배우들이 대거 가요곡을 취입하였다. 이러한 경향은 본격적인 가수가 등장하여 활약했던 1935~1936년까지도 상당한 비중을 차지했다. 위의 대중적인 노래들은 채규엽蔡奎燁이 많이 불렀으며 레코드 제작이 본격화되면서 음반 발매를 하게 되었다.

1935년 무렵까지 대중가요는 주로 축음기와 방송에 의하여 보급되었는데 당시의 축음기 보유대수는 무려 35만 대 이상이었다고 한다. 음반판매실적도 상대적으로 높아 때로는 5만 매에서 10만 매에 이르는 곡도 있었다고 한다.[27]

현재 남아 있는 음반화 된 대중가요 중에서 가장 오래된 것은 「희망가」이다.[28] 이 노래는 1920년대 노래책과 음반에 수록되어 있었으며 처음엔 연극 막간에 불렸다. 1925년 민요가수 김산월金山月이 음반으로 취입했으나 대중에게 많이 알려지기는 1930년 채규엽蔡奎燁의 레코딩을 통해서였다.

채규엽은 고가 마사오의 곡을 가장 많이 불렀던 가수이기도 하다. 그가 최초로 부른 곡은 「학도가」인데, 이 노래는 입에서 입으로 전해지다가 1930년 초기에 와서야 처음으로 레코드에 취입되었다. 이어서 1930년 3월 콜럼비아 레코드사에서 나온 축음기판에 「봄노래 부르자」로 데뷔하였으며 1934년 5월 신보에서 「홍루원」을 내놓고 1935년 바

27 박찬호(2009) 『한국가요사』, 미지북스, pp.196-198 참조

28 「희망가」는 「탕자자탄곡」, 「탕자자탄가」, 「탕자경계가」, 「청년경계가」, 「이 풍진 세월」, 「이 풍진 세상을」 등 여러 가지 제목으로 나왔다. 「희망가」라는 제목은 1920년께 민요가수 박채선(朴彩仙), 이류색(李柳色)이 무반주 2중창으로 녹음할 때 붙여진 제목이다. (이영미,이춘희(2006) 『사의 찬미』 범우사, p.283 참조)

로 「순풍에 돛을 달고」로 히트했다.

많은 힛트곡들 중 「님 자취 찾아서」 「언덕을 넘어서」 「술은 눈물일까 한숨인가」는 고가 마사오의 노래들이었다. 당시 채규엽에 대한 이야기가 〈매일신문〉을 비롯한 여러 잡지 및 매체에 등장을 하였다.

> 지금가지 류행가流行歌 전성시대는 업슬 것이다. 버러집가치 뒤노는 종로鐘路통이나 청등홍선靑燈紅線이 한데 어울려 요지경가치 어지러운 밤거리의 주장酒場이나 어데를 가던지 우리의 귀耳에 낫낫게 들려오는 것은 류행가의 멜로듸이다. (중략) 이러케 젊은이의 생활에 귀중한시간적존재로 되어잇는 류행가의 가장 닌기를 가장 만히밧고 잇는류행가수는 누구인가? 누구나 두말업시 채규엽이다 할것이다. 그만큼 그는 류행가게의 대통령으로 군림하여 만도滿都팬의 심금心琴을 올닐만큼씩씩한 목소리로 팬들을 열광쾌 할 것이다.[29]

「님 자취 찾아서影を慕いて」는 고가 마사오의 곡 중에서 가장 먼저 히트하였으며 그의 존재를 알리는 계기가 되었다.

影を慕いて	님 자취 찾아서
まぼろしの　影を慕いて雨に日に 月にやるせぬ　我が想い つつめば　燃ゆる　胸の火に 身は焦れつつ しのび泣く しのび泣く	나의 사랑아 네 모양 그립기에 이 밤 새이며 달빛에 찾아드는 이내 정회는 애꿎이도 불붙는 가슴속 한숨 마음은 흐트러지고 눈물은 흘러
わびしさよ せめて痛みのなぐさめに ギターをとりて　つまひけば どこまで時雨　ゆく秋ぞ 振音さびし 身は悲し	그리운 님아 애달픈 상처를 싸매 주려면 노래를 부르며 자취 찾아서 짙어가는 이 밤을 새워주려마 벌레 소리 끊어지고 한숨은 흘러

29 박혁진(1938) 「再出發의 人氣歌手 채규엽의 最近心境打診」 「실화」 1938.11, pp.56-59

채규엽이 부른 이 곡은 젊은 날 고가 마사오의 인생에 대한 고뇌와 절망, 실연의 슬픔을 음악으로 승화시킨 昭和時代 전체를 통틀어 최대의 걸작으로 꼽힌다. 가사 내용은 원곡과 달리 약간 번안이 되어 있다.[30]

고가 마사오의 노래가 더욱 조선에서 알려진 것은 「술은 눈물인가 한숨인가酒は涙か溜息か」이다.

酒は涙か溜息か	술은 눈물인가 한숨인가
酒は涙か　溜息か こころのうわさの　捨てどころ とおいえにしの　かの人に 夜毎の夢の　切なさよ 酒は涙か溜息か かなしい恋の　捨てどころ 忘れた筈の　かの人に のこる心を　なんとしよう	술이야 눈물일까 한숨이런가 마음의 근심을 버리는 곳 머나먼 연분의 그 사람을 밤마다 꾸는 안타까움이여 술은 눈물인가 탄식인가 슬픈 사랑을 버리는 곳 기억도 사라진 듯 그이로 하여 못 잊겠단 마음을 어찌면 좋을까

위의 노래는 조선인의 감정에 제대로 어필되었는데, 1931년 센티멘탈리즘에 기반한 애조를 띤 멜로디로 쇼와공황, 전쟁불안등 사회의 불안 등을 반영하였다. 단지 개인적인 감상과 탄식의 표현만이 아닌 시대의 울적함이 잘 나타나 있다.

고가 마사오의 곡 중에서도 가장 한국적인 멜로디인 이 곡은 채규엽이 일본 콜롬비아 레코드사와 전속가수 계약을 체결하고 「술은 눈물인가 한숨인가」 라는 제목으로 우리말 가사를 부쳐 취입하여 크게 힛트 하였다. 특히 이 노래는 한국의 〈각설이타령〉과 음악적 유사함이 비

30 원곡 1절을 번역하면 다음과 같다.
환영 모습을 그리며 비오는 날에 / 달님에게 달랠 길 없는 나의 마음에 / 감싸면 타오르는 마음의 불에 / 몸은 애타게 그리워서 흐느껴 우네

슷하다고도 자주 지적되고 있다.[31]

채규엽은 많은 곡을 일본 콜롬비아레코드사와 전속가수 계약을 체결하여 일본에서도 그 명성을 떨쳤다. 하세가와 이치로長谷一郞라는 일본명 예명[32]으로 1932년 정월에 후지야마 이치로藤山一郞 노래를 번안한 음반을 내게 되는데, 이 일은 〈한국가요는 일본가요를 번안해 부르거나 모방한 것에 불과하다〉는 오해와 주장이 등장하게 된 빌미가 되고 있다.[33]

고가 마사오를 엔카의 대부로 불리게 한 이 곡이, 실은 그가 한국에 있을 때 들었던 이현경 작사 / 전수린 작곡의 「고요한 장안」을 표절한 것이라는 설[34]이 오래 전부터 있어 왔다. 조선의 가수들은 당초 오사카大阪에 와서 레코딩해야만 했기에 양국에서 비슷한 시기에 발표되었다. 조선에서 가수를 선정하여 일본으로 취입하러 가면 일본의 레코드 회사는 반드시 일본인 작곡가의 편곡 과정을 거치게 된다. 식민지 문화에 대한 지배국의 문화담당자로서의 일종의 재가 과정인지는 몰라도 이 과정에서 왜색조의 분위기로 각색되었을 것이다.[35]

31 岡野弁(1988) 앞의 책, p.28

32 하세가와는 당시 콜롬비아레코드 경성 지사가 하세가와초(조선총독 하세가와 요시미치의 저택이 있었기 때문에 붙여진 이름)에 있고, 이치로(一郞)는 조선인 남성가수로 최초로 일본어유행가를 부른 데서 비롯되었다.(박찬호(2009) 앞의 책, p.234 참조)

33 岡野弁(1988) 앞의 책, p.30

34 1932년 가수 이애리수가 전수린 작곡의 「고요한 장안」을 「원정(怨情)」이라는 곡명으로 일본어판으로 발표했을 때, 일본 박문관(博文館)에서 출판하는 잡지 「신청년」에서 고가 마사오의 「酒は涙か溜息か」가 전수린의 「고요한 장안」을 표절했다고 비난했다는 사실이다. 가요평론가이자 작사가 김지평이 「권부에 시달린 금지가요의 정신사」에서 이들 두 곡을 악보로 대조해 분석한 바가 있는데, 두 곡은 모든 점에서 흡사한 점이 많다. 또한 일본의 음악 평론가 모리(森一也)는 당시 고가 마사오가 조선에 살고 있을 때 들었던 전수린의 멜로디에 영향을 받았던 것 같다고 분석하고 있다.

35 이동순(2007) 『번지없는 주막』 선, p.228

열악한 환경에 처한 조선인들은 경제적 곤궁을 해결하기 위해 일본으로 이주한 사람들도 많았다.[36] 조선인이 항상 고국을 그리며 부른 노래 「아리랑 부두アリラン波止場」와 「아리랑 애가アリラン哀歌」(島田芳文 작사, 陸奥明 작곡)도 일본의 대표 엔카집 『日本演歌大全集』에 수록되어 있다. 조선인들에게 향수 같은 아리랑이 엔카집에 수록될 정도라면 일본인들에게도 많이 알려졌다는 증거일 것이다. 채규엽도 하세가와 이치로라는 이름으로 아와야 노리코淡谷のり子와 듀엣으로 「아리랑アリランの唄」과 「방랑의 노래放浪の唄」를 발매하였다.

放浪の唄	방랑의 노래
船は港に 日は西に いつも日暮れにゃ帰るのに 枯れた我が身は　野に山に 何が恋しうて 寝るのやら	배는 항구로 해는 서쪽으로 언제나 날 저물면 돌아가는 것을 시들은 내 몸은 들에 산으로 뭐가 그리워서 잠드는 건가
捨てた故郷は　惜しまねど 風にさらされ雨にぬれ 泣けどかえらぬ　青春の 熱い涙を 何としよう	버리고 온 고향은 애석하지 않아도 바람을 맞고 비에 젖어 울어도 돌아오지 않는 청춘의 뜨거운 눈물을 어찌하리오

「방랑의 노래放浪の唄」는 강석연의 방랑가를 일본어로 번안하였고 고가 마사오의 편곡으로 1932년에 취입하였다.

1933년 조선으로 돌아와 「떠도는 신세」를 힛트시키는데 이 곡도 고가 마사오의 「サーカスの唄」의 번안곡이다.

고가 마사오는 1939년 일본에서 사하라 슈지라는 이름으로 재데뷔

36 도일 한인의 수는 1919년 2만 명, 1922년 7만명, 1925년 13만명, 1928년 18만명,1933년 20만명 정도로 늘어났다. 도일 이유로는 돈벌이(41.6%). 생활난(26.3%), 구직(12.3%), 면학(12%) 정도였다. (김광열(2010) 「한인의 일본 이주사 연구」 논형, pp.60-62)

하여 「玄海夜曲」 등을 발표했다. 채규엽은 고가 마사오에 의해 조선의 가장 유명한 가수로 자리매김하는 데 큰 영향을 받았다. 고가 마사오도 채규엽의 노래로 조선에서 가장 유명한 엔카의 대부로 자리잡게 되었다.

5. 결론

엔카는 일제강점기 조선인 감정에 접근한, 우리 대중가요사에 최초의 외래문화 도입이라 할 수 있다. 엔카는 사회 저변에 흐르는 개인적인 감정을 노래한 일본의 대중음악이다. 조선에서의 엔카는 일본 레코드사의 진출과 조선에 온 일본인들에 의해 유행을 하였고 곡조의 친숙함으로 조선인들도 즐겨 부르게 되었다.

고가 마사오는 어린 시절을 조선에서 보냈기에 그의 곡에는 조선의 정서가 담겨 있었다. 한국 전통민요나 대중가요가 그의 음악적 형성에 큰 밑바탕이 되었으며 엔카가 한국에서 비롯했다는 주장의 빌미가 되기도 했다.

1930여 년부터 1940년 전후에 집중적으로 고가 마사오의 노래가 주로 번안되었는데 이 시기야말로 우리나라의 대중가요의 전성기라고 해도 과언이 아니다. 고가 마사오는 조선에서 일어난 사건을 노래로 만들었으며, 전시대의 분위기에 맞춰 군국가요까지 작곡을 하게 된다. 이후 한일국교정상화로 일본대중가요가 받아들여지게 된 후 이미자에게 곡을 주기도 하였다.

고가 마사오의 대표적인 작품들 중에는 우리나라에서 번안곡으로 소개된 것들이 약 50여 곡이 있다. 그중에서도 채규엽蔡奎燁에 의해 많이 알려지게 되었다. 조선 최초의 대중가수라 할 수 있는 채규엽은 고가 마사오에 의해 유명한 가수로 자리매김하는 데 큰 영향을 받았다. 채규엽은 조선뿐 아니라 일본에서도 고가 마사오의 노래를 많이 불렀다. 일본에서 우리의 트로트를 불러 인기를 얻기도 하였다.

일본 가요계는 '고가멜로디'를 창출한 고가 마사오의 음악 영향 아래에 있다고 할 정도로 지대한 관심을 받고 있다. 또한 고가 마사오가 우리 가요사에도 중요한 역할을 하였음을 알 수 있었다.

제 4 장

軍歌의 국민교화

Ⅰ. 兒童用 '軍歌'에 담긴 明治 國民敎化思潮

Ⅱ. 일제강점기 군국가요의 수용과 변용 양상

Ⅲ. 일제말기 〈소국민〉 양성을 위한 교화장치

Ⅳ. 국민교화를 위한 영화와 주제가

제국의 전시가요 연구

Ⅰ. 兒童用 '軍歌'에 담긴 明治 國民教化思潮*

▮ 박경수

1. 日本軍歌의 의미

일본의 근대는 메이지기 신정부의 안착을 위한 내전內戰으로부터 시작하여 국시國是인 부국강병富國强兵 차원에서 진행된 〈청일・러일전쟁〉, 그리고 쇼와기의 〈중일・태평양전쟁〉에 이르기까지, 전쟁으로 시작하여 전쟁으로 종결된 시대였다 해도 과언이 아닐 것이다. 이 과정에서 크고 작은 전쟁과 연동하여 제작되고 불리었던 '일본군가日本軍歌'는 국

* 이 글은 2013년 12월 한국외국어대학교 일본연구소 「日本硏究」(ISSN : 1225-6277) 제58호, pp.29-49에 실렸던 논문 「兒童用 '軍歌'에 담긴 明治 國民教化思潮」를 수정 보완한 것임.

민통합 및 거국적인 전쟁 분위기 조성을 위한 장치 및 도구로 사용되었다.

군가軍歌란 軍隊라는 동일한 감정과 통일된 행동을 꾀함으로써 공동체의 단결력을 과시, 군인들의 사기 앙양, 혹은 전투의식을 고취시키기 위한 수단으로 인식되고 있는 것이 보편적이다. 그러나 우리가 보편적으로 인식하고 있는 군가와 '일본군가日本軍歌'는 그 의미부터가 다르다. "현대 일본에서 군가의 존재 의의를 묻는다면, 오늘날 평화의 초석을 구축하신 영령에 대한 진혼가이다."[1] 라는 『大日本軍歌集』 홈페이지의 글이 말해주듯 '일본군가'에는 막중한 의미가 부여되어 현재까지도 이어지고 있다.

이러한 의미의 '일본군가'는 일본이 서양열강과 대등한 제국을 기획하던 청일전쟁을 전후하여 대량 제작되었으며, 그 대부분이 군대나 학교를 통하여 보급되었다. 더욱이 문부성은 전쟁을 기획하면서부터 특히 미디어적 특성이 강한 초등학교 「唱歌」科에 군가를 편입시켜 교육과 메신저의 이중효과를 꾀하였다. 이는 당시 공교육의 교재로 투입된 군가집의 '序言' 혹은 속표지에 '고등소학교(초등학교 5, 6학년)용' 임을 명기하고 있다는 점[2]에서 파악되는 부분이다. 그렇다면 당시 초

1 軍歌は、現代日本での存在意義を問へば、今日の平和の礎を築かれた英靈への鎮魂歌である。『大日本軍歌集』 홈페이지(http://gunka.xii.jp/gunka/) (2013.3.11일자)

2 이는 청일전쟁을 소재로 한 『大捷軍歌』와 러일전쟁을 소재로 한 『戰爭唱歌』, 그리고 이후의 식민지 경영을 염두에 두고 발간한 『滿韓鐵道唱歌』의 緖言 혹은 서지사항에 명시되어 있는 글귀에서 확인할 수 있다. 『大捷軍歌』에는 "文部省檢定濟"와 "尋常小學校竝高等小學校唱歌科敎師用敎科書"라 인쇄되어 있으며, 『戰爭唱歌』는 "本書ハ日露戰爭ニ關スル唱歌ヲ編輯シタルモノニシテ高等小學校敎科用ニ充ツルヲ目的トス"라는 내용을 緖言에 명시하고 있다. 또한 『滿韓鐵道唱歌』 역시 "明治三十九年十二月四日 高等小學校唱歌科兒童用 文部省檢定濟"라는 내용을 속표지에 명시하고 있어 高等小學校, 즉 초등학교 5, 6학년 아동을 대상으로 발행한 창가서임을 말해준다.

등학교 아동에게 교육된 군가는 어떠한 내용으로 되어 있으며, 그것이 국가의 정치적 목적과는 어떤 상관성이 있을까? 당시의 초등학교가 근대교육의 요람이자, 국가와 국민의 '소통'을 담당하는 장場이었다는 점에서 이에 대한 심도있는 연구가 요구되지만, 〈청일전쟁〉기의 『大捷軍歌』(1894), 〈러일전쟁〉기의 『戰爭唱歌』(1904) 등 아동용 군가에 대한 선행연구는 전무한 것으로 파악되었다.

이에 본고는 당시 초등교과과정의 교재로 투입되었던 아동용군가집에 수록된 '일본군가'를 중심으로 메이지기 국민교화사조에 접근해 보고자 한다. 이를 위한 텍스트로는 『大捷軍歌』(1894), 『戰爭唱歌』(1904)와 러일전쟁 직후 발간한 『滿韓鐵道唱歌』(1906)로 할 것이며,[3] 시기별 장르별로 정리한 군가집[4]과 『日本軍歌大全集』[5]은 컨텍스트로, 전쟁의 시대에 보급되어 한 시절을 풍미했던 'はやり歌(유행가)' 차원의 연구자료[6] 등은 참고자료로서 활용하려고 한다.

3 본고의 텍스트는 청일전쟁을 주제로 한 아동용 군가집 山田原一郎(1894.11) 『大捷軍歌』 三書房藏版 ; 러일전쟁을 주제로 한 아동용 군가집 文部省 編(1904.11) 『戰爭唱歌』, 日本書籍(株) ; 그리고 러일전쟁 종전 후 발간한 大和田建樹(1906.12) 『滿韓鐵道唱歌』 金港堂書籍(株)으로 할 것이며, 이를 인용함에 있어 인용문의 출처는 발간시기에 따라 『大捷軍歌』를 ①로, 『戰爭唱歌』를 ②로, 『滿韓鐵道唱歌』는 ③으로 하고, 출처 표기는 시리즈로 발행되는 ①과 ②의 경우 〈군가집-(편수)-「곡목」〉(예, 〈①-(3)-「곡명」〉)으로, ③의 경우는 단행본이므로 절수만 표기하기로 하며, 인용문의 번역은 모두 필자의 졸역으로 한다.

4 陸軍省의 『雄叫』 ; 海軍省의 『海軍軍歌集』과 『吾妻軍歌集』 ; 文部省의 『戰爭唱歌』 외 다수의 관제 軍歌集이 있으며, 근래의 자료로는 長田曉二(1970)가 펴낸 『日本軍歌大全集』 ; 堀內敬三(1977)가 정리한 『定本日本の軍歌』 ; 홈페이지의 『大日本軍歌集』 등을 들 수 있다.

5 長田曉二(1998) 『日本軍歌大全集』, 全音楽譜出版社

6 倉田喜弘(2001) 『「はやり歌」の考古學』 文春新書 ; 櫻本富雄(2005) 『歌と戰爭』 アテネ書房 ; 小村公次(2011) 『徹底檢證 日本の軍歌』-戰爭の詩代と音樂 學習の友社 등

2. 日本軍歌의 의미와 시기별 특징

앞서 언급한대로 우리가 보편적으로 인지하고 있는 '군가'와 '일본군가'는 그 의미부터가 다르다. 그렇다면 본 연구에 앞서 '일본군가'가 어떻게 정의되고 있는지, 그 범위는 어떻게 한정하고 있는지, 그 기원과 변천과정을 살펴보는 것도 중요한 일일 것이다.

『日本大百科全書』(1994, 小學館)를 보면, "메이지 이후에 만들어진, 군대의 사기를 높이고 국민의 애국정신을 고양시키기 위한 노래"를 통틀어 '일본군가'로 정의하고 있다. 그런가 하면 『日本陸海軍辭典』에서는 "육군군가집인 『雄叫』나 해군의 『海軍軍歌集』과 『吾妻軍歌集』에 수록되어 군대에서 불려진 것을 정규군가正規軍歌로, 그 밖의 것은 모두 비정규 사제군가私製軍歌"[7]로 분류하면서, 정규군가와 비정규 사제군가(국민가요나 전시가요, 혹은 전쟁영화의 주제가 등)를 '일본군가'에 포함하고 있음을 명기하고 있다. 이에 따라 본고에서도 그 범위를 메이지 국민국가의 탄생 이후 일본군대가 해체된 1945년까지로 하고, 군대의 사기를 높이고 국민의 애국정신을 고양시키기 위하여 제작한 일련의 군국창가軍國唱歌를 총칭하여 '일본군가(이하, 군가)'로 하겠다.

현재 일본에서는 공식적인 군가의 기원을 1868明治元年년 유신전쟁 때, 관군東征軍이 에도로 진군하던 중에 불렀던 행진가 「トンヤレ節(일명 宮さん宮さん)」[8]를 일본 최초의 군가로 보는 견해가 대부분이다. 그러

7 原剛・安岡昭男 編(2003) 『日本陸海軍辭典』上卷, 新人物往來社, p.113 (「官製、私製で多くの軍歌調の歌がつくられたが、その中で陸軍軍歌集の「雄叫」や海軍の「海軍軍歌集」や「吾妻軍歌集」に収められてゐて、軍隊で歌はれたのが正規の軍歌となる。その他は非正規の私製軍歌であり、一般向けの國民歌謠や戰時歌謠、あるいは戰爭映畵の主題歌で、現在、軍歌と思われてゐる歌の多くは、この分野のものである」라 기록되어 있다.)

8 「トンヤレ節」는 당시 長州 藩士였던 시나가와 야지로(品川彌二郎)가 작사하고, 일

나 대중가요 연구가 구로다 요시히로倉田喜弘의 반론도 만만치 않다. 그는 도야마 마사카즈外山正一가 군가를 염두에 두고 쓴 詩에 서양풍의 곡을 붙인 「발도대拔刀隊」를 일본 최초의 군가로 보고 있는데, 그 이유는 첫째 도야마가 「拔刀隊」의 전문에 쓴 글과,[9] 둘째 관군이 군악교육을 받은 것은 에도江戸입성 이후의 일인데, 그것도 서양풍이 가미된 「トンヤレ節」를 부르면서 江戸에 입성하였다는 것이 시기적으로 맞지 않는다는 것,[10] 그리고 셋째는 가사가 불경하여 정말 군대의 행진곡으로서 불렸는지 의문스럽다는 것이다. 明治기 군사제도가 확립된 시점(1882.1)과 제도상 군가가 처음으로 확립된 시점(1885.12. 해군성의 「陸海軍喇叭吹奏歌」)으로 본다면 후자의 견해가 설득력이 있으나, 『日本大百科全書』에서 일본군가의 범위를 메이지 이후로 정의하였고, 「トンヤレ節」의 작곡자가 일본육군의 창설자였다는 점에서 전자도 배재할 수는 없다. 각 시기별로 대표되는 군가와 그 특징을 살펴보겠다.

본육군 창설자였던 오무라 마스지로(大村益二郞)가 작곡하여 군대 내에서 부르게 하였던 官製軍歌로,「宮さん宮さんお馬の前でヒラヒラするのはなんぢやいな あれは朝敵征伐せよとの錦のみ旗だ知らないか トコトンヤレナー」라는 가사로, 일명「宮さん宮さん」이라 하기도 한다.(倉田喜弘(2001) 앞의 책, p.103 참조

9 「西洋で戰爭のときに士氣を鼓舞する歌がある。フランス革命の時に生まれた「ラ・マルセイエーズ」やプロシア人が歌つた「ウォツチメン・オン・ザ・ライン」はその例で、いづれも愛國心を換氣する。日本にも、と考えて「拔刀隊」を作つた。」と述べる。(倉田喜弘(2001), 앞의 책 p.103)

10 「トンヤレ節」의 선율이 ギルバート・アンド・サリヴァン의 대표작「オペラ・ミカド」의 삽입곡으로, 일본으로 역수입되었다는 가설도 있기 때문이다. (倉田喜弘(2001) 앞의 책 p.103)

〈표 1〉 시기별로 대표되는 일본군가[11]

시기	구 분	대 표 군 가 명	특 징
明治	초기~청일전쟁	「トンヤレ節」「抜刀隊」「見渡せば」「来れや来れ」「敵は幾万」「道は六百八十里」「凱旋」「元寇」「君が代行進曲」등	'ヨナ抜き'음계, 용장쾌활, 박진감 강조
	청일전쟁~러일전쟁	「勇敢なる水兵」「坂元少佐」「黄海の大捷」「如何に狂風」「雪の進軍」「軍艦行進曲」「婦人従軍歌」「豐島の戰」「平壤の戰」「日本陸軍」「日本海軍」「陸奥の吹雪」외 다수	장편서사시 성격, 군가집 제작 시도
	러일전쟁 이후	「戦友」「決死隊」「広瀬中佐」「水師営の会見」「橘中佐」「日本海海戦」「艦船勤務」「アムール河の流血や」「滿韓鐵道唱歌」등	교육용 군가집 제작 활발
大正	제1차 세계대전	——	국민적 군가제작은 휴면상태
昭和	만주사변 前後	「青年日本の歌」「爆弾三勇士の歌」「非常時日本の歌」「朝日に匂う櫻花」등	전쟁분위기 고조
	중일 전쟁기	「露営の歌」「愛国行進曲」「海ゆかば」「愛馬進軍歌」「暁に祈る」「出征兵士を送る歌」「ほんとにほんとに御苦労ね」「麦と兵隊」「討匪行」「燃ゆる大空」「加藤隼戦闘隊」「支那むすめ」「進軍の歌」「空の勇士」「興亞行進曲」「さうだその意気」외 다수	官製군가와 私製군가 양산됨. 라디오와 음반을 통한 보급 활성화
	태평양 전쟁기	「進め一億火の玉だ」「月月火水木金金」「空の神兵」「若鷲の歌」「同期の桜」「ラバウル小唄」「ラバウル海軍航空隊」「台湾沖の凱歌」「比島決戦の歌」「歩兵の本領」「太平洋行進曲」외 다수	시국관련 군가와 전쟁의기를 고취하는 군가만 허용함
	종전직후	「噫呼聖断は降りたり」「壮行譜」「異国の丘」「ああモンテンルパの夜は更けて」 「ハバロフスク小唄」등	'자위대가'로 명칭변경

외국과의 전쟁을 위한 군가는 청일전쟁의 조짐이 보이면서부터 점진적으로 만들어지기 시작하여 정책적으로 군가제작을 장려함에 따

11 〈표 1〉에서 제시된 軍歌는 長田曉三(1970)이 펴낸 『日本軍歌大全集』과 堀內敬三(1977)의 『定本 日本の軍歌』에 소개된 軍歌, 그리고 인터넷 http//search.yahoo.co.jp 「日本の軍歌」(2012.1.26일자)에 소개된 軍歌를 시기별로 대략 정리한 것임.

라 그 수가 지속적으로 증가하게 된다. 초기의 대표적인 것으로「올테면 오너라来れや来れ」(1888),「적은 몇만敵は幾萬」(1891),「개선凱旋」[12]을 들 수 있는데, 본격적인 전쟁과 관련하여 이를 근대 일본군가의 선구[13]로 여기기도 한다. 이 시기는 근대식 서양음악이 거의 정착 되었던 시기였던지라 이들 군가 역시 당시 소학교 창가에 사용되었던 '요나누키ヨナ抜き 5음계'를 사용하고 있으며, 용장 쾌활함과 박진감을 보여주고 있다. 이후 러일전쟁기로 이어지기까지의 군가는 섬세한 묘사를 추구하여 장편 서사시 성격을 띠고 있음과 승전 기념용 군가집 제작을 시도하였다는 점은 이 시기의 큰 특징이라 하겠다.

다이쇼大正기 일본은 대체로 평화로운 시기였기 때문에 군대 자체에서 군가가 만들어졌을 뿐, 전쟁을 소재로 한 군가는 거의 만들어지지 않았다. 이후 〈만주사변〉(1931)을 기점으로 다시 군가제작이 활성화되기 시작하여 〈중일전쟁〉 기간에 급격히 양산 보급되는데, 이 시기는 관제군가보다는 민간인에 의한 사제군가가 라디오나 레코드 등 매스미디어를 통하여 널리 전파되어 일반인들에게 애창되었다. 이어서 태평양전쟁 시기에 이르면 시국과 관련하여 황실찬양, 출전용사의 각오, 혹은 전쟁의기를 고취시킬 수 있는 군가만이 허용되었기에 기존의 군가도 이같은 내용으로 개사되어 보급되게 된다.

1945년 종전과 더불어 공식적인 군가의 제작은 거의 중단되었다. 헌법상 군대보유가 금지되어 자국방위를 위한 '자위대'의 노래는 '대

12 「敵は幾萬」은 원래 1886(M19)년 8월 소설가 山田美妙가 발표했던『新體詩選』중「戰景大和魂」의 가사에 小山作之助가 곡을 붙여「敵は幾萬」으로 改題하여 1891(M24)년 7월『國民唱歌集』에 실은 곡이며, 石黑行平가 작사하고, 당시 陸軍軍樂隊의 樂手 永井建子가 작곡한「凱旋」은 1891(M24)년 5월「音樂雜誌」에 발표된 곡이다. (堀內敬三・井上武士 編(1999)『日本唱歌集』岩波書店, p.250 참조)

13 堀內敬三・井上武士 編(1999) 위의 책, 같은 면

가隊歌'로서 불리었다. 그럼에도 자위대의 공식행사에서 기존의 군가나 군악이 그대로 사용되거나, 가사를 자위대 사양으로 바꾸어[14] 가창하는 경우가 다분하였다.

호리우치 게이조堀内敬三는 일본군가가 현재까지도 일본・일본인의 정신세계를 지탱하는 기반이 되고 있는 원인을 다음과 같이 말하고 있다.

> 日本軍歌는… 음악형식에서 보면 창가의 一種이며 가사의 양식으로 보면 新體詩와 유사하다. 그러나 唱歌와는 달리 軍歌의 선율에는 일본인적인 색채가 짙고, 보통의 新體詩보다는 내용에 과격함과 절실함이 있다. 〈중략〉 군가가 표현하는 것은 적개심이며 국민의식의 발로이므로, 기교부리지 않고 인간의 폐부를 찌르는 일본인다운 가요의 기본이 이 안에 자리하고 있다"[15]

"일본적인 선율"과 절묘하게 어우러져 "인간의 폐부를 찌르는 일본인다운 가요의 기본이 자리잡고 있다"는 '일본군가'의 의미는 한 때 아시아를 재패하고 세계를 상대하였던 제국 일본・일본인의 '일본정신大和魂'에 대한 자긍심이 아니었을까 여겨진다.

14 자위대의 공식적인 의전 행사 등에서 「軍艦行進曲」이나 「敵は幾万」 「愛馬進軍歌」 「月月火水木金金」 등 기존 軍歌가 연주됨은 물론, 직종에 따라 軍歌를 계승하고 있는 경우(보통과의 「歩兵の本領」 야전특과의 「砲兵の歌」, 空挺의 「空の神兵」)도 허다하다.

15 日本軍歌は…音樂上の形式からいえば唱歌の一種で、歌詞の様式から見れば新體詩の流れに沿う。しかし唱歌と違って軍歌の旋律にはずっと日本人的な色彩が濃く、新體詩の常例よりも內容に激しさと切實さがある。〈略〉 軍歌か表現するものは敵愾心であり國民意識の流露であるが故に、巧まずして人の心を衝き、日本人らしい歌謠の基本がこの中に形づくられた。(堀内敬三(1977)『定本日本の軍歌』實業之日本社 p.15)

3. 兒童用 軍歌의 國民敎育思潮

메이지 초기 탈아脫亞를 추구하였던 일본은 여러 식민지를 거느리고 있는 서구 열강의 대열에 합류하기 위하여 주변국에 대한 침략을 도모하였다. 이 과정에서 제작된 일본군가는 군대는 물론, 전쟁을 더욱 원활하게 수행하기 위해, 후방에서 정신적인 대동단결과 물질적인 지원을 해야 할 국민양성을 위하여 초등교육과정에 편입시킨 것이다. 메이지기에 만들어져 학교의 창가교육과정에 편입시킨 수많은 군가는 음악교육학자 도모다 다케카즈供田武嘉津가 역설한대로 국책에 기반을 둔 '국가주의적 교육사조'였다.

> 메이지기에 발표된 唱歌나 창가집을 보면, 먼저 주목되는 것은 무엇보다도 수많은 軍國唱歌일 것이다. 특히 청일, 러일 양대전쟁에 걸친 10여년 동안에 만들어진 曲數는 실로 '범람'이라는 용어가 어울릴 정도이다. 그 종류는 군국을 칭송하는 것, 사기를 고무시키는 것, 忠君愛國의 성심을 나타내는 것 등 여러방면에 걸쳐있는데, 그 기조를 일관하는 것은 말할 것도 없이 부국강병이라는 국책에 바탕을 둔 국가주의적 교육사조였다.[16] (밑줄 필자, 이하 동)

인용문은 〈청일・러일전쟁〉기에 집중 보급된 군가에 '부국강병이라

16 明治期に發表された唱歌およびその曲集を一覽して、まず注目させられるのは何といっても夥しい軍國唱歌であろう。とりわけ日清・日露の兩役にわたる10餘年の間に作られたその曲數は、まさに、″汎濫″の言葉こそふさわしい。その種類は、軍國をほめ稱えるもの、士氣を鼓舞するもの、忠君愛國の眞心を表すもの、などろ多岐にわたっているが、その基調を一貫するものは疑いもなく、富國强兵の國策に基づく國家主義的教育思潮であった。供田武嘉津(1996)『日本音樂教育史』音樂之友社 p.307 (小村公次(2011) 앞의 책, p.61에서 재인용)

는 국책에 바탕을 둔 메이지 국민교화사조'가 고스란히 담겨 있음을 말해주고 있다. 본 장은 '국가의 목적에 부합하는 국민만들기' 수단의 하나로 학교교육에 투입되었던 메이지기 군가에서 당시의 국민교화 사조를 도출해보려고 한다.

3.1 동북아 신질서 개편 추구

19세기 중후반까지 거의 중국清에 의해 운영되던 동북아 국제질서가 서양열강의 진출로 점차 붕괴되어갈 즈음 자국중심의 동북아 질서 재편을 염두에 두고 '脫亞'를 선언한 일본은 다각적인 행보를 시도하였다. 그 첫째 과제가 동북아질서의 판도를 바꿀 수 있는 요충지, 즉 한반도의 점령이었다.

어떻게든 조선을 식민지로 확보하려는 일본에 있어 당시 가장 큰 걸림돌은 종주국으로서 기득권을 내놓지 않으려는 청국清이었다. 때문에 기존의 이권을 수호하려는 청국과, 새롭게 동북아 패권국가로 부상하려는 일본 사이에서 끊임없이 분쟁이 야기되었다. 이에 일본은 청국과의 관계를 단절시킬 것을 대 조선정책의 기본방향으로 정하고 이를 위한 전략을 확대해나갔다.[17] 군가의 제작도 그 하나였다. 일본정부는 청국과의 전쟁을 염두에 두고 당시 톱클래스의 국문학자와 음악가를 동원하여 전쟁의 당위성과 적개심을 유발할 수 있는 군가제작을 의뢰하였고,[18] 〈청일전쟁〉 발발 직후 군가집 『大捷軍歌』[19]를 제작하여 초등

17 박경수·김순전(2012) 「제국의 팽창욕구와 방어의 변증법」 「일본연구」 제53호 한국외대 일본연구소, p.38

18 당시 톱클래스의 국문학자와 음악가는 도야마 마사카즈(外山正一), 야마다 비묘(山田美妙), 이자와 슈지(伊沢修二), 나가이 겐시(永井建子) 등이었으며, 이들에 의해 만들어진 軍歌가 「올테면 와라(来れや来れ)」, 「적은 몇만?(敵は幾万)」, 「길은 육천팔백리(道は六百八十里)」 등이었다.

19 『大捷軍歌』는 당시 東京音樂學教 教授였던 山田源一郎(1870~1927, 후에 私立女子

교육과정에 투입하였다. 그 서언을 살펴보자.

> 청일전쟁이 일어나 선전宣戰의 조칙을 발함에 따라..... (중략) 특히 우리들 교육자는 용감무쌍한 국민의 상속자다운 제2국민을 교육할 책임이 있는 까닭에, 아동들이 스스로 의용봉공의 장지壯志를 일깨워 적개심을 환기시킬 방법을 강구하여야 하였기에 (중략) 애오라지 군국의 교육자다운 본분의 일단을 다하려는 의욕으로 이에 본편을 펴낸 까닭이다.[20]

인용문에서 알 수 있듯이 이 시기 군가집 발간 목적은 용감무쌍한 국민의 상속자다운 제2국민 양성에 있었다. 이는 군가집에 수록된 군가를 부르면서 아동 스스로가 "의용봉공의 장지壯志"를 일깨우고 "적개심을 환기"하려는 의지를 아동 자신은 물론 가정에까지 전파할 것을 목적한 것이었나. 여기에 유효적절한 명분과 전쟁의 당위성을 설득력 있게 제시하는 내용을 담아 국민의 내면에 잠재되어 있는 감성을 일깨우고자 한 것이다. 본 군가집에 수록된 「성환전투成歡の戰」의 일부이다.

> 1. 아는가? 나날이 문명은 진보하고 / 무용 또한 찬란하다 일본해
> <u>뒤떨어진 이웃나라를 구하려는</u> / 의로운 군대의 용맹함을

音樂學教 校長, 日本音樂學校 校長을 역임)가 1894(M27)년 11월 제1편을 펴낸 이후 1897(M30)년 1월의 제7편까지 약 40여곡의 軍歌를 수록하여 학생들에게 교육한 일본 최초의 軍歌集이다.(堀內敬三・井上武士 編(1999) 앞의 책, pp.250-251)

20 日清戰爭起ルヤ宣戰ノ詔勅發セラレ次デ.... 〈略〉 殊ニ我輩教育者ニ在ツテハ勇武ナル國民ノ相續者タル第二國民ヲ教養スル責任アルカ故ニ此小國民ヲシテ奮テ義勇奉公ノ壯志ヲ誘興シ敵愾ノ心ヲ喚起セシムル方法ヲ講セザル可カラズ因テ 〈略〉 聊カ軍國ニ於ケル教育者タル本分ノ一端ヲ盡サント欲ス卽チ玆ニ本編ヲ草スル所以ナリ.... 明治二十七年十月 (山田源一郎(1894)『大捷軍歌』第一編, 序言)

2. <u>한국조정 우리에게 힘을 요청하니</u> / 자, 먼저 아산의 적을 추격하자며
   칠월 이십칠일 아직 밤은 깊어 / 삼군 엄숙히 숨을 죽이네
7. <u>약자를 도와 난폭한자 쳐부숴</u> / 어리석은 조선 인도하려고
   <u>인의로 나선 우리군대의</u> / <u>승리는 진정 하늘의 뜻일세</u>[21]

〈①-(1)-「成歡の戰」〉

주지하고 있듯이 지금까지 〈청일전쟁〉의 원인은 두 가지 시각에서 조명되어 왔다. 그 하나는 조선 문제를 둘러싼 청일간의 갈등 및 대결이었고, 다른 하나는 메이지기 일본의 대외팽창정책에 의한 것이었다.[22] 그러니까 1894년 4월 동학농민군의 봉기에 당황한 조선정부의 파병요청에 의하여 청국군대가 조선에 주둔하게 되자, 일본은 〈텐진조약天津條約〉 위반을 빌미로 청일전쟁을 야기하여 조선침략의 기회로 삼았던 것이다. 게다가 이것이 서구와의 조약개정을 둘러싼 대립과 탄핵안 발의 등으로 위기에 처한 이토 히로부미 내각의 반대세력을 잠재우는 절호의 기회가 되었음에도 위의 가사 내용을 보면 뒤떨어진 문명에 약해질 대로 약해진 조선이 일본에 도움을 청하였기 때문에 "의로운 군대"를 파병하였고 전쟁도 불사하는 정의로운 나라로 서사하고 있다.

그로부터 10년 후의 러일전쟁은 '동양 평화의 수호' 라는 명분으로 확대되었다. 러일전쟁은 실상 한국과 만주지배를 둘러싼 군사적 제국주의의 패권다툼이자 러시아의 남하정책에 대한 일본의 만한韓滿 방어

21 一、知らずや日に々々文は進み/ 武も亦かゞやく日本海/ 隔つる隣の國を救ふ/ 仁義の軍の勇ましさを
二、韓廷ちからを我れに仰/ いざ先牙山の敵を逐へと/ 七月二十七まだ夜深く/ 三軍肅々枚をふくむ
七、弱きを扶けて暴きをうち/ 幼きからくに導き行(ゆ)く/ 仁義にいでたる我がいくさの/ 捷ちしはまことに天の心

22 문정인 김명섭 외(2007) 『동아시아의 전쟁과 평화』 도서출판 오름, p.28

선의 수호에 있었다. 여기에 〈청일전쟁〉 후 〈삼국간섭〉을 유도하여 군사적 요충지인 만주삼성을 조차한 러시아에 대한 반감이 가세하여 적개심이 불붙었던 것이다. 그럼에도 〈러일전쟁〉을 배경으로 한 『戰爭唱歌』의 첫 곡은 '동양평화의 수호'와 전쟁의 당위성으로 일관하고 있다. 1절과 4절만 인용해 보겠다.

1. 쳐부수자 쳐부숴 러시아를 쳐부수자 / 우리 동양 평화를 어지럽히는
   적 러시아를 쳐부수자 쳐부숴 / 우리 제국의 국리를 침해하는
   적 러시아를 쳐부수자 쳐부숴
4. 담판 거듭하기를 반년 남짓 / 굴하지 않고 양보치 않을 뿐 아니라
   한국 국경을 이미 침범하고 / 군비를 증강하여 육지로 바다로
   아아, 이것이 평화를 사랑하는 소행인가[23] 〈②-(1)-「ロシヤ征討の歌」〉

이러한 명분을 정당화 하고 미화시키기 위한 방편으로 '神의 의지'를 접목시킨 부분도 눈여겨 볼 부분이다. 〈청일전쟁〉의 시작점에서 '神의 의지'를 암시하고 있는 대목은 선전포고도 없이 전투를 시작한 일본 측에 정당성까지 부여하는 효과를 주고 있다. 이를 「풍도전투豊島の戰」에서 찾아보자.

2. 저편에서 쏘아대는 탄환에 / 분노함은 사람과 神 뿐이던가
   파도마저 격분하네 풍도 앞바다 ……[24] 〈①-(1)-「豐島の戰」〉

23 一、討てや討て討てロシヤを討てや/ わが東洋の平和を亂す/ 敵ロシヤを討て討て討てや/ わが帝国の国利を侵(をか)す/ 敵ロシヤを討て討て討てや
四、交渉重ぬる半歳ばかり/ 枉げず讓らぬそれのみならず/ 韓の境をはやくも侵し/ 軍備いや增す陸に海に/ あーこれが平和を愛する所爲か

24 二、彼より打ちだす彈丸に/ 怒るは人と神のみか/ 波さへあらぶる豐島海/ ……

이 내용은 원나라와 고려 연합군의 1274년의 1차 일본공격文永の役과 1281年의 2차 일본공격弘安の役때, 마침 폭풍우가 일어 원나라와 고려 연합군이 패퇴한 것을 신의 도움에 힘입어 승리했다고 믿는 가미카제神風를 연상케 하는 부분이다. 이로써 일본은 신국神國이라는 이미지의 각인과 더불어 신국 일본이 하는 전쟁은 반드시 승리한다는 메시지를 강하게 전달함으로써 국민의 전쟁 의기 고취와 이의 상승효과를 유도하였다.

〈청일・러일전쟁〉 시기 군가의 역할과 파장은 실로 막강하였음이 파악된다. 가장 효과적인 전쟁장면을 적절히 묘사하여 전장의 모습을 한층 리얼하게 상상케 하였으며, 대부분의 군가에 개선장면을 삽입하여 연전연승에 승승장구하는 강국의 이미지를 부각시킴으로써 국가적 목적을 달성해갔다.

동아시아 제국을 꿈꾸는 일본의 동북아질서 재편을 위한 일차적 행보는 전쟁에 대한 이같은 당위성과, 일본이 신국임을 재차 부각시키는데 있었던 것 같다. 때문에 약한 이웃나라 '조선의 독립', '동아시아 평화 수호'라는 명분을 내세우며 특히 개선장면에서 '神의 가호'가 함께 하는 것을 홍보함으로써 '전쟁의기 고취'라는 상승효과까지 유도해 내었으리라 여겨지는 것이다.

3.2 忠君愛國의 실천 촉구

앞서 우리는 메이지기 양대전쟁인 청일 러일전쟁을 거치는 동안 제작된 수많은 군가가 국책 차원에서 초등학교 교과과정에 편재되었음을 살핀바 있다. 이시기 학교 교과과정에 투입된 군가는 크게 두 가지 성격을 띠고 있었는데, 그 하나는 전쟁 자체를 전하기 위한 상황묘사 중심의 것이었고, 다른 하나는 출전 병사나 일반국민의 사기를 고무시키기 위한 것이었다.[25] 이는 군가를 배우고 따라 부르는 과정에서 전쟁의 급박하고 처절한 전투상황을 간접적으로나마 경험하게 하고, 아울러 적개심을 환기시켜 전쟁에 대한 감정을 필승의 의지로 몰아가고자 함이었다. 그런 만큼 『大捷軍歌』 제3편은 말단 병사의 무용담을 주요 내용으로 하여 직접적인 전쟁참여를 유도하고 있다. 이는 "동원된 전투능력과 잠재력에 더하여 국민의 의지를 중요한 요소"[26]로 평가하고 있는 동양의 전쟁론에서 빼놓을 수 없는 특징이기도 하다.

황해해전에서 전사한 수병 미우라 토라지로三浦虎次郞의 최후의 모습을 노래한 「용감한 수병勇敢なる水兵」과 임무수행을 위해 악전고투하는 척후병의 모습을 리얼하게 서사하여 전쟁의지에 상승작용을 한 「설야의 척후병雪夜の斥候」, 그리고 「야영의 달野營の月」, 「병사의 귀감兵士のかがみ」 등이 그것이다.

8. 듣고서 그는 기쁜듯이 / 최후의 미소를 흘리면서
"어떻게든 적을 쳐부숴야죠"라 / 말하자마자 숨을 거뒀네
10. "아직 가라앉지 않았나요? 定遠[27]은" / 그 말은 비록 짧았지만
황국을 지키는 국민의 / 마음에 영원히 기억되리라.[28]

〈①-(3)-「勇敢なる水兵」〉

25 박재권(2001) 「구 일본 및 한국 軍歌의 인물, 국가 관련 표현 비교 분석」 「일어일문학연구」 제39집 한국일어일문학회, pp.251-252

26 문정인 김명섭 외(2007) 앞의 책, p.28

27 청일전쟁 당시 크게 활약했던 淸國의 주력함대

28 八、聞きえし彼は　嬉しげに/ 最後の微笑を　もらしつつ/ 「いかで仇を　討ちてよ」と/ いうほどもなく　息絶えぬ
十、「まだ沈まずや　定遠は」/ その言の葉は　短かきも/ 皇国を守る　国民の/ 心に永く　しるされん

2. 살을 에는 듯한 밤바람과 / 세찬 눈보라를 맞으면서
적의 소재를 찾아내라는 / 명령을 받은 척후병의
숭고한 임무 완수하리라며 / 나아가는 한사람의 병사라네
3. 이따금 내뿜는 나의 입김은 / 얼어서 수염을 하얗게 하네
옷은 얇은데 바람 거칠어 / 귀도 코도 손도 발도
찢어질 듯 추워도 / 용솟음치는 가슴은 불타오르네,[29]

〈①-(3)-「雪夜の斥候」〉

전 계층의 국민들에게까지 널리 애창되었던 군가 「용감한 수병」은 적의 폭격을 받아 중상을 입고 죽어가는 상황에서 취했던 미우라 토라지로의 행동은 국민의 적개심과 의기투합을 일으키기에 유효했을 것이다. 또한 「설야의 척후병」은 극한 상황에서도 필승을 향해 불타오르는 이름 없는 하급병사의 뜨거운 가슴을 노래하여 전쟁의기를 고취시켰다. 같은 맥락의 「병사의 귀감」은 국가와 군 조직을 위해 자신의 희생을 감수하는 병사를 귀감으로 삼아 충군애국심을 유도하고 있으며, 이 외에도 청일전쟁 초기 성환 아산전투에서 '총탄에 맞고서도 입에서 나팔을 떼지 않았던' 이등병 기쿠치 쇼헤이木口小平의 무공을 즉각 「나팔소리喇叭の響」라는 군가로 제작하여 보급하였던 것은, 죽기까지 본분에 충실한 병사를 국민의 귀감으로 삼아 전의戰意를 고취함은 물론, 후속인력 양성의 한 예로 보여주고 있다 하겠다.

여성의 전쟁참여를 독려하는 군가로는 「부인종군가婦人從軍歌」를 들 수 있다. 「부인종군가」는 전쟁에 협력하는 여성을 테마로 한 군가로,

29 二、身を切るごとき眞夜風と/ はげしき吹雪をかしつゝ/ 敵の在所をさぐるべく/ 命ぜられたる斥候の/ 尊とき職分つくさむと/ 進む一人の兵士あり
三、折々出だす我息は/ 氷りてひげの色白く/ 衣はうすし風荒らし/ 耳も鼻も手も足も/ きれんばかりに寒けれど/ 勇める胸はもゆるなり

여학생 운동회 때 '들것시합' 입장행진에 사용되던 곡이다. 특히 5절의 "아군 병사뿐인가? / 말도 통하지 않는 적군까지도 / 더욱 정성스레 간호하는 / 마음의 빛깔은 적십자"[30] 라는 대목은, 적개심과 필승의 의지가 만무하던 상황에서 전쟁을 초월한 휴머니즘을 보여주고 있어 주목되는 부분이기도 하다.

그러나 이와 같은 전의 고취와 거국적 전쟁분위기 조성을 위한 차원의 군가 보급도 의도한 만큼의 성과가 있었던 것만은 아닌 듯하다. "청일전쟁이 발발과 더불어 문부성이 다수의 군가를 제작하여 학생들과 전쟁터의 병사들에게 가르쳤지만, 병사나 아동들 한 사람도 그런 군가를 부르지 않았다. 오히려 그들이 즐겨 부른 군가는 「눈 속의 진군雪の進軍」이었다."[31]는 시인 하기와라 사쿠타로萩原朔太郎의 말대로 그 이면에 민중들의 저항도 못지않았음을 알 수 있다. 민중들은 적에게 공격당하고 눈 속에서 추위와 굶주림으로 고통스러워하는 병사의 모습을 묘사한 「눈 속의 진군」에서 오히려 동질감을 느꼈으며, 같은 맥락에서 '충군애국'보다는 고향의 부모님과 친구와의 우정(전우애)을 노래한 러일전쟁기 군가 「전우戰友」에서 훨씬 공감대를 형성하고 있었던 것 같다. 이 두 군가는 쇼와昭和기에 들어 전쟁에 부정적인 이미지를 줄 우려가 있다하여 군 명령에 의해 부분 개정되어 불리다가 급기야 태평양전쟁기에는 가창 금지되기에 이른다. 그럼에도 이러한 군가가 시대를 초월하여 많은 사람들로부터 애창되었다는 것은 '일본 군가'의 호응도 측면에서 다시 한 번 제고해 볼만한 문제가 아닐까 생각된다.

30 味方の兵の上のみか / 言も通わぬ敵までも / いとねんごろに看護する / 心の 色は 赤十字。(長田曉二(1998) 앞의 책, p.72)

31 小村公次(2011)『徹底檢證 日本の軍歌』學習の友社, p.84

3.3 제국 경계의 인식과 '비전vision' 제시

메이지 초기 일본은 국민통합과 부국강병을 국시로 삼고 이를 달성하기 위해서 갖가지 정책을 기획하고 그 하나하나를 실행에 옮기기 시작했다. 그 중 세계 각처에 식민지를 거느리고 있는 서구열강의 대열에 합류하기 위한 첫 번째 프로젝트가 바로 〈청일전쟁〉이었다.

〈청일전쟁〉이 한반도를 고스란히 전쟁터로 내주었던 전쟁이었던 만큼 전쟁의 진행과 연동하여 출판된 『大捷軍歌』는 풍도豐島해전(1894.7.25)에 이은 성환成歡전투(7,27), 아산牙山전투, 패주하는 청국 군대를 따라 북상하며 진행된 평양平壤전투(9.15)와 황해黃海해전(9.17) 등 조선의 지명으로 일관하고 있으며, 이어서 압록강을 건너 중국의 구련성九連城, 봉황성鳳凰城, 봉천奉天, 여순旅順, 마침내 위해위威海衛의 공격(1895.1.31)으로 청국사령관 정여창丁汝昌의 항복(2.12)을 얻어내기까지 전적지의 지명이 순차적으로 거론되고 있다. 이는 러일전쟁 시기 문부성에 의해 발행된 『戰爭唱歌』[32]로 이어진다. 러시아 정벌을 외치는 軍歌를 필두로 1904년 2월 8일의 여순항 1차 공격 및 인천앞바다 해전, 여순항을 점령하기 위한 수차례의 海戰과, 압록강, 구련성九連城, 봉황성鳳凰城, 남산南山, 득리사得利寺부근, 요양遼陽, 봉천奉川전투로 이어지는 陸戰의 주요 전투에서 승리하기까지 분전하는 과정과 승리의 개가를 서사한 『戰爭唱歌』 역시 피교육자에게 확대된 지리적 경계의 인식을 도모하고 있음을 알 수 있다.

32 『日本教科書大系』(1978)에 편집되어 있는 『戰爭唱歌』가 제1편임을 명시하고 있는 것으로 보아 전쟁 상황에 따라 다음 편을 기획하고 있었음이 파악된다. 그러나 아직까지 제1편 이후의 것은 발견되지 않고 있어, 전쟁의 종결 시점과 전쟁에 대한 국민의 낮은 호응도 때문에 발행을 중지하였을 수도 있었으리라는 추측도 가능하다.

그것이 〈러일전쟁〉이 종결된 후 제작된 『滿韓鐵道唱歌』(1906)에서는 확장된 제국 경계의 인식과 차후 식민지 경영의 비전을 서사하고 있어 주목된다. 총 60절 240행의 장편 『滿韓鐵道唱歌』는 그 노정이 300여 년 전의 임진왜란 전적지에서부터 시작되고 있는데, 그 주요 대목을 살펴보자.

2. 일본해(동해) 해전에서 / 크게 승리하였네 대마도 앞바다 / … [33]

〈③-『滿韓鐵道唱歌』, 이하 동〉

5. …/ 고니시 유키나가 긴 세월의 / 雄図를 나타낸 좋은 기념일세[34]

7. 물금역 甑城은 / … / 귀신이라 불린 기요마사가 / 적을 물리친 자취련가[35]

10. 도요토미 각하의 정한군 / 잠시 여기에 머물며 / 그 이름 남긴 왜관역[36]

16. 옛날 구로다 마사나가가 / 明軍을 무찌른 稷山을 / 지나니 여기로세 成観府[37]

본격적으로 경부선에 오르는 제3절부터 경의선을 내리는 제28절 안에 〈임진왜란〉의 전적지를 거론하였다는 것은 〈청일・러일전쟁〉이 임진왜란의 연장선에 있음을 말해준다 하겠다. 이러한 사정은 한반도의 전적지에 이어 만주의 여정에서 더욱 두드러진다.

17. 저기 보이는 아산까지 / 지난날 청일전쟁 때의 / 모습 선하다 분전의 땅/ … [38]

33 二、日本海の海戦に / 大捷得たりし対馬沖 / …
34 五、… / 小西行長千載の / 雄図を示す好記念
35 七、勿禁駅の甑城は /… / 鬼と呼ばれし清正が / 敵を防ぎし蹟とかや
36 十、豊太閤の征韓軍 / 暫くここに留まりて / 其名を残す倭館駅
37 十六、昔は黒田長政の / 明軍破りし稷山を / 過ればここぞ成観府
38 十七、かしこに見ゆる牙山まで / 過ぎし日清戰役の / 面影みゆる苦戰の地 / …

20. 인천항에 거류하는 / 일본인 일만삼천여 / 러일전쟁 개전 때 / 적함 침몰시킨 포구라네[39]

28. 구로키군대 이 강(압록강)을 / … / 건너며 외치던 승리의 함성 / …[40]

38. 사허는 아군이 러시아군을 / 대패시킨 분전의 전적지 / …[41]

40. 오카자키 여단이 고군분투하여 / 그 이름을 남긴 오카자키 산 / …[42]

55. 노기장군 분전하던 / 명예의 땅은 이곳이라네 / 히로세 중령 전사케 했던 / 명예의 바다는 이곳이라네[43]

56. 旅順港의 입구를 봉쇄하여 / 공적을 세우고 전사한 무인 / …[44]

57. 고전하던 旅順도 우리는 보았네/ 평화의 旅順도 우리는 보았네 / …[45]

58. 大連灣을 출항하는 / 정기선은 어떤 배인가 / 전적 남긴 滿洲땅을…[46]

위에서 보듯 〈러일전쟁〉 당시 쿠로키黒木 부대가 도강하면서 올렸던 함성을 떠올리며 압록강을 건너는 바로 그 순간부터 노기 장군이 분전하고 히로세 중령이 전사했던 여순항을 지나서 여정이 끝나는 대련만에 이르기까지, 만주를 가로지르는 모든 철도 연선들이 전적지가 아닌 곳이 드물다.[47] 이를 통해 다음세대에게 자국

39 二〇、仁川港に在留の / 邦人一万三千余 / 日露の役の手始に / 敵艦沈めし浦なるぞ

40 二八、黒木軍隊此川を / … / 渡して揚げたる鬨の声 / …

41 三八、沙河(さか)は露軍を我軍の / 大敗せしめし古戦場 / …

42 四〇、岡崎旅団が苦戦せし / 其名を残す岡崎山 / …

43 五五、乃木将軍が苦戦し / 名誉の陸はここなるぞ / 広瀬中佐が戦死せし / 名誉の海はここなるぞ

44 五六、港の口を封鎖して / 功をたてし決死の士 / …

45 五七、苦戦の旅順も我は見つ / 平和の旅順も我は見つ / …

46 五八、大連湾を出港の / 定期の船は何丸ぞ / 名残は残る満洲の地を / …

47 구인모(2009)「일본의 식민지 철도여행과 창가」「정신문화연구」 제32권(가을호) 정신문화연구원, p.202

의 경계에 대한 인식과 차후 그들이 경영할 식민지 영역을 서서히 각인시켜 나아가고자 하였던 것이다.

메이지기 두 번의 큰 전쟁을 치르던 시기의 초등학교 교육목적이 전쟁에 참여 혹은 직접 투입할 인적자원 양성에 있었다면, 전쟁에서 얻은 승리로 식민지를 확보하게 된 시점의 교육목적은 이들 식민지 경영을 담당할 인력양성이 하나의 과제로 대두되었다. 이러한 측면에서 청일전쟁기의 군가가 지명도가 낮은 말단병사의 무공을 그린 반면, 러일전쟁기를 배경으로 한 군가는 군부 지도층 인물(노기대장, 히로세 중령 등)의 충군애국정신을 주로 하고 있다는 점이 주목된다. 이는 청일전쟁 시점과는 달리 러일전쟁을 승리로 이끈 시점의 국민교화사조가 제국국민으로서의 자질향상과 식민지경영에 참여할 고급인력의 양성으로 선회하였음을 엿보게 하는 부분으로, 이 시기 학교교육용 군가집이 다수 편집, 제작된 것도 두 차례의 전쟁으로 획득한 식민지를 통치할 제국 국민으로서의 국가관 변화를 도모하기 위함이었을 것이다.

이러한 차원에서 군가에 서사된 일장기는 더할 나위 없는 충족요건이 되었다. 치열한 전투 후 통쾌한 승리의 정점에서 빠짐없이 등장하는 일장기는 국민통합은 물론이려니와 국가관의 일신에도 크게 작용하였을 것이다.

2. 만세 외치는 승리의 함성은 / 산을 움직이고 계곡을 흔드네
아아, 통쾌함이여 용맹함이여 / <u>평양성 꼭대</u>기 연기사이로
<u>아스라이 보이는 일장기</u>[48] 〈①-(1)-「平壤の戰」〉

48 二、萬歲唱ふる勝鬨は / 山を動かし谷を搖る / あな心地よや勇ましや / 平壤城頭硝烟の隙に / 仄々見ゆる朝日の御旗

2. … / 황룡기 모습 모두 사라지고 / 일장기가 해상을 밝히네[49]

〈①-(1)-「黃海の戰」〉

9. … / 장엄한 일장기 찬란하게도 / 동쪽바다를 비추고 있네[50]

〈①-(3)-「勇敢なる水兵」〉

11. … / 높이 세운 일장기 / 하늘로 퍼지는 승리의 함성[51]

〈②-(1)-「南山占領の歌」〉

12. … / 아침해 광채 아름다워라 / 영광을 더하네 일장기[52]

〈②-(1)-「旅順港外海戰の歌」〉

예나 지금이나 국기國旗는 나라의 주권과 국위를 나타내는 표상이다. 때문에 국가간의 전쟁에 있어서 가장 앞세우는 것이 국기이며, 더욱이 전쟁 중에는 국기를 바라보거나 상상만으로도 국가에 대한 애국심과 자부심을 이끌어낸다. 평양성 꼭대기 사이로 아스라이 보이는 일장기에서부터 아침햇살에 찬란하게 빛나는 드넓은 동쪽바다(태평양)의 일장기는 승전국의 자부심과 함께 국가를 위한 새로운 비전을 품게 하는데 부족함이 없었을 것이다. 때문에 『滿韓鐵道唱歌』는 과거 전승지마다 어김없이 꽂아 세워 휘날리게 하였던 일장기를 다시 한 번 회상케 하고 있다.

54. 아침해에 빛나는 일장기 / 산봉우리마다 꽂아 세우고 / 개선가를 부르던 아군의 / 그 때 그 심정이 떠오르도다[53] 〈③-『滿韓鐵道唱歌』〉

49 二、… / 黃龍の旗影みな消えはてゝ / 朝日の徵章じゃ海上てらす
50 九、…/ 日の大御旗うらうらと / 東の洋をてらすなり
51 十一、…/ 高く立てたる日章旗 / 天にとどろく鬨の聲
52 十二、…/ 朝日の光うるはしく / 光加はる日章旗
53 五四、朝日にきらめく日の御旗 / 山又山にさし立て / 凱歌うたいし我軍の / 當時の心ぞ思わるる

떠오르는 아침 해에 오버랩 되는 일장기를 상상하면서 이를 가창하는 일본아동의 내면에 국가관의 일신은 물론이려니와, 당시의 쾌거를 재차 음미하면서 아시아의 맹주가 된 자부심을 한껏 느낄 개연성도 가능 할 것이다.

청일・러일전쟁의 승리로 만한滿韓의 지배권을 획득한 후 발간한 『滿韓鐵道唱歌』의 목적이 "年少子弟로 하여금 일찍이 滿韓地理에 通曉하게 하는 것"[54]이었다는 것은 선진들의 치열한 선전으로 얻어낸 한국과 만주로 이어지는 확장된 경계의 인식과 이의 경영에 대한 비전을 품게 하기 위한 포석이었음은 말할 나위도 없다. 두 차례의 전쟁 이후 바야흐로 제국의 정치권에 속하게 된 滿韓의 경영이 메이지정부의 가장 큰 과제로 부상한 만큼, 이 시점에서 국가관의 쇄신이 무엇보다 중요하다고 여겼기에 당시 교육용 군가집에 수록된 군가는 일장기를 이처럼 다각적으로 서사하지 않았나 싶은 것이다.

4. 日本軍歌의 변용

메이지기 초등학교 교과과정에서의 군가교육은 '전쟁'이라는 실제상황과 더불어 일본아동에게 국체國體와 국민의식을 심어주는 가장 신속하고 유효한 수단이었음이 파악되었다.

당시 군가의 시기에 따른 특징을 살펴보면, 전쟁을 준비하는 과정에서는 침략전쟁에 대한 당위성 홍보 측면으로, 전쟁 진행 중에는 전황을 알리는 미디어로서 상당한 역할을 하고 있었다. '조선의 독립', '동아시아 평화 수호'라는 명분에 '神의 의지'를 접목하는 전쟁의 정당화가 그것이며, 자국 중심의 전황서사로 전쟁의기와 적개심을 유발하게

54 渡辺官造 編(1906) 『滿韓鐵道唱歌』 金港堂書籍(株), p.3 序文

함이 그것이다. 그리고 승리를 거듭한 시점에서는 전적지와 전승지를 일일이 거론함으로써 경계의 확장을 인식시키고 있으며, 마침내는 차후 식민지를 거느릴 제국의 위상에 걸맞은 지도자급 국민의 양성을 도모하는 방향으로 변모하고 있었다.

간과할 수 없는 것은 그 중심에 일장기를 둠으로써 국가관의 내면화를 도모하였다는 점이다. 비장감 넘치는 선율의 군가를 부를 때 저절로 오버랩 되는 일장기와 승리의 정점에서 등장하는 "천황폐하 만세"는 가창자로 하여금 '국가 = 천황 = 일장기'의 동일성을 유도하는 장치로 매우 유효하였을 것이다. 이러한 교육의 주 대상이었던 당시 아동들이 군가를 배우고 익히고 제창하는 과정에서, 전쟁 서사를 통한 국가관의 내면화는 물론, 국가가 원하는 국민이 되기를 스스로 다짐하면서 성장하여 갔을 것이다.

가장 일본적인 색채가 짙은 선율에 과격함과 절실함이 절묘하게 어우러진 내용으로 인간의 심성을 찌르는 가요의 정취를 형성하고 있는 '일본군가'는 "오늘날 평화의 초석을 구축한 순국영령에 대한 진혼가"라는 현재적 의미를 부여하고 있다. 이는 어쩌면 한 때 아시아를 제패한 후, 전 세계를 상대로 싸운 침략전쟁에 대한 무조건적인 공명이거나, 개개인의 유소년기에 대한 그리움이 아닐까 하는 생각이 든다. 이야말로 일본군가의 끈질긴 생명력과 일본의 주도면밀한 초등음악교육의 잔상이라 아니할 수 없을 것이다.

그럼에도 일본정부의 전의고취를 위한 갖가지 장치나 통제에 대한 민중들의 저항심리가, 때로는 이러한 국가적 목적과는 전혀 상관없는 노래를 즐겨 부르는 것으로도 표출되었던 점을 감안한다면, 당시 시행된 군가교육이 일면 자기모순을 지양함으로써 이루어지는 변증법적 변화 양상을 드러내고 있었음을 알 수 있다.

Ⅱ. 일제강점기 군국가요의 수용과 변용 양상*

박제홍 · 김순전

1. 서론

노래는 인간의 마음을 진정시키기도 하고 흥분시키기도 한다. 평상시가 아니 전시 중에 불러지는 군가는 특히 전쟁 추진에 큰 공헌을 하기도 한다. 존 레논이 부른 '상상해요Imagine'는 국경 없는 세상을 만들어 전쟁이 없이 서로 모든 자원을 함께 나누어 평화롭고 행복하게 살자는 노래 가사 때문에 걸프전 당시 미국에서 잠시 금지되기까지 하였다. 반면 제2

* 이 글은 2015년 6월 한국일본어문학회『日本語文學』(ISSN:1266-0576) 제65집, pp.315-341에 실렸던「일제강점기 군국가요 수용과 변용 양상」을 수정 보완한 것임.

차 세계대전 때 독일군은 바로 옆에서 벌어지는 전장의 방공호에 앉아서 전파를 통해 전달되는 베토벤 음악을 들었다고 한다.[1] 전쟁을 고무시키는 일제의 군가도 그랬듯이 항상 전투 중에는 '노래'가 존재했다.

일제의 군가보급은 학교의 唱歌書를 중심으로 시작되었다. 청일전쟁 이전에는 『國民唱歌集』(1891)에서 청에 대한 경계를, 이후에는 『大捷軍歌』(1906)를 통해서 전쟁승리를 자축하였다. 러일전쟁시에는 전쟁이 한창 진행 중이어서 국민의 지원을 얻고 사기를 북돋우기 위해 『戰爭唱歌』를 편찬하여 보급하였다. 또 15년 전쟁의 시작인 만주사변부터는 점차 제도권인 학교를 벗어나 일반 국민을 상대로 노래를 보급하기 시작했다. 마침내 중일전쟁으로 확대되자 공모와 방송을 통한 군국가요[2] 보급이 절정에 이뤘고 태평양전쟁시에는 군국가요가 군가처럼 빠른 템포로 불러졌다.

선행연구로 이동순의 「일제말 군군가요軍國歌謠의 발표현황과 실태」(2011)에서는 일제말 조선에서 발표한 군국가요를 레코드 회사별, 작사가별, 작곡가별, 가수별로 순위를 만들어 정리했다는데 의의가 있었다. 또한 이경분의 「식민지 조선의 음악문화에 나타난 쇼와천황의 청각적 이미지」(2012)에서는 조선에서 불러진 군국가요 가사에 나오는 단어가 상징하는 천황의 이미지를 고찰하고 있다. 그러나 대부분 식민지조선에 한정되어 있는 점이 아쉬운 부분이다.

따라서 본고에서는 일제가 군국가요를 어떻게 만들어 국민에게 보급했으며 그 구체적인 내용은 무엇이었는가, 그리고 식민지조선에서는 어떻게 수용되고 변용되었는가를 고찰해 보고자 한다.

1 이경분(2009) 『프로파간다와 음악』 서강대학교출판부, p.124

2 군가색이 짙은 流行歌를 軍國歌謠 혹은 戰時歌謠라 한다. 하지만 전쟁을 지탱하는 심정을 고조하는 역할을 지니고 있다는 점에서 보면 軍歌나 軍國歌謠나 동일하다. (小村公次(2011) 『徹底検證·日本の軍歌-戰爭の時代と音樂』 學習の友社, p.134)

2. 일본에서의 군국가요 보급

2.1 공모모집을 통한 군국가요

군국가요란 국가나 신문사, 레코드회사 등이 기획하여 전시체제를 선전하는 노래로, 국민의 전투의욕을 고양시키기 위한 목적을 가지고 있다. 일제는 군국가요를 보급하기 위해 1924년 사단법인 도쿄東京방송국을 시작으로 1925년에는 나고야名古屋방송국, 오사카大阪방송국을 개설했다. 가입 청취자수는 1935년 4월에 200만을 돌파했고, 1940년 5월에는 500만에 달했다.[3] 또한 〈표 1〉과 같이 1932년부터 주요 신문사와 잡지사들은 레코드회사와 제휴해서 노래 가사를 현상모집 하여 1943년까지 52곡을 선정 발표하였다.

〈표 1〉 주요 현상모집 노래 (1932~1943)

순	곡 명	주 최	응모수	발표일
1	肉彈三勇士の歌	朝日新聞	124,561	1932. 3. 15
2	爆彈三勇士の歌	毎日新聞	84,177	1932. 3. 15
3	オリンピック選手應援歌	朝日新聞	48,581	1932. 5. 6
4	大東京市歌	毎日新聞	14,120	1932. 9. 19
5	日本國民歌	毎日新聞	57,195	1932. 10. 18
6	東京祭	読売新聞	15,345	1933. 7. 2
7	健康兒の歌	朝日新聞	28,563	1934. 5. 5
8	滿洲國皇帝陛下奉迎歌	読売新聞	13,650	1935. 2. 11
9	東北伸興歌	河北新報	3,420	1936. 5. 25
10	「神風」聲援歌	朝日新聞	44,495	1937. 3. 10
11	北海博行進曲	小樽新聞	1,982	1937. 3. 28
12	靖国神社の歌	日本放送協會	2,278	1937. 4. 25
13	進軍の歌(二席「露營の歌」)	毎日新聞	25,000	1937. 8. 12
14	國家總動員の歌(軍歌)	報知新聞	15,300	1937. 9. 11

3 櫻本富雄(2005)『歌と戦争』アテネ書房, p.18

15	國家總動員の歌(少國民歌)	報知新聞	11,100	1937. 9. 11
16	國家總動員の歌(歌謠曲)	報知新聞	12,400	1937. 9. 11
17	愛國行進曲	內閣情報局	57,578	1937. 11. 3
18	皇軍大捷の歌	朝日新聞	35,991	1937. 12. 19
19	日の丸行進曲	毎日新聞	23,805	1938. 3. 10
20	婦人愛國の歌	主婦之友	17,828	1938. 6月號
21	大陸行進曲	毎日新聞	21,000	1938. 10. 15
22	少年少女愛國の歌	主婦之友	17,000	1938. 11月號
23	皇軍將士に感謝の歌	朝日新聞	25,753	1938. 12. 3
24	愛馬進軍歌	陸軍省	39,753	1938. 12. 24
25	愛國勤労歌	福岡日日新聞	9,630	1938. 12. 25
26	國民舞踊の歌	東京都	11,453	1939. 2. 25
27	太平洋行進曲	毎日新聞	28,000	1939. 3. 27
28	母を讚へる歌	朝日新聞	21,839	1939. 5. 13
29	世界一周大飛行の歌	毎日新聞	45,203	1939. 7. 25
30	出征兵士を送る歌	講談社	128,592	1939. 8. 15
31	空の勇士を讚へる歌	読売新聞	24,783	1939. 9. 11
32	紀元二千六百年奉祝國民歌	日本放送協會および奉祝會	18,000	1939. 10. 15
33	勤労奉仕の歌	毎日新聞	10,412	1939. 12. 3
34	防空の歌	朝日新聞	16,000	1940. 4. 8
35	興亞行進曲	朝日新聞	29,521	1940. 6. 5
36	國民進軍歌	毎日新聞	22,792	1940. 7. 1
37	航空日本の歌	朝日新聞	25,161	1940. 9. 12
38	靖国神社の歌	主婦之友	20,000	1940. 10月號
39	大政翼贊會の歌	大政翼贊會	18,731	1941. 1. 10
40	國民學校の歌	朝日新聞	18,536	1941. 2. 15
41	海國魂の歌(海の進軍)	読売新聞	4,906	1941. 4. 9
42	國民總意の歌	読売新聞	5,998	1941. 5. 11
43	大東亞決戰の歌(興國決戰の歌)	毎日新聞	25,000	1941. 12. 15
44	特別攻擊隊を讚へる歌	読売新聞	8,973	1942. 4. 8
45	七洋制覇の歌(海行く日本)	毎日新聞ほか	多數	1942. 5. 27
46	勤労報國隊歌	朝日新聞	15,721	1942. 8. 20
47	日本の母の歌	主婦之友	20,000	1942. 9月號
48	躍進鐵道歌	朝日新聞	4,500	1942. 11. 5

49	增産音頭	朝日新聞ほか	3,300	1943. 3. 7
50	アッツ島血戰勇士顯彰國民歌	朝日新聞	9,683	1943. 7. 9
51	學徒空の進軍	読売新聞	1,236	1943. 9. 20
52	國民徵用艇身隊	朝日新聞	3,000	1943. 11. 26

* 출전 : 小村公次(2011),『徹底檢證·日本の軍歌-戰爭の時代と音樂』, 學習の友社, p.124

위의 〈표 1〉과 같이 가사 응모 수가 가장 적은 「학도공의 진군學徒空の進軍」부터 가장 많은 「출정병사를 보내는 노래出征兵士を送る歌」까지 국민들로부터 많은 관심을 얻었다. 응모기간이 초기에는 10일 정도로 짧았으나 태평양전쟁 무렵에는 약 5주로 늘려서 국민들의 군국가요에 대한 열망을 높여 충군애국 사상을 심어주기 위한 일제의 이벤트는 성공적이었다.

만주사변이후 최초의 공모곡은 朝日新聞社의 「육탄삼용사의 노래肉彈三勇士の歌」와 每日新聞社의 「폭탄삼용사의 노래爆彈三勇士の歌」가 같은 날 1932년 3월 15일 선정되었다. 이 노래는 第一次 上海事変(1932) 때 전사한 3명의 공병 병사를 소재로 한 것이다. 나카노 지카라中野力 작사, 야마다 고사쿠山田耕筰 작곡으로 1935년 조선총독부에서 편찬한 제Ⅲ기 『普通學校國語讀本』 권 12(6학년 2학기) 제 24과 「육탄삼용사의 노래肉彈三勇士の歌」 제목으로 아래와 같이 실려 있다.

1. 전우의 시체를 넘어서 / 돌격하네 황국을 위해
   천황께 바친 목숨 / 아아 충성스런 육탄삼용사
2. 묘행진 철조망을 / 폭파하겠다는 남아의 기개
   몸에 짊어진 임무 막중하네 / 아아 장렬하다 육탄삼용사
3. 폭약통 짊어지고 사지로 / 나아가네 적진지 가까이
   굉음으로 천지가 흔들리네 / 아아 용맹스런 육탄삼용사

4. 돌격로 드디어 열리고 / 일장기 함성 높아가네
   연막이 다 사라지고 나니 / 아아 군신이여 육탄삼용사[4]

(원문 각주, 번역 필자, 이하 동)

위 노래는 천황을 위해서 목숨을 바친 삼용사의 용맹함이 표현된 간결한 가사와 만주사변 이후 장차 대륙진출의 전진기지로서 조선아동의 막중한 역할을 예상하고 조선총독부가 채용한 것으로 사료된다. 한편 마이니치每日신문사 응모에 당선된 「폭탄삼용사의 노래爆彈三勇士の歌」는 요사노 뎃칸与謝野鉄幹 작사, 쓰지 준지辻順治 작곡으로 「육탄삼용사의 노래肉彈三勇士の歌」보다 빠르고 경쾌한 군가풍이다.

1. 묘행진의 적진 / 우리 아군 즉각 공격하네
   때는 차가운 2월 하고도 / 22일 오전 5시
2. 명령이 떨어졌다. 정면으로 / 뚫어라 보병의 돌격로
   기다리고 기다리던 공병은 / 누군가에게 후방을 뺏길까보냐
3. 그중에서도 전진하는 1조의 / 에시타 기타가와 사쿠에
   늠름한 마음 예전부터 / 생각했던 일 하나가 되어
4. 우리들이 천황에게 받은 것은 / 천황폐하의 위광
   훗날에 짊어질 국민의 / 의지를 대신할 수 있는 중한 임무

4 一、戰友の屍(かばね)を越えて / 突撃す、み國の爲に。
大君に捧げし命。 / あゝ忠烈、肉彈三勇士。
二、廟行鎭(びょうこうちん)鐵條網を / 爆破せん、男兒の意氣ぞ。
身に負(お)へる任務は重し / あゝ壯烈、肉彈三勇士。
三、爆藥筒(とう)擔(にな)ひて死地に / 躍進す、敵壘(るい)近し。
轟(ごう)然と大地はゆらぐ。 / あゝ勇猛、肉彈三勇士
四、突撃路今こそ開け / 日章旗、喊(かん)聲あがる、
煙幕(まく)の消え去る上に / あゝ軍神、肉彈三勇士

5. 자 이때다 당당하게 / 선조의 역사에 단련한
철보다도 단단한「충용」의 / 일본남자를 나타내리라
6. 대지를 박차고 달려나가네 / 얼굴엔 결사의 미소 머금고
다른 전우에게 남긴 말이란 / 가볍게「안녕」이라는 단 한마디
7. 지체 없이 바로 점화하여 / 서로 부둥켜안은 파괴통
철조망에 도달하여 / 자기 몸과 함께 내던지네
8. 굉음이 일어난 폭발소리에 / 드디어 열린 돌격로
이제 우리부대는 거친 바다의 / 밀물처럼 달려 들어가네
9. 아아 강남의 매화처럼 / 찢기고 떨어져 꽃이 되었네
인의의 군에 바쳐진 / 나라의 정화精華로세 삼용사
10. 충혼의 맑은 향을 전하여 / 길이길이 온 세상을 격려하세
장렬함 비할데 없는 삼용사 / 빛나는 명예의 삼용사[5]

5 一、廟行鎮(びょうこうちん)の敵の陣 / 我の友隊(ゆうたい)すでに攻む
折から凍る二月(きさらぎ)の / 二十二日の午前五時
二、命令下る正面に / 開け歩兵の突撃路
待ちかねたりと工兵の / 誰か後(おく)れをとるべきや
三、中にも進む一組の / 江下 北川 作江たち
凛(りん)たる心 かねてより / 思うことこそ一つなれ
四、我等が上に戴(いただ)くは / 天皇陛下の大御稜威(みいつ)
後に負うは国民の / 意志に代(か)われる重き任(にん)
五、いざ此の時ぞ堂々と / 父祖の歴史に鍛(きた)えたる
鉄より剛(かた)き「忠勇」の / 日本男子を顕(あらわ)すは
六、大地を蹴りて走り行く / 顔に決死の微笑あり
他の戦友に遺(のこ)せるも / 軽(かろ)く「さらば」と唯一語
七、時なきままに 点火して / 抱(いだ)き合いたる破壊筒(はかいとう)
鉄条網に到(いた)り着き / 我が身もろとも前に投ぐ
八、轟然(ごうぜん)おこる爆音に / やがて開ける突撃路
今わが隊は荒海の / 潮(うしお)の如くに踊(おど)り入る
九、ああ江南の梅ならで / 裂けて散る身を花と成し
仁義(じんぎ)の軍に捧げたる / 国の精華の三勇士
十、忠魂清き香を伝え / 長く天下を励ましむ
壮烈無比の三勇士 / 光る名誉の三勇士

에시타江下, 기타가와北川, 사쿠에作江 3인의 공병 이름이 가사 속에 나오고 있고, 이들이 전사할 때까지의 이야기를 하나의 전기와 같이 노래하고 있다. 이와 달리 문부성 편찬 『初等科音樂』(1942) 1학년 20과와 조선총독부 편찬 『初等音樂』(1943) 3학년 22과 「삼용사三勇士」라는 단원으로 다음과 같이 실려 있다.

1. 천황을 위해 나라를 위해 / 웃으며 출전했네 삼용사
2. 철조망도 토치카도 / 거칠게 무엇이냐 폭약통
3. 몸은 이슬로 산화되어도 / 명예는 남았네 묘항진[6]

「삼용사」는 초등학생들을 위한 노래이기에 제목과 가사를 간결하게 했다. 삼용사의 희생정신은 방송과 레코드 그리고 학교 교육을 통해서 군신으로 추앙받았고 태평양전쟁시 가미카제神風 특공대의 모범이 되었다. 이상과 같이 1932년 아사히신문사 공모 당선작인 「육탄삼용사의 노래肉彈三勇士の歌」와 1935년 조선총독부에서 편찬한 제Ⅲ기 『普通學校國語讀本』에 동일한 노래 가사가 실려 있다는 것이다. 이는 일제가 조선 아동에게 중국 대륙의 중요성을 인식시키기 위하여 일본의 군국가요를 일반대중이 아닌 아동들에게까지 가르친 예라 할 수 있다.

2.2 일본의 유명작곡가들이 만든 군국가요

일본에서는 1936년부터 라디오 수신기 보급이 확대 되어 음악방송을 통한 군국가요의 보급이 활발하게 진행되었다. 일본의 유명 작곡가

6 一、大君のため、国のため / わらってたった三勇士
二、鐵條網も、トーチカも / なんのものかは、破壞筒(はくわいとう)
三、その身は玉とくだけても、/ ほまれは残る、廟港鎭(べうかうぢん) (김순전 외 7(2013) 『일제강점기 조선총독부편찬 초등학교 창가교과서 대조번역 下』 제이앤씨, pp.204-205)

핫토리 료이치服部良一, 고세키 유지古関裕而, 고가 마사오古賀政男, 야마다 고사쿠山田耕筰 4명이 1936년부터 1945년까지 작곡한 군국가요는 大阪中央放送局의 가요 프로그램 「國民歌謠」[7]를 통해서 今週의 노래로 지정되어 불러졌다. 핫토리 료이치服部良一는 1936년 「조국의 기둥祖國の柱」, 「일본 좋은 나라日本よい國」 2곡과 1937년에 2곡 합쳐서 4곡이 「國民歌謠」로 지정되었다.

〈표 2〉 핫토리 료이치(服部良一)의 군국가요

년도	곡명	비고	곡명	비고
1936	祖國の柱	國民歌謠	日本よい國	國民歌謠
1937	希望の船	國民歌謠	沈黙の凱旋に寄す	國民歌謠
1938	凱旋前夜		武人の妻	
1939	蘇州夜曲		支那娘	
1941	兵隊さんを思ったら		明日の運命	
1942	さくらおとめ		みたから音頭	
1943	銃後の妻		日の丸甚句	
	タント節		ソーラン節	
	母は青空		明るい町強い町	大政翼贊會制定
1944	歡喜の港		君は船びと	
	この仇討たん		作業服	

위의 〈표 2〉에서 1936년 문부성 추천으로 중앙 교화 단체연합회에서 선정한 「國民歌謠」인 「일본 좋은 나라日本よい國」를 감상해보자.

7 「國民歌謠」는 라디오를 통한 건전한 노래를 보급할 목적으로 大阪中央放送局이 1936년 11월부터 1942년 1월까지 전국에 방송한 프로그램이다. 1938년 1월 5일 잠깐 약 1개월간 『國民唱歌』로 바뀌졌으나 1월 31일에 다시 「國民歌謠」로 되돌아왔다. 1942년 2월부터는 12월까지는 「われらのうた」 바뀌지고 그 이후 다시 「国民合唱」으로 바뀌져 패전까지 존재하였다. 당초 목적인 가요정화의 기치는 점차 戰意高揚의 가요프로그램으로 변질되었다. 전후에는 「ラジオ歌謠」로 프로그램명이 바뀌졌다. 월요일부터 토요일 오후 12시 35분부터 5분간 새로운 곡을 1주일간 연속으로 방송했다.

1. 일본 좋은 나라 동쪽하늘에 / 떠오르는 태양은 일장기 일장기
   일본의 마음을 하나로 물들여서 / 언제나 희미하게 날이 샌다.
2. 신은 萬代에 벚꽃은 만발하고 / 무성하게 번창하는 백성은 백성은
   나라의 내외로 밀려드는 조수 / 서에서 동으로 뻗어나간다.
3. 맑고도 아름다운 푸른 바다 / 비치는 모습도 눈덮인 후지 눈덮인 후지
   산업일본의 긍지를 싣고 / 세계의 바다로 배는 나아간다.
4. 괭이든 손을 검으로 바꾸어 / 일어서리라. 의기로, 의기로 일어서리
   일본 남자의 마음을 보라며 / 오늘도 벚꽃이 피네 벚꽃이 피네.[8]

이 노래는 중일전쟁 바로 직전으로 세계로 뻗어가는 일본의 기상을 벚꽃으로 비유했다. 또한 4절의 가사 "괭이를 드는 손을 검으로 바꾸고 긴급사태가 되면 일어선다."는 조만간 다가 올 중일전쟁을 예상하고 준비태세에 만전을 기할 것을 다짐하고 있다. 태평양전쟁 말기에 불렀던 「이 원수 갚으세この仇討たん」에서는 "옥쇄한 야마사키부대 1억 맹세코 이 원수를 갚으세玉と砕けた山崎部隊[9] 一億誓ってこの仇討たん"라고 원수를 보복하자는 내용이지만, 가사 속에 등장하는 세 전투의 패배(1943년 5월 앗쓰시마 수비대의 전멸, 1943년 2월 가다루카나루섬에서 패배 후

8 一、日本よい国東の空に / 昇る朝日は 日の御旗日の御旗
大和ごころを一つに染めて / いつもほのぼの夜があける
二、上(かみ)は万代(よろずよ)桜は万朶(ばんだ)/ 繁り栄える たみくさはたみくさは 国の内外(うちそと)満ちたる潮の / 西に東に展(の)びていく
三、晴れて美しみどりの海に / 映す姿も 雪の富士雪の富士
産業日本の矜持(きょうじ)を積んで / 船は世界の海を往く
四、鍬を持つ手を劔(つるぎ)にかへて / いざといや起(た)つ 意気で起つ意気で起つ
大和男子のこころを見よと / 今日も桜の花が咲く花が咲く

9 앗쓰시마 전투는 1943년 5월 12일 미군의 섬 상륙으로 전투가 시작되었다. 야마사키 야스오(山崎保代)육군 대령이 이끄는 일본수비대는 미군에 맞서 17일간 격전을 치른 후 전사했다. 야마사키는 오른 손에 軍刀를 왼손에 일장기를 들고 선두에서 공격을 지휘하였다고 해서 전사 후 정부로부터 2계급 특진하여 육군소장으로 진급했다.

퇴각, 1944년 1월 미군의 상륙으로 함락된 전투)에 대해 반드시 복수할 것을 맹세하고 있다. “찢어진 군복을 밤이슬에 젖고 풀을 씹으면서 최후까지 싸웠다.裂けた戎衣を夜露に曝し 草を噛み噛み戦い抜いた”에서는 수세에 몰린 일본군의 비참함을 잘 나타내주고 있다.

고세키 유지古関裕而는 대중음악 작곡가로 「애국의 꽃愛國の花」, 「새벽에 기도하네曉に祈る」, 「귀로의 노래かえり道の歌」, 「아아 기타시라카와노미야 전하嗚呼北白川宮殿下」, 「남진 남아의 노래南進男兒の歌」, 「은방울 꽃鈴蘭の花」의 「國民歌謠」 7곡과 1곡의 「國民合唱」 「날개의 힘つばさの力」을 작곡했다.

〈표 3〉 고세키 유지(古関裕而)의 군국가요

년도	곡 명	비 고	곡 명	비 고
1936	月の國境		戰友の唄	
1937	出征の歌		慰問袋を	
	彈雨を衝いて	映画『さらば戦線へ』主題歌	神風歡迎歌	
	露營の歌		雪の陣營	
	國境の旗風		壯烈空爆少年兵	
1938	皇軍入城		勝利の乾杯	
	命捧げて		こよい出征	
	南京陷落		愛國の花	國民歌謠
	戰線夜話		婦人愛國の歌	
1939	麥と兵隊		戰場だより	
	花の亞細亞に春が来る		戰時市民の歌	
	さくら進軍		母の歌	
1940	曉に祈る	國民歌謠	かえり道の歌	國民歌謠
	嗚呼北白川宮殿下	國民歌謠	南進男兒の歌	國民歌謠
1941	七生報國		戰陣訓の歌	
	宣戰布告		皇軍の戰果輝く	
	怒濤萬里	日本放送文藝當選作	世紀の決戰	

1942	シンガポール晴の入城		つばさの力	國民合唱
	鈴蘭の花	國民歌謠	大東亞戰爭陸軍の歌	
	空の軍神		空征く日本	
1943	アメリカ爆撃		ああ特殊潛航艇	
	空征く歌		戰う東條首相	
1944	亞細亞は晴れて		水兵さん	
	決戰の海		母は戦さの庭に立つ	
1945	臺灣沖の凱歌		雷擊隊出動の歌	
	嗚呼神風特別攻擊隊			

위의 〈표 3〉에서 중일전쟁기에 작곡한 「탄환을 뚫고서弾雨を衝いて」는 아래와 같이 전쟁터 병사들의 모습을 생생하게 떠올리게 하는 서정적인 가사로 이루어졌다.

1. 용감한 애마여 휘두르는 검이여 / 흐린 북중국의 하늘을 보니
   가슴에 정의의 피가 끓어오르네 / 병사들이여 돌진하자 탄환을 뚫고
2. 몸은 황야에 거칠어졌어도 / 동양평화를 위한 희생을
   결심하고 미소 짓는 철모 / 병사들이여 돌진하자 탄환을 뚫고
3. 거국일치 끓어오르는 분노로 / 잔인함이 격해질 때 지금 사격
   기세는 불꽃의 기관총 / 병사들이여 돌진하자 탄환을 뚫고[10]

중국이라는 넓은 땅과 낯선 타향 그리고 열악한 전쟁의 환경 속에서

10 一、勇む愛馬よ鞘鳴(さやな)る剣よ / 曇る北支の空見れば
胸に正義の血が滾(たぎ)る / 征(ゆ)けよつわもの弾雨を衝いて
二、骨は荒野(あらの)に曝(さら)そうとままよ / 東洋平和の捨石(すていし)と
決めて微笑む鉄兜(てつかぶと) / 征けよつわもの弾雨を衝いて
三、挙国一色怒りに燃えて / 募(つの)る暴戻(ぼうれい)今ぞ撃つ
意気は花火の機関銃 / 征けよつわもの弾雨を衝いて

도 동양의 평화를 위해서 목숨 바치라는 선동에 따라 탄환을 뚫고 돌진하는 병사의 모습이 눈앞에 스치는 듯하다.

고가 마사오古賀政男는 만주사변과 때를 같이하여 1932년 「안녕 상하이さらば上海」를 발표하고, 1937년에 「군국의 어머니軍國の母」, 「야마우치 중위의 어머니山內中尉の母」 등의 군국가요를 계속해서 작곡하였다. 특히 1942년 발표한 「일하는 힘働く力」은 국민 근로의 노래로 지정되었고, 1944년 「國民合唱」으로 선정된 「훈장을 가슴에いさをを胸に와 군사공업신문사가 선정한 「적이 항복할 때까지敵白旗揚げるまで」 등은 태평양전쟁기로 가면서 적극적인 군국가요로 되어 갔다.

〈표 4〉 고가 마사오(**古賀政男**)의 군국가요

년도	곡명	비고	곡명	비고
1932	さらば上海			
1934	國境を越えて			
1935	大楠公		二人は若い	
1936	護れ國境		女の階段	
1937	動員令		軍國の母	
	白虎隊		小楠公	
	愛國六人娘		勇敢なる航空兵	
	山內中尉の母		兵隊さん節	
1938	明けゆく蒙古		どうせ往くなら	
	陣中手柄話		ひげの兵隊さん	
1940	血染めの戰鬪帽		たのしい滿洲	
1941	勤勞乙女		九段ざくら	
	大空に起つ		北京の子守唄	
1942	働く力	國民皆勞の歌	陷したぞシンガポール	
	總進軍の鐘は鳴る		祖國の祈り	
1943	青い牧場		戰いの街に春が來る	
1944	勝利の日まで		いさをを胸に	國民合唱
	祖國の花		敵白旗揚げるまで	軍事工業新聞社

1940년부터 숙련공 부족으로 전반적인 노동력이 감소한데다 임금의 비등, 노동 이동이 심화되자 일제는 1941년 〈國民勤勞報國令〉 발포하고 〈勤勞報國隊〉를 설치하여 지역이나 직장에서 일하는 자를 모두 상시 동원조직으로 편입시켰다. 1942년 후생성에서 國民勞務手帖을 만들어 노동자의 이동 방지를 위해서 휴대하게 의무화하였다.[11] 이와 같은 상황에서 근로보급의 장려를 위해서 만든 곡이 「일하는 힘働く力」이다. 이 곡은 1억의 황국신민이 후방에서 열심히 일할 때 아시아를 중흥시키고 나라를 지켜나간다는 가사로 국민 모두가 따라 부를 수 있게 만들어진 것이다.

미국 공군기의 일본 본토 공격에 대응한 일본의 공군기 「이노치바이命倍」를 증산하려는 의도로 1944년 12월 軍事工業新聞社가 공모하여 선정된 노래가 아래의 「적기가 항복할 때까지敵白旗揚げるまで」이다.

1. 우리의 신병神兵 육탄으로 / 사격하고 추락시켜도 그 양을
   뽐내는 무자비한 미영항공기 / 일본 본토 맹폭격하려는
   야망 대담하게 공격하러 오네
2. 반드시 적을 섬멸하려는 1억이 / 땀과 기름으로 생명 다해
   집중한 힘이 혼이 / 내일의 전과를 고조시킨다
   만들어 날리세 항공기
3. 숫자로도 승리하네 창공을 / 가로막은 적기도 문제없네
   후방이 함께 단호하게 / 히노마루의 전투기 대증산

11 모리 다케마로(森武麿)(1993), 『日本の歴史アジア·太平洋戰爭』, 集英社, p.230

4. 1억이여 이때다 목숨 바치자 / 힘내자 직장을 죽음의 장소로
우리의 하늘용사가 미국본토 / 대거 공습하여 쳐부수세
적이 항복할 때까지 항복할 때까지[12]

1943년부터 미군기가 일본 본토에 대대적으로 공습하자 일본 정부는 12월에 〈都市疏開實施要綱〉을 발표하고 다음해 3월에 學童疏開를 개시하였다. 8월에는 20만 명의 아동이 도쿄를 떠나 근처의 縣으로 분산 대피하였다. 이 노래는 미전투기의 공격으로 국민들의 마음이 흔들리지 않도록 하기 위한 선동적인 가사로 국민들의 결연한 대처를 유도하고 있다.

야마다 고사쿠山田耕作가 1932년 작곡한 「육탄삼용사의 노래肉彈三勇士の歌」와 1937년 「우리집 노래我が家の唄」는 「國民歌謠」로 선정되었고, 1938년 「개선가凱歌는 「國民唱歌」로 선정되었다. 이어서 1942년 작곡한 「연봉의 구름連峰の雲」, 「황국민의 노래御民の歌」과 1944년 작곡한 「사이판 순국의 노래サイパン殉國の歌」는 「國民合唱」으로 선정되었다. 그는 아래 〈표 6〉과 같이 비교적 적은 숫자의 군국가요를 작곡했으나 그의 곡들은 방송을 통해 많이 전파되었다.

12 一、我が神兵が肉弾で / 撃(う)てど墜とせどその量を
誇る鬼畜の米英機 / 日本本土盲爆の / 野望図太く迫り来る
二、敵必殺の一億が / 汗と油で命倍(いのちばい)
込める力が魂が / 明日の戦果を盛り上げる / 造れ飛ばせよ航空機
三、数でも勝つぞ大空を / 覆う敵機も何のその
銃後一丸(いちがん) 決然と / 日の丸 翼大増産
四、一億今ぞ 命倍 / 奮(ふる)え職場を死に場所に
我が荒鷲が米本土 / 大挙空襲粉砕し
敵が白旗(しらはた)揚げるまで 敵が白旗揚げるまで

〈표 5〉 야마다 고사쿠(山田耕筰)의 군국가요

년도	곡명	비고	곡명	비고
1932	肉彈三勇士		走れ大地を	
	日本國民歌			
1937	青い空見りゃ		我が家の唄	國民歌謠
	航空愛國の歌			
1938	航空唱歌		凱歌	國民唱歌
1939	のぼる朝日に照る月に	銃後家庭强化の歌	大陸日本の歌	
1940	燃ゆる大空		拓けよ滿洲	
1941	三國旗かざして	日獨伊同盟の歌	なんだ空襲	
1942	連峰の雲	國民合唱	御民の歌	國民合唱
1943	アッツ島血戰勇士顯彰國民歌		落下傘部隊進擊の歌	
1944	サイパン殉國の歌	國民合唱		

후방 가정의 결속을 강화할 목적으로 1939년 애국부인회에서 선정한 「떠오르는 태양 밝게 빛나는 달이昇る朝日に照る月に」는 전쟁에 출정한 군인들의 집을 태양과 달이 밤낮없이 지켜주듯이 후방에서도 열심히 지원할 것을 다음과 같이 독려하고 있다.

1. 나라에 부름 받은 감격을 / 붉은 끈 죄어 매고
   출정한 우리 아들, 우리 남편은 / 어느 산천을 진군하는지
   바람에 흔들리는 일장기 / 깃발을 쳐다보니 힘이 솟는다.
   깃발을 쳐다보니 힘이 솟는다.
2. 떠오르는 태양 빛나는 달이 / 용사의 집이라고 지켜주네.
   타오르는 후방의 정성은 / 오늘도 서쪽에서 동쪽에서
   높고 찬란한 충혼의 / 명예를 생각하니 피가 끓는다.
   명예를 생각하니 피가 끓는다.
3. 벚꽃이 환한 군국의 / 영광스런 어머니로 칭찬받으며

기쁜 마음 일편단심 / 흔들림 없는 철제 방패

천황의 치세여 들판의 초목에도 / 은혜로 펼쳐지네 천황의 위광[13]

이상과 같이 4명의 유명한 작곡가들이 만든 군국가요는 대부분 중일전쟁과 태평양전쟁 시기에 증가하는 경향을 나타내고 있다. 중일전쟁 시기에는 중국의 지명이나 후방군인의 자세를 서정적인 가사로 노래하고 있다. 그러나 1942년 6월 '미드웨이 해전'에서 일본군이 패하는 상황으로 바뀌면서 「미국 폭격アメリカ爆撃」, 「승리의 그날까지勝利の日まで」, 「어머니는 전장에 섰다母は戦さの庭に立つ」, 「사이판 순국의 노래サイパン殉國の歌」와 같이 군국가요도 점차 암울하고 수세적으로 변해갔다. 이는 일제가 이미 태평양전쟁에서 미영 연합국에 밀리고 있다는 것을 인식하면서도 후방의 애국심을 자극하여 이를 은폐시켜 난국을 극복하려는 선동이 숨어 있다고 할 수 있다.

3. 일제강점기 식민지조선에서 부른 군국가요

1937년 7월 7일 중일전쟁이 발발하자 한반도는 전쟁을 수행하는데 대단히 중요한 군사적 요새였고 군수품의 보급기지였다. 따라서 총독

13 一、国に召された感激を / たすきの赤にひきしめて
征った我が子は我がつまは / どこの山川進むやら
風にはためく日の丸の / 旗を仰げば気がいさむ / 旗を仰げば気がいさむ
二、のぼる朝日に照る月に / 勇士の家とまもられて
もゆる銃後のまごころは / けふも西から東から
高くかがやく忠魂の / ほまれ思えば血がをどる / ほまれ思えば血がをどる
三、さくらあかるい軍国の / 栄(は)えある母と謳(うた)われて
よろふ心のひとすじに / いまぞ揺るがぬ鉄のたて
みよや野末の草木にも / 恵みあまねきおほみいつ / 恵みあまねきおほみいつ

부는 조선에 대한 통치정책을 더욱 강압적으로 했고, 이런 정책의 일환으로 우리말 방송인 제2방송에 대한 당국의 감시와 통제도 함께 강화될 수밖에 없었다. 그것이 구체화한 된 것이 제2방송을 통한 전시 동원 체제의 홍보였다.[14] 일제는 조선반도가 중일전쟁의 승패를 좌우하는 곳으로 인식하고 조선인의 협조를 얻기 위하여 노래를 적극 활용하기에 이른다. 일제는 저급하고 퇴폐적인 유행가 대신 후방에서 쉽게 따라 부를 수 있게 건전한 노래를 보급시킬 목적으로 신가요 제작을 추진하였다. 이에 따라 1937년 7월 11일 제1회 신작 가요발표회가 개최되었는데, 이때 조선총독부 사회교육과 김대우 시회교육과장은 다음과 같은 담화문을 발표했다.

> 문예전반에 궁한 광범위한 활동은 여러 가지 사정상 아직 시기상조의 느낌이 잇슴으로 문예회의 첫사업으로 위선 가요방면에 손을 데인 것입니다. 압흐로는 건전한 새로운 가요의 창작을 장려시킴은 물론 조선고악의 연구, 우수가요의 현상모집 등을 행하야 이것을 '레코드' '라듸오' 등으로 정신생활을 윤택케하고 한거름 나아가서는 국민정신의 작흥 國體觀念明徵에 일조가 되게 하라고 합니다.[15]

1937년부터 조선에서는 국민정신을 진작시키고 국체명징國體明徵에 일조하기 위해서 많은 군국가요가 발표되었다. 11월 포리도루레코드에서는 김용환 노래로 「半島義勇隊歌」, 「남아의 의기」와 전쟁 미담 「소년용사」(왕평, 나품심 녹음)를 발매하였다. 12월 콜롬비아레코드에서는 시국 레코드 「銃後의 祈願」, 「正義의 行進」을 발매하였다. 9월 26일 라디오

14 최창봉(2001) 『우리방송 100년』, 방일영문화재단, p.36
15 매일신보사(1937) 「조선문예 신작가요 발표」, 〈매일신보〉 1937.7.12

조선문예회 발표에서 부른 군가 「征途를 전송하는 노래」, 「防護團歌」(이종태 작곡), 「正義의 師여」(이면상 작곡)가 현제명의 노래로 방송되었다. 9월 30일에는 부민관에서 중국 바오딩 함락을 축하하는 '애국가요 대회'가 열렸다. 11월 7일에는 경성방송국에서 전국 중계로 박경희의 노래 「從軍看護婦의 노래」(한글)와 「센닌바리千人針(일어, 사토하치로 작사), 현재명의 노래인 「전장의 가을」(일어), 「조선청년가」(일어), 「반도의용대」(이원 작사, 김준영 작곡)가 방송되었다.[16] 1938년 매일신보사는 국민가요[17]를 현상공모 하였는데, 이에 응모된 총 9백여 편 중에서 「반도청년애국행진곡」, 「애국행진」 2 편을 가작으로 선정했다.

1940년 6월 경성방송국 제2방송부에서는 저속한 가요를 청산하고 가칭 국민신가를 제작 방송하기로 했으며, 사단법인 '조선방송협회'에서는 전시동원 체제를 찬양한 노래들을 모아 '가정가요 1집'이란 이름의 노래책을 발행하여 방송을 통하여 보급했다.

태평양전쟁으로 전선이 점차 확대되자 '국민총력조선연맹'은 1942년 2월 국민가곡 가사를 현상 모집했는데 「일억의 결의」, 「대동아결전의 노래」, 「총후반도의 노래」 등을 당선작으로 선정하여 전국의 학교와 방송을 통하여 지도 보급하였다. 뿐만 아니라 '가창지도대'를 운영하여 공장, 학교, 광산 등의 현장을 찾아 가 음악회를 열었고, 『국민가집 : 우리들의 노래』, 『국민가요명곡집』 등 건전가요 노래책을 보급, 지도하는 '국민개창운동'도 전개하였다.

앞서 언급한 바와 같이 중일전쟁이 시작되자 당시 조선에 진출한 콜롬비아레코드사와 오케이레코드사가 군국가요를 제작하여 보급하였

16 박찬호(2009) 『한국가요사 1』 미지북스, pp.585-586

17 1937년부터 1941년까지 경성방송국의 군국가요 프로그램의 편성은 1937년 국민가요, 1938년 국민가요, 1939년 가요곡, 1940년 가요곡, 1941년 애국가요로 구성되었다. (박기성(2014) 『한국방송사』 원명당, p.155)

다. 콜롬비아레코드에서는 「從軍看護婦의 노래」, 「銃後의 祈願」을 발매하였다. 김억 작사, 이면상 작곡, 니키 다키오仁木他喜雄 편곡, 김안나 노래의 「從軍看護婦의 노래」는 중일전쟁의 포화 속에서 종군간호부로 임무를 수행하는 모습이 아래와 같이 생생하게 그려져 있다.

1. 대포는 쾅! 우레로 튀고 / 총알은 탕! 빗발로 난다
흰옷 입은 이 몸은 붉은 십자의 / 자애에 피가 뛰는 간호부로다
전화에 흐트러진 엉성한 들꽃 / 바람에 햇듯햇듯 넘노는 벌판
野戰病院 천막에 해가 넘으면 / 朔北千里 낯선 곳 벌레가 우네

2. 대포는 쾅! 우레로 튀고 / 총알은 탕! 빗발로 난다
흰옷 입은 이 몸은 붉은 십자의 / 자애에 피가 뛰는 간호부로다
쓸쓸한 갈바람은 천막을 돌고 / 신음하던 勇士들도 소리 없을 제
하늘에는 반갑다 예전 보던 달 / 둥그러이 이 한밤 밝혀를 주네

특히 흰색과 붉은 피, 주간의 격렬한 전투 후에 찾아오는 한적한 달밤의 풀벌레소리는 전쟁의 참혹함과 자연적이며 서정적인 가사가 대조를 이룬다. 작사와 작곡은 한국인이지만, 편곡은 작곡가이며 편곡자인 일본인 니키 다키오仁木他喜雄가 담당하였다. 또 12월에 발매된 이하윤 작사, 손목인 작곡, 오쿠야마 데이키치奧山貞吉의 편곡 「후방의 기원銃後의 祈願」에서도 알 수 있다.

1. 이기고 도라오라 나라를 위해 / 손잡고 돋아주는 男兒의意氣
來日은 東洋平和 짐을 졌으니 / 우렁찬 나발소리 거름을마쳐
(후렴) 나가라 나아가라 사적을 물리치러

아! 하늘높이 正義에 번득이는 저깃발
치라 나아가라 敵陣을 向해

2. 천사람 바늘꿰며 비는 정성에 / 탄알을 헤쳐가며 돌진하는양
銃後엔 男女老少 擧國一致(에 / 가슴에 젊은피가 끌어오른다.
3. (合唱) 달리는 말등에서 장검두르며 / 저멀리 暴徒들을 다시膺懲코
날점은 이국하늘 꿈은고향에 / 이기고 도라오라 나라를위해[18]

1절에서는 적진으로 향하는 늠름한 모습을 그리고 있다. 일장기 깃발아래 '동양평화를 위해서'라는 일제의 상투적인 중일전쟁의 정당성이 가사에 들어있다. 2절에는 천명의 여성들이 정성스럽게 만든 센닌바리千人針에 의지하여 군인들이 무사하게 적의 탄알을 피해 적진으로 돌진하라고 노래하고 있다. 3절에는 말을 타고 적을 응징한 후 무사히 이기고 돌아오라고 기원하고 있다.

조선에 진출한 오케이레코드사에서는 최초의 군국가요로 1940년 발매된 「지원병의 어머니」를 발매하였다. 이 노래는 일본 군국가요 「군국의 어머니軍國の母」를 번안한 것으로 조명암이 작사하고 장세정이 노래를 불렀다. 조선에서 발매되어 불러진 군국가요 「지원병의 어머니」와 「군국의 어머니軍國の母」의 가사를 비교 검토해 보고자 한다.

「軍國の母」	「지원병의 어머니」
一、こころ置きなく祖国(くに)のため	1. 나라에 밧치자고 키운 아들을
名誉の戦死頼むぞと	빗나는 싸움터로 배웅을 할 제

18 한국고음반연구회 편(1994) 앞의 책, p.1225

泪も見せず励まして
我が子を送る朝の駅
二、散れよ若木のさくら花
男と生まれ戦場に
銃剣執るのも大君(きみ)ため
日本男子の本懐(ほんかい)ぞ
三、生きて還ると思うなよ
白木の柩(はこ)が届いたら
出かした我が子あっぱれと
お前を母は褒めてやる
四、強く雄々しく軍国の
銃後を護る母じゃもの
女の身とて伝統の
忠義の二字に　変りゃせぬ
忠義の二字に　変りゃせぬ
〈島田磐也/古賀政男 (1937)〉

눈물을 흘닐소냐 웃는 얼골로
깃발을 흘들엇다 새벽 정거장
2. 사나희 그 목숨이 꼿이라면은
저山川 草木 알애 피를 흘리고
기운차게 떠러지는 붉은 사쿠라
이것이 半島男兒 本分일게다
3. 살아서 도라오는 네 얼굴보다
죽어서 도라오는 너를 반기며
용감한 내 아들의 忠義 忠誠을
志願兵의 어머니는 자랑해주마
4. 굳세게 나아가는 우리나라의
銃後를 지키는 어머니들은
여자의 일편단심 변함이 없이
님에게 바치리라 굳은 절개를
님에게 바치리라 굳은 절개를
〈조명암/고가마사오 (1940)〉[19]

'군국'을 '우리나라', '일본남자'를 '반도남아, '천황'을 '님'으로, '전투를 하는 것도 천황을 위해銃剣執るのも大君(きみ)ため'를 '기운차게 떨어지는 붉은 사쿠라'로 표현한 것이 다르나 원곡의 가사를 대부분 살리고 있다. '피를 흘리며', '붉은 사쿠라' 등은 원곡의 가사보다 자극적으로 표현되어 있다. 1940년이 되면서 조선에서 일본의 유명 작곡가와 작사가의 노래가 그대로 한글로 번안되어 불려졌다는 것은 일제의 황국신

19 박찬호(2009) 앞의 책, p.587

민화가 조선에 정착되어 가고 있다는 것을 의미한다. 그 대표적인 노래로 1943년 조명암 작사, 박시춘 작곡, 이화자 노래 「결사대의 아내」는 죽음을 앞두고 써 보낸 결사대 남편의 마지막 편지를 보면서 천황에게 목숨을 바쳐 희생한 남편의 충성에 감격해 우는 아내의 모습을 노래하고 있다.

1. 상처의 붉은 피로 써 보내신 글월인가
   한 자 한 맘 맺힌 뜻을 울면서 쓰셨는가
   결사대로 가시든 밤 결사대로 가시던 밤 이 편지를 쓰셨네
2. 세상에 어느 사랑 이 사랑을 당할손가
   나랏님께 바친 사랑 달 같고 해와 같아
   철조망을 끊던 밤에 철조망을 끊던 밤에 한 목숨을 바쳤소
3. 한 목숨 넘어져서 천병만마 길이 되면
   그 목숨을 아끼리오 용감한 님이시여
   이 안해는 웁니다 이 안해는 웁니다 감개무량 웁니다[20]

상처로 얼룩진 붉은 피로 써 보내온 남편의 마지막 편지를 보면서 자랑스럽게 기쁨의 눈물을 흘릴 수밖에 없는 당시 상황이 잘 나타나 있다.

「이천오백만 감격」은 징병제 및 해군특별지원병제도 실시에 감격하는 조선반도 2천5백만의 기쁨을 남인수와 이난영이 함께 부른 노래이다. 1절과 2절은 한글로, 3절은 일본어로 구성되어 있다. 후렴부의 "아 감격의 피 끓는 이천오백만"과 "아 누가 여기로 전진하지 않을까あ

20 한국대중예술문화연구원 編(2003) 「결사대의 아내」『韓國大衆歌謠史 I』 한국대중예술문화연구원, p.326

あ誰かここに進まざる"는 이난영과 함께 부르고 나머지는 모두 남인수가 독창한다.

1. 역사 깊은 반도 산천 충성이 맺혀 / 영광의 날이 왔다 광명이 왔다
   나라님 부르심을 감히 받들어 / 힘차게 나아가자 이천오백만
   아 감격의 피 끓는 이천오백만 / 아 감격의 피 끓는 이천오백만
2. 동쪽 하늘 우러러서 聖壽를 빌고 / 한 목숨 한 마음을 님께 바치고
   米英의 묵은 원수 격멸의 마당 / 정의로 나아가자 이천오백만
   아 감격의 피 끓는 이천오백만 / 아 감격의 피 끓는 이천오백만
3. 喜べ榮あるこの朝 / 皇尊(すめらみこと)の御民(みたみ)われ
   われら今日より兵となり / 行くぞ戰の海の果て
   ああ誰かここに進まざる / ああ誰かここに進まざる[21]
   (기쁘고 영광스런 이 아침 / 천황폐하의 백성인
   우리들 오늘부터 병사가 되어 / 가련다 전장의 바다 끝까지
   아 누가 여기로 전진하지 않을까 / 아 누가 여기로 전진하지 않을까)

'동방요배'를 "동쪽 하늘 우러러서 성수를 빌고"로, '천황'의 부름을 '나라님 부르심'으로 바꾸어 황국의 병사로서 결연한 의지를 나타내고 있다. 2절에서는 원수인 미국과 영국을 격멸할 것을 선동하고 있고, 3절에서는 조선인으로서 황국신민이 되어 전쟁에 참여하는 것을 영광스럽게 생각하고 전장에서 죽음을 두려워하지 않고 거침없이 돌진하는 늠름한 모습으로 마무리하고 있다.

21 문화원형백과 오케이레코드 31193B에서 발췌함.

4. 결론

일본에서 군국가요 보급의 시발점은 1931년 만주사변 이후이다. 군국가요 보급운동은 신문사나 잡지 그리고 관변단체들의 가사 공모를 통해 이루어졌고, 라디오나 각종매체를 이용하여 전파되었다. 그리고 군국가요를 대중들에게 확산시키기 위해서 일본정부는 일본의 유명한 작곡가들의 가요를 「國民歌謠」라는 방송프로그램을 편성하여 보급시켜 나갔다. 1941년 태평양전쟁이 발발하자 군국가요는 적극적인 전쟁참여 독려와 후방에서 적극 지원하는 가사내용으로 변해갔다. 태평양 전쟁 말기에는 이미 패색이 짙은 가사의 노래들이 만들어지기도 하였다.

일제는 1932년 아사히신문사 공모 당선작인 「육탄삼용사의 노래肉彈三勇士の歌」와 동일한 가사를 1935년 조선총독부에서 편찬한 제Ⅲ기 『普通學校國語讀本』에 실었다. 이는 일본의 군국가요가 일반대중이 아닌 조선아동까지 확대하여 가르친 최초의 예라 할 수 있다. 중일전쟁 무렵에는 중요 레코드 회사를 중심으로 유명 작곡가와 작사자 한글가사의 군국가요를 만들어 보급하였다. 그러나 이들 노래의 대부분은 일본인 편곡자가 편곡했다는 특징이 있다. 일본에서 1937년도 발매한 「軍國の母」는 1940년 「지원병의 어머니」로 제목을 바꿔서 동일한 곡을 조선실정에 맞게 개사하였다. 가사에서 '천황'을 '님'으로 바꿔 부르고 있는 점에서 식민지 조선의 일반대중은 천황에 대해 호의적이지 않았음을 유추해 볼 수 있다. 마침내 일제가 국가총동원체제인 태평양 전시기로 들어가자 군국가요는 「이천오백만 감격」처럼 한글과 일본어 가사로 노래하며 곡조도 군가처럼 빠른 템포로 변했다.

일반국민을 향한 일제의 군국가요 보급은 식민지 조선에서는 레코드 발매, 신문 및 방송매체를 통해 그대로 수용되었지만 일본에 비해서 활발하게 진행되지 못하였다. 특히 가사의 '천황'을 '님'이나 '임금'으로 표기한 것은 일제가 조선인의 반감이 우려되어 同化에 자신감이 결여된 까닭으로 볼 수 있다. 반면 조선아동을 대상으로 하는 공교육기관인 普通學校에서는 일본아동보다 더 강도 높은 황국신민화교육을 실시했다는 사실에 주목할 필요가 있다.

Ⅲ. 일제말기 〈소국민〉 양성을 위한 교화장치*

유 철

1. 머리말

戰線에 나서는 젊은 청년들은 기본적으로 자국의 주권과 영토를 수호하기 위해 나아가는 것이 당연한 것으로 여겨지나, 실제로 이들의 전의戰意를 불태우고 희생정신을 발휘하게 하는 것은 자신이 사랑하는 이들을 지켜내기 위한 간절함이 있기 때문에 가능하리라 생각된다. 그렇기 때문에 국가는 이들이 전투에만 집중할 수 있도록 올바른 국가관

* 이 글은 2015년 3월 31일 한국일본어문학회 「日本語文學」(ISSN:1266-0576) 제64집, pp.173-194에 실렸던 논문 「日帝末期 '少國民' 養成을 위한 敎化裝置」을 수정 보완한 것임.

과 사생관을 확립시키고자 다양한 정신교육과 홍보활동을 통해 나라의 사기를 드높이는 무형전력의 원동력을 어떻게 이끌어낼 것인가에 주력하게 된다.

특히 일제는 1938년 〈중일전쟁〉 이후 급속도록 변화하는 전시체제 속에서 만세일계를 통치하는 천황을 위한 진정한 국민國民을 양성하기 위해 모든 일상에서 황국신민화 정책을 펼치는데 주력을 다하고자 한다. 이러한 상황에서 일제는 조선인의 모든 생활에서 天皇, 皇軍, 祖國愛에 대한 언급을 일상화시키고자 한다. 그리고 이를 더욱 강화시키기 위해 교육대상의 연령층을 자연스레 낮추어 어린 아동들로부터 황국일본에 걸맞은 少國民[1]으로 만들어내고자 노력하게 된다.

이 시기부터는 조선인을 올바르게 육성하기 위해 조선인의 역할에 대한 중요성이 대두되었고, 당시 매체와 언론을 통해 '후방에서의 다양한 인간상'이 거론되며, 국민정신총동원의 모태로서 그 중요성은 더해졌다. 이는 후방에서 생활하는 사람들에게 있어서 지켜내고 꾸려나가는 '家庭'이라는 소규모 집단이 일본의 근대 체계 구성에있어서 근본적으로 공적 영역과 매개되며 정치적 단위로 구성[2]되기 때문이다.

따라서 본 연구에서는 이와 같은 문제에 기초하여, 당시 시대상을 통해서 일제가 어떠한 조선인상을 추구하고자 하였는지를 살펴보고, 향후 전장에서 활용하기 위한 소국민(아동) 양성에 있어서 초등교과

1 일본제국헌법에서는 모든 국민은 징병의 의무를 다하지 않을 수밖에 없었다. 이로 인해 아동들에게도 전시의 기초교육이 광범위하게 실시되었고, 특히 군국주의 시대에는 초등생(바람직한 어린이상)들을 '少國民'이라 칭하여 기초적 군사훈련은 물론 전쟁이나 군부대에 대한 친근감을 조성시키기 위한 교육이 이루어졌다. 이 '소국민'이라는 용어는 〈제2차 세계대전〉 당시 독일에서 운영한 히틀러소년단(Hitler jugend)을 모방하여 일본이 만들어낸 신조어이다. 현재는 사어(死語)로서 활용되지 않는다.

2 권명아(2000) 「마지노선의 이데올로기와 가족 · 국가」 『탈영자들의 기념비=당대비평 특별호』 생각의나무, p.94

서의 내용, 그리고 당시 유행가처럼 불리어진 전쟁창가(군가)와 더불어 '후방에서의 역할'을 일컫는 내용과 가사를 발췌하여 일제강점말기 후방 조선인들에게 이상적으로 심어내고자한 인간상이란 무엇이었는지를 고찰해 보고자 한다.

2. 일제가 바라는 후방의 조선인상

2.1 교육기관, 황국신민화의 산실

〈중일전쟁〉에서 승리를 거둔 일본은 계속되는 전투와 전력 그리고 인력과 물질적인 열세劣勢를 극복하기 위해 조선인들에 대한 내선일체를 더욱 강화시킨다. 특히 1937～1943년 사이에 〈조선교육령〉이 재차 개정되고, 학제가 변화함에 따라 학교명을 개칭(보통학교→소학교→국민학교)하면서 일본인과 조선인의 동등함을 나타내는 내선일체론에 입각하여 교육측면에 있어 더욱 체계성을 갖추게 된다. 학교에서는 황국신민교육에 대한 확고한 경영론을 펼쳐내며, 어린학생에게 이르러 시국의 중요성을 알림과 동시에 '우리들은 대일본제국의 신민입니다.', '우리들은 천황폐하께 충의를 다합니다.', '우리들은 忍苦鍛錬 하여 훌륭하고 강한 국민이 되겠습니다.[3]'라는 「황국신민서사」의 근본을 바탕으로 황국신민다운 정조 함양에 끊임없이 힘쓴다.

물론 당시 조선에는 초등・중등・고등교육기관 등의 각 단계별로 학제가 존재하였으나, 가장 기초 의무교육기관인 초등학교가 대두될 수밖에 없었던 요인이 크게 두 가지로 나뉘어 볼 수 있다. 첫째, 3・1운

3 「皇國臣民の誓詞」一、私共ハ大日本帝國ノ臣民デアリマス。二、私供ハ天皇陛下ニ忠義ヲ尽シマス。三、私供ハ忍苦鍛錬シテ立派ナ強イ国民トナリマス。

동으로 조선인의 단결력과 반발에 놀란 경험이 있어, 조선인 청년들의 충성도를 더더욱 신뢰할 수 없었던 점[4], 둘째, 소통능력 즉, 당시 조선인의 일본어 이해능력문제가 바로 그것이었다.[5] 따라서 일제는 이러한 문제를 이해하고, 전시작전수행에 대한 시행착오를 최소화시키기 위해서는 학교교육의 중요성을 새삼 깨닫게 되어, 모든 교과목에 대한 지도 방침[6]을 정하여 당시 조선인 아동들에게 가르치고 있었다. 따라서 당시의 시대적 정황을 볼 때, 교육기관에서 실시하는 교육은 단순 목적이 아닌 전시작전수행에 필요한 일본어 능력을 습득하기 위한 목적임을 확인 할 수 있다.

국민정신총동원연맹은 당시 인천에 위치한 초등학교 학생들을 대상으로 '小學生の時局認識'이라는 제목아래 인천부仁川府에서는 설문조사를 실시하였다. 이 설문의 중점은 초등학교 아동이 얼마나 시국時局을 제대로 인식하고 있는가를 조사하기 위해 전체 13개 문항에 대한 설문지의 답을 작성토록 한 내용이었다. 그 중에서도 아래 내용은 이 단체에서 '인천창영공립소학교'[7]에 재학 중인 6학년 학생이 작성한 모범답안으로 채택하여 선정한 것을 요약해 보았다.

二、신사참배를 했을 때, 무언가를 위해 신에게 기도하거나 빌어 보았는가? 황실의 번영을 빌고 무운장구를 빌고 무명전사들의 영혼에

4 柳徹・金順槇(2012) 「日帝强占期『國語讀本』에 投影된 軍事敎育」 『日本語文學』 55집, p.339

5 신주백(2004) 「일제말기 조선인 군사교육 -1942.12~1945-」 「한일민족문제연구」 No 9, p.158

6 中根晃(1940) 『文教の朝鮮』 朝鮮教育會, p.25

7 최초 1907년에 설립된 '인천창영공립보통학교'는 1938년에 '인천창영공립소학교'로 학교명이 개칭되었다. 따라서 본문에 제시한 인용문의 정확한 조사일 파악은 다소 제한되나, 개칭된 명칭으로 소개된 것을 보면 1938년 전반기에 실시된 것으로 추측할 수 있다.

명복을 빌고 부상병들이 하루빨리 낫기를...

四、황국신민은 어떠한 일에 힘쓰면 되는가?

우리들은 一心하여 천황폐하께 충의를 다하는데 힘쓰면 됩니다.

六、전쟁에 이기기위해서는 후방에서 어떠한 일을 하면 좋은가?

황국신민의 一致團結, 資源節約, 勤勞貯蓄, 召集軍人배웅, 국민이 인고 단련하여 장기전에 이긴다, 폐품이용, 국방헌금, 소집군인가족의 위문

十一、만주사변 이후 당신은 이전과 달리 옳은 일을 행했던 적이 있는가? 또한 이로 인해서 타인에게 칭찬받은 일은 있는가?

국방헌금 모금과 폐품을 가지고 온 일[8]

위 내용과 같이 우수한 모범답안으로 선정된 내용을 보면, 이미 조선에서는 교육현장 뿌리 깊은 곳까지 일제의 황국신민화 교육의 효과가 스며들어있다는 것을 알 수 있다. 더구나 '칭찬받은 일'이라는 질문에 '국방헌금을 내고 폐품을 모으는 일'이라 답했다는 것은, 조선인은 황국신민의 일원으로써 학교에서뿐만이 아니라 일상생활상에서도 이미 생활화되어있다는 것을 확인할 수 있다.

이러한 교육은 전 교과목에 걸쳐서 그 과목에 합당한 '국체명징', '내선일체', '인고단련'에 대해 강조하고 있는데, 예를 들어 지리교육

8 二、神社に參拜した時何か神様にお願ひしたりお祈りしたりしたことがあるか。
四、皇國臣民はどんなことを、つとめたらよいか。私供は心を合わせて天皇陛下に忠義を尽したらよいのです。
六、戰爭に勝つためには、銃後でどんなことをしたらよいか。皇國臣民の一致團結、資源節約、勤勞貯蓄、応召軍人見送、國民が忍苦鍛錬して長期戰にうつかつ、廢品利用、國防獻金、應召軍人達家族の慰問
十一、支那事変以来、あなたは前とちがつたよいことをしたことがあるか又其のために他人からほめられたことがあるか。國防獻金をしたこと。廢品を持つて来たこと。
(國民精神總動員聯盟(1939)「總動員」創刊號, p.61)

에서는 '우리 國勢의 大要와 세계적 지위를 알게 하여 각국의 정치조직 또는 國體 등을 우리나라와 비교하여 우리의 존엄한 국체를 알게 하여 세계적 大使命에 대하여 자각하도록 할 것[9]', 음악교육에 대해서는 '가사歌詞를 되도록 황국신민다운 정조도취에 직접적인 것을 요구하여 황국신민의 의기를 고양하는데 힘쓸 것. 특히 군가, 시국가 등을 취재한다.[10]' 등 학교교육의 모든 이념은 오직 조선인을 황국신민으로 만들기 위한 방법론을 제시할 뿐 진정한 교육에서 점차 멀어지고 있었다. 즉 이 시기의 아동들은 이러한 교육환경 속에서 배우고 학습한 내용 그대로를 실천에 옮기기 때문에 일제가 원하는 황국신민의 어린이상으로 변화할 수밖에 없는 것이다.

2.2 정치도구로 전락된 가정

가정에 있어서 권위적이고 절대적 지위는 남성인 아버지가 지주적인 역할을 다하지만, 실질적으로 어린 아동들은 고생하는 어머니에 대한 배려, 어머니의 기쁨을 늘려주려는 배려, 어머니의 고생과 사랑에 대한 인식 등이 아동으로 하여금 유혹에 저항하게하고, 고되고 힘든 일을 계속하도록 해주는 강력한 자기통제원이 된다.[11]

이는 아동들이 학교에서 어떠한 내용을 다양한 방식으로 교육 받게 되더라도 교육받은 내용들에 대해서 정치적으로 가장 소규모집단으로 일컫는 '가정家庭'에서 이를 수용하지 않는다면 아동들은 정서적 혼란을 가져올 것이다. 따라서 일제가 바라는 이상적인 황국신민으로 만들어내기까지 많은 제한사항과 다양한 문제들을 야기할 것이다. 다시

9 中根晃(1940) 앞의 책, p.28

10 中根晃(1940) 앞의 책, pp.28-29

11 조희숙(2003)「초등학교 저학년 교과서에 나타난 어머니상 분석: 해방 이후부터 6차 교육과정까지」「아동교육론집」12집, p.39

말해 가정의 구성원부터가 시국時局을 정확히 인식하고, 시대흐름에 알맞게 함께 변화하지 않는다면 아동들에 교육의 효과는 매우 미약해 질 수밖에 없을 것이다. 더구나 아동의 양육권에 있어서 女性(婦人)의 역할과 책무는 말로 다할 수 없을 만큼 대단히 중요하기 때문이기도 한다. 또한 후방 여성은 전시 동원체제에서 재생산이라는 '愛育'으로서의 역할, 특히 이 경우는 장기전에 대비한 '국민 재생산' 및 여성 노동력 동원과 관련된다.[12] 이는 바꿔 말하면 일본에는 황국신민다운 여성이 있기에 새로운 소국민이 탄생할 수가 있고, 이렇게 탄생한 어린 아동을 황국신민답게 양육하여 황군으로 전쟁터에 나서게 하는 주요한 후원자이자 후견인으로서 후방의 여성들을 교화 포섭하고자 다양한 홍보방법을 통한 시도인 것이다.

당시 총동원체제하의 일본에서는, 여성운동의 지도자를 비롯한 많은 일본 여성이 전쟁에 동원되면서 일종의 해방감을 느끼고 참여에 열기를 띠기까지 했다고 한다. 일본 여성에게 있어 전쟁동원의 의미가 '황국신민'이 된 남성과 동등해질 기회를 제공할 것이라는 기대를 주어 해방의 느낌을 불러일으키는 측면이 있었고 일본 여성들은 이를 적극적으로 수용했다고 한다.[13] 그러나 조선에서는 일본과 같은 열기를 띠지 못하였고, 시간이 흐를수록 조선인 징병에 대한 문제는 계속 대두되었기 때문에 후방 조선인들에 대한 인식을 바꾸고, 다소 뒤쳐진 분위기를 끌어올리기 위해 주력하게 되었다. 다음 내용은 당시 경성고여교사 손정규씨가 『女性』이라는 잡지에 게재한 글에서, 한일 양국 여성간의 상대성을 거론하며 조선여성들의 개선해야 할 점을 다음과 같

12 권명아(2002)「총후부인, 신여성, 그리고 스파이 - 전시 동원체제하 총후부인 담론 연구 -」「상호학보」 12, p.259

13 이상경(2002)「일제말기 여성동원과 '군국(軍國)의 어머니'」「페미니즘 연구」 No.2, p.205

이 지적하고 있다.

> 일반적으로 볼 때 우리 조선 여성의 단점은 사소한 일, 즉 적은 일에 주의를 두지 않는 다는 것입니다. 적은 일이란 애당초에 염두에 두지 않습니다. 그래서 무슨 일이나 이루는 것이 업습니다. 어떠한 종류의 일을 물론하고 적은대서부터 시작되지 않는 일이 없는것인데 적은 것을 염두에 두지 않으니 큰일이 있을 이치가 없을 것은 말할 것도 없는 일입니다.[14]

투철한 근검성과 평소 작은 일에 대한 꼼꼼함이 큰일을 이룰 수 있다는 내용으로 조선여성의 결함을 되짚어주고, 일본여성을 본보기로 삼아 분발과 촉구를 당부하는 내용으로 이 글은 마무리하고 있다. 이렇게 세세한 부분까지 거론하며 강조하는 것은 일찍이 전쟁을 치르면서, 자식을 황군으로서 전쟁터에 보내는 것에 대해 익숙해져있던 일본여성과는 다르게 조선의 여성들은 이러한 환경에 대해 익숙하지 못하였다고 판단했기 때문이다. 이러한 여성의 정서적, 사상적인 측면에 대한 중요성은 전쟁이 격렬해질수록 보다 더 노골적인 홍보로 박차를 가하게 된다. 아래 내용은 1943년 1월 23일 〈경성방송국〉에서 조선보도부 소속 육군 대령이 강연한 '戰時家庭婦人'이라는 프로에 「婦人の力」이라는 제목으로 방송한 내용으로 후방 조선에서 어떠한 여성상으로 육성하고자 하였는지를 엿볼 수 있다.

> 현재의 전투는 국가 총력전입니다. 남녀노소를 불문하고 일억 국민 모

14 孫貞圭(1939)「時局과 半島婦人缺陷」「女性」朝鮮精神總動員聯盟, p.26

> 두가 온힘을 전쟁을 위해 다하지 않으면 안 되는 시기입니다. 여성 또한 이 미증유의 힘을 대전에 그 힘을 발휘하지 않으면 안되는 때입니다. 그렇다면 적 미국과 영국의 여성이 어떻게 싸우고, 어떠한 생활을 하고 있을까요? (중략) 여인천하인 미국에서는 산업전사의 절반이 여자가 차지하는 공장이 나타나고, 여군이 생겨나는 형편으로, (중략) 수만 명이 군대교육을 받은 여자보충대라는 여군분대까지 생겨날 정도입니다. (중략) 다음은 영국입니다. (중략) 지금은 후방을 지키는 것은 대부분 婦人들이라 해도 과언이 아닐 정도로, 역의 짐꾼이나 전철의 차장은 물론, 트럭을 운전하거나 군수공장에서 거친 노동까지도 종사하고, 부인의 강제징용도 미혼여성은 물론 아이가 있는 여성에게까지 미쳐, 결국 병역징집까지 하고 있는 것입니다.[15]

이 내용은 서구열강국 여성들의 다양한 활약상(산업전사, 여성보충대 등)에 대해 거론하며, 후방에서 일하는 여성, 전시에 후방을 지키는 사람 또한 여성임을 재차 강조하고 있다. 그리고 이어지는 내용은 이 시기 조선의 여성들에 대해 평가하며, 다음과 같이 분발을 촉구하고 있었다.

15 現在の戦いは国家の總力戰であります。男も女も子供も老人も、一億の全部がこの全力を戦争のために捧げねばならない時であります。婦人もまたこの未曾有の大戦にその力を発揮せねばならぬ時であります。それでは敵米英の女性が如何に戦い、如何なる生活をしてゐるのでありませう。(中略)女天下のアメリカにおいて産業戰士の半分を女子がしめるような工場が現れ、女の兵隊さんができるといふしまつで、(中略)数万人が軍隊教育を受け女子補助隊といふ女の兵隊までも出来る程であります。(中略)次はイギリスです。(中略)今や銃後を護るのは殆んど婦人だといってよい位で、駅の赤帽や、電車の車掌は勿論、トラックを運転したり軍需工場の荒仕事にもじゅうじして、婦人の強制徵用も未婚婦人は勿論子供のある婦人にまで及び、更に兵役徵集までしてゐるのであります。(杉浦洋(1943)『朝鮮徵兵讀本』朝鮮總督府·國民總力朝鮮聯盟, pp.107-111)

> 조선에서는 어떨까요? 여성의 긴장과 생활도 이들 외국여성들에 비하여 훌륭하다고 말할 수 있을까요? (중략) 자식을 진정으로 훌륭한 황국신민답게 키워서 충군애국의 충성을 발휘할 수 있는 근원은 주부인 어머니의 힘에 있다고 해도 과언이 아니라고 생각하는 것입니다. 어머니는 아이를 키우는 크나큰 힘으로서, 병사가 전사할 때 희미하게 들리는 소리는, "어머니"입니다. 그리고 전장에서 자주 어머니의 환상을 보았다는 이야기를 듣습니다만 그만큼 어머니의 힘은 위대한 것입니다.[16]

위 내용을 통해서 '제3국의 여성들은 이렇게까지 하고 있다'라는 무언의 압박을 통해, 노동은 물론 국가를 위해 적극적인 활동에 동참하라는 메시지를 전달하고 있다. 그리고 이 메시지 속에서 조선의 여성에게 강조하고 있는 내용이 있는데, 이는 자녀교육에 대한 부분이다. 제3국에 여성에서는 일체 언급되지 않았던 자녀교육에 있어서 여성의 위대함을 전하며, 전투에 임하는 병사들에게서 어머니의 향연을 느끼고 있다는 설명과 더불어 모성애를 극대화시키려는 의도가 엿보인다. 이는 단순히 '자식들의 뒷바라지'적인 역할만이 아닌 전시여성의 진정한 황군육성을 위한 다산多産의 장려, 황군을 양성하는 담당자 역할과 함께, 자식을 희생시키더라도 국가를 위한 군국의 여성상을 형상화하고 있다.

이밖에도 이 시기에는 皇后를 國母陛下라 칭하여 언제나 전쟁참전

16 朝鮮など如何でせうか、婦人の緊張も活動も、これら外国の女性達に比して優れるといひされるでせうか。(中略)子弟を眞に立派な皇国臣民たらしめ、以て忠君愛國の至誠を発揮せしむる源は、主婦たるべきお母さんの力にあるといふも過言ではないと思ふのであります。母は子供を育てる大なる力でありまして、兵隊の戦死する時などかすかに聞こえる声は〞お母さん〞であります。また戦場でよく母の幻をみたといふ話を聞きますがそれほど母の力は偉大なのであります。(杉浦洋(1943) 앞의 책, pp.111-114)

용사를 위해 기도하고, 이들을 위로하고, 전사자들의 영靈을 달래는 모습을 신문, 기관지 등을 통해 적극적으로 선전하고 있다. 따라서 이 시기는 남성은 천황, 여성은 황후를 모태로 삼아 후방에서 일제가 이상적으로 추구하는 인간상을 탄생시키려고, 다양한 내용으로 후방교화에 전념專念하였다는 것을 알 수 있다.

3. 조선인 황국신민 만들기

3.1 황국신민화의 教化書

이 시기 조선에서는 일본어 구사능력을 매우 중요시 여기며, 이에 대한 인식을 강하게 각인시키고자 열의를 다하게 된다. 그러나 모든 조선인들이 일본어를 능통하게 구사할 수 있었던 것은 아니었다. 특히 후방에서 핵심역할을 담당한다고 간주되는 '여성'에게 있어서는 더더욱 그랬다. 그 이유는 당시 여성교육기관이 극히 한정되어있었으며, 남성 중심적인 사회 배경이었기 때문에 교육적인 측면에서는 시대적 요건으로 볼 때 여성이 배움의 기회가 적을 수밖에 없었던 것이다. 일제는 이러한 문제점을 인식하여 부족한 부분을 극복하고 보완하기 위해, 『朝鮮人徵兵讀本』의 「一般女子中就母親への要望」에서 다음과 같이 논하고 있었다.

> 황국군인의 어머니나 누이에 해당되는 사람들에게 맹성(반성)을 촉구하고자 합니다. 그러나 이러한 어머니와 누이들 사이에는 이 글을 읽지 못하는 사람들이 적지 않습니다. 아니 대부분은 읽지 못할 것으로 생각되기 때문에 이들과 가깝게 지내거나 지도자에 해당되는 사람들은 이

> 것을 읽어 들려주고, 이를 납득할 수 있도록 극진하고 정중하게 지도해 해주실 것을 부탁드립니다. 이것은 국가를 위해, 또한 조선동포들을 위해서 … [17]

위 내용에서는 '조선의 여성들은 글을 읽지 못하는 사람이 대부분일 것이다'라고 아예 규정하고 있다. 주변에서의 글을 읽을 줄 아는 자, 또는 지도자에게 당부하고 있는데, 여기서 어머니나 누이 등에게 글을 알려주기에 가장 적합한 인물은 학교에서 글을 배우는 학생들이 주축이 될 것이고, 이 지도자는 교사들을 지칭하고 있을 것이다. 따라서 후방의 여성들에게도 일본어의 중요성을 각인시켜주기 위해 교과서에서도 글을 배우는 어머니의 모습을 다음과 같이 찾을 볼 수 있었다.

> 이모님께서 우리 집에 오신 것은 여름방학 시작 즈음이었습니다. 일본어를 전혀 모르셔서 "곤란하다, 곤란해"라며 입버릇처럼 말씀하시곤 했습니다. 9월 초였습니다. 어머니들은 학교에서 일본어 공부를 하시기로 하셨습니다. 어머니가 권하셔서 이모님도 함께 야학을 다니기로 하셨습니다. 그 후 이모님은 열심히 다니고 계십니다. 아직 단 하루도 빠지지 않으십니다. (중략) "아니야 아직 못 합니다"라며 능숙한 일본어로 말씀하셨습니다.[18]

17 皇国軍人の母たり姉たる人々の猛省を促すことにいたします。しかし、ここいふ母たり姉たるべき人々の間には、これが読めない人も少なくない。否、その大部分は読むことが出来ないものと想像されますから、その近親者たり、指導者たるべき人々はこれを読んで聞かせ、そしてそれが納得出来るように、懇切丁寧に指導されるやうお願ひ致します。それは、国家のため、将た又朝鮮同胞のために一。(杉浦洋(1943) 앞의 책, p.106)

18 をばさんがうちにおいでになったのは、夏休みのはじめでした。国語が少しもわからないので、「こまる、こまる。」と、口ぐせのやうにおしゃってゐました。九月のはじめでした。おかあさんたちが、学校で国語の勉強をなさることになりました。おかあさんにす

위 내용은 일본어를 못하는 가족에 대한 언급으로, '일본어를 못해서, "곤란하다 곤란해"라며 입버릇처럼 말씀하신다.'는 문장을 통해, 일본어를 모르면 생활하는데 불편함이 따른다는 것을 강조하고 있다. 합방 후 약 30년이라는 시간이 흘렀는데도 일본어를 제대로 알지 못하는 여성을 아주 극단적으로 표현하고 있다. 이는 앞서 언급한 내용과 일맥상통하는 부분이기도 한다. 그러나 여기서 나오는 '이모'는 夜學을 통해 열의를 다하며 일본어를 배우며, 단원의 끝부분에서 '일본어로 능숙하게 말한다.'라고 언급하고 있다. 즉 이 단원에서는 후방 여성에 대한 일본어 습득을 강조함과 동시에 이 내용을 학교 일본어시간에 보고 배우는 아동들로 하여금 솔선수범하여 일본어를 배우는 어머니를 미화하여 '후방의 바람직한 어머니상'을 연상케 하고 있는 것이다. 따라서 이러한 내용을 직접적으로 배우는 아동들은 어머니의 기대에 부응하기 위해 더욱더 열의를 다하며 수업에 임할 수 있는 피드백이 자연스레 이루어지는 것이다.

이 뿐만 아니라 이와 같은 의도로 구성되어있는 내용은 상당했다. 아들을 군대에 입소시키면서 대견스러워하며 감동하며 자랑스럽게 여기는 아버지의 모습, 조카에게 무기의 제원, 위력, 기능들에 대해 설명해주며 "잠수함에 승선하기 위해서는 어릴 때부터 체력을 기르고 공부를 많이 해야 한다."는 내용과 위문품을 정성스레 보내는 삼촌의 모습 등이 대표적인 내용이라 할 수 있다. 이는 향후 징집될 황군의 일원으로서 동심을 자극할 도구로서 '군 입대', '잠수함', '군함' 등을 후방에서의 실생활 속에서 거듭 언급하며 그려내고 있었다.

すめられてをばさんもいっしょに夜学へ通ふことになりました。それからをばさんはねっしん通っていらしゃいます。まだひとばんもやすみません。(略)「いいえ、まだ、だめです。」とじょうずな国語でおっしゃいました。(朝鮮總督府(1943)『よみかた』二ねん下、pp.46-47)

다음은 군부대 훈련에 마을 주민들이 모두 동원되어 군인을 위해 봉사 활동을 서사하는 단원이다.

> 따그닥 따그닥, 말발굽소리가 들려오는 것 같더니, 기병부대가 용맹스럽게 우리 마을을 지나갔습니다. 부대가 오늘밤 이 마을을 지나가게 되어, 저는 어머니께 이끌려 저녁 무렵부터 음료접대소에 도와주러 왔습니다.(중략) "수고하십니다. 힘드시죠?"라고 위로하면서 재향군인이나 부인회, 여자청년단의 사람들이 줄지어 보리차를 끓여드리고 있습니다.(중략)이렇게 계속해서 오는 군인아저씨들을 맞이하며 어느덧 밤 11시정도 까지 일했습니다. 먼동이 트기 전부터 저쪽에서 총성이 들렸습니다. 우리 여자 반도 선생님에게 이끌려 훈련을 관람하러 갔습니다.[19]

위 내용은 군부대의 훈련을 돕기 위해 남녀노소가리지 않고 마을 거주민 모두가 군인들을 위해 적극 동참하여 위문소와 같은 역할을 기술한 단원이다. 이는 조선총독부에서 강조하는 '황국신민교육의 학교경영조직' 제4조 '학교와 가정에 연결에 관한 것'과 '아동의 교외 지도에 관한 것[20]'에 의거하여 다양한 협력단체와 연계 하에 적극 이루도록 한 당시 교육의도에 충실한 내용이라 할 수 있다.

19 ぱかぱかと、馬のひづめの音がして来たと思ふと、騎兵の一隊が、勇ましく私の町を通り過ぎました。軍隊が今夜この町を通るので、私はおかあさんにつれられて、夕方から湯茶接待所へ手伝ひにきたのでした。(中略)「ごくろうさま。おつかれでせう。」といたはりながら、在郷軍人や、婦人会や、女子青年団の人々が並んで、麦湯ついであげています。(中略)かうして、あとからあとから来る兵隊さんを迎へて、とうとう、夜の十一時ごろまで働きました。夜の明けないうちから、此の方で、銃声が聞こえました。私たち女子の組も、先生につられられて、大演習の拝観に出かけました。(朝鮮總督府(1944)『初等國語』四學年 下、pp.72-79

20 一、学校と家庭の連結に関するもの、學務委員會、保護者會、同窓會、家庭訪問、三、児童の校外に関するもの、部落兒童自治實施會、勤労報國部落團、國民精神總動員聯盟部落愛國班等

다음은 상당히 삼엄하고, 진중한 분위기 속에서 후방 어머니의 비장함을 서사하며, 다음과 같은 내용으로 극대화하고 있었다.

> 장군의 아버지는 奉天會戰에서 큰 전과를 올렸는데, 끝내 명예롭게 전사하셨다. 전사통보를 전해 듣자 어머니는 다테오와 형 노부야를 불단 앞으로 불러들여, "아버지께서는 명예롭게 전사하셨다. 노부야도 다테오도 훌륭한 군인이 되어 아버지의 뒤를 이어라."고 조용히 일러주셨다.(중략)이윽고 동경에서 돌아오는 길에 형의 유골을 모시고, 다테오를 학교로 방문하셨다. 어머니께서는 다테오를 향해, "형은 스물다섯에 세상을 떠나고, 아버지는 마흔에 전사하셨다. 이제 남은 건 열여덟인 너뿐이다. 다테오는 아버지의 몫에다 형의 몫까지 천황폐하에 봉공하지 않으면 안된다."고, 눈물 한방을 흘리지 않고 말했다.[21]

〈러일전쟁〉의 '奉天戰鬪'에서 전사한 아버지를 거론하며 두 아들에게 임전臨戰의 각오를 심어주고 황국신민다운 국가관을 재정립 시키고 있는 내용이다. 특히 마지막 남은 둘째 아들에게 아버지, 형의 몫까지 황군皇軍으로서 임무를 다하도록 당부하는 모습과 함께 '눈물 한 방울 흘리지 않고'라는 문구를 통해 '굳건하고 강인한 후방의 어머니'인 '군국의 어머니'를 표현하고 있다.

21 将軍の父は奉天会戦でめざましいはたらきをしたが、つひに名誉の戦死をとげた。戦死のしらせがとどくと、母は建夫と兄の農夫也を仏壇の前に呼び寄せて、「おとうさんは、名誉の戦死をなさいました。農夫也も建夫もりつぱな軍人になつて、おとうさんの後をつぎなさい。」と静かにいつて聞かせた。(中略)やがて東京からの帰りに、母は兄の遺骨をいただいて、健夫を学校にたづねた。母は建夫に向かつて、「にいさんは二十五でなくなり、おとうさんは四十で戦死なさいました。あとに残つたのは十八のお前一人です。建夫はおとうさんの分もにいさんの分も、天皇陛下に御奉公申しあげなければなりません。」と涙一つこぼさないでいつた。(朝鮮總督府(1944)『初等國語』四學年 下、pp.129-140)

이렇듯 당시 조선에서 실시된 교육 내용은 교과서 내용 일부를 보더라도 일상생활 깊은 곳 까지 각자의 후방에서의 역할이 암시되어 있다. 그리고 눈여겨봐야 할 점은 합방이후부터 1938년까지의 교과서에서는 볼 수 없던 내용이라는 것이다. 이는 총동원체제에 돌입한 일제의 교육은 후방인의 역할을 다양하게 대두시킴으로써 소국민양성과 전쟁에 대한 거부감을 최대한 억제시키기 위함이었던 것이다.

3.2 군가에 나타난 후방인의 상징과 그 역할

일제는 수많은 군가軍歌를 만들면서, 최전선으로부터 후방에 이르기까지 무형전력의 상징으로 다양한 군가를 일반 국민들에게도 보급하고자 힘을 기울였다. 『日本軍歌大全集』[22]의 많은 군가들이 테마별로 나누어져 있는데, 후방용 군가로 볼 수 있는 '銃後の部'에 수록된 50곡 중 〈중일전쟁〉를 기점으로 하여 본격적인 전시체제에 돌입한 이후에 제작된 35곡을 〈표 1〉로 정리하였다.

〈표 1〉 1937년 이후 '**銃後の部**'에 수록된 군가

년도	곡 목
1937	愛國の花★, 千人針★, 愛國行進曲, 靖国神社の歌, 海ゆかば
1938	日の丸行進曲, 航空決死兵, 大日本の歌, 日章旗の下に, 父よあなたは強かった★, 婦人愛國の歌 ★
1939	兵隊さんよありがとう★, 出征兵士を送る歌★, くろがねの力, 暁の祈る★, 紀元二千六百年, 僕は軍人大好きよ★
1940	興亜行進曲, 愛馬花嫁★, 大政翼賛の歌, 国民進軍歌★, 隣組, 燃ゆる大空
1941	少國民愛國歌★, 世紀の若人, 出せ一億の底力, そうだその意気, アジアの力
1943	いさおを胸に, 大航空の歌, 女性進軍★
1944	ああ紅の血は燃えゆる★, いまぞ決戦
1945	攻撃ラッパ鳴り渡る★, 勝利の日まで

22 長田暁二(1971)『日本軍歌大全集』全音樂譜出版社, p.17

〈표 1〉에서 가장 많이 수록된 곡은 '바람직한 후방인상(★표시)'을 그려낸 군가였다. 전체 군가 중 무려 39%(14곡)를 차지하고 있었으며, 그 외 군가의 소재를 확인해보면 공군에 대한 군가 14%(5곡), 해군의 위엄을 떨치는 바다를 묘사한 군가 6%(2곡), 황군의 상징적인 역할을 담은 군가 6%(2곡)와 기타 36%(13곡)으로 나눌 수 있었다.[23] 이들 곡 중에서 먼저 '후방의 바람직한 여성상'을 주제로 제작된 군가 「센닌바리千人針」부터 살펴보도록 하겠다.

1. 달려가는 호외 종소리에 / 가슴은 용솟음치며 긴장되네
   부디 한 땀은 오라버니 위해 / 서방님을 위해 아저씨를 위해
2. 사람은 바뀌어도 진심만은 / 모두가 일심으로 나라를 위해
   이내몸도 한 땀 꿰매고자 / 지그시 내려다보는 낮 달[24]

센닌바리千人針는 직경 1m되는 정도의 새하얀 천에 여성 한 사람이 한 땀씩 천명이 뜨개 하여 〈러일전쟁〉 때부터 출정병사의 무사귀환과 전투 중에 적의 탄알이 피해가도록 기원하기 위해 만든 부적과 같은 것을 말한다. 근래에도 자위대가 이라크 파병 시 군인 가족들이 千人針를 전달하는 모습 등이 언론에 공개되어 약 100년 전의 미신과 풍습이 그대로 이어지고 있다.

당시에는 후방에 위치한 민간단체, 여성단체에서 흔히 이것을 만드

23 여기서 분류기준은 필자가 각 군가의 가사 전체를 검토 분석하여 분류하였다. 기타로 분류된 대부분은 '임전의 바람직한 용사상'을 암시하는 군가였다.

24 一、とび行く号外 鈴の音に / 胸はわきたつ ひきしまる
どうぞひとつと 兄のため / 背の君のため おじのため
二、人はかわれど 真心は / みんな一つに 国のため
わたしも一針 縫いたいと / じっとみている 昼の月

는 모습을 볼 수 있었으며, 정성스레 놓은 한 땀이 결국 황군으로서 출정하는 아버지, 남편, 그리고 모든 남성들을 위해 기원하는 모습을 그린 노래이다. 특히 이러한 활동은 일본인뿐만 아니라 조선에서도 활발히 이루어졌다는 것을 신문기사를 통해 알 수 있었다. 기사내용에서 '출정하는 오라버니께 보내다, 진심담은 千人針'[25], '仕奉千人針千人針의感銘'[26]등 전쟁에 출정하는 이들에게 무엇을 해줄 수 있는지, 정성껏 千人針을 만든 여성들이 군인에게 전달하는 모습을 통해 여성들에게 시국의 중대성과 후방인 으로서의 활동들을 장려하고 도모하고 있었다.

다음 곡은 후방에 있는 여성들의 결의, 다짐, 이상 등을 노래 가사로 담아 군가로 부른 「애국의 꽃愛國の花」이다.

1. 새하얀 후지산의 고상함을 / 믿음직스러운 방패로서
   나라위해 애쓰는 여성들은 / 찬란한 치세의 산벚꽃
   대지에 피어 향내나는 나라의 꽃
2. 늙은이나 젊은이 모두 다함께 / 국난 견뎌내는 겨울 매화
   연약한 힘을 한 데 모아 / 후방에서 진력하는 늠름함은
   그윽하게 풍기는 나라의 꽃
3. 용사의 뒤를 따라 용감하게도 / 가정과 자식을 지켜나가는
   자애로운 어머니요 또 아내는 / 진심을 불태우는 붉은 동백
   기쁘게 풍기는 나라의 꽃
4. 천황위광의 상징인 국화 꽃 / 풍성하게 향기나는 일본의
   여자라도 목숨바쳐 / 함께 피어 아름답게

25 〈每日申報〉 1943.11.10. 4面
26 〈每日申報〉 1944.9.2. 3面

찬란하게 향기내는 나라의 꽃[27]

위 노래는 1937년 라디오 국민가요로 제작되어 1938년 4월에 보급된 노래로서, 후방을 지키는 여성의 마음을 산벚꽃, 매화, 붉은 동백, 국화 등으로 비유한 곡이다. 가사를 보면 1절에서는 산에 만개한 산벚꽃 나무를 여성으로 비유하여 후방의 수많은 여성들에게 방패로서의 역할을 언급한다. 2절은 늙은이나 젊은이나 모두가 힘을 모아 國難을 헤쳐 나아가기를 굳게 희망하는 모습을 겨울매화로 비유하고 있다. 초봄에 가장 먼저 피어 은은한 향을 풍기는 매화처럼 후방에서부터의 마음가짐을 노래하고 있는 것이다. 3절은 가정과 자식을 지키는 여성을 타오르는 듯한 붉은 벚꽃으로서 비유하여 열정을 강조하고, 마지막 4절에서는 황실의 상징을 나타내는 국화로서 나라를 위해 빛이 되어주길 바라는 여성을 그려내고 있었다. 이 곡은 당시 히트곡으로도 선정되어 많은 사랑을 받아 1942년에는 영화화[28]된 곡으로도 유명했다.

특히 후방의 바람직한 여성을 묘사하는 군가는, 인간상을 노래하는 군가 총 13곡 중에서 6곡이나 차지하고 있어, 후방 여성의 역할을 대단

27 一、真白き富士のけだかさを / こころの強い楯として
御国につくす女等は / 輝く御代の山ざくら / 地に咲き匂う　国の花
二、老いたる若き諸共に / 国難しのぐ冬の梅
かよわい力よくあわせ / 銃後に励む凛々しさは / ゆかしく匂う　国の花
三、勇士のあとを雄々しくも / 家をば子をば守りゆく
優しい母や、また妻は / まごころ燃える紅椿 / うれしく匂う　国の花
四、御稜威のしるし菊の花 / ゆたかに香る日の本の
女といえど生命がけ / こぞりて咲いて美しく / 光りて匂う　国の花

28 영화 「愛國の花」는 1942년 11월 12일 기획사 〈松竹〉가 제작하여 상영한 작품이다. 내용은 여주인공이 사랑하는 남자가 조종사로 훈련 중 불의의 사고를 당해 목숨을 잃게 되어, 그 사랑하는 남자의 친구가 이 여주인공에게 찾아와 사고소식을 전하면서 가깝게 되어 결국 사랑을 나누게 되는 이야기 이다. 그러나 이 친구는 이미 자신에게 약혼자가 있었으며, 이를 뒤 늦게 알게 된 여주인공은 실연을 극복하고자 종군간호사로서 전쟁터에 나서는 모습을 그리고 있다.

히 중요시하고 있었음을 알 수 있다. 앞서 언급한 곡을 제외하고도 제작년도 순으로, 출정하는 병사를 배웅하는 모습부터 무사귀환을 기원하는 여성 「부인애국의 노래婦人愛國の歌」, 후방의 처녀 들이 나라를 위해 성심성의를 다하며 일하는 여성 「애마신부愛馬花嫁」, 전투에 임하는 병사들을 위하고, 눈물을 흘리지 않는 용감한 어머니가 되는 것이 꿈이라는 「여성진군女性進軍」 등을 대표적인 후방의 여성상이자 군국의 여성을 나타내고 있는 곡이라 할 수 있다.

지금까지의 군가가 후방의 여성들을 노래한 곡들이었다면, 다음은 남성을 소재로 노래한 군가를 조사해보고자 한다.

군가 속에서 남성의 주체는 대부분 아버지와 전쟁에 참여한 군인이었다. 그러나 어린 아동들로 하여금 소국민으로서 나아가 장차 황군의 용사로서 그려낸 노래도 있다. 아동을 미래의 군인으로 육성시키기 위한 대표적인 곡으로 「나는 군인이 너무 좋아요僕は軍人大好きよ」를 들 수 있다

나는 군인이 너무 좋아요 / 장차 어른이 되면
훈장을 달고 검을 차고 / 말에 올라타 이랏 워 워[29]

이 노래는 아동들이 군인을 좋아하는 이유 중 하나인 훈장, 검 등의 용어, 말에 타는 모습을 그려내어 짧지만 임팩트 있는 노래라 할 수 있다. 당시 소국민 애창가로 불리어진 노래로, 아동을 군인으로 자원입대시키기 위해, 군의 긍정적인 부분의 서사를 통한 동경심을 심어주어 자신의 미래를 직업군인으로 유인한 곡이라 할 수 있다. 이러한 내용

29 僕は軍人　大好きよ / 今に大きく　なったら
勲章つけて　剣さげて / お馬にのって　ハイドウドウ

은 이 노래뿐만 아니라, 앞 장에서 언급한 교과서에서도 많은 단원에서 나타난 부분과 일치하고 있는 것을 알 수 있다.

앞서 언급한 군가가 아동을 선동하기 위한 군가였다면, 다음 「소국민행진곡少國民行進曲」에서는 후방의 남아男兒들이 장차 전장에 나가는 것은 기정사실이라는 설정에서, 전선에서 혼신을 다하며 싸우는 병사들을 향한 감사함과 장차 자신도 나라를 위해 기꺼이 황군으로서 임전의 굳은 의지를 다음과 같이 노래하고 있다.

1. 펄럭이는 펄럭이는 저 깃발은 / 전장의 노고 생각할 때
   어리지만 우리들도 / 이에 질세라 가슴을 펴고
   우러르는 국기다 우러르는 국기다 히노마루다
2. 부르는 부르는 저 소리는 / 명예롭게 전사한 자녀와 모두 함께
   미래를 짊어질 우리들이 / 웅비할 때를 기다리노라
   오대양 육대주! 온 천지로세![30]

위의 「소국민행진곡」은 병사들의 늠름하고 용맹함을 전쟁터에서 전사한 魂을 통해 일본인으로서의 긍지를 강조하고, 황국의 상징 일장기日の丸를 빗대어 지금은 비록 어리지만 미래를 대비한 황군의 굳은 의지를 암시하고 있다. 특히 '전사자의 자식이 명예롭다,' 고 노래하는 부분은 황국의 어린이, 즉 소국민으로서 자각을 일깨워 주고 있는 것이

30 一、ひらめくひらめく　あの旗は / 戰地の苦勞　おもふとき
小さいながら　僕たちも / 負けてなるかと　胸張つて
仰ぐ國旗だ　仰ぐ國旗だ　日の丸だ
二、呼んでる呼んでる　あの聲は / ほまれの遺兒と　もろともに
未來を擔（担）ふ　僕たちが / 雄飛のときを　待つてゐる
七つの海だ　七つの海だ　大陸だ

다. 〈조선정신총동원연맹〉에서도 전사자나 전쟁 참전 중인 유가족들에게 꾸준히 방문하고 지원을 아끼지 않았는데, 이러한 내용은 『軍事後援聯盟事業要覽』 서문에, '황후가 〈중일전쟁〉에 참전하거나 소집에 응한 군인가족들에게 감사의 뜻을 전하고, 이들에게 격려차원에서 본인의 내탕금까지 내놓으며 이 사업을 후원하겠다는 강한 의지를 표하고 있는 것[31]을 바탕으로 하여 전사자녀들을 위한 다양한 활동들이 조선에서도 왕성하게 이루어졌다.'[32]는 것을 알 수 있다.

이 밖에도 황국신민다운 남성과 남아를 육성하는 대표적인 곡으로, 전쟁터에서 열렬히 싸우다 전사하는 모습을 그려낸 「아버지 당신은 용감했다父よあなたは強かった」, 전쟁터에서 고생하는 병사들에 대한 후방 인민의 감사하는 마음을 가사로 담은 「군인아저씨 감사해요兵隊さんよありがたう」 등 다양한 군가에, 진정한 황국신민으로서의 인간상을 노골적으로 암시하고 있다.

이렇듯 시적인 표현의 가사 내용은 비록 짧지만 적절한 용어 선택과 음의 조화로, 다양한 의미를 제시하여 암시해주고, 이를 배우는 이로 하여금 시국의 중대성과 바람직한 현실대처를 암시하여, 후방인을 미화하고 소국민을 양성하였다. 일제는 단기간에 일거양득의 효과를 거두기 위해 학교에서는 물론 당시 일상에서 쉽게 울려 퍼지는 군가를 통해 황국신민다운 정조를 함양시켜 효과를 극대화시켰던 것이다.

31 朝鮮軍事後援聯盟(1939) 『軍事後援聯盟事業要覽』 朝鮮總督府, p.2

32 1937년부터 1945년 해방에 이르기까지 〈每日申報〉에는 유아를 위한 활동, 격려, 장려, 위문, 지원 등 다양한 활동과 활약상에 대한 60건에 기사를 확인 할 수 있었으며, 심지어 조선에서도 遺兒출신들로만 구성된 부대가 충령을 위해 祭를 지냈다는 기도 찾아 볼 수 있었다.

4. 맺음말

이상과 같이 일제의 총동원 시기에 후방 조선인들의 일상생활, 학교교육 내용을 통해 실질적으로 어떠한 내용을 가르치고 있었는지를 살펴보았다. 그리고 전시기 언제 어디서나 쉽게 접하고 들을 수 있었던 군가를 통해 상호 연계성을 고찰하고 황국신민으로서의 조선인, 일제가 후방 조선인에게 이상적으로 추구하고자 하였던 인간상을 어떠한 식으로 접근하고 확립해나가고자 하였는지를 고찰해 보았다.

일제는 강점초기 조선인들에게 '敬而遠之'의 시선으로 신뢰 하지 않았으나, 〈중일전쟁〉을 치르고 전세가 격해지자 순수 일본군으로서 턱없이 모자란 전투근무지원을 메우기 위해, 믿고 싶지 않은 조선인을 믿을 수밖에 없는 상황에 놓이게 된다. 일본의 후방은 합방이전부터 〈청일전쟁〉, 〈러일전쟁〉을 치른 덕에 어느 정도 후방인 으로서의 입지가 확립되었다고 해도 무관하나 조선에서는 자식을 사지死地로 내몰게 하는 상황이 그저 어색할 수밖에 없었다. 따라서 이를 극복하기 수단으로써 후방 조선인들에게 일본인보다 한층 더 강화된 황국신민사상을 심어야만 했고, 이를 보다 원활하게하기 위한 방법으로 교육기관은 물론 다양한 사회단체를 결성하여 아동들은 학교에서, 부모들은 정신총동원연맹에서 결성하는 애국반, 학부형회 등 각 종 선전단체에서 보고 배운 것을 실현하기에 이른다.

전시에 원활한 작전임무 수행을 위한 언어적인 장벽을 극복하고자, 조선인에 대한 학교교육은 더더욱 박차를 가하게 되었고, 교화서와 같은 교과서를 통해서 다양한 인간상을 그려냄으로써 소국민小國民 양성과정을 확립해 나갔으며, 소국민을 양육하고 기르는 부모에게 다양한 임무를 제시하며 포섭하였다. 이는 군가도 마찬가지였다. 수많은 군가를 보급하여 후방 사람들의 감성을 자극하고, 왜곡된 감동을 유도하였다. 내용에 있어서도 노골적이고 극단적으로 선전 선동적인 용어가 선택이 될 수밖에 없었던 것도 이를 위한 강한 임팩트를 주기 위해서였을 것이다. 이러한 일상에서 선장한 아동들은, 일제가 바라는 소국민으로 탄생될 수밖에 없었던 것이다.

Ⅳ. 국민교화를 위한 영화와 주제가*

김서은 · 김순전

1. 전쟁과 대중문화 통제

2001년 터치스톤 픽처스에서 제작된 영화 〈진주만Peal Habor〉은 단일 스튜디오 제작비로는 1억 4,500만 달러란 천문학적인 제작비로 촬영 시작부터 센세이션을 일으켰다. 영화 후반부의 함선 폭파장면을 위해 700개의 다이너마이트, 61Km의 도화선, 4,000갤런의 휘발유를 투입하여, 그야말로 블록버스터급 전쟁영화의 면모를 과시했다. 이 영화는

* 이 글은 2015년 5월 일본어문학회 「日本語文學」(ISSN : 1226-9301) 제69집, pp.315-338에 실렸던 논문 「일제말기 전쟁영화와 주제가 고찰」을 수정 보완한 것임.

그간 미국식 전쟁영화의 계보를 이어 자국민의 애국심을 불러일으키며 미국식 영웅주의에 영합하여 역사적인 사실은 최소화하고 벤 애플렉과 조시 하트넷, 케이티 베킨세일의 삼각관계에 중점을 두고 있다.

세계경제와 문화, 영화제국 미국의 이러한 영웅주의적 영화를 어느덧 우리들은 아무런 거부감 없이, 당연하듯 받아들이고 있다. 시대적인 상황을 거슬러 올라가 일본이 진주만기습으로 〈태평양전쟁〉을 일으켰던 과거로 돌아가 보면, 당시의 전쟁을 영화는 어떤 프레임을 설정, 어떻게 편성하였을까?

일본정부는 〈중일전쟁〉이 장기화되자, 1938년 의회의 승인 없이 물자와 노동력을 동원할 수 있는 〈국가총동원법〉을 제정·선포했다. 군사비는 증가하여 1938년도에는 국가세출의 3/4을 차지했고, 1939년에는 〈국민징용령〉으로 일반국민들을 군수산업에 동원할 수 있도록 했다. 1939년 9월 제2차 세계대전이 발발하자 일본은 '전쟁불개입'을 선언했다. 그러나 1940년 5, 6월 독일의 대승리를 계기로, '석유, 고무 등의 물자확보를 위해 열강의 동남아시아 식민지를 점령해야한다.'는 여론이 육군을 중심으로 일어났다. 정부와 군부는 '군국주의', '국가주의' 선전에 주력하여 1941년 전시교육체제에 돌입하고 전쟁이 격화되자 노동력과 전투력 확보를 위해 중학교 이상의 수업연한을 단축하였다. 일본의 인도차이나 진주進駐에 대해 미국은 영국, 중국, 네덜란드 등과 함께 경제봉쇄를 강화하였고 일본군의 대외침략을 저지하였다. 일본에서는 경제적 타격을 입게 되자, 육군, 해군을 중심으로 대미개전론對美開戰論이 대두되었다. 1941년 10월 미국이 중국대륙, 인도차이나에서 일본군의 철수와 삼국동맹의 폐기 등을 요구하자, 일본은 개전을 결정하고 12월 일본해군이 하와이의 진주만 미국해군기지를 기습하고 나서 미국, 영국에 선전포고를 하였다. 이로써 〈태평양전쟁〉이 개

전되었고, 삼국동맹에 의거해 독일, 이탈리아도 미국에 선전포고를 하게 된다.[1]

이러한 시대적인 소용돌이 속에서 일본은 영화를 비롯한 대중문화를 통제하였고, 이를 활용하여 전쟁의식 고취와 선전·선동에 적극 이용하였다. 전장에 카메라맨을 투입하여 승전보를 알리고, 해외에서의 승리를 영화를 통해 보여줌으로써 국민들의 여론을 균질하게 전쟁으로 집중시켰다. 이러한 대중문화통제는 일본뿐 아니라 식민지 조선에서도 정책적으로 철저하게 실시되었다. 그러나 일본과 조선에서의 전쟁영화와 영화음악은 통치이데올로기의 통제목적에 따라 다른 양상을 띠었다고 할 수 있을 것이다. 따라서 본고에서는 전시체제기 본국과 식민지조선에서의 전쟁영화와 영화음악을 비교하여, 일본제국이 어떤 프레임으로 대중문화를 통제, 이용하였는지 살펴보고자 한다.

특히 영화와 음악에 대한 선행연구들을 살펴보면 주로 조선에서 실시되었던 '국책영화'와 '영화음악'에 초점이 맞추어져 있으며, 영화와 음악에 대한 연구는 일본과 한국 모두 시작 단계에 있다. 본 연구에서는 시야를 일본까지 확장하여 전시에 불렸던 군가집 『日本軍歌大全集』에 실린 '영화주제가'와 '영화'를 함께 고찰하여, 당시의 한일간 문화정책의 유사점類似點을 살펴보고, 이를 통해 일본영화와 조선영화의 상호관계 및 통제목적에 따른 전쟁서사 방식의 차이점을 구명究明해보고자 한다.

1 일본학교육협회(2006) 『일본의 이해』 태학사, pp.175-176

2. 전시체제기 일본전쟁영화와 군국가요

전시체제기의 영화는 대체로 전쟁과 관련된 소재를 다루며 영화의 제작경향도 전쟁과 연관성을 갖는다. 영화에서의 스펙터클은 전쟁이라는 소재와 결합되어 볼거리를 제공하고, 영화에서의 리얼리티는 전쟁의 상황과 경과를 상세히 전달해 주기 때문이다. 전쟁과 관련된 영화, 즉 전쟁영화는 이 두 가지를 모두 포함한다. 상업적인 성격이 농후한 극영화는 문화영화나 기록영화에 비해 상대적으로 러닝타임이 길어지고 극적 요소도 강하였으며 화면 또한 스펙터클하였다. 따라서 1940년대 전쟁영화 중에는 극영화의 비중이 높았다.

일본의 군사정책은 일본영화가 가장 관심을 가져야하는 정책분야로 부각되었고, 이는 자연스럽게 전쟁영화 제작으로 이어졌다. 1942년 12월 1일 《映畵旬報》「대동아전쟁 1주년기념 군과 영화특집大東亜戦争一周年記念　軍と映画特輯」에 실린 '중일전쟁 이후의 군사 극영화기록支那事変以後の軍事劇映画記録'에서는 전쟁영화를 '군사영화'로 칭하고 다섯 가지 주제의 기준을 정하고 있다.

첫째, 전쟁을 주제로 한 것.
둘째, 군인생활을 주제로 한 것.
셋째, 상이군인의 생활을 주제로 한 것.
넷째, 종군간호부 또는 종군기자를 주제로 한 것.
다섯째, 기타 직접 전쟁에 관계있는 것을 주제로 한 것.

이렇게 1940년대 들어 전시체제가 확립되고 〈영화신체제〉가 확립되면서 일본의 전쟁극영화는 군사정책을 적극적으로 반영하기 시작한다. 따라서 당시 일본 극영화에서 '전쟁'이라는 소재는 전투장면의 스펙터클로 단순화되는 대신, '군국'이라는 형태로 변환되어 국책영화의 틀 속에서 다양한 형태로 양식화되기 시작한다.[2]

태평양전쟁이 시작된 1941년부터는 국가나 국민의 에너지가 전쟁을 수행하는데 집중하게 되었다. 따라서 사회문화적으로 국민의 전의를 고양시키고 애국심을 촉진시키는 전시사회문화정책을 적극적으로 추진해야만했다. 일본정부와 군부는 국책을 선전하고 국민의식을 선동하는 국책영화를 만들도록 엄격하고 강하게 통제하였고, 인간미 넘치고 예술적인 영화는 만들기 어려워졌다.

한편 1937년 중일전쟁이 시작되면서 가요계도 바야흐로 '군국가요시대'로 접어들었다. 이전에 유행하던 유행가는 전의를 고양시키는데 방해가 되며 퇴폐적이라는 이유로 통제를 받게 되어, 전시에 어울리는 '군국가요' 제작에 전념하게 된다. 군국가요의 중심에는 당연히 군가軍歌가 중핵을 차지하였다.

따라서 이 군국시대의 영화와 가요는 '전쟁'과 깊은 관련성을 유지하면서 제작되었기 때문에, '군국영화', '군국가요'를 어떤 방식으로 서사했는지 고찰해보고자 한다.

먼저 본격적인 전투태세에 돌입하게 되는 1940년대 전시체제기의 전쟁 관련 영화와 주제가를 제작년도 별로 소개해 보겠다.

2 함충범(2009)「전시체제하의 조선영화, 일본영화 연구(1937~1945)」한양대 박사논문, pp.85-86

〈표 1〉 전시체제기의 전쟁영화와 주제가[3]

연도	영화제목	감독	종류	주제가
1940	暁に祈る	佐々木康	극영화	暁に祈る, 愛馬花嫁の唄
1940	燃ゆる大空	阿部豊	극영화	燃ゆる大空
1941	潜水艦1号	伊賀山正徳	극영화	潜水艦1号
1942	愛国の花	佐々木啓祐	극영화	愛国の花
1942	空の神兵	渡辺義実	기록영화	空の神兵
1942	翼の凱歌	山本薩夫	극영화	翼の凱歌, 空の母さん
1942	ハワイ・マレー 沖海戦	山本嘉次郎	극영화	海ゆかば, 軍艦行進曲
1943	決戦の大空へ	渡辺邦男	극영화	若鷲の歌
1944	加藤隼戦闘隊	山本嘉次郎	극영화	加藤隼戦闘隊, 隊長殿のお言葉に
1944	雷撃隊出動	山本嘉次郎	극영화	雷撃隊の歌, 雷撃隊出動の歌, 男散るなら

〈표 1〉에서 알 수 있듯이 일본에서는 전쟁영화와 더불어 주제가도 큰 사랑을 받았다. 본격적인 전시체제기인 1940년대에 제작된 영화는 모두 10편이고 기록영화는 1편이다.

먼저 〈새벽녘에 기도하네暁に祈る〉는 사사키 야스시佐々木康(1908~1998) 감독의 영화로 군마軍馬를 소재로 전장의 병사인 남편과 후방을 지키는 아내에 관한 이야기이다. 서브타이틀subtitle로 「정전애마보征戦愛馬譜」라고 쓰였듯이, 군마에 대한 인식과 관심을 향상시키기 위해서 육군성에서 지도 · 후원해서 만든 것으로, 중국 대륙에서 로케를 하고, 실전부대를 동원해서 촬영할 만큼 힘을 쏟은 영화이다. 동명의 유명한 주제가외에도 삽입곡으로 부인의 심정을 노래한 「애마신부의 노래愛馬花嫁の唄」가 수록되어 있다.

3 주제가에서 밑줄부분은 텍스트 『日本軍歌大全集』의 수록곡임을 표시한 것임.

1. 아아 저 얼굴로 목소리로 / 공로를 우러르네 부인과 아이가
찢어지도록 흔들던 깃발 / 머언 구름사이로 다시 떠오르네
2. 아아 당당한 수송선 / 안녕 조국이여 영광있으리
멀리서 절하네 궁성의 / 하늘에 맹세한 이 결의
3. 아아 군복도 수염난 얼굴도 / 진흙투성이가 되어 몇 백리
고생을 말馬과 나누며 / 성취한 전투도 몇 번이던가
4. 아아 천황을 위하여 / 죽는 것은 병사의 본분이라며
웃던 전우의 군모에 / 남은 원한의 총탄 자국
5. 아아 상처입은 이 말과 / 먹지도 마시지도 못한 날도 사흘
천황께 바친 생명 여기까지라고 / 달빛에 휘갈겨 쓰네
6. 아아 저 산도 이 강도 / 붉은 충의의 피로 물드네
고향까지 전하렴 새벽녘에 / 드높은 흥아의 이 개가[4]

〈「暁に祈る」, p.242〉

1940년 6월 〈콜롬비아〉에서 발매된 이 곡은 군국가요 중에서 최고의 히트를 기록한 작품으로, 이토 히사오伊藤久男의 극적인 가창력이 고

4 一、ああ　あの顔で　あの声で　/ 手柄たのむと　妻や子が / ちぎれる程に　振った旗 / 遠い雲間に　また浮かぶ
二、ああ　堂々の　輸送船 / さらば祖国よ　栄えあれ / 遥かに拝む　宮城の / 空に誓った　この決意
三、ああ　軍服も　髭面(ひげづら)も / 泥に塗(まみ)れて　何百里 / 苦労を馬と　分け合って / 遂げた戦も　幾度か
四、ああ　大君の　御為に / 死ぬは兵士の　本分と / 笑った戦友(とも)の　戦帽に / 残る怨みの　弾丸(たま)の跡
五、ああ　傷ついた　この馬と / 飲まず食わずの　日も三日 / 捧げた生命　これまでと / 月の光で　走り書
六、ああ　あの山も　この川も / 赤い忠義の　血がにじむ / 故国(くに)まで届け　暁に / あげる興亜の　この凱歌(がいか)

세키 유지古関裕而의 비장감 넘치는 멜로디를 더욱 강조하여 망향의 감성을 고양시켰다. 이 노래에서 느껴지는 비장미와 애절함은 후방의 대중뿐 아니라 전장의 병사들의 심금을 울려 군국가요 사상 가장 큰 사랑을 받는 곡이 되었다.[5]

가사를 보면 출정식에 흔히 보이는 광경이 영화의 한 컷처럼 노래 속에 묘사되어 있다. 사람들이 흔드는 깃발 사이로 승리를 기원하는 응원의 노래와 말들을 뒤로 하고 천황을 향해 절하고 전쟁터로 떠난다. 영화의 내용은 출정하는 군마를 담당하는 후방의 역할을 그린 국책영화였음에도 불구하고 이 주제가가 엄청난 반향을 일으켜 흥행성적도 좋았다. 육군성이 주관한 영화였기 때문에 주제가에 대한 의욕이 충만해서, 작사를 담당한 노무라 도시오野村俊夫는 일곱 차례나 고쳐 쓰기를 명령받았다. 이때 노무라野村가 저도 모르게 터트린 "아-あ~あ"라는 한숨으로부터, 이 노래의 인상적인 도입부가 시작되었다고 한다. 노랫말에 고향 생각에 사무치는 병사들의 감성이 잘 그려져 있어 군국가요이지만 대중에게 호평을 받고, 당초의 목적인 군마PR영화의 범주를 넘어서 레코드는 엄청난 히트를 기록했다. 지금도 군가를 애창하는 사람들이 모이면 반드시 부르는 노래라고 한다. 같은 영화에 수록된 「애마신부의 노래愛馬花嫁の唄」 역시 육군성 선정가로 영화내용에 비교적 충실한 내용의 노랫말이다. 남편이 전쟁에 나가 싸울 때 부인은 후방에서 전장에 내보낼 군마를 기른다는 후방지원에 관한 내용으로 영화의 스토리와 가장 오버랩 되는 노래이다.

〈불타는 창공燃ゆる大空〉은 아베 유타카阿部豊 감독의 1940년 作으로 키네마준보キネマ旬報 '베스트 10'에 선정되기도 한 작품이다. 이 작품은 극

5 菊池清麿(2013)『日本流行歌変遷史』論創社, p.83

영화로 스토리성을 지녔다는 것이, 이전까지 일본 전쟁영화를 이끌던 대표작들과의 차이라 할 수 있는데, 1940년대 일본영화의 새로운 경향을 선도하였다. 주요 전쟁영화들이 기록적이고 사실적으로 그려진 반면, 이 영화는 극영화의 특징적 조건을 두루 갖추고 있었다.

이 영화는 육군 '소년비행단'에서 동고동락하던 절친한 전우들의 이야기를 그리고 있다. 주인공은 4명으로 일본군 전투기조종사로 성장하여 일본군의 일원으로 임무를 수행하며 마지막 한 명을 제외하고 모두 전사戰死하게 된다. 세 번째로 전사하는 유키모토行本가 임종하는 장면이 클라이맥스로 그는 남겨진 친구 야마무라山村에게 황군으로서의 역할과 의무에 대해 말한 뒤, "천황폐하만세"를 외치고 세상을 떠난다. 이 영화는 군인으로서 가장 커다란 미덕을 '생존'이 아닌 '죽음'이라고 제시하고 있다. 젊은이들의 죽음을 통해 영화를 보는 청소년들에게 죽음으로 국가와 천황을 지켜야한다고 암시하고 있다. 이러한 천황숭배의 스토리에 극적인 요소를 가미하기 위해 비행단의 생활을 생생하게 소개하고 그 안에서 벌어지는 전우애와 인간미를 그려내고 있다.

이 영화의 볼거리는 무엇보다도 중국과의 전투장면에 있다. 전투장면에서 당시로서는 파격적인 스펙터클한 공중전장면이 이어지며 일본 최초의 현란한 항공촬영이 돋보인다. 이는 육군성 육군항공본부가 전면적으로 협력하여 실제 전쟁에 쓰인 항공기를 사용했기 때문이었다. 공중전을 통해 당시 최신식의 항공기를 볼 수 있고, 연습신scene이나 전투신에서는 조종석에 카메라를 설치하여 마치 전투기조종사의 눈으로 보는 듯한 장면들을 연출해 내, 다른 어떤 항공영화들보다도 우수한 영화로 평가받고 있다.

1. 불타오르는 항공 기류다 구름이다 / 오르는구나 나는구나 질풍처럼
   폭음 정확히 고도를 유지하여 / 반짝이는 날개여 빛과 겨루자
   항공 일본 하늘을 나는 우리들
2. 비행기 날개 뒤흔드는 폭풍우다 비다 / 번쩍이는 프로펠러 선두에 날고
   황국에 바치는 용맹스런 목숨 / 무적의 날개여 발랄하게 모이자
   투지는 꺾이지 않네 정예 우리들
3. 지상 멀리 남쪽이다 북쪽이다 / 공격하고 지키고 종횡무진
   전투폭격 제일선에 / 항마의 날개여 전파를 흔들자
   대동아의 하늘을 정복하는 우리들
4. 하늘을 개척하리 희망이다 길이다 / 일곱의 넓은 바다 대륙을 넘어
   문화를 증진하는 의기 드높여 / 금빛 날개여 세계를 능가하자
   국위를 짊어진 젊은이 우리들[6] 〈「燃ゆる大空」, p.248〉

이 곡은 사토 소노스케佐藤惣之助 작사, 야마다 고사쿠山田耕筰 작곡으로 1940년 「콜롬비아신보」에 수록되어, 'NHK국민가요'에 선정되었다. 사토佐藤의 밝고 약동감 넘치는 가사와, 독일풍의 행진곡을 연상시키는 야마다山田의 격조 높은 선율이 인기를 끌었다. 영화주제가로서 육군낙

6 一、燃ゆる大空　気流だ雲だ / あがるぞ翔るぞ　迅風の如く / 爆音正しく　高度を持して　/ 輝くつばさよ　光華と競え / 航空日本　空ゆくわれら
二、機翼どよもす　嵐だ雨だ / 燦くプロペラ　真先かけて / 皇国に捧げる　雄々しき命 /　無敵のつばさよ　溌剌挙れ / 闘志はつきぬ　精鋭われら
三、地上はるかに　南だ北だ / 攻むるも守るも　縦横無尽 /　戦闘爆撃　第一線に / 降魔のつばさよ　電波と奮え / 東亜の空を　征するわれら
四、空を拓かん　希望だ道だ / 七つの海原　大陸衝いて / 文化を進むる　意気高らかに　/ 金鵄のつばさよ　世界を凌げ / 国威をになう 若人われら

하산부대를 극찬한 「하늘의 신병」 등과 같이 군가(전시가요)로서도 히트하였고, 전후에도 많은 음원이 제작되었다.

이 노래는 영화의 스펙터클한 장면을 연상시키듯 비행기에 타고 하늘을 오른 듯 밝고 힘찬 어조로 그려지고 있다. 전쟁가요답게 밝은 어조임에도 불구하고 "황국에 바치는 용맹스러운 목숨", "대동아의 하늘을 정복하는 우리들"이라는 노랫말로 결의를 나타내고 있다.

이 영화는 주제가와 더불어 죽음을 무릅쓰고 끝까지 임무를 완수하는 일본군 전투기조종사의 모습을 그려, 상업적인 코드에 극영화의 스토리성을 넣어 국책영화에 대중성을 접목시켰다. 불타는 하늘의 화려한 비행장면은 전쟁이 심화되어 갈수록 많은 영화에서 사용되어, 이후 일본의 전쟁영화는 〈태평양전쟁〉의 발발과 전시체제강화와 맞물려 더욱 선전 · 선동적인 경향을 띄게 된다.

〈애국의 꽃愛国の花〉은 1937년 라디오의 국민가요로 만들어져, 1938년 4월20일, 와타나베 하루코渡辺はるこ의 노래로 콜롬비아에서 레코딩한 가요곡이다. 후방을 지키는 부인의 생각을 벚꽃, 매화, 동백 등에 비유해서 노래한 것이다. 후쿠다 마사오福田正夫 작사, 고세키 유지古關裕而 작곡으로, 노래가 먼저 반향을 일으키자 쇼치쿠松竹에서 1942년 영화화하였다. 이 영화는 테스트파일럿이었던 오빠가 사고로 사망하고, 집으로 찾아온 오빠의 친구를 사랑하게 되지만, 그에게 약혼자가 있는 것을 알고 종군간호사가 되어 떠나는 여성을 중심으로 이야기가 전개된다.

1. 새하얀 후지산의 고귀함을 / 마음의 강한 방패로 삼아
   조국에 진력하는 여성들은 / 빛나는 천황치세의 산벚나무
   땅에 아름답게 핀 나라의 꽃

2. 늙으나 젊으나 모두 함께 / 국난을 견뎌내는 겨울 매화
   연약한 힘 훌륭히 모아 / 후방에서 힘쓰는 씩씩함은
   기품있게 빛나는 나라의 꽃
3. 용사의 뒤에서 씩씩하게도 / 집과 아이를 지켜나가네
   온화한 어머니로 또 아내로 / 성심을 태우는 붉은 동백
   감사히 빛나는 나라의 꽃
4. 천황의 위광의 상징 국화 / 풍부하게 향기나는 일본의
   여자라도 목숨 바쳐 / 남김없이 피워내리 아름답게
   빛나는 나라의 꽃 빛나는 나라의 꽃[7] 〈「愛国の花」, p.232〉

일본인에게 후지산은 그 자체만으로도 전국민적인 인기가 있다. 이 노래는 첫 소절부터 '새하얀 후지산의 고귀함'으로 시작하여 일본인의 정서를 반영하고 있다. 이 노래의 히트배경에는 군국주의적인 경향을 뛰어넘어 일본인의 마음속 깊은 곳, 즉 심금을 자극하는 후지산, 벚꽃, 매화, 동백, 국화 등 사계절의 아름다움을 느낄 수 있는 노랫말에 있을 것이다.

한편 태평양전쟁 개전 후 반년동안 일본은 동남아시아의 대부분을 점령하게 된다. 이러한 승리의 고취에 힘입어 당시의 군국가요도 남방정책의 영향을 받았다. 1942년 1월 마닐라를 점령하였고 2월에는 싱

7 一、真白き富士の　けだかさを / こころの強い　楯として / 御国(みくに)につくす　女等(おみなら)は / 輝やく御代の　山ざくら / 地に咲き匂う　国の花
二、老いたる若き　もろともに / 国難しのぐ　冬の梅 / かよわい力　よく合わせ / 銃後に励む凛々しさは / ゆかしく匂う　国の花
三、勇士のあとを　雄々しくも / 家をば子をば　守りゆく / 優しい母や　また妻は / まごころ燃ゆる　紅椿 / うれしく匂う　国の花
四、御稜威(みいつ)のしるし　菊の花 / ゆたかに香る　日の本の / 女(おみな)といえど　生命(いのち)がけ / こぞりて咲いて　美しく / 光りて匂う　国の花 / 光りて匂う　国の花

가포르를 함락하였다. 이는 남태평양의 거대한 지역을 점령하기 위한 전초전이었다. 싱가포르 점령에 참가한 병사가 죽은 전우를 위해 만든 노래가 「전우의 유골을 안고戦友の遺骨を抱いて」였다. 그에 앞서 1월 11일 일본 최초의 낙하산부대(해군)가 인도네시아 셀레베스섬에 그리고 2월 14일에는 육군낙하산부대가 수마트라에 낙하했다. 이 작전은 하늘에서 기습 공격하여 유전지역을 점령하려는 목적으로 전격적인 승리를 거두어, 새롭게 등장한 낙하산부대는 국민의 사기를 드높였다.

이러한 가운데 발매된 「하늘의 신병空の神兵」은 현장감 있게 발표되어 큰 반향을 일으켰다. 영화 〈하늘의 신병空の神兵〉은 일본의 육해군의 낙하산부대, 낙하산병에 대한 애칭으로, 와타나베 요시미渡辺義美 감독, 육군항공본부감수, 일본 영화사 제작으로, 1942년 9월 공개된 국책을 목적으로 한 육군전면협력에 의한 다큐멘터리 전쟁영화이다. 「육군낙하산부대훈련의 기록」이라는 부제목대로, 육군낙하산부대挺進団에 지원해서 입대한 병사들이 훌륭한 낙하산병으로서 성장해 가는 모습을 내레이션을 섞어 소개하는 기록 영화의 주제가 「하늘의 신병」의 내용은 다음과 같다.

1. 쪽빛보다 푸르른 하늘로 하늘로 / 순식간에 열린 백천의
   새하얀 장미 꽃 모양 / 보아라 낙하산 하늘에서 떨어진다
   보아라 낙하산 하늘로 간다 / 보아라 낙하산 하늘로 간다
2. 세기의 꽃이여 낙하산 낙하산 / 이 순백에 붉은 피를
   바쳐도 후회 없는 기습대 / 이 푸른 하늘도 적의 하늘
   이 산하도 적의 진지 / 이 산하도 적의 진지
3. 적 격멸하고 춤추듯 떨어진다 떨어져 / 결의도 드높은 용사들의
   어디엔가 보이는 앳된 얼굴 / 아아 순백의 꽃 지네

아아 청운의 꽃 지네 / 아아 청운의 꽃 지네

4. 칭송하라 하늘의 신병을 신병을 / 육탄 가루되어 부서져도
멈추지 않고 쏜다 일본의 혼 / 우리 대장부는 하늘에서 내려온다
우리 황군은 하늘에서 내려온다 / 우리 황군은 하늘에서 내려온다[8]

〈「空の神兵」, p.117〉

이 노래는 일본군낙하산부대를 칭송한 군가(전시가요 · 군국가요)로서, 1942년 4월에 빅터레코드에서 발매되었다. 하늘에서 내려오는 낙하산을 푸른 하늘에 피는 하얀 장미에 비유하고 있으며, 가사중의 '쪽빛보다 푸른 하늘, 순백의 꽃'으로 비유되는 낙하산을 붉은 피와 대비시키는 색채적인 표현이 인상적이다. 하늘의 신병神兵은, 황군皇軍 낙하산부대의 낙하모습을 액티브하게 묘사하여 약동감과 생동감을 느낄 수 있다.

한편 태평양전쟁 이후 일본전쟁영화의 제작 경향은 영웅적인 군인의 전투장면을 장대하게 묘사하는 방향으로 흘러갔다. 특히 미국과의 전쟁에서 중요하게 부각된 항공전, 해전에 대한 묘사가 두드러졌다. 이러한 경향을 가장 먼저 보인 영화가 「불타는 창공」이었으며 뒤를 이어 「하와이 말레이해전ハワイ・マレー沖海戦」(1942)이 있었다. 이 영화는 해

8 一、藍より蒼き　大空に大空に / 忽(たちま)ち開く　百千の / 真白き薔薇の　花模様 / 見よ落下傘　空に降り / 見よ落下傘　空を征(ゆ)く / 見よ落下傘　空を征く
二、世紀の華よ　落下傘落下傘 / その純白に　赤き血を / 捧げて悔いぬ　奇襲隊 / この青空も　敵の空 / この山河(やまかわ)も敵の陣 / この山河も敵の陣
三、敵撃砕と　舞い降る舞い降る / まなじり高き　つわものの / いづくか見ゆる　おさな顔 / ああ純白の　花負いて / ああ青雲に　花負いて / ああ青雲に　花負いて
四、讃えよ空の　神兵を神兵を / 肉弾粉と　砕くとも / 撃ちてし止まぬ　大和魂 / 我が丈夫は　天降る / 我が皇軍は　天降る / 我が皇軍は　天降る

군의 승리를 알리고 전의고취를 위해서, 해군항공대의 진주만공격과 말레이해전에서 영국함대를 공격하는 내용을 극영화하기 위해 도호東宝에 제작 · 의뢰한 영화였다. 제작비 77만엔 선전비 15만엔의 초대작이었으며 당시 일본국민의 비상시국 의식에 강하게 호소해 1,000만명을 동원한 흥행에서 대기록을 거둔 작품이었다.[9] 또한 개봉된 지 8일만에 115만엔의 흥행수입을 올리기도 하였다. 내용을 보면 전의앙양의 수준을 넘어 죽음으로 국가에 보답한다는 결사항전의, 군부가 희망하는 군인정신을 암시하고 있다. 이 영화는 결국 군부가 일으킨 전쟁과 전사를 찬미하여 젊은이들의 군입대를 선전 선동하여, 젊은이들을 미국과의 전쟁에 능동적으로 참전케 하는 것이 궁극적인 목표인 셈이었다. 작품에서는 모범적인 소년병의 전형을 제시해, 일본정신과 군인정신에 눈떠가는 주제의식을 드러내며 스펙터클하고 생생한 전쟁묘사를 통해 극적효과를 높였다. 이 작품은 흥행과 국책선전 두 마리의 토끼를 잡으며 국민영화의 사회적 기치를 높이고 이후 국책영화의 표준이 되었다.

영화음악으로 「바다에 가면海ゆかば」을 비롯해 당시 유행하던 군가들이 대거 삽입되어 있어, 영화를 통해 당시 유행한 군가를 알 수 있을 정도다. 특히 영화의 라스트신에서는 「군함행진곡軍艦行進曲」이 흐르며 전함 나가토長門나 무쓰陸奧가 주포를 쏘는 실사實寫 신이 있어 귀중한 영상으로 평가되고 있다.

일제강점기의 마지막 국어(일본어)교과서인 『初等國語』에 수록된 말레이 해전マレー沖の戦의 사진을 보면, 당시 교과서에도 실시간으로 전쟁의 모습을 담아내고 있었음을 알 수 있다. 1941년에 일어난 말레이해

9 岩崎昶(1961) 『映画史』 東洋経済新報社, p.183

〈初等國語-3-19〉 말레이 해전(マレー沖の戦)의 사진

전의 장면이 그대로 초등 교과서에 실린 것으로 보아 당시 일제의 초등교육 정책은 말할 것도 없고 문예전반에 걸쳐서도 정책적으로 전쟁의 원활한 수행에 치우쳐 있었음을 말해준다. 영화 〈하와이 말레이해전〉은 일본뿐 아니라 조선에서도 동시상영 되어 전쟁독려와 참여의식을 고취시켰다.

> 조선에서 영화가 갖는 임무는 매우 중요함과 동시에 매우 다각적이다. 오늘날 말레이나 수마트라의 보도를 손쉽게 머리에 떠올리는 우리들이 조선에 와서 살고 있다는 것은 아마도 안채의 현관에 서있는 정도일 것이다. (중략) 도시 중심에 미쓰코시三越의 지점이 당당하게 솟아있고, 학교거리에는 제대帝大가 많은 사각모를 토해내고 있는 경성 (중략) 지금은 이미 조선 중소년층의 일부가 "주신구라忠臣蔵"를 충분히 자신의 것으로 하고 있다. "하와이 말레이해전"은 조선에서 최고의 흥행성적을 올렸는데, 7할 이상이 조선동포가 본 것이다. "싱가포르 총공격"에서는 영국군을 때려부수는 장면에서 내가 앉은 주변의 조선관중 사이에서 예기치 않은 환성과 박수가 일어났다.[10]

인용문은 당시 경성제대 교수이자 조선문인보국회 이사장이었던

10 〈映画旬報〉 1943년 7월 11일자.

가라시마 다케시辛島驍가 1943년 〈映画旬報〉에 쓴 「조선과 영화朝鮮と映画」라는 글에서 발췌한 것이다. 인용문을 통해서도 알 수 있듯이 1940년대 조선에서의 일본영화는 '작품성'과 '우수성' 등 모든 측면에서 조선영화의 모범으로 인식되어졌다. 그리고 태평양전쟁으로 인해 미국영화가 전면 금지되면서 조선에 유입된 영화들은 모두 일본영화들이었다. 또한 1942년 11월 조선에서는 당시까지 제반업무를 "제반의 정무를 통리統理하고 내각총리대신을 거쳐 상주하거나 재가를 받게" 됨으로써 독자적으로 유지되어오던 조선총독의 지배권이 본토의 내각으로 이관[11]되었다. 이에 따라 "조선에서의 식민정책도 조선총독과 조선총독부보다 일본정부 특히 일본 내 중앙군부의 주도력이 높아"[12]진 것이다. 따라서 전시체제기에 접어들면서 조선은 일본의 일부이자 한 지역으로서 그 기능을 성실히 수행해야했다.

와타나베 구니오渡辺邦男 감독의 〈결전의 하늘로決戦の大空へ〉(1943)는 〈하와이 말레이해전〉과 같이 일본 해군의 비행사관학교인 요카렌予科練생도들의 생활과 민간단체 사람들과의 교류를 담은 영화이다. 또한 영화에 삽입된 '젊은 조종사의 노래若鷲の歌'는 작사가 사이조 야소西條八十와 작곡가 고세키 유지가 쓰치우라土浦의 해군항공대에 하루 입대한 경험을 살려 만든 곡이다. 이 곡은 전후영화에서도 빈번히 삽입되어 사용되는 등 지금까지도 인기를 유지하고 있다.

이 시기 일본전쟁영화와 군가는 육군과 해군 등 군과의 합작으로 만들어진 영화들이 많아 사실감 있는 전투 장면을 만들어 냈으며 영화음악 또한 전쟁을 독려하는 곡들이 주을 이루었다.

11 박성진 · 이승일(2007)『조선총독부공문서』역사비평사, p.131
12 한일관계사연구논집 편찬위원회(2005)『일제식민지 지배의 구조와 성격』경인문화사, p.186

이와 같이 전시체제기 영화와 음악은 전쟁의 선전 선동에 포커스가 맞춰져 있어, 영화와 함께 주제가로 쓰인 군가들이 관객이었던 민간인으로까지 확대되어 군국가요로써 사랑받았으며, 태평양전쟁으로 인해 전투체제로 돌입하면서 조선도 일본과 동시대성을 지니고 일본의 영향 아래 재편되고 있었다.

3. 식민지 조선의 시류에 따른 화합과 변용

조선군 사령부에 보도 및 선전 기능을 담당하는 신문반이 설치된 것은 중일전쟁 직후인 1937년 10월 20일의 일이었는데, 이는 일본 육군성에 신문반이 설치된 1919년 1월 6일보다 19년 정도 뒤쳐졌다. 그러나 이후 역할 및 조직 변화의 움직임은 매우 민첩했다. 1938년 1월 17일 '여론일원화'의 취지하에 신문반이 보도반으로 확대 개조[13]되었고, 1938년 10월 13일에는 '장고봉사건張鼓峰事件'[14]이 일어나 중국과 소련 접경에 위치한 조선의 선전보도의 중요성이 높아짐에 따라 보도반이 보도부로 재개편되었다.

영화에 대한 조선군의 입김도 점차 거세지게 되었다. 1940년 무렵부터 〈조선군 보도부의 업무중 영화계의 관찰 및 영화지도업무〉에 의거하여 검열을 통한 간접지도를 통해 전반적인 조선영화 제작에 영향을 끼쳤으며[15] 1941년부터는 작품제작에 직접 관계함으로써 영화를

13 매일신보사(1938)「조선군 신문반을 보도반으로 확대개조 여론 일원화를 기대」〈매일신보〉 1938.1.18

14 장고봉사건(張鼓峰事件) : 1938년 7월 29일부터 8월 11일까지 조선, 만주국, 소련의 국경 접경지역에서 국경분쟁으로 인해 일어난 사건을 말함.

15 한상언(2009)「조선군보도부의 영화활동 연구『영화연구』41호, pp.160-161

통한 국방사상 보도선전의 모범을 제시하였다. 조선인으로서는 최초로 중일전쟁에 참전한 이인석 상병을 모델로 삼은 허영日夏英太郎 감독의 〈그대와 나君と僕〉를 제작한 것과 군사훈련소를 소재로 한 방한준 감독의 문화영화 〈승리의 뜰勝利の庭〉를 후원하기도 하였다.

영화에 대한 이러한 군부의 개입은 동시기 일본과도 공통된 현상이었다. 앞 장에서 언급하였듯이 일본 해군성이 해군기념일을 앞두고 영화제작사 수뇌부들과의 간담회를 통해 해군 군사 사상교육을 위한 시국영화 제작을 의뢰한 것에서도 알 수 있었다.

태평양전쟁 발발을 계기로 조선군 보도부도 영화통제와 활용에 보다 적극적으로 관여하게 된다. 영화통제에 있어서는 1942년 10월 26일 조선경무국 산하 문화단체인 황도문화협회 내 이른바 '우수영화'의 제작을 유도하기 위해 사단법인 〈영화기획심의회映畵企劃審議會〉가 설치되었는데, 이 조직은 '조선총독부', '조선군사령부', '국민총력조선연맹'의 3원구조로 구성되어 있었고 조선군 측에서는 보도부 소속 담당 군인이 주축을 이루었다. 영화활용의 경우 김영화 감독, 조선영화주식회사 제작의 〈우러르라 창공仰げ大空〉(1943)을 조선총독부 체신국 항공과와 함께 후원하였고 방한준 감독의 〈군인아저씨兵隊さん〉(1944)을 제작하기도 하였다. 또한 사단법인 조선영화주식회사 제작, 도요타시로豊田四良감독의 〈젊은 자태若き姿〉(1943), 모리나가 겐지로森永建次郎 감독의 문화영화 〈쇼와 19년昭和19年〉(1942), 안석영 감독의 〈조선에서 온 포로朝鮮に来た俘虜〉(1943)를 후원하기도 했다.

이는 1942년 5월 8일 일본내각이, 조선에서의 징병제 도입결정, 1943년 8월 1일 개정 병역법의 공포 및 시행, 1944년 4월 징병검사실시를 통한 징병현실화의 과정을 거치며 한반도 내에서 조선군 사령부의 위상이 더욱 높아졌기 때문이다. 반면 조선총독부의 독자적 식민지

지배력과 영화에 대한 독점 통제력은 갈수록 악화되어, 이 또한 특정 시기의 변화가 당대 시대상을 반영하고 있음을 뒷받침하는 대표적인 사례라고 볼 수 있겠다.[16] 이와 같이 극영화 제작에 있어 민간의 사단법인 〈조선영화주식회사〉와 더불어 실질적으로는 군부의 조선군 보도부에서 제작을 총괄하거나 관여했음을 살펴볼 수 있었다.

이러한 시대적인 상황에서 당시 조선에서 만들어진 극영화는 '의식계몽'과 '지원병 선전'이라는 두 가지 내용으로 크게 구별된다. 일본에서 스펙터클한 영상미를 부각하는 군사전쟁영화에 집중하였다면 조선에서는 전쟁이 심화될수록 지원병 모집과 노동, 생산, 아동 등 국책을 반영하는 영화가 주를 이루었다.

특히 1940년 작품 〈수업료〉는 조선총독부의 일본어 기관지 《京城日報》의 부록이던 《京日小學生新聞》 주최 초등학생 작문 공모에서 최우수상에 해당하는 조선총독상을 수상한, 광주 '北町公立 尋常小學校' 4학년 우수영이라는 학생의 수기를 바탕으로 한 작품이다. 주인공의 이름은 '우영달'로 바뀌었지만 어려운 가정환경 때문에 수업료를 내지 못한 초등학생이 선생님과 학우들의 도움을 받는다는 내용은 수기와 같았다. 이 작품은 조선 최초로 동시녹음으로 제작된 조선 최초의 아동 극영화였다. 기획은 니시키 모토사다西龜元貞, 각색은 야기 야스다로八木保太郎, 교사역할로는 우스다 겐지薄田研二가 출연하고 있어 마치 합작영화와 같은 느낌을 준다.[17] 〈수업료〉의 흥행은 일본에서 조선인과

16 이화진(2007) 「1943년 시점의 '조선영화' - 법인 조영의 〈젊은 자태(若き姿)〉 제작 과정을 중심으로-」 『한국극예술연구』 26호, p.155-189

17 일본에서는 이미 1937년부터 〈수업료〉와 같은 아동영화가 유행하고 있었다. 특히, 일본에서 흥행 및 비평 두 마리의 토끼를 잡은 야마모토 가지로(山本嘉次郎) 감독의 〈작문교실(綴方教室)〉(1938)은 초등학생의 작문을 원작으로 했다는 점에서 작품의 내용에 이르기까지 〈수업료〉와 비슷한 경향을 띠고 있었다. 당시 일본에 수출된 〈수업료〉는 조선(반도)의 〈작문교실〉이라는 선전문구가 따라다녔다.

일본인을 하나로 이어주고, 일본인에게는 과거를 되돌아보게 하는 아동영화로 재생산되었다.

한편 영화 〈지원병〉의 제작 의도는 영화 타이틀보다 앞서 등장하는 문구처럼 "映畵皇國 및 빛나는 황기皇紀 2천 6백년을 맞이하여 우리들 반도 영화인은 이 한 편의 영화를 미나미 지로南次郎 총독에게 바친다."는데 목적을 두고 있었다. 이 영화는 제국 일본의 국민으로서 식민지 조선인은 국가에 대한 사명을 다하였을 때 비로소 안정과 번영을 이룰 수 있다는 메시지를 강력하게 전달한다. 이 영화는 '지원병제'라는 구체적인 국책을 선전하기 위해 만들어졌기 때문에 군대장면도 다수 포함되어 있다. 그러면서도 멜로드라마나 전쟁스펙터클의 요소를 적당히 삽입하여 일본영화처럼 영화의 묘미를 살리고 있다. 또한 영화의 특성상 일본의 군사정책을 다루면서도 내선일체라는 주제의식을 강렬히 드러낸다. 특이한 점은 조선보다 이른 1940년 8월에 일본에서 먼저 개봉했다는 점이다. 조선에서는 7개월 후인 1941년 3월에 개봉되었다. 이렇듯 〈지원병〉은 일본의 군사정책이 반영된 기획을 거쳐 조선인에 의해 제작되어 일본에 먼저 배급된 후 비로소 조선에 개봉된 기획-제작-배급-상영 과정에서도 내선일체가 실현된 영화였다. 1943년부터 1945년까지 개봉된 조선인 청년의 입영과정이나 군영생활을 묘사한 조선영화는 모두 4편이었다. 〈조선해협〉(1943)은 사단법인 '조선영화사'에서, 〈군인아저씨〉(1944)는 조선군 보도부에서, 〈태양의 아이들〉(1944) 및 〈사랑과 맹세〉(1945)는 사단법인 '조선영화사'에서 제작되었다. 이들 영화는 모두 지원병제나 징병제의 대상이었고, 스토리라

〈수업료〉는 이전의 어떤 영화들보다도 일본에서 뜨거운 관심을 받았다. 조선에서와 거의 비슷한 시기에 수출되어 《キネマ旬報》에만 여섯 차례 이상 게재될 정도로 큰 호응을 얻었다. (함충범(2009) 앞의 논문, pp.94-96)

인은 주인공이 어떠한 계기로 군대에 들어가 군대생활에 임하는가를 보여주는 것이었다. 작품 속의 인물들은 모두 창씨개명을 하고, 일본어를 사용하고 있다. 이들 4편의 영화는 일본의 군사정책과 동화정책을 반영한 철저한 국책영화의 성격을 띠고 있다.

한편 1940년대의 영화 주제가들을 보면 한 곡이 여러 영화에 반복적으로 사용되고 있음을 볼 수 있다. 목적달성을 위해 관객들에게 특정 음악을 반복적으로 들려줌으로써 청각적 이미지를 시각화하는 것이다. 비슷한 유형의 국책영화에 같은 영화음악을 중복 사용함으로써 특정 이미지를 떠올리기 쉽게 만드는 것이다. 2/4박자 요나누키 장음계에 행진곡풍의 형식을 취하고 있는 「로영의 노래露営の歌」는 대표적인 영화주제곡이다.

1. 이기고 오리라. 용감하게 / 맹세하고 고향을 떠나온 이상
   공을 못 세우면 죽지 못하리 / 진군나팔소리 들을 때 마다
   눈에 떠오르는 깃발의 물결
2. 대지도 초목도 불과 함께 타오르는 / 끝없는 광야를 헤치고 걸어가는
   전진하는 일장기 철모 / 말갈기를 쓰다듬으며
   내일의 생사를 누가 알리요
3. 탄환도 탱크도 총검도 잊고 / 잠시동안 노영에 풀베개 삼아
   꿈에 나타나신 아버님께 / 전사하여 돌아오라고 격려하시네
   잠을 깨 노려보는 곳은 적의 하늘
4. 돌이켜보니 어제의 전투에서 / 피투성이 되어 씽긋
   웃으며 죽어가던 전우가 / "천황폐하 만세"라고
   남긴 목소리를 잊을 수 있을쏘냐

5. 전장에 나갈 몸 진작부터 / 버릴 각오로 있건만
울지 말거라 풀벌레여 / 동양평화를 위해서라면
어찌 목숨이 아까울쏘냐[18]

이 곡은 대표적인 일본의 국민가로서 〈도쿄마이니치신문東京日日新聞〉과 〈오사카마이니치신문大阪毎日新聞〉에서 현상 모집해 2위를 차지한 곡이다. 이 노래는 당선작인 「진군의 노래進軍の歌」 보다 국민적으로 더 큰 인기를 얻었다.[19]

작곡가 고세키 유지는 일본전통음계에 맞추어 이 곡을 작사하였고 이러한 전통적인 일본군가가 조선지원병을 독려하는 〈지원병〉과 〈군인 아저씨〉에 주제가로 삽입되어 조선인들은 영화를 보고 주제가를 들으며 저항 없이 일본정신이 스며들었을 것이다.

작사자 야부치 기이치로藪内喜一郎는 야전에 투입된 군인에게 죽음을 불사하는 투철한 군인정신을 요구한다. 피투성이에 죽어가면서도 "천황폐하 만세"를 외치며 동양평화를 위해 죽어서 돌아올 것을 격려한다.

또한 〈군인 아저씨〉에서는 「어머니가 부르신 노래母が歌える」라는 노

18 一、勝ってくるぞと　勇ましく / 誓って故郷(くに)を　出たからは / 手柄立てずに　死なりょうか / 進軍ラッパ　聞くたびに / 瞼(まぶた)に浮ぶ 旗の波
二、土も草木も火と　燃える / 果てなき曠野(こうや)　踏み分けて / 進む日の丸　鉄兜 / 馬のたてがみ　なでながら / 明日の命を　誰か知る
三、弾丸(たま)もタンクも　銃剣も / しばし露営の　草枕 / 夢に出てきた　父上に / 死んで還れと　励まされ / 覚めて睨(にら)むは　敵の空
四、思えば昨日の　戦いに / 朱(あけ)に　染まって　にっこりと / 　朱(あけ)に　染まって　にっこりと / 笑って死んだ　戦友が / 天皇陛下　万歳と / 残した声が　忘らりょか
五、戦争(いくさ)する身は　かねてから / 捨てる覚悟で　いるものを / 鳴いてくれるな　草の虫 / 東洋平和の　ためならば / なんの命が　惜しかろう (조순자(2011) 「일제강점기 국책선전 극영화의 음악 연구」 중앙대 석사논문, p.84에서 재인용)

19 金田一春彦・安西愛子(1991) 『日本の唱歌』, pp.198-199

래가 「일본남아日本男兒」와 더불어 주제가로 선정되었다. 그러나 이 노래는 당시 〈매일신보〉 기사에 주제가로 선전되어 있지만 영화에는 직접 나오지 않는다. 1절에서는 "내일 이곳에 네가 없어도 한탄하지 않으리"라며 출정을 앞둔 아들을 둔 어머니의 심정을 노래하면서 시작된다. 3, 4절에 이르면 날아오는 포탄에도 두려워하지 않는 용감한 아들의 모습을 상상한다. 영화 속에서 출정은 한 개인의 문제가 아니라 '가문의 명예'를 짊어진 사회적인 의미를 가진다. 그리고 자랑스러운 아들 뒤에는 늘 한결같은 마음으로 아들의 뜻을 존중하고 대의를 위해 목숨을 바치는 아들을 둔 자랑스러운 어머니상이 자연스레 서사되어 있다. 이 곡은 당시 조선에서 지원병을 보낼 가족을 대상으로 전 국민적 화합을 이끌기 위한 '캠페인 송'으로 활용되었다.

그러나 조선에서는 일본의 분위기와는 달랐다. 실제로 아들이 출정하는 것을 반대하는 조선 어머니의 '가족주의'를 교화하기 위해 일본여성들을 본받아 '군국의 어머니'가 되자는 대대적인 선전을 전개하였다.[20] 하지만 일본여성이 전시정책에 협력하여 사회적인 지위향상을 기대했던데 반해, 일본을 자국으로 인식할 수 없었던 조선의 어머니들은 이에 호응할 수 없었다.[21] 일제는 국책영화와 군국가요를 동원해 모성母性을 식민화하려고 노력하였지만 식민지 조선에서는 큰 반향을 일으키지 못하고, 오히려 일제에 의해 해체되어 가는 가족의 모습을 보여줄 뿐이었다.

이처럼 비장함과 서정성을 담은 군국가요들이 일본에서는 유행하였으나 조선에서의 군국가요는 본토에서만큼의 인기를 구가하지 못했다. 1937년 6월 총독부는 〈필름인정레코드규정〉을 제정하여 대중의

20 이상경(2002) 「일제말기 여성동원과 '군국(軍國)의 어머니'」 『페미니즘연구』 2호, p.207
21 안태윤(2003) 「일제말기 전시체제와 모성의 식민화」 『한국여성학』 제19권, p.108

교화를 목적으로 영화나 레코드를 총독부 차원에서 인정하는 정책을 추진한다. 이 규정으로 대중매체를 이용해 본격적으로 선전정책을 펼쳤으며 음반회사도 군국가요를 제작했다. 「후방의 남아」, 「반도의용대가」, 「남아의 의기」, 「후방의 기원」, 「정의의 행진 제국결사대」, 「종군간호부의 노래」, 「승전의 쾌보」 등이 당시 조선에서 만들어진 군국가요이다. 조선에서는 1938년 2월 이후 군국가요도 자취를 감추게 된다. 1939년부터 통제경제가 시작되면서 레코드회사들이 폐쇄되었으며 1940년에는 신체제운동으로 음반시장 전체가 위축되어 음반산업 자체가 침체기를 걷게 되었다. 일본의 경우 태평양전쟁중인 1942년 봄 〈일본축음기레코드문화협회〉가 성립되면서 음반제작사와 유통회사가 통폐합되었다. 레코드회사 또한 콜롬비아, 빅터, 킹, 제국축음기, 포리돌 5개 회사로 통폐합되었다. 1943년 12월 이후에는 일본에서도 대중가요는 물론 군국가요도 생산되기 어려운 시기가 되었다.[22]

전시체제하 길거리에서는 군가가 울려 퍼졌다. 1938년 〈육군지원병령〉 실시 때에는 「지원병의 어머니志願兵の母」를 부르게 했다. 1941년에는 조선지원병을 소재로 한 국책선전영화 〈그대와 나〉의 주제가를 남인수가 불렀다. 1943년 학도병 동원에 이어 1944년에는 징병제가 실시되었다. 조선의 길거리에는 「구단의 어머니九段の母」가 번안되어 울려 퍼졌고 「아들의 혈서」나 「우리들은 제국의 군인이다」, 「로영의 노래」, 「아버지 당신은 강했다」 등의 전의고양을 위한 군국가요와 군가만이 불려졌다. 일본어사용을 강요하기 위해 교육을 위한 교과서를 일본어로 만들어 일본어만을 쓰도록 강요했던 시기에 군가는 한글로 번역되어 불리는 아이러니한 진풍경이 벌어졌다.

22 장유정(2006) 『오빠는 풍각쟁이야』 민음사, p.339

4. 맺음말

지금까지 일제강점기의 전시체제기 국책영화의 흐름과 영화주제가로서의 군가를 고찰해 보았다. 일본에서는 자국민의 전의를 고취하고 '세계를 장악해 나아가는 자랑스러운 일본'을 알리기 위해 스펙터클한 '전쟁영화'와 '군국가요'를 주제가로 내세워 선전선동을 하였다. 그러나 식민지 조선에서는 태평양전쟁 시기에 들어서면서 지원병이 될 수 있는 아동들과 후방의 산업전선을 책임질 여성을 공략하는 국책영화를 만들어 영화를 통제하고 조선인교화에 힘썼음을 알 수 있다. 전쟁이 심화될수록 영화를 통해 전장의 승전보를 알리고 군국가요를 통해 전의의식을 고취시키려하였으나 식민지 조선에서의 군국가요는 큰 반향을 일으키지 못하고 외면되어 갔다.

즉 이 시기 조선영화와 영화음악은 직간접적으로 일본의 영향을 받았지만 식민지 특수성으로 인해 일본과 동등하게 발전될 수도 없었으며, 일제의 의도대로 교화될 수도 없었다는 것을 알 수 있었다. 이러한 일본의 통제적 교화정책이 당시 영화에 고스란히 반영되어, 일본의 전쟁영화는 미국처럼 자국민 영웅주의가 아닌, 감성에 호소하여 전장으로 나아가도록 선전 선동하는 작품들이 주를 이루고 있음을 알 수 있었다. 결국 일제의 식민지 동화정책은 전쟁의 심화와 함께 방향성을 잃었으며, 조선을 비롯한 식민지들 또한 그들의 뜻대로 움직이지 않는 이중적 모순을 낳았다. 당시의 이러한 대중예술의 비교 분석을 통해 태평양전쟁 시기 일본과 조선이 어떠한 양상으로 균열되어가고, 이질성을 띠고 있었는지 또 다른 관점에서 파악할 수 있으리라 기대해 본다.

제 5 장

제국의 욕망과 확장

Ⅰ. 만주를 향한 일제의 대륙 진출 노래

Ⅱ. 근대 韓日 歌謠에 서사된 中國

Ⅲ. 1930~1940년대 流行歌의 戰時機能

제국의 전시가요 연구

Ⅰ. 만주를 향한 일제의 대륙 진출 노래*

박제홍

1. 서론

최근 중국과 일본의 영토문제가 양국 관계를 악화시키고 있다. 이러한 상황을 초래한 직접적인 원인은 일제가 청일전쟁의 승리로 획득하여 실질적으로 지배하는 센카쿠(중국에서는 다오위다오)를 일방적으로 국유화하면서 확산되었다. 이와 같은 역할을 담당한 사람은 일본의 대표적인 우익 인사인 이시하라 신타로石原慎太郎 전 도쿄도지사로 그는

* 이 글은 2015년 3월 한국일본어교육학회 『日本語教育』(ISSN : 2005-7016) 第71집, pp.137-152에 실렸던 논문 「만주를 향한 일제의 대륙 진출 노래 고찰」을 수정 보완한 것임.

센카쿠 매입 캠페인을 통해 14억5500만 엔(210억 원)을 확보해 놓고 정부를 압박하면서 일어났다.[1] 당시 조그마한 섬이 오늘날 큰 문제로 전개될 지는 당사자인 일본과 중국도 전혀 예측하지 못했다. 문제의 핵심은 섬이 아니라 국방차원으로 생각하면 중국대륙과 인접한 매우 중요한 곳이 되기 때문이다. 일제는 대만을 식민지한 것에 만족하지 않고 결국 조선을 식민지 한 것처럼, 과거부터 섬나라를 탈피해보려고 도요토미 히데요시豊臣秀吉를 시작으로 에도江戸 말기까지 끝임 없이 이어졌다. 메이지유신 이후에는 대륙진출이 후쿠자와 유키치福沢諭吉의 탈아론脫亞論으로 시작된 일제의 아시아 맹주론에 따라, 일제가 구라파의 열강들과 나란히 동아시아의 식민지쟁탈전에 뛰어들면서 구체화 되었다. 호시탐탐 대륙진출의 기회를 노리고 있던 일제는 청일전쟁의 승리로 대만을 식민지화했지만 중국 본토의 진출은 삼국간섭으로 좌절되었다. 그러나 일제는 이것을 거울삼아 英日동맹을 맺고 러시아에 대한 경계를 계속 유지하다가 마침내 러일전쟁의 승리로 중국진출의 교두보를 확보할 수 있었다. 이어 한반도를 강점한 후에도 끊임없이 대륙진출의 야망은 계속되다가 만주사변으로 일제가 추구하는 이상국가를 건설하였다. 그러나 패전으로 중국대륙에서 완전히 철수하면서 섬나라 일본으로 남게 되었다.

본고에서는 일제가 창가, 군가, 엔가 등 노래를 통해서 만주를 어떻게 부르고 있는지 살펴보고자 한다. 음악을 통한 일제의 대륙진출 야망을 살펴본다는 것은 매우 의미 있는 일일 것이다. 특히 오늘날 까지

1 미국의 워싱턴을 방문하던 중에 이시하라 신타로는 미국의 보수적인 정책연구기관인 '헤리티지 재단주최 심포지엄에서 "東京(도쿄)이 센가쿠 열도를 지킨다. 어느 나라가 싫어 할 것인가 일본인이 일본의 국토를 지키기 위해서 섬을 취득한다는데 무슨 불만이 있을 것인가." 라고 말했다.(2012년4월17日09시13분 読売新聞より)

동아시아 국가와의 영토분쟁의 당사자인 일본으로서 당시에 어떠한 방향으로 만주를 바라보고 있고 어떻게 국민을 여론화했는지 파악하고자 한다. 이를 통해 일제의 대륙진출의 흔적을 체계적으로 살펴봄으로써 최근 빠르게 진행되고 있는 일본의 우경화에 대한 대비에도 의의가 있을 것으로 사료된다.

2. 대륙진출의 교두보 만주

만주는 중국의 일개 부족을 지칭하는 고유명사가 침략 과정에서 지역명으로 사용된 단어이기에 현재 중국에서는 원칙적으로 사용하지 않고 있다. 따라서 만주의 현재 지역명은 중국 동북으로 바뀌졌다. 당시의 만주국의 영토는 黑龍江省, 吉林省, 遼寧省의 소위 동북 3성과 현재의 내몽고자치구 중에 大興安嶺山脈 동쪽이었다. 만주의 광활한 토지와 풍부한 자원에 비해 인구는 일본의 4분의 1정도로 매우 적었다.

> 1931년 만주국이 탄생할 무렵 영토는 일본의 2배에 가깝고, 독일과 프랑스를 합할 정도로 넓었다. 인구는 3성을 합해서 3400만 정도이다. 결국 면적은 2배인데 인구는 꼭 그 절반 정도이다. 게다가 자원이 매우 풍부하다. 철도 있고 석탄도 있다. 최근에는 석유도 나온다. 임산업, 농산업도 염려할 필요가 없다. 앞으로는 이제까지 暴虐無雙한 군벌정치로부터 벗어나서 왕도에 의한 선정이 베풀어진다면 10년 20년 안정을 유지할 것이다. 일본의 개발이 순조롭게 결실을 보면 놀라울 국가가 완성될 것이다.[2]

일제는 만주를 순조롭게 개발한다면 놀랄 말할 국가가 될 것이라고 호헌장담을 했지만 치안불안에 따른 자국민의 비협조로 이주정책이 성공하지 못하고 있었다. 따라서 일제는 만주국을 정상적으로 경영하기 위해서 농업청년들을 만주로 이주시키려고 노래를 만들어 선전하고 보급하였다. 그러나 군인이나 남만주철도 및 부속 기업관계자를 제외한 순수 일반농업 이민자들은 매우 적었다. 실제로 패전 당시 만주에 거주하는 약 155만명의 일본인 중에 조선인 70만명, 대만인 30만명을 제외하면 내지인(순수일본인)은 50여만명에 지나지 않았다. 더욱이 만주는 대만이나 조선의 식민지처럼 미국, 영국 등의 선진 제국주의의 정치적, 경제적 비호와 승인 아래 획득한 식민지와는 달리, 일제가 파시즘국가로서 아시아 지배의 길로 내닫는 첫걸음의 땅이었다. 또한 만주는 아시아 여러 민족지배의 장대한 실험장으로 그 뒤부터 전개된 '대동아공영권' 구상의 원점이라는 위치를 지니고 있었다.

역사적으로 살펴볼 때 만주 진출에 대한 집착은 일제뿐만 아니고 러시아도 매우 적극적이었다. 러시아는 청나라 때 흑룡강을 따라 만주의 진출을 꾀하였으나 청나라에 패하여 실패하였다. 또다시 크림전쟁(1853-56)에서도 패하여 발칸반도로의 남하정책이 실패로 끝나자 만주진출에 대한 정책에 집중하였다. 마침내 제2차 아편전쟁(1856-60) 후 러시아는 영국과 청나라의 교섭 중개역할을 맡아 편리를 도모해 준 대가로 만주철도부설권을 획득하고 다롄大連을 조차했다.[3] 이에 반해

2 社團法人滿洲文化協會(1933)『滿洲八年 滿洲年鑑』, 滿洲文化協會發行, p.3 "滿洲國の領土は広い、日本の2倍に近く、獨逸と佛蘭西とを併せた程の広さである。人口は三省併せて3,400萬位である。つまり面積は日本の2倍と云ふのに、人口は其調恰度半分である。然も資源は極めて豐富である。鉄もある。石炭もある。此頃は石油も出きる。林産と農産も心配はいらない。今後此迄の如き暴虐無雙の軍閥政治から脱がれて、王道による善政が布かれて十年二十年と安康を保ち、日本の開発が順調に結實を見るならば、驚くべき国家が出来上る事であらう。"

만주에 대한 일제의 대륙진출은 청일전쟁 후 청나라로부터 랴오뚱遼東 반도를 할당 받은 것이 최초였다. 그러나 러시아, 프랑스, 독일이 "랴오뚱반도를 일본이 보유하는 것은 동양의 안정을 해친다."고 주장한 삼국의 간섭으로 성공하지 못하였다. 실제적인 식민지지배의 개시는 러일전쟁 후 포츠머스조약에 의해 러시아가 가지고 있던 關東州 조차권과 동중국철도의 남쪽부분(남만주철도)의 권익 계승을 청나라에 강요 승인받은 이후부터라 할 수 있다.

그러나 러일전쟁 직후 만주에 대한 이미지는 일본인들에게 부정적으로 비쳐지고 있었다. 1909년 만철총재 나카무라 제코中村是公의 초대로 1909년 9월 2일 도쿄를 출발하여 10월 17일까지 46일간 만주를 여행하고 돌아온 나쓰메 소세키夏目漱石는 『만한 이곳저곳』에서 무리를 지어 우글대는 개미처럼 생명력이 넘치면서도 '혀가 없는 인간'처럼 묵묵히 일하는 존재로 중국인 쿨리苦力를 묘사하면서 만주에서는 인내와 정력이 '운명의 그늘'이 되어 있다고 관찰하고 있다. 또한 소세키는 소설 속에서도 만주에서 돌아온 사람을 섬뜩한 일종의 파멸형 인간으로 그린 것에서 알 수 있듯이 만주에 대해서는 개발도상의 동물적 에너지는 충만하지만 삭막한 공간으로서, 표현하기 힘든 위화감을 가지고 바라보고 있었다.[4] 이에 대해 윤상인은 다롄大連항에서 중국인 노동자를 '내려 보았던' 소세키의 관찰적인 시선은 비대칭 관계 상황에서만 가능한 셈이다. 타자를 '본다'는 것이 지배를 향한 권력의지의 준비단계 정도에 속한다고 할 때, 소세키 본인이 의식했거나, 하지 않았거나를 불문하고 그가 투사한 '관찰하고' '내려다보고' '바라보는' 시선의 정치학은 결국 제국에 대한 욕망으로 귀결될 수밖에 없을 것이다.[5]고 주

3 渋谷由里(2004)『馬賊で見る「満洲」』講談社, p.41
4 야마무로 신이치 · 윤대석 옮김(2009)『키메라-만주국의 초상-』소명출판, p.319

장하고 있다. 이와 같은 일본 우월주의 이중적인 잣대 속에서 만주에 대한 노래는 계속 되었다. 1906년 朝日新聞社가 주최한 '滿韓巡遊船'는 7월 25일부터 8월 23일까지 30일간의 일정으로 1906년 6월 22일 朝日新聞 지상에 대대적인 기획을 발표하였다.[6] 당시 유아사 한게쓰湯浅半月는 「滿韓巡遊歌」에서 다음과 같이 노래하고 있다.

> 가라, 가라, 바다에 가려거든 인천항 다롄만
> 아직 못 가본 항구를 가보자꾸나
> 보라, 보라, 산을 보려거든 만주벌판 한반도
> 신기한 봉우리 보고 오너라.[7] 〈『東京朝日新聞』(1960.7.2)〉

이상과 같이 만주와 한국은 역사적으로 청일과 러일전쟁의 역사적인 기록이 남아있는 곳으로 장차 제국의 지리적인 확장의 시발점으로 더 나아가 조선에서 만주로 만주에서 유럽으로 진출의 땅으로 인식시키고 있다.

3. 노래속의 만주

청일전쟁 이전의 엔가演歌에서는 만주라는 지명의 단어가 나오지 않고 대신 청나라, 중국인支那人을 미래의 가상 적국으로 선정하여 적개심

5 윤상인(2006)『만주에 대한 학제간 연구방법 모색』「제국의 시선-나쓰메소세키의 중국동북부 여행에 대해-」「만주학회 제14차 학술대회」, p.6
6 李良姫(2007)『植民地朝鮮における朝鮮総督府の観光政策』「北東アジア研究」第13号
7 行け、行け、海に　行くならば　仁川港大連灣 / まだみぬ浦を　行きみてよ
看よ、看よ、山を　みるならば 滿洲全野 韓半島 / みなれぬ峯を　みてかへれ

을 높이고 있었다. 1889년 히트한 노래 「欽慕節」에서 "칼끝을 맛보면/ 쉽게 중국인을 무너뜨리고/ 만리장성 점령하고/ 십리반 가면 북경성이다"[8]라고 이미 청일전쟁이 일어나기 5년 전부터 演歌師를 통해 유행했다. 이는 일제가 호시탐탐 조선의 내정에 간섭하면서 조선을 경유한 대륙진출의 의도를 표출한 것으로 볼 수 있다. 이 당시의 노래들은 '청나라를 쳐부수자'라는 슬로건이 대부분이었다. 1891년 『국민창가집』에 수록된 「적은 몇만」에서는 구체적인 청나라를 거명하고 있지 않지만 '적을 두려워 하지마라' '일장기에 부끄럽지 않도록 돌격해라' '죽어서 도망가는 것보다 죽는 것이 명예롭다'라고 장차 청나라와의 전쟁에 임해야 하는 일본 국민의 자세를 가르치고 있다. 1892년 전국에서 유행한 「겐코우元寇」는 1274・1281년 두 번에 걸친 원나라의 공격을 가미가제神風의 도움으로 무찔렀다는 내용으로 지금의 청나라를 견제할 목적으로 제작되어 불러졌다. 청일전쟁 직후에는 심상소학교 및 고등소학교용 검정 창가교과서인 『大捷軍歌』(1896)를 발행하여 보급하였다. 내용은 일본군이 승리한 「豊島전투」, 「成歡전투」, 「平壤전투」, 「黃海전투」 들의 노래와 병사들의 전투 모습을 노래한 「눈 내리는 밤의 척후」, 「야영의 달」, 「용감한 수병」, 「병사의 귀감」 등의 군가가 들어있다. 그 중에서 「豊島전투」에서는 "천황폐하 만만세/ 일본해군 만만세/ 이 용감한 승리의 함성/ 淸軍의 정복 시작되었네."[9] 라고 청일전쟁의 승리로 청나라 정복이 시작되었고 메이지 천황에게 승리의 축하를 올리고 있다.

〈러일전쟁〉이 한창 때인 1904년 문부성에서는 『戰爭唱歌』를 편찬하

8 "劍のキツ先味はへと　なんなく支那人打ち倒し　萬里の長城乗り取って　一里半行きゃ北京城よ" (岡野弁(1988) 『演歌源流・考』 學藝書林, p.148)

9 "天皇陛下萬々歲　日本海軍萬々歲　このいさましき勝関ぞ　征淸軍乗のはじめなる" (海後宗臣(1974) 『日本教科書大系近代編第二十五卷唱歌』 講談社, p.192)

여 고등소학교용으로 보급하였다. 목록을 보면 「러시아 정복과 토벌의 노래」, 「제1회 뤼순입구 공격 및 인천 앞바다 해전의 노래」, 「제4회 뤼순입구 공격의 노래」, 「제7회 뤼순입구 공격의 노래」, 「九連城 占領의 노래」, 「閉塞隊의 노래」, 「南山점령의 노래」, 「得利寺 附近 戰爭의 노래」, 「뤼순항의 海戰의 노래」 등으로 일제가 승리한 전투만을 선택하여 자세히 전투상황을 노래하고 있다. 「러시아 정복과 토벌의 노래」에서는 "아 만주가 그의 소유라면/ 한국의 보존 순식간에 무너지고/ 동양평화 기할 수 없다"[10]라고 러시아가 승리하여 만주를 소유한다면 한국도 위험하고 동양평화를 기할 수 없다고 반드시 러일전쟁의 승리를 기원하고 있다. 러일전쟁이 끝난 후에는 만주대신 봉천, 뤼순 등의 전쟁터의 지명이 자주 나오고 있다. 이는 러일전쟁 후 남만주철도 부설권이 러시아에서 일본으로 넘어간 시점이었기 때문이다. 1906년 오와다 다케키大和田建樹가 만든 「만한철도창가』에서 '흔적이 남아있는 만주 땅을 밟은 일도 오늘뿐이구나' 라고 언급하면서도 아직은 청나라의 땅이기에 마지막 절에서 '아아 청국도 한국도 함께 친근한 이웃 나라이다'로 아직은 청나라 안의 만주로 표현하고 있다. 그렇다면 만주를 노래한 곡들이 시대적으로 어떻게 기술하고 있는지를 살펴보고자 한다.

3.1 창가로 불려진 '만주'

일제는 러일전쟁의 승리로 라오뚱 지역의 땅을 다시 확보하자 재빨리 자국민에게 전쟁의 상처를 치유하고 경제적인 난국을 타개할 목적으로 「鐵道唱歌」(1900)를 모방한 「滿韓鐵道唱歌」(1906)를 만들어 보급시켰다. 이 「滿韓鐵道唱歌」는 일본의 유명한 교과서 회사인 긴코도

10 "あ一滿洲がその有ならば/ 韓の保全期たちまち崩れ/ 東洋平和期すとも成らず"(海後宗臣(1974) 앞의 책, p.268)

金港堂에서 발행하였다. 표지에는 '文部省檢定濟 高等小學校 唱歌科 兒童用'이라고 적혀있으며, 이 창가집이 당시 일본의 초등교육기관이었던 尋常小學校의 상위단계이며, 현재의 5, 6학년에 해당되는 학교의 어린이용으로 만들어진 교과서였다는 것을 알 수 있다.[11] 경인선(1900), 경부선(1905), 경의선(1906)이 차례로 완공하자 만주의 南滿洲鐵道[12]를 러시아로부터 양도 받은 일제는 신의주와 연결시켜 중국의 본토로 여행갈 수 있다는 것을 아래의 서문과 같이 홍보하고 있다.

> 러일전쟁은 우리 제국의 신기원으로 만한의 경영은 신일본의 제일의 국가방침이다. 그러므로 오늘날의 소년자제에게 어렸을 때부터 만한지리를 통달하게 하는 것은 눈앞에 직면한 급무로 인식하지 않으면 안 된다.[13]

특히 일제는 만주와 한반도의 경영이 제일 우선해야 할 국가방침이라고 하면서 어렸을 때부터 아동들에게 만주지리를 통달하는 것이 급선무임을 강조하고 있다. 가사 의 중요 경유지는 시모노세키에서 배를

11 大竹聖美(2003)「근대 한일『철도창가』-오와다 다케키(大和田 建樹)『滿韓鐵道唱歌』(1906)와 崔南善『京釜鐵道歌』(1908)-」 성신여대 연구논문집, pp.76-77

12 일본의 중국침략의 발판이 된 국책회사로 1905년 포츠담조약으로 러시아로부터 양도 받아서 1906년 설립한 회사로 초대총재는 고토 신페이(後藤新平) 영업은 1907년 4월 1일부터 다이렌(大連)-모우카톤(孟家屯)-안토우(安東)-호우텐(奉天)간의 시작으로 개시되어 1911년 11월에 조선총독부철도와 연결되어 신의주-안토우(安東)간이 개통되었다. 찰도 부속지의 경영과 철도수비대의 주둔 등 정치적 군사적 성격이 강하고, 철도경영에 의한 영리추구와 만주식민지화의 국책추구라는 2개의 목적을 가지고 있었다. 본사는 처음에는 도쿄에 있었으나 후에 다이렌으로 옮겼다.

13 "日露の役は我が帝国の新紀元にして、滿韓の経営は新日本が随一の國是たり。されば、今日の年少子弟をして、夙に滿韓の地理に通曉せしめことは、目下の急務に数ふべきに非ずや。" (大和田建樹(1906)『滿韓鐵道唱歌』金港堂, p.3 序文)

타고 부산으로 가서, 경부선을 타고 올라와 영등포에서 경인선인 인천을 거쳐, 다시 경성으로 돌아와 평양과 펑톈奉天 그리고 종착역인 다롄大連에 도착하면서 마무리 되어 있다.

1. 기적소리 우렁차게 / 시모노세키를 뒤로 배를 저어서
   거친 파도를 헤치고 백 해리 / 계림팔도 어디드냐
27. 정주 선천 신의주 / 앞은 해안 물결치는 파도 높네
   만한국경의 압록강 / 아리나리 강[14]이 여기로구나
54. 아침 햇살에 반짝이는 일장기 / 산 넘어 산에 세우고
   개가를 울리는 아군의 / 그때의 심정이 생각나네.
58. 다롄을 출항하는 / 정기선은 무슨 호이냐
   흔적이 남아있는 만주의 / 땅을 밟을 일도 오늘뿐이구나
60. 아아 청국도 한국도 / 함께 친근한 이웃 나라다
   가깝게 서로 왕래하여 / 갈고 닦지 않으면 문제 많아질 것이다.[15]

〈『満韓鉄道唱歌』(1906)〉

14 신공황후의 삼한정벌 후 신라왕은 "앞으로 일본에 복속해서 해마다 공물을 바칠 것을 약속하고, 그리고 이 약속은 동쪽으로 뜨는 태양이 서쪽으로 나오지 한『アリナレ川』鴨緑江의 물이 거꾸로 흐르지 않는 한, 또한 강가의 돌이 하늘로 올라가서 별이 되지 않는 한 결코 변함없을 것입니다."라고 서약했다는 日本書紀에 등장하는 강으로 압록강을 지칭한다고 한다.

15 一、汽笛の響いさましく / 馬関(ばかん)を後に漕(こ)ぎ出(い)でて
   蹴破(けやぶ)る荒波百海里 / 鶏林八道(けいりんはちどう) いづかたぞ
二七、定州宣川新義州 / 前は岸うつ波高き
   満韓境(さかい)の鴨緑江(おうりょくこう) / アリナレ川は是かとよ
五四、朝日にきらめく日の御旗 / 山又山にさし立(たて)て
   凱歌(がいか)うたいし我軍の / 当時の心ぞ思わるる
五八、大連湾を出港の / 定期の船は何丸ぞ
   名残は残る満洲の / 地を踏む事も今日ばかり
六〇、ああ清国(しんこく)も 韓国も / 共に親しき 隣国ぞ
   互いに近く 行きかいて / 研(みが)かん問題 数多し

가사에 등장하고 있는 지명은 대부분 임진왜란과 청일전쟁, 러일전쟁에서 영웅들이 승리한 곳이 대부분이다. 등장인명은 도요토미 히데요시豊臣秀吉, 고니시 유키나가小西行長, 가토 기요마사加藤清正, 구로다 나가마사黒田長政 등 임진왜란과 관계있는 장수와 청일, 러일전쟁에 출전하여 큰 공을 세운 구로키 다메모토黒木為楨, 오카자키岡崎 여단, 다치바나橘 육군중령, 히로세広瀬武夫 해군중령, 노기乃木 육군대장 등 많은 군인들이 등장하고 있다. 이는 아동들에게 자국의 영토 확장에 대한 자부심과 긍지를 고취시키려는 의도로 만들어진 노래임을 알 수 있게 해준다. 마지막 가사에서는 '아아 청국도 한국도 함께 할 친근한 이웃 나라다'라고 하면서 매우 친하게 지내지 않으면 안 될 것을 강조하고 있다.

한편 1911년부터 일본문부성이 편찬한 국정 창가교과서인 『尋常小學唱歌』 제4학년 12과 「히로세広瀬武夫 중령」, 20과 「다치바나橘 중령」, 제5학년 15과 노기乃木 대장을 칭송한 「水師營의 회견」이 들어있다. 이후 1932년 새롭게 개정 편찬된 『新訂尋常小學唱歌』에서도 동일한 학년과 동일한 가사로 들어있다. 『初等科音樂』(1941) 1학년에서는 처음으로 「삼용사」가 들어가 있다. 이 노래는 상해사변(1932) 때 적에게 고립된 아군을 구하기 위해 적진으로 돌진하여 길을 열고 자폭한 세 용사를 칭송한 것이다. 『初等科音樂』 권2-18과에는 「히로세 중령」 『初等科音樂』 권3-8과에는 「양자강」, 12과에는 「다치바나 중령」, 『初等科音樂』 권4-4과에는 「日本海海戰」, 8과에는 「滿洲의 광야」, 18과에는 「水師營의 會見」이 들어 있다. 그 중에서 『初等科音樂』 권4-8 「滿洲의 광야」를 살펴보면,

1. 보이는 내내 끝이 없는 / 여기 만주의 넓은 들판.
   아침 햇살에 빛나고 / 저 멀리 양떼들도 보이네

2. 광야를 건너가는 구름그리자 / 봐라 드넓은 구름의 그림자
   콩밭을 건너가네 / 바람이 부는 대로 건너가네
3. 하늘은 저녁놀 붉은 빛 / 이제 해저무는 지평선
   버드나무 가로수와 논두렁길도 / 조용히 희미하게 저물어가네[16]

〈『初等科音樂』 권4-8과 「滿洲のひろ野」(1942)〉

'광활한 들판', '양떼들', '넓은 구름 그림자', '지평선'을 시각화한 드넓은 만주의 광야를 서사적으로 노래하였고 기존의 전쟁 이미지에서 탈피하여 아동들에게 평화로운 곳임을 심어주고 있다. 또한 1941년 12월 태평양전쟁으로 전쟁이 확대 된 가운데 일제로서는 조선과 중국 등을 하나로 합하여 大東亞共營圈을 구축하기 위해서 만주에 대한 동경을 불러 일으켜 이주를 권장하기 위한 목적도 숨어있다고 할 수 있다. 문부성 편찬 초등학교용 창가서의 대부분의 곡들은 러일전쟁의 영웅과 이와 관련 있는 사건 중심의 간접적인 방법으로 만주를 노래하고 있다.

3.2 일본을 떠나 광활한 만주를 향하여

1920년대에 청년들 사이에 널리 애창된 「馬賊의 노래」에 등장한 마적들은 러일전쟁 당시 민간인들로부터 수집한 첩보활동 정보를 만주에 주둔한 일본군에게 제공했다. 그들 중에는 의용병으로 자발적으로

16 一、見わたす限り はてもなく / ここ滿洲の ひろ野原
朝の光りに かがやきて / 羊(ひつじ)の群も 遠く見ゆ
二、ひろ野をわたる 雲のかげ / 見よ おほらかに 雲のかげ
大豆畠を わたり行く / 風のまにまに わたり行く
三、空は夕やけ あかね色 / いま 日は沈む 地平線
やなぎ並木も あぜ道も / 静にあはく 暮れて行く

참가하였는데 도야마 미쓰루頭山滿가 만든 정치 결사대인 후쿠오카福岡의 겐요사玄洋社에 참가한 경우도 있었다.

「마적의 노래馬賊の歌」는 1922년 무렵, 중국 대륙에서 유랑자의 노래로 불러진 후 일본으로 흘러들어온 노래이다. 대륙 진출론의 최선봉에 섰던 미야자키 도우텐宮崎滔天[17]이 강연회를 열 때마다 이 노래를 高唱하여 우레와 같은 박수를 받았다고 한다.[18] 이 노래가 나오고 나서 1년 후 관동대지진(1923)이 일어났기에 사회적인 불안감 때문에 대부분의 사람들이 무력감에 빠져서 슬픈 노래를 부르고 있을 뿐이었다.[19] 어수선한 국내 분위기를 분산시키고 과거 사무라이의 동경과 넓은 중국대륙의 환상을 심어주고 있어서 이 노래가 크게 유행한 것으로 생각된다. 이 노래는 광활한 만주의 대지를 말을 타고 활보하는 자신의 모습을 상상하며, 현실의 자신 모습과 대비시켜 보랏빛 낙원으로 아래와 같이 선동하고 있다.

1. 나도 갈께 너도 가자 / 좁은 일본에 살기 싫어졌다.
2. 파도 저편에 중국이 있다. / 중국에는 4억의 국민이 기다린다.
3. 나에게는 부모도 없고 / 이별을 아쉬워하는 사람도 없네.
4. 다만 애처로운 연인과 / 꿈속에서 모습을 더듬을 뿐
5. 고향을 떠날 때는 옥같은 피부 / 지금은 창과 검의 상처
6. 이것이 진정한 남자 아닌가 / 미소 띤 얼굴에 일자 수염
7. 장백산 아침바람에 / 검을 치켜들고 엎드려 생각하니
8. 북만주의 대평야 / 내가 살 집으로는 아직 좁다.

17 미야자키 도텐(宮崎 滔天)은 일본에서 쑨원(孫文)을 지원해서 辛亥革命을 지지해 준 혁명가, 浪曲家이다.

18 金田一春彦・安西愛子(1982), 『日本の唱歌(下)』, 講談社文庫, p.175

19 添田知道(1982) 『演歌の明治大正史』 刀水書房, p.274

9. 황국을 떠난지 10여년 / 지금은 만주의 대마적
10. 아시아 높은 봉우리 숲 사이에서 / 투입된 부하가 5천명
11. 오늘은 길림성 밖에서 / 망아지 발굽소리 숨을 죽이고
12. 내일 습격할 봉천부 / 긴 머리 바람에 흩날리며
13. 휙 번뜩이는 번갯불에 / 오늘 노획물이 5만량
14. 내지르는 창끝에서 / 용이 피를 토한다는 흑룡강
15. 은빛 달 높고 하늘이 개어있는 / 고비사막에서의 야숙[20]

〈「馬賊の歌」(1922)〉

중국대륙의 넓은 땅 그리고 5,000명의 부하와 하루의 5만량의 노획물 등은 일본에서는 상상할 수 없는 이야기이다. 또한 사내다운 거친 피부와 말발굽 소리는 불안한 일본의 좁은 땅을 탈출하여 중국으로 진출할 것을 간접적으로 유도하고 있다. 더구나 숨이 막힐 듯이 좁은 일본의 생활에 싫증을 느낀 사람들은 광활하고 끝없이 이어지는 큰 스케일 대륙의 모든 것이 상상 이상으로 매력이 있어서 동경하였다. 이때

20 一、僕も行くから 君も行け / 狭い日本にゃ 住みあいた
二、波の彼方(あち)にゃ支那がある / 支那には四億の 民が待つ
三、俺に父なく 母もなく / 別れを惜しむ 者もなし
四、ただいたわしの 恋人や / 夢に姿を 辿(たど)るのみ
五、国を出たときゃ 玉の肌 / 今じゃ槍傷(やりぎず)剣傷(つるぎきず)
六、これぞ誠の 男(お)の子じゃと / 微笑む面(つら)に 針の髭(ひげ)
七、長白山の 朝風に / 剣をかざして 附(ふ)し見れば
八、北満洲の 大平野 / 己が住家にゃ まだ狭い
九、御国を去って 十余年 / 今じゃ満洲の 大馬賊
十、亜細亜高根(たかね)の 繁間(しげま)より / 繰り出す手下が 五千人
十一、今日吉林(きつりん)の 城外に / 駒(こま)の蹄(ひづめ)を 忍ばせて
十二、明日は襲(おそ)わん 奉天府 / 長髪(ちょうはつ)風に 靡(なび)かせて
十三、さっと閃(ひらめ)く 電光(でんこう)に / 今日の獲物(えもの)が 五万両
十四、繰り出す槍の 穂先(ほさき)より / 荘竜血を吐く 黒竜江
十五、銀月(ぎんげつ)高く 空晴るる / ゴビの砂漠にゃ草枕

부터 만주하면 馬賊이라는 이미지가 생겨 난데에는 '일본에는 없는 자유스런 대평원이 펼쳐진 만주의 동경'에서 '한손에 권총을 쥐고 달려나가는 馬賊이 활약하는 荒野'를 당시의 일본인이 미국의 서부극과 비슷한 이미지로 연상되어서 히트한 것으로 파악하고 있다.[21] 더구나 중국에서 마적의 총두목으로 명성이 드높은 고히나타 하쿠로小日向白朗(1900-1982)는 단신으로 중국대륙에 건너가서 포로에서 최고까지 올라간 일본인 마적으로 유명하였다. 또 한사람인 다테 준노스케伊達順之助(1892-1948)는 만몽 독립운동과 산동 자치연합군으로 참가했던 대륙의 떠돌이 무사이며 마적으로 유명하였다. 특히 그는 전국시대 무장 다테 마사무네伊達政宗의 직계 자손이었고 아버지는 센다이仙台 藩知事인 다테 무네아쓰伊達宗敦였다. 이상과 같이 「馬賊의 노래」는 위의 두 사람처럼 실제로 중국에서 마적으로 명성을 떨치는 노래의 가사로 일본에 보급되어 많은 일본인들에게 만주에 대한 관심을 높였다고 할 수 있다.

3.3 만주를 지키는 수비대의 노래

1927년대의 금융 공항을 시작으로 1929년 가을에는 미국 월가의 주식폭락에 따라 세계경제대공항의 충격을 받은 일본은 1930년부터 심각한 불경기에 빠지게 되었다. 국민생활이 빈곤하여 탄압해도 좌익노동자의 수는 계속 늘어나 1931년에는 실업자가 350만명에 달했다. 따라서 구인자가 일을 하고 싶어도 일할 자리가 없었다. 이러한 문제점을 해결하기 위해서 일제는 본격적인 새로운 식민지를 획득하여 불황을 타개하려는 그 대상지로 만주를 선택했다. 대부분의 농촌출신자로

21 渋谷由里(2004)『馬賊で見る「満洲」』講談社, p.22

뭉쳐진 관동군은 1931년 만주에서 단독적으로 군사행동을 감행하여 대공황으로 점차 피폐해가는 농촌의 빈곤을 해결하려는 수단으로 일제가 선택한 무력행사가 바로 만주사건이었다. 만주사변 이후 만주에서는 광활한 대륙의 광야에서 '자유'와 '희망'에 넘쳐서 생활할 것으로 착각을 일으킨 일본의 국내 대중들은 만주 국경의 노래를 좋아하여 애창하였다.[22] 아래의 「朝鮮北境警備의 노래」는 1927년에 만들어진 노래로 영하 30도가 넘는 혹한 속에서도 경비를 철통같이 수호하는 수비대의 임무를 아래와 같이 자랑스럽게 노래하고 있다.

1. 여기는 조선 북단의 / 이천여리 압록강 / 건너면 광활한 남만주
2. 극한 영하 30도 / 음력 4월 중순 눈이 녹고 / 여름은 물이 끓는 100여도
3. 임무를 다하는 우리들 동포가 / 편안한 꿈에서도 맺을 수 없는 / 경비의 고생 누가 알까
4. 강 건너 습격해 오는 / 불량배의 불시 공격에 / 아내도 총들고 응전하네.
5. 황국을 위한다면 / 내 목숨 이슬처럼 / 버리는 것 아깝지 않네.
6. 호랑이는 죽어서 가죽 남기고 / 사람은 죽어서 이름 남긴다. / 조선의 경비를 위하여[23] 〈「朝鮮北境警備の歌」(1927)〉

위의 내용에서 불량배를 물리치기 위해서 부인도 함께 총을 들고 응

22 長田暁二(1970)『日本軍歌大全集』全音楽譜出版社, pp.38-40 참조

23 一、此処は朝鮮 北端の / 二百里あまりの 鴨緑江 / わたれば広漠南満洲
二、極寒零下三十度 / 卯月(うづき)半ばに雪消えて / 夏は水沸く百度余ぞ
三、務むる吾等 同胞(はらから)の / 安き夢だに 結び得ぬ / 警備(の辛苦 誰か知る
四、河を渡りて襲い来る / 不逞の輩(やから)の不意打ちに / 妻も銃とり応戦す
五、御国の為と思いなば / 露よりもろき我が命 / 捨(す)つるに何か惜しからん
六、虎は死しても皮とどめ / 人は死しても名を残す / 朝鮮警備のそが為に

사한다는 수비대의 굳은 각오를 엿볼 수 있다. 조선을 지키고 황국을 위한다면 기꺼이 목숨을 버리기를 각오하는 늠름한 황국의 수비대를 찬양하고 있다. 또한 만주의 남만주 철도를 수비하는 「独立守備隊의 노래」[24]에서는 다음과 같이 노래하고 있다.

1. 아― 만주의 대평야 / 아시아 대륙 동쪽에서 / 시작하는 곳 황해의 / 파도치는 해안 끝에서부터 / 꾸불꾸불 북으로 3천리 / 동아시아의 문화 진출하네. / 남만주철도의 / 수비 임무를 맡은 우리부대
2. 후란텐[25]을 뒤로하고 / 다이세쓰교[26] 지나니 / 북쪽은 호텐 고슈레이 / 끝은 신쿄 제일선은 / 렌잔세키[27]로, 죠슌으로 / 두 갈래 철길 만주의 / 대동맥을 이루는 곳 / 수비는 견고하게 우리가 지키네.
3. 황사먼지 캄캄하게 하늘을 덮고 / 푸른 숲에 바람이 사납게 불어와도 / 갑옷 소맷자락 한번 닿으면 / 악마를 항복시킨 검이 허리에서 우네 / 무더위에 철을 녹이는 한낮도 / 눈과 얼음이 피부를 찢는 밤에도 / 고통을 참아내며 국방의 / 제일선에 용감하게 섰네.
4. 안과 바깥에서 여러 가지로 / 백성이 지켜보는 대상이 되어 / 은혜와 위엄 한 결같이 베풀고 / 다가오는 것을 맞이하고 동인의 / 덕을 검

24 1905년 포츠머스조약의 결과 일본은 러시아의 만주에서의 권리를 계승한다. 12월에 북경협약을 체결하여 이 권리를 승인받았다. 내용은 장춘(長春)이남의 철도, 즉 남만주철도 1km마다 15명의 철도수비병을 놓을 권리가 포함되어 있다. 이 권리에 기초하여 남만주에 独立守備隊가 설치되었다. 鉄道의 길이가 1100km이기 때문에 수비병은 16500명이 되지만 실제로 만주사변 당시独立守備隊의 병사 수는 약 5000명에 지나지 않았다.

25 1905년 포츠머스조약에 의해 일본에 이양된 普蘭店管区가 설치되었다.

26 다이세키교(大石橋)의 전투는 러일전쟁 중에 남만주철도본선을 연결하는 大石橋에서 러시아육군인 시베리아 제1군단 및 시베리아 제 4군단을 일본육군 제 4군단이 공격하여 승리한 전투이다.

27 連山関(れんざんせき)는 독립수비대대의 주둔지로서 안동과 봉천선 일대의 철도 수비를 맞고 있다.

의 칼날로 지키는 / 무인의 지조, 아니 굳건히 / 창을 베게삼아 밤마다 / 꿈만 꾸네. 영원한 번영

5. 아– 십만의 영령 / 고요히 잠든 대륙에 / 남겨놓은 공훈 이어 받아서 / 국위를 떨친 동양의 / 오래 동안 평화를 이상으로 / 책무를 다하는 수비대의 / 그 이름 영원히 명예로워라 / 그 이름 영원히 번영하리라.[28]

〈「独立守備隊の歌」(1929)〉

1929년 발표한 이 노래는 어려운 환경임에도 불구하고 비상사태에 대비하여 봉천 외에 5군데에 분산 배치되어 남만주철도의 수비를 담당한 6개 대대 대원의 각오와 다짐을 노래하고 있다. 일본을 시작으로 동아시아 문화 진출의 통로인 남만주철도를 자신들이 지키고 있다는 자부심이 잘 나타나있다. 고비사막에서 불어오는 황사먼지와 추운 겨울날씨와 더운 여름 날씨를 극복하여 국방의 임무를 완수하여 러일전

28 一、ああ満洲の大平野 / アジア大陸東より / 始まるところ黄海の / 波打つ岸に端開(はしひら)き / えんえん北に三百里 / 東亜(とうあ)の文化進め行く / 南満洲鉄道の / 守備の任負う(にんおう)我が部隊

二、普蘭店(ふらんてん)をば後にして / 大石橋(だいせつきょう)を過ぎ行けば / 北は奉天(ほうてん)公主嶺(こうしゅれい) / はては新京(しんきょう)一線は / 連山関(れんざんせき)に長春(ちょうしゅん)に / 二条の鉄路満洲の / 大動脈をなすところ / 守りは固し我が備え

三、黄塵(こうじん)暗く天を覆(お)い / 緑林(りょくりん)風に狂うとも / 鎧(よろい)の袖(そで)の一触れと / 降魔(ごうま)の剣腰に鳴る / 炎熱(えんねつ)鉄を溶かす日も / 氷雪(ひょうせつ)膚(はだ)を裂く夜半(よわ)も / 難(かた)きに耐えて国防の / 第一線に勇(いさ)み立つ

四、内と外との　もろもろの / 民(たみ)の環視(かんし)の　的となり / 恩威(おんい)ひとしく　施(ほどこ)して / 来たるを迎え　同仁(どうじん)の / 徳を剣(つるぎ)の　刃(は)に守る / 武人の操(みさお)　いや固め / 鉾(ほこ)を枕に夜な夜なの / 夢にのみ見る永久(とわ)の栄(はえ)

五、ああ十万の英霊(えいれい)の / 静かに眠る大陸に / のこせし勲(いさお)うけつぎて / 国威を振るい東洋の / 長き平和を理想とし / 務めにつくす守備隊の / 名は永遠に誉(ほまれ)あれ / 名は永遠に栄(さかえ)あれ

쟁 때 죽은 약 10만의 병사들의 희생정신을 이어받아 국위를 떨치고 동양의 평화를 이룩할 것을 다짐하고 있다. 이 외에도 「朝鮮北境警備의 노래」(1927)와 「独立守備隊의 노래」(1929)이 있는데, 이들 노래는 軍歌이어서 수비대원들의 각오와 만주의 혹독한 자연 환경을 부각시킨 반면, 「馬賊의 노래」는 일반 대중을 대상으로 한 演歌이어서 만주의 좋은 점에 초점이 맞추어져 있다는 특징이 있다.

3.4 만주국을 향한 이민의 노래

1931년 10월 2일 만주국이 공식적으로 출발하게 되었다. 건국의 이념으로 五族協和와 王道樂土라는 캐치플레이즈를 내걸었다. 五族協和란 만주에 거주하고 있는 漢人, 滿人, 蒙古人, 朝鮮人, 日本人들이 서로 협력하며 살아간다는 뜻이다. 1934년 만주국 황제로 추대 된 푸의溥儀는 청나라 마지막 황제가 아니고 만주국의 집권자로서 취급하였다. 王道樂土란 만주국 건국의 이념으로 아시아적 이상국가樂土를 서양의 무력에 의한 통치覇道가 아니고 동양의 덕치에 의한 통치王道를 만든다는 의미이다. 만주사변이후 일본에서는 만주로 出兵하는 병사를 위문할 목적으로 朝日新聞社가 기획하여 발표한 유행가 「滿洲行進曲」(1932)이 크게 인기를 얻었다.[29]

1. 지난 러일전쟁 때 / 용사들의 뼈를 묻은
   충혼탑을 우러러 보아라 / 붉은 선혈로 물든
   석양을 받으며 하늘 높이 / 수만리 광야에 우뚝 솟았네
6. 동양평화를 위해서 라면 / 우리들의 목숨 버려도

29 小村公次(2011)『徹底検證日本の軍歌戰爭の時代と音樂』學習の友社, p.134

어찌 아까우랴 일본의 / 생명선은 여기에 있다

구천만의 동포와 / 함께 지키세 만주를[30] 〈「滿洲行進曲」(1932)〉

러일전쟁의 전사자들의 충혼탑을 참배 후 동양평화를 위해서 만주를 지켜야 한다는 굳은 각오를 노래하고 있다. 이 노래는 당시 빅레코드에서 발매하여 히트하였고 이 후에 등장하는 軍國歌謠의 선구가 되었다. 일제는 1933년부터 만주사변이 끝나고 만주국이 성립되자 대대적으로 만주를 홍보하기 시작했다. "가라 만주로, 개척하라 만주몽고의 신천지!"[31]라는 희망이 넘친 선전문구로 선동하여 청소년들에게 대륙행의 열기를 상승시켰다. 만주이민을 장려하기 위하여 만든 노래가 보급되었는데 「너는 만주」가 대표적이다. 만주의 군인과 후방에서 일하는 농민이 각각의 임무와 본국과 외지와 지역은 다르지만 황국을 위해 임무는 동일하다. 즉 황국의 신민이라면 죽어서 야스쿠니신사靖国神社에 모셔지는 영광스러운 죽음을 선택하라고 아래와 같이 미화하고 있다.

1. 너는 만주에서 총을 들고 / 나는 고향에서 괭이를 들었네.
   맡은 임무는 다르지만 / 똑같이 황국을 위한 일이다
2. 나아가라 용사여 나라를 위해 / 웃으면서 죽는다고 말하지만
   병사의 쓰라린 고생을 헤아리며 / 내리는 호령도 피 눈물

30 一、過ぎし日露の 戦いに / 勇士の骨を 埋めたる
忠霊塔を 仰ぎ見よ / 赤き血潮に 色染めし
夕陽を浴びて 空高く / 千里広野に 聳えたり
六、東洋平和の 為ならば / 我等が命 捨つるとも
何か惜しまん 日本の / 生命線は ここにあり
九千万の 同胞と / 共に守らん 満洲を

31 "行け満洲へ、拓け滿蒙の新天地!" (長田暁二(1970) 앞의 책, p.102)

3. 주로 날아온 탄환 제거 하려무나 / 살아 돌아온다고 말하지 못하겠네.
   천황을 위해 언제까지나 / 무사히 공적을 세우기 위해
4. 바다에서 죽어도 들에서 산화해도 / 천황께 바친 목숨이라면
   무엇이 아까우랴 무사의 / 기상은 구단의 꽃되어 피어나리.[32]

〈「君は満洲」(1933)〉

위의 「너는 만주」가 천황과 황국을 위한 희생을 강조한 노래라면 아래의 「만주를 생각하니」는 만주에서 고생하는 군인들을 안타깝게 그리고 있다. 노래를 부른 가수 오토마루音丸[33]는 「너는 만주」에 이어서 「수비병節」 「만주창가」 「야영의 꿈」 「아 우리 전우」 「만주생활」 등 일련의 만주시리즈를 노래하였다.

1. 그래 또다시 눈 내리는 하늘 밤바람은 세차고
   머-언 만주가, 그래 만주가 걱정되누나.
2. 그래 생각이 나더라도 떠올리면 안돼
   목숨을 바친 그래 목숨을 바친 사람인 것을
3. 하아- 하늘도 마음도 미련이 없지만
   만주를 생각하니 그래 떠올리니 울적하구나

32 一、君は満洲で銃を執る / 僕は故郷で鍬を執る / 果たす務めは変われども / 同じ御国の為じゃもの
二、進めつわもの国の為 / 笑うて死ねよと言うものの / 兵の辛苦を思いやり / 降す号令も血の涙
三、主に贈りし弾丸除けは / 生きて帰れと言うじゃない / 君の御為いつまでも / 無事で手柄を立てる為
四、海で朽ちよと野で散ろと / 君に捧げた命なら / 何の惜しかろもののふの / 意気は九段の花と咲く

33 오토마루(音丸 : 1906-1976) 大正、昭和시대에 활약한 여가수. 「満洲를 생각하면」 「満洲눈보라」 「너는 満洲」 등 満洲시리즈물이 그녀의 주 레퍼토리로 알려져 있다.

4. 그래 멈춰라 눈보라 멈춰라 흥안 세찬바람 불어대니
총을 잡았네 그래 총 잡은 손이 언다
5. 그래 푸념 따윈 하지말자 미련 아니야 울지 않으리
남편은 나라의, 그래 나라의 간성[34] 〈「満洲おもえば」(1936)〉

만주의 자연환경에서 고생하는 군인들에게 마지막에는 황국의 희생양이라고 불만을 토로하고 있다. 이처럼 일제가 만주국을 건설한 후 많은 이민자들이 만주로 향했다. 만주이민은 관동군의 요청과 국내농촌의 위기의식과 연관되면서 시작되었다. 만주이민의 대상지는 만주국경과 만주의 중핵도시 외곽이 많았다. 또한 재향군인에 의한 무장이민으로서 1933년 3월에는 제1차 자위이민단 492명, 7월에는 제2차 이민단 455명이 지린성吉林省 이란依蘭지방으로 이주했다. 이민 적지는 원래 중국인이 경작하고 있어서 결국 무력으로 중국인을 쫓아내고 땅을 취득하는 경우가 많았다.[35]

1938년 12월에 「북만소식」이라는 노래가 나왔다. 「북만소식」은 1월 발매된 「上海소식」이 히트하자 3월에 발매된 「南京소식」에 이은 제3탄의 소식물 노래였다. 1938년 발매한 「북만소식」은 평판은 좋았지만 「上海소식」에는 미치지 못했다. 이 노래는 동장군에 의한 북만주의 양상을 전달하고 특히 본국에 있는 일본인들에게는 혹한의 소련 국경을 경비하는 병사들의 군복무의 어려움을 재차 인식시키고 있다.

34 一、ハアーまたも雪空　夜風の寒さ / 遠い満洲がエー満洲が気にかかる
二、ハアー思い出すとも　出させちゃすまぬ / 命捧げたエー捧げた人じゃもの
三、ハアー空も心も未練じゃないが / 満洲想えばエー想えば曇りがち
四、ハアー吹くな吹雪くな興安おろし / 吹雪きゃ銃執るエー銃執る手が凍る
五、ハアー 愚痴じゃ申さぬ未練じゃ泣くな / 主は御国のエー御国の人柱
35 森武麿(1993)『日本の歴史アジア・太平洋戰爭』集英社, p.47

「만주아가씨滿洲娘」는 1938년 11월 テイチク(帝蓄)レコード가 핫도리 도미코服部富子의 가창으로 발매해서 히트했다. 당시의 만주는 표면적으로는 동란의 바람이 휘몰아치는 중국본토와는 달리 평화로운 나날이 계속되었고 마침내 점차 적토의 광야에도 새로운 씨앗이 싹트기 시작함을 아래와 같이 노래하고 있다.

1. 나는 열여섯 만주아가씨 / 봄이에요 3월 눈이 녹고 / 개나리가 피면 / 시집갑니다. 이웃 마을 / 왕씨 기다려 주세요.
2. 징과 북을 치면서 / 꽃마차에 흔들리어 / 부끄럽고 기쁘네요 / 시집가는 날이 꿈만 같네요 / 왕씨 기다려 주세요.
3. 눈이여 얼음이여 찬바람은 / 북쪽 러시아에서 불어라 / 엄마와 나들이옷 만들고 기다리네 / 만주의 봄이여 뛰어오너라 / 왕씨 기다려 주세요.[36]

〈「滿洲娘」(1938)〉

추운 겨울이 빨리 지나가고 봄이 와서 시집갈 날을 기다리는 서정적인 노래로 만주아가씨와 왕씨의 만주결혼 풍습을 간접적으로 잘 묘사하고 있다. 아이러니하게도 1937년에는 〈중일전쟁〉이 발발하여 중국에서는 전쟁에 몰두한 가운데에서도 만주에서는 비교적 평화로운 일상이 지속되고 있다고 국민을 안심시키고 있다는 것이다. 점차 태평양전쟁으로 전선이 확대대면서 만주에 관한 노래는 대동아공영권 구축

36 一 私十六滿洲娘 / 春よ三月雪解けに / 迎春花(インチュンホウ)が咲いたなら / お嫁にゆきます隣村(となりむら) / 王(わん)さん待ってて頂戴(ちょうだい)ね
二 ドラや太鼓に送られ乍(ながら) / 花の馬車(マーチョ)に揺られてく / 恥かしいやら嬉(うれ)しやら / お嫁に行く日の夢ばかり / 王さん待ってて頂戴ね
三 雪によ氷よ冷たい風は / 北のロシやで吹けばよい / 晴着(はれぎ)も母と縫(ぬ)うて待つ / 滿洲の春よ飛んで来い / 王さん待ってて頂戴ね

위한 노래로 바뀌지고 방송을 통한 시국가요로 변해 갔다.

5. 결론

일제는 메이지유신 이후에도 기회가 주어지면 대륙진출에 야욕을 품고 있었는데 그 기회가 청일전쟁이었다. 즉 승리로 대만을 식민지 했지만 중국대륙의 진출은 3국 간섭으로 좌절되었다. 러일전쟁의 승리로 일제는 기존의 러시아가 가지고 있던 關東州 조차권과 東支鐵道의 남쪽부분(남만주철도)을 청나라로부터 양도받았다. 마침내 대륙진출의 기회를 얻게 된 일본은 1906년 『만선철도창가』를 통해서 만주의 곳곳을 노래로 소개하였다.

청일전쟁 이전의 노래에서는 만주라는 단어는 거의 등장하지 않고 청나라를 미래의 가상 적국으로 선정하여 적개심을 심어주는데 주력하였다. 중국 대륙에서 일본으로 흘러들어온 「마적의 노래」는 관동대지진으로 사회적인 불안감 때문에 무력감에 빠져 있는 사람들에게 넓은 중국대륙의 환상을 심어주어 만주로의 이민을 유도하였다. 영하 30도가 넘는 혹한 속에서도 경비를 철통같이 수호하는 「朝鮮北境警備의 노래」와 만주의 남만주 철도를 수비하는 「独立守備隊의 노래」를 통하여 만주가 안전하다는 인식을 심어 주기 위함이었다.

만주사변 이후 만주를 '자유'와 '희망'에 넘치는 땅으로 착각한 일본의 대중들은 만주노래를 좋아하여 애창하였다. 「만주행진곡」, 「너는 만주」는 만주의 군인과 신민이 서로 힘을 합쳐 황국의 임무를 다하자고 다짐한 노래가 등장했다. 「만주의 아가씨」(1938)는 시집갈 날을 기다리는 서정적인 노래 가사로 만주의 결혼 풍습을 간접적으로 잘 묘사하고 있다. 또 중일전쟁 중임에도 만주에서는 비교적 평화로운 일상이 지속되는 것처럼 묘사하고 있다. 전선이 태평양전쟁으로 확대대면서 만주에 관한 노래는 점차로 사라지고 태평양전쟁의 승리를 위한 군가와 戰時歌謠가 그 뒤를 이었다.

본 연구를 통해서 일제가 시대별 노래의 변화 속에 숨어 있는 일제의 대륙진출의 흔적을 찾을 수 있었다. 또한 일제가 대륙진출의 정당성을 선동하고 찬양할 목적으로, 노래(演說歌, 軍歌, 唱歌, 演歌 등)를 演歌師와 학교 교육 그리고 방송과 레코드 등의 미디어를 통해서도 적극 활용했다는 것을 알 수 있었다.

제국의 전시가요 연구

Ⅱ. 근대 韓日 歌謠에 서사된 中國*

장미경 · 김순전

1. 들어가며

대중가요는 서양의 클래식음악과는 달리, 당시대의 사회상과 대중의 정서를 반영하고 있다. 대중가요는 예술적으로 얕다 하더라도 그 표현되는 감정은 거짓이 없는 삶의 반영물이라 할 수 있다.[1]

대중심리 반영의 결과물인 대중가요가 사랑을 받을 수 있었던 것은 각자의 영역에서 당시대 대중의 삶을 위로해 주었기 때문이다. 특히

* 이 글은 2015년 9월 한국일본어문학회 『日本語文學』(ISSN:1266-0576) 第66집, pp.193-213에 실린 「日帝末 韓日 大衆歌謠에 表象된 空間 '中國'」을 수정 보완한 것임.

1 장유정(2006) 『오빠는 풍각쟁이야』 민음사, p.191

일제강점기에는 그 시대를 민감하게 반영하여, 사적인 세계는 물론이고, 시국가와 같은 군국가요도 있었고, 민족의 독립심을 고취시키는 노래가 있다.[2]

1920년대 산미증산 계획으로 조선인들은, 滿洲, 하얼빈, 상하이上海, 하와이, 미국에 이르기까지, 상실한 고국을 떠나야만 했다. 〈만주사변〉과 〈중일전쟁〉을 거치면서 중국대륙에 대한 언급이 많아지고 그에 대한 관심이 고조되면서, 노래의 소재로도 많이 사용되는 변화가 나타났다. 건전가요 또는 전쟁분위기의 행진곡과 만주나 중국 등의 이국異國을 연상시키는 요소가 가미된 노래가 많이 등장하게 된 것이다. 한반도 북쪽지역 혹은 중국 대륙에 대한 관심이 나타나거나 음악에서 중국풍이 등장하는 등, 만주사변 이후 〈대동아공영권〉의 분위기가 노래되었다. 희망찬 분위기를 암시하는 국책문화의 분위기가 형성되면서, 이에 편승하는 노래도 많이 만들어졌다. 이처럼 조선인의 타국이주가 늘어감에 따라, 그에 관련된 노래들이 다양하게 등장하기 시작한 것이다.

이런 것들은 그 시대의 흐름에 따라 변화하는 사회현상을 반영하는데, 일본의 군국주의적 전시체제를 강화한 것과 관련이 있다.

본고에서는 일제강점 말기에 중국이라는 공간이 어떻게 조선과 일본의 대중가요에 투영되었고, 상징된 정서가 어떻게 반영되어 나타났는지 살펴보고자 한다.[3] 사회적 변화현황에 따른 음악의 반응양상과 그와 관련된 문제들을 제대로 알기 위해서는 이에 대한 올바른 역사적, 사회적 문제들의 이해가 필요하다고 여겨진다.

2 곽다운(2001) 「대중가요가 중등음악교육에 미치는 영향」 계명대 석사논문, p.1
3 본고에서는 1930-40년대까지 주로 한국과 일본에서 불렸던 대중가요, 演歌를 분석하였다. 엔카는 永岡書店 編(1978) 『日本演歌大全集』에 수록된 노래를 가지고 분석하였다.

2. 시대의 흐름에 따른 번안가요 유입

일제강점기는 한국음악사의 발전과정에서 급변하는 양상을 보여주는 시기이다. 우리나라의 대중가요는 유행창가가 음반화되면서 시작된다고도 할 수 있다. 유입된 서양음악과 일본음악도 라디오나 유성기 음반과 같은 대중매체의 발달과 함께 새로운 장르의 음악을 만들어냈다. 특히 찬송가를 통해 소개된 서양음악 및 일본식 창가가 한국음악은 물론 유행가까지 큰 영향을 끼쳤다. 한일합병 이후로 많은 일본인들이 조선으로 건너옴에 따라, 일본인 거주자가 늘어났으며[4] 일본의 대중문화가 들어와, 그 중에 대중음악인 엔카演歌가 점차 조선에서도 불리게 되었다.[5] 당연한 결과로 일본의 엔카풍演歌風의 가요가 조선의 대중가요에도 스며들게 되었다.

잡지「四海公論」에 실린 異河潤의 글「朝鮮流行歌의 變遷」에서는 조선의 대중가요가 엔카의 영향을 받았다고 적고 있다.

> 다른部分에서와 맛찬가지로 우리는 朝鮮의流행歌만을 分離해가지고는 그 變遷乃至 發展相을 말할수는업다. 그 中에서도「酒は涙か」(丘を越えて)「時雨ひもどき」(忘られぬ花)「港の雨」(哀しき夜)「無情の夢」(二人は若い)等의 流행을 無視하고 넘어갈수업슬뿐만아니라 朝鮮에서製作된 流행歌以上으로 流행하였고 또感銘깁븐 그것들이아니면안된다. 果然古賀

4 조선에 사는 일본인의 수는 1876년(54명)→ 1895년(12,303명)→ 1905년(42,460명)→ 1911년(210,989명)→ 1919년(346,619명)→ 1931년(514,666명)→ 1942년(752,823명)이다.(岡野弁(1988),「演歌源流.考」,學藝書林, p. 228)

5 현재까지 밝혀진 바로는 1925년으로 추정되는 일본축음기상회의 음반인데, 도월색이 부른「압록강절(鴨綠江節)」,「시들은 방초(船頭小唄)」, 김산월이 부른「장한몽가(金色夜叉)」「이 풍진 세상을(蕩子自嘆歌)」등으로 모두가 일본에서 온 번안가요였다. (이영미(2006)『한국대중가요사』민속원, p.62)

> 政男 江口夜時 大關祐而같은 作曲家는 半島作曲家의 事實상 先 輩요 그들에게 끼처준바影響이 決코 적은것이 아니라하겟다.[6]

이처럼 조선의 유행가는 일본의 엔카演歌를 분리해서 생각할 수 없을 정도로 많은 연관성을 갖고 있다고 할 수 있다. 더욱이 1930년대에 이르러 일본어 상용이 강요된 시대의 영향으로 일본가요의 번안과 일본곡에 한국말 가사를 붙여 많이 불려졌다. 1930년대 대중가요의 양적인 발전이 한창 이루어지고 있을 때, 정치적인 상황에 따른 대중가요의 흐름에 변화가 있었다.

> 政治的變動이 流行歌에서 影響되는것슨 今事變에서만 볼 수 있는 現象이아니오 滿洲事變後에는 滿洲를 舞臺로한 「滿洲想へば」「君は滿洲」 等의 流行歌가 나왔었고 南洋群島의 倭任統治問題가 擡頭하엿었을 時代에는 「カナカ娘」「南洋の娘」等의 歌謠가 流行하였다.이로한 事實로만 보와도 時代相이 얼마나 鋭敏하게 流行歌를 反映되는가를 想像할 수 있다.[7]

'만주', '국경', '북국' 등 중국과 만주를 연상시키는 단어가 노래가사에 자주 등장하여 인구에 회자된 것은 정치상황의 변동이 대중가요에도 영향을 끼쳤다는 사실을 증명하는 것이다.

가사가 약간 변경되어 불리게 된 번안가요는 많이 있지만, 이규남이 노래한 「차이나 달밤」은 핫도리 료이치服部良一가 작곡한 「차이나 탱고」의 번안곡, 김능자가 부른 「만주 아가씨」는 스즈키 데쓰오鈴木哲夫가 작곡한 「滿洲娘」의 번안곡, 송금랑이 부른 「가지를 마세요」는 다케오카

6 「四海公論」 4권 9호, 1938. 9월호

7 조광사(1940) 「전시하의 레코드계」 『朝光』 54호, 1940. 4

노부유키竹岡信幸가 작곡한 「支那の夜」의 번안곡이다. 중국을 노래한 번안가요 3곡을 대비하여 살펴보자.

「支那の夜」(1938)	「가지를 마세요」
一、支那の夜　支那の夜よ 港の灯　紫の夜に 上る　ジャンクの　夢の船 ああ忘られぬ　濃き湖弓の音 支那の夜　支那の夜 二、支那の夜　支那の夜 柳の窓に　ランタンゆれて 赤い鳥かご　支那娘 ああやるせない　愛の歌 支那の夜　夢の夜	1. 중국의 밤, 중국의 밤이여 항구의 불빛, 자줏빛 밤에 오르는 정크선은 꿈의 배 음~ 잊을 수 없는 진한 호궁의 소리 중국의 밤, 꿈속의 밤 2. 중국의 밤, 중국의 밤이여 버드나무 창가에 랜턴이 흔들리고 빨간 새장을 안은 중국 아가씨 음~ 안타까운 사랑의 노래 중국의 밤, 꿈속의 밤
〈作詞：西条八十　作曲：竹岡信幸〉	

「支那の夜」이 「가지를 마세요」로 번안되어 불렸을 때, 가사는 거의 그대로 번안되었는데, 1절에서만 "支那の夜　支那の夜"가 "중국의 밤, 꿈속의 밤"으로 한국어 음률에 맞춰 살짝 바뀌어졌음을 알 수 있다. 〈중일전쟁〉 이후 상당한 인기로 영화로까지 제작되었다.

「満州娘」(1938)	「만주아가씨」
一、私十六　満州娘 春よ三月　雪解けに 迎春花が　咲いたなら お嫁に行きます　隣村 王さん待ってて　頂戴ネ 三、雪よ氷よ　冷たい　風は 北のロシヤで　吹けばよい 晴着も母と　縫うて待つ 満州の春よ 飛んで来い 王さん待ってて　頂戴ネ	1. 나는 열여섯 만주아가씨 따뜻한 춘삼월 눈 녹음에 영춘화 영춘화 곱게 피면은 시집을 갑니다. 이웃마을로 왕씨 기다려 주세요 네 3. 눈이여 얼음이여 차가운 바람은 북쪽 러시아에서 불면 좋아 새옷도 어머니와 만들며 기다리네 만주의 봄이여 빨리 오렴 왕씨 기다려 주세요 네
〈作詞:石松秋二　作曲:鈴木哲夫〉	

이 노래는 핫도리 도미코腹部富子가 불렀는데, 처음 제작 당시에는 가사가 지나치게 감상적이라는 이유로 발매금지처분을 받았다. 나중에 남녀간의 사랑을 표현하지 않는다는 조건으로 뒤늦게 발매승인을 받았다. 이 노래는 나중에 『鴛鴦歌合戰』이라는 제목으로 영화화되기도 하였다.

「チャイナ タンゴ」(1940)	「차이나 달밤」
一、チャイナ・タンゴ　夢の唄 紅の提灯　ゆらゆらと 風にゆれ　唄にゆれ ゆれてくれゆく　支那の街 チャイナ・タウン　月の夜 チャイナ・タンゴ夢ほのぼのと チャルメラも　消えてゆく 遠い赤い灯　青い灯も クーニャンの　前髪の やるせなくなく　夜は更ける	1. 차이나 탱고 꿈의 노래 붉은 초롱 하늘 하늘 바람에 흔들려 노래에 흔들려 흔들리며 저무는 중국의 거리 차이나타운 달 밤 차이나 탱고 꿈 어렴풋이 차르멜라도 사라져가네 먼 붉은 등불 푸른 불빛도 아가씨의 앞머리에 속절없이 울면서 밤은 깊어가네
〈作詩 : 藤浦 洸　作曲 : 服部良一〉	

이 세 곡은 어떤 이데올로기도 없기에 원곡 그대로 번안되어서 불렸으며, 젊은 아가씨의 사랑이야기가 있을 뿐이다.

당시 번안가요의 흐름은 등장인물이나 배경이 조선으로 바뀌거나, 조선 정세에 비슷하게 만들어졌다. 그러나 중국 등 타국을 노래한 엔카는 거의 가사와 지명도 그대로 번역되어 불린 것을 알 수 있다.

3. 중국 관련 한일 대중가요

3.1 조선에서 불린 만주 관련 노래

1931년에 〈만주사변〉이 일어나고, 선만일여鮮滿一如의 슬로건을 건 일제는 아시아는 물론 세계를 제패하겠다는 야욕으로 중국대륙을 넘보기 시작하였다. 일제는 조선 사람들을 만주로 강제 이주시켜 농사를 짓게 했는데 척박한 황무지를 개척해 군량미를 확보하려는 것이 목적이었다.

조선총독부에 의한 대규모 강제 집단 이주정책으로 1920년대와 1930년대를 지나는 동안에 매년 15만명 정도가 정든 농촌을 떠나, 만주를 향해 출발했다. 이처럼 만주로 이주하는 사람이 많아지고, 만주에 사는 조선인들을 위한 여러 가지 기관과 단체도 많이 결성되게 되었다. 만주이민을 독려하는 가사歌詞를 현상모집 하였는데, 다음은 「在滿洲朝鮮人通信」 38호에 실린 〈滿洲國民生部主催懸賞當選歌〉인 「國民歌」이다.

1. 亞細亞 東方에 大陸萬餘里 / 기름진 이 강산에 동포 三千萬/
   億萬代 살아갈 平和의 나라 / 복되도다 그 이름 滿洲國일세
2. 長城의 열닌門 進軍의 喇叭 / 堂々한 우리 皇軍 막을者뉘냐/
   正義의 칼날은 亞細亞爲해 / 四億萬 머리우에 춤을추도다[8]

〈「國民歌」(崔守福 作)〉

'현상당선작'이라는 것을 감안하더라도 이 노래에서는 만주이민 정

8 「在滿洲朝鮮人通信」 38호 1937.p.10

책에 많은 심혈을 기울였고 일제의 이주정책을 숨은 그림으로 장치해 놓은 것이었음을 알 수 있다. 어차피 고향을 떠나야 할 바에는, 기름진 땅으로 억만대 살아갈 드넓은 만주행은 조선인에게는 어쩌면 유토피아로 가는 희망의 신천지이기도 하였다.

대동아공영권의 건설을 선전하는 영화의 주제가인 「복지만리」[9]에서도 "저 언덕을 넘어서면 새 세상의 문이 있다."라고 하여 노골적으로 대륙침략과 만주이주를 선전 선동하고 있다.

조선민요의 대표곡으로서, 또는 민족을 대표하는 노래인 「아리랑」의 "일년 열두달 지은 농사 / 북간도 갈 차비 부족이라네." 라는 구절에도 중국으로 떠나려는 사람들의 절실함이 서려 있었다.

일제가 '만주선滿洲線'[10]을 설치하자, 「울리는 만주선」이라는 노래로 조선인의 만주이민을 노래하였다.

1. 푹푹칙칙 푹푹칙칙 뛰이—이
떠난다, 타관 천리他關千里, 안개 서린, 음—, 벌판을.
정情은 들고 못 살 바엔, 아—아-, 이별離別이 좋다.
달려라 달려, 달려라 달려.
하늘은 청황적색靑黃赤色, 저녁 노을 떠돌고
차창車窓에는 담배 연기 서릿서릿서릿서릿 풀린다 풀린다.

3. 푹푹칙칙 푹푹칙칙 뛰이—이
건넌다, 검정다리, 달빛어린, 음—, 철교鐵橋를.

9 트럼펫 소리가 전주로 울려 퍼지는 행진곡 분위기의 음악에 "달 실은 마차다 해 실은 마차다 / 청대콩 벌판 위에 휘파람을 불며 불며 / 저 언덕을 넘어서면 새 세상의 문이 있다."는 가사가 있다.

10 '만주선'이란 '만주선' 철도노선(鐵道路線)만을 가리킨다기보다는, 그저 '만주(滿洲)로 가는 철도(鐵道)', 또는 '남북 만주(南北滿洲)를 잇는 철도 노선(鐵道路線)'이라는 포괄적인 뜻으로도 쓰였다 할 수 있다.

고향故鄕에서 못 살 바엔, 아—아 타향他鄕이 좋다.

달려라 달려, 달려라 달려,

크고 작은 정거장停車場엔 기적汽笛 소래 남기고

찾아가는 그 세상世上은 나도 나도 나도 나도 모른다 모른다.[11]

〈「울리는 만주선滿洲線」〉

이주자들의 심정을 반영한 노래인데, 북국으로 가는 이민자의 이향離鄕의 슬픔과 신천지로 가는 불안과 희망을 표현하고 있다. 서두에서 기적소리가 생생한 실감을 떠올리게 함으로 만주라는 신천지에 대한 희망을 제시하였지만 타관천리로 가야만 하는 당시의 감정이 들어 있다. 가사에 나온 "정情은 들고 못 살 바엔"에서 강제이주임을 강하게 암시하는 말이고 "찾아가는 그 세상은 나도 나도 나도 나도 모른다 모른다."는 어쩔 수 없이 가야만 하는 불안한 심리를 표출하였다. 만주는 일종의 도피이면서 절실한 삶의 적극적인 동참이기도 하였다.[12] 고향을 떠난 사람들의 그리움과 향수병이 「만주의 달」 「오동동극단」이라는 노래로 만들어졌다.

1. 사랑을 잃은지라 뜬세상을 버리고 / 흐르고 또 흘러서 정처없이 가오니 / 울지나 말아다오 만주 하늘 저 달아
2. 다시는 안 만나리 만날 생각 없어도 / 못 만나 아픈 가슴 안고 사는 내 신세 / 울지나 말아다오 만주 하늘 저 달아[13] 〈「만주의 달」〉

11 조명암(趙鳴岩) 작사, 손목인(孫牧人) 작곡, 남인수(南仁樹) 노래, 1938년 9월, '오케(OKEH)레코드' 신보(新譜), 출반(出盤)

12 장미경 · 김순전(2009) 「『국민문학』에 실린 간도개척소설고찰」 한국외대 일본연구소, p.291

13 1937년, 에구치 요시(江口夜時) 작곡, 채규엽 노래

1. 南滿洲다 北滿洲다 표장은 흐른다 / 나는야 오동나무 가극단 아가씨다 / 초승달 보름달을 白頭山 우에 걸구서 / 재주넘는 그내쑬에 재주넘는 그내쑬에 고향을 본다.
2. 챠무쓰다 安東縣징소린 울린다 / 나는야 열입곱 쌀 담부링 아가씨다. 앵무새 우러우러 어머니 사진 보는 밤 / 눈물어린 벼개머리 눈물어린 벼개머리 꿈두 젓는다.[14] 〈「오동동극단」〉

이처럼 만주에 대한 내용은 고향을 그리워하는 내용의 가사가 대부분이다. 만주나 북간도 등 타국으로 가게 된 사람들은 고향상실감에 시달려야 했고, 그와 같은 상실감이 대중가요에도 투영되었다.

만주사변은 사회적인 불안 의식을 조장하였고, 애상적인 분위기의 음악은 당시대 사람들의 감성을 자극하였다. 일제강점기 대중가요에서 '향수' '타향' '고향'이라는 시어가 유독 많이 등장하는 것은 이와 같은 맥락에서 이해할 수 있다. 현실이 각박하고 어려울수록 낙원으로서의 고향은 정서적 공간이자 도피처로 작용할 수밖에 없다.[15] 만주는 살기 위한 이민이주가 대부분이었지만, 1918년 만주에 있는 독립군이 '독립선언서'를 발표한 후, 조선독립운동의 거점지이기도 하였다.

광야를 헤치고 달리는 사나이 / 오늘은 북간도 내일은 몽고땅 / 흐르고 또 흘러 부평초 같은 몸 / 고향땅 떠난지 그 몇 해이런가 / 석양 하늘 등에지고 달려가는 독립군아 / 남아 일생 가는 길은 미련이 없어야

〈「광야를 달리는 독립군」〉

14 처녀림 작사, 무적인 작곡, 백난아 노래
15 류경동(1998) 「1930년대 후반문학의 근대성과 자기 성찰」 상허문화학회 깊은샘, p.364

위의 노래는 이청전이 신흥무관학교 생도 300명을 이끌고 이동할 때 부른 이색적인 가요이다. 멜로디는 당시 유행하던 「사의 찬미」에서 따왔는데 원곡의 가사가 죽음을 결심한, 비감을 표현한 것인 만큼 고국을 떠나 북간도에 있어야만 하는 비장감이 감돈다. 다음은 이규송 작사, 강윤석 작곡, 강석연이 노래한 「방랑가」이다.

> 피 식은 젊은이 눈물에 젖어/ 낙망과 설음에 병든 몸으로
> 북국한설 오로라로 끝없이 가는 / 애달픈 이 내 가슴 뉘가 알거나
>
> 〈「방랑가」(1931)〉

여기서 "피 식은 젊은이"라는 구절이 주는 강렬함이 식민지 시대의 절망과 설움을 구체적으로 느끼게 해준다. 1930년에 이애리수의 노래로 취입된 것으로 봐서, 당시에는 매우 인기 있었던 노래였음을 알 수 있다. 이 노래는 이후 만주 등 北國에서의 방랑을 그리는 수많은 대중가요의 원조격이라고 할 수 있다. 이 가사의 정치적 배경은 실로 처참하였지만 만주 일대에서 활동했던 독립군들의 비분강개한 심정으로 자주 불렀다고 한다. 사회적 · 시대적 배경으로 한 노래로서, 정든 고향땅을 눈물어린 눈으로 뒤돌아보며 떠나야 하는 유랑민流浪民의 설움이 착잡한 내면적 갈등을 직간접적으로 표출하여, 일제日帝에 대한 민족적 반감을 강렬하게 대변하고 있다.

그러나 이와 반대로 시국가요라는 느낌이 드는 이민정책에 호응하는 가요도 만들어지곤 하였다. 조명암 작사, 박시춘 작곡, 이화자가 노래한 「목단강 편지」가 그것이다.

> 한번 읽고 단념하고 두 번 읽고 맹세햇소 / 목단강 건너가며 보내주신

이 사연을 / 낸들 어이 모르오리 성공하소서 〈「목단강 편지」(1942)〉

조선총독부의 만주이민 모집에 지원하여 떠나가는 남편에게, 아내는 감격하여 성공하라고 한다. 이러한 노래들은 식민지의 가요가 만주체험을 시작하면서 집중적으로 나타났던 방황, 아득함, 슬픔 등의 정서를 희석시키고자 하였다. 국책영화 「복지만리」에서는 '중국과 만주 진출이야말로 새 세상이 보장되는 것'이라고 이야기하고 있어서 일본의 만주 침략과 조선인의 만주이주의 권장 의도를 명확하게 드러내고 있었다. 그러나 만주체험과 그 반영은 사실상 고달픈 삶의 역경을 극복해가려는 또 다른 정서공간이었던 곳이다.[16]

만주를 비롯한 북국은 독립운동가들의 망명지이기도 했고, 땅을 잃고 국경을 건너가 고생하며 살던 사람들에게 희망의 신천지 공간이기도 했다. 또한 장사나 다른 이유로 떠도는 사람들의 곳이기도 했으며, 일제말기에 조선인을 반강제적으로 이주시킨 곳이라고도 할 수 있다. 이처럼 대중가요에 나타난 만주는 다양한 모습으로 나타났지만 일제의 국책으로 파생된 정서의 표상이기도 하다.

3.2 일본에서 불린 만주관련 노래

당시 일본정부가 국책으로, 만주에 자국민을 보내기도 하였다. 일본의 만주침략은 실업失業과 농업, 공황에 시달리던 일본에 새로운 경제적 활로로서의 희망이기도 하였다. 만주국이 팽창하고 국책기업이 늘어나는 가운데 일본인은 만주에서 새로운 국책을 완수하고자 개별이주를 추진하였던 것이다. 만주를 노래한 엔카 3곡을 살펴보자.

16 이동순(1995)『번지없는 주막』 도서출판 선, p.88

2. 그래 생각이 나더라도 떠올리면 안돼 목숨을 바친 그래 목숨 바친 사람인 것을
4. 그래 멈춰라 눈보라 멈춰라 흥안 세찬바람 불어대면 총을 잡네 그래 총을 잡은 손이 언다
5. 그래 푸념 따윈 하지말자 미련 아니야 울지 않으리 남편은 나라의 그래 나라의 간성[17] 〈「満州おもえば」〉 번역 필자. 이하 동

「만주를 생각하니満州おもえば」는 농민들을 만주에 정착시키기 위해 부른 군가 「満州軍歌」의 후속곡으로 만주지역의 치안이라는 임무를 수행하기 위하여 만들어진 곡이다.[18] 만주는 러시아와 접점지역으로 군사적 목적과 만주지역의 개척지임을 알리려는 의도로 제작되었다. 군가로 제작된 것이지만 대중들에게까지 불린 것은 〈중일전쟁〉 이후 시국반영의 현상이기도 하였다. 다음에 소개할 「난꽃피는 만주에서蘭の花咲く満州で」와 「만주의 노래満州里小唄」는 조선 대중가요와는 달리 고향을 그리워하거나, 어머니를 그리워하는 인간의 사적 감정으로 일관하고 있다.

1. 태어난 고향을 뒤로 하고 / 나도 아득하게 멀리 왔구나 / 난꽃피는 만주에서 / 사나이 말 한필에 솜씨 발휘하여
2. 돈도 없으니 지위도 없다 / 태어날 때부터 맨몸뚱이 / 타고난 뱃짱이 전재산 / 하는 걸 봐주세요 사나이 의기를
3. 붉은 석양에 흙 내음에 / 타오르는 희망이 있음은 / 어떤 고생도

17 二、ハアー思い出すとも 出させちゃすまぬ 命捧げた エー捧げた 人じゃもの
四、ハアー吹くなふぶくな 興安おろし ふぶきゃ銃執る エー銃執る 手が凍る
五、ハアー愚痴じゃ申さぬ 未練じゃ泣かぬ 主は 御国の エー御国の 人柱

18 유철·김순전(2014) 「일본유행가의 전시기능」 『일본어문학』, 제61집, p.233

푸른하늘 / 아스라이 머나먼 고향 하늘을 보노라[19]

〈「蘭の花咲く満州で」〉

1. 쌓이는 눈보라에 저물어가는 거리여 / 철새라면 전해다오 / 바람이 부는 대로 시베리아까마귀 / 여기는 눈고장 만주천지
3. 얼어붙은 대지도 봄에는 녹아서 / 피어라 아고니카 새빨갛게 피어 / 내일의 희망을 노래하면 언젠가 / 눈은 또 내리네 밤은 모르리[20]

〈「満州里小唄」〉

이 외에도 만주를 노래한 「滿洲行進曲」(1932년)에서도, 희망의 신천지 만주의 새로운 꿈이 노래되어 있을 뿐, 어떤 출향, 슬픔, 방황, 향수 등은 보기 어렵다.

3.3 상하이上海를 노래한 한일 대중가요

만주 다음으로 상하이上海를 노래한 대중가요가 많이 있었다. 〈3・1운동〉 후 조선민중은 계속하여 일제의 통치하에서 고통 받으면서도, 조선의 독립을 향한 항일투쟁은 해외에서 대단히 활발하게 전개되었다. 해외로 망명한 독립운동가들이 대한민국 임시정부를 1921년에 상

19 一、生まれ故郷を　あとにして / 俺もはるばる　やって来た / 蘭の花咲く　満州で / 男一匹　腕だめし
二、金もなければ　地位もない / 生まれついての　丸はだか / 持った度胸が　財産さ / やるぞ見てくれ　この意気を
三、赤い夕陽に　土の香に / もえる希望が　あればこそ / なんの苦労も　青天井 / じっと万里の　空を見(1942년, 作詩　島田芳文, 作曲　陸奥　明)

20 一、積もる吹雪に　暮れゆく街よ / 渡り鳥なら　つたえておくれ
風のまにまに　シベリアがらす / ここは雪国　満州里
三、凍る大地も　春には解けて / 咲くよアゴニカ　真っ赤に咲いて
明日ののぞみを　語ればいつか / 雪はまた降る　夜はしらむ

하이에 수립하였으며, 1923년 임시정부가 대한민국 대표자 회의를 열었다.

1. 청춘의 샹하이인가 거리마다 오고가는 / 어엽뿐 엔젤들의 윙크가 그리워라 샹하이 / 샹하이는 응~ 靑春의 락원 응~
2. 환락의 샹하이인가 불고 푸른 등불들은 / 사랑의 왈스속에 두 맘을 빗쳐 주는 샹하이 / 샹하이는 응~ 나라의 사랑 응~
3. 눈물의 샹하이인가 느진 밤에 들려오는 / 부숴진 호궁 소래 나그네 울려주는 샹하이 / 샹하이는 응~ 울고 웃는 곳 응~[21]

〈「꽃피는 상하이」(1936)〉

1. 샹하이 샹하이 눈물의 샹하이 / 안개낀 우승로의 붉은 불, 푸른 불이 / 눈물 속에 흐른다 / 피였다 시들어진 눈물의 파레포/ 아-아- 빤두의 쏘각달 외로이 우는 / 눈물의 샹하이 눈물의 샹하이
2. 샹하이 샹하이 안개낀 샹하이 / 밤깊은 사마로의 붉은 술 푸른 술이 / 물결치는 밤이여 / 스텝도 흐트러진 흘너온 여자다/아-아- 저멀이 胡弓이 서글피 우는 / 안개낀 샹하이 안개낀 샹하이.[22]

〈「안개낀 상하이」(1940)〉

상하이를 노래한 가요로는 이외에도 「상하이 블루스」, 「북국 오천키로」, 「광동 아가씨」, 「만포선 길손」 등이 그 예이다. 이런 노래들은 일제의 중국 침략정책과 무관하지 않지만, 노래가 중국침략을 노골적으로 묘사하고 있지는 않다. 상하이 풍경들을 낭만적이고 아름답게 묘

21 왕평 작사, 이면상 작곡
22 강해인 작사, 박시춘 작곡

사함으로써 거기에 친근감을 느끼게 서사하고 있다. 만주를 대상으로 한 노래와는 달리, 청춘들의 사랑이야기와 고향을 그리워하는 주요 내용들로, 당시의 민감한 정치적인 상황은 그다지 연결되어 있지 않았다. 조선에서 불린 상하이는 '눈물' '환락'이 있는 청춘도시였던 것이다. 잡지 「조광」에 실린 글이다.

> 我日本의 大陸政策은 레코-드 界에도 反映되어事變以後로 各會社는 支那大陸을 舞臺호한 流行歌를 맨드럿다. 「上海だより」를 爲始하야 「支那の夜」「稱來々」「姑娘十」等이 모두가 大陸에서 取材한 流行歌다. 그中에서도 가장많이 流行한 「支那の夜」 는 支那의 固有한 歌謠「何日君再來」에서 힌트를 얻은 것이다. 조선유행가에서도 「上海아가씨」 「廣東아가씨」 「눈물의 胡弓」等多數의 大陸的流行歌를 制作하였으나이것도 勿論 內陸流行歌에서 影響을 받은 것이다.[23]

인용문에서는 일본의 대륙 침략정책이 가요에도 반영되어 있음을 시사하고 있다. 여기에서 본 「何日君再來」이라는 가사가 다음 「上海エレジー」라는 엔카에서도 나온다. 상하이의 개항은 중국이 아편전쟁에서 패한 뒤 영국의 강요로 이루어졌다. 〈청일전쟁〉 후부터 상하이에 진출하기 시작한 일본인은 제 1차 세계대전 시기에 그 수가 급증하였다. 일본자본으로 설립된 방적공장들이 상하이에서 조업을 본격화한 1927년 일본인 인구는 상하이 전체 외국인 가운데 47%에 해당하는 2600명에 달했다.[24] 이러한 이유에서인지 대륙적 유행가 가운데 '상하

23 『照光』 54호. 1940.4 「전시하의 레코드계」
24 한중일 3국 공동역사편찬위원회(2010) 『한중일이 함께 쓴 동아시아 근현대사』 휴머니스트 출판그룹, p.75

이'가 제국의 주요한 지역임을 알리려 하였다. 「상하이 엘리지上海エレジー」와 「상하이소식上海だより」이 그런 케이스이다.

1. 비내리는 부두 누가 또 / 눈물짓고 버린 하얀 꽃 / 아아 야래향 / 꽃의 마음을 울고 울리고 / 나가사키 행 출항의 징이 울리네
2. 사랑의 스마로여 잊을 수 없어 / 가든브릿지 꿈에도 슬퍼라 / 아아 추억어린 / 그날 밤 그 노래 「언제 다시 그대오려나」 탄식을 싣고서 배는 떠나가네[25]

〈「上海エレジー」〉

1. 그동안 무소식이었지만 / 저도 더욱 건강합니다 / 이곳에 온 후 지금까지 / 철모자의 탄환 자국 / 자랑은 아니지만 보여주고 싶어요.
2. 극한 영하의 전선은 / 총에 얼음꽃이 피었어요 / 보이는 모두가 은세계 / 적이 바라는 정조준도 / 강남의 봄 아직인가요
4. 저 녀석이 하면 나도 한다 / 두고봐라 요번의 격전에 / 탱크 하나를 포박하여 / 라디오 뉴스로 들려줄테니 / 기다려 주세요 어머니[26]

「상하이소식上海だより」

상하이를 노래한 가요 중에서 「上海だより」만 전승戰勝을 다짐한 노래

25 一、雨の嗎頭に　誰がまた / 泪で捨てた　白い花　/ ああ　夜来香　/ 花の心を泣かせて泣いて/ 長崎行きの　ドラが鳴る。
二、恋の四馬路よ　忘られぬ　/ ガーデンブリッジ　夢哀れし　/ ああ 思い出は　/ あの夜あの唄　「何日君再来」/ 嘆きをのせて　船はゆく

26 一、拜啓御無沙汰 しましたが　/　僕もますます　元氣です /　上陸以來　今日までの　/　鉄のかぶとの　弾のあと / 自慢ぢゃないが　見せたいな
二、極寒零下の　戦線は　/　銃に氷の　花が咲き /　見渡す限り　銀世界　/ 敵の頼みの　クリークも /　江南の春　まだしです
四、あいつがやれば　僕もやる　/　見てろ今度の　激戦に / タンクを一つ　分捕って　/　ラジオニュースで　聞かすから /　待ってゝ下さい　お母さん

로, '시국가'와 비슷한 이미지를 지니고 있다. 「上海ブルース-」, 「上海エレジー」, 「上海の花賣り娘」는 사랑을 노래했고, 이외에도 「上海歸りリルの」에서도 '리루'라는 여성을 이야기하는 청춘가처럼 불려졌다. 떠나는 남성, 기다리는 여성 등 당시의 콘셉트에 큰 특징을 이루고 있다. 「上海航路」는 동경憧憬의 대상으로 상하이를 노래했다. 상하이에 관련된 대중가요는 조선 대중가요보다 엔카가 더 많이 노래로 만들어졌음을 알 수 있었다.

3.4 쑤저우蘇州를 노래한 한일 대중가요

중국에서도 양자강 일대 삼각주三角洲의 중심인 쑤저우蘇州가 노래되고 있다.

2. 꽃잎이 부서지는 화방의 뱃머리 / 바람아 불지 마라 봄날이 간다
   저 멀리 떠나가는 쑤저우 뱃사공은 / 당명주 가득 싣고 어디로 가나
3. 한산사 종소리에 해 지고 달이 떠 / 흐르는 물결마다 흐르는 달빛
   뱃사공 아저씨에 보내는 편지에는 / 그리운 나가사키 나가사키 항구의
   소식[27] 〈「蘇州 뱃사공」(1942)〉

「蘇州 뱃사공」의 노래 중에 '나가사키'라는 일본 지역이 나타나는데, 「上海エレジー」에도 '나가사키'라는 가사를 보면, 이 노래도 일본에서 온 게 아닌가 하는 의구심도 갖게 한다. 나가사키는 다른 대중가요에도 자주 등장을 하는 지역이기도 하다. 쑤저우를 노래한 조선 대중가요에서는 희망의 메시지와 서정적인 면이 흐르고 있었다. 일본 대중

27 1942년, 손목인 작곡, 이해연 노래

가요도 마찬가지다.

1. 마름의 열매 따는 처녀의 노래에 / 저물어 반짝이는 하늘의 별이여 / 별을 헤며 강변을 건너니 / 황온녘의 뱃잠 / 그리워라 蘇州여
2. 당나귀에 흔들리며 버드나무 다리를 / 건너는 나그네 가랑비에 흐리고 / 꽃속에서 울어대는 종소리 / 추억의 한산사 / 그리워라 蘇州여[28]

〈「蘇州の夜」〉

1. 그대 품에 안겨 듣는 것은 / 꿈의 뱃노래 새들의 노래 / 물 맑은 쑤저우 꽃이 지는 봄을 / 애석해함인지 / 버드나무가 흐느껴 우네
3. 머리에 꽃을까 입맞춤할까 / 그대가 꺾어준 복숭아꽃 / 눈물을 머금은 듯 흐릿한 달빛에 / 종이 울리는 한산사[29] 〈「蘇州夜曲)」〉

寒山寺는 중국 강소성江蘇省 쑤저우부蘇州府 풍교진楓橋鎭에 있는 절인데 조선의 대중가요나, 엔카에서도 자주 등장하는 명소이다. 외국으로 나가는 사람들이 많다보니 타국에서는 고향이나 조국을 그리워하는 내용의 가사가 담긴 노래가 많이 나온다. '만주'를 소재로 한 노래들과는 달리 상하이와 쑤저우를 노래한 한일 대중가요에서는 이국적 풍경은 물론이고 이별과 그리움의 정조가 다를지언정 매혹적으로 그려지

28 一、菱の実を摘む　乙女の歌に　/ 暮れてきらめく　水いろ星よ　/　星をかぞえて川辺を行けば　/ たそがれの　泊船　/　蘇州なつかし
二、ロバに揺られて　柳の橋を/　わたる旅人　小雨にけむる/　花の中から　鳴る鳴る鐘は　/ 思い出の　寒山寺/　蘇州なつかし

29 一、君がみ胸に　抱かれて聞くは / 夢の船歌　鳥の歌 / 水の蘇州の　花ちる春を　/ 惜しむか　柳がすすり泣く
三、髪に飾ろか　接吻しよか　/ 君が手折りし　桃の 花 /　涙ぐむよな　おぼろの月に　/ 鐘が鳴ります　寒山寺

고 있다는 점에서 주목할 필요가 있다.

이처럼 중국의 여러 곳에 이주를 하고 자주 왕래를 하는 사람들이 늘다보니 다음과 같은 사회현상이 노래로 나타나기도 하였다. 조명암이 작사하고, 김해송이 작곡한 「요즈음 찻집」이다.

> 요즈음 茶집은 旅行券 세상 / 요즈음 茶집은 急行券 세상
> 이 테불엔 滿洲를 들락달락 / 저 테불에 北支那를 들락달락
> 안질뱅이 활개치듯 젊은 피가 춤을 줄제 / 유성기는 풍짱풍짱 풍짱풍짱
> 풍짱풍짱 풍짱풍짱 운다 울어 운다 울어 〈「요즈음 찻집」〉

만주나 중국은 이주지이기도 하지만 여행지이었으며 밖으로 나아가려는 젊은이들의 꿈의 고향, 出鄕의 공간이기도 하였다. 사적 세계에 갇힌 관행적인 제재題材인 남녀간의 사랑과 이별과는 달리, 유독 일제강점기에만 집중적으로 드러나는 독특한 제재로, 당시 사회현실을 많이 읊고 있다고 할 수 있겠다.

조선 대중가요나 엔카에 '滿洲', '上海,' '蘇州' 라는 공간이 갖는 이미지는 각기 다를지언정 정서적인 면에서는 매우 친숙하기도 하다. 중국의 지명 등장은 뒤로 갈수록 점점 심해지는 양상을 보였고, '야루강'(압록강의 중국식 이름) '목단강' 등의 만주 지명의 사용이 빈번해진다. 대중가요가 정서를 넘어 시대를 반영하고 있다는 것이, 이 시기 대중가요가 갖는 또 하나의 커다란 의미일 것이다.

4. 나오며

대중가요는 집단적인 노래문화이므로 당대 대중들에게 광범위하게 수용되어 회자되기 때문에, 그 사회를 살아가는 모두에게 예외없이 향유하고 익히게 되는 노래문화이다.

1920년대 중반부터 조선에서는 일본 번안가요의 음반이 발매되었고, 1930년대부터는 대중가요가 음반시장을 석권하기 시작하였다. 이 시기는 본격적으로 일본 대중음악의 영향을 받았다고도 할 수 있으며, 일본가요와 한국가요의 선율이 자연스럽게 상호교차 접근되었다.

또한 일제강점기에는 많은 사람들이 타국으로 이주해감에 따라 그에 관련된 노래들이 등장하기 시작한다. 만주, 국경, 북국 등 중국과 만주를 연상시키는 단어가 가사에 자주 등장을 하여. 정치적인 변동이 가요에도 적용되었음을 알 수 있었다. 엔카로 불린 노래와 조선에서 만들어진 대중가요에 그대로 반영이 되어 사회변화를 표출하기도 하였다. 사람들은 고향 상실감에 시달려야 했고. 그와 같은 상실감이 대중가요에도 투영되었다. 만주에 대한 내용은 고향을 그리워하는 내용의 가사가 대부분이었지만 독립의 염원을 담기도 했고, 시국가요라는 느낌이 드는 노래도 있었다. 조선 대중가요에서는 자포자기적인 불안심리와 착잡한 내면적 갈등 등을 직간접적으로 표출하여 일제정책에 대한 감정을 드러내기도 하였다. 유독 일제말기에 집중적으로 드러나는 제제로 당시 사회현실을 많이 표상하고 있다고 할 수 있을 것이다.

이에 비해 엔카에서 노래되는 만주는 고향이나 어머니를 그리워하는 사적인 느낌과 새로운 꿈의 개척공간이었다. 수數적으로는 조선 대중가요가 훨씬 더 많았다.

상하이上海와 쑤저우蘇州를 노래한 한일대중가요에는 일제의 중국침략을 노골적으로 묘사하지는 않았다. 낭만적이고 아름답게 묘사함으로써 거기에 친근감을 느끼게 서사하고 있었다. 상하이에 진출해 있는 일본인이 많아서인지 엔카가 조선 대중가요보다도 많이 있었다. 대중가요가 당대의 사회상과 대중적 정서를 반영하고 있지만, 대동아공영권의 분위기로 정치적인 변동이 가요에도 적용되었음을 알 수 있었다.

Ⅲ. 1930~1940년대 流行歌의 戰時機能*

유 철 · 김순전

1. 머리말

근대의 일본의 가요사歌謠史를 보면, 오늘날과 같이 많은 사람들에게 감동을 주고자하는 취지는 같다고 볼 수 있으나, 수많은 전쟁을 치르면서 당시에 유행되었던 군가와 엔카에는 뚜렷한 목적의식이 투영되어 있다. 이는 군국주의적인 사회분위기 속에서 국가가 국민들에게 전파시켜야만 하는 '전쟁선동'이라는 키워드가 존재했기 때문이다.

* 이 글은 2014년 6월 한국일본어문학회「日本語文學」(ISSN : 1226-0576) 제61집, pp.219-240에 실렸던 논문「日本 流行歌의 戰時機能 -1930~1945년의 軍歌・演歌를 중심으로-」를 수정 보완한 것임.

이러한 국가적인 사회적 배경은 자연스레 음반계에 대한 군부의 개입이 심해지고, 점차 남녀간의 사랑이나 온화하고 아름다움을 다룬 멜로곡들은 가요계의 하위 개념으로 분류될 수밖에 없었다. 1941년에 이르러서는 모든 음반 제작사들은 일본정부의 규제 속에서 선동가를 최우선적으로 제작할 수밖에 없는 환경에 놓인다. 일본에서는 이러한 반복의 과정에서 1930년부터 1945년 패전에 이르기까지 국민들을 선동하는 노래들이 끊임없이 울려 퍼지며 전폭적인 지지와 사랑을 독차지하기에 이른다. 즉 이 시기의 대중가요란 일본정부가 전 국민에게 황국신민화는 물론 후방인의 맡은바 임무를 수행시키기 위한 하나의 도구개념으로 전략적으로 만들어진 것이며, 이데올로기가 집약된 노래라 해도 과언이 아닐 것이다.

이에 본고에서는 1930년부터 1945년까지 일본에서 제작 가창되었던 군가軍歌와 엔카演歌를 묶어놓은 『日本軍歌大全集』[1]과 『日本演歌大全集』[2]을 통해서, 유행가流行歌의 전시기능戰時機能에 대하여 고찰하고자 한다.

'군가'와 '엔카'는 서로 다른 장르임에도 불구하고, 당시 일본인들이 자의든 타의든 많이 가창된 유행가로서, 각각 중복 수록된 곡들을 많이 찾아 볼 수 있었다. 따라서 장르를 넘나드는 당시의 군가와 엔카는 전시戰時 최고의 유행가라는 접근으로, 유행가는 전시에 어떻게 기능하였는지를 고찰해보고자 한다.

1 長田曉二(1971)『日本軍歌大全集』全音樂譜出版社
2 永岡書店 編(1978)『日本演歌大全集』永岡書店

2. 유행가의 키워드 '전쟁'

2.1 군가와 엔카의 흐름

일본은 明治초기부터 수많은 군가가 생겨나면서 다양한 군가집이 출판되기 시작하고[3] 엔카는 1888년明治20 즈음에 이르러 자유민권운동의 산물로서 나타나기 시작한다. 이 시기의 군가는 군인들이 행군할 때 병사들이 풍창諷唱하는 식으로 피로를 덜게 하고 정신적으로 용장의기양양하게 하기 위함이었다. 그리고 엔카는 지금까지 다양한 사건사고가 구전으로 전해졌던 것을, 신문이 발행되면서 일반인들이 깊이 알지 못했던 것에 대한 다양한 문제의식을 일깨워주며 정치권에 대한 국민들을 대신하는 비판의 목소리 대용으로 작사 작곡 가창되었다.

일본에서 최초 불리어진 군가는 〈戊辰戦争〉에서 아리스가와노미야다루신노有栖川宮熾仁親王[4]가 국화문양의 깃발錦の御旗을 들고 선두 지휘하는 모습을 그린 1868년에 제작된 「宮さん宮さん」이라는 노래이다. 그러나 이 곡이 불리어진 당시에는 아직 '軍歌'라는 용어가 생기기 이전으로, 1885년 7월 15일자 〈東京横浜毎日新聞〉에서 군가에 대한 기사로 언급되면서부터 정식적인 명칭으로 사용되었다.

이와 반대로 엔카는 反정부적인 성향으로 널리 보급되기 시작된다. 서민들이 지금까지 자세히 알지 못하였던 사실들에 대해 점차 구체적인 정보를 얻게 되자, 부실한 국가 관리에 반대하는 세력을 전폭적으로 지지하면서, 정치비판이 허용되지 않았던 시기에 서민들의 불만을

3 長谷川由美子(2009) 「明治初期出版 「軍歌集」にみる軍歌の変遷について」 圖書館情報メディア研究, p.19

4 아리스가와노미야다루신노(有栖川宮熾仁親王, 1835-1895) : 皇族이며, 정치가이자 軍人이다.

어필할 수 있는 방법이었다. 따라서 군부에서 주도하여 제작된 군가와는 달리 엔카를 보급한 이들은 대부분 자유민권운동권 사람들이었다.[5] 당시 대표적으로 유행했던 엔카는 「ヤッツケロー節」, 「ゲンコツ節」 등의 노래들이 불리어지면서 엔카라는 명칭이 정착하게 되었고, 사회를 풍자하는 다양한 노래가 엔카시演歌師들에 의해 하나의 음악 장르로서 자리매김하게 된다.

이어 일본에서는 전쟁 발발시점과 더불어 다양한 군가와 엔카를 포괄하는 유행가가 증가하게 된다. 1889년부터 전쟁이 끝나는 시기까지 군가집으로 출판된 책자만 해도 168권에 달했다.[6]

〈청일전쟁〉 때의 곡들은 '군가'로서의 목적 이외에도 본토(일본) 국민들에게 전쟁상황을 선전 선동하려는 의도가 있었기 때문에, 기존에 제작된 일본풍보다는 서양풍 음악의 영향이 커지는 경향의 시기이기도 한다.

1904년 〈러일전쟁〉 때 제작된 곡들의 성격은 조금씩 변화하기 시작된다. 당시 전쟁에 참전하는 장병들을 훈육하고자하는 군부의 교육방침이 우선시되었는데, 비로소 군가에 천황이나 역사적인 인물이 아닌 실제로 참전하였던 영웅적인 인물들이 가창되기도 하였다. 이는 실전에 참여한 영웅을 부각시켜, 忠君愛國을 강하게 암시하고 전투의식을 고취시키기 위해서이다. 당시 참전영웅을 다룬 대표적인 군가는 「広瀬中佐」, 「橘中佐」이라 할 수 있다. 이들은 현재까지도 軍神으로 추앙받는 인물들로서, 두 인물에 대한 내용은 학생들이 배우는 修身 · 國語 · 唱歌 과목의 교과서[7]에도 구체적으로 언급되어 있다. 이 밖에도 당시

5 添田知道(1982) 『演歌の明治大正史』 刀水書房, pp.4-5
6 長谷川由美子(2009) 앞의 논문, p.18
7 國語讀本, 修身, 唱歌 교과서를 살펴보면, 軍神에 대한 내용은 주로 4~6학년에서 다루고 있다.

제작된 군가와 제목이 같은 많은 노래를 교과서에 수록하여, 오히려 후방 국민들에게는 창가唱歌로 편곡된 노래가 더욱 인기를 끌기도 하였다. 이러한 방식으로 당시 선풍적인 인기를 얻은 유행가軍歌·演歌들은 「戰友」, 「決死隊」, 「日本海海戰」, 「鐵道唱歌」, 「ラッパ節」 등을 들 수 있다.

이 시기에 제작된 유행가의 특징은, 많은 곡들이 제작되었을 뿐만 아니라, 전투에 관한 고유명사(地名, 軍艦名, 軍人名)가 가사에 상당히 많이 들어있다는 것이다. 또한 다양한 계층 사람들에 의해 제작되어, 明治維新 초기에는 서양음악에 맞추어 일본어로 개사하여 사용하였다면, 이때부터는 일본인에 의해 작사 작곡 가창된 점이 큰 변화라 할 수 있다. 그리고 敵國을 비하하는 내용[8]과 더불어 자국민의 민심에 호소하여 호응을 얻고자 하는 노래가 가사에 투영되어 있다.

그러나 조선을 합방하고 大正期에 접어든 일본은 대체로 평화롭고 나라 자체에 크나큰 사건 사고가 없어, 이 시기에 제작된 유행가에는 군가적 색채가 대폭 감소하였고, 엔카가 다시 인기를 끌기 시작 하였다. '浪花節'의 영향을 받은 다양한 곡들이 제작되었는데, 그 대표라 할 수 있는 「カチューシャの唄)」가 당시 최고의 인기를 누렸다.

이러한 경향을 볼 때, 전시에는 군가적성향의 전시가요와 엔카가 일부 공존하였으나, 평화시에는 대중들이 군가와 엔카에 대한 관심사가 뚜렷하게 구별되었음을 알 수 있다.

2.2 부상하는 군가, 침체하는 엔카

일본은 明治維新이후 서구사상의 사회적 영향이 거세지자, 고유의

8 長谷川由美子(2009) 앞의 논문, p.22

천황중심이라는 전통적인 면이 사라질 것을 우려해 1890년 〈敎育勅語〉를 발포하여, 국가주의 사상을 확립하려 한다. 이 칙어는 〈청일전쟁〉이 도화선이 되어, 천황중심의 교육은 '학교'라는 기관을 통해 '國體'를 확립하는데, 이는 전쟁은 일본의 모든 교육을 '忠君愛國'으로 천황과 국가를 위한 교육으로 일원화 하였던 것이다.

전쟁발발과 함께 군가와 같은 전시가요를 많이 제작하여, 가사歌詞를 통해 적국敵國을 폄하하고 아군의 전투의식을 고취시켰으며, 후방 국민들에게 유행가처럼 가창케 하여 선전 선동을 위한 장치로 작용하였던 것이다. 이는 전시가요로 승전을 위한 도구로 활용하여, 모든 국민을 황국신민으로 육성하여, 일사불란한 국민교화를 위한 이데올로기 장치로 전시 유행가를 응용하였던 것이다.

본래 군가의 기본적인 의미는 군부대 안에서 장병들의 사기를 드높이기 위함이나 국가의 군사정책을 선전하기 위해 만들어진 곡들을 일컬으며, 역사적인 사건사고나 전사한 희생자들을 위로하기 위한 목적 등 다양한 내용을 포함하고 있다. 그래서 엄밀히 말하면 군인이 부르기 위함이지만 넓은 의미로는 戰時歌謠(軍國歌謠, 國民歌謠, 愛國歌) 등으로 불리어져 軍樂이나 軍隊 · 軍人 · 兵器 · 戰爭 · 國體 · 國策 등을 소재로 하는 것과 時局歌, 流行歌, 영화주제가, 演歌 등을 모두 포함하기도 한다.[9]

그러나 당시의 유행가가, 위와 같이 포괄적인 내용이라기보다는 일반적인 대중성과는 거리가 멀고, 오히려 '전쟁선동'에 근접했다고 사료된다. 이는 〈청일전쟁〉, 〈러일전쟁〉 동안에 기하급수적으로 제작되며, 다이쇼 데모크라시 시기에는 한동안 제작되지 않다가 〈만주사변〉

9 박순애(2008)「朝鮮統監府의 大衆文化政策 -大衆歌謠를 中心으로-」한일민족문제연구, p.229

이 발발하면서 다시금 일본 전 국민이 국가적 이념이 투영된 전시가요로서 부르게 되었기 때문이다. 그리고 〈중일전쟁〉 나아가 〈태평양전쟁〉 시기에는 모든 국민들이 눈물을 흘리며 가창토록, 감성을 자극하는 선동가가 널리 불리어지게 된다.

일본에서도 레코드음반으로 다양한 노래들이 보급되는 시기는 〈만주사변〉 전후에 이르러서 이다.[10] 급속도로 추진된 근대화로 세계강대국으로써 발돋움하지만 일본이 明治維新 이후 다시금 自國을 위협하는 가장 큰 위험요소로 '서구문명'을 지목함으로서, 그동안 후퇴하였던 '서구'에 대한 위기의식이 다시금 심화되어, 일본적인 국가체제 확립을 위한 표상表象이라 할 수 있는 天皇이 대두되기 시작한다. 이후 전시정책의 일환으로 '만주이주' 정책을 펼치고 새로운 식민지 개척과 수많은 지배세력에 대한 탄압이 거듭되면서 무력침략을 정당화함과 동시에 진정한 '황국신민'을 만들어내기 위해 다양한 방법을 도입한다.

이 시기의 일본은 성인들뿐만 아니라 어린 아동들에게까지 학교 수업시간에서 동요뿐만 아니라 군국적인 노래들과 그에 관한 상세한 내용을 교육 하게 되어, 조기 군사교육에 힘을 쏟기 시작한다. 1937년에 편찬된 『音樂敎育讀本』의 저자는, 음악교육의 중요성을 초등교육기관에서부터 확립시켜야 한다며 군국주의의 동일 연장선상으로 수없이 강조하고 있었다.

> 초등학교 6년 내지 8년간 아동이 부르는 창가는 상당하리라 생각되나, 이 중에서 과연 얼마나 아동의 마음속 깊이 남아있을까요? 본래 교육은 어떤 창가의 곡曲이나 가사가, 그대로 아동의 마음속에 남지 않더라도,

10 박애경(2005) 「1940년대 군국가요에 나타난 젠더 이미지와 젠더 정치」 「民族文化論」 35輯, p.134

> 창가를 가르치거나 창가를 부르면서 아동의 심신에 전달되는 형식도야의 효과도 매우 중요하게 여기지 않으면 안되지만, 한편으로는 몇 년이 지나도 아동의 마음 깊은 곳에 남아 있을 듯한 창가를 제공하여 주는 것이 중요하다고 생각한다.[11]

이는 昭和期에 들어서 엔카가 대중에게서 멀어지게 된 이유를 간접적으로 대변해주고 있다고 할 수 있다. 1920년대까지의 학교교육에서 음악이라는 교과목의 위치가 애매모호했었다면, 위 내용에서 언급 하고 있듯이 음악교육에 대한 조기교육의 중요성이 대두되고, 일본내 모든 분야에서 전시시국을 다루는 노래들을 교육해야 한다는 교육계의 주장이 반영 되었다고 할 수 있다. 그리고 이때부터는 모든 대중가요 가수들은 음반제작을 할 때, 군가나 전시가요를 앨범에 필수적으로 수록하지 않으면, 검열에 통과할 수 없어 가수활동에도 영향이 크게 미치기 때문이기도 한다.

이렇듯 일본의 전시유행가는 서민들의 삶의 모습을 담은 1920년대와는 달리, 또다시 전쟁이라는 키워드가 부각되자, 국가주의, 민족주의를 고취시키기 위해 모든 초점이 '천황'으로 집중되었다. 그래서 엔카는 점차 자리를 잃어가고, 군가가 유행가로서 자리매김 하게 된다. 이어 1940년대에는 哀歎의 노래를 부를 자유도 없었으며, 오로지 정치목적으로 戰意를 고양시키는 노래와 징병에 의한 가족, 연인과의 이별,

11 小学校の六年間乃至八年間に児童が歌ふ唱歌は相当になると思うが、これ等の中で果たしてどれだけが児童の心の奥底に残るであらうか？元より教育はある唱歌の曲や歌詞が、そのまま児童の心に残らなくても、唱歌を教へながら、又は唱歌を歌ひながら児童の心身に與えられる所謂形式陶冶の効果も大に重んじなければならないけれども、一面には何年たつても児童の心の奥底に残って居る様な唱歌を與へて置くことが大切だと思ふ。(井上武士(1937)『音樂教育讀本』共益商社書店, p.93)

망향, 또는 일본이 침략한 점령지로의 진출 테마로 한 노래만이 유행가로서 살아남을 수 있었다.

따라서 이 시기의 음반계는 정치적인 의도대로 노래를 제작하지 않으면 더 이상 살아남을 수 가 없었으며,[12] 한국 가요사적으로 보면 당국의 철저한 감시와 검열 하에서 오히려 후퇴한 면을 드러낸 시기였다고 할 수 있다.

3. 戰時歌謠와 演歌의 선동성

1930년 이후 일본에서 제작된 유행가를 묶어놓은 『軍歌大全集』과 『演歌大全集』이라는 두 텍스트에서, 군가 또는 엔카로서 중복 수록된 26곡을 발췌하여 〈표 1〉로 작성하였다.

〈표 1〉 두 텍스트에 중복 수록된 곡 목록

곡 목	제작년도
国境の町	1934
満洲おもえば	1936
僕は軍人大好きよ	1937
愛国行進曲, 海ゆかば, 上海の街角で, 支那の夜, 日の丸行進曲, 満洲娘, 上海ブルース	1938
父よあなたは強かった, 愛國の花, くろがねの力, ほんとのほんとに御苦労ね, 九段の母, 上海の花売娘,広東ブルース	1939
愛馬花嫁, 南京の花売娘, 広東の花売娘, 建設の歌	1940
梅と兵隊, めんこい仔馬, 花の広東航路	1941
明日はお立ちか, 南の花嫁さん, 南から南から	1942

12 장유정(2003) 『오빠는 풍각쟁이야』 민음사, p.339

본 장에서는 〈표 1〉에 명시되어있는 26곡을 분석하여 주제를 통해, 국민을 어떻게 선동하는 메시지를 전달하였으며, 유행가로서 어떻게 국민들의 인기를 끌 수 있었는지 살펴보고자 한다.

3.1 일본국민으로서의 정서를 함양하는 노래

연이은 전쟁승리를 쟁취한 일본은 조선을 식민지화 하면서 국가적으로 안정기에 접어드나, 〈만주사변〉과 함께 대동아공영권 구축이라는 명분으로 다른 나라에 대한 식민 지배를 확대했고, 이와 더불어 서구 배척의 시작기라고도 할 수 있다.[13] 일본은 서구화에 대한 자격지심을 일본만의 제국주의사상으로 극복하기 위해 '전쟁'을 선택했고, 전쟁의 키워드는 황국식민으로서의 역할이 대두되기 시작된다.

〈표 1〉에 나타난 곡들 중 당시 일본국민들의 정서를 함양하기 위해 널리 불리어진 대표적인 곡으로, 1934년「日本海軍」의 곡曲을 차용한「나는 군인이 너무 좋아요僕は軍人大好きよ」와 1939년에 제작되어 모든 학교에서 실시되는 운동회 주제곡으로 선정된「무쇠의 힘くろがねの力」가 있다. 이 두 곡은 군대에 지원하도록 하고 군인을 동경하는 마음, 나아가 직업군인으로서의 우수성을 널리 알림과 동시에 아동들의 심신을 달련시키기 위해 제작되어 많은 아동들에게 불리어 졌다.

이 시기 대다수의 일본 아동들은 이미 초등학교에 입학 전 4, 5세 때부터 내용도 모른 채 이 노래를 불렀다고 한다.[14] 〈중일전쟁〉부터 〈태평양전쟁〉이 끝날 때까지 군국주의 교육의 일환으로, 일본 男兒라면 학교 입학 전부터 가창歌唱을 통하여 군인정신에 입각하여 훈육되는 것이

13 정수완(1999)「전전(戰前) 일본영화에 나타난 근대화와 국수주의 연구」영화연구 NO.15, p.513

14 http://gastrocamera.cocolog-nifty.com/blog/2011/11/post-fdcf.html (검색일 ; 2013. 9. 2)

당연지사였다. 가사에 빈번하게 나타나는 '훈장'과 '검'이라는 용어로 아동들의 환심을 사고, 누구나 좋아하는 운동회라는 소재에 편승하여 유희적으로 동심을 사로잡기에 충분한 장치라 할 수 있다. 이러한 곡들은 당시 일본 각지에서 노래를 계몽하기 위한 창가지도를 위해 일부로 이 시기 가장 유명한 가수들이 부르도록 권장하기도 했다.

「히노마루 행진곡日の丸行進曲」은 〈중일전쟁〉에 편승하여 대히트 작으로 기록되었다. 가사를 살펴보면 다음과 같다.

> 어머니 등에서 조그만 손으로 / 흔들던 그날의 일장기 / 오래전 희미한 추억이 / 가슴에 타오르는 애국의 / 끓는 핏속에 아직도 남았네
>
> 영원토록 번영하는 일본의 / 나라의 상징 일장기가 / 빛을 쏟아부으면 끝없는 / 지구위에 아침이 밝아온다 / 평화의 찬란한 아침이 온다[15]
>
> 〈「日の丸行進曲」(1938)〉

이 노래는 〈大阪毎日新聞〉과 〈東京日日新聞〉에서 1938년 2월에 공모하여 응모자수가 무려 23,805명에 달할 정도로 제작 과정에서부터 전 국민적인 사랑과 관심을 받은 곡으로 유명하다. 이 곡은 제작 과정에서부터 유달리 일본 해군 군악대가 녹음하는데 직접 참가하였으며, 홍보마케팅에도 심혈을 기울려 앨범 판매량이 무려 15만장에 이를 정도로, 정책적으로 애국사상을 고취하는데 활용한 대표적인 곡이라 할 수 있다.

가사를 보면 어머니에 등에 업힌 아이가 '작은 손으로 일장기를 흔

15 母の背中に　ちさい手で / 振ったあの日の　日の丸の / 遠いほのかな　思い出が / 胸に燃え立つ　愛国の / 血潮の中に　まだ残る
永久(とわ)に栄える　日本の / 国の章(しるし)の　日の丸が / 光そそげば　果てもない / 地球の上に　朝が来る / 平和かがやく　朝がくる

들다'라는 첫 구절을 시작으로, 각 절마다 황실의 상징인 국화, 야스쿠니 신사의 배경을 모티브로 하는 벚꽃 등의 다양한 키워드를 활용하여 미화하고 있으며, 마지막 절에서는 일장기를 태양으로 비유하여, 지구를 밝히는 아침, 평화를 위해 빛나는 아침으로 일출의 모습에서 떠오르는 일본을 일장기로 표상表象하여 서사하고 있다.

다음은 「구단의 어머니九段の母」이다. 이 노래는 매년 4월, 동경 '九段'에 있는 야스쿠니 신사에, 전사한 일본군의 영혼을 달래기 위해, 전국 각 지에서 유족들이 모여드는 배경을 바탕으로 제작되었다. 실제 이 「구단의 어머니」의 주인공은 멀리 동북지방에서 열차로 우에노역에 도착하여, 힘겹게 '구단자카九段坂'에 올라 영령으로 모셔진 아들을 만나기 위해 찾아온 군국의 어머니를 표상으로 만든 노래이다.

1. 우에노역에서 九段까지 / 예전에 몰랐던 애타는 마음
   지팡이에 의지하여 하루를 꼬박 걸려 / 아들아 왔노라 만나러 왔노라
4. 무릎 꿇고 두손 모아 / 빌며 읊어대던 염불소리에
   깜짝 놀라 당황했습니다. / 아들아 용서해라 촌뜨기인 것을[16]

〈「九段の母」〉

1절에서는 동북 지방의 먼 곳에서 야스쿠니 신사까지 오게 된 연유, 그리고 2절에서는 야스쿠니신사에 대한 역사적인 유래와 상징적인 역할 그리고 이렇게 명예로운 곳에 모셔진 아들에 대한 감동과 존경을 표하고, 이렇게 잘난 자식을 두고 있는 어머니로서 명예와 자랑스러움

16 一、上野の駅から　九段まで　/ かってしらない　じれったさ
杖をたよりに　一日がかり / せがれきたぞや　会いにきた
二、両手あわせて　ひざまつき / おがむはずみの　おねんぶつ
はっと気づいて　うろたえました / せがれゆるせよ　田舎もの

이 묻어나오고 있다. 3절에서는 염불을 읊다가 깜짝 놀라는 어머니의 모습인데, 이는 야스쿠니 신사에 모셔진 영혼은 불교신이 아닌 軍神이기 때문에 잘못을 깨닫고 아들에게 사과하는 장면이다. 이어 4절에서는 군국주의 여성의 주요 책무인 양육에 대한 가사로 마무리 하고 있다. 이는 1935년 발족된 〈國民精神總動員聯盟〉 발족과 비슷한 시기에 〈國民純潔同盟〉을 발족한 것을 계기로, 여성의 중요성을 부각시키고자 정부차원에서 부단한 노력의 성과로서, 당시 문부대신 마쓰다 겐지松田源治가 대의원 회의에서 "일본 부인은 남편을 도와주는 존재이지 해방될 존재는 아니다"라고 답변한 것으로 유명하기도 하다.[17] 또한 〈國家總動員法〉 제1조[18] "본 법에서 국가총동원이란 전시에 임하여 국방의 목적 달성을 위해 나라의 전력을 최대한으로 유효하게 발휘하도록 인적 물적 자원을 통제 운용함을 뜻함"이라는 이념에 부합시키고 있는 것이다. 따라서 「구단의 어머니九段の母」에서 특히 4절은 이러한 국가정책의 슬로건을 말 그대로 대변해주고 있는 곡이라 할 수 있다. 당시 '九段坂'라는 키워드를 활용하여 제작된 곡들은 「구단의 벚꽃九段の桜」(1937), 「구단의 아버지九段の父」(1942), 「구단의 아내九段の妻」(1942) 등도 후방에 체재하는 일본인이라면 누구나 부르고 다닐 정도로 인기가 높았다고 한다. 그리고 패전 이후에도 다양한 유명 엔카 가수미소라 히바리美空ひばり, 시마쿠라 치요코島倉千代子, 테라사 텐テレサ・テン 등에게 리메이크 되어 불리기도 하고, 이와 비슷한 키워드로 「비내리는 구단자카雨の九段坂」(1961), 「눈물의 구단자카涙の九段坂」(1966) 등이 후세대들을 통해 새롭게 제작되어 불리기도 했다. 물론 야스쿠니 신사를 직접적으

17 와키쿠와 미도리(2011) 『전쟁에 나타난 여성상』 소명출판, p.57

18 本法ニ於テ國家總動員トハ戦時（戦争ニ準ズベキ事変ノ場合ヲ含ム以下之に同ジ）ニ際シ國防目的達成ノ為国ノ全力ヲ最モ有効ニ発揮セシムル様人的又物的資源ヲ統制運用スルヲ謂ウ（日本經濟硏究會(1942)『改正 國家總動員法の解説』伊藤書店, p.1)

로 거론하는 곡까지 합친다면 수 십 곡에 달한다.

이러한 소재를 다룬 노래들은 군인들에게 더욱 굳건한 전투의식 고취와 국가관을 심어주고, 비분강개에 찬 가사와 음조를 통해 국민들의 감성을 자극시켜, 징용대상을 선동하고자 하는 '오나미다모노お涙物'[19]의 대표적인 산물이라 할 수 있다.

여기서 흥미로운 점은 어떠한 노래에도 살아서 돌아오길 바라는 가사는 단 한 구절도 없다는 것이다. 즉 충군애국적인 내용을 담은 짧은 가사로써 오로지 '죽음'만이 가장 명예로운 것이며, 후방에서 응원하고 기다리는 이들에게는 '죽음=명예'라는 공식만이 떠나보낸 사람들에게 슬픈 일이지만 오히려 반사효과로 인해 더욱 강한 애절함을 불러일으키고 있었다.

3.2 천황존재를 각인시키기 위한 교육(Ⅰ~Ⅱ기)

자식을 군대에 보내어 가장 힘든 것은 근무지에서 잘 근무에 임하고 있는지, 다친 곳은 없는지 여부에 대한 다양한 궁금증을 쉽게 알 수 없는 부분이다. '무소식이 곧 희소식이다'라는 말이 있지만, 일본군들은 본토에서 근무하는 이들보다 열악한 환경의 타국에서 전쟁을 치룬 경험이 더욱 많기 때문에 심리적으로 민감하게 다가올 수밖에 없다.

당시 참전 중인 군인과 이를 기다리는 가족들을 연결시켜주는 매개고리는 위문대, 위문편지, 센닌바리千人針 등이 유일한 수단이었다. 전쟁경험이 많은 일본군이, 아무리 열악한 환경에 익숙해져 있다 하더라도 이러한 상황을 극복하고 잊기 위해서는 위안거리서의 流行歌가 대단히 필요한 것이었다. 따라서 본 장에서는 멀리 타국의 전장戰場에서

19 오나미다모노(お涙物) ; 영화, 연극, 노래 등을 통해 관객들의 눈물을 일부로 유발하도록 제작되는 작품을 말함.

근무하는 모습을 알리기 위해 제작된 노래들을 하나씩 살펴보고자 한다. 먼저 「국경 마을國境の町」이다.

고향 떠나 아득한 만리 / 어찌 추억이 닿을까
하늘 저 멀리 곰곰이 바라보니 / 사나이 눈물 흘리는 밤도 있네……
갈곳 모르는 떠돌이 신세 / 하늘도 회색빛 오늘도 눈보라
추억만이 새록새록 피어나네 / 그대와의 만남은 언제일까나![20]

〈「國境の町」(1934)〉

위 「국경 마을國境の町」은 〈만주사변〉 이후인 1934년 제작되어 당시 인기가수 쇼지 타로東海林太郎가 불러 선풍적인 인기를 끈 곡으로 유명하다. 쇼지 타로는 가수가 되기 이전에 만주철도주식회사에 입사하여 7년간 근무한 경력이 있어 만주 지역 사정에 대해서는 누구보다도 잘 알고 있었다. 그러나 만주지역에 대한 극심한 정치적 개입에서 업무에 대한 회의감을 느끼면서 본래 가수가 되고자하는 자신의 꿈을 이루기 위해 회사를 퇴사 했다. 따라서 쇼지 타로는 만주에서의 생활 경험이 이 곡을 부를 때 감정표현에 있어서 상당한 영감을 받았을 것으로 생각된다. 가사 속 인물의 고독감과 고향을 그리워하는 모습이 잘 표현되어 있는 곡으로도 유명하다. 다음은 「만주를 생각하니満洲おもえば」이다.

2. 그래 생각이 나더라도 떠올리면 안돼 목숨을 바친
그래 목숨 바친 사람인 것을

20 故郷はなれて　はるばる千里 / なんで想いが　とどこうぞ
遠きあの空　つくづく眺め / 男泣きする宵もある
行方知らない　さすらい暮し / 空も灰色　また吹雪
想いばかりが　ただただ燃えて / 君と逢うのはいつの日ぞ

5. 그래 푸념 따윈 하지말자 미련 아니야 울지 않으리
남편은 나라의 그래 나라의 간성[21] 〈「満洲おもえば」〉

「만주를 생각하니」는 武裝農民들을 만주 각지로 정착시키기 위해, 일반적인 치안 유지를 위한 군부대 군인들의 이야기를 다루고 있는 군가 「너는 만주君は満州」의 후속곡으로, 만주지역의 치안이라는 평온한 작전임무를 수행하는 부대를 배경으로 만들어진 곡이다. 그러나 「만주를 생각하니」를 제작한 취지를 보면, 만주는 러시아와의 접경지역으로 유사시 러시아군을 저지하는 제1방어선 역할을 하는 주요 거점이기 때문에, 군사적 목적과 동시에 만주지역의 개척을 일반인에게 알리려는 의도가 있었다. 그리고 제작된 이후 크게 히트하지는 못했으나, 장기간동안 사랑받은 곡이기도 한다.[22]

이어 「만주아가씨満洲娘」(1938)는 '宝塚音樂歌劇學校' 출신인 핫도리 도미코服部富子가 불러 화제가 되기도 했다. , '宝塚音樂歌劇學校' 출신인 핫도리 도미코服部富子가 불러 화제가 되기도 했다. 이 곡이 처음 제작되었을 때 검열과정에서 노래의 분위기가 밝고, 가사가 지나치게 감상적이라는 지적과 전시시국의 상황이 반영되지 않다는 이유로 발매금지 처분의 위기를 맞았으나, 남녀간의 사랑에 대해 적극적으로 표현하지 않겠다는 조건을 검열기관에 내걸어 뒤늦게 승인 후 발매 되었다. 이후 엄청나게 유행하였으며, 이 노래를 부른 핫도리 도미코는 「만주아가씨」가 영화화된 「부부노래대전鴛鴦歌合戦」(1939)에 여주인공으로 캐스팅 되었고, 국책영화로 제작된 「중국의 밤支那の夜」(1940)에도 캐스팅

21 二、ハアア 思い出すとも 出させちゃすまん / いのち捧げた エー 捧げた人じゃもの
五、ハアア 愚痴じゃ申さぬ　未練じゃ泣かぬ / 主(ぬし)は御国の エー 御国の人柱
22 長田曉二(1971)「日本軍歌大全集」全音樂譜出版社, p.263 参조

되어 가수뿐 만아니라 배우에서도 상당한 인기를 끌었다.

1938년 〈중일전쟁〉 이후 일본 가요계는 중국을 배경으로 하는 노래가 속속히 등장한다. 전쟁승리를 국민에게 알림과 동시에 일본의 영토임을 확고하게 다지고자 하는 정부의 의도가 드러나 있는 대목이라 볼 수 있다. 즉 만주에 이어 중국대륙까지 진출하게 된 일본의 영토확장과 국력신장을 노래로 승화하여 국민에게 교화하고 있는 것이다. 그 대표적인 노래가 「상하이 거리에서上海の街角で」(1938)를이다.

> 리라꽃 떨어지는 캬바레에서 만나 / 오늘밤 헤어지는 상하이 길모통이
> 붉은 달마저 젖은 눈에 스미네 / 꿈속의 스마로四馬路[23] 가 그리웁구나
> 울며 거닐면 남의 눈에 띄고 / 사내가 배를 타면 고독에 젖어
> 적어도 어제의 순정 그대로 / 눈물을 감추고 헤어질까요[24]
>
> 〈「上海の街角で」(1938)〉

위 노래는 당시 최고의 인기 가수 쇼지 타로가 불렀는데, 중국에서 사랑에 빠진 일본 병사가 대의를 위해 사랑하는 여인에게 이별을 고하는 내용이다. 제작 당시부터 패전에 이르기까지 많은 사랑을 받았으나, 패전 이후 '支那'라는 단어가 금기어가 되자, 한동안 불리어지지 않다가 1950~60년대에 들어서 쇼지 타로가 다시금 대중들 앞에서 불러, 전시체제기를 회상하는 노래로 많은 이들에게 추억의 감동을 선사하기도 했다.

23 현재 중국 상하이의 푸주루(福州路)를 말함.

24 リラの花散る　キャバレーで逢うて / 今宵別れる　街の角
紅の月さへ　瞼ににじむ / 夢の四馬路(スマロ)が　懐かしや
泣いて歩いちゃ 人眼について / 男船乗りゃ　気が引ける
せめて昨日の　純情のままで　/ 涙かくして　わかれよか

이어지는 곡은 「중국의 밤支那の夜」(1940)이다. 앞에서 이 노래에 대해 간략히 언급했듯이 〈중일전쟁〉 이후 제작된 곡으로 많은 이들에게 상당한 인기를 끌자 국책사업의 일환으로 軍官이 상호 협조 하여, 노래가사의 배경을 영화로 제작한 것으로 유명하다.

> 중국의 밤 중국의 밤이여 / 임 기다리는 밤은 난간의 비로 / 꽃도 지고 지네 꽃잎도 지네 / 아- 아- 헤어진들 잊을소냐 / 중국의 밤 꿈꾸는 밤[25]
>
> 〈「支那の夜」(1940)〉

이 곡은 국책사업으로 제작되었기에 군국주의적인 성향이 매우 짙은 곡이다. 중국 상해를 배경으로 일본군인과 중국여성과의 러브스토리를 담은 멜로성격이 강한 노래와 영화는 선풍적인 인기를 끌었으나, 군부나 일본 정부 측에서는 국책영화와 거리가 멀다고 판단, 당시 영화평론가, 영화검열관, 신문사로부터 '국책에 반하는 영화'로 뒤늦게 비판 받기도 했다.

중국을 소재로 담은 두 노래는 모두 남녀간의 사랑을 다룬 멜로물로, 이국땅에서 전투에 임하는 병사와의 관계가 그려져 있다. 머나먼 타국에서 전투에 임하는 병사는 중국여인에게 이별을 고하여, 듣는 이로 하여금 이룰 수 없는 러브스토리에 안타까움을 자아내지만, 충군애국하는 일본 군인으로서의 신분을 재각인하고 있다.

이러한 노래를 통해, '전투원=남성, 비전투원=여성'이라는 사회적인 역할 분담과 떠나는 남성, 기다리는 여성이라는 절묘한 상관관계가 가사로 잘 서사되어있는 것이 당시 사랑 콘셉트의 큰 특징이었으며,

25 支那の夜 支那の夜よ / 君待つ宵は 欄干(オバシマ)の雨に / 花も散る散る 紅も散る / あゝあゝ 別れても 忘らりょか / 支那の夜 夢の夜

충군애국을 위한 황군은 이별도 감수해야하고, 여성은 떠나보내고 싶지는 않지만, 나라를 위해 사랑하는 남자를 묵묵히 떠나보내야만 하는 존재로 암시한 것이, 일본정부의 국민교화였으리라 사료된다. 즉 남성의 참전을 격려하고, 그 상처를 치유하고, 마지막으로 그의 죽음을 명예롭게 기념하는 여성이 '군국의 여성들의 긍정적 이미지'를 대표[26]하고 있는 것이다.

공간적 기법을 통한 노래의 특징은, '戰場의 열악한 환경'과 '기다리는 여성'이라는 두 키워드가 주효하고 있다. '열악한 환경'은 후방인들에게 모성보호본능과 안타까움을, 묵묵히 지켜보며 '기다리는 여성'에게서 무한한 사랑이, 병사를 분발케 하는 힘의 원동력으로 작용하였음을 알 수 있다.

3.3 시리즈물을 통한 중독성 유발

당시 유행가는 일본 국내에서만 불린 것은 아니다. 먼 이국땅으로 출정한 군인들에게도 가창케 하였으며, 유일한 유희였던 것이다. 이국의 전장에서 향수에 젖은 젊은 청년들은 유행가를 가창함으로서 위로받기도하고, 가사에 서사된 가족이나 여인, 벗들로부터, '내 가족, 내 부인, 나의 친구도 나의 무사귀환을 기다릴 것'이라는 상상의 세계에서, 정서적인 측면과 정신력을 더욱 견고하게 다짐하는 수단과 도구로서 작용했을 것이다.

이 시기의 유행가들은 '전쟁'을 소재로 많이 만들어지고 불렸지만, 제작된 유행가 모두를 국민에게 알린다는 것이 사실상 무리였다. 각자가 선호하는 리듬과 선율, 그리고 가사가 존재하기에 개개인에 취향까

26 와키쿠와 미도리(2011) 『전쟁이 만들어낸 여성상』 소명출판, p.38 참조

지 맞춘다는 것은 어렵기 때문이다. 그러나 당시 일본의 음반계는 최대한 많은 사람들에게 전시 시국상황을 위한 수단으로 노래를 이용하였기 때문에, 그 해결책으로 시리즈로 제작하는 유행가를 들 수 있다.

한번 선풍적인 인기를 얻은 유행가는 오랫동안 많은 대중의 기억에 잔존하지만, 아무리 좋은 노래라도 반복해서 듣게 되면 언젠가 관심에서 멀어지기 마련이다. 오늘날도 오래 전의 히트곡을, 현대 가수가 자신의 창법으로 리메이크하여, 전혀 다른 감동, 다른 해석, 다른 느낌을 주기도 한다.

일본은 이미 오래전 이점을 노리고 대중에게 응용하였다. 노래 제목과 가사 일부를 바꾸어, 기존의 방식에서 크게 벗어나지 않는 범위를 유지하며 처음 대중의 인기를 끌었던 곡을 흉내 내는 시리즈를 제작하기 시작했다. 대표적인 곡으로 「상하이부르스上海ブルース」(1938), 「광뚱부루스広東ブルース」(1939)의 블루스 시리즈, 「상하이의 꽃파는 소녀上海の花売娘」(1939), 「난찡의 꽃파는 소녀南京の花売娘」(1940), 「광뚱의 꽃파는 소녀広東の花売娘」(1940) 등의 꽃팔이 소녀 시리즈 등이다. 다음은 「광뚱부르스広東ブルース」이다. 다음은 「상하이부르스」와 「광뚱부르스」이다.

> 눈물 젖은 상하이에서 / 꿈꾸는 포주로의 거리의 등불
> 리라꽃 떨어지는 오늘밤은 / 그대를 그리워하네
> 아무말없이 헤어졌네 그대와 나 / 거든 브릿지 누구와 볼까 차가운 달[27]
>
> 〈「上海ブルース」(1938)〉

27 涙ぐんでる　上海の　夢の四馬路(スマロ)の街の灯
リラの花散る　今宵は　君を 思い出す
何にも言わずに　別れたね　君と僕 ガーデンブリッジ誰と見る 青い月

언덕 위에서 밴드를 보니 붉은 등 푸른 등 꿈같은 색
흔들리며 어디로 흘러가나 꽃 실은 배의 사랑가
호궁소리 스산하고 盲妹 슬퍼라 달밤 깊어가는 광뚱부르스[28]

〈「広東ブルース」(1939)〉

위 노래들은 이국정서로 국민들의 관심을 끌기 위해 제작된 곡으로, 가사에 영어, 중국어, 불어 등의 외래어가 사용되고 있는 것이 특징이다. '과연 이 노래들이 전시가요라 할 수 있겠는가?' 라는 의구심이 들 수 있으나, 이 시기의 중국은 연이은 전쟁의 패배로 세력이 약화되어 각 나라들의 거류지로 전락되면서 다양한 스파이와 범죄자들이 혼재하고 있었다. 일본으로서는 첩보활동의 공간이기도 한데다, 섬나라 일본인에게는 대륙에 대한 동경이, 낭만적인 가사로 많은 이들의 애창을 유도했다고 볼 수 있다.

'~꽃팔이 소녀~花売娘' 는 시리즈물의 전형이라 할 수 있다. 상해, 남경, 광동이라는 당시 중국의 주요 도시들을 중심으로, '섹스의 상징' 이라 할 수 있는 '소녀' 가 대륙확장이라는 일본 제국주의 야망의 첨병으로 위장되어 제작된 곡들이다. 이렇듯 당시 유행가의 시리즈물은, 제목에서 공간상징의 일부를 代替하여, 다른 공간의 유행가로, 대륙에 대한 새로운 확장의 공간을 국민들에게 인식시켜, 대륙을 확장해 나가야하는 일본의 강한 의지를 유행가를 통해 서사하고 있는 것이다.

이러한 유행가의 대부분은 전후방의 군인과 국민을 연결하는 장치로 작용하고 있다. 가사 속에 숨어있는 많은 사연으로 무수히 연결시

28 丘の上から　バンドを見れば　あかい燈青い燈　夢の色
ゆれて流れて　どこへゆく　フラワーボートの　恋の歌
胡弓わびしや　盲妹かなし　つきの夜更けの　広東ブルース

켜, 수많은 유행가의 가사에 다양한 이미지로 황국신민으로 육성시키는 교화적 장치로 유행가를 활용했다고 볼 수 있다.

4. 맺음말

이상과 같이 『日本軍歌大全集』과 『日本演歌大全集』에 공통적으로 수록된 노래를 통해 '당시 일본에서 군가軍歌 · 엔카演歌 등의 戰時流行歌가 전장의 군인과 후방의 국민에게 어떤 기능을 하였는가?'를 살펴보았다. '전쟁'이라는 키워드를 통해서 군가와 엔카라는 서로 각기 다른 장르임에도 유행가라는 카테고리로 결부시켜 당시에 대단한 인기를 끌었고, 많은 사람에게 가창된 가사에는 전근대적, 봉건적, 군국주의적인 다양한 황국신민의 이미지를 투영시키고 있었다.

이러한 유행가에는, 전장의 군인들에게는 황국을 지키는 방패로, 후방의 국민들에게는 황군皇軍이 있기에 나라가 평온하고, 현세를 유지할 수 있는 원동력의 이미지로 인식하고 있다. 그리고 정신적인 통제, 공간적 기법의 감동, 시리즈물을 통한 익숙한 접근법을 통해 일본국민으로서의 정서, 대륙확장에 대한 야망과 동경이라는 연결고리를 국민에게 노래라는 장치로 전쟁을 선동하고 있었다.

대부분의 유행가에는 '생존'이라는 용어는 거의 거론되지 않았다. 오히려 당시 일본의 전시정책이, 사회의 전반적 분위기를 압도하고 국민의 심리를 잘 이용해, 남녀노소 가릴 것 없이, 모든 이들에게 전쟁을 선전 선동하는데 응용되었다고 볼 수 있다.

군가집과 엔카집에 두 텍스트 동시에 수록되어있는 곡들은 물론 맹점이 존재한다. 동일한 저자가 편집하지 않았다는 점과 그 기준이 불명확하다는 점은 부인할 수 없다. 당시 군가처럼 불리어진 노래들이 패전 이후 다양한 가수에 의해 리메이크 되거나 원곡을 그대로 살리어 그 시대 추억의 감동을 선사하고자 가창된 노래가 포함되었을 것이다.

그리고 무형전력의 상징인 후방인을 어떤 형태로든 전쟁에 동원할 수 있도록 하기 위해, 당시 일본 국민이 가창한 유행가는, 군가, 엔카라는 장르를 벗어나 전쟁승리를 위한 선전 선동의 교화장치로 작용하였다고 생각된다.

제국의 전시가요 연구

참고문헌

① **텍스트**

長田曉二 編(1998)『日本軍歌大全集』全音楽譜出版社

堀内敬三(1969)『定本 日本の軍歌』実業之日本社,

永岡書店 編(1980)『日本演歌大全集』永岡書店

② **컨텍스트**

小村公次(2011)『徹底検證 日本の軍歌』學習の友社

倉田喜弘(2001)『「はやり歌」の考古學』文春新書

櫻本富雄(2005)『歌と戰爭』アテネ書房

山田原一郎(1894.11)『大捷軍歌』三書房藏版

文部省 編(1904.11)『戰爭唱歌』, 日本書籍(株)

岡野 弁(1988)『演歌源流・考』(株)學藝書林

添田知道(1982)『演歌の明治大正史』刀水書房

③ 한국논문 (가나다순)

곽다운(2001)「대중가요가 중등음악교육에 미치는 영향」, 계명대 석사논문

곽인호(2001)「가부장제의 변화와 사랑의 형태에 관한 연구」, 고려대 석사논문

구인모(2009)「일본의 식민지 철도여행과 창가」「정신문화연구」 제32권(가을호), 정신문화연구원

권명아(2000)「마지노선의 이데올로기와 가족 · 국가」『탈영자들의 기념비 - 당대비평 특별호』 4월호, 책세상

______(2002)「총후부인, 신여성, 그리고 스파이-전시 동원체제하 총후 부인 담론 연구-」, 상호학보12

권혜근(2010)「韓國 近 · 現代의 音樂敎育 硏究-韓 · 日 音樂 敎育課程의 比較」, 성균관대 박사논문

金炳善(1990) 金炳善(1990)「韓國 開化期 唱歌 硏究」, 전남대 박사논문

김대현(2006)「근대 한어 속의 외래어 연구」, 명지대 석사논문

김미숙(2008)「일본 근대 국가주의와 젠더이데올로기 형성에 관한 사회학적 소고:명치 초기를 중심으로」 한국사회과학연구

김보희(2008)「북만주지역의 獨立運動歌謠 -1910년대 민족주의 독립운동가요를 중심으로-」「한국음악연구」 제43집, 한국국악학회

김지혜(2010)「일제강점초기 식민지 문화의 재편, 신문소설 삽화 〈長恨夢〉」「미술사논단」, 한국미술연구소

大竹聖美(2003),「근대 한일『철도창가』-오와다 다케키(大和田 建樹)『滿韓鐵道唱歌』(1906)와 崔南善『京釜鐵道歌』(1908)」, 성신여대 연구논문집

마쓰오 다카요시 · 金衡種 譯(1989)「大正데모크라시와 戰後民主主義」「서울대 東洋私學科論文集」 제13집

박경수(2014)「演歌, 明治文學 대중화의 기폭제 -『金色夜叉の歌』를 중심으로-」「日本語文學」, 日本語文學會

박경수 · 김순전(2012)「제국의 팽창욕구와 방어의 변증법」「일본연구」 제53호, 한국외대 일본연구소

박도현(2011)「1930년대 레코드사 마케팅에 나타난 대중음악 고찰」 경희대 아트퓨전디자인대학원 석사논문

박순애(2008)「朝鮮統監府의 大衆文化政策 -大衆歌謠를 中心으로-」, 한일민족문제연구

박애경(2005)「1940년대 군국가요에 나타난 젠더 이미지와 젠더 정치」, 民族文化論 35輯

박은미(2003)「1930년대 시에 나타난 모성 콤플렉스 연구」, 문학한글

박재권(2001) 「구 일본 및 한국 軍歌의 인물, 국가 관련 표현 비교 분석」「일어일문학연구」 제39집, 한국일어일문학회

박진영(2004) 「'이수일과 심순애 이야기'의 대중문예적 성격과 계보」『현대문학의 연구』 제23집, 한국문학연구학회

배연형(2008) 「창가음반의 유통」「한국어문학연구」 제51집, 한국어문학회

山內文登(2000) 「한국에서의 일본 대중문화 수용에 관한 역사적 고찰 -구한말~일제강점기 창가와 유행가를 중심으로-」, 한국외국어대 석사논문

신주백(2004) 「일제말기 조선인 군사교육 - 1942.12~1945-」, 『한일민족문제연구』 9

안성민(2001) 「식민지시대 유행가에 끼친 일본 演歌의 영향」, 한양대 석사논문

안태윤(2003) 「일제말기 전시체제와 모성의 식민화」「한국여성학」 제19권

엄현섭(2007) 「植民地 韓日 大衆文化誌 比較研究-「死의 讚美」와 「東京行進曲」을 중심으로」『人文科學』, 성균관대 인문과학연구소

유창진(1985) 「초등학교 교과과정에 나타난 성역활 및 아동, 학부모 교사가 인식하는 성역할 지각연구」, 세종대 석사논문

유철・김순전(2012) 「日帝强占期『國語讀本』에 透映된 軍事敎育, 「日本語文學」 제56집, 한국일본어문학회

윤상인(2006) 「만주에 대한 학제간 연구방법 모색」「제국의 시선-나쓰메소세키의 중국동북부 여행에 대해-」, 만주학회 제 14차 학술대회

윤성원(2010) 「음악교과교육의 영역과 역할 탐색을 통한 음악과 교육과정 성격 항의」, 「음악교육공학」 제11호, 음악교육학회

李麗花(2011) 「중・일 외래어 비교연구」, 세종대 석사논문

이상경(2002) 「일제말기 여성동원과 '군국(軍國)의 어머니'」『페미니즘연구』 2호

이은민(1992) 「韓・日 양 신문에 씌어진 외래어 조사 연구」『同日語文研究』 7, 동덕일어일문학회

이화진(2007) 「1943년 시점의 '조선영화'-법인 조영의 〈젊은 자태(若き姿)〉 제작 과정을 중심으로-」「한국극예술연구」 26호, 한국극예술학회

장미경・김순전(2009) 「『국민문학』에 실린 간도개척소설고찰」, 「일본연구」 한국외대 일본연구소

정수완(1999) 「전전(戰前) 일본영화에 나타난 근대화와 국수주의 연구」 영화연구 NO.15

조순자(2011)「일제강점기 국책선전 극영화의 음악 연구」, 중앙대 석사논문
조희숙(2003)「초등학교 저학년 교과서에 나타난 어머니상 분석 : 해방 이후부터 6차 교육과정까지」, 「아동교육론집」 12집
천승재(2007)「미소라히바리 노래가사특성을 활용한 일본어학습지도방안 연구」, 계명대 석사논문
崔相龍(1986)「大正데모크라시와 吉野作造」「아세아연구」vol.29, 고려대 아세아문제연구소
최한정(2007)「미소라 히바리 노래가사 특성을 활용한 일본어학습 지도 방안 연구」, 계명대 석사논문
최희순(2005)「인간의 정서 은유에 관한 연구」, 전북대 석사논문
한광수(2002)「尾崎紅葉와『金色夜叉』, 그리고 小栗風葉의『金色夜叉終篇』과 趙重桓의『長恨夢』」「일어일문학연구」, 한국일어일문학회
한상언(2009)「조선군보도부의 영화활동 연구,「영화연구」 41호
함충범(2009)「전시체제하의 조선영화, 일본영화 연구(1937～1945)」 한양대 박사논문
홍성후(2002)「일본의 대중가요로 본 일본인의 정서적 문화의식」「사회과학연구」 제19집, 충북대 사회과학연구소
______(2003)「대중가요를 통해본 한일 문화의식의 비교」, 「사회과학연구」, 충북대 사회과학연구소

④ **일본논문 (アイウ순)**

李良姫(2007)『植民地朝鮮における朝鮮総督府の観光政策』「北東アジア研究」第13号
後藤康行(2011) 「戰時下における軍事郵便の社会的機能-メディアおよびイメージの視点からの考察-」郵政資料官
夏井美奈子(2005)「戦後空間」の中の『平凡』-1950 年代·人々の欲望と敗戦の傷-, ヘスティアとクリオ Vol.1
長谷川由美子(2009)「明治初期出版「軍歌集」にみる軍歌の変遷について」圖書館情報メディア研究
橋本治(1981)「明治・大正歌謠」「國文學-解釋と鑑賞」三月號　至文堂
橋本和佳(2007) 「新聞の中の外来語外国語」 国立国語研究所　第31回「ことば」フォーラム
堀内扶(2010)「戦時下における敵国語「英語」教育の動揺」『政治学研究』42号
吉野作造(1919)「デモクラシーに関する吾人野見解」「黎明講演集」第1巻 2緝

⑤ **한국참고서 (가나다순)**

강영계(2008)『사랑학 강의』, 새문사
강창일(1995)「일제의 조선지배정책과 군사동원」,『일제식민지정책연구논문집』, 학술진흥재단
강태현(2000)『일본 전후 경제사』, 오름
곽건홍(2001)『日帝의 勞動政策과 朝鮮勞動者』, 신서원
구견서(2007)『일본영화와 시대성』, 제이앤씨
구동회(1999)『영화 속의 도시』, 도서출판 한울
구리야가와 하쿠손 著・이승신 譯(2010)『근대 일본의 연애관』, 도서출판 문
국가보훈처 편(1996)『最新唱歌集』, 국가보훈처
권문수(2009)『두 번은 사랑하지 못하는 병』, 나무출판사
권보드래(2003)『연애의 시대』, 현실문화연구
金敬鎬(2004)『日本語系借用語に関する研究』, 제이앤씨
김광열(2010)『한인의 일본이주사 연구』, 논형
김선남(1998)『매스미디어와 여성』, 범우사
김숙자(2007)『일본어 외래어』, 제이앤씨
김순전 외(2013)『일제강점기 조선총독부편찬 초등학교 창가교과서 대조번역 下』, 제이앤씨
김인호(2000)『식민지 조선경제의 종말』, 신서원
김정현(1994)「일제의 대동아공영권 논리와 실제」, 역사비평
노동은(2001)『노동은의 두번째 음악상자』, 한국학술정보(주)
______(2002)『한국음악론』, 한국학술정보(주)
단국대학교부설 동양학연구소(2007),「일상생활과 근대 음성매체」, 민속원
데루오카 야스타카 著・정형 譯(2005)『일본인의 사랑과 성』, 도서출판 소화
도수희(1999)『한국지명연구』, 이화문화사
로이셔커 著・이정엽, 장호연 譯(1999)『대중음악사전』, 한나래출판사
류경동(1998)「1930년대 후반문학의 근대성과 자기성찰」 상허문학회, 깊은샘
문옥배(2004)『한국금지곡의 사회사』, 예솔출판사
문정인・김명섭 외(2007)『동아시아의 전쟁과 평화』, 도서출판 오름
민은기(2012)『독재자의 노래』, 한울
박기성(2014)『한국방송사』, 원명당
박성진・이승일(2007)『조선총독부공문서』, 역사비평사
박전열 외(2000)『일본의 문화와 예술 뉴 밀레니엄의 테마 21』 한누리미디어
박찬호 지음・안동림 옮김(2011)『한국가요사』, 도서출판 미지북스

_____(2009)『한국가요사』1, 도서출판 예지북스
박혁진(1938)「再出發의 人氣歌手 채규엽의 最近心境打診」.『실화』1938.11
방중기(2004)『일제파시즘 지배정책과 민중생활』, 연세국학총서
베니김(2005)『흥행영화엔 뭔가 특별한 코드가 있다』, MJ미디어
손민정(2009)『트로트의 정치학』, 음악세계
손태룡(2006)『음악이란 무엇인가』, 영남대학교 출판부
신승행(2002)『언어와 문학과의 만남』, 학문사
愼鏞廈(1996)「解題」,『最新唱歌集』, 국가보훈처
야마무로 신이치・윤대석 옮김(2009)『키메라-만주국의 초상-』, 소명출판
오천석(1964)『한국신교육사』, 현대교육총서출판사
와키쿠와 미도리(2011)『전쟁이 만들어낸 여성상』. 소명출판
유민영(1996)『한국근대연극사』, 단국대학교출판부
유재순(1989)「일본여자를 말한다」, 창해
윤신향(2005)『윤이상 경계선상의 음악』, 한길사
이경분(2009)『프로파간다와 음악』, 서강대학교출판부
이동순(2007)『번지없는 주막』, 선
이상준(1929)『最新唱歌集』, 박문서관(경성)
이영미(2002)『홍남부두의 금순이는 어디로 갔을까』, 황금가지
_____(2006)『한국대중가요사』, 민속원
_____(2011)『세시봉 서태지와 트로트를 불르다』, 두리미디어
이영미・이준희(2006)『사의 찬미』, 범우사
일본학교육협회(2006)『일본의 이해』, 태학사
장유정(2003)『오빠는 풍각쟁이야』, 민음사
_____(2006)『오빠는 풍각쟁이야』, (주)황금가지
_____(2006)『오빠는 풍각쟁이야』, 민음
정재철(1985)『日帝의 對韓國植民地 敎育政策史』, 일지사
정혜정(2003)『일제말기 조선인 강제연행의 역사』, 경인문화사
조연현(1968)『한국현대문학사』, 인문사
진영은(2003)『교육과정-이론과 실제』, 학지사
최상인편집(2003)『한국대중가요사(Ⅰ)』, 한국대중예술문화원
최창봉(2001)『우리방송 100년』, 방일영문화재단
한국고음반연구회 편(1994)『유성기음반 가사집 4(콜롬비아음반)』, 민속원
한국대중예술문화연구원(2003)『韓國大衆歌謠史Ⅰ』, 한국대중예술문화연구원
한일관계사연구논집 편찬위원회(2005)『일제식민지 지배의 구조와 성격』경

인문화사
한일문화교류기금(2005)『한국사람, 일본사람의 생각과 삶』, 경인문화사
한중일 3국 공동 역사편찬위원회(2010)『한중일이 함께 쓴 동아시아 근현대사』, 휴머니스트 출판그룹
허석 외(2012)『문학으로 보는 일본의 온천문화』, 민속원
헬렌피셔 著・정명진 譯(2004)『연애본능』, 생각의 나무
황문평(1989)『한국대중연예사』, 도서출판 부루칸모로

⑥ 일본참고서 (アイウ순)

岩崎昶(1961)『映画史』、東洋経済新報社
巖淵宏子・北田幸惠(2005)『日本女性文學史』、ミネルヴァ書房
井上武士(1937)『音樂敎育讀本』、共益商社書店
海野福壽(1992)『日本の歷史18 日清・日露戰爭』、集英社
岡野弁(1988)『演歌源流.考』、學藝書林
大西秀紀(2003)「映画主題歌「祇園小唄」考」『アート·リサーチ』、立命館大学
大塚茂夫(2005)『ナショナルジオグラフィック日本版』、日本版編集部
川村湊(2007)『溫泉文學論』、新潮社
海後宗臣(1974)『日本教科書大系近代編第二十五卷唱歌』、講談社
金田一春彦・安西愛子(1982)『日本の唱歌(下)』、講談社文庫
海後宗臣(1974)『日本教科書大系近代編第二十五卷唱歌』、講談社
菊池清麿(2013)『日本流行歌変遷史』、論創社
倉田喜弘(2001)『「はやり歌」の考古學』、文春新書
古賀政男(1980)「幾山河」、オクダ企畫
小村公次(2011)『徹底檢證 日本の軍歌』、學習の友
櫻本富雄(2005)『歌と戰爭』、アテネ書房
渋谷由里(2004)『馬賊で見る「滿洲」』、講談社
社團法人滿洲文化協會(1933)『滿洲八年 滿洲年鑑』、滿洲文化協會發行
杉浦洋(1943)『朝鮮徵兵讀本』國民總力朝鮮聯盟
添田知道(1982)『演歌の明治大正史』、刀水書房
供田武嘉津(1996)『日本音樂敎育史』、音樂之友社
長田曉二(1990)『日本軍歌大全集-軍歌・愛国歌・戦時歌謡』、全音楽譜出版
________(1998)『日本軍歌大全集』、全音楽譜出版社
中根晃(1943)『文教の朝鮮』、朝鮮教育會
中村紀久二 外(1982)『復核国定教科書(国民学校期)解説』、ほるぷ出版

永岡貞市(1980)『日本演歌大全集』、永岡書店
日本經濟研究會(1942)『改正 國家總動員法の解説』、伊藤書店
日本近代文學館 編(1977),『日本近代文學大事典(1)』、講談社
原剛・安岡昭男 編(2003)『日本陸海軍辭典』上卷、新人物往來社
堀内敬三(1977)『定本日本の軍歌』、實業之日本社
堀内敬三・井上武士 編(1999)『日本唱歌集』、岩波書店
細窪孝(2000)『愛に生きた江戸の女明治の女』、ふきのとう書房
三好行雄(1976)「反近代の系譜」『日本近代文學』、日本放送出版協會
森彰英(1981)『演歌の海峡』、雪溪書房
森武麿(1993)『日本の歴史アジア·太平洋戰爭』、集英社
安田 寛(1999)『日韓唱歌の原流』、音樂之友社
安田武(1982)「父子二大」『演歌の明治大正史』、刀水書房
渡辺官造 編(1906)『滿韓鐵道唱歌』、金港堂書籍(株)

⑦ 한일 잡지 및 신문(가나다순)
趙一齊(1934)「「長恨夢」「雙玉淚」 飜案回顧」『三千里』(1934.9)
朝鮮軍事後援聯盟(1939)、『軍事後援聯盟事業要覽』、『總動員』、創刊號
孫貞圭(1939)「時局과 半島婦人缺陷」『女性』 朝鮮精神總動員聯盟
〈황성신문〉〈每日申報〉〈중앙일보〉〈경향일보〉〈조선일보〉〈동아일보〉〈映画旬報〉
〈東京日日新聞〉〈読売新聞〉〈大阪毎日新聞〉 등

⑧ 기타 참고사이트
yahoo Japan wikipedia
『大日本軍歌集』 홈페이지(http://gunka.xii.jp/gunka/)
http//search.yahoo.co.jp
http://blog.livedoor.jp/iiotokoiionna/archives/51978160.html
http://ja.wikipedia.org/wiki/%E9%95%B7%E5%B4%8E%E3%81%AE%E9%
90%98
http://www.nikkanberita.com/print.cgi?id=201112301440055
http://yado.knt.co.jp/ps/contents.jsp?f=nightjewelry/report24.html&data
http://ko.wikipedia.org/wiki/%EC%99%B8%EB%9E%98%EC%96%B4

찾아보기

(ㄱ)

가극 ······221
가나가와현神奈川県 ······225
가라시마 다케시 ······391
가와구치 마쓰타로川口松太郎 ······226
가족주의 ······398
게이샤 ······156
결사대의 아내 ······347
결사항전 ······389
결전의 하늘로決戦の大空へ ······391
경성방송국 ······232, 235
京城日報 ······394
경성제대 ······390
京日小學生新聞 ······394
계몽운동 ······233
고가 마사오 ······73, 227, 333
고가멜로디 ······228
고부시小節 ······228
고세키 유지古関裕而 ······333, 381, 385
고쇼 헤이노스케 ······223
고요마쓰리 ······36
고우타 영화小唄映画 ······60
고유명사 ······111
고토 시운後藤紫雲 ······31
古賀 멜로디 ······291
고향 ······438
공연문화 ······233

관동대지진 ············142
교토京都 ············227
구단의 어머니九段の母 ············89, 399
九段坂 ············462
국가주의 ············376
국가총동원법 ············376
국권회복 ············263, 280
國母陛下 ············360
국민가요國民歌謠 ············227, 339
國民教育思潮 ············309
국민교화 ············375
국민국가 ············7
國民만들기 ············6
국민의식 ············323
國民精神總動員聯盟 ············463
국민징용령 ············376
國民唱歌 ············339
國民合唱 ············339
국책선전 극영화 ············234
국책영화 ············216, 379
군가軍歌 ············5, 219, 379
군가식 창가軍歌調唱歌 ············273
군국가요 ············254
군국가요시대 ············379
군국영화 ············379
군국주의 ············235, 376
군국창가軍國唱歌 ············6, 304
군마軍馬 ············380
군마PR영화 ············382
군사영화 ············378
군사전쟁영화 ············394
군인 아저씨兵隊さん ············393, 395
군지 지로마사 ············224
군함행진곡軍艦行進曲 ············389
歸鄕코드 ············84
그대와 나君と僕 ············393
극영화 ············378, 383
극장 ············216
근대음악 ············216
기록영화 ············378
기쿠치 간菊池寬 ············217
긴자의 버드나무銀座の柳 ············223
金色夜叉 ············24, 241
金色夜叉終焉編 ············194
金色夜叉續編 ············194
김준영 ············234

(ㄴ)

나가토 ············389
나운규 ············220
나카야마 신페이中山晋平 ············219
낙하산부대 ············387
낙화유수 ············232
남녀동반자살心中 ············225
남방정책 ············386
낭만주의 ············221
내각총리대신 ············391
내선일체 ············395
네온ネオン ············114
노무라 도시오野村俊夫 ············382
니시키 모토사다 ············394
닛폰크라운日本クラウン ············51

(ㄷ)

다롄大連 ············406
다이쇼 데모크라시 ············123

다이쇼 로망 ······219
다이쇼大正 ······221
다큐멘터리 ······387
당가黨歌 ······132
대극장 ······233
대동강변 ······36
대동아 ······384
대동아공영권 ······430
대미개전론對美開戰論 ······376
大日本軍歌集 ······302
대중가수 ······71
대중가요 ······215
대중문예 ······17
대중문화 ······72, 377
대중문화통제 ······377
대중예술 ······217
대중음악 ······215
대중음악사 ······215
대중파급력 ······232
大捷軍歌 ······303
데치쿠テイチク ······50
도돈파ドドンパ ······68
도모다 다케카즈供田武嘉津 ······309
도시화 ······219
도요타 시로 ······393
도쿄 블루스 ······65
도쿄 ······218
도쿄랩소디東京ラプソディ ······228
도쿄행진곡東京行進曲 ······217
도호東宝 ······389
東京日日新聞 ······226
동북아 신질서 ······310
동시녹음 ······394
동양평화 ······397
동화정책 ······396

(ㄹ)

라디오 방송 ······216
라디오 ······216
러닝타임 ······378
러일전쟁 ······221
레코드 산업 ······219, 232
로영의 노래露営の歌 ······396
로쿄쿠浪曲 ······228
리메이크 ······224
리얼리티 ······378

(ㅁ)

마마 ······156
마시다카 제제マシタカゼーゼー ······134
마쓰다이라 노부히로松平信博 ······224
마쓰시마 우타코松島詩子 ······208
마적의 노래 ······415
막간幕間 가수 ······234
만주 ······440
만주사변 ······438
滿韓鐵道唱歌 ······303, 322
말레이해전 ······389
매스 미디어 ······94
매일신보 ······398
멀티미디어 ······236
메이지明治 후기 ······221
멜로드라마 ······395
모리나가 겐지로 ······393
무사시노 음악학교 ······235
무성영화 ······217

무쓰 ······389
무코이리콘婿入婚 ······162
무희 ······156
문예영화 ······230
문호개방 ······96
문화교류 ······96
문화영화 ······378, 393
문화예술 ······221
문화통제정책 ······235
미나미 지로南次郎 ······395
미소라 히바리 ······71
미쓰코시 ······390
미야지마 이쿠호宮島郁芳 ······29
미조구치 겐지 ······217
민본주의民本主義 ······131
民主主義 ······130

(ㅂ)

박춘석 ······73
拔刀隊 ······9
방송 ······118
번안가요 ······239
번안작 ······231
별건곤 ······221
병역법 ······393
보도부 ······392
普通敎育唱歌集 ······258
보통선거법 ······139
복합미디어 ······215, 216
奉天戰鬪 ······365
부국강병富國強兵 ······301
불타는 창공燃ゆる大空 ······382, 388
블루스ブルース ······64, 115
비행사관학교 ······391
빅터ビクター레코드사 ······50, 388

(ㅅ)

사랑 ······149
사랑과 맹세 ······395
사무라이 일본 ······224
사무라이 자이언츠 ······224
사사키 야스시佐々木康 ······380
사의 찬미 ······232, 439
사이조 야소西條八十 ······218, 391
사카다산坂田山 ······225
사토 소노스케 ······384
사토 조스케 ······234
社會民主黨 ······131
사회주의사상 ······221
삼국동맹 ······377
상하이 ······445
새벽녘에 기도하네暁に祈る ······380
서구 민요 ······231
서울 ······83
선동 ······377
선전 ······377
센닌바리千人針 ······367
셀레베스섬 ······387
少國民 ······352
소년비행단 ······383
소설 ······218
소시엔카壯士演歌 ······48
소에다 도시미치添田知道 ······125
소에다 아젠보添田啞蟬坊 ······28
쇼세이부시書生節 ······49
쇼세이부시엔카 ······230

쇼와 19년昭和19年 ……393
쇼와 모던 ……219
쇼지 타로東海林太郎 ……208
쇼치쿠 ……385
쇼치쿠松竹키네마 ……235
수마트라 ……387
수업료 ……394
술은 눈물인가 한숨인가 …228, 232, 233, 239, 248, 249, 288, 294
슈리 에이코 ……224
스토리성 ……383
스펙터클 ……378
승리의 뜰勝利の庭 ……393
시부가키다이シブがき隊 ……224
신문반 ……392
신바시新橋 ……227
신연극 ……221
體詩 ……6
신체제운동 ……399
신파극新派劇 ……39, 220
신페이부시 ……228
신형유행가 ……13
실사實寫 ……389
싱가포르 총공격 ……390
쌀소동 ……138
쑤저우 ……446
쓰치우라土浦 ……391

(ㅇ)

아동 극영화 ……394
兒童用 軍歌 ……309
아리랑 ……220
아마미奄美 ……57
아베 유타카阿部豊 ……382
아이젠카쓰라愛染かつら ……226
아타미熱海 ……24
아타미온천熱海温泉 ……33
안석영 ……393
애국의 꽃愛国の花 ……385
애국창가 ……280
애마신부의 노래 ……380
NHK국민가요 ……384
야기 야스다로 ……394
야마다 고사쿠 ……333, 384
야부치 기이치로数内喜一郎 ……397
어머니가 부르신 노래母が歌える ‥397
엔딩 크레디트 ……225
엔제쓰카演説歌 ……48
엔카演歌 ……5, 72, 216
엔카시演歌師 ……48
여로의 밤바람旅の夜風 ……226
여론일원화 ……392
연애영화 ……226
熱海 ……28
映畵旬報 ……378
映画旬報 ……391
영화신체제 ……378
영화음악 ……216, 377
영화통제 ……393
오나쓰세이지로お夏清十郎 ……168
오노 우메와카 ……273
오미아이겟콘お見合い結婚 ……163
오자키 고요尾崎紅葉 ……189
五族協和 ……421
吾妻軍歌集 ……304
오페라타형식 ……233
와타나베 구니오渡辺邦男 ……391

와타나베 요시미 ……387
와타나베 하루코 ……385
왜색가요 ……76
외국어 ……93
外來語 ……93
요나누키四七抜き ……228
요나누키ヨナ抜き ……51
요메이리콘嫁入婚 ……163
요시노 사쿠조吉野作造 ……125
요카렌予科練 ……391
우러르라 창공仰げ大空 ……393
우스다 겐지 ……394
우타가키歌垣 ……208
유성영화 ……217
유성음반 ……216
유행가流行歌 ……215, 452
육군낙하산부대 ……387
육군성 선정가 ……382
육군성 ……380
육군지원병령 ……399
육군항공본부 ……383, 387
윤상렬 ……234
음반 ……118
음악감독 ……234
음절수 ……108
의식계몽 ……394
의식주 ……111
이 풍진 세월 ……231
이미자 ……71
이바 다카시伊庭孝 ……219
이별 ……149
이상주의 ……221
이수일과 심순애 ……43
이인석 상병 ……393
이정숙 ……220
이주자 ……437
이천오백만 감격 ……347
이토 센지 ……234
이토 히사오伊藤久男 ……381
인도주의 ……221, 222
日本軍歌 ……6
일본남아日本男兒 ……398
일본식 영어和製英語 ……105
일본어 ……396
일본엔카대전집日本演歌大全集 ……217
日本陸海軍辭典 ……304
일본축음기레코드문화협회 ……399
일본축음기상회 ……231
일제강점기 ……215, 438, 449
임동혁 ……234

(ㅈ)

자유사상 ……221
작곡가 ……234
장고봉사건張鼓峰事件 ……392
장음 ……107
장한몽長恨夢 ……38, 231, 243
장한몽가長恨夢歌 ……40, 43, 220
전사戰死 ……383
전시가요 ……16
전시교육체제 ……376
전시기능戰時機能 ……452
전시사회문화정책 ……379
전우의 유골을 안고戦友の遺骨を抱いて ……387
전쟁가요 ……385
전쟁독려 ……390

전쟁영화 375
戰爭唱歌 303
전통음악 215
전투기조종사 383, 385
전후영화 391
젊은 자태若き姿 393
제2차 세계대전 376
제국극장 222
조국광복 280
조롱속의 새籠の鳥 217
조선과 영화 391
조선문인보국회 390
조선에서 온 포로朝鮮に來た俘虜 393
조선영화 392
조선영화주식회사 393
조선인교화 400
조선해협 395
종군간호사 385
주신구라 390
중일전쟁 376, 379, 393, 441
지역SONG 55
지원병 선전 394
지원병의 어머니志願兵の母 399
진군의 노래津軍の歌 397
진주만Peal Habor 375
진주만공격 389
진주만기습 376
징병제 393
짝사랑 165

(ㅊ)

참여의식 390
창가唱歌 5, 48
창씨개명 396
창작가요 248
채규엽 248
천국에서 이루어질 사랑天国に結ぶ恋 225
千人針 366
鐵道歌 262
청일전쟁 221, 444
初等國語 389
最新唱歌集 262
출정 398
出鄕코드 83
忠君愛國 314
친일군국가요 235

(ㅋ)

카츄샤의 노래 220
캠페인 송 398
콜롬비아コロムビア 50, 381
콜롬비아신보 384
키네마준보 382
킹레코드사 208

(ㅌ)

타이업Tie-up 60
타향 438
태양의 아이들 395
태평양전쟁 376, 385
테스트파일럿 385
통속성 109
통신 118
통제경제 399

트로트 ······72

(ㅍ)

포르투갈 ······101
포르투갈어 ······103
포리돌ポリドール ······50
필름인정레코드규정 ······398

(ㅎ)

하늘의 신병 ······385
하야리우타流行歌 ······63
하와이 말레이해전ハワイ・マレー沖海戦 ······388
學徒歌 ······257
학도병 ······399
한국어 ······104
한류 ······282
한일 영화 ······215
한일국교정상화 ······297
한일대중가요의 교류 ······291
합작영화 ······394
핫토리 료이치 ······333
항공영화 ······383
항공전 ······388
항공촬영 ······383
항구 ······160
항일운동가抗日運動歌 ······267
海軍軍歌集 ······304
해군기념일 ······393
해군항공대 ······389
해전 ······388
행진곡풍 ······396
향수 ······438
허영 ······393
협률사協律社 ······220
혼용현상 ······108
홍도야 울지마라 ······235
황군皇軍 ······388
황성신문 ······271
후방 ······380
후방지원 ······382
후지산 ······386
후쿠다 마사오 ······385
히로쇼野村浩将 ······226
히카와 기요시氷川きよし ······227

(일본어)

大阪毎日新聞 ······397
お涙物 ······464
金々節 ······143
金色夜叉の歌 ······24
社會黨ラッパ節 ······129
大正デモクラシー ······130
デモクラシー節 ······141
東京日日新聞 ······397
トンヤレ節 ······9
はやり歌 ······303
プロテストソング ······126
豆粕ソング ······137
宮さん宮さん ······9
読売新聞 ······192
勞動問題の歌 ······139